Lamir

Welt der Begabten

Der verfluchte Talisman

T.M. Wulf

„Next stop: Everywhere…"
- Doctor Who

Für dich, Theresa.
Danke für deine Hilfe und Unterstützung in allen Bereichen (vor allem wenn es darum geht, auf Lesungen meine Erzählerin zu sein). Denn du bist:
„DAS TEAM".
Manchmal bekommt „das Team" Verstärkung durch Moni und Günter;
vielen Dank an Euch.

Danke an den „Doctor", der mir eine Inspiration war und mich Fliegen in fremde Welten gelehrt hat.

Impressum:
Bibliografische Information der Deutschen Nationalbibliothek
Die Deutsche Nationalbibliothek verzeichnet diese Publikation in der Deutschen Nationalbibliografie; detaillierte bibliografische Daten sind im Internet über http://dnb.d-nb.de abrufbar.

Veröffentlicht im Tribus Buch & Kunstverlag GbR
April 2021

Lektorat: Lisa Gausmann
Druck: epubli, ein Service der neopubli GmbH, Berlin
Coverdesign: Verena Ebner
Buchsatz: Verena Ebner

Tribus Buch & Kunstverlag GbR
Mittelheide 23
49124 Georgsmarienhütte
Deutschland
www.tribusverlag.com

Kapitel 1

Der geheimnisvolle Zuhörer

LAMIR WIRD FALLEN!

Den ganzen Tag waren ihm die Worte im Kopf herumgespukt, mit denen er am Morgen vor dem Klingeln des Weckers besorgt aus einem tiefen Schlaf aufgeschreckt war.

Nicht zum ersten Mal fragte er sich seitdem: Wer oder was ist Lamir?

Diesen Begriff hatte er niemals zuvor gehört. Die Stimme, die ihm die Warnung zugeschrien hatte, war ihm wie eine Vision erschienen und hatte sich unangenehm in seinen Schädel gebohrt. Leise Vorahnungen, die sich erfüllten, war er gewohnt, aber das hier war anders; eindringlicher. Es hatte mit einer Aufforderung geendet.

Oder war es eher ein Befehl? Das fragte er sich ebenfalls zum wiederholten Male.

RETTE DIE ZUFLUCHT! RETTE LAMIR!

Was für ein seltsamer Traum. Ob er wichtig ist? Aber was könnte ich denn schon machen? Ich weiß doch gar nicht, worum es geht.

»Nicky!«

Eine diesmal sehr reale Stimme ließ ihn aus seinen Gedanken hochfahren.

Auch das noch. Annika, dachte er mit Grausen.

Ihr oberflächliches Gequatsche hatte ihm gerade noch gefehlt. Bei ihr ging es immer nur um Jungs und Klamotten. Was wer wann trug und wer mit wem zusammen war, wer gerade in und wer gerade out war. All das interessierte den ernsthaften Jugendlichen keineswegs.

Gerne ging er auf die Probleme seiner Mitlernenden ein, die zu ihm kamen, um ihre Gedanken mit ihm zu teilen. Er nutzte seine Fähigkeit der Empathie, die bei dem jungen Telepathen besonders ausgeprägt war, einfühlsam dazu, ihnen diplomatisch mit Rat und Tat zur Seite zu stehen. Das war sein Ding, das tat er gerne. Aber Annika und ihrer Clique konnte er nichts abgewinnen.

So reagierte der schmächtige Junge auf den Ruf des Mädchens, indem er seinen Schritt beschleunigte.

»Niiickyyy!« Die schrille Stimme hallte unangenehm durch den Flur des Schulgebäudes.

Der dunkelhaarige Dominic Keller zuckte leicht zusammen und zog den Kopf ein. Dadurch machte er sich noch ein Stückchen kleiner, als er es für seine fünfzehn Jahre ohnehin schon war.

Oh Gott. Nix wie weg, trieb er sich selbst an.

Er wollte dem ersten Impuls nachgeben und schnellstens davonlaufen, aber das wäre zu auffällig gewesen. In der Hoffnung, sich rasch genug durch die rettende Tür mit dem Schild „Ausgang Berliner Petrinum Gymnasium“ verdrücken zu können, ging er zügig weiter, als hätte er nichts gehört. Die Ausgangstür war zum Greifen nahe. Er streckte eine Hand aus, um ihr einen Schubs zu geben. In diesem Moment packten ihn lange Finger und umklammerten einen seiner dünnen Arme; es war zu spät.

»Dominic! Bleib doch mal stehen! Ich muss dir was erzählen!«

Die Fingernägel des Mädchens bohrten sich schmerzhaft durch seinen eigentlich recht dicken Pulli, der trotzdem noch zu dünn war, um ihn vor Annikas scharfen Krallen zu schützen. Da er überhastet versucht hatte, einer Begegnung mit ihr aus dem Weg zu gehen, hatte er auf das Anziehen seiner Winterjacke verzichtet, die unnütz über seinem linken Arm hing. Draußen hätte er die Kälte unangenehm gespürt, aber das war ihm egal gewesen. Das rächte sich nun. Er verzog vor Schmerz kurz das Gesicht. Mit einem Ausdruck des Bedauerns in den dunklen Augen schaute er auf die Tür, die dicht, aber unerreichbar vor seiner Nase ragte.

Annika war, selbst wenn er es auf seine nette Art ausdrücken würde, ... etwas nervig, etwas sehr nervig. Doch Dominic war viel zu höflich, daher drehte sich der Fünfzehnjährige mit einem leisen, resignierten Seufzer zu dem gleichaltrigen Mädchen um, das durch das übertrieben geschminkte Gesicht mindestens drei Jahre älter wirkte.

Mit einem aufgesetzten Lächeln begrüßte er es: »Hey, Annika. Wie geht's ...«

Die angefressene Annika unterbrach ihn ihrerseits mit diesem vorwurfsvollen Blick, den sie bewundernswert gut draufhatte: »Warum läufst du denn einfach weiter, wenn ich dich rufe?«

Er überlegte, auf eine Notlüge zurückzugreifen und ihr zu sagen, dass er es ziemlich eilig hatte. Verwarf sie aber, denn er war sich sicher, seine Ausrede wurde sie null interessieren. So hatte Dominic keine für sie passende Antwort parat und zuckte ratlos mit den Schultern.

Wie zur Bestätigung wischte sie seinen unausgesprochenen Einwand achtlos mit einer perfekt manikürten Hand zur Seite. Damit war das kleine Ärgernis für sie erledigt.

Ohne darum gebeten worden zu sein, erzählte sie ihm von dem Typen, in den sie gerade verliebt war: »Kennst du Noah?« Ohne auf eine Antwort zu warten, plapperte sie begeistert weiter: »Klar kennst du ihn. Er ist voll krass, oder? Er sieht super gut aus und ist ein mega Sportler.«

Wenige Augenblicke mit diesem Mädchen und er wünschte, er wäre davongelaufen: Wenn ich das nächste Mal die Chance habe abzuhauen, dann mache ich es. Scheiß was auf die Höflichkeit. Nee, das geht gar nicht. Ihr Gesäusel über diesen ach so tollen Burschen ist unerträglich. Ha, ein Arsch ist er, nichts weiter.

In Erinnerung wie der athletische Noah und seine Clique - angefangen von Annika bis zu ihrer Busenfreundin Emma - ihn immer wegen seiner dürren Figur verspotteten, verzog Dominic den Mund zu einem starren Grinsen, ließ sich seine Gedanken aber nicht anmerken. Diese waren weit entfernt von seiner üblichen Ausdrucksweise. Aber die gesamte Gruppe ließ ihn jedes gute Benehmen vergessen, das seine Eltern ihn gelehrt hatten.

»Leider«, teilte sie ihm vertraulich mit, »hat auch Emma ein Auge auf ihn geworfen. Er möchte aber mit mir ins Kino gehen. Was soll ich bloß tun?« Betrübt schaute sie ihn mit ihren klaren blauen Augen an, ihre blonden Haare waren bis ins kleinste Detail durchgestylt.

Ihm kam der Gedanke, wie hübsch sie war: nervig, aber voll hübsch.

»Er mag mich und das ist so was von abgefahren. Ich freue mich riesig darüber. Ich werde die Einladung annehmen, beste Freundin hin oder her.« Annika strahlte über das ganze Gesicht. »Danke, dass du mit mir geredet hast. Es geht mir schon viel besser.«

Klar, war ja mein Vorschlag, die beste Freundin zu hintergehen. War ein super Gespräch. Jederzeit wieder, dachte er ironisch.

Sie drehte sich um und ging davon. Unfreiwillig bewundernd sah er ihr nach. Plötzlich stutzte er und griff sich mit der rechten Hand an die Schläfe, dann schaute er sich suchend um. Der telepathisch begabte Jugendliche fing einen unerfreulichen Gedanken auf, den jemand in der Nähe dachte.

Sarah erkannte hier eine Gelegenheit: Das muss ich sofort Emma erzählen.

Sie stand einen Gang weiter und hatte das Gespräch belauscht. Und schon rannte sie den langen Flur entlang.

Da Dominic erst seit wenigen Monaten auf diese Schule ging, waren ihm noch nicht alle Gesichter geläufig, aber die unscheinbare Sarah war ihm schon des Öfteren unangenehm aufgefallen. Ständig drängte sie sich Emma auf. Sie wollte einem der beliebtesten Mädchen der Schule unbedingt gefallen. Wenn sie dafür Tratsch verbreiten musste, dann tat sie es. Und jetzt kam ihr diese Gelegenheit gerade recht.

Mist. Sie hat alles gehört, war sein erster beunruhigender Gedanke. Ihm waren die Gespräche heilig, die jemand vertraulich mit ihm führte, auch wenn es, wie in diesem Fall, ein aufgezwungenes war, aber niemand anderer sollte von dem Inhalt erfahren.

Dann ließ er die Hand sinken und hob die Schultern in die Höhe. Ergeben dachte er: Ich kann leider nichts dagegen machen. Wenn Sarah etwas zum Tratschen findet, bringt sie keiner davon ab. Der schlaksige Junge schlenderte sorglos durch die Tür hinaus. Interessiert mich das überhaupt? Nicht wirklich. Sollen sie das doch unter sich ausmachen. Irrtümlicherweise dachte er: nicht mein Problem.

***

Zwei Tage später stieß Dominic auf eine verheulte Annika. Er machte sich Sorgen: Ist etwas Schlimmes passiert? Aber ihr Verhalten beruhigte ihn, denn dieses änderte sich schlagartig, als sie ihn sah.

Mit einem gruseligen Blick schaute sie ihn an und stürzte sich wie eine wilde Furie auf ihn, als wollte sie ihm ins Gesicht springen. Mit vor Wut verzerrtem Gesicht schaute das ein paar Zentimeter größere Mädchen auf ihn herab. Er zuckte zurück.

»Du …«

Annika war sauer auf ihn, merkte er, denn ihr schienen die Worte zu fehlen.

Wahrscheinlich zum ersten Mal in deinem Leben, dachte er mit einer gehörigen Portion Gehässigkeit, die ihm gar nicht ähnlichsah.

Er starrte sie konzentriert an. Mann Annika, kannst du mal einen zusammenhängenden Satz denken? Entspann dich! Vielleicht sollte ich dich ein wenig beruhigen.

Kurz kam er in Versuchung, sie zu beeinflussen. Aber dieser Moment verging so rasch, wie er gekommen war. Seine Fähigkeit als Empath, mit der er die Gefühle anderer Leute beeinflussen konnte, musste er gar nicht anwenden, denn langsam nahmen ihre Gedanken eine Form an, aus der er endlich schlau wurde.

Er tauchte in ihren Gedankengang ein, der sie bis zu diesem Augenblick geführt hatte, in dem sie auf ihn losging: Als Emma alles erfahren hat, hat die fiese Kuh Noah dazu gebracht, mit ihr auszugehen. Sie ist so sauer auf mich, dass sie nicht mehr mit mir befreundet sein will. Pah, die Zicke kann mir gestohlen bleiben. Noah ist schließlich nicht ihr Eigentum. Ich bin so enttäuscht von ihm. Ich dachte, er würde mich mögen.

Insgeheim schüttelte Dominic über die Naivität ihres letzten Gedankens den Kopf: Na, das hätte ich dir vorher sagen können, und dazu brauche ich noch nicht einmal eine besondere Fähigkeit zu haben. Jeder weiß, dass dieser oberflächliche und wankelmütige Kerl hinter jedem Mädel her ist, das gut aussieht. Ihm ist doch egal, mit welchem davon er seinen Spaß hat. Es hat schon seinen Grund, warum du Emma nichts über dein Date erzählen wolltest, denn sie gehört nicht umsonst zu der Clique um Noahs Fußball-Mannschaft. Sie ist hübsch, vielleicht sogar hübscher, als du es bist, und das ist dir selbst klar. Und sie steht schon lange auf Noah. Das weiß ja sogar ich, und mir ist eure Clique so was von latte.

Fasziniert stellte er in diesem Moment fest, dass ihre selbstmitleidigen Gedanken über die Enttäuschung durch den zwei Jahre älteren Noah eine komplette Kehrtwendung machten. Nun gab sie ihm die Schuld: Es kann nur so sein, dass Dominic mit Emma über unser Gespräch geplaudert hat. Dieser Verräter.

Als sie sich soweit beruhigt hatte, um reden zu können, fauchte sie ihn an: »Du hast mich verraten. Ich hatte keine Chance, es Emma vorher zu erzählen. Jetzt denkt sie, ich wollte ihr den Jungen ausspannen.«

Mit einer gehörigen Portion Sarkasmus dachte er: Ach, echt jetzt? Warum sollte sie so etwas Schlechtes von dir denken? Lass mal überlegen. Vielleicht, weil es genau das ist, was du vorhattest? Schließlich hattest du zwei Tage Zeit gehabt, ihr deine Verliebtheit in ausgerechnet den Kerl zu gestehen, in den auch sie verliebt ist. Was du aber versäumt hast, ihr zu sagen. Stattdessen wolltest du hinter ihrem Rücken mit diesem Vollpfosten ausgehen. Böses Mädchen. Die Schuld suchst du ja niemals bei dir. Aber ich werde mich hüten, dir diese glorreiche Erkenntnis ins Gesicht zu sagen.

Auch wenn er nicht guthieß, was Annika da mit Emma abgezogen hatte, setzte er an, um ihr zu erklären, dass er so einen Vertrauensbruch wie das Ausplaudern von vertraulichen Gesprächen niemals begehen würde. Aber er kam nicht dazu, denn sie drehte ihm abrupt den Rücken zu und stolzierte mit hocherhobenem Haupt davon.

Dominic zuckte ohne große Besorgnis mit den Achseln und ging gemütlich weiter, völlig bedenkenlos in Hinsicht auf die Konsequenzen, die sein kleiner Disput mit Annika nach sich ziehen könnte. Er schlurfte an Aushängen aller Arten von Ankündigungen vorbei, die an den Wänden befestigt waren. Einer war ein richtiger Blickfang, der irgendeine der zahlreichen Veranstaltungen anpries, die seine neue Schule zu Hauf feierte. Mit großen bunten Lettern lockte er: Feiert mit uns am Samstag, 23. Februar 2019 in der Aula.

Ohne es näher zu betrachten, schüttelte er den Kopf. Eine Party nach der anderen, die kriegen scheinbar nie genug.

Nicht lange nach diesem Vorfall gab es eine neue beste Freundin an Annikas Seite. Und sie tat alles, was in ihrer Macht stand, um Dominic fertigzumachen. Von da an behielten seine Mitlernenden ihre Probleme und tiefsten Gedanken für sich, er wurde zum Außenseiter. Und es war erst ein Halbjahr vom Schuljahr um. Das zweite weigerte sich, umzugehen.

Doch jede Qual hatte einmal ein Ende, so auch die neunte Klasse eines Gymnasiums. Dominic war froh, endlich Ferien zu haben. Er liebte es, zu Hause sitzend in fantastischen Welten zu versinken, waren seine Eltern doch begnadete Geschichtenerzähler. Fest verankert in ihren Gedanken, tauchte er tief in die Abenteuer ein, die sie schrieben. Wie an diesem ersten Ferientag, als das Unmögliche geschehen sollte.

Kapitel 2

Die Geschichtenerzähler

Dominics Mutter Emilie saß an diesem Tag, an dem sich das gesamte Weltbild ihrer kleinen Familie grundlegend verändern würde, an ihrem Schreibtisch vor dem Computer und schrieb mit einem unglaublichen Tempo an einer Geschichte. Die kleine, zierliche Figur mit den dunkelbraunen Haaren und den dunklen Augen versank in dem für sie viel zu großen Schreibtischsessel.

Der hochgewachsene Mann, der ihr gegenüber an einem Zeichentisch saß, war äußerlich das genaue Gegenteil. Die blonden, längeren Haare kräuselten sich bis in den Nacken und die hellblauen Augen starrten angespannt auf den Tisch. Der Tuschestift, der zwischen seinen langen Fingern fast verschwand, tanzte über das Papier eines Zeichenblockes. Paul zeichnete ebenso schnell Skizzen zu der Geschichte, wie seine Frau sie zuvor auf ihrem Laptop getippt hatte. Die beiden konzentrierten sich auf die Story, die erst in Emilies Kopf entstand und dann in seinen Bildern Gestalt annahm.

Das begabte Ehepaar Keller arbeitete an einem gemeinsamen Auftrag. Große Verlage rissen sich um die jugendlich gebliebenen Mittvierziger, da ihre Romane und die Illustrationen perfekt aufeinander abgestimmt waren. Das war kein Wunder, waren sie zu jeder Zeit ihrer

Schaffensperiode telepathisch miteinander verbunden. Was Emilie dachte, das dachte Paul und umgekehrt. Die Rohfassung eines Buches entwarfen sie gemeinsam. Bevor Paul mit seiner Arbeit beginnen konnte, mussten sie die Handlung, die Charaktere und das Aussehen der Figuren festlegen. Die beiden bevorzugten fantastische Geschichten. In diesem Genre erschufen sie Welten mit Magie und Zauberei. In ihrer Fantasie konnten ihre erdachten Wesen, die außergewöhnliche Fähigkeiten besaßen, Gegenstände durch die Luft fliegen lassen, telepathisch miteinander kommunizieren und viele andere irre Dinge tun, ohne dass sie deswegen verurteilt wurden. Auf ihren Welten nannte man sie Magier oder Zauberer. Doch im realen Leben auf der Erde wurden Menschen wie die Kellers, von der Wissenschaft zwar harmlos als paranormal bezeichnet, von normalen Leuten als Missgeburten gefürchtet. In der Vergangenheit waren sie oftmals von ihnen angefeindet worden, wenn wieder ein Fünkchen ihrer Fähigkeiten in der Öffentlichkeit aufgeblitzt war.

***

Dominic war sieben Jahre alt, da musste die Familie Keller erneut umziehen. Der kleine Junge bekam es zum ersten Mal bewusst mit.

»Mama, warum muss ich weg von meinen Freunden?«, fragte er unglücklich.

»Schätzchen, es muss sein. Für dich ist es ganz normal, wenn Papa und ich unsere Kräfte benutzen. Aber es gibt Menschen, denen macht es Angst. Dein Vater musste jemanden vor einem Auto schützen, das den Mann sonst überfahren hätte. Frau Weber stand direkt neben Papa und sah, wie er ihn mit einem Ruck beider Arme aus dem Weg schubste, obwohl er auf der anderen Straßenseite ging. Er war wohl etwas übereifrig, denn der Schubs ist heftiger ausgefallen, als er es beabsichtigt hatte. Dabei verletzte sich der Mann stark. Frau Weber war sehr erschrocken darüber, wie er zwei Meter durch die Luft fliegen konnte, ohne dass ihn jemand angefasst hat. Sie brachte die Geste von Papa, die er zuvor mit den Armen ausgeführt hat, damit in Verbindung. Das sagte ihr dann alles; sie erzählte ihre Beobachtungen den Nachbarn. Und jetzt fürchten sie sich vor uns.«

»Aber Papa hat dem Mann doch geholfen.«

»Das spielt für sie keine Rolle, denn er hat ihn auch verletzt.«

»Das verstehe ich nicht.«

»Ich versuche, es dir mit einem Beispiel zu erklären. Wenn du wütend bist, dann passiert manchmal etwas. Ein Spielzeug fliegt an die Wand und zerbricht, aber niemand ist in der Nähe, der es berührt. Du machst das allein mit deinen Gedanken, aber durch deine Wut hast du keine Kontrolle darüber. Die Menschen fragen sich, was wäre, wenn unsere Kraft unkontrolliert auf sie trifft. Wir könnten sie dann verletzen. So wie du, wenn du ungewollt jemanden mit dem Spielzeug triffst. Und so wie Papa, als er dem Mann half, der dann leider schwer verletzt ins Krankenhaus kam, weil dein Vater zu heftig reagiert hat.«

»Aber das war doch keine Absicht.«

»Natürlich nicht. Aber es ist passiert.«

In diesem Moment wurde Emilie klar, dass die Zeit gekommen war, ihm Näheres zu ihren Begabungen zu erklären.

Emilie erzählte ihm von dem Tag, als sie Paul kennengelernt hatte: »Ich habe deinen Vater auf einer Party getroffen, auf der ich ungewollt gelandet bin. Ich wollte da eigentlich nicht hingehen, denn ich war in diesen Tagen sehr verwirrt und unsicher. Ich mochte keine Menschen treffen, aber eine Freundin hat mich mitgeschleppt. Sie hat gesagt, ich sollte endlich mal wieder unter Leute gehen.«

Dominic schaute sie mit seinen großen dunklen Augen an. »Warum wolltest du da nicht hin?«

»Meine Kräfte machten sich bemerkbar. Ich war wie diese Menschen, ich hatte Angst davor. Es war unerklärlich und unnatürlich. In dieser Zeit nannte ich sie einen Fluch, denn ich nahm ihre Gefühle so wahr, als wären es meine eigenen. Außerdem bewegten sich Gegenstände in meiner Umgebung, die keiner angefasst hatte. Eine Vase flog einfach an die Wand, ich war auf irgendetwas wütend gewesen. Worauf,· das habe ich vergessen. Du kennst das ja von dir. Ich war nicht so jung wie du, und Oma und Opa sind keinesfalls so wie wir.«

»Nee, aber so gar nicht«, lachte er trotz des ernsten Themas auf.

»Deine Eltern sind zwei Telepathen, deswegen sind deine Kräfte früher erwacht, als es bei mir der Fall war. Du hast uns, die dir alles erklären, aber ich hatte damals erst einmal niemanden. Ich wusste nur, die lästigen Fähigkeiten waren eines Tages aufgetaucht und waren zu meinem Leidwesen geblieben.«

»Dann kam Papa?«

»Ja genau. In den folgenden Monaten brachte er mir alles bei, was er über das Unerklärliche wusste. Und das war eine Menge. Schon bald konnte ich die fremden Gedanken von mir fernhalten, gleichzeitig lernte ich, meine eigenen zu blockieren.«

»Das war nett von ihm.«

Sie lachte und nahm ihren kleinen Sohn in den Arm. »Ja, das war es durchaus.«

Was sie ihm nicht erzählte, die beiden hatten sich vom ersten Tag an zueinander hingezogen gefühlt. Im Laufe des Jahres hatten sie eine bedingungslose Liebe entwickelt und geheiratet.

***

Da die Rohfassung des Romans fertig war, schrieb Emilie an den einzelnen Szenen und Paul setzte diese in Bilder um. Sie hatten Stunden gearbeitet, als sich Emilie zurücklehnte und ihre Handgelenke schüttelte, um sie zu entkrampfen. Sie stand auf und ging zu ihrem Mann hinüber, der die letzten Skizzen anfertigte. Während sie ihm über seiner Schulter dabei zusah, staunte sie über die Detailverliebtheit, mit der er arbeitete. Dann war Paul so weit, er legte den Stift zur Seite.

»Möchtest du sie sehen?«

»Natürlich. Ich bin aufgeregt wie ein kleines Kind vor der Bescherung.«

Er zog die Blätter unter dem Zeichenblock hervor. Seine Stimme nahm einen vorwurfsvollen Tonfall an: »Schau sie dir an. Hier, die Städte, die du beschrieben hast. Du hast sie in deinen Gedanken in den unmöglichsten Regionen unserer Welt entstehen lassen. Danke dafür.«

Sie sah ihn mit einem bezaubernden Lächeln entschuldigend an. Emilie wusste, sie konnte ihn damit beschwichtigen.

Trotzdem setzte er beinahe quengelig nach: »Das war eine echte Herausforderung für mich.« Er zählte die ungewöhnlichen Orte auf, die er zeichnen musste, und legte ihr bei jedem ein Blatt Papier vor: »Es gibt sie in der Wüste, im Eis, in einem undurchdringlichen Dschungel und eine ist sogar in eine riesige Klippe gehauen. Sie sind mit allen möglichen Wesen der irdischen Mythologie bevölkert. Dazu kommen die fremdartig aussehenden Lebewesen, die wir uns ausgedacht haben.«

Er breitete die Blätter vor seiner Frau aus und Emilie war überzeugt, alles, was darauf abgebildet war, sei ihrer beider Fantasie entsprungen. Der Gedanke, von außen manipuliert zu werden, war ihr fremd. Paul und Emilie sollten aber bald erfahren, dass es Mächte dort draußen gab, die Unvorstellbares leisten konnten.

»Ist alles so, wie du es dir vorgestellt hast?«

Vor Rührung hatte Emilie Tränen in den Augen, so nah kam er ihren Vorstellungen mit den Bildern.

Ängstlich fragte Paul: »Wow, sind sie so schlecht?«

»Nein, sie sind wunderbar. Ich liebe deine Arbeit, Schatz.« Zur Belohnung massierte sie ihm die verspannten Schultern und schaute sich dabei weiter über seinen Kopf hinweg die Bilder an.

»Sie sind großartig.«

»Das ist also der Grund, warum du mich geheiratet hast. Du willst mich als billige Arbeitskraft ausbeuten.«

»Verständlich, du weißt selbst, wie teuer gute Illustratoren sind.«

»Und ich bin der Beste.«

»Bescheidenheit ist zwar anders. Aber ja, du bist der Beste.« Sie knetete stärker.

Er stöhnte wohlig auf: »Damit kannst du ewig weitermachen.«

»Oh nein, kann ich nicht.« Mit der flachen Hand versetzte sie ihm einen Klaps auf die Schulter. »Ich denke, wir haben uns eine kleine Pause verdient. Ich koche frischen Kaffee.«

Während Paul aufstand und zu ihr trat, um sie in die Arme zu nehmen, schwebte eine Glaskanne wie durch Zauberhand von der kleinen Anrichte zu der Spüle in der Ecke. Der Wasserhahn wurde auf- und wieder zugedreht, die volle Kanne schwebte zurück zur Kaffeemaschine, das Wasser wurde umgefüllt und der Knopf der Maschine stellte sich auf „an". Da beide ohne Kaffee nicht existieren konnten, hatten sie sich eine kleine Küchenzeile in ihr Arbeitszimmer, in dem sie viele Stunden des Tages verbrachten, einbauen lassen.

Kapitel 3

Der Zauber eines Augenblickes

Dominic saß nebenan in seinem Zimmer und hatte es sich in einem Sessel bequem gemacht. Wenn seine Eltern schrieben und zeichneten, brauchte er kein Buch, um sich zu beschäftigen, denn er erlebte die Geschichten in ihren Gedanken mit. Nichts tat er in seinen Ferien lieber.

Der Fünfzehnjährige hatte eine schwere Zeit in der Schule. Zwar war er ein ausgezeichneter Schüler, Freunde hatte er dort allerdings keine gefunden. Bedingt durch die vielen Umzüge, zu denen er und seine Eltern regelmäßig gezwungen waren, konnte er niemals lange genug an einer Schule bleiben, um wahre Freundschaften zu schließen.

Er galt als seltsam und das war eine der harmloseren Bezeichnungen, die die Lernenden für ihn fanden und sich nicht scheuten, diese auch zu benutzen. Und dabei war es ihnen egal, ob er sie hören konnte. Es waren nicht wirklich sein Aussehen oder die Klamotten, die er trug. Wobei die Nerd-Shirts mit den Abbildungen seiner Lieblingscomichelden, die er mit Vorliebe zu tragen pflegte, für sein Alter schräg waren. Das, was seine Mitlernenden an ihm störte, war die Art, wie er sie ansah. Mit seinen dunklen Augen starrte er ihnen direkt in ihre Seelen. Sie hatten das Gefühl, ihre Geheimnisse würden vor ihm offengelegt werden, um dann nicht länger geheim zu sein. Unbewusst hatten sie im ersten Halbjahr der neunten Klasse in seiner Gegenwart einfach drauflosgeredet.

Vor dem Vorfall mit Annika war er für sie ein aufmerksamer und verständnisvoller Zuhörer gewesen. Sie hatten ihm all ihre Probleme ohne zu zögern mitgeteilt. Bis das beliebteste Mädchen der Schule ihnen eingeredet hatte, er würde ihre Geheimnisse ausplaudern, um Zwietracht unter ihnen zu säen. Danach hatte ihn niemand mehr angesprochen, obwohl er unschuldig gewesen war. Er wäre nie auf die Idee gekommen, anderen ihm anvertraute Dinge zu erzählen, das widersprach hundertprozentig seiner Natur. Doch es hörte ihm niemand zu. Natürlich hätte er sie mit seinen paranormalen Fähigkeiten zwingen können, seine Freunde zu sein. Aber Emilie und Paul hatten ihm, seit seine immensen Kräfte im vergangenen Schuljahr erwacht waren, eingebläut, diese keinesfalls zu missbrauchen und gegen die Menschen zu richten. Niemals wäre ihm so ein Vorgehen in den Sinn gekommen, denn auch das wäre wider seine Natur.

Als seine Mutter aufstand, konnte Dominic sich nicht aus den Gedanken seiner Eltern lösen.

Was für eine verrückte Welt ist das denn? Verrückt, aber total krass. Genau meins. Ich wäre gerne dort, dachte er begeistert.

Unbewusst stand er auf, ging zu ihnen ins Arbeitszimmer und wurde in die innige Umarmung einbezogen. Ihre Gedanken bildeten eine Einheit; fest versunken in die Welt, die Emilie und Paul auf dem Papier erschaffen hatten. Dominic verspürte ein leichtes Kribbeln, das über seinen Körper lief.

Die drei traten einen Schritt zurück und sahen sich an. Seine Eltern schienen es ebenfalls gespürt zu haben.

»Was geht hier ab?«, fragte Dominic überrascht.

Ein schwaches Energiefeld umgab jeden von ihnen, sanft leuchtete es auf. Dominic wurde von einem

Schwindelgefühl erfasst, aus dem schnell eine rasante Karussellfahrt wurde. Fremdartige Eindrücke brachen über ihn herein. Hunderte, nein, Abertausende Farben stürzten auf ihn zu und die Fahrt, die sie durch einen Tunnel aus grellen Farbtönen führte, wurde immer schneller. Bis diese plötzlich schlagartig endete und die zwei Erwachsenen und der Junge dadurch ins Straucheln gerieten. Sie hielten sich aneinander fest, um sich gegenseitig Halt zu geben.

Dominic konnte unmöglich sagen, wie lange es - was immer es gewesen war - gedauert hatte. Es konnten Minuten, aber ebenso Stunden vergangen sein. Ein Blick in die Gesichter seiner Eltern bestätigte ihm, es ging ihnen genauso wie ihm.

Im nächsten Moment schauten sie sich erstaunt und mit weit aufgerissenen Augen um. Ihre Umgebung hatte sich komplett verändert. Wo zuvor die geschmackvolle Tapete des Arbeitszimmers gewesen war, umgaben sie nun massive Mauern aus Stein. Offensichtlich befanden sie sich in einer Bibliothek, da sich Tausende Bücher in Wandregalen bis unter die hohe Decke aneinanderreihten. Jede Wand des Raumes schmückte eins davon. Dominic ließ seinen Blick flüchtig darüber schweifen. Die meisten waren in Sprachen verfasst, die für ihn nicht entzifferbar waren. Er ging mit seinen Eltern an den Bücherwänden vorbei zu einem riesigen Fenster. Die Kellers befanden sich in einem Raum hoch oben in einem Turm.

Was Dominic sah, überwältigte ihn und Emilie und Paul offenbar ebenfalls, denn sie standen stocksteif da und schauten fassungslos hinab. Ein wunderschönes Tal mit einem Teppich aus wogendem blauem Gras und den herrlichsten, fremdartigsten Blumen lag tief unter ihnen.

»Wie sind wir hierhin gekommen?« Dominic sah seine Eltern fragend an, die seinen Blick mit großen Fragezeichen auf den Gesichtern erwiderten.

Dann kam ihm der Gedanke: Teleportation.

Waren sie in der Lage, sich durch Gedankenkraft von Ort zu Ort zu beamen? Eigentlich hatte er sich das anders vorgestellt. In der Fachliteratur der Parapsychologie war nie die Rede von einem Wurmloch. Aber was sollte es sonst gewesen sein, was sich vor ihnen geöffnet hatte?

Kapitel 4

Ein zauberhafter Ort

Eine aus schwerem Holz gefertigte Tür schwang vor Dominic und seinen Eltern auf und ein befremdlich wirkendes, reptilienartiges Wesen in einer dunkelroten Robe, das auf zwei Beinen ging, betrat den Raum. Es lächelte. Wenn das Lächeln freundlich wirken sollte, hatte es sein Ziel sowas von verfehlt, dachte Dominic. Denn er erhaschte einen Blick auf eine Vielzahl kleiner spitzer Zähne, wodurch der Eindruck schnell verschwand. Er wie auch Emilie und Paul schluckten hart.

Ohne dass es das Unbehagen der Menschen vor sich zu bemerken schien, sprach das Wesen sie arglos an. Dominic sah keine Lippenbewegungen, trotzdem erklang in seinem Geist eine ruhige Stimme: *Der Ausdruck „beamen" ist mir zwar unbekannt, aber der Gedanke an Teleportation ist richtig, mit meiner Hilfe konntet ihr euch zu uns teleportieren. Ich bin jedes Mal aufs Neue erstaunt, wie aufgeklärt die Menschen des 21. Jahrhunderts sind.* Und leise klang der Kommentar: *Kennen die Begriffe Teleportation und Wurmlöcher. Erstaunlich, absolut erstaunlich,* in seinem Kopf nach.

Mit der kleinen Bewegung einer Klaue, deren gruseliger Anblick den Fünfzehnjährigen zum Erschauern brachte, ließ es den Energieschild um ihre Körper verschwinden. *Ohne diesen Schutz wärt ihr auf der Reise in dem Tunnel, der euch eine lange Strecke durch das Weltall geführt hat, erstickt oder zermalmt worden, wahrscheinlich aber vorher erfroren.*

Ach, wenn's weiter nichts ist, dann geht's ja, erreichte der sarkastische Gedanke Pauls den Jungen.

Sicherlich wollte sein Vater den Gedanken „leise" denken, aber dieser kam offensichtlich ebenfalls bei seiner Mutter an, denn Emilie starrte ihren Mann strafend an. So als wollte sie ihn auffordern, sich in der prekären Situation, in der sie sich zweifelsohne befanden, zurückzuhalten, da sie es eindeutig mit einem telepathisch begabten Wesen zu tun hatten. Paul zuckte gelassen mit den Schultern, seine Frau grinste daraufhin leicht.

Ungeachtet der erschreckenden Tatsache, es mit einem Außerirdischen zu tun zu haben und sich auf einem fremden Planeten zu befinden, hatte Dominic merkwürdigerweise keine allzu große Angst. Trotz des extraterrestrischen Aussehens des kleinen Humanoiden, der männlich und sehr alt zu sein schien, fühlte er sich freundlich aufgenommen. Nach der Szene zu urteilen, die sich zwischen seinen Eltern abgespielt hatte, hielt sich ihre Angst ebenfalls in Grenzen.

Na, eigentlich seid ihr hier die Außerirdischen, aber wir wollen uns nicht über Spitzfindigkeiten streiten. Der alte Mann winkte ab. Ich möchte mich vorstellen: *Ich bin der Boss auf diesem Planeten und alle nennen mich Hork oder „Sessin", für die Meisteranrede. Die richtige Bezeichnung, die unsere Lernenden benutzen, wäre dann Sessin Hork.* Mit einer trotz seines Alters sehr eleganten Bewegung verbeugte er sich. *Willkommen auf Lamir. Ihr befindet euch in der Stadt Katana, unserer Hauptstadt.*

Dominic sah die Bedeutung des Wortes Katana in seinen Gedanken: Vielfältigkeit. Diese Vielfältigkeit würde er in Zukunft häufig in vielem erkennen, was mit dem Planeten zu tun hatte.

Er konnte zusätzliche Informationen in Horks Kopf sehen. Instinktiv wusste er, dass Hork einen Fehler machte, der ihm praktisch nie unterlief; er unterschätzte die telepathischen Fähigkeiten eines potenziellen Schülers ganz gewaltig. Er ließ Dominic etwas sehen, das sicherlich keineswegs für ihn bestimmt war: Der Junge selbst sollte das erste Mitglied von vieren eines neuen Teams werden, das Hork zusammenstellte. Von diesem Team versprach er sich eine ganze Menge, es würde das beste werden, das jemals auf dem Planeten ausgebildet worden war. Die Zeiten, die vor den Lamiranern lagen, drohten schwer zu werden. Er hatte diese außergewöhnlichen Begabten nach langer Suche ausfindig machen können. Dafür hatte der Telepath auf vielfältigen Planeten nach ihnen Ausschau gehalten. Für ein Talent sogar in einer anderen Zeit. Es nach Lamir zu bringen, würde ihn sehr viel Kraft kosten. Umso erleichterter war Hork, den stärksten Begabten, den er je ausgebildet hatte, an seiner Seite zu wissen; Tobias Falk.

Wer war das?, fragte sich Dominic. Nach dem Aussehen zu urteilen, das er ansatzweise sah, und dem Namen nach, den Hork in englischer Sprache dachte, war dieser ein Mensch wie er. Vielleicht war er ein Brite oder ein Amerikaner.

Hork schien weiterhin ahnungslos darüber zu sein, dass der menschliche Jugendliche seine Gedanken aufschnappte. Dominic sah beunruhigende Gedanken in dem Kopf seines Gegenübers: Es galt zuallererst, die Familie Keller zu überzeugen, hier bei ihnen zu bleiben. Der Sohn sollte die Ausbildung bekommen, die nötig war, um siegreich aus der bevorstehenden Katastrophe hervorzugehen. Vielleicht hatten sie noch ein paar Jahre in Ruhe und Frieden, aber länger würde er Lutec, den Unerbittlichen, unmöglich von seiner Heimat fernhalten können. Sein einst bester Freund kam näher und er würde versuchen, all das zunichtezumachen, für das Hork sehr hart gearbeitet hatte. Davon war er überzeugt, auch wenn er nicht die Gabe seiner Präkogs besaß, in die Zukunft sehen zu können.

Dominic wurde von der kurzen Gedankenverschmelzung mit Hork, die keine fünf Sekunden gedauert hatte, überwältigt. Er bekam zittrige Knie und hätte sich am liebsten hingesetzt.

Abrupt, als hätte der alte Mann etwas Ungewöhnliches bemerkt, war dessen Geist für Dominic verschlossen. Er sah keine weiteren Fragmente seines Denkens. Er dachte über die Mimik Horks nach, der die drei Mitglieder der Familie nacheinander nachdenklich musterte. Dadurch war dem Jungen klar, seine Eltern hatten die Gedanken des Wesens ebenfalls auffangen können. Dominic spürte, wie Hork eine innere Barriere errichtete, die aus Beton hätte sein können, so bombenfest war sie.

Hork wollte die Kellers auf keinen Fall abschrecken. War es zu spät? Hatten sie mehr gesehen, als er zuzulassen bereit war? Er war der mächtigste Telepath seiner Zeit, und es war ein Leichtes für ihn, jedes Lebewesen zu beeinflussen. Niemals wäre es ihm möglich gewesen, eine Zuflucht für die Verfolgten zu erschaffen, wenn er zimperlich mit seiner Macht umgegangen wäre. Ja, häufig war er dabei skrupellos vorgegangen. Das machte ihn alles andere als glücklich, aber das Wohlergehen seiner Schutzbefohlenen hatte für ihn Vorrang; oftmals auch vor seinen ethischen Grundsätzen. Doch nie würde er einem Wesen die Freiheit nehmen, selber zu entscheiden. Einen kurzen Moment noch ließ er seine Abschirmung herunter.

Für diesen letzten flüchtigen Gedanken, den Hork ihm noch gewährte, war Dominic dankbar. Er beruhigte ihn ungemein. Und er war sich sicher, seine Eltern empfanden ebenso. Er fühlte einen tastenden, forschenden Impuls des alten Mannes, der herausfinden wollte, inwieweit er sie erschreckt hatte. Der Junge öffnete sich ihm und übermittelte Hork ein leichtes Gefühl des Gruselns, aber gleichfalls die Neugierde auf das, was da auf ihn zukommen möge. Dominic schaute spannungsvoll abwartend in die Zukunft. Er registrierte, wie sich der alte Mann erleichtert aus ihren Köpfen zurückzog, offenbar gingen seine Eltern weiterhin unbesorgt mit der Situation um. Ihm fiel ein Stein groß wie ein Felsbrocken vom Herzen, denn Dominic wollte auf keinen Fall nach Hause und diese wundervoll aufregende Welt verlassen.

Mit einem verständnisvollen Blick schaute Hork ihn an, um gleich darauf mit seiner Erklärung fortzufahren: *Ein gemeinsamer Wunsch nach einer Welt mit Magie war nötig gewesen, um eure Kräfte zu bündeln und sie auf Lamir zu fokussieren. Und mit einer kleinen Unterstützung meinerseits und der von Tobias Falk konntet ihr zu uns transportiert werden. Lamir ist eine von unzähligen Welten, ähnlich wie die eures Heimatplaneten Erde.*

Aus seinem Mund – oder eher aus seinen Gedanken - hörte es sich sehr einfach an. Er strahlte sie an, und wieder zuckten sie ein wenig vor seinem gruseligen Anblick zurück.

Oh, glaubt nicht, es wäre leicht gewesen, auch wenn es sich vielleicht so angefühlt hat. Das zeigt, wie groß eure eigenen Kräfte sind, die wir angezapft haben. Sein Tonfall wurde ernster. Er erklärte ihnen, warum er sie hergeholt hatte: *Es tut mir in der Seele leid, dass es auf den Welten dort draußen eine große Anzahl von Verfolgten gibt. Der Großteil der Bevölkerungen ist voller Feindseligkeit gegenüber den mutierten Minderheiten ihrer eigenen Spezies. Wir heben uns von den normalen Wesen ab, da wir Telekinese oder Telepathie beherrschen oder manche, wie in eurem Falle, zusätzlich ein hohes Potenzial für weitere Fähigkeiten aufweisen. Für all die Verfolgten habe ich Lamir als Zufluchtsstätte begründet. Die talentierten Lebewesen, die außerstande sind, aus eigener Kraft zwischen den Welten zu „reisen", so wie es bei eurer kleinen Familie noch ist, sollen jedoch auch die Chance bekommen, den wunderbaren Planeten Lamir kennenzulernen. Euch biete ich ebenfalls an, unter Euresglei chen leben zu können. Jeder Neuankömmling lernt, seine Kräfte zu nutzen und sie voll auszubilden. Ich war der Erste unserer neuen Gesellschaft, der die Welt, die zu unserer Heimat geworden ist, betreten hat. Und wir heißen jedes Wesen mit friedlichen Absichten aufs herzliche Willkommen.*

Aus jedem Satz hörte Dominic den immensen Stolz heraus, den Hork empfand. Er schloss seinen kleinen Vortrag mit dem Gedanken: *Natürlich würde Dominic eine ganz normale Schulausbildung bekommen, die in etwa dem heutigen Wissensstandard der Erde entspricht. Die Schule beginnt in knapp sechs Wochen unserer lamiranischen Zeitrechnung. Solange habt ihr Bedenkzeit. Ihr könnt euch alles ansehen, dann entscheidet ihr, ob meine Heimat zu eurer werden soll. Die Grundausbildung der Schüler, Schülerinnen und der geschlechtslosen Schüler dauert eineinhalb Jahre.*

Emilie hob eine Hand und signalisierte, dass sie eine Frage hatte. Hork unterbrach sich und schaute die kleine Frau fragend, mit schräggestelltem Kopf und diesem gruseligen Grinsen auf den schmalen Lippen an.

Eingeschüchtert von der ganzen Situation, die sie zu überwältigen schien, zitterte ihre Stimme leicht: »Was hätte Dominic nach diesen anderthalb Jahren für Möglichkeiten?«

Mehrere Alternativen stehen ihm offen: Er kann eine wissenschaftliche Laufbahn einschlagen und besucht unsere „Akademie der denkenden Künste". Oder er kann ein festes Mitglied eines unserer Teams werden und wird als Kämpfer weiter angeleitet. Besonders starke Telepathen – und Dominic ist ein sehr starker – werden dazu ausgebildet, auf Missionen zu gehen. Unsere Präkogs ..., er machte kurz Halt in seiner Erklärung, um auf die unausgesprochene Frage Dominics zu antworten, der den Mund vor lauter Staunen nicht zu bekam. *Ja, tatsächlich handelt es sich um Hellseher. Gerne können wir den auf der Erde gebräuchlichen Begriff für diese Begabten benutzen. Also, unsere Hellseher sehen durchaus Katastrophen voraus, aber sie sehen längst nicht alles. Wir stellen uns nach einer Vision immer folgende Fragen: Ist es eine natürliche Katastrophe, an der niemand die Schuld trägt? Was wird dann zu dieser führen? In solchen Fällen arbeiten wir mit den Krisenteams der jeweiligen Welten zusammen, die auf mein Anraten hin ins Leben gerufen werden. Ist die Katastrophe unnatürlichen Ursprungs und es stecken Lebewesen dahinter, fragen wir uns: Welche Wesen werden für diese verantwortlich sein? Manchmal sehen unsere Hellseher klare Bilder, manchmal sind die Gesichter verschwommen. Unsere Teams müssen vor Ort oft wahre Detektivarbeit leisten, um die Verursacher zu bestimmen. Gelingt ihnen das, ziehen sie die Schuldigen aus dem Verkehr, bevor Lebewesen in Mitleidenschaft gezogen werden. Diese verbrecherischen Wesen unterscheiden sich völlig von uns. Sie besitzen meist keine Begabungen, sie handeln aus Habgier oder aus Böswilligkeit. Einige sind religiös motiviert, andere politisch. Nichtsdestotrotz müssen sie unschädlich gemacht werden. Wir verhindern Naturkatastrophen oder bekämpfen Verbrechen. Das ist unsere Aufgabe.*

Kurz blitzte in Dominics Kopf das Bild einer Hochsicherheitsanlage auf. Wesen, die in Zellen eingesperrt waren. „Maranturena" war der Name der Stadt, in der die Gefangenen verzweifelt ihr Leben fristeten. Der Jugendliche spürte noch etwas; ganz hinten in Horks Kopf. Unterdrückt zwar, doch für ihn deutlich spürbar. Hork war zutiefst betrübt darüber, solch unerbittliche Maßnahmen ergreifen zu müssen. Aber es musste sein, um die Welten vor den bösartigen Kreaturen, die dort eingesperrt waren, zu schützen. Daran glaubte das kleine Wesen aus einer festen Überzeugung heraus.

Mit einem erstaunten Gesichtsausdruck verschloss Hork seinen Geist erneut. Was hatte diese Familie für extreme Kräfte? Ständig musste er seine Blockade verstärken. Dergleichen hatte Dominic nicht sehen sollen. Diese harten Tatsachen waren für ihn tabu. Der Junge war zu unschuldig, um es verstehen zu können. Das kleine Menschlein war jetzt bereits sehr viel stärker, als er vermutet hatte. Das würde Hork in Zukunft berücksichtigen müssen, er würde ihn niemals mehr so unterschätzen, wie er es am heutigen Tage getan hatte.

Er beobachtete seinen neuen Schützling unauffällig aus den Augenwinkeln heraus, als er fortfuhr: *Ebenso kann er auf die Erde zurückkehren und dort weiter eine schulische Ausbildung verfolgen und dann studieren oder auf anderen Welten, was immer er möchte, lernen. Mein guter Freund Tobias Falk – übrigens ein Schotte – lehrt Parapsychologie an einer Universität in London. Ganze Welten stehen Dominic offen. Die kommenden eineinhalb Jahre werden unsere Lernenden prägen. In dieser Zeit stellen sie mit unserer Hilfe die Weichen für ihr weiteres Leben.*

Der menschliche Jugendliche war wie erschlagen von den Informationen. *Wie soll ich mich bei all den Möglichkeiten für eine entscheiden?*

Hork legte ihm beruhigend eine Hand auf die Schulter. *Du hast genügend Zeit, deinen Weg zu finden. Du wirst die richtige Entscheidung treffen.*

Detektiv zu werden, wäre schon cool.

Kühl? Warum sollte es kühl sein? Ah, verstehe den Ausdruck. Dazu wirst du auf jeden Fall befähigt sein. Aber die Alternativen würdest du ebenso herausragend meistern können, da bin ich mir absolut sicher. Lass dir Zeit bei deiner Auswahl.

Und an alle gerichtet sprach Hork in ihre Gedanken hinein: *Es steht den Lernenden folglich frei, wieder auf ihren Heimatplaneten zu leben oder unter Lebewesen mit ähnlichen Fähigkeiten. Allerdings verlange ich eine Gegenleistung für die Ausbildung, die ich ihnen angedeihen lasse: Sie müssen ihre Kräfte Lamir in Krisensituationen zur Verfügung stellen. Jetzt kennt ihr meine Bedingung. Hat sie euch sehr abgeschreckt? Sodass ihr sofort wieder zurück möchtet?*

Dominic war völlig überwältigt und nach den Gesichtern seiner Eltern zu urteilen, waren diese es ebenfalls. Wie benommen schüttelten sie die Köpfe.

Daraufhin verbeugte sich Hork kurz. Mit einem wissenden Lächeln wandte er sich der Tür zu, um diese mit einem beiläufigen Wink seiner Klaue zu öffnen.

Bluma wird euch die Zimmer zeigen, damit ihr euch frisch machen könnt. In einer Stunde gibt es Essen.

Ein bezauberndes Wesen betrat die Bibliothek. Es schien zu schweben und schillerte in sämtlichen Regenbogenfarben. Große, bunte Augen schauten sie freundlich an. *Herzlich willkommen auf Lamir. Bitte folgt mir.* Die Stimme klang weiblich in den Köpfen der Neuankömmlinge.

Das Wesen namens Bluma führte sie eine steinerne Treppe hinunter und aus dem Turm hinaus. Sie überquerten einen Weg aus blauem Gras. Dann ging es durch einen hohen Rundbogen in einen weiteren Turm hinein, der den Abschluss eines Wohnblocks bildete. Es war für Dominic seltsam anzusehen, wie dieser mittelalterlich anmutende Turm im krassen Gegensatz zu der hochmodernen Anlage stand, die sie betraten. Er erwartete, Zimmer vorzufinden, die genauso altmodisch wie die Bibliothek eingerichtet waren, aber da täuschte er sich gewaltig. Die Betten waren modern und hatten bequeme Matratzen.

Emilies Blick fiel auf eine offene Tür. Im Nebenzimmer sah sie einen Schreibtisch mit einem ultramodernen Computer. Staunend betrat sie den Raum und befand sich mitten drin ... in ihrem eigenen Arbeitszimmer. Der Kaffee stand fertig auf der Anrichte. Sprachlos fragte sie sich, ob sie wütend über die Einmischung in ihr Leben sein sollte oder erfreut über die Möglichkeit, die sich ihnen bot.

Sie war verständlicherweise komplett geflasht und sprach im Stillen mit sich selbst: Ein Planet voller paranormal begabter Aliens, die uns entführt haben? Aber angeblich haben wir uns selbst hierhin gewünscht? Häh?

Sie schüttelte verständnislos den Kopf. Langsam kam sie zu der Überzeugung, dass sie jeden Moment aufwachen würde, und zwar auf der Erde in ihrem Bett, und alles würde sich als ein absurder Traum herausstellen. Wie konnte es sonst sein? Außerirdische? Mit paranormalen Kräften? Nein, das ging einfach nicht in ihren Kopf. Doch als Emilie in die Gesichter ihrer beiden geliebten Männer sah, dachte sie, es könnte niemandem schaden, eine Zeit lang auf dieser eigenartigen Welt zu leben.

Sie sah zwei heftig nickende Köpfe und in Gedanken stimmten die beiden ihr freudig zu. Ihre Entscheidung war gefallen, sie wollten hierbleiben. Vor der kleinen Familie lag eine aufregende Zeit, die ihnen nicht nur Angenehmes bringen würde.

Kapitel 5

Die Zuflucht

Nachdenklich schaute das jahrhundertealte Wesen den Kellers hinterher. Als sich die Tür hinter ihnen schloss, trat Hork aus dem Geschlecht der Assas von der Welt Porta auf den Balkon der Bibliothek. Er sah von dem Turm herab auf eine Welt, die er jahrzehntelang verzweifelt gesucht hatte. In dieser Zeit der Suche war er ein Verfolgter, ein von der Gesellschaft Gefürchteter gewesen, allein seiner Gabe wegen. So hatte er schon in jungen Jahren lernen müssen, seine Fähigkeiten zu verbergen.

Damals auf Porta lebte er mit seiner Schwester Marian ständig in Furcht, entdeckt zu werden. Eine längere Zeit gelang es ihm, unauffällig zu bleiben, da er es meistens vermeiden konnte, seine besonderen Kräfte in der Öffentlichkeit zu benutzen. Die Abschnitte aber, in denen sein Leben ohne Probleme verlief, waren in den letzten Jahren bedenklich kürzer geworden. Denn die Zeiten wurden für alle Portaner gefährlicher. Mit der stetig wachsenden Bevölkerung stieg die Verbrechensrate und Naturkatastrophen häuften sich aufgrund der Verschmutzung des Planeten.

Geriet Hork in eine Situation, aus der er sich oder andere einzig und allein mithilfe seiner Fähigkeiten befreien konnte, zögerte er niemals, sie anzuwenden. Nach der

Entdeckung war er erneut gezwungen, alles zurückzulassen und zu fliehen. Wie oft hatte er sich ein Leben aufgebaut, das er zum wiederholten Male aufgeben musste? Längst hatte er aufgehört mitzuzählen. Eines aber wusste er, es war viel zu oft gewesen. Die Zeit war gekommen. Die Toleranzgrenze, es hinzunehmen, sich ständig verstecken oder fliehen zu müssen, sank bis zur Nulllinie.

Er lernte Lutec kennen und dieser brachte ihn mit einer Gruppe von Leuten zusammen, die ähnliche Fähigkeiten wie er besaßen. Diese Freiheitskämpfer und Freiheitskämpferinnen liefen nicht davon. Sie kämpften für ihr Recht, in Ruhe und Frieden leben zu können. Es veränderte sein ganzes Leben. Gewalt und Hass bestimmten von nun an sein Dasein. Zehn Jahre hielt er durch, bis er Lutec und die Widerstandsbewegung verließ, da sein gutmütiges Wesen es nicht mehr ertrug. Und weitere beinahe fünfzig Jahre dauerte es, bis er Lamir fand.

Heute zählte sein Leben vierhundertachtundachtzig Sonnenumläufe und die Begründung seiner Gesellschaft lag vierhundert Zyklen lamiranischer Zeitrechnung zurück. Hork sah sich einen überwältigend schönen Sonnenuntergang an. Auf einer Welt, wie es keine zweite im Universum gab; voller Frieden und Glückseligkeit. Vor langer Zeit hatte er ihr den Namen Lamir, „Begabung", gegeben. Die Behausungen schmiegten sich in die Wälder und in die umliegenden Hügel oder entstanden in Höhlen. Sie waren eins mit der Natur geworden und störten das Auge des Betrachters in keiner Weise. Mithilfe ihrer Energiekristalle, die sie Talismane nannten, erweiterten die Begabten die Bäume zu wahren Kunstwerken. Der Umgang der Lamiraner mit der Natur war so behutsam und unauffällig, wie es überhaupt möglich war.

Hork ging den Balkon entlang zu der Seite des Turmes, die er mit seiner Vertrauten Julana bewohnte. Der in die

Jahre gekommene Portaner sah auf das riesige Anwesen hinab, das seit Jahrhunderten beständig gewachsen war. Die Lernenden, die hier lebten, waren auf seinen Schutz angewiesen.

Bisher habe ich meine Sache doch sehr gut gemacht, wie ich finde, lobte er sich in Gedanken selbst.

Hork gab ihnen Hoffnung. Und manchmal fing er Schwingungen von ganz besonderen Lebewesen auf, die mit ihren immens starken Fähigkeiten das Schicksal Lamirs verändern konnten. Er bildete sie für ein höheres Ziel aus. Eine mächtige Welt, und Lamir gehörte zu den mächtigsten im Universum, erschuf sich auch Feinde, die ihrer Bewohner habhaft werden wollten. Einer davon war Lutec, sein einst bester Freund.

Sie waren zu erbitterten Gegnern geworden, als Hork einen anderen Weg eingeschlagen hatte. Während Lutec die Kräftelosen bekämpfte, wollte er ihnen mit seinen Teams in Krisensituationen zur Seite stehen. Der Führer der Widerstandsbewegung versuchte seit Ewigkeiten, Lamir zu finden, um die Zusammenkunft so vieler Begabter dazu zu nutzen, seine Feinde endgültig zu besiegen. Doch Hork würde mit allen Mitteln zu verhindern versuchen, dass irgendjemand, der seinen Schützlingen feindlich gegenüberstand, Lamir betrat. Eine sehr lange Zeit hatte er Erfolg gehabt, aber ein Gefühl sagte ihm, es würde keineswegs immer so bleiben. Würden seine Bemühungen in Zukunft weiterhin ausreichen? Nicht zuletzt Dominics Vision vor ein paar Monaten ließ ihn Schlimmes befürchten.

Er ignorierte die leisen Zweifel. Zuversichtlich und mit einem Lächeln auf den Lippen wandte Hork sich ab und betrat sein Gemach. Bald sollten weitere „Auserwählte" zu ihnen stoßen. Aber bevor das geschah, musste er selbst eine Reise antreten. Es war in den letzten Jahrzehnten selten vorgekommen, dass er Lamir verlassen hatte, aber der Ausgang dieses Abstechers zur Erde war von größter Wichtigkeit für die kommende Mission. Daher musste er dringend seinen alten Freund aufsuchen.

Auch Tobias Falk hatte vor vielen, vielen Jahren einmal zu den Auserwählten gehört, die Hork um sich versammelte. Und er half ihm bereits dabei, die Teammitglieder nach Lamir zu bringen, aber das genügte für die Zukunft nicht. In ein paar Wochen sollte die Ausbildung ihrer Kräfte beginnen und der alte Mann hoffte, Falk als ihren Ausbilder gewinnen zu können.

Hork nahm seine engste Vertraute mit. Julana, seine taubstumme Begleiterin, war schon an seiner Seite. Er griff zu dem Stab, der mit geheimnisvollen Runen verziert war, die in eine graue Metalllegierung eingraviert waren. Das Metall war das härteste, das er auf seinen Reisen finden konnte; es war praktisch unzerstörbar. Der kristallene Talisman, der zusätzlich in einen kostbaren Edelstein an der Spitze des Stabes eingebettet war, leuchtete kurz in einem strahlenden Weiß auf.

Die schlanke Frau neben ihm beobachtete ihn genau. Für Hork war ihre Präsenz immer spürbar. Vor einer halben Ewigkeit waren sie eine Verbindung eingegangen, die über jedes körperliche Empfinden hinausging. Die große Humanoide war sein Gewissen, sie hielt alle schlechten Emotionen von ihm fern. So sahen und fühlten die Gesprächspartner ausschließlich seine ausgeglichene Art. Er war jederzeit Herr der Lage, nichts und niemand konnte ihn aus der Ruhe bringen; und das hatte er ihr zu verdanken.

Kapitel 6

Die Kriegerin

Die taubstumme Kriegerin Julana stammte von dem rauen Planeten Sulan. Um darauf zu überleben, entwickelten die Bewohner außerordentliche körperliche Kräfte. Ausnahmslos die Starken konnten den größtenteils unerbittlichen Bedingungen standhalten. Daher formten sich kriegerische Völker mit wilden Emotionen, die ihre Gesellschaft an den Rand der gegenseitigen Ausrottung führten. Um der endgültigen Vernichtung zu entgehen, lernten die Sulaner ihre starken Gefühle zu bändigen, indem sie sie unterdrückten. Ohne diese extreme Maßnahme wäre ihre Gesellschaft im Chaos versunken.

Aber Julana unterdrückte nicht allein ihre eigenen Emotionen, sie blockierte ebenfalls spezielle Gefühle Horks, die ihn bei der Ausführung seiner Aufgaben behindern konnten. Dadurch hatte er die Freiheit, sich ganz darauf zu konzentrieren, seine Gefolgsleute zu beschützen und Entscheidungen für sie zu treffen, die oft hart ausfielen. Nach außen hin wirkte die Sulanerin gefühlskalt, aber sie liebte den alten Mann weit mehr als ihr Leben und opferte sich für ihn auf. Zwanzig Sonnenumläufe alt war sie, als sie nach Lamir gekommen war. In den darauffolgenden Jahren hatte Hork sie voll und ganz in sein Leben integriert. Sie kannte seine Gefühle, die er für sie empfand. Julana wusste, er liebte sie wie eine Tochter, und bald schon war ihre Anwesenheit selbstverständlich für ihn geworden. Er verließ sich auf die durchtrainierte Kriegerin und vertraute ihr bedingungslos. Und das bereits seit beinahe dreihundert Jahren. Die Sulanerin füllte die große Lücke aus, die durch den Fortgang seiner Schwester Marian, die ein Leben in einem religiösen Tempel auf Porta gewählt hatte, entstanden war. Julana folgte ihm seitdem wie ein Schatten. All das wusste sie, aber ihr war keineswegs bewusst, welcher Natur ihre eigene Liebe für ihn entsprach. Sie würde es beizeiten herausfinden.

Jeder Lamiraner nahm ihre Anwesenheit hin, sie gehörte an die Seite des Oberhauptes von Lamir, niemand dachte weiter darüber nach. Durch ihre grauen, sehr kurz geschnittenen Haare und ihre ebenso grauen Augen wirkte sie absolut farblos. Auch ihre Kleidung entsprach genau dieser Farbe. So schien sie durch ihr unscheinbares Äußeres und ihr unauffälliges Auftreten fast unsichtbar zu sein. Dabei war sie groß gewachsen. Trotz ihrer überlangen Gliedmaßen bewegte sie sich elegant wie eine Raubkatze. Horks Besucher schauten meist einfach durch ihre große Gestalt hindurch und beachteten sie nicht weiter. Das war ihr absolut recht.

Wenn Julana jedoch von einem Wesen fasziniert war, fokussierte sie ihr ganzes Sein auf dieses. Ihre riesigen, ausdrucksstarken Augen waren wie ein Sog, der alles, einem Wirbel gleich, anzuziehen vermag. Da der taubstummen Sulanerin keine andere Möglichkeit zur Verfügung stand, musste sie die Gesprächspartner in ihren Kopf lassen. Normalerweise kratzten sie allenfalls an ihren oberflächlichen Gedanken, wie es für Telepathen üblich war. Aber ließ sie jemanden weit genug vordringen, sah er ihre Gefühle, die sie tief in sich verborgen hielt. Ehe er sich versah, ertrank er in ihnen, spürte diese unbändigen

Emotionen. Dadurch fühlte er sich stark und unbesiegbar. Es war wie eine Droge und berauschte ihrem Partner die Sinne.

Doch wenn die wilde Kriegerin ihre Gedanken wieder vor ihm verschloss, was meist früher als später geschah, fühlte er sich schwach und bedeutungslos, aller Selbstsicherheit beraubt. Sie ließ nicht oft jemanden in ihren Kopf und nur wenige waren stark genug, es zu verwinden. Aber sie hatte ebenfalls Bedürfnisse, deshalb teilte sie ab und an ihr Bett und ihre Gedanken mit jemandem, und dabei bevorzugte sie keinerlei Geschlecht.

Sie sprach mit ihrer leidenschaftslosen Stimme direkt in Horks Kopf: *Ist es so weit, brechen wir auf, Sessin?*

Die Kriegerin umfasste ihr breites Schwert, nachdem er zugestimmt hatte. Die Waffe wirkte klobig und unelegant; völlig schmucklos, wie Julana selbst es auch war. Das einzige Schmuckstück war ihr Talisman, der den Griff der Waffe zierte. Er schimmerte in einem leichten Grau. Doch was der Betrachter niemals vermutete, war, dass sie das Schwert aus dem sehr leichten und widerstandsfähigen Metall gefertigt hatte, mit dem Hork seinen alten Stab von Porta überzogen hatte. Lässig ließ sie die Waffe in die Lederscheide an ihrer Hüfte gleiten. Für die Sulanerin war es selbstverständlich, mit ihm auf die Reise zu gehen, denn er brauchte sie. Und so machten die beiden zusammen einen Schritt nach vorne. Hork hielt seine Gefährtin fest an der Hand, denn sie war unfähig, sich aus eigener Kraft zu teleportieren. Dabei glühte sein Energieschild weiß und ihrer grau.

Kapitel 7

Der fast unsterbliche Mann

Tok, Tok, Tok.

Der große, dürre, aber dennoch muskulöse Mann ging in einer Seitengasse mit seinem altmodischen Spazierstock, der auf skurrile Art unpassend für dieses Jahrhundert war, auf und ab. Ein leises Tok begleitete ihn. Das Geräusch entstand, wenn die Metallspitze des Stockes den Boden berührte. Mit langen Fingern strich er sich die braunen, etwas längeren Haare aus dem Gesicht.

Die Gasse war auf beiden Seiten von Hochhäusern umgeben. Etwas weiter zur Straße hinaus hörte er die gedämpften Geräusche der Großstadt Berlin. Der gut aussehende, nicht mehr ganz junge Mann stoppte, hob den Kopf und lauschte. Dicht gedrängt fuhren die Autos und hupten sich entweder als Warnung oder zur Begrüßung an. Nach einer Weile nahm er seinen Gang wieder auf. Seine immerwährenden Bewegungen besagten, dass er es hasste stillzustehen.

Tok, Tok, Tok.

Dann, als hätte er etwas wahrgenommen, blieb er erneut stehen und starrte auf eine Stelle. Gelassen erwartete der Mann Hork und seine Begleiterin, die im nächsten Moment aus dem Nichts erschienen. Tobias Falk war der einzige Mann, der eine Bindung mit Julana halbwegs normal überstanden hatte. Die Beziehung hatte für die Verhältnisse der Sulanerin recht lange angedauert.

Als sein Name noch John Fraser gelautet hatte, hatte er Lamir das erste Mal betreten. Falk alterte nicht, wie normale Lebewesen alterten. Die Gabe eines besonders langen Lebens war gleichermaßen ein Segen und ein Fluch für den ungewöhnlichen Mann. Beides begleitete ihn seit seinem zwanzigsten Lebensjahr. Geboren im Jahre 1691 in Schottland und getauft auf seinen Geburtsnamen, änderte er Fraser bei seiner letzten Wiederkehr. Seit mittlerweile über hundertsiebzig Jahren kannte man ihn unter dem Namen Tobias Falk, und er besaß die außergewöhnlichste Gabe von allen: Er wurde nur dann geringfügig älter, wenn er starb. Dann glitt er durch einen Tunnel zu einem Ort, der sich in einem Tal umgeben von Felsen befand. Immer landete er in einem Bach mit energiereichem Wasser, das ihn heilte und ihm neues Leben schenkte. Die Energie, die er auf der Reise dorthin verbrauchte, ließ ihn um genau fünf Jahre altern.

Im Laufe der Jahrhunderte hatte er es vermeiden können, allzu häufig zu sterben. Die ersten vier Mal waren in einer gefährlichen Zeit gewesen, nach dem fünften Mal im Jahre 1797 kam er in einer zivilisierten Epoche an, sodass er einem erneuten Tod aus dem Wege gehen konnte.

Für seine Ableben im 18. Jahrhundert hatte er als John Fraser keinerlei Erklärung. Heute, im Jahre 2019, wusste Falk von mehreren Theorien, eine davon war das Modell der Einstein-Rosen-Brücke, auch Wurmloch genannt. Zumindest den Tunnel konnte er sich damit ansatzweise erklären, keinesfalls jedoch den wundersamen Ort, zu dem er am Ende gelangte und der ihn um genau die Zeitspanne in die Zukunft schickte, die er in einer Wiederkehr gelebt hatte. So war er bei seiner letzten Wiederkehr in dem Jahr 1849 und nicht 1797 zurück ins Leben gekommen, denn er hatte von dem vierten bis zum fünften Tod zweiundfünfzig Jahre ohne eine gewaltsame Unterbrechung gelebt. Warum er nicht zu dem Zeitpunkt seines Ablebens zurückgeschickt, sondern immer in die Zukunft versetzt wurde, war unerklärbar für ihn.

Durch eine weitere Fähigkeit, die des Teleportierens, war er nicht nur auf die Erde beschränkt. Er lernte zahlreiche Planeten mit den merkwürdigsten Wesen kennen, dadurch wurde ihm klar, dass seine Gabe der Wiedererweckung sehr selten war, denn er fand nie ein ähnliches Wesen wie sich selbst.

Den Farmer William Fraser hielt er bis zu seinem zwanzigsten Lebensjahr für seinen biologischen Vater. Erst als seine Mutter Martha, die der hochwohlgeborenen Familie der Buchanans abstammte, im Sterben lag, teilte sie ihm mit, dass dies eine große Lüge war. Damals war sie verstoßen und William ihr als Ehemann aufgezwungen worden, weil sie mit ihrem ersten Sohn unehelich schwanger gewesen war. Viel konnte sie ihm allerdings nicht über seinen Erzeuger sagen, denn ihr war selbst nur Ungenaues über dessen Herkunft bekannt. Als sie ihn das letzte Mal gesehen hatte, war er in einem gleißenden Licht verschwunden. Vom einen auf den nächsten Moment hatte er sich in Luft aufgelöst. Keine weiteren Anhaltspunkte hatte Falk über seinen Vater. Selbst auf seinen Reisen erfuhr er nichts, was das Geheimnis lüftete.

Aufgewachsen als Sohn eines Farmers hatte sich John Fraser im Laufe der Jahrzehnte zu einem schottischen Edelmann gemäß seiner mütterlichen Abstammung gemausert. In dem bedeutungsvollen Jahr 1765 irdischer Zeitrechnung hatte der langlebige Mann Lamir betreten. Sein Körper war bereits seit Jahrzehnten schon der eines vierzigjährigen Mannes geblieben.

***

Ordentlich wie aus dem Ei gepellt materialisierte er sich in seinem besten Ausgehanzug direkt vor Julana.

Ungeachtet der Tatsache, niemals zuvor ein ähnliches Wesen gesehen zu haben, fühlte er sich durch ihr befremdliches Äußeres nicht abgestoßen. Seltsamerweise dachte er sofort in der weiblichen Form von ihr. Er betrachtete sie näher. Sie hatte aschgraue, schmale Striche als Lippen und ihr Gesicht war eher unscheinbar, flach mit einer winzigen Erhebung da, wo er die Nase vermutet hätte. Es gab keine Ohren, nur Vertiefungen an den Seiten, und die Augen lagen tief in den Höhlen, keine Augenbrauen verzierten sie. Aber noch nie hatte er in solch schöne Augen geblickt, die von zarten Wimpern umrahmt waren. Und ihr langer, filigraner Hals übte vom ersten Moment an eine erotische Faszination auf ihn aus, die er sich nicht erklären, der er sich aber keinesfalls entziehen konnte.

Er sprach sie mit tadellosen Manieren an, wie es sich für einen wohlerzogenen Mann des 18. Jahrhunderts gehörte: »Entschuldigen Sie bitte mein Eindringen, aber wo bin ich hier?«

Sie antwortete ihm in seine Gedanken hinein: *Du wirst erwartet. Folge mir!*

Etwas pikiert über den Befehlston, wunderte er sich: Wie kann ich erwartet werden? Ich kenne diese Welt doch überhaupt nicht. Perplex folgte er ihr auf dem Fuße. Gespannt, wohin sie ihn führte.

Er musste sich in einer burgähnlichen Anlage befinden, denn der Gang, in dem er aufgetaucht war und den das merkwürdige Wesen ihn entlangführte, war sehr hoch und aus unverputztem Gestein.

Nachdenklich zog er eine Augenbraue in die Höhe. Wenn er jetzt genau darüber nachdachte, dann hatte sie wartend dort gestanden: Wie soll das möglich sein? Ist sie eine Hellseherin? Handelt es sich bei diesem Lebewesen überhaupt um eine Sie?

In diesem Moment öffnete sich eine hohe Tür direkt vor ihnen, ohne dass sie irgendjemand angefasst hatte.

Das graue Wesen, das vor ihm die Bibliothek betrat, zog sich in eine Ecke zurück.

Er schaute es sich ganz genau an und kam zu dem Ergebnis: Ja, definitiv, es ist eine Sie.

Obwohl die Frau durch und durch entspannt wirkte, schien ihr Körper jederzeit zum Sprung bereit zu sein. Wie eine Raubkatze, die ihre Beute beobachtete, waren ihre Augen wachsam auf den Gast gerichtet.

Ein alter Mann in einer roten Robe trat auf ihn zu, und eine ironische Stimme begrüßte ihn direkt in seinem Kopf: *Auch dir ein herzliches Willkommen - tj, tj ... alter Mann! Also wirklich, das ist aber gar nicht nett. Ich bin schließlich erst zweihundertvierunddreißig Sonnenumläufe jung.*

Entsetzt überlegte John, ob er seinen ersten Eindruck über das Wesen vor ihm laut ausgesprochen hatte.

Nein, aber wir sind hier alle Telepathen. Sei allzeit gewarnt: Wenn unser Gegenüber unfähig ist, seine Gedanken zu blockieren, dann schnappen wir sie schon mal auf, ohne es verhindern zu können. Ich bin Hork und noch einmal: herzlich willkommen. Du bist auf Lamir und verzeih mir, wenn ich mich in deine Privatsphäre eingemischt habe, aber ich habe dich hierher gelotst.

Und wieder zog John erstaunt eine Augenbraue hoch. Merkwürdigerweise war er völlig entspannt, obwohl er gerade von seiner Entführung erfahren hatte.

Aber bitte, John, hierbei handelt es sich doch um keine Entführung. Ich habe dir nur einen Schubs in die richtige Richtung gegeben, den Rest hast du ganz alleine geschafft.

John richtete das Wort an seinen „Gastgeber", das ganze telepathische Zeugs war ihm doch etwas zu unheimlich: »Ich würde es begrüßen, wenn wir uns mit dem gesprochenen Wort unterhalten könnten, und ich würde Sie bitten, sich aus meinem Kopf herauszuhalten.«

Die Stimme von Hork war kraftvoll und hatte ein angenehmes Timbre. »Natürlich, bitte entschuldige. Wir benutzen unsere Stimmen nur noch sehr selten.« Er zeigte auf einen Sessel, der vor einem kleinen Tisch stand. »Bitte nimm Platz. Darf ich dir eine Tasse Tee anbieten?«

»Wird mir die Teemischung denn bekommen? Ich möchte mir ungern den Magen verderben.«

Seine Bedenken kamen keineswegs von ungefähr. Am Anfang seiner Reisen, als er noch keinerlei Erfahrungen damit hatte, hatte er sich oftmals den Magen an dem einheimischen Essen und Trinken der verschiedensten Welten verdorben.

»Ich hoffe, Earl Grey ist angenehm für dich?« Verschmitzt lächelte er John an und zwinkerte ihm zu.

Hork hatte zu diesem Zeitpunkt zwar noch keinen Kontakt zu den Regierungen der Erde aufgenommen, aber seine Teams und ebenso er selbst hatten Johns Heimatwelt schon des Öfteren vor Katastrophen bewahrt. Er hatte einen Narren an der Erde gefressen und besuchte sie ab und an, um sich an den Errungenschaften der Menschen zu erfreuen, wie zum Beispiel an diesem ausgezeichneten Tee.

Der Mensch antwortete überrascht, hatte er mit so etwas Zivilisiertem auf keinen Fall gerechnet: »Earl Grey ist perfekt, danke. Bitte zwei Stück Zucker und einen Spritzer Milch.«

Während Hork den Tee eingoss, fing er an zu plaudern. »Ich bin froh, dich endlich einmal kennenzulernen. Du geisterst schon eine ganze Weile in meinem Kopf herum, und endlich konnte ich deine Schwingungen auffangen und sie hier zu uns umleiten.« Offen und mit ehrlicher Freude schaute er ihn an. »Aus welchem Jahr kommst du gerade genau?«

»Wir schreiben das Jahr 1765 und ich repräsentiere die Erde und ... ich komme in Frieden?!«

»Oh, natürlich, Dummerchen, das weiß ich doch. Ich will dir ebenfalls nichts Böses. Um genau zu sein, möchte ich dir einen Vorschlag unterbreiten. Ich lade dich in meinen Kopf ein, das geht bedeutend schneller, als dir alles mit dem verbalen Wort zu erklären. Ich würde dir gerne unsere Geschichte zeigen, und dann werde ich dir eine Frage stellen.«

»Wie würde das vonstattengehen?«

»Du musst dich zurücklehnen, dich voll und ganz auf mich konzentrieren. Nichts weiter, den Rest erledige ich.«

»Nun gut, es fügt mir hoffentlich keinen Schaden zu. Und ich bin immer bereit, mich auf ein Abenteuer einzulassen. Sie können beginnen.«

Er lehnte sich zurück und schloss die Augen. Sofort bemerkte er einen tastenden Gedanken in seinem Geist, und dann stürzten die Eindrücke ungehemmt auf ihn ein. Er sah grauenhafte Bilder von Krieg und Zerstörung in Horks Gedanken, von unendlichem Leid auf vielen verschiedenen Welten. Dann plötzlich sah er Bilder von Glück und Zufriedenheit auf Lamir. So lernte John Fraser, der erst viel später zu Tobias Falk werden sollte, die Welt Lamir und Horks Absichten kennen.

Hork bot ihm an, ihn für ein höheres Ziel auszubilden und stellte John eine Frage: »Bist du bereit, deine Kräfte nach der Ausbildung in den Dienst Lamirs zu stellen, wann immer unsere oder eine der anderen Welten sie benötigt?«

Freudestrahlend nahm John an. Er selbst hatte Hexenverbrennungen kennengelernt und hätte sie fast am eigenen Leib erfahren. Eine sichere Zufluchtsstätte zu haben erfüllte ihn mit einem Gefühl der Geborgenheit, mit der er längst nicht mehr gerechnet hatte. Vor seinem ersten Besuch auf Lamir hatte er viele Welten besucht, aber keine war darunter gewesen, die wie Lamir war; die er zu seiner zweiten Heimat auserkor.

Nach der Ausbildung dann, in der er all seine Kräfte kennengelernt und Hork sie zur Perfektion gebracht hatte, blieb er ein paar Jahre auf Lamir und half, die Neulinge auszubilden. Doch er liebte und vermisste seine Heimat, daher zog er zurück auf die Erde. Aber wann immer Hork ihn brauchte, kam er und half ihm, wie in diesem Moment, zweihundertvierundfünfzig Jahre später.

Kapitel 8

Eine eingeschworene Gemeinschaft

Falks dunkle, warme Augen musterten den Ankömmling und Hork sprach ihn an: »Ah, Tobias, das Timing könnte nicht besser sein, du hast meine Nachricht also erhalten. Hast du deinen neuen Schützling kennengelernt? Er ist aus deiner Epoche, habe ich recht?«

»Ja, wir befinden uns im Jahr 2019. Um genau zu sein in Berlin. Er ist ein sehr vielversprechender Junge. Ich beobachte ihn bereits eine ganze Weile. Du hast ihn sicherlich gerade in Empfang genommen.«

Falk hatte der Familie schon seit geraumer Zeit Bilder gesandt, die sie für ihre Illustrationen des neuen Buches verwendeten. Natürlich hatten sie keinerlei Verdacht geschöpft. Wie hätten sie vermuten können, jemand Fremdes könnte für ihr Werk über eine fantastische Welt mitverantwortlich sein? Er hatte ihnen die Eindrücke von Lamir geschickt, um sie für diese fremdartige Welt aufgeschlossener zu machen. Falk zweifelte an der ethischen Korrektheit seiner Vorgehensweise. Aber manchmal musste er seine Skrupel beiseiteschieben, wenn es um ein höheres Ziel ging. Da vertraute er ganz auf Hork. Wenn sein Mentor sagte, Dominic Keller sei in Zukunft wichtig, dann war er es. Punkt aus. Der alte Mann hatte die Mitglieder der Familie von Lamir aus gezogen, während Falk sie von Berlin aus durch den Tunnel gelenkt und sie mit dem lebensnotwendigen Schutzschild umgeben hatte. Um drei Personen gleichzeitig aus der Ferne zu teleportieren, benötigten sie eine Menge Energie. Durch die Bündelung ihrer Kräfte und mithilfe derer der Kellers, war es ein Kinderspiel geworden.

Der jüngere Mann fing vor Freude an zu grinsen und sein Gesicht verwandelte sich. Schlagartig erstrahlte es vor Energie. Sein Lächeln konnte einen ganzen Raum, ach was, einen ganzen Saal erhellen. Und es war so ansteckend, dass jeder, der es sah, egal, was für eine schlechte Laune er mit sich herumtrug, auch lächeln musste. Die beiden Männer umarmten sich herzlich.

Danach nickte Falk kurz Julana zu und schickte ihr einen knappen Gruß, dabei vermied er es krampfhaft, auf ihren langen, dünnen Hals zu starren. Seit sie sich getrennt und er eine ziemlich lange Zeit gebraucht hatte, um sich davon zu erholen, umging er es möglichst, mit ihr auf einer tieferen Ebene mentalen Kontakt aufzunehmen.

Sie grinste ihn frech an. *Auch dir einen schönen Tag, Liebling.* Ihre Stimme erklang mit leisem Spott in seinem Kopf.

Hork sprach einfach weiter. Es schien, als wäre Falks Unbehagen ihm unbemerkt geblieben: »Du siehst gut aus. Keinen Tag älter als fünfzig. Die dreihundertachtundzwanzig Jahre, die seit deiner Geburt vergangen sind, sieht man dir keinesfalls an.« Hork schaute sich den jüngeren Mann von oben bis unten an. »Ein bisschen zugelegt hast du, wenn du zu unachtsam bist, wirst du noch fett.«

Falk zog eine Augenbraue in die Höhe und schmunzelte, dabei sah er an seinem schlanken Körper hinunter. »Oh, Dankeschön. Wenn man bedenkt, dass meine verbrauchte Lebensenergie erst ungefähren fünfundvierzig Jahren entspricht. Neeeeeein, ich habe keineswegs zugelegt.« Seine lebhaften Augen blitzten amüsiert auf. »Wie geht es auf Lamir? Dir bekommt das ruhige Leben hervorragend, alter Mann.«

»Pah, alt! Ich fühle mich wie vierzig.«

Wie vierzig sah Hork tatsächlich nicht mehr aus, aber für seine beinahe fünfhundert Jahre bewegte er sich mit dem mageren Körper erstaunlich geschmeidig und mit einer tänzerischen Eleganz. Der kahle Schädel und die eisgrauen blassen Augen, dazu die asketischen Gesichtszüge, verliehen ihm die Ausstrahlung eines tibetanischen Mönches. Die weite Kutte unterstrich diesen Eindruck. Sein echsenartiges, durch das Alter mit tiefen Furchen gezeichnetes Gesicht verlieh ihm eine tiefe Weisheit, um die ihn manch ein Mönch auf der Erde beneidet hätte.

Falk liebte diesen Mann wie einen Vater und kannte ihn zu gut. Ohne seine Gedanken lesen zu müssen, wusste er, es lag ihm etwas auf der Seele. Aber er bedrängte ihn nie. Der Mensch überließ es Hork, mit der Sprache herauszurücken, wann immer dieser bereit dazu war. Im Laufe seines langen Lebens hatte Falk gelernt, geduldig zu sein, wenn Geduld angebracht war.

Nachdem Hork seinem einstigen Schützling für dessen Hilfe bei der Teleportation der Kellers gedankt hatte, erklärte er ihm, wie wichtig das neue Team um Dominic für Lamirs Zukunft war. Er stellte mit Nachdruck klar: »Die Ausbildung der vier außergewöhnlichen Talente hat Priorität und ich überlasse sie garantiert niemandem sonst als meinem besten Mann!«

Gespielt überrascht schaute Falk ihn an. »Ah, du meinst mich?«

Julana mischte sich ein: *So unglaublich es klingt, aber ich befürchte, er könnte tatsächlich dich meinen.*

»Tobias, Lamir braucht dich ... Ich brauche dich.«

Ohne zu zögern, sicherte Tobias Falk seinem alten Freund zu, nach Lamir zurückzukehren und ihn die nächsten Jahre mit all seinen Kräften zu unterstützen. Falk sah, wie Hork erleichtert aufatmete. Er war zufrieden, ihm ein Gefühl der Zuversicht mitgeben zu können, damit er seine Mission starten konnte.

Mit Tobias als Ausbilder und Leiter der Gruppe wird das neue Team ausschlaggebend in der Schlacht um Lamir sein, las der Mensch noch in Horks Gedanken, bevor sie sich verabschiedeten.

Kapitel 9

Die Raubkatze im Jungen

Es war ein schicksalhafter Morgen am Anfang einer Woche, die zu einem Freudenfest werden sollte. Ein paar Tage vor seinem fünfzehnten Geburtstag brach der Fluch seines Volkes über Arrgrar Errzur Prrekar - der lieber Arrir genannt wurde -, den Herrschernachkommen des Planeten Arrkron, herein und machte alle Pläne zunichte. Die Augen des Jungen wechselten die Farbe, sie nahmen das gelbliche Braun von Tieraugen an. Seine Sinne schärften sich. Mit dem nun empfindlichen Gehör hörte er selbst leise Stimmen deutlich durch geschlossene Türen. Und er konnte die Angehörigen seiner Familie am Geruch erkennen, bevor er sie überhaupt sah.

Was geschieht mit mir? Entsetzt über die Veränderung seines Körpers stellte Arrir sich diese Frage.

Er vertraute die Symptome Königin Drrarar an und fragte sie besorgt: »Mutter, bin ich krank?«

Bis ins tiefste Mark erschüttert sah sie in diesem Moment aus. Offensichtlich hatte sie Informationen über seinen Zustand, die sie ihm aus irgendeinem Grund verheimlichte.

Sie schärfte ihm ein: »Du darfst niemandem davon erzählen. Hörst du, mein Sohn? Nicht einmal deinem Vater. Du vertraust mir doch? Ich werde dich beschützen.«

Ihm war unklar, wovor sie ihn beschützen sollte. Aber er wusste aus tiefstem Herzen, seine Mutter liebte ihn und wollte ihm sicherlich nichts Böses. Also ließ er alles mit sich geschehen, was sie für richtig hielt.

Drrarar verbarg seine Augen unter einem dicken Verband und Arrir hörte, wie sie den Angehörigen des Herrscherhaushaltes erklärte, er habe eine starke Entzündung. Sie sagte alle Feierlichkeiten zu seinem Geburtstag ab.

Die Entscheidung seiner Mutter machte ihn traurig, denn diese eine Woche im Jahr war ausnahmslos seiner Person gewidmet, sie gehörte allein ihm. Er genoss die Aufmerksamkeit immer sehr, die sein Volk ihrem Tentho schenkte. Aber anstatt zu feiern, waren seine Augen tagelang verbunden und er lag in völliger Dunkelheit in seinem Zimmer; starr vor Schrecken.

Dann kamen die Männer seines Vaters und rissen ihm die Bandagen von den Augen. Das grelle Licht blendete ihn. Alle schrien wild durcheinander, er war unfähig zu verstehen, was sie sagten. Am Ende legten sie ihn in Ketten.

»Was soll das? Nehmt eure Hände von mir! Ich bin der Sohn eures Herrscherpaares. Ich bin euer Tentho«, schrie Arrir wütend auf.

Keiner der starken Männer reagierte auf seine Aufforderung. Wortlos brachten sie ihn an den Rand eines riesigen, undurchdringlichen Waldes. Erst als sie dort waren, nahmen sie ihm die schweren Ketten ab und wollten ihn wie einen tollwütigen Hund verjagen.

Er kroch auf dem Bauch zu seinem Vater. König Irrdur aber zeigte mit erhobener Hand in Richtung des tiefen Waldes, gleichzeitig drehte er das Gesicht zur Seite, weg von ihm. Der eigene Vater schickte ihn fort. Stets hatte Arrir bewundernd zu ihm aufgeschaut. Der Fünfzehnjährige liebte ihn doch über alles.

Jetzt verstieß der Herrscher von Arrkron seinen einzigen Sohn und Erben. Die Augen zeigten deutlich den Schmerz, der den liebenden Vater dazu veranlasste, den Blick abzuwenden. Nur so konnte Irrdur die unerträgliche Qual vor Arrir verbergen, der genug Leid zu ertragen hatte. Er sollte keinesfalls zusätzlich die Bürde des Königs tragen müssen.

Arrir war ahnungslos darüber, wie groß die Versuchung des Herrschers war, für seinen einzigen Sohn, den einzigen Tentho seines Volkes, eine Ausnahme machen zu wollen. Aber die Gesetze waren eindeutig. Der starr in die Ferne gerichtete Blick besagte, es würde ihm das Herz brechen, seinen Sohn anzusehen. Er erinnerte sich an das Gespräch, das er vor ein paar Stunden mit seinem engsten Vertrauten Sarrar geführt hatte.

»Arrir ist kein Arrkronaner mehr. Noch ist die Transformation in ein Tier unvollständig, aber bald wird sie abgeschlossen sein. Dann fällt er jeden an, unwissend, wer seine Familie ist. Was soll ich tun? Wie kann ich ihm helfen?«

Sarrars Stimme war drängend: »Sei gnädig und töte ihn. Er wird sonst leiden müssen, das weißt du, mein Herrscher.« Er drückte ihm tröstend die Schulter.

»Was verlangst du von mir? Wie könnte ich meinen eigenen Sohn, mein einziges Kind, töten?« Erbost schüttelte er die Hand seines Freundes ab.

»Ich bin keinesfalls der Meinung deines Volkes, das die Verfluchten in den Wald schickt, wo sie qualvoll sterben. Ein kurzer, schmerzloser Tod ist barmherziger.«

Hoffnungsvoll erwiderte der Herrscher: »Sie sind nach kürzester Zeit zu gefährlich, um sie in der Gemeinschaft zu belassen. Vielleicht haben sie in der Wildnis eine Chance, zu überleben. Wir können sie nicht töten, es sind geliebte Wesen, die keine Schuld an ihrem Schicksal tragen. Wie könnte ich sie zum Tode verurteilen? Sie werden geliebt. Von ihren Eltern, von ihren Ehemännern und

Ehefrauen, von ihren Brüdern und Schwestern, von ihren Kindern und Enkelkindern. Der Fluch macht vor niemandem Halt, weder vor den Herrschenden noch vor meinem Sohn.« Er brach zusammen und hielt sich an seinem Vertrauten fest. Der Schmerz übermannte ihn. Mit letzter Kraft rechtfertigte er seine Entscheidung: »Niemand kann voraussagen, wen es als Nächsten trifft, ob Kind, Mann, Frau, Mutter oder Vater. Was wäre, wenn es deine Frau treffen würde? Nein, ich werde keinen Befehl dazu geben, Angehörige meines Volkes oder meiner Familie zu ermorden.« Das waren seine letzten Worte.

Er sah den Blick, den Sarrar ihm zuwarf, als dieser sich abwandte. Leise hörte er noch die Bemerkung: »Es wäre kein Mord, es wäre Barmherzigkeit.«

Hielt er seinen Herrscher für einen Schwächling, der unfähig war, das Richtige zu entscheiden?

Als er den Arm hob, um Arrir fortzuschicken, war Irrdur in diesem Moment überzeugt, dass seine Entscheidung die richtige war.

Und doch blieben die furchtbaren Fragen in seinen Gedanken: Verdamme ich ihn zu einem fürchterlichen Tod? Wer in diesen Wald geht, kommt niemals wieder heraus. Werde ich jemals erfahren, ob er überlebt hat?

Kurz war das Verlangen, ihn einzusperren, übermächtig. Aber die Vergangenheit hatte gezeigt, Verfluchte überlebten niemals in Gefangenschaft. Ihr Tod war grauenhaft, transformiert zu einer grotesken Kreatur; halb Tier, halb humanoid. Deswegen musste er ihn schweren Herzens ziehen lassen.

Jeder Arrkronaner, der ein Familienmitglied an die Plage verloren hatte, empfand nicht allein Trauer. Ganz leise schämten sie sich für die erlittene Schmach, einen Verfluchten in der Familie zu haben. So wurde der Fluch zu einem Tabuthema, das von Irrdurs Volk mit der Zeit totgeschwiegen worden war. Und von nun an gab es keinen

Arrgrar Errzur Prrekar mehr; der Name wurde aus der Familienchronik getilgt.

Von all dem hatte Arrir keine Ahnung. Seine gesamte Kindheit war er ohne das Wissen um den Schrecken aufgewachsen, der über jedem von ihnen hing.

Er sah seine Mutter, die stocksteif neben ihrem Angetrauten stand und mit schreckgeweiteten Augen zuschaute, wie sie ihr das einzige Kind nahmen. Letztendlich zeigte das Verhalten seines Vaters, dieser hielt ihn für verdammt und würde ihm die Hilfe verwehren.

»Vater? Mutter?« Bittend hob er ihnen eine Hand entgegen. Als von beiden keine Reaktion erfolgte, sah er sich gehetzt um. Er hatte nur noch einen Gedanken: Ich muss fort.

Der Junge hatte kein Verlangen danach, seine Eltern und sein behütetes Zuhause zu verlassen, aber sie ließen ihm keine Wahl. Das Tier in ihm zog ihn zu dem Wald hin, denn er bedeutete Freiheit. Mit einem letzten hilflosen Blick auf seine Mutter, die nun ihre Hand verzweifelt nach ihm ausstreckte, erhob er sich. Es war zu spät für ihn. Und schon lief er los, von ihnen fort, kräftiger, als er es noch vor Tagen gewesen war. Allein mit einer langen engen Hose aus kostbarem feinem Leinen bekleidet, der das letzte Zeugnis seiner hohen Geburt sein sollte. Er hörte selbst das Knurren, das aus seinem Mund drang, und war unfähig, es zu verhindern.

Der junge Arrir irrte auf der Suche nach Essen tagelang umher. Bis er eines Nachts auf dem Boden unter Laub vergraben lag, um sich wenigstens ein wenig zu wärmen. Da kam winselnd eine junge, hellbraune Wildkatze zu ihm gekrochen. Merkwürdigerweise verspürte der Fünfzehnjährige keine Angst vor dem Tier. Die junge Katze tastete sich sanft in seinen Kopf vor. Arrir erspürte eine Präsenz, die ohne Worte zu ihm sprach. Trotzdem verstand er die

Gefühle und Sinneseindrücke, die in seine Gedanken eindrangen.

Wohlwollend sahen die vier affenähnlichen Gestalten von einem hohen Baum auf diese Szene herab.

Der älteste weibliche Affe gab ein zufriedenes Schnaufen von sich. *Das ist gut, sie haben sich gefunden.*

Sarrapar, du hast versprochen, mir zu erklären, was mit uns passiert. Der wesentlich jüngere Affe konnte die Ungeduld nicht aus seinen Gedanken heraushalten.

Nachdenklich schaute Sarrapar ihn an. *Ja, du bist so weit. Ich werde versuchen, es dir zu erklären. Die vertriebenen Arrkronaner übernehmen die Gestalt derjenigen Tiere, mit denen sie in ihrer Verbannung die erste Verbindung eingehen. Nur so kann eine Transformation sicher vonstattengehen. Schließlich verfügen wir zu Beginn einer Verwandlung über keinerlei Wissen darüber, wie man sich als Tier fühlt. Das weißt du aus eigener Erfahrung. Verloren streifen wir durch den Wald, bis wir auf die Tiere stoßen, die für uns bestimmt sind. Dann werden wir Verfluchten, wie uns unser früheres Volk nennt, in die tierischen Denkweisen eingebunden. Wir bekommen von unseren zukünftigen Gefährten, die uns unser Leben lang begleiten werden, eine Art Anleitung, wie wir die animalische Seite in uns annehmen können. Das Schicksal führte eine Raubkatze auf den Weg des Jungen da unten. Sie wird ihm das Leben retten, genauso wie dein Gefährte dir deines gerettet hat. Und wie es meine bei mir getan hat.* Sie sah liebevoll zu ihrer Gefährtin, die den Blick zärtlich erwiderte.

Der junge Affe nahm Augenkontakt zu seinem Gefährten auf und nickte dann. *Ich verstehe.*

Dann wandten sie ihre Aufmerksamkeit wieder dem sich gefundenen Paar zu.

Das männliche Jungtier zeigte Arrir die Bilder einer Jagd, die Beute waren er selbst und seine Eltern. Der junge Arrkronaner sah in den fremden Gedanken, wie Mutter und

Vater ihn sanft in eine Höhle schubsten. Er hatte das Gefühl, es seien seine eigenen Erinnerungen, die er durchlebte. Noch ein letztes Mal lehnten sie ihre Stirne an die seine, schauten ihm zum Abschied tief in die Augen und leckten ihm liebevoll die Nase. Sie verließen ihn und zogen die Fährte der Jäger auf sich, die doch seine eigenen Leute waren, die er aber in diesem Moment von ganzem Herzen für ihre Unbarmherzigkeit hasste.

Mutter und Vater lenkten die Bestien von ihrem geliebten Sohn ab; opferten dabei ihr Leben. Er sah sie niemals wieder. Während er ängstlich und zitternd in der Höhle lag und sich hilflos fühlte, hörte er nach einer Weile in der Ferne ein aggressives Geheul, dann ein lautes Aufheulen vor Schmerz und Trauer. Plötzlich riss das mentale Band ab, das ihn schon im Mutterleib mit seiner Mutter verbunden hatte, und kurz darauf auch das zu seinem Vater, was die beiden seit seiner Geburt miteinander verband. Eine große Leere blieb zurück. Arrir spürte sie genau und konnte nachempfinden, was das junge Tier empfand.

Komm her zu mir, du Armer. Arrir nahm die junge Wildkatze in den Arm und tröstete sie.

In dieser Nacht wärmten sie sich gegenseitig und gingen eine Bindung ein. Das Tier übermittelte ihm in Bildern seinen Namen, es zeigte ihm den Wind, der in den Bäumen wehte.

Ich werde dich Krrar nennen. Möchtest du mein Bruder sein?

„Krrar" bedeutete in seiner Sprache: „Der Wind, der mit den Blättern spielt". Glücklich nahm die Raubkatze das Angebot an. Die beiden hatten eine neue Familie gefunden. Am nächsten Tag zogen sie in die Höhle, in der Krrars Eltern ihn auf der Flucht vor den Jägern in Sicherheit gelassen hatten, in der sie es warm haben würden.

Im Laufe der folgenden Wochen lernte Arrir, die Verbindung zu nutzen, um sich in eine Katze zu verwandeln. Die Gabe der Transformation, die ihn bei seinem Volk zu einem Ausgestoßenen machte, rettete ihm nun das Leben. In der ersten Zeit verwandelte er sich nach der Jagd zurück in seine humanoide Gestalt; hielt er doch an dieser fest. Aus dem bläulich schwarzen Fell der Raubkatze wurde die tiefschwarze Haut des Jungen. Sein drahtiger, geschmeidiger Körper, durchtrainiert von der Jagd, hatte kein Gramm Fett zu viel, denn gejagt wurde exakt die Menge, die sie zum Leben benötigten. Wenn er losrannte und sich im Lauf in eine große Raubkatze verwandelte, wehten seine langen schwarzen Haare, die ihm über den Schädel entlang des Rückgrates wuchsen, im Wind. Ansonsten war sein Körper beinahe haarlos. Die hohe Stirn und der lange Hals, die platte Nase und die vollen Lippen waren bezeichnend für sein Volk. Die buschigen Augenbrauen hatten sich jedoch erst während seiner Verwandlung geformt und blieben genauso in seiner humanoiden Gestalt. Seine Augen hatten die Farbe von hellem Bernstein angenommen, wo sie vormals ein dunkles Braun gezeigt hatten. Sein Blick war wild und entschlossen, sich der feindlichen Wildnis entgegenzustellen. Mit der Zeit wurden seine Phasen in der Tiergestalt ausgedehnter, er fühlte sich immer wohler als Raubkatze. Er verlor sich in dem Bewusstsein Krrars, der ihn lockte, eine Katze zu bleiben. Was nützte ihm die humanoide Gestalt in der Wildnis?

Erst die Verbannung durch die Arrkronaner verurteilte die armen Seelen zu einem Dasein als Tier. Sie wurden der Möglichkeit beraubt, den Kontakt mit Angehörigen ihres Volkes als die, als die sie geboren worden waren, aufrechtzuerhalten und mit deren Hilfe in ihrem humanoiden Bewusstsein fest verankert zu verbleiben. Sie wurden durch ihre eigenen Leute unnötigerweise dazu getrieben, ihre gesamte Existenz in der Tiergestalt zu fristen. Ohne Hilfe konnten sie nicht daraus entkommen.

Arrir streifte durch die Wälder und fühlte sich stark. Seine pantherähnliche Tiergestalt rannte und rannte, bis er das Kaninchen am Hals erwischte. Mit einem Biss tötete er es. Über sein Bedauern, ein Leben beenden zu müssen, war ihm klar, es musste sein, wenn er nicht verhungern wollte. Doch er konnte sich ebenso wenig des berauschenden Gefühls der animalischen Macht entziehen, die er in dieser Gestalt über Lebewesen besaß. Er war eine schwarze Raubkatze, groß und geschmeidig, und er strotzte vor unbändiger Kraft. Längst vergessen waren die Jahre als Arrgrar Errzur Prrekar, als Herrschernachkomme. In seinem animalischen Bewusstsein war es ihm egal geworden, dass er eines Tages Oberhaupt des Planeten Arrkron werden sollte. Der Prinz war wohlbehütet in einem humanoiden Körper aufgewachsen. Damals hatten ihm die Diener jeden Wunsch von den Augen abgelesen. So waren die ersten fünfzehn Jahre seines Lebens verlaufen, und plötzlich war alles mit dem Tag seiner Verwandlung vorbei gewesen.

Arrir blieb auf einmal stehen, legte das tote Kaninchen zur Seite und hob seine Nase in die Luft. Irgendetwas war anders. Er fühlte etwas, konnte aber nicht benennen, was es war.

Als Hork sich materialisierte, standen zwei gefährliche junge Raubkatzen vor ihm, die ihn zur Begrüßung zähnefletschend anfauchten. Der alte Mann kniete sich vor ihnen nieder und zeigte ihnen mit einer unterwürfigen Geste seine Kehle; scheinbar ohne jegliche Angst ordnete er sich ihnen völlig unter. Arrir fühlte erneut diesen tastenden Geist, den Hork mithilfe seiner mentalen Fähigkeiten tief in Arrirs Unterbewusstsein hineinschickte, um Kontakt zu der humanoiden Seite des Arrkronaners aufzunehmen.

Und tatsächlich stand er einen Moment später vor Hork und schüttelte sich, als wäre er gerade aus einem langen Traum erwacht. Verwirrt schaute der Junge sich um und schwankte, denn es war ihm ungewohnt geworden, auf zwei Beinen zu laufen. Er ließ sich nieder, sofort legte Krrar sich zu ihm und schmiegte sich ganz nah an ihn.

Hork sprach telepathisch zu Arrir: *Ich möchte dir ein Angebot unterbreiten.*

Was soll das bringen? Ich bin verflucht. Ich habe keine Kontrolle über das Tier in mir. Er war verzweifelt. Mehr als alles auf der Welt wollte er sein altes Leben zurück.

Unsinn! Die Geste, mit der Hork abwinkte, wirkte ärgerlich. *Diese Unwissenheit von eigentlich intelligenten Wesen macht mich wütend. Nur weil etwas anders ist, ist es keineswegs gleich schlecht.*

Arrir hob den Kopf und lauschte Horks Worten mit neu erwachter Hoffnung. *Gibt es eine Heilung für mich?*

Mein lieber Junge, du hast keine Krankheit, von der du geheilt werden musst. Du hast eine Gabe, die Gabe der Transformation. Ich kann dir zeigen, wie du sie kontrollieren kannst, sodass sie dich nie wieder beherrschen wird. Schau in meinen Kopf und sieh selber, was ich dir anbiete.

Und Arrir sah Lamir in Horks Gedanken, und er fand eine neue Aufgabe in seinem Leben. Stockend stellte er eine Bedingung: *Krrar geht mit.*

So kam der junge Arrgrar Errzur Prrekar, der Herrschernachkomme des Planeten Arrkron, nach Lamir. Er ließ vorerst alles hinter sich: seine Abstammung, seine Bestimmung; bis auf seinen Bruder Krrar nahm er nichts mit sich in seine neue Heimat.

Zwei riesige, wolfsartige Gestalten, das Männchen in einem dunkelroten Fellkleid und das Weibchen in einem zarten Beige, standen auf einem Hügel unweit der Szene, die sich vor ihren Augen abspielte. Ihre beiden tierischen Gefährten bewegten sich etwas abseits und erkundeten aufmerksam die Wildnis. Der rote und der beige Wolf sahen Arrir und Krrar bei der Jagd zu.

Er ist stark. Er wird ein gutes Mitglied unseres Volkes werden.

Das Weibchen antwortete ihm: *Lass uns hinuntergehen und ihm sagen, dass er nicht mehr alleine ist.*

Lrrarira hatte niemals die Ansichten ihres Volkes, der Srraran, verstanden und geteilt.

Warum nur sollen die Verzweifelten eine verdammt lange Zeit alleine verbringen?, hatte sie sich schon oftmals gefragt.

Sie verstand durchaus, dass die Ausgestoßenen zuallererst eine Bindung mit den Tieren, die für sie bestimmt waren, eingehen mussten. Doch die Srraraner ließen die Neuankömmlinge für ein paar Wochen mit ihren Gefährten im Wald leben, sodass sie sich an dem tierischen Bewusstsein verloren. Die Erklärung, die man ihr gegeben hatte, ließ sie unbefriedigt zurück.

Ihr kamen Brrars Worte wieder in den Sinn, die er vor einiger Zeit zu ihr gesagt hatte: »Die Vertriebenen werden ihre Existenz als Tiere mit allen Konsequenzen erforschen. Bei dieser Prozedur werden sie zu jeder Zeit überwacht und genauestens beobachtet, um den Zeitpunkt ihrer Rückholung abzupassen. Und wenn es beinahe zu spät für sie ist, entreißen wir sie diesem Zustand und gliedern sie in die Gemeinschaft des arrkronanischen Tiervolkes als Humanoide ein. Von diesem Zeitpunkt an werden sie sich jederzeit in ein Tier transformieren können, aber die vordringliche Form wird die humanoide sein. Wir, die Angehörigen ihres neuen Volkes, lehren sie dann, mit den zwei Seiten ihres Daseins umzugehen. Jeder Neuankömmling bekommt einen erfahrenen Lehrenden an die Seite.« Emotionslos hatte Brrar, der Ältere von ihnen beiden, der ihre Lehre übernommen hatte, diese Worte heruntergeleiert. Er schien keinen Zweifel an der Vorgehensweise seines Volkes zu haben.

Im Gegensatz zu Lrrarira, die sich noch genau daran erinnerte, wie verzweifelt sie sich vor ein paar Sonnenumläufen gefühlt hatte, als sie selbst die Ausgestoßene gewesen war. Der Gedanke an das Zustandekommen der Verbindung zu ihrer Gefährtin ließ sie lächeln. Wie glücklich und frei sie sich in ihrer Wolfsgestalt gefühlt hatte. Sie blickte liebevoll auf die gelbe Wölfin, die in diesem Augenblick hochsah. Ihre Blicke trafen sich und Frrara zog die Lefzen zu einem Lächeln hoch.

Die junge Frau in Wolfsgestalt erinnerte sich aber auch an die Leere, die sich in ihr ausgebreitet hatte, als man ihr dieses Bewusstsein wieder genommen hatte. Bis an die Stelle der Leere die Gemeinschaft der Ausgestoßenen getreten war. Sie war der festen Überzeugung, dass ihr jetziges Volk das Leid verkürzen konnte, indem sie sie sofort zu sich holten.

Aber das ist scheinbar ausschließlich meine Meinung, dachte sie bitter.

Aus dem Nichts materialisierte sich plötzlich ein humanoides Wesen. Sie schreckte aus ihren Erinnerungen auf. Der Fremdling kniete sich, augenscheinlich ohne Angst zu haben, vor den Raubkatzen nieder, eventuell kommunizierte er sogar mit ihnen.

Lrrarira staunte, als sich das schwarze Jungtier in einen Arrkronaner verwandelte. Bisher hatte sie geglaubt, nur Angehörige der Srraran könnten jemanden zurückholen. Arrir war lange genug als Tier unterwegs gewesen, Lrrarira und Brrar waren ausgesandt worden, um genau das mit ihm zu machen.

Die beiden sahen von ihrem Beobachtungsposten aus, wie das merkwürdige Wesen sich mit Arrir zu unterhalten schien. Sie riefen ihre Gefährten zu sich, und wie auf ein Kommando rannten sie zu der Stelle. Als sie unten ankamen, war niemand dort. Sie waren einfach verschwunden. Die Wölfe reckten ihre Schnauzen in die Luft, aber sie konnten ihre Anwesenheit nicht riechen. Die vier verstanden nicht, was da passiert war. Der Fremde und ihre neuen Kameraden schienen wie vom Erdboden verschluckt worden zu sein. Obwohl ihnen die Gelegenheit genommen worden war, sie kennenzulernen, trauerten die Srraraner über den Verlust zwei der Ihren. Die vier Wölfe hoben die Schnauzen und ließen ein Wehklagen tief aus den Kehlen erklingen. Lrrarira verstummte, denn sie hatte Hoffnung. Vielleicht würden der Junge und sein Gefährte eines Tages wiederkehren.

Kapitel 10

Das Mädchen und das Feuer

Die Regierung von Itsschal stellte ihre Heimat als einen ach so hoch entwickelten Planeten dar. Tasschel jedoch merkte davon rein gar nichts. Mit gerade einmal sechs Jahren wurde sie ihren Eltern, die Sklaven waren, entrissen und an ein Bordell weiterverkauft. Dort verbrachte sie die nächsten trostlosen Jahre. Ein hoch entwickelter Planet mit Sklaverei, genauso sah die Wirklichkeit für sie aus.

Heute zählte Tasschel fünfzehn Sonnenumläufe und die Besitzerin schloss einen Handel mit einem Gast ab. Nachdem sie neun Jahre in Malus Haushalt gearbeitet hatte, war der Körper des Mädchens zu ihrer Ware geworden und die habgierige Frau bekam einen hohen Preis dafür.

In den letzten Jahren hatte Tasschel sie oft sagen hören: »Die Göre ist perfekt, ihre kurzen Arme und Beine haben exakt die richtigen Proportionen zu ihrem lang gestreckten und biegsamen Oberkörper. Die Kerle werden Schlange stehen.«

Stets sprach die verbitterte alte Frau in diesem nüchternen, emotionslosen Tonfall über ihre Freudenmädchen, der vermuten ließ, dass sie ebenso herzlos über sie dachte. Damals hatte Malu wenig für das sechsjährige Mädchen bezahlen müssen. Das wäre heute anders gewesen. So war ihr Geschäftssinn: Sie kaufte die Mädchen im Kindesalter, wenn sie billig waren, und ließ sie im Haushalt arbeiten. Waren sie alt genug, mussten sie den Gästen des Bordells zur Verfügung stehen. Gleichfalls erkannte sie genau, welche Mädchen Jahre später wahre Schönheiten werden sollten, wie in Tasschels Fall.

Sie verhandelte knallhart mit dem Gast: »Ich versichere dir, sie ist unberührt. Keiner hat sie angefasst, dafür habe ich gesorgt.«

Der gierige Blick des Mannes klebte an der zierlichen Gestalt Tasschels, die verängstigt auf einem Stuhl in der Ecke kauerte. Die grünen Augen zuckten hin und her und sie strich mit fahrigen Händen über ihr feines Outfit. Die grün schimmernde Kombination, bestehend aus einer weiten Hose und einer eng anliegenden Bluse, stand ihr ausgezeichnet. Offensichtlich hatte die Bordellmutter sich keineswegs lumpen lassen, das Material fühlte sich teuer an und die Farbe war passend zu ihren Augen ausgesucht worden. Es bereitete ihr großes Unbehagen, sich herausgeputzt präsentieren zu müssen. Das zarte Mädchen konnte jedes feilschende Wort der beiden hören. Es hatte gewusst, dieser Tag würde kommen; und nun war er da.

Der widerliche Gast sprach mit seiner schleimigen Stimme zu Malu: »Ich werde dir eine Hälfte des Geldes jetzt geben und das restliche später, nachdem ich mich versichern konnte, dass du die Wahrheit gesprochen hast.«

Die Bordellbesitzerin nahm das Geld. Aus ihrer Stimme hörte Tasschel den Widerwillen deutlich heraus, als sie dem Handel zustimmte: »Gut, ich nehme an. Aber nur, weil du es bist.«

Sie winkte Tasschel zu sich und warf sie in dessen feiste Arme.

»Nein, bitte, das können Sie doch nicht machen! Herrin bitte.«

Die Arme umklammerten sie und der fette Mann zog sie Richtung Treppe. Das junge Mädchen wehrte sich und versuchte, sich zu befreien.

Dann gelang es Tasschel endlich, sie riss sich los und schrie ihn an: »Fass – mich – nicht – an!«

Der Gast war überrascht und ließ sie los; sie rannte. Er erholte sich viel zu rasch, erwischte sie mit einer Hand an der Schulter und die andere krallte sich in Tasschels feuerroter lockiger Mähne fest. Die langen Haare wuchsen aus ihrer flachen Stirn und gingen in einem breiten Streifen über den ansonsten kahlen Schädel. Sie fielen ihr über den schmalen Rücken bis zum Po, wobei sich ihre wilde Lockenmähne erst da richtig entfaltete.

Der Widerling schleifte sie die Treppe hinauf. Nachdem er sie losgelassen hatte, kroch sie in eine Ecke des Gästezimmers. Er entledigte sich seiner Kleidung und wollte nach ihr greifen. Ihre giftgrünen Augen starrten ihn hasserfüllt an. Die haarlosen kleinen Erhebungen über den mandelförmigen Augen zogen sich gefährlich zusammen.

Bereits seit Wochen hatte Tasschel gefühlt, dass der fette Mann sie beobachtete; ihre überschlanke, zerbrechliche und elfenhaft zarte Figur hatte er begafft.

Seine Ungeduld zeigte, er musste sie sofort besitzen. Schon wollte er sich auf sie stürzen. Doch blitzartig fing sein Haar, das ihm ebenfalls, wie es seiner Spezies entsprach, aus der Stirn in einem Streifen mittig über den außen kahlen Kopf nach hinten in den Nacken wuchs, Feuer. Er schrie panisch auf und seine Hände tasteten blindlings nach der Karaffe mit Wasser, die auf einer Kommode stand. Er schüttete es sich über den hässlichen Kopf. Aber es war vergebens, das Feuer ließ sich nicht löschen, denn es hatte seinen Ursprung im Unnatürlichen. Innerhalb von Sekunden stand sein Schädel in Flammen. Er lief wild umher und steckte dabei die Gardinen in Brand. Augenblicke später war das ganze Zimmer ein Flammenmeer.

Wo kommt das Feuer plötzlich her? Egal, nichts wie raus, dachte Tasschel voller Panik.

Auf ihrem Weg nach draußen warnte Tasschel die Sklaven und Bediensteten und trieb sie vor sich her. Die Gäste oder gar ihre Besitzerin zu warnen, daran verschwendete sie keinerlei Gedanken. Die Feuersbrunst folgte ihr durch das Bordell und verschlang jedes Gästezimmer. Sie wollte das Gebäude durch den Dienstboteneingang verlassen. Auf dem Weg dorthin steckte sie schnell ein paar Sachen von ihrer armseligen Schlafstätte, die viele Jahre ihr Zuhause war, in eine Tasche.

Die Freudenmädchen rissen die Türen auf und folgten Tasschel, nackt wie sie waren, hinaus auf die Straße. Die Gäste aber vergeudeten wertvolle Minuten, um nach ihren Kleidern zu suchen. Sie zögerten, sich nackt in der Öffentlichkeit zu zeigen. Immer darauf bedacht, was aus ihrem guten Ruf werden würde, wenn man sie so sah. Waren es doch betuchte Gäste von Rang und Namen, die mit Vorliebe das Bordell der Dame Malu besuchten. Dann war es zu spät. Das Gebäude explodierte mit einem todbringenden Getöse.

Tasschel beobachtete die Feuerwehrleute später dabei, wie sie nach dem Brand das Haus durchsuchten. Mit Schrecken erkannte sie, es gab bis auf sie selbst, den Sklaven und den Bediensteten keine weiteren Überlebenden. Das Feuer hatte heiß gebrannt und hatte die zögernden Gäste chancenlos gelassen.

Das Mädchen hörte einen Feuerwehrmann zu seinem Vorgesetzten sagen: »Wir können niemanden identifizieren. Bis auf ein Häufchen verbrannter Knochen ist nichts von den Leuten übrig geblieben. Ein heißeres Feuer habe ich nie zuvor wüten sehen. Sicherlich wären einige mit dem Leben davongekommen, wären wir eher da gewesen.«

Der ranghöhere Feuerwehrmann schüttelte ärgerlich den Kopf. »Die Besitzerin hat den

Sicherheitsbestimmungen keine Beachtung geschenkt. Ich kannte diese Frau, habe ihr oft genug gesagt, sie solle endlich ihre Feuermelder auf den neuesten Stand bringen. Aus Kostengründen hat sie daran gespart. Wegen ihrer Gier ist der Alarm stumm geblieben und wir sind zu spät gekommen. Letztendlich hat es ebenfalls ihr Leben gekostet. Zum Zeitpunkt des Brandes hat sie in ihrem abgelegenen Büro gehockt und wahrscheinlich gierig ihr Geld gezählt.«

Tasschel konnte sich denken, warum die Bordellmutter den Brand nicht früh genug bemerkt hatte. Das Feuer war in dem hinteren Zimmer noch nicht angekommen, als das Gebäude explodiert war.

***

Von dem Tag des Brandes an lebte Tasschel auf der Straße und schlug sich mehr schlecht als recht durch. Sie hasste ihr Dasein und träumte von einer besseren Welt. Zuerst hatte sie das Feuer im Bordell für reines Glück gehalten, das ihr zu Hilfe gekommen war, als ihre Not am Größten gewesen war.

Als sich aber weiterhin merkwürdige Ereignisse mit Feuer anhäuften und sie stets im Mittelpunkt stand, fragte sie sich: Bin ich etwa der Auslöser?

Die Fünfzehnjährige schaute auf ihre Hand und konzentrierte sich. Diesmal ließ sie willentlich eine kleine Flamme zwischen ihren Fingern entstehen, die zu einem Feuerball wurde.

Und sie gab sich selbst die Antwort: Wow, das bin ich wirklich.

Die erste Freude darüber fiel schlagartig von ihr ab, als ihr bewusst wurde, sie hatte Lebewesen getötet.

Es war Notwehr, oder? Hätte ich es nicht getan, wenn ich von meiner Fähigkeit gewusst hätte?

Diese Frage beschäftigte sie einige Zeit. Das Leben im Bordell hatte sie hart gemacht und sie kam zu der Einsicht: Aus Notwehr würde ich meine Kraft zur Flucht und wahrscheinlich auch zum Töten einsetzen, wenn es unumgänglich ist. Aber es wäre der letzte Ausweg für mich. Ich hatte keine Kontrolle über meine Kraft und das Unglück ist geschehen. Leider kann ich es niemals rückgängig machen. Ich sollte meine Gabe trainieren, damit diese unkontrollierte Gewalt keine Chance bekommt, wieder auszubrechen.

Damit beruhigte sie ihr Gewissen und sie fing an, mit ihren Kräften herumzuexperimentieren. Zu einer ihrer leichtesten Übungen war es geworden, Feuerbälle aus dem Nichts zu formen und sie zu schleudern. Natürlich verbarg sie diese Fähigkeit und spielte nach außen hin das unschuldige Mädchen.

Eines Tages bekam Tasschel Besuch von einem hochgewachsenen, für sie befremdlich aussehenden Mann, der sich als Tobias Falk vorstellte. Misstrauisch betrachtete sie ihn, die Hand schon erhoben, um einen Feuerball entstehen zu lassen. Aber er hielt dem Blick aus ihren tiefgrünen Augen stand und ließ sie in seinen Kopf. Dort sah sie die Welt, von der sie immer geträumt hatte, klar und deutlich vor sich.

Er streckte ihr die Hand entgegen. »Möchtest du mit mir gehen? Nur ein kleiner Schritt ist nötig. Komm! Komm mit mir in ein neues Leben.«

Sie lachte auf. Wann hatte sie das letzte Mal gelacht? Hatte sie überhaupt jemals gelacht? Auf jeden Fall viel zu selten für ein Kind, das stand fest. Sie griff nach ihrer Tasche, in der sie ihre wenigen Habseligkeiten aufbewahrte, die sie aus dem brennenden Bordell hatte retten können. Nach dem Brand hatte sie einen ruhigen Ort gefunden und das kostbare grüne Kostüm gegen die gerettete Sklavenkluft, die aus einer weißen Hose und einem weißen Shirt bestand, getauscht. Die Kostbarkeit lag neben dem einzigen Spielzeug, das sie je besessen hatte; die von ihr über alles geliebte Puppe. Die freundliche Köchin des Bordells hatte sie ihr geschenkt, ihre inzwischen erwachsene Tochter hatte schon lange nicht mehr mit ihr gespielt.

Verlegen strich Tasschel mit fahrigen Händen über ihre Kleidung, die durch das Leben auf der Straße stark in Mitleidenschaft gezogen worden war. Sie schämte sich vor dem fremden Mann für ihr heruntergekommenes Äußeres.

Falk beruhigte sie stumm: *Mach dir darüber keine Sorgen, du wirst neue Kleider bekommen.*

Die zarte Jugendliche ging auf ihn zu, nahm freudig seine Hand und machte mit ihm einen großen Schritt in die Freiheit.

Kapitel 11

Die Zeitreisende

Anfang des 19. Jahrhunderts hatte es ein junges Mädchen wie Tessa in England sehr schwer. Für ihr Alter von fünfzehn Jahren war sie zu klein und zu zierlich, um sich behaupten zu können. Sie lebte in einem Waisenhaus im Zentrum der bereits damals gewaltigen Stadt London. Tessa hasste es in dem Heim und zum wiederholten Male war sie fortgelaufen. Nun drückte sie sich ängstlich in die hinterste Ecke einer finsteren Seitengasse. An diesem Tage war sie ziemlich weit gekommen. Das Stadtviertel war ihr völlig unbekannt. Sie vermisste ihre Freundinnen, die Zwillinge Eve und Karen.

Sie hätte nicht ohne die beiden weglaufen sollen. In den letzten acht Jahren, die seit dem Tod ihrer Eltern vergangen waren, waren sie die einzige Konstante in ihrem Leben geblieben. Sie waren allzeit da gewesen, wenn Tessa wieder einmal von Pflegeeltern zurückgebracht worden war. Hübsche Mädchen wurden von Ehepaaren bevorzugt ausgesucht. Und obwohl sie wunderhübsch war, waren die potenziellen Adoptiveltern zu ahnungslos, um mit ihrer speziellen Art zurechtzukommen. Ein ums andere Mal wurde sie nach kürzester Zeit in das Heim zurückgebracht. Einerseits freute sie sich, bei Eve und Karen zu sein, aber andererseits wünschte sie sich von ganzem Herzen eine richtige

Familie. Es tat jedes Mal aufs Neue weh. Tessa hatte keine Ahnung, was sie falsch machte. Doch tief in ihrem Inneren ahnte sie, dass sie ihre eigenen Gefühle unbewusst auf ihre Umgebung übertrug.

So fühlten sich die Paare, die sie aufnahmen, oftmals grundlos traurig oder ängstlich. Nachts litten sie unter Trennungsängsten und bekamen sogar Panikattacken. Sie konnten sich das allein in Verbindung mit Tessa erklären. Zumindest war das die Erklärung eines Ehepaares gewesen, die es Miss Shirley, der Direktorin des Heimes, gegenüber abgegeben und die Tessa zufällig gehört hatte. War sie anfangs noch jedes Mal über eine Aufnahme in eine Pflegefamilie aufgeregt, war die Kleine umso betrübter, wenn es zurück in das verhasste Heim ging.

Eve und Karen blieben diese Enttäuschungen erspart. Auch die Zwillinge waren hübsch genug, um von Familien aufgenommen zu werden. Aber niemand mochte zwei Kinder gleichzeitig zu sich nehmen. Diese Tatsache war ihnen durchaus bewusst, und sie hatten sie zu Beginn ihrer Freundschaft Tessa gegenüber geäußert. Die beiden waren potenziellen Eltern gegenüber unausstehlich geworden, damit niemand sie haben wollte. Ihre neue Freundin hatte die beiden auf ihr Verhalten angesprochen.

»Kein Mensch wird uns jemals voneinander trennen können.« So waren ihre kämpferischen Worte gewesen und daran hatten sie sich bis heute gehalten.

Wehmütig dachte Tessa an ihre Freundinnen. Doch sie hatte fliehen müssen, weg von diesem abgrundtief bösen Kerl, der ihr immer und überall über den Weg lief. Natürlich rein zufällig, aber sie wusste es besser, ständig suchte er ihre Nähe. Wenn er sie fand, starrte er sie unentwegt mit seinen ekligen Fischaugen an. Dann bot er ihr Süßigkeiten an, die sie rigoros ablehnte. Wenn Tessa ihn sah, lief ihr ein Schauer des Ekels über den Rücken und sie bekam nichts hinunter, obwohl die angebotenen Leckereien eine Seltenheit waren.

Joseph schien wie betört von ihrem Liebreiz, denn sie war schon jetzt ein sehr hübsches Mädchen. Mit ihren weichen, hellbraunen Haaren, die ihr zartes Gesicht mit den ozeanblauen Augen umrahmten, war sie eine Augenweide. Sie würde zu einer wahren Schönheit werden.

Hätte sie am Morgen doch lieber auf ihr schlechtes Gefühl gehört. Und so dachte sie schuldbewusst: Wäre ich doch nur zu Schwester Anne in das Krankenzimmer gegangen, um mich krankzumelden.

***

Tessa wachte an einem ganz normalen Mittwochmorgen auf, sofort setzte ein Gefühl der Bedrohung ein. »Müssen wir heute irgendetwas Unangenehmes tun? Mir ist so, als käme etwas Schlimmes auf mich zu.«

»Nein. Wieso? Hast du ein schlechtes Gefühl? Wir lassen dich nicht aus den Augen. Versprochen!« Die Zwillinge Eve und Karen, die mit ihr das Zimmer teilten, wussten von ihrer Gabe der Vorhersehung.

Dankbar lächelte Tessa sie an, sie war sich sicher, die beiden würden versuchen, sie ständig zu begleiten. Zu oft hatte sie in der Vergangenheit mit ihren Voraussagen recht behalten. Doch irgendwann im Laufe des Vormittags wurde Tessa zu der Direktorin gerufen.

Ein Junge in ihrem Alter überbrachte ihr die Nachricht. Dann setzte er nach: »Du sollst allein kommen. Miss Shirley will es so.«

Der Weg zum Büro führte Tessa durch einen leeren Korridor, hier herrschten lange, unheimliche Schatten. Ein ewig dämmriges Licht fiel durch die wenigen schmalen Fenster, die hoch in der Wand eingelassen waren. Durch die hohe Decke fühlte sich Tessa sehr viel kleiner, als sie es sowieso bereits war. Der Gang aber war eng, und die Wände schienen sie anzustarren und einzusperren. Sie hatte das Gefühl, diese würden unermüdlich auf sie zukommen. Einmal mehr verspürte sie den Drang, sich in eine Ecke zu kauern und die Augen zu schließen, damit sie sich in ihre Fantasiewelt zurückziehen konnte. Wie immer, wenn sie diesen gruseligen Gang entlangging, zog sie ihren Kopf ein und starrte vor sich auf den Boden. So sah die zarte Kleine die Gefahr erst, als es schon zu spät war.

Joseph sprang auf sie zu und umklammerte ihren Arm mit seiner starken Hand. Der Hausmeister musste Tessa vor der Tür der Direktorin aufgelauert haben. Er war über einen Meter achtzig groß, zwar mager, nichtsdestotrotz aber äußerst kräftig. Das hatte er oftmals bei schweren Arbeiten unter Beweis gestellt. Ohne große Kraftanstrengung hielt er das Mädchen mit einem Arm fest.

Vor Schreck erstarrte es und konnte keinen Schritt tun. Tessa erholte sich von dem ersten Schrecken und wollte aufschreien. Blitzschnell legte er die Hand auf den Mund der kleinen Jugendlichen, für den unwahrscheinlichen Fall, dass irgendjemand um diese Zeit hier oben war und die Schreie hören konnte. Er drängte sie in einen kleinen Raum.

In dem Büro der Direktorin brannte kein Licht; das nahm Tessa am Rande wahr. Es war Mittagszeit und sie war wahrscheinlich zum Essen gegangen.

Es ist eine Falle, schrie es in ihrem Kopf. Schnell beruhigte sie sich, Hoffnung keimte in ihr auf. Sicherlich vermissen mich Eve und Karen im Speisesaal. Die beiden wissen, wo ich bin.

Wenn sie die ältere Frau beim Essen sahen, Tessa jedoch abwesend blieb, würden ihre Freundinnen sich wundern und Alarm schlagen. Das zumindest hoffte sie.

Der Hausmeister ließ die Kleine los. Sie hob, selbstbewusster als sie es tatsächlich war, den Kopf und sah ihm in die blassen Augen: »Was wollen Sie?«

Auf seine schleimige Art antwortete er: »Oh, nur ein wenig Spaß, lange genug habe ich gewartet.« Seine Stimme wurde drohend: »Ich war sehr nett zu dir, du aber gar nicht zu mir. Ein letztes Mal: Hier, ich habe dir deine Lieblingsbonbons mitgebracht, mein Schätzchen.«

Er hielt ihr eine Papiertüte vor die Nase, die sie trotz ihrer Angst abermals ablehnte. Angewidert schüttelte sie den Kopf, drehte sich zur Tür um und ging darauf zu. Joseph stellte sich ihr in den Weg.

Tessa zuckte ängstlich zurück. Sie wollte sich aber keinesfalls geschlagen geben: »Die Frau Direktorin wird sich Sorgen machen. Sollte sie mich bei ihrem Termin oder beim Essen vermissen, lässt sie garantiert nach mir suchen.«

Sie spielte ihren Joker aus. Natürlich war ihr längst klar, dass der Termin eine Falle war, doch da waren ja noch die Zwillinge; ihre Rettung.

Der Mann legte alle Nettigkeit ab, hämisch grinste Joseph sie an. »Darauf kannst du lange warten, mein Engel. Die alte Schabracke hat einen Termin außerhalb. Die Nachricht durch den Jungen hast du von mir bekommen. Alle denken, du seist bei der Direktorin und ich habe Zeit, dich ein bisschen näher kennenzulernen. Nimm ein paar von den Bonbons! Die magst du doch so gerne.« Mit einem Schritt war er an der Tür und verriegelte sie.

Solch eine Raffinesse, um diesen Plan auszuhecken, hätte Tessa dem einfältigen Hausmeister nie zugetraut. Sie fühlte sich endgültig in der Falle. Schreien war zwecklos. Das Büro von Miss Shirley befand sich unter dem Dach, der Speisesaal jedoch lag im Erdgeschoss des dreistöckigen Hauses. Niemand würde sie hören können.

Joseph kam lauernd auf sie zu, seine wässrigen Fischaugen starrten sie bedrohlich an. Er griff mit beiden Händen nach ihr.

Gehetzt schaute sich Tessa um. Sie befand sich in einem Raum, der augenscheinlich schon sehr lange als Abstellkammer benutzt wurde. Alle Dinge, die sie zur Verteidigung hätte benutzen können, befanden sich auf hohen, staubigen Regalen, unerreichbar für sie.

Wieder einmal verfluchte sie ihre geringe Körpergröße. Bitter dachte sie: Verdammt, ich bin einfach viel zu klein. Niemals werde ich an dem Riesen vorbeikommen. Was soll ich nur tun?

Da passierte das Unfassbare: Ein schweres Regal krachte von der Wand und direkt auf den Kopf des Angreifers.

Erschrocken fragte sie sich: Was war das denn? Hör auf zu denken! Lauf lieber!

Trotz ihrer Panik vergewisserte sie sich kurz, dass Joseph benommen am Boden lag.

Das ist auch gut so, denn ich habe keine Ahnung, was ich ihm auf den Kopf schlagen soll, sollte er aufwachen. Hier gibt es nichts. Ah, er bewegt sich. Jetzt lauf schon!, trieb sie sich zur Eile an.

Tessa lief zur Tür. Mit zittrigen Händen versuchte sie, den Schlüssel im Schloss zu drehen. Sie hörte den Hausmeister hinter sich stöhnen, war aber zu ängstlich, um sich umzuschauen. Nach dem vierten Versuch bewegte sich der verrostete Schlüssel schließlich.

»Endlich.« Erleichtert riss sie die Tür auf, rannte so schnell sie konnte die Treppe hinab und verließ auf der Stelle das gruselige Haus. Die kleine Jugendliche verlor keine Zeit damit, die Vordertür zu schließen.

Sie murmelte vor sich hin: »Wo soll ich jetzt hin? Unwichtig, einfach nur weg von hier.«

***

Nachdem Tessa so lange sie konnte gelaufen war, versteckte sie sich in der Seitengasse. Nie mehr in ihrem Leben wollte sie in das Waisenhaus zurückkehren. Mit ihren fünfzehn Jahren war sie längst zu alt, um noch vermittelt werden zu können. Bald würde sie dazu gezwungen sein, das Heim zu verlassen. Schon jetzt half sie in der Küche aus. Genauso würde ihr zukünftiges Leben aussehen: Arbeiten als Küchenhilfe. Etwas Höheres anzustreben war mit ihrer kargen Schulausbildung aussichtslos. Aber das war keineswegs das, was sie sich für die Zukunft wünschte.

In dieser trostlosen Lage verirrten sich ihre Gedanken in ihre Scheinwelt, in der alles gut war. In der die Menschen besser waren als der fiese Hausmeister. Plötzlich überkam sie ein Kribbeln am ganzen Körper und aus dem leichten Schwindelgefühl, das sie erfasste, wurde eine irrwitzige Fahrt in einem Tunnel. Gelassen ließ sie die grellen Farben, die sie umgaben, auf sich einwirken. Sie empfand keinerlei Überraschung über die Schönheit, und doch gab diese ihr ein berauschendes Glücksgefühl. Am Ende der Reise wusste sie, wo sie sich befand, hatte sie von dieser Welt seit dem Tode ihrer Eltern immer geträumt. Und nun war sie tatsächlich hier; auf Lamir.

Genauso gelassen schaute sie in das lederhäutige Gesicht ihres Gegenübers, ohne sich vor dem fremdartigen Äußeren zu fürchten. Beim Aufstehen strahlte sie den alten Mann in der roten Robe an. »Das wurde wirklich, wirklich Zeit, Mister Hork.«

»Sessin Hork, bitte.« Er legte großen Wert auf seine Meisteranrede. »Aber eigentlich hast du dir Zeit gelassen. Wir haben schon wesentlich früher mit dir gerechnet, Theresa Bell. Nicht wahr, Tobias?«

Tessa erlebte einen magischen Moment, in dem sich ihre Sinne mit denen der beiden Männer verbanden. Sie sah mit Horks Augen und dachte mit Falks Gedanken: Der angesprochene Mann nickte und schaute sie mit alten, wissenden Augen, die viel Gutes, aber auch eine Menge Leid gesehen hatten, warm an. Das war Tobias Falk, eine unendliche Seele aus Emotionen in einem Gesicht von unglaublich geistiger Schönheit. So nahm Tessa ihn durch Horks Augen wahr.

Im nächsten Moment war der melancholische Blick des Schotten verschwunden. Well ..., er schnalzte mit der Zunge und lachte über das ganze Gesicht. Das Leben war weit entfernt davon, perfekt zu sein und jedes Lebewesen konnte nur versuchen, etwas Gutes daraus zu machen. Deshalb packte er es an, wie er es allzeit tat. Und am heutigen Tage hatten sie Wunderbares vollbracht.

Die Fünfzehnjährige registrierte Horks Erstaunen, das er nicht zum ersten Mal über diese Verwandlung, die sein alter Freund in wenigen Augenblicken durchlief, zu empfinden schien. Zu keiner Zeit ließ dieser sich von seiner Melancholie überwältigen. Das bewunderte der alte Mann.

Die Verbindung zu den Männern wurde jäh unterbrochen, als Falk sie herzlich begrüßte. »Sei willkommen auf Lamir, deiner neuen Heimat, wenn du denn möchtest, liebe Tessa.«

»Ob ich möchte? Natürlich möchte ich.«

Aber sie hatte eine Frage: »Können wir meine Freundinnen holen? Ich kann sie doch nicht allein dort zurücklassen.« Flehentlich glitt ihr Blick von dem großen Mann zu dem kleinen Mann.

Die Zwillinge waren zwei Jahre jünger als sie. Karen und Eve mussten ein paar Jahre länger in dem scheußlichen Kinderheim aushalten. Tessas größter Wunsch war es, dies zu verhindern.

Hork sah sie mitleidig an: »Mit vereinten Kräften gelang es uns gerade mal, dich herzubringen, und du bist nur ein halbes Persönchen. Für den Transport mehrerer Personen aus der Vergangenheit fehlt uns die Energie.«

Sie schaute ihn mit traurigen Augen an, die ihre Verzweiflung zeigten. »Wie könnte ich sie allein lassen? Bei diesem Scheusal? Ich muss zurück zu ihnen.«

»Tut mir leid, wir können im Moment nichts dagegen unternehmen. Vielleicht wird es uns niemals möglich sein.« Er sah sie mit einem Ausdruck des Bedauerns an.

Sie wusste, er hatte recht, so sicher, wie sie wusste, dass sie in der Zukunft war. Auch wenn ihr das ganze Ausmaß dieser Tatsache noch keineswegs bewusst war, hatte sie den Wechsel der Zeiten doch gespürt.

Zur Untätigkeit gezwungen zu sein, war für sie inakzeptabel und so dachte sie kämpferisch: Eines Tages werde ich bestimmt genug Kraft besitzen. Ohne meine Fähigkeiten wäre es Hork und Falk unmöglich gewesen, mich aus der Vergangenheit hierher zu transportieren. Ich werde euch befreien, das verspreche ich.

Der größte Teil der Energie kam von dieser kleinen, zarten Person. Doch sie benötigte mehr Power, um die Zwillinge zu sich zu holen. Im Moment konnte sie jedoch nichts unternehmen, aber sie war hier und hier würde es ihr bestimmt gut gehen. Tapfer lächelte die Kleine, sie hatte Zeit. Wenn sie zurückkehrte, dann zu dem Moment, als sie die Straße in London verlassen hatte. Das nahm sich Theresa Bell fest vor. Sie würde eifrig lernen, bis sie so weit war, denn sie hatte alle Zeit der Welt.

Bluma betrat den Raum und nahm die junge Dame mit, um ihr das Zimmer zu zeigen, das für sie bestimmt war.

»So, Sessin, haben wir nun alle zusammen? Ich würde mich nämlich gerne ausruhen. Tessa herzubringen war sehr anstrengend.« Eins wollte Falk wissen: »Warum gerade sie, Hork?«

»Ihre mentalen Kräfte sind enorm. Hast du diesen kurzen Augenblick gespürt, als sie unsere Gedanken praktisch übernommen hat?«

Kurz nickte Falk. Er hatte diese fast schon gewaltsame Übernahme ebenfalls wahrgenommen. Es machte ihm ein wenig Angst, sie war schließlich noch ein Mädchen. »Sie hat unbewusst eine solche Leistung vollbracht, wozu ist sie fähig, wenn sie all ihre Sinne auf jemanden oder auf etwas konzentriert? Und wozu wird sie erst als Erwachsene fähig sein?«

»Ich weiß es nicht, Tobias. Um deine erste Frage zu beantworten: Irgendetwas hat mich zu Theresa Bell gezogen. Es war ein so überwältigend dringendes Bedürfnis, sie aus der Vergangenheit hierher zu bringen, ich war absolut wehrlos dagegen. Ich kann dir nur sagen: Sie wird einmal wichtig sein. Und ...«, er stockte, dann fuhr er nachdenklich fort: »Und sie scheint eine Verbindung zu dir zu haben. Zum jetzigen Zeitpunkt bin ich unfähig, dir mehr zu sagen, alter Freund.«

»Das ist sehr vage. Sie wurde etwa hundert Jahre nach meiner Geburt geboren, da kann ich keine Gemeinsamkeit erkennen.«

Falk bemerkte, wie schwach Hork aussah. Er stand kurz vor einem körperlichen Zusammenbruch und konnte sich gerade mit letzter Kraft und seiner Hilfe zu einem Sessel schleppen. »Dir würde ein wenig Ruhe guttun.«

»Ich muss zugeben, es hat mich einiges an Kraft gekostet, sie aus der Vergangenheit zu uns zu führen. Das konnte nur mit deiner Hilfe geschehen. In Zukunft werden wir die Finger von Zeitreisen lassen. Da stimmst du mir sicherlich zu. Ich werde mich ein paar Tage ausruhen müssen.«

»Ein bisschen Ruhe wird mir ebenso guttun, bevor ich anfange, aus den vieren, die wir geholt haben, ein Team zu formen.«

»Kümmere dich bitte in den nächsten Tagen um alles Weitere, nachdem du dich ausgeruht hast. Ich muss erst wieder zu Kräften kommen. Ich danke dir, Tobias.«

Kapitel 12

Ein nächtlicher Ausflug der etwas anderen Art

Dominic lag lang ausgestreckt im Bett eines Zimmers, das sich in dem äußeren Wohnblock des Anwesens auf der Etage der Letztsemester befand. Seine Eltern waren in einer kleinen Suite einquartiert worden, die für Gäste reserviert war. Es gab eine Menge davon, das Anwesen musste riesig sein. Hier übernachteten er und seine Eltern so lange, bis sie sich endgültig entschieden hatten, ob sie bleiben wollten. Sollten sie sich für Lamir entscheiden, dann wartete ein Häuschen in der Stadt auf sie, und ihr Sohn sollte mit ihnen dort wohnen.

Dominic hatte seine Entscheidung bereits getroffen, er würde auf jeden Fall bleiben. Wie hätte er zurück in sein altes Leben gehen können, wo er all dies kennengelernt hatte? Er war sich sicher, seine Eltern würden es niemals von ihm verlangen. Der Junge hatte zwar ein mulmiges Gefühl bei dem Gedanken, ohne sie auf dem Anwesen zu leben ... und auf einem fremden Planeten ... und mit Außerirdischen zusammen ... aber sein Zimmer, das gefiel ihm sehr gut und er dachte: Es ist ja nichts anderes, als auf einem Internat zu sein ... Zugegeben, auf einem etwas weit entfernten ... Etwas sehr weit entfernten. Aber ich werde das Teleportieren erlernen, damit sind sie immer nur einen Schritt weit von mir entfernt.

Er schüttelte den Kopf über das „Reisen“. Telepathie, Telekinese, ja, das kannte er von klein auf. Er selbst konnte willentlich keine Gegenstände bewegen, sah es aber täglich bei seinen Eltern.

Aber Teleportieren ist noch mal eine Nummer krasser, fand er.

Mit einem Schritt ein Wurmloch - Ein Wurmloch! Wie unglaublich war das denn?! – zu betreten und das Weltall zu durchqueren, um am Ende fremde Planeten zu erreichen, das war einfach ... megamäßig krass! Natürlich wusste er nicht genau, wo Lamir lag. Aber da die Erde sich am Ende der Milchstraße befand und es weit und breit keine bewohnbaren Planeten gab, musste die Welt sehr weit weg sein. Auf jeden Fall war es unglaublich ... und absolut großartig. Er hatte einmal von einer Nonne gelesen, die irgendwelche guten Taten in einem Land vollbrachte, in dem sie gar nicht lebte. Angeblich konnte sie sich teleportieren. Wirklich geglaubt hatte er es nie, wenngleich ja gerade er selbst viel aufgeschlossener hätte sein müssen.

Eine Woche war er bereits auf Lamir, aber es kam ihm alles noch surreal vor. Täglich kamen neue Eindrücke hinzu, die sein Gehirn nachts im Bett verarbeiten musste. Langsam fielen ihm die Augen zu und der Schlaf übermannte ihn. Wie jede Nacht, seit er hier war, verließ sein Geist den Körper. Sein Astralkörper fand keine Ruhe und begab sich auf Entdeckungstour über den fremden Planeten. Auf dieser Ebene konnte sein Körper fliegen, und Dominic sah sich alles von oben an. Es war ein großartiges Gefühl. Er schaute an sich hinunter und sah seine durchsichtige Gestalt, beziehungsweise sah sie keinesfalls. Einen feinen Umriss konnte ein Betrachter gerade noch erahnen, wenn er genau hinsah. Der Junge wunderte sich nicht mehr darüber. Morgen früh würde ihm alles, was er in dieser Gestalt erlebte, wie die Realität vorkommen.

In der riesigen Bibliothek des Anwesens, die für jeden zugänglich war, hatte er ein Buch über Astralprojektionen gefunden. Und tatsächlich war es kein Traum, den er durchlebte. Sein Körper blieb in dem Bett im Zimmer, aber sein Geist ging auf Entdeckungsreise über Lamir. Innerhalb von Minuten konnte er irrsinnig weite Strecken zurücklegen.

In den vorangegangenen Nächten hatte er sich vorsichtig mit dieser Fähigkeit vertraut gemacht. Am Anfang hatte ihm der Mut gefehlt, sich allzu weit von seinem Körper zu wagen. Er hatte sich gefragt, was wäre, wenn er unauffindbar blieb, weil er sich zu weit von ihm entfernt hatte? Nach und nach hatte er jedoch die Entfernung gesteigert und heute Nacht traute er sich zu, sehr viel weiter zu fliegen. Er segelte über die tiefen Wälder von Katana, der Hauptstadt Lamirs. So wie er erfahren hatte, gab es keine Ländereingrenzungen. Lamir, nur ein Name für ein einziges Land auf dem gesamten Planeten. Es gab keine Grenzen, die die Einwohner voneinander trennten.

Er flog weiter und erreichte einen undurchdringbaren Dschungel. Die Wälder von Katana fand er schon faszinierend, aber die Vielfalt dieser Pflanzen unter ihm hätte ihn geradezu aus den Socken gehauen, wenn er denn welche angehabt hätte. Es war ein Meer von unendlichen Farben. Als er genauer hinsah, sah er tatsächlich Behausungen, die in die gigantischen Bäume eingelassen waren. Er ging tiefer hinunter, um sich alles aus der Nähe anzuschauen. Die hoch angelegten Wege schwebten zwischen den Baumwipfeln. Dominic war es unmöglich zu erkennen, wie sie befestigt waren. Niemand war unterwegs, denn es war mitten in der Nacht. Die Stadt schlief, ein

Nachtleben, wie es dieses auf der Erde gab, schien hier unbekannt zu sein.

Er flog wieder höher in den Himmel und setzte seine Erkundungstour über den Planeten fort. Sein nächster Abstecher führte ihn in eine Wüste, doch sie war nicht so, wie er sie von der Erde her kannte. Weite Strecken waren urbar gemacht worden. Blaues, wehendes Gras bedeckte große Teile und auch dort gab es eine Stadt. Sie erwachte gerade. Die Sonne zeigte sich zögerlich am Horizont. Der Jugendliche verweilte einen Augenblick, um dem Treiben zuzuschauen. Er hätte ewig weiter zusehen können, aber er war neugierig auf den Rest von Lamir, also schwebte er weiter.

Er kam zu einem wunderschönen Fleckchen des Planeten. Unter ihm lag ein tiefblaues Meer, es mündete in den natürlichen Hafen einer paradiesischen Insel. Hohe Klippen umgaben diese, die Sonne schien, der Tag war fortgeschrittener. Anhand der Bekleidung der Einheimischen zu urteilen, musste es sehr warm sein, kam der menschliche Jugendliche zu dem Schluss, denn spüren konnte er die Wärme selber nicht. Die Behausungen waren in die Felsen geschlagen, Treppen, die aber uralt zu sein schienen, verbanden sie miteinander. Sie bildeten einen bizarren Kontrast zu den modernen Turboliften, die eilig hin und her schwebten. Es war mit das Faszinierendste, das Dominic jemals in seinem jungen Leben gesehen hatte. Die Stadt sah eher ländlich aus, aber die Technik, angefangen mit den Turboliften bis hin zu den Hochgeschwindigkeitszügen, gab der Stadt ein futuristisches Äußeres. Er konnte sich kaum von diesem Anblick losreißen. Hier wollte er definitiv einmal in seiner wahren Gestalt hin.

Rasend schnell zog er über das Meer hinaus. Lebhaftes Meeresgetier kam des Öfteren an die Oberfläche. Er sah eine Herde, nein, das war auf keinen Fall die richtige

Bezeichnung. Er erinnerte sich aus dem Biologieunterricht: Sie wurden Schulen genannt. Er sah Schulen mit riesigen Walen, ihm fiel kein besser beschreibendes Wort für diese Meeresgiganten ein. Und delfinartige Tiere sprangen mehrere Meter hoch in die Luft, um elegant in das azurblaue Wasser einzutauchen. Er verweilte, um ihrem munteren Treiben zuzuschauen.

Dann ging es weiter, bis er die ersten Eisschollen sah. Das musste die Antarktis von Lamir sein. Dominic flog über eine von Eisbergen durchzogene Landschaft, und selbst in dieser eisigen Kälte fand er eine Stadt. Sie war umgeben von einer riesigen Kuppel aus Energie. Darunter bewegten sich die Lebewesen keineswegs in dicken Parka, wie er vermutet hätte, sondern in luftiger Kleidung. Hochmoderne Gebäude prägten das Gesicht der Stadt. Genau wie in der Wasserstadt rasten Turbolifte von einem Platz zum nächsten. Und noch etwas sah er, von dem er restlos begeistert war: Gleiter bewegten sich durch die Lüfte oder parkten in gigantischer Höhe vor den Wohnungen der Hochhäuser. Das Leben spielte sich in der Luft ab. Doch das Seltsamste war, dass auch hier die Natur im Vordergrund stand. Es handelte sich um einen tropischen Wald inmitten einer Eiswüste. Die Bäume sahen aus wie die uralten Mammutbäume der Erde, so hoch wuchsen diese. Sie wetteiferten mit den künstlich erschaffenen hohen Häusern, die in Pflanzen und Blumen eingebettet waren und beinahe selbst wie Bäume anmuteten.

Er war neugierig, konnte er mit seinem Astralkörper die Barriere durchdringen? Vorsichtig hielt er davor an und streckte langsam eine Hand aus. Und tatsächlich, sie durchdrang den Energieschild ohne Probleme. Er ließ seinen Körper der Hand folgen. Niemand nahm Notiz von der durchscheinenden Gestalt des Jungen. Grinsend setzte er seinen Weg fort und durchquerte dabei die Stadt.

Am Ende durchbrach er erneut den Energieschild. Außerhalb der Stadt sah es kalt aus, aber sein Astralkörper spürte auch die Kälte nicht.

Als Dominic wieder auf dem Rückflug nach Katana war, sah er plötzlich eine gigantische Stadt inmitten des tiefsten Waldes, die alles toppte, was er bisher auf Lamir gesehen hatte. Er hatte das Gefühl, in eine entfernte Zukunft versetzt worden zu sein. Während in den Städten, die er bereits gesehen hatte, die Natur überwog, sah Dominic sie dort nur vereinzelt in einigen Bäumen, die hier und da gepflanzt worden waren. Ansonsten prägten futuristisch aussehende, flache Gebäude, die ihn trotz ihrer Sterilität begeisterten, das Stadtbild. Obwohl es auf dieser Seite des Globus noch Nacht war, herrschte ein emsiges Treiben. Die Turbolifte rasten unerlässlich hin und her, die Hochgeschwindigkeitszüge waren kaum mit dem bloßen Auge zu erkennen und die Gleiter flitzten wild umher. Mitten in dieser von modernen Häusern eingerahmten Stadt gab es einen wunderschönen Park. Dort befanden sich die Pflanzen, die Dominic auf seiner nächtlichen Tour durch die Städte gesehen und hier vermisst hatte. Angelegt in einer faszinierenden Felsenlandschaft. Ein hoher Wasserfall rauschte eine Klippe hinab in die Tiefe. Das wollte der Junge sich einmal aus der Nähe ansehen. Als er ein Stück hinab schwebte, nahm er noch etwas wahr. Eine Kuppel aus purer Energie umspannte die gesamte Stadt. Es war kein Schild wie bei der Eisstadt, dieser hier sprühte förmlich von einer Kraft, die ihn abschreckte.

Kann ich diese Barriere auch so einfach durchdringen?, fragte er sich.

Zweifelnd und unschlüssig schwebte er knapp davor. Es war ihm, als spürte er, wie sich ihm die Nackenhaare sträubten. Er hob eine Hand und fuhr an ihr entlang. Es knisterte und sprühte orange auf.

Nein, dies ist sicherlich ein paar Nummern zu groß für mich.

Bedauernd zog er sich zurück, setzte seinen Weg in entgegengesetzter Richtung fort und ließ den geheimnisvollen Ort hinter sich zurück.

Vielleicht sollte ich Sessin Hork nach der Stadt fragen, überlegte er. Aber das hieße, sein nächtliches Treiben zu gestehen.

Wie würde er wohl darauf reagieren? Er findet meine Fähigkeit, durch Wände fliegen zu können, bestimmt nicht so prickelnd. Schließlich könnte ich die Bewohner des Anwesens beim Schlafen beobachten. Bei dem Gedanken grinste er verschlagen. An diese Möglichkeit hatte er durchaus schon gedacht.

Nee, das Geheimnis der Astralprojektion behalte ich besser für mich, kam er zu dem Ergebnis seiner Überlegungen.

Er erreichte die Stadt Katana mit ihren Wäldern, flog mit ausgebreiteten Armen ein paar Kurven und fühlte sich himmlisch frei. Dominic hoffte, all die Städte, die er in dieser Nacht gesehen hat, einmal in seiner körperlichen Gestalt besuchen zu können. Plötzlich sah er unter sich eine Lichtung und schwebte hinunter. Dieser Platz war traumhaft schön. Von irgendwoher kam eine Lichtquelle, aber der Ursprung blieb seinen Augen verborgen. Der Jugendliche hielt sich eine ganze Weile dort auf, ihn durchdrang ein eigenartiges Glücksgefühl. Dominic setzte sich an das Ufer eines glitzernden Sees, der so groß war, dass er das gegenüberliegende Ufer nur erahnen konnte. Er schaute hoch in den mit Sternen übersäten Himmel und sah zwei Trabanten. Es war befremdlich, mehr als einen Mond zu sehen; sie glühten förmlich am Nachthimmel. Der menschliche Junge starrte die beiden leuchtenden Kugeln fasziniert an.

Er wusste nicht, woher das Gefühl kam, aber irgendein Impuls sagte ihm, wann es Zeit war, in seinen Körper zurückzukehren. Dann zog etwas an ihm. Er war unfähig, sich dem zu widersetzen. Sein Astralkörper wurde fortgerissen und im nächsten Moment wachte er in seinem Bett auf. Er nahm sich vor, die Lichtung am Tag und in seiner festen Gestalt zu besuchen.

Kapitel 13

Eine kleine Elfe

Seine Reise über den Planeten hätte anstrengend sein müssen, zumindest auf geistiger Ebene, aber er wachte am nächsten Morgen erholt und voller Tatendrang auf. Nach dem Frühstück wollte Dominic zum ersten Mal das Teleportieren ausprobieren. Er fand, die Lichtung sei ein geeignetes Versuchsobjekt.

Der Fünfzehnjährige schloss die Augen und stellte sich den Ort vor und – nichts passierte. Er fragte sich, ob es hierfür eine Gebrauchsanweisung gab: Muss ich vielleicht einmal mit dem Kopf nicken, wie dieser weibliche Djinn in der uralten amerikanischen Serie, die sich Papa und Mama als Kinder angesehen haben? „Bezaubernde Jeannie", so heißt sie. Wie gesagt „uralt" ... nichts. Dann vielleicht meine Nase reiben, wie es die Hexe in einer anderen Uralt-Serie gemacht hat? Wie heißt die noch gleich? Ah, „Verliebt in eine Hexe" ... Mist! Wieder nichts.

Insgeheim hatte er gehofft, die Geschichten hätten ein Fünkchen Wahrheit enthalten.

Schließlich gibt es so etwas wie Magie, doch hier war er enttäuscht.

Mit einem Zauberstab wedeln konnte er nicht, aufgrund Fehlen des Selbigen. Seine Hoffnung war es, irgendwann einen zu bekommen.

Das wäre so was von bärenstark, dachte er hoffnungsvoll.

Da blieb ihm nichts weiter übrig, als zu Fuß zu der Lichtung zu gehen. Er machte einen Schritt nach vorne und ... es funktionierte. Das Kribbeln am ganzen Körper blieb zwar aus und das Schwindelgefühl war diesmal sehr viel schwächer, aber er betrat ein Wurmloch. Die Reise hindurch nahm er kaum wahr, so kurz war sie. Im nächsten Augenblick stand er genau dort, wo er hin wollte. Er schwankte leicht, hatte sich aber im nächsten Moment gefangen.

»Krass, das ging ja einfach«, rief er begeistert aus.

Er nahm aus den Augenwinkeln eine Bewegung wahr und schaute zur Seite. Vor Schreck zuckte er zusammen. Wie aus dem Nichts stand Hork plötzlich neben ihm.

Der alte Mann starrte ihn ärgerlich an und Dominic dachte ängstlich: Was habe ich getan?

Als er die nächsten Worte Horks hörte, wurde ihm wieder einmal bewusst, dass dieser seine Gedanken lesen konnte.

»Das, mein lieber Junge, werde ich dir sagen. Wie kannst du ohne Aufsicht und Anweisungen durch die Gegend teleportieren? Du hättest dich in einen Baum materialisieren können. Und was wäre gewesen, wenn wir Begabten für das kurze Reisen auf einem Planeten einen Energieschild, der uns vor dem luftleeren Vakuum der Tunnel schützt, benötigen würden? Hm? Wenn das nämlich so wäre, dann wärst du jetzt tot.«

Der Schutzschild war ihm völlig entfallen. Er stammelte entschuldigend: »A-aber i-ich wu-wusste do-doch ni-nicht, da-dass i-ich ei-eine Ge-Genehmi-Genehmigung da-dafür brau-brauche.«

»Und ich hatte keine Kenntnis von deiner Fähigkeit, dich einfach so teleportieren zu können. Also haben wir wohl beide aus Unwissenheit einen Fehler begangen.«

Hork schaute den verunsicherten Jungen besänftigt an. »Aber das nächste Mal, wenn du deine Kräfte ausprobieren möchtest, fragst du mich oder Falk erst einmal, ja?«

»Versprochen.« Dominic war froh, glimpflich davongekommen zu sein.

Falk? Der Name sagte ihm etwas. Da fiel es ihm wieder ein: Ach ja, Tobias Falk. Ich habe ihn ganz kurz bei meiner Ankunft in Sessin Horks Kopf gesehen. Er scheint eine wichtige Person zu sein.

»Jetzt muss ich wieder zurück. Ich konnte mich ja von deiner Unversehrtheit überzeugen.« Und nachdenklich setzte er hinzu: »Du bist ein Naturtalent. Ich bin mir sicher, auch in Zukunft wirst du dich ohne Gefahr teleportieren können. Du musst mir allerdings eins versprechen: keine Abstecher zu anderen Planeten! Dazu gehören Schutzmaßnahmen, die wir dir erst beibringen müssen.« Dominic nickte zustimmend.

Der alte Mann schaute sich kurz erstaunt um. Und mit den Worten: »Schön ist es hier. Ich muss den Ort einmal aufsuchen, wenn ich mehr Zeit habe«, entmaterialisierte er sich und war verschwunden.

Erleichtert atmete Dominic auf. Achselzuckend legte er sich ins blaue, weiche Gras, schaute in den Himmel und beobachtete die vorbeiziehenden, wolkenähnlichen Gebilde.

Nachdenklich fragte er sich: Warum ist der Himmel hier immer dunkelblau?

Beinahe war es ihm, als könne er den Weltraum durchschimmern sehen. Wäre da nicht die äußerst helle orangefarbene Sonne von Lamir, würde auf diesem Planeten ein sehr dämmriges Licht herrschen.

Nach einer Weile schloss er die Augen und seine Gedanken kamen zur Ruhe. Bis er auf einmal eine Präsenz in seinem Geist spürte, die ihn scannte. Zumindest dachte er bei sich, so müsste es sich anfühlen, wenn ihn jemand scannte, schließlich hatte er keinerlei Erfahrung damit. Es war nicht unangenehm, zu zart waren die fremden Gedanken, als dass er sich in Gefahr fühlte. Vorsichtig öffnete er die Augen und war fassungslos über das, was er da vor sich sah. Eine kleine Elfe schwebte genau über seinem Gesicht.

Mit schräg gestelltem Kopf beobachtete sie ihn. Ihre spitzen Ohren wackelten aufgeregt hin und her. Sie wurden von eigenartigen Schmuckstücken aus einem silberfarbenen Metall umschlossen, das filigran in die Form von Blumenranken gebracht worden war. Diese liefen auf die Ohrspitzen hin zu, die von zarten, winzig kleinen Flügeln aus Perlen gekrönt wurden. Selbst der Jugendliche, der von Schmuck so gar keine Ahnung hatte, bemerkte, dass es sich um eine erstaunliche Handwerkskunst handeln musste.

Sie stellte ihm mit ihrer piepsigen Stimme eine Frage: »Zu welcher Spezies gehörst du denn? So etwas wie dich habe ich noch nie gesehen, auch wenn du fast aussiehst wie ein Elf.«

»Neeeeein, du siehst fast aus wie ein Mensch. Hallo erst mal, ich heiße Dominic, die meisten nennen mich Nicky, und ich bin ein Mensch.« Dann setzte er schnell nach: »Und, ich komme in Frieden.« Er stand hastig auf und hob seine Hand zum Vulkanier-Gruß.

»Begrüßen sich die Menschen mit diesen Worten und diesem komischen Handzeichen? Ich komme auch in Frieden! Willkommen „Dominic, die meisten nennen mich Nicky“.« Und sie versuchte, mit ihrer kleinen Hand die Geste zu imitieren, aber so richtig gelang ihr das nicht.

»Bitte nur „Nicky“. Bei uns gibt es kein Begrüßungsritual, mit dem man fremde Spezies willkommen heißt. Denn dass ein Mensch jemals einem Außerirdischen begegnet ist, ist niemals vorgekommen, zumindest weiß ich von keinem Fall. Ich habe improvisiert.«

»Nun gut. Du brauchst keine Angst vor mir zu haben, „nur Nicky". Ich kann jedoch allein für mich sprechen. Was passieren wird, wenn meine Leute auf dich treffen, kann ich nicht sagen. Wir haben keinen Kontakt zu den Neuankömmlingen.«

»Neuankömmlingen?«

»Ja, die Leute aus der Stadt. Wir halten uns fern von ihnen.«

»Aber so wie man mir das erzählt hat, sind sie schon seit etwa vierhundert Jahren auf Lamir.«

»So nennen sie unseren Planeten? Lamir? Für uns sind die paar Sonnenumläufe eine kurze Zeitspanne, da unser Leben lange währt.«

»Ein paar? Ein paar Sonnenumläufe nennst du das? Wie alt bist du denn, ein paar Jahrhunderte?«

»So ein Unsinn. Ich bin jung, gerade mal neunzig.«

»Ach, nur neunzig! Ja, tatsächlich! Da bist du natürlich noch sehr jung.«

Dominic wandte sich von der Elfe ab, um vor ihr zu verbergen, wie er ironisch die Augen verdrehte.

Als er sich wieder gefangen hatte, hörte er sie fragen: »Wie viele Sonnenumläufe zählt dein Leben?«

»Fünfzehn.«

»Fünfzehn?« Ungläubig starrte die kleine Elfe ihn an. »Dann bist du ja ein Baby. Oder dauern eure Sonnenumläufe länger als unsere?«

Er hatte null Ahnung, aber um sich keine Blöße zu geben, antwortete er einfach mit einem kurzen »Ja.« Um sie von diesem Thema abzulenken, fragte er sie: »Wie ist denn dein Name und wie nennt ihr euren Planeten?«

»Ich bin Tiri. Wir nennen unsere Welt Nurigi.« Sie strich sich mit ihren kleinen, winzigen Fingern fahrig durch die widerspenstigen grünen Locken, die ihr wild über den zarten Rücken fielen. Ihre grasgrünen, riesigen Augen musterten ihn intensiv.

Das Bild, das in seinem Kopf als Übersetzung entstand, war ein Bild des Friedens. Deswegen nahm er an, es würde „Frieden“ in der Sprache der Elfen bedeuten. Es war für ihn sehr merkwürdig, sich mit allen Spezies auf diesem Planeten einfach so unterhalten zu können. Es war ihm unmöglich zu begreifen, wie das funktionieren konnte. Hork hatte ihm erklärt, es würde in ihren Köpfen stattfinden und die Übersetzung kam telepathisch zustande.

Coole Sache, hatte er bei sich gedacht. Cool und sehr praktisch. Ein „Translator“, wie sie ihn bei „Star Trek“ benutzen, wird dadurch überflüssig.

Es hätte ein Kauderwelsch aus seiner und der fremden Sprache entstehen müssen, das er gleichzeitig in seinen Ohren und auf mentaler Ebene hätte hören müssen. Tat es aber keinesfalls, denn das Gehirn von Telepathen synchronisierte die gehörte Stimme mit der Stimme in ihren Köpfen, so klang sie wie eine.

»Bekommst du denn keinen Ärger, wenn du dich mit mir unterhältst?«

»Ich hege keinerlei Absicht, es irgendjemandem zu erzählen. Und auch dieser Ort ist ein Geheimnis. Hierhin ziehe ich mich zurück, wenn ich meine Ruhe haben möchte. Kaum jemand kennt ihn und meistens bin ich ungestört. Meistens!«

»Entschuldige, wenn ich dich gestört habe, aber ich finde ihn wunderschön und es überkommt mich ein unglaubliches Glücksgefühl, wenn ich mich hier aufhalte. Geht es dir ebenso?«

»Oh ja, er ist einmalig, oder?«

»Ja, einmalig schön und so friedlich. Aber ich werde dich allein lassen, es ist dein Ort und ich möchte dich nicht stören.« Bedauernd drehte er sich um und wollte schon verschwinden, da hörte er ihre zarte und jetzt sehr schüchterne Stimme.

»Ähm, das ist gänzlich unnötig. Ich teile ihn gerne mit dir, und ich habe überhaupt nichts gegen deine Gesellschaft.«

Freudestrahlend drehte sich Dominic wieder um, er hatte eine neue Freundin gefunden. Die Erste wohlgemerkt auf diesem Planeten. Und an ihre etwas geschwollene Art zu reden, würde er sich bestimmt gewöhnen.

Kapitel 14

Die Schule von Lamir

Dominic wurde von Hork im Innenhof des Anwesens abgefangen. Er schaute sich gerade die herrlichen Gärten an, als er die Stimme des alten Mannes hörte.

»Dominic, hast du dich bereits eingelebt?«

Misstrauisch zog der Jugendliche die Augenbrauen hoch. Er war zwei Wochen hier und bis jetzt durfte er machen, was er wollte, er sah seine Freiheit in Gefahr. Wenn es nach ihm gehen würde, könnte es ewig auf die Art weitergehen.

Vorsichtig antwortete er: »Es ist alles noch so neu, es gibt so viel zu entdecken.«

»Ah, also hast du dir einiges bereits ansehen können und kennst dich schon ein wenig aus?!« Es hörte sich mehr wie eine Feststellung denn eine Frage an. Dominic ahnte, dass er sie mit einem Hintergedanken stellte, und prompt bestätigte Hork seine Bedenken.

»Ich möchte dir unsere Schule zeigen, denn in wenigen Wochen wird es Zeit sein, mit deiner Schulausbildung und der Ausbildung deiner Kräfte zu beginnen. Dein Jahrgang der Fünfzehnjährigen ist mit fünf Klassen und jeweils fünfzehn Lernenden der stärkste in diesem Teil Lamirs seit der Besiedlung. Weitere Städte melden Höchstwerte ihrer Abschlussklassen. Dieses Jahr ist unsere Schule dran, die Abschlussprüfungen auszurichten. Von ganz Lamir werden die Absolventen der Letztsemester der einzelnen Schulen nach Katana kommen. Es wird für mich und meine Lehrerschaft einiges mehr an Arbeit bedeuten, das Spektakel am Ende des Schuljahres zu organisieren. Puh, das kann ich dir sagen. Aber es ist trotzdem aufregend.«

Dominic hatte es geahnt, die ganze Sache hatte einen Haken. Schule! Den Aspekt von Lamir hatte er bis jetzt verdrängt. Langsam und mit hängendem Kopf folgte er Hork. Er nahm das imposante Anwesen gar nicht richtig wahr, über das ihn der Begründer der Gemeinschaft von Lamir führte. Vor vierhundert Jahren hätte ein Betrachter von der Erde es eher als Schloss mit Festungsanlagen bezeichnet. Doch im Laufe der Zeit war es um die modernen Wohnblocks erweitert worden, die den Innenhof in drei Reihen umschlossen. Einzig die hohen Türme mit ihren Kuppeldächern aus Glas, die die Wohnblocks miteinander verbanden, waren aus dieser Zeit geblieben. Breite Wege mit blauem Gras trennten die Wohnungen der Lehrkräfte im Innenblock von den Unterkünften der Lernenden im Außenblock. In dem mittleren Block waren die Eltern, die mit nach Lamir gekommen waren, in größeren Suiten untergebracht.

Hork führte den Jungen durch den Rundbogen eines Turmes. Zwölf Türme hatte Dominic einmal gezählt, alle waren sie architektonische Meisterwerke. Jeweils vier von ihnen verbanden einen Block. Jeder einzelne hatte einen schön verzierten Rundbogen, durch den die Anwohner zum nächsten gelangten. Alles auf diesem perfekt ausgerichteten Anwesen war durchnummeriert. Wohnblock 1 bis 3, Gang 1 und 2, Turm 1 bis 12. Dominic wollte demnächst unbedingt alle Türme hochsteigen, um zu sehen, was dort oben war. Die Kuppeldächer aus buntem Glas waren schon von unten wunderschön anzusehen. Wie erst sahen sie oben drin aus? Nur einer der Türme hatte ein Kuppeldach aus Metall. Was das wohl zu bedeuten hatte? Er war sehr neugierig. Das ungleiche Gespann verließ das riesige Anwesen.

Der Mensch dachte bei sich: Das instand zu halten, verschlingt doch bestimmt Unsummen.

Die nächste Äußerung Horks zeigte Dominic, auch diesmal hatte er seine Gedanken aufgeschnappt. Er drehte den Kopf zu ihm, ohne das beeindruckende Tempo, das er vorlegte, zu verringern. Dominic war ziemlich außer Atem, Hork jedoch kein bisschen.

»Oh, auf Lamir gibt es kein Geld. Das wird alles in Gemeinschaftsarbeit erledigt. Jeder wird dazu verdonnert, seinen Beitrag zu leisten.«

Eine Gesellschaft ohne Geld hörte sich wie ein Paradies an. Dominic war gespannt, wie so etwas funktionieren konnte. Je länger der Weg dauerte, desto mehr wunderte er sich. Er hatte erwartet, die Klassenräume im inneren Block vorzufinden, dort, wo die Lehrenden wohnten. Stattdessen folgte er dem kleinen Portaner bis zu einem schwarzen, wenig vertrauenerweckenden, riesigen Gebäude ohne Fenster, das etwas entfernt von dem Anwesen stand. Während es erhöht auf einem Hügel thronte, lag die Schule in einem Tal.

Sprachlos stand er vor dem großen Portal und dachte: Na, wenn die Jugendlichen, die hier zur Schule gehen, Angst kriegen sollen, dann haben die Architekten ihr Ziel so was von erreicht. Ich habe auf jeden Fall Schiss.“

Er zuckte zusammen, als die Tür wie von Geisterhand geführt aufschwang. Hork betrat den Flur, als wäre es das Normalste auf der Welt, zögernd folgte der Junge ihm durch die hohen Gänge.

Niemand war zu sehen, ängstlich fragte er nach dem Grund: »Warum ist keiner hier? Muss niemand sauber machen? Gibt es keinen Hausmeister?«

»Ach, die Schule fängt erst in vier Wochen an und niemand hält sich hier länger auf als nötig. Das Gebäude ist ... hm, wie soll ich sagen? Etwas eigen. Du sollst es schon einmal kennenlernen und dich mit dem Gedanken anfreunden, unsere Schule zu besuchen.«

Dominic verstand nicht und fragte sich: „Etwas eigen“? Wie kann ein Gebäude eine Laune haben? Aber höflich bemerkte er: »Danke, das ist sehr freundlich von Ihnen.«

Er schluckte hart. Der Junge wollte lieber durch die Wälder streifen, als in diesem beängstigenden Haus seine Zeit absitzen zu müssen. Plötzlich konnte er es gar nicht mehr erwarten, zu seiner neuen Freundin Tiri zu kommen, um ihr zu erzählen, was man von ihm verlangte.

Er wurde von seinen trüben Gedanken abgelenkt, als er jetzt Horks Stab zum ersten Mal aus der Nähe betrachten konnte. Er hatte erfahren, dass die auf Lamir ausgebildeten Wesen Waffen trugen, die sie sich selber angefertigt hatten. In den Waffen, die auch Behälter genannt wurden, waren ihre Energiesteine eingelassen. Er hatte aber auch erfahren, dass er noch anderthalb Jahre warten musste, bis er seinen bekommen würde. Das fand er sehr schade.

»Was bedeuten die seltsamen Runen auf Ihrem Stab, Sessin?«

»Ach die. Die haben keinerlei Bedeutung. Aber sie sehen schön rätselhaft aus, nicht wahr?«

Der Junge nickte beeindruckt.

»Genau das wollte ich in meiner geheimnisvollen Zeit, als ich noch jung war, erreichen. Die Leute sollten beeindruckt davon sein, auch wenn sie nichts besagen.«

»Und der zusätzliche Edelkristall, in den Ihr Talisman gebettet ist?«

»Nun, der hat tatsächlich eine Bedeutung. Vor langer Zeit bestand er aus drei Talismanen, die ich von meiner Heimatwelt Porta mitgebracht habe. Als ich die mächtigen Kristalle Lamirs entdeckte, habe ich sie zu einem zusammengeschmolzen. Ich benutzte damals drei, weil ihnen die Stärke der Kristalle von Lamir fehlten. Während des Schmelzprozesses habe ich sie um den Talisman von Lamir gelegt. Er hat ihn angenommen und seine eigene Kraft wird durch die Steine Portas verstärkt. Aber ich muss sehr große Energie aufwenden, um sie zu beherrschen.«

»Ich kann es kaum erwarten, meinen Talisman zu bekommen. Vielleicht kann ich ihn dann ebenfalls mit etwas verstärken. Gibt es Energiekristalle auf der Erde?«

»Die Erde hat mächtige Talismane; sie sind beinahe so mächtig wie die von Lamir. Sie haben aber unterschiedliche Eigenschaften, die sehr schlecht zu kontrollieren sind, deswegen würde ich davon abraten, sie zu benutzen. Auch verkraftet keineswegs jeder eine zusätzliche Energiequelle. Eigentlich kenne ich niemanden, der es außer mir noch geschafft hat. Möglicherweise hast du die nötige Kraft. Wir werden sehen.«

Hork war während ihres Gespräches weitergegangen und öffnete nun einen Klassenraum. Als sie ihn betraten, staunte Dominic nicht schlecht. Er sah rein gar nichts: keine Stühle, keine Tische, keine Tafel, einfach gar nichts.

»Etwas schmucklos dieser Raum. Sehen alle so aus? Wo sitzen die Lernenden, oder müssen sie stehen?«

»Tatsächlich sehen alle Räume so aus. Schließ bitte deine Augen und stell dir vor, wie ein Klassenraum deiner Meinung nach aussehen sollte.«

Der angehende Schüler schloss die Augen. Nach einem kleinen Weilchen öffnete er sie, der Raum hatte sich komplett verändert.

»Das entspricht also eher deinen Vorstellungen von einem Klassenraum? Sehr schön.« Hork nickte beeindruckt.

Der Raum hatte sich gefüllt, jetzt standen Stühle und Tische darin und eine Tafel gab es auch, sogar Kreide war da. Dominic ließ den Mund vor Staunen offen. »Wie ist das denn möglich? Wie haben Sie das gemacht?«

»Ich habe nichts getan, das warst allein du.«

Er erklärte dem Jugendlichen, wie ihre Begabungen funktionierten. Der Fünfzehnjährige bekam einen ersten Einblick in die Lehren Lamirs.

»Das gesamte Universum besteht aus mikroskopisch kleinen Teilchen, daraus setzt sich einfach alles zusammen. Und wir haben die Fähigkeit, sie so zu manipulieren, wie wir sie haben möchten. Dabei tauchen wir ein in eine Welt, die mit dem bloßen Auge nicht zu erkennen ist, da sie auf Quantenebene existiert. Deswegen sind die Klassenräume leer. Erst wenn die Stunde beginnt, formen wir sie nach unseren Wünschen. Die Lernenden müssen dabei helfen. Das ist zu Beginn der Stunde ihre erste Übung. Du hast es gerade unbewusst getan, und das lässt auf ein hohes Potenzial bei dir schließen.«

Quantenebene - ja klar, dachte Dominic skeptisch. Nee, nichts kapiert. Aber bei einer Sache bin ich mir ziemlich sicher: Iiim Leeeben kann ich so was nicht. Aber stark die ganze Chose. Wow, ich bin echt beeindruckt.

Jetzt wollte er wirklich nur noch zu seiner neuen Freundin und ihr davon erzählen.

Hork schien die Ungeduld des Jungen zu spüren, denn er entließ ihn, damit er seine letzten Wochen in Freiheit genießen konnte. Dominic lief los, er wollte das Gebäude schnellstens verlassen. Als er sich auf einer Anhöhe im Laufen noch einmal umdrehte, musste er vor Überraschung stehen bleiben. Was er sah, verschlug ihm glatt den Atem. So wie der Klassenraum zuvor, hatte sich das Gebäude ebenfalls komplett verändert. Der schwarze, quadratische Klotz von vorhin war verschwunden. Nun war es ein helles, freundliches Gebäude mit einer riesigen

Fensterfront. Zwei geschwungene Treppen mit schön verzierten Holzgeländern an beiden Seiten führten zu einer einladenden Tür hinauf. Vor allem aber strahlte und leuchtete es in Hunderten verschiedenen Farben. Es war wunderschön anzusehen, als wollte es sich von seiner besten Seite zeigen; nur für ihn.

Na, das ist eher meins, dachte er und setzte sich überwältigt ins Gras. Er konnte sich an der Schönheit der Schule gar nicht sattsehen. Nach einer Weile schüttelte er den Kopf: Was bilde ich mir ein? Ein Schulgebäude, das mit mir kommuniziert, ist so was von lächerlich.

Bis bald Nicky, hörte er eine leise, zarte Stimme in seinem Kopf.

Das war wirklich gruselig. Er stand auf, stellte sich seinen Lieblingsplatz auf der Lichtung vor und machte einen Schritt nach vorne.

Kapitel 15

Schule ist für alle da

Der glitzernde See hieß Dominic willkommen, und auf einem Baumstamm am Ufer saß Tiri. Zart zeichnete sich ihre Gestalt gegen die Sonne ab. Ihre großen, grün schillernden Augen hatten ihn längst entdeckt. Schnell wie die eines Kolibris schlugen ihre Flügel in der Luft und sie schwebte ihm entgegen. Aufgeregt über seinen Besuch ließ sie sich auf seiner Schulter nieder. Da sie gerade mal eine Armlänge groß und leicht wie eine Feder war, hatte sie locker darauf Platz. Sie konnte nie lange still sitzen bleiben und hatte immer nur Flausen im Kopf, und in Dominic hatte sie einen willigen Komplizen für ihre Streiche gefunden. Aber er musste ihr beibringen, dass es damit bald zu Ende war, da ihm demnächst die Zeit für sie fehlen würde.

Erst wusste die kleine Elfe mit dem Begriff „Schule“ nichts anzufangen. Elfen lernten durch ihre Erzeuger alles, was sie benötigten, um in den Wäldern zu überleben. Als sie aber in seinem Kopf die Möglichkeiten sah, die so ein Konzept einem intelligenten Wesen zu bieten hatte, bemerkte er erstaunt, wie betrübt sie wurde.

»Schule? Oh, du Glücklicher! Was würde ich dafür geben, in die Schule gehen zu können und all die aufregenden Dinge lernen zu dürfen!« Sie geriet ins Schwärmen.

Das traf ihn unvorbereitet und er fragte sich: Wie kann irgendein Wesen, ob von der Erde oder von Lamir, freiwillig in die Schule gehen wollen?

Er wollte sie schon für verrückt erklären, da kam ihm eine Idee. »Warum solltest du das nicht tun dürfen? Melde dich doch einfach an der Schule an, und sie können uns dann beide quälen. Es würde mir leichter fallen, jeden Tag in dieses komische Gebäude zu gehen, wenn du dabei wärst.«

»Das ist schwierig, denn wir Elfen dulden die Neuankömmlinge zwar, aber wollen nichts mit ihnen zu tun haben. Meine Erzeuger haben mir strikt verboten, mit euch zu sprechen. Aber da ich mich eh nie an irgendwelche Anweisungen halte, habe ich dich doch angesprochen. Und ich bin froh, diese Regel gebrochen zu haben.«

Obwohl es die Kolonisten bereits seit vierhundert Jahren auf Lamir gab, wurden sie von den Einheimischen weiterhin als Neuankömmlinge bezeichnet. Und da die Elfen überaus scheu waren, suchten sie keinerlei Kontakt zu ihnen.

»Du treibst dich sowieso den ganzen Tag im Wald herum und deine – wie hast du sie genannt? Deine Erzeuger? – machen keine Anstalten, dich zu suchen, dann kannst du ebenso gut mit mir in die Schule gehen.«

Ihr Blick wurde nachdenklich. »Aber was würden die Lehrenden dazu sagen?«

»Finden wir es heraus.«

Er quoll über vor Elan und rannte mit langen Schritten zum Anwesen, die kleine Elfe im Schlepptau. Vor Aufregung hatte er ganz vergessen zu teleportieren.

***

Hork stand draußen im Innenhof bei den herrlichen Grünanlagen und unterhielt sich mit dem Gärtner Kkllerk vom Planeten Kkllortkl. Wenn sich sein Sprechorgan mit den zwei imposanten Scheren bewegte, kamen klackende Geräusche heraus. Er war ein Geschöpf, ähnlich wie ein Insekt. Diese Wesen waren berühmt für ihren grünen Daumen. Wie Dominic erfahren hatte, als er sich mit ihm unterhalten hatte. Denn Bescheidenheit war ihnen gänzlich fremd.

Als die Elfe und der menschliche Jugendliche aufgeregt vor den Erwachsenen stehen blieben, trat Dominic von einem Bein aufs andere. Ungeduldig, aber höflich abwartend, bis sie von Hork zum Sprechen aufgefordert wurden.

Erstaunt sah Hork die beiden an. »Nanu, wen haben wir denn da? Eine kleine Elfe, die uns besuchen kommt?«

Dominic übernahm das Sprechen, bevor sich Tiri darüber aufregen konnte, als klein bezeichnet worden zu sein, denn das machte sie wütend.

Sie setzte auch schon zum Sprechen an, da sagte er schnell: »Das ist Tiri und sie möchte nichts lieber, als in die Schule zu gehen. Uuuunfassbar, ich weiß, aber so ist es. Was muss sie tun, um sich an der Schule anzumelden?«

Jetzt sah der alte Mann vollends baff aus. Dominic fing einen überraschten Gedanken von ihm auf: Hätte ich geahnt, welche Wünsche die Einheimischen hegen, dann wäre ich selbst schon längst an sie herangetreten. Ich hätte das Tor der Schule mit Freuden weit für ihre Kinder und auch für die Erwachsenen, die lernen wollen, geöffnet.

Er wandte sich an Tiri: »Was sagen denn deine Erzeuger zu deinem Wunsch?«

Zittrig hing sie vor ihm in der Luft. Dominic wusste, es hatte ihren ganzen Mut erfordert, den Wald zu verlassen und vor den Big Boss zu treten ... oder eher zu schweben. Er drückte ihr die Daumen.

Sie stotterte: »Mei-meine Er-Erzeuger wi-wissen ninichts v-von mei-meinem Wu-Wunsch«, und dann setzte sie schnell nach: »Es wäre schön, wenn das so bleiben könnte.«

»Du sollst wissen: Ohne die Zustimmung deiner Erzeuger ...«

Aufgebracht unterbrach sie ihn: »Warum? Nach unseren Gesetzen bin ich entscheidungsfähig. Also, hiermit entscheide ich. Ich möchte auf eure Schule gehen und so viel wie möglich lernen. Ich will und ich werde.«

In diesem Moment hörte sie sich eher kindlich als erwachsen an. Sie überkreuzte ihre Arme und starrte ihn stur an, vergessen schien ihre Angst zu sein.

Hork verstärkte seine innere Barriere, denn er wollte verhindern, dass Dominic die Gedanken zu seiner nächsten Entscheidung mitbekam, die er für sich fällte. Er hatte bemerkt, wie wichtig es der kleinen Elfe war, also hob er jetzt beschwichtigend die Hände. »In Ordnung. Folgender Vorschlag: Du kannst dich als Gastschülerin eintragen und wir schauen, wie es sich entwickelt. Was sagst du dazu?«

Von der Probezeit, die er für sie plante, sagte er ihr nichts, sondern dachte: Falls es doch nur die Laune eines Kindes ist, wäre nichts weiter passiert und wir können diese Phase abtun. Aber wenn es keine Phase ist und Tiri sogar an den Prüfungen teilnimmt und andere Elfen folgen, dann würden wir echte Verbündete in ihnen finden.

Er sah erstaunliche Möglichkeiten und schaute Dominic unauffällig an. Der Junge war der geborene Diplomat, diese Gabe war ihnen bisher durchgegangen. Er würde ein herausragender Leiter seiner Gruppe werden.

Tiri schien nachzudenken und nickte dann. »Das geht klar. Komme ich in Dominics Klasse?«

»Das werden wir sicherlich einrichten können. So, jetzt muss ich mich beeilen, ich habe noch sehr wichtige Dinge zu erledigen, bevor das Schuljahr beginnt. Ihr entschuldigt mich.«

Er fühlte, dass er eine überglückliche Elfe und einen zufriedenen menschlichen Jungen zurückließ. Er grinste vor sich hin.

Kapitel 16

Ein Kobold im Schrank

Als es fast Zeit zum Schlafengehen war, trat Dominic an seinen Schrank. Die altmodischen Schränke in dem ansonsten modernen Wohnblock waren riesig. Dominics hatte zwei Schubladen oben, die so schwer waren, dass er sie nicht aufbekam. Hork meinte, er könne an ihnen seine telekinetischen Kräfte trainieren, irgendwann würde er sie schon aufbekommen.

Was für telekinetische Kräfte?, fragte er sich.

Bis jetzt zeigten sie sich nur, wenn er wütend war und unbewusst etwas zur Seite schleuderte. Die unteren Schubladen bekam er allein mit größter Mühe auf, und zwar durch reine Muskelkraft.

Was für Muskelkraft?, auch das fragte er sich, denn diese ließen bei dem schmächtigen Jungen ebenfalls auf sich warten. In diesen Schubladen lagerte er seine Strümpfe und Unterwäsche.

Er war der Überzeugung, der Schrank hätte gar keine Rückwand, so dunkel war der große mittlere Teil. Selbst der Lichtstrahl seiner Taschenlampe wurde verschluckt. Dominic hatte oft das Gefühl, sich in den dunklen Weiten seines eigenen Schrankes zu verlieren, sobald er hineinstarrte und etwas suchte. Außerdem hatte ihn der eigenartige Gedanke beschlichen, beobachtet zu werden, wenn dieser zu lange offenstand. Deswegen hatte er sich angewöhnt, die Türen aufzureißen, schnell seine Sachen hineinzuschmeißen und ihn wieder zuzuknallen. Dadurch herrschte das absolute Chaos in dem riesigen Ungetüm. Als er an diesem Tag dringend etwas Wäsche brauchte, musste er ewig in den Tiefen des Schrankes suchen.

»Willst du noch lange meine Schlafstätte durchsuchen, oder bist du bald fertig?«

Dominic erschrak, trat einen Schritt zurück und schaute hinter sich. Aber da stand niemand, er schaute unter dem Schrank nach, auch niemand, dahinter, dort war ebenfalls niemand zu finden. Also musste die Stimme aus dem gruseligen Teil vor ihm kommen. Er schaltete seine Taschenlampe an und leuchtete einem seltsamen kleinen Wesen mitten ins Gesicht, ohne es zu bemerken.

Ein Aufschrei folgte, und das Wesen riss sich die Hände vor die Augen. »Nimm dieses primitive Ding aus meinem Gesicht. Wer benutzt denn heutzutage noch Taschenlampen? Du Hinterwäldler. Mach es sofort aus, es blendet mich.«

Dominic ließ das Licht suchend hin- und herfahren. »Wer ist da? Ich kann niemanden sehen.«

Die Stimme wurde ungeduldig. »Ich stehe doch genau vor dir, du Trampel.« Irgendetwas schlug ihm die Lampe aus der Hand. »So, schon besser.«

Endlich konnte Dominic die kleine Gestalt mit den großen fledermausartigen Ohren und den riesigen Augen sehen. Nach der tiefen Stimme zu urteilen, war sie männlich. Sein Bart und seine Ohren bestanden aus einem rötlichbraunen Pelz. Der schmale Mund öffnete sich und zeigte zwei Reihen winzig kleiner, messerscharfer Zähne, als das Ding sprach. Nicht so gruselig wie bei Hork, aber gruselig genug, um ihn ängstlich zusammenzucken zu lassen.

»Kannst du mich jetzt sehen?«

»Ja. Aber was bist du? Und was zum Henker machst du in meinem Schrank?« Wo war bei dem Jungen jetzt die von Hork erwähnte und gelobte Diplomatie?

Das Wesen antwortete erbost: »Dein Schrank? Wieso dein Schrank? Hast du noch nie etwas von den Schrankkobolden gehört? Jeder alte, handgefertigte Schrank auf allen bekannten Welten beherbergt einen Kobold.« Die Stimme war schrill und aufgeregt und enttäuscht, da der Junge nicht erkannt hatte, was die eigenartige Gestalt war.

»Entschuldige mal, ich komme von der Erde und soviel ich weiß, gibt es dort keine Schrankkobolde.«

Der Kobold brach in schrilles Gelächter aus. »Die gute alte Erde. Pah, was weißt du schon, Jüngelchen? Früher hat es dort mal sehr viele von uns gegeben, aber die Ignoranz der Menschen hat uns vertrieben. Nur sehr wenige Kobolde halten es da noch aus. Meist stehen die Schränke in uralten, unbewohnten Schlössern, dort hat man seine Ruhe, aber für mich ist das nichts, ich brauche Action. Was habe ich hier in diesem Zimmer über die Jahre schon alles gesehen.« Er musterte seinen Mitbewohner eingehend. »Allerdings bist du ein bisschen langweilig. Wann fängst du an, Partys mit lauter Musik zu feiern?«

»Äh ... gar nicht? Kann dich jeder sehen und hören, wissen alle von euch Kobolden? Das muss ich sofort meiner Elfe erzählen.«

»Elfe? Du kennst eine Elfe? Es sind die fürchterlichsten Wesen, die ich kenne. Machen jede Menge Unsinn und alles kaputt!«

Dominic fühlte sich gezwungen, seine neue Freundin zu verteidigen. »Tiri ist voll nett und meine beste Freundin, allerdings auch die einzige, da ich hier noch niemanden so richtig kenne. Sie ist sehr vernünftig und geht mit mir demnächst auf diese komische Schule.«

»Wiiiiie biiiiiitte? Sie geht auf unsere Schule? Wer hat das denn erlaubt? Du lügst doch.« Der Kobold schlug vor Aufregung Purzelbäume und bekam vor Wut einen Tobsuchtsanfall. Als er sich halbwegs beruhigt hatte, stellte er sich vor den Jungen und wedelte mit einem Finger vor dessen Nase herum. »Und neiiiiiin, uns kann keineswegs jeder sehen, wenn wir unsichtbar bleiben wollen. Und kennen tut uns auch nicht jeder. Nun ja, es gibt Geschichten, die wir aufrechterhalten, aber unsere Geheimnisse geben wir niemals preis. Natürlich kennen wir alle Geheimnisse von den Wesen, deren Schränke wir besitzen.«

»Hey, kennst du etwa auch meine?« Dominics Stimme klang entsetzt.

»Pah, was hast du schon für Geheimnisse? Die sind absolut unwürdig, erwähnt zu werden. Doch es könnten in Zukunft jede Menge dazu kommen, du bist ja noch jung.«

»Aber du hast mir deins verraten. Was sollte mich davon abhalten, es jemandem zu erzählen?«

»Weiiiiiil wir Kobolde die Gabe besitzen, sofort auf nimmer Wiedersehen zu verschwinden, indem wir uns einfach unsichtbar machen. Wenn du unbedingt als Spooky-Nicky dastehen möchtest, dann nur zu. So wirst du aber keine Freunde finden, das kann ich dir sagen.«

Dominic gab sich resigniert geschlagen. Wenn er niemandem von dem merkwürdigen Wesen erzählen konnte, wie sollte er es dann loswerden? Sein Zimmer mit einem Kobold zu teilen, der auch noch seinen Namen kannte, fand er nicht sonderlich toll.

»Okay okay, dann werde ich vorerst keinem ein Wort sagen.«

»So ist es brav, Kleiner. Und jetzt möchte ich noch einmal auf deine Freundin zu sprechen kommen. Wenn sie zur Schule gehen darf, dann will ich es auch. Was eine Elfe kann, kann der Kobold Cass schon lange.«

Theatralisch hob er einen von vier Wurstfingern seiner rechten Hand in die Höhe.

»Eine öffentliche Schule? Ist das dein Ernst? Dann würden dich alle sehen und von deiner Existenz erfahren.«

Das machte Cass nachdenklich. »Tja, da hast du recht. Aber ich bin ein aufgeschlossener und fortschrittlicher Kobold, und für den Fortschritt muss man Opfer bringen. Bring mich zu deinem Anführer, ich werde mich einschreiben.«

Dominic verdrehte die Augen, und erneut führte ihn sein Weg an diesem Tage zu Hork.

Dabei dachte er: Was sind das nur für seltsame Wesen hier auf Lamir? Warum sind sie so versessen darauf, etwas zu lernen und ihre Freiheit dafür zu opfern? Ich würde liebend gerne mit ihnen tauschen und niemals freiwillig die Schule betreten.

***

Als Hork Dominic an diesem späten Abend auf sich zukommen sah, misstraute er seinen alten Augen. Er hatte doch tatsächlich Cass, den Schrankkobold, im Schlepptau.

»Dominic, mit wie vielen Geschöpfen dieser Welt hast du noch in der kurzen Zeit, die du hier bist, Kontakt aufgenommen? Die meisten suchen ein Leben lang nach einer Elfe oder einem Kobold, und du schleppst mir an einem Tag gleich beide Spezies an. Ich staune über deine Talente.« Er nickte dem Kobold zur Begrüßung freundlich zu. Er hob eine Hand. »Nein, sag nichts! Auch Cass möchte unsere Schule besuchen?!«

Der kleine Diplomat nickte, und zum zweiten Mal an diesem Tag schüttelte Hork ungläubig seinen kahlen Kopf.

Er wandte sich an Cass. »Du kannst dich gerne als Gastschüler an unserer Schule einschreiben und wir schauen mal, wohin das führt.«

»Ich möchte aber in die Klasse von diesem Menschlein und der Elfe.«

»Das wird sicherlich kein Problem sein, alter Freund.«

Zum wiederholten Male musterte er Dominic. Wirklich erstaunlich, was dieser Junge jetzt schon leistete; ihm einen lernbegierigen Kobold zu bringen. Diese Wesen waren undiszipliniert, ungesellig, aggressiv und vor allem arrogant. Und Cass war mitunter der Schlimmste von ihnen. Aber ihre Kräfte waren außergewöhnlich stark. Eine Verbindung wäre durchaus erstrebenswert, obwohl es nicht mehr viele von ihnen gab.

Hork erinnerte sich an die Zeit, als seine Präkogs mit einer Warnung zu ihm gekommen waren. Sie teilten mit ihm ihre Visionen. Was er zu sehen bekam, war eine fürchterliche Katastrophe. Real, aber doch nicht richtig zu fassen. Er sah dieselbe Vision durch verschiedene Augen, aber immer nur Schatten. Alle Hellseher machten ihre eigene Vision daraus, aber niemand von ihnen sah etwas Genaueres. Aber sie waren sich einig über die Dringlichkeit; etwas Fürchterliches lauerte den Kobolden auf. Leider scheiterte er an der Sturheit dieser Geschöpfe.

Sie hatten seinen Leuten kein Vertrauen geschenkt, und dann war die Katastrophe eingetreten. Hork hätte damals einen Diplomaten wie der junge Dominic einer war an seiner Seite gebraucht. Jetzt war er gespannt auf das Zusammentreffen des Jungen mit den anderen drei Teammitgliedern.

Was würde er aus ihnen machen?, fragte er sich gespannt.

***

Am nächsten Tag wollte Dominic Cass seiner Freundin vorstellen. Ein Kobold und eine Elfe – er fühlte sich wie in einem Zauberland.

Einmal mehr fragte er sich: Kann das wahr sein? Oder liege ich vielleicht irgendwo im Koma und träume mich in diese Welt?

Er hatte Tiri auf Cass vorbereitet, aber er hatte vergessen zu erwähnen, wie direkt der Kobold sein konnte: »Das ist also die kleine Elfe.«

Tiri starrte ihn wütend an. »Ich bin nicht klein!«

»Du hast recht, du bist winzig.« Wie immer zeigte sich Cass von seiner taktlosen Seite.

Aufgeregt schwirrte sie um ihn herum. »Wen nennst du hier winzig?«

Cass nächste Worte machten die Sache noch schlimmer: »Reg dich ab. Rein objektiv betrachtet bist du nun mal - klein.« Er zuckte mit den Schultern und fuhr fort: »Der Mensch ist größer als du. Ich bin größer als du. Selbst das Nagetier dort hinten ist größer als du.«

Abwechselnd zeigte er auf Dominic, sich selbst und auf das wuschelige Tier im Gebüsch.

Dominic sah sie entschuldigend an. »Wo er recht hat, hat er recht.«

Nachdenklich schaute der Jugendliche auf das merkwürdige Tier, das von hinten mit dem buschigen Schwanz sehr putzig aussah und ihn irgendwie an ein Eichhörnchen von der Erde erinnerte. Bis sich das Tier zu seinen Zuschauern umdrehte und die Zähne fletschte. Vier spitze, gefährlich aussehende Eckzähne lugten unter den schmalen Lippen hervor, da fand er es ziemlich beängstigend.

Er wandte sich an Tiri: »Jedenfalls bist du süßer. Definitiv bist du süßer.« Mit einem kräftigen Nicken unterstrich er seine Worte.

»Oh, vielen Dank auch.«

Irgendwie hatte Dominic das Gefühl, sie mit diesen Worten keinesfalls beschwichtigt zu haben.

Nun starrte sie beide, den Kobold und den menschlichen Jungen, böse an. Trotzig drehte sie sich weg. »Ich bin groß - unter den Elfen. Sehr groß sogar.«

Dominic versuchte es jetzt mit einer anderen Taktik. Er hielt ihr eine kleine Papiertüte hin. »Sei wieder gut. Hier, ich habe dir etwas mitgebracht.«

Begierig stürzte sich die Elfe darauf, aufgeregt wie ein kleines Kind. Vergessen waren der Kobold und seine Worte. Sie riss ihm die Tüte förmlich aus der Hand, flog zu dem See hinüber und setzte sich auf den Baumstamm, der in der letzten Zeit zu ihrem Stammplatz geworden war.

Cass fragte erstaunt: »Was ist denn da drin, dass die Kleine so darauf abfährt?«

Von ihrem Platz aus hörten die beiden ein wütendes: »Nenn mich nicht „Kleine".«

Dominic erklärte ihm: »Einmal in der Woche besuche ich die Erde und bringe Tiri Süßigkeiten mit. Ganz besonders mag sie diese Dinger.«

Sie sahen, wie Tiri sich kräftig schüttelte und »Brrr!« machte, und dann hörten sie sie laut auflachen.

»Mir sind sie zu sauer, aber du kannst sie gerne einmal probieren.«

Tiri rief: »Auf keinen Fall.«

»Tiri! Jetzt sei bitte höflich. Cass ist unser Gast.«

»Wieder falsch. Er ist dein Gast. Ich würde niemals einen Kobold einladen. Neeeeee – nie im Leben!«

»Tiri!« Jetzt wurde Dominic langsam wütend.

Und schon kam sie kleinlaut zu ihnen herübergeflogen. Widerwillig hielt sie dem Kobold ihre Leckereien hin. Aber so, als wollte sie diese jeden Augenblick wieder zurückziehen.

Vorsichtig griff Cass hinein. Misstrauisch beäugte er den kleinen Gummibären. »Seltsame Form. Was stellt sie dar?«

Tiri meckerte los: »Ist doch egal, was sie darstellt. Hauptsache, es schmeckt.«

Und zu Dominic gewandt flüsterte sie: »Was stellt sie eigentlich dar?«

Im nächsten Moment vergaß sie ihre Frage, denn sie wurde von Cass abgelenkt. Nachdem er an dem Gummibärchen gerochen hatte, steckte er es sich zögerlich in den Mund.

Erst kitzelte es auf der Zunge. »Ist doch gar nicht so schlimm. Nicht übel.«

Mit Enthusiasmus kaute er auf dem Gummiding herum. Bis er plötzlich das Gesicht verzog und sich kräftig schüttelte. Er schluckte hart und schrie auf: »Bäh ist das eklig!«, um dann begeistert zu fragen: »Kann ich noch eins haben?«

Tiri und Dominic, die ihn lauernd beobachtet hatten, lachten den Kobold aus und dieser stimmte in ihr Gelächter mit ein. Das Eis war gebrochen.

Die kleine Elfe hielt ihm die Tüte hin. »Ja, echt eklig was? Herrlich oder?«

Zusammen setzten sich die beiden auf den Baumstamm, die sauren Gummibärchen zwischen sich. Abwechselnd schüttelten sie sich vor Ekel und lachten jedes Mal danach laut auf.

Kapitel 17

Die Aufführung

An einem herrlichen Sommerabend machte Hork der Familie Keller ein besonderes Geschenk: Er lud Dominic und seine Eltern zu einer Vorstellung ein. Das Theater lag im Freien, die Bühne war umgeben von steinernen Sitzbänken. Weiche Polster luden die Zuschauer ein, Platz zu nehmen und sich zu entspannen. Ähnlich eines Amphitheaters aus der griechischen Antike der Erde liefen die Bänke im Kreis nach unten hin auf die Bühne zu. Obgleich es keine Scheinwerfer gab, war die Bühne grell erleuchtet. Der helle Schein blendete Dominic, er konnte nichts erkennen.

Plötzlich wurde es für einen Moment dunkel, und dann erhellte ein gleißender Lichtstrahl eine einzelne Figur. Bezaubernde Musik setzte ein. Zentral auf der Bühne stand ein in die mittleren Jahre gekommener Tänzer. Er war bekleidet mit einem fließenden, weiten Hemd und einer engen Hose. Durch das fast durchsichtige Oberteil sahen die Zuschauer verschwommen jeden einzelnen Muskel seines durchtrainierten Oberkörpers. Geschmeidig wie eine Katze tanzte er nach den zauberhaften Tönen einer einzelnen Flöte. Der Lichtstrahl folgte jeder seiner Bewegungen, er schien zu schweben.

Dominic kannte die Art des Tanzes und die der Musik. Erstaunt schaute er Hork an, der neben ihm saß.

»Du erkennst es? Michael ist unser bester Tänzer, er ist ein Elb. Die Elben waren vor Hunderten von Jahren in dem Irland eurer Erde weit verbreitet. Diesen Tanz schenkten sie den Iren, und beinahe erreichten sie bei der Ausführung die Vollendung, die allein ein Angehöriger des Elbenvolkes erreichen kann. Was du hier siehst, ist Vollkommenheit.« Sicherlich hatte er bereits viele solcher Vorstellungen der Elben gesehen, dennoch schaute der alte Mann fasziniert auf das Schauspiel hinab.

»Aber ich dachte, Elfen und Elben wären ein und dieselbe Spezies. Ich kenne die Bezeichnungen natürlich nur aus der Literatur und habe gelesen, je nach Übersetzung werden die beiden Begriffe für eine einzige Wesensart benutzt.«

»Pst!«, gespielt entsetzt hob Hork einen krallenbesetzten Finger an die schmalen Lippen, verschreckt sah er sich um. »Lass diese Theorie bitte niemals einen Elben oder Elf hören, sie können sehr wütend werden. Da unten siehst du einen Elb, sieht er etwa wie Tiri aus? Hm?«

Dominic schüttelte den Kopf und dachte: Allein durch den Größenunterschied sind sie sich unähnlich. Obwohl die Ähnlichkeit des Gesichts und der spitzen Ohren ...

Hork unterbrach seinen Gedankengang: »Genau. Nein! Sie sind eventuell miteinander verwandt, aber das weiß niemand so recht. Diese beiden Spezies teilten sich Lamir, bevor wir kamen. Aber sie gewähren uns Unterschlupf, da es nicht mehr viele von ihnen gibt und Lamir groß ist. So, und jetzt lass uns weiterzusehen.«

Dominic hatte noch eine Frage, schüchtern stellte er sie: »Ähm, warum heißt er Michael? Das ist doch ein irdischer Name.«

»Er lebte eine sehr lange Zeit unter Menschen und ist als Tänzer sehr berühmt bei euch. Michael hat sich für

Lamir entschieden, trotzdem besucht er die Erde oft und führt dort ein zweites Leben. Seit damals nennt er sich Michael und möchte auch hier so genannt werden. Unakzeptabel für die Elben, aber alle sonst respektieren seinen Wunsch. Das ist für ihn sehr wichtig.«

Der irische Volkstanz wurde hier in Perfektion ausgeführt. Es war nicht nur ein Stepptanz, es war mehr; es war vollendete Anmut. Die Beine bewegten sich irrsinnig schnell, die Zuschauer nahmen die Bewegungen kaum wahr. Da der Oberkörper völlig gerade blieb und die Arme meistens eng am Körper anlagen, hätte der Betrachter meinen können, der ganze Tanz würde steif und ungelenk wirken, aber genau das Gegenteil war der Fall. Durch das wahnwitzige Tempo der Beine schien der Tänzer zu schweben. Jetzt kamen weitere Tänzer und Tänzerinnen auf die Bühne, und zu der einzelnen Flöte gesellten sich drei Gitarren, ein Banjo und ein geigenähnliches Instrument. Die Musik schwoll an und riss die Zuschauer mit sich in ein Zauberland. Das Bühnenbild bestand aus einer Lichtung, auf der sich freudig die Elben tummelten. Sie tanzten und lachten und liebten das Leben. Aus der Szene stachen zwei Männer und eine Frau, die miteinander scherzten, heraus. Sie schienen gut befreundet zu sein.

Dominic und seinen Eltern war die Weise, die hier tänzerisch dargestellt wurde, verständlicherweise unbekannt.

Hork erzählte sie ihnen. Mit hypnotisch flüsternder Stimme teilte er mit ihnen die tragische Geschichte: »Sie beginnt, wie viele Legenden beginnen: Zwei Freunde verlieben sich in dieselbe Frau. Sie heißen Rauin und Ulig. Sida entscheidet sich für den ersten Tänzer, der von Michael dargestellt wird.«

Es setzte eine düster beklemmende Musik ein. Mit faszinierenden Bewegungen glitt der zweite Tänzer, ein Elb mit langen schwarzen Haaren, von Sida und Rauin fort.

Er war von Dunkelheit umhüllt, ein kleiner Scheinwerfer beleuchtete ihn.

»Ulig geht fort und verbittert. Er kommt in eine große Stadt. Verfeindete Banden ziehen ihn in ihre Kriege hinein. Von nun an bestimmen Straßenkämpfe sein Dasein.«

Die knappen Worte Horks taten der Atmosphäre keinen Abbruch, denn so konnte sich die kleine Familie auf das Bühnenstück konzentrieren.

Der dunkle Tänzer erzählte tänzerisch in kurzen Ausschnitten das Schicksal Uligs, das ihn zu einem gefürchteten Verbrecher werden ließ. Seine Bewegungen waren elegant wie Michaels, jedoch sehr viel aggressiver.

»Jahre später kehrt der Verschmähte zu Rauins und Sidas Hochzeit nach Hause zurück. Unheil begleitet ihn, er wird ihnen kein Glück wünschen wollen.«

Die ausgelassenen Tänzer und Tänzerinnen tanzten auf der Feier zu einer fröhlichen Weise, bis der dunkle Elb ihr Fest störte.

»Er stellt seinen ehemals besten Freund zum Kampf.«

Die Musik wurde bedrohlicher. Die beiden Männer bewegten jetzt auch ihre Arme zu den Klängen. Das Material ihrer Hemden floss an ihnen herab und gab den Bewegungen etwas Verschwommenes. Es zog den Zuschauer in eine traumähnliche Sequenz hinein.

Dominic versank in dem kriegerischen Tanz. Völlig fasziniert beobachtete er die Choreografie des Kampfes und fieberte mit dem guten Helden der Geschichte mit, der den Bösewicht bezwingen konnte. Ulig lag am Boden und Dunkelheit hüllte ihn ein.

»Als Ulig am Boden liegt, glaubt Rauin ihn besiegt und wendet sich von ihm ab, um seine Geliebte zu umarmen. Da ruft Sida ihm eine Warnung zu.«

Die Elbin hob eine Hand und zeigte auf etwas hinter Rauins Rücken. Entsetzen auf dem schönen Gesicht. Aus der Dunkelheit stürmte der dunkle Tänzer hervor. Ulig hatte ein Messer in der Hand, rasend vor Wut stürzte er sich auf Rauin.

Das Publikum hielt den Atem an, als Rauin sich mit einer anmutigen Bewegung umdrehte, Ulig packte und ihn mithilfe seines eigenen Schwunges über die Schulter warf. Wieder lag er am Boden, diesmal rührte er sich nicht mehr. Das Messer stakte aus seiner Brust und täuschend echt wirkendes Blut rann aus der Theaterwunde. Starr schauten die schwarzen Augen Rauin entgegen, der sich fassungslos neben seinen einst besten Freund niederließ.

Sida tanzte einen langsamen Tanz, dabei bewegte sie sich von Rauin fort. Der Scheinwerfer folgte ihr und ihr Geliebter und der Tote blieben in der Dunkelheit zurück. Sie warf sich einen schwarzen Umhang um die zarten Schultern, der ihren schlanken Körper von oben bis unten einhüllte. Ohne jedoch die eleganten Bewegungen zu verhüllen, mit denen sie die Zuschauer verzauberte. Die Elbin betrat die Kulisse eines Tempels. In einer fließenden Bewegung ließ sie sich zu Boden sinken. Sie beugte sich mit rundem Rücken vor, legte die Stirn sachte auf die Knie. Die Arme umschlangen in einer verzweifelten Geste die Beine. Und der Schleier des Umhangs legte sich in einem sanften Luftzug über ihren Kopf.

Horks Stimme wurde traurig: »Sidas Herz ist voller Trauer. Die wunderschöne zarte Elbin gibt sich die Schuld an Uligs Schicksal. Ihr schlechtes Gewissen plagt sie. So wendet sie sich von ihrem Liebsten ab und lebt fortan in völliger Abgeschiedenheit ...«

Emilie vergoss Tränen der Rührung und Paul musste ebenfalls hart schlucken. Die Aufführung war atemberaubend schön. Als das Stück vorbei war und die Lichter aufflammten, blieben alle ruhig auf ihren Plätzen sitzen. Sie mussten sich erst einmal erholen, und so manch einer rieb sich verstohlen eine Träne aus den Augenwinkeln. Dann, wie auf Kommando, sprangen sie auf und jubelten und applaudierten. Niemanden störte es, dass es kein Happy End gab, zu schön waren die Tänze anzusehen gewesen.

»Ist die Geschichte wahr, Sessin Hork?«, fragte Dominic den alten Meister.

»Wie jede Legende hat auch diese einen wahren Kern«, antwortete er geheimnisvoll.

Langsam gingen die Zuschauer aus dem Theater, überall hörte Dominic begeisterte Komplimente. Um das Theater herum waren Stände mit Essen und Getränken aufgebaut. Es wurde nach Herzenslust geschlemmt. Der Jugendliche nahm sich ein paar Pasteten und biss in eine hinein. So etwas Köstliches hatte er noch nie gegessen. Er schloss genussvoll die Augen. Die Leckereien zergingen ihm auf der Zunge.

»Sie sind köstlich, well?« Eine warme Stimme erschreckte ihn.

Dominic riss die Augen auf und sah sich einem großen Mann um die vierzig gegenüber. Falk war ihm schon mehrmals begegnet, aber bis jetzt hatte er noch kein Wort mit ihm gewechselt. Immer war der Mann unrasiert und mürrisch gewesen, deshalb hatte Dominic jedes Mal schnell das Weite gesucht, wenn er ihn in seine Richtung hatte kommen sehen. Doch bei verschiedenen Gelegenheiten hatte er nicht einfach aus seinem Weg verschwinden können. Die Idee, sich weg zu teleportieren, war ihm gelegentlich gekommen. Was er aber nie tat. Schließlich hätte er dann niemals erfahren, ob Falk es vielleicht mitbekommen hätte, wenn er sich kurz vor einem Zusammentreffen in Luft aufgelöst hätte. Das wäre doch sehr unhöflich gewesen und diesen Eindruck wollte der Jugendliche auf keinen Fall vermitteln.

Dominics Taktik war also Folgende: Sobald er ihn sah, tarnte er sich, indem er sich unauffällig zu Gruppen von Wesen stellte und so tat, als gehöre er zu ihnen. Zu unheimlich war ihm der Mann mit dem starrenden Blick.

Und jedes Mal hatte er diese braunen Augen auf sich gespürt, die ihn nachdenklich und abschätzend musterten. Den Wunsch zu verschwinden konnte er dann nie unterdrücken. Er musste Cass fragen, ob er es lernen könnte, sich unsichtbar zu machen.

Heute Abend jedoch sahen ihn die dunklen Augen mit einem sanften Ausdruck an und Falk war keineswegs mürrisch ... und er war glattrasiert. Diesmal war ein Zusammentreffen unausweichlich, also nickte Dominic zustimmend.

Der Mann wandte sich Emilie und Paul zu: »Ich möchte mich vorstellen: Tobias Falk.« Bei diesen Worten führte er eine schwungvolle, elegante Verbeugung aus.

Und aus irgendeinem Grund beschlich die Drei das Gefühl, irgendetwas würde falsch an seinem Outfit sein. Seine Jeans und sein Shirt waren vielleicht etwas underdressed zu einer Theateraufführung gewählt. Aber eins hatte die Familie schnell erkannt: Es gab keinen Kleiderzwang auf Lamir. Jeder trug das, was er mochte und von seiner Heimatwelt her kannte. Unabhängig also davon, dass Falk Jeans und Shirt trug, stellten sie sich ihn in einem altmodischen Anzug und mit einem Zylinder vor. Er hatte die Aristokratie eines Edelmannes des 18. Jahrhunderts an sich. Und tatsächlich, kurz blitzte ein Bild aus längst vergangenen Zeiten in ihren Köpfen auf. Es zeigte ihnen einen Falk in einem eleganten, antiquierten Anzug und ... mit einem albernen Zylinder.

Er musste grinsen und zeigte seine strahlend weißen Zähne. »Albern? Das war in grauer Vorzeit das angesagte Kleidungsstück, und ich war auf mein Schmuckstück besonders stolz.«

Emilie und Paul hatten von dem Mann gehört, der bereits eine sehr, sehr lange Zeit lebte.

Emilie konnte sich daher eine neckische Bemerkung nicht verkneifen: »Wann war das denn? Als die Vögel noch gelaufen und die Dinosaurier noch über die Erde gewandelt sind?«

Paul brach über den Witz seiner Frau in Gelächter aus und zog mit: »Als die Vögel noch gelaufen sind. Das ist urkomisch. Verstanden? „Ur“ komisch!«

Emilie lachte ebenfalls laut auf. Das Ehepaar bekam sich gar nicht mehr ein. Die beiden winkten ab und stammelten unter Tränen eine Entschuldigung.

Dominic fand seine Eltern in diesem Moment einfach nur peinlich. Er lächelte Falk entschuldigend an.

Falks Augenbrauen zogen sich böse zusammen, als er unbeirrt mit seiner Vorstellung fortfuhr: »Der urzeitliche komische Kauz wird die nächsten anderthalb Jahre für die Ausbildung Ihres Sohnes zuständig sein.« Es hörte sich wie eine Drohung an.

Sie hörten schlagartig auf zu lachen. Als er ihre erstaunten Gesichter sah, war es an ihm, in lautes Lachen auszubrechen.

Dominics Kinnlade fiel herunter, das war also der Grund für das Starren gewesen. Er hatte abchecken wollen, wen er in Zukunft unterrichtete. Der Junge hatte zwar keineswegs das Gesicht gekannt, aber er hatte durchaus den Namen des Mannes gehört, der von allen nur Falk genannt wurde. Bei seiner Recherche hatte er neben erstaunlichen Dingen erfahren, dass sein zukünftiger Lehrer sehr anspruchsvoll war.

Die Zeit, die Dominic bisher auf Lamir verbracht hatte, war die tollste seines Lebens. Er kannte noch nicht viele Leute - oder Menschen - oder Wesen – oder wie auch immer er sie nennen sollte, aber er fand es einfach klasse hier. Eine Welt mit Magie hätte er sich niemals erträumen lassen.

Hork nannte es anders, er verwendete den auch auf der Erde gebräuchlichen Ausdruck „Parapsychologie" dafür. Es gab keine Zaubersprüche oder Listen mit Zutaten für

Zaubertränke, die die Lernenden auswendig lernen mussten; dazu sagte er, das sei ausgemachter Humbug.

»Allein sein Geist setzt das um, was auch immer ein Begabter erreichen möchte.« So waren stets seine Worte, wenn ihn jemand darauf ansprach.

Cool, hatte Dominic wieder einmal gedacht. Diesen Ausdruck wandte er ziemlich häufig an, seit er auf Lamir war. Da brauche ich wenigstens nichts zusätzlich zu lernen.

Ihm reichten Mathematik, Physik, Chemie und die anderen Fächer. Wenngleich er gespannt darauf war, inwieweit sich die Fächer von denen der Erde unterschieden, war es das Einzige, das ihn wirklich störte.

Was soll ich mit der blöden Schule? Brauche ich all das Zeugs wirklich? Nicht, wenn irgendjemand mich fragen würde. Aber das macht ja leider niemand.

Der Jugendliche hörte sehr viel über Falk. Seit Hork ihm gesagt hatte, er solle diesen um Rat fragen, wenn er etwas Neues ausprobieren wollte, erkundigte und hörte er sich um. Einmal hatte er Bluma und die Köchin Miranda dabei belauscht, wie sie sich über ihn unterhalten hatten. Die beiden waren förmlich ins Schwärmen geraten. Aus all der Schwärmerei konnte er ein paar Fakten herausfiltern.

Falk kam doch tatsächlich von der Erde. Nun, das hatte Dominic sich gedacht, sah er doch wie ein Mensch aus. Aber hier auf Lamir konnte man sich nie so sicher sein, schließlich sahen Elfen wie kleine Menschen mit spitzen Ohren aus. Ein Indiz für das Menschsein Falks waren auch all die T-Shirts. Bis jetzt hatte er ihn noch keins zweimal tragen sehen, der Mann schien Hunderte davon zu besitzen: Welche mit Retro-Motiven darauf, von denen Dominic keine Ahnung hatte, was sie bedeuten sollten. Aber da waren ebenso welche mit Motiven von Superman, Spiderman, Green Lantern, Flash und zahlreiche weitere. Da fragte man sich glatt, wer der nerdige Junge von ihnen beiden war. Dominic kannte all diese Superhelden, war er selbst ein riesiger Fan. Gab es sie vielleicht wirklich? Neeeiiin! Er schüttelte den Kopf – oder doch? Er war verunsichert.

Noch etwas viel Interessanteres hatte er bei dem Gespräch gehört: Falk sollte unsterblich sein. Unglaublich! Der Tod hatte ihn scheinbar mehrmals ereilt, allerdings alle bis zum Jahre 1849. Immer wieder war er von den Toten zurückgekehrt. Wenn Dominic wirklich glauben konnte, was er da gehört hatte, dann waren seit Falks letztem Tod bereits über hundertsiebzig Jahre vergangen. Und davor hatte er schon unheimlich viele Jahre gelebt. Er musste ja steinalt sein, allerdings sah er allerhöchstens wie fünfundvierzig, auf keinen Fall älter aus. Eine Sache kam ihm bekannt vor: Er regenerierte sich, alterte aber doch?

Der Jugendliche steckte sich ein Stück Pastete in den Mund, kaute und wollte gerade schlucken, da fiel der Lichtschein einer Lampe auf Falks obligatorisches T-Shirt und er las, was darauf stand: „Trust me. I'm a real doctor".

Vor Lachen verschluckte er sich und bekam keine Luft. Er zog eine Verbindung zu dem Gehörten und war unfähig, an sich zu halten. Falk haute ihm mit der flachen Hand behutsam auf den Rücken. Der Junge zeigte nur mit dem Finger auf die Schrift.

Falk lachte auf. »Ach das, das hat mir ein alter Freund geschenkt. Von einem „Doctor" zum anderen.«

Als Dominic sich beruhigt hatte, fragte er ihn: »Sind Sie deeeer Doctor? Ich meine, standen Sie Pate für die Figur? Echt jetzt, sind Sie der Doctor?«

»Vielleicht?! Vielleicht habe ich damals im Jahr 1940 einen Reporter im Krieg kennengelernt, und vielleicht steckten wir in einem Schützengraben fest und erzählten uns Geschichten. Wir überlebten die Hölle und aus all dem Schmerz und Leid entstand eine tiefe Freundschaft. Als es zu gefährlich für ihn wurde, habe ich uns dort hinaus teleportiert. Von da an nahm ich ihn mit auf meine Reisen. Er sah viele Planeten und wir erlebten einige Abenteuer. Oh ja, wir hatten eine Menge Spaß. Vielleicht habe ich einmal eine Geschichte von ihm gelesen, in der es um uns ging. Nach seinem Tod konnte aber niemand sagen, was aus dieser Geschichte geworden ist. Vielleicht hat es sich aber auch nicht so zugetragen, denn die blaue Box passt keineswegs ins Bild. Warum die blaue Box?«

»Ein Mann in einer blauen Telefonzelle, die Dimensionen und die Zeit überwinden kann, wie unglaubwürdig ist das denn?« Dominic schüttelte den Kopf.

»Ungefähr so glaubwürdig wie ein Mann, der mit einem einzigen Schritt Galaxien durchqueren kann, um woanders wieder zu erscheinen? Oder der nur altert, wenn er stirbt und dann durch ein ... was fällt? Eventuell so eine Art Wurmloch? Der selbst völlig unwissend darüber ist, was mit ihm passiert. Der aber eines weiß, er landet dann an einem Ort, an dem er sich regeneriert!«

»Hm, tja, da haben Sie wohl recht! Das glaubt schon gar niemand. Aber ... jetzt mal ehrlich ... Eine blaue Telefonbox?«

»Eigentlich soll die „Tardis“ die Form ändern und sich an die Umgebung anpassen, wenn sie irgendwo landet. Aber der Hebel für die Tarnvorrichtung ist kaputt und der Doctor weigert sich, ihn zu reparieren.« Als Brite sah Falk sich gezwungen, die Serie zu verteidigen.

»Neiiiin!« Der Junge schüttelte erneut den Kopf. »Immer noch unglaubwürdig. Aber die Serie ist trotzdem toll.«

»Wer ist dein Favorit?«, wollte sein neuer Lehrer wissen.

Jetzt war es an seinen Eltern, ungläubig die Köpfe zu schütteln. Ihr Sohn grinste sie selig an. Er wusste, sie waren unfähig, seine Faszination für all dieses Science-Fiction-Nerdzeugs zu teilen, obwohl sie doch selber im Genre der Fantastik schrieben. Das wiederum konnte er nicht nachvollziehen.

Er fing ihre skeptischen Gedanken auf, die sie sich dazu machten: Da findet er doch tatsächlich einen Gesprächspartner auf einer Welt fernab der Erde, der mit ihm über diese abgedrehten Dinge redet.

Sie verstanden die Welt nicht mehr, um genau zu sein, sie verstanden gar keine Welt mehr.

Dominic antwortete, glücklich über den Umstand, einen Gleichgesinnten gefunden zu haben, auf Falks Frage: »Der Zehnte war es, bis der Zwölfte kam. Er ist einfach brillant. Er hat genau das richtige Alter und den perfekten Zynismus, den all das Leid, das er sehen musste, mit sich bringt und unter dem er sein Mitgefühl für alle Wesen im Universum versteckt, um es im entscheidenden Moment hervorzuholen und zu helfen. Wer ist Ihr Lieblingsdoctor?«

Falk hob seine Hände und führte sie an seinem Körper rauf und runter, um dann anschließend mit dem Zeigefinger auf seine braunen, wuscheligen Haare und sein Gesicht mit den ausdrucksstarken rehbraunen Augen zu zeigen. Wie so oft zog er herablassend die linke Augenbraue hoch. Tatsächlich, diese dürre, hochgewachsene Gestalt erinnerte allein an einen Doctor.

»Ah, ich verstehe, natürlich.«

»Aber!«, er hob belehrend einen Finger in die Luft. »Niemand hat behauptet, ich habe als Vorbild fungiert. Schließlich bin ich tatsächlich ein studierter Arzt.« Er zwinkerte dem Jungen schelmisch zu. »Und letztendlich fehlt mir die Fähigkeit, mich gewollt in der Zeit vor und zurückzubewegen, wie es mir gerade passt.«

Kapitel 18

Wer sind die anderen?

Dominic amüsierte sich bei der wundervollen Aufführung der Elben und bei dem anschließenden gemütlichen Beisammensein großartig. Sein Ausbilder war sehr gut drauf. Das war unerwartet gewesen. Sie kamen von demselben Planeten; das verband sie. Für Dominic war alles noch ein aufregendes Spiel. Er war ahnungslos und unvorbereitet im Hinblick auf die harten Zeiten, die vor ihm lagen. Falk sollte sich bald als strenger Lehrer herausstellen, und die Zeit mit ihm würde selten ein Honigschlecken werden.

Am nächsten Morgen nach dem Frühstück war Dominic auf dem Weg in den Wald zu Tiri. Cass würde zu ihnen stoßen, wenn er denn Lust dazu hatte. Vielleicht ja, vielleicht nein.

Wohin gehst du so heimlich, wenn du das Anwesen verlässt?

Verwundert drehte er sich im Kreis. Woher kam dieses zarte Stimmchen in seinem Kopf?

»Wo bist du? Zeig dich!«, rief er auffordernd.

Hier.

Er stand vor einem riesigen Baum und dachte erstaunt: Sprechen jetzt schon die Bäume zu mir? Das wird ja alles immer merkwürdiger.

Nein, Dummkopf, hier oben auf dem Baum.

Er starrte nach oben und sah ... jede Menge Äste. Seltsam anmutende, aber doch waren es nur Äste. Er starrte intensiver. Plötzlich bewegte sich etwas ganz oben in den Baumwipfeln. Dort, wo die Äste dünner waren, saß das zarte, stille Mädchen. Er kannte es vom Sehen, es gab nie einen Ton von sich.

Voller Schrecken rief er aus: »Bist du irre? Komm sofort runter! Da wird mir allein vom Hingucken schon schlecht.«

Entsetzt haute er sich die Hand vor die Augen und wandte sich ab. Aus den Augenwinkeln sah er, wie sie flink wie ein Eichhörnchen von Ast zu Ast kletterte, bis hinunter zum Untersten und sich daraufsetzte, ihre Beine ließ sie baumeln.

Seit Tessa auf Lamir angekommen war, hatte er mehrmals versucht, sie telepathisch zu erreichen. Doch ihre mentale Barriere war bereits bombenfest gewesen und er war daran hängen geblieben.

Er hatte abgewartet und hatte sich gedacht: Irgendwann wird sie den ersten Schritt machen.

In diesem Augenblick gewährte sie ihm einen kurzen Einblick in ihren Geist und er bekam die Bestätigung. Tatsächlich hatte ihre Neugierde gesiegt. Sie gestattete ihm als Erklärung für ihre Zurückhaltung einen tieferen Blick: Die erste Zeit hatte Tessa sich in sich zurückgezogen und die Kontaktaufnahme der Bewohner abgeblockt. Sie trauerte um ihre besten Freundinnen, die sie zurücklassen musste und die in der jetzigen Zeit längst tot waren.

Immer wieder fragte sie sich: Was hatten sie für ein Leben?

In letzter Zeit jedoch sah sie die Sinnlosigkeit ein, über etwas traurig zu sein, das niemand ändern konnte, zumindest heute nicht. Für die Zukunft nahm sie sich vor, stark zu werden, um eines Tages in der Lage zu sein, aus eigener Kraft in die Vergangenheit zu reisen. Und dann würde sie Eve und Karen retten. Aber jetzt konnte sie nichts für sie tun, deswegen schaute sie nach vorne und nahm Kontakt zu dem netten Jungen auf, den sie sehr interessant fand.

Wow, sie ist durch die Zeit gereist. Wie geht denn so was? ... Und sie findet mich interessant, dachte er und wurde rot.

Prompt verschloss sie ihren Geist. Um sie nicht zu verscheuchen, fragte Dominic, als er wieder hinschauen konnte: »Wie bist du da hinaufgekommen?«

Sie ließ sich einfach nach hinten rüber fallen. Er hielt vor Schreck die Luft an. Mit einem eleganten Salto landete sie direkt zu seinen Füßen. *Ich kann halt klettern. Du doch auch, oder?*

»Neeeein, so bestimmt nicht.« Dominic benutzte lieber seine Stimme. Das ganze telepathische Zeugs war ihm unangenehm. Er blockte ihre telepathischen Kommunikationsversuche ab. Auch er war schon sehr gut darin.

Ihm zuliebe benutzte sie die verbale Sprache. Ihre Stimme war einem Vögelchen gleich, zart und hoch wie ein Zwitschern. »Sagst du mir, wo du hingehst?«

»Komm einfach mit und sieh selbst.«

Nachdenklich schaute sie ihn an. Nach ein paar Augenblicken sagte sie entschlossen: »Wenn ich darf, komme ich gerne mit.«

Sie lernte seine Freunde kennen, und von da an kam sie jeden Tag mit in den Wald. Tessa fasste Vertrauen zu dem befremdlichen Haufen, der keineswegs das Ende der Kuriositäten sein sollte.

***

Zwei Tage später lief Dominic Arrir über den Weg, genau genommen lief er in ihn hinein.

»Pass doch auf, wo du hinläufst, du Trampel!«, knurrte Arrir ihn von oben herab an. Seine aufblitzenden, bernsteinfarbenen Augen zeigten, wie wütend er war. Er schien die Wut aber im nächsten Moment unter Kontrolle zu haben, denn sein Blick wurde entspannter. Er zog seine Lippen zu etwas wie einem Lächeln hoch. Dadurch sah er noch furchterregender aus.

Hölzern kam ein: »Tut mir leid, ich war schuld.«

Da Arrirs mentale Blockade ziemlich schwach war, blitzten in Dominics Kopf Erinnerungsfetzen auf. Hork hatte den jungen Krieger in letzter Zeit mehrmals ermahnen müssen, da er zu aufbrausend war. Die wenigen anwesenden Lernenden und Lehrenden, die bereits aus ihren Ferien zurück auf dem Anwesen waren, hatten sich über sein Verhalten beschwert. Er hatte in den letzten zwei Wochen hart an sich gearbeitet, um das Denken einer Raubkatze abzulegen, das ihm in der Wildnis das Überleben gesichert hatte. In der Zivilisation war es unnötig geworden. Es gelang ihm mehr schlecht als recht. Ohne Horks Hilfe wäre er längst nicht so weit gewesen, unter Leute gehen zu können. Nur bei plötzlichen Begegnungen loderte sein wildes Verhalten unkontrolliert auf.

Dominic musste sich wohl daran gewöhnen, dass alle ihn zur Begrüßung erst einmal einen Trampel nannten. Das schien das It-Wort hier auf Lamir zu sein. Er schaute zu dem riesigen Jugendlichen hinauf, der trotz der Größe ungefähr in seinem Alter zu sein schien. Ausgerechnet in diesen Muskelprotz musste er hineinlaufen. Wenn Dominic ihn in den letzten Wochen gesehen hatte, hatte er insgeheim den Kopf über den nackten Oberkörper geschüttelt.

Diesen Gedanken verbarg er hinter seiner gedanklichen Barriere und antwortete freundlich: »Kein Problem, Alter. Ist nichts passiert.« Nur mit Mühe konnte Dominic seine Schmerzen verbergen. Der große Junge hatte ihn hart an der Schulter erwischt.

Arrir sah ihn erstaunt an. »Ich bin nicht alt. Ist man mit fünfzehn Vollzyklen bei deinem Volk schon alt? Das täte mir leid. Dann wärst du also ein alter Mann?«

»Nein, nein. „Alter" ist eine Art Anrede bei uns, man könnte auch „Kumpel" sagen.«

»Bin ich dein Kumpel? Wir kennen uns doch gar nicht. Ich bin weder alt noch dein Kumpel.«

Zerknirscht schaute Dominic ihn an. »Tja, da hast du wohl recht. Es ist eine blöde Angewohnheit und ich sollte sie mir abgewöhnen, Al… äh, Mann.«

»Mein Name ist Arrgrar Errzur Prrekar. Du darfst mich Arrir nennen und keinesfalls „Mann". Diese Anrede wird bei uns als sehr unhöflich angesehen.« Gönnerhaft verbeugte er sich vor dem Menschen.

»Es tut mir leid. Ich versichere dir, es war unbeabsichtigt, sollte ich dich beleidigt haben. Wenn ich so darüber nachdenke, benutzen wir Menschen wirklich eigenartige Phrasen. Ich heiße Dominic Keller, aber du kannst mich gerne Nicky nennen.«

»Wo willst du denn hin?«

»Zu meinen Freunden in den Wald. Ich bringe ihnen heute ein Spiel von der Erde bei, es heißt Poker.«

Jetzt machte er sich daran, die Karten aufzusammeln, die ihm bei dem Zusammenstoß aus der Hand geflogen waren.

»Was ist das für ein Spiel?«

»Ein Kartenspiel, dazu braucht man diese Karten.« Er hielt die Spielkarten hoch.

»Gibt es so etwas auch bei euch?«

»Wir sind keine Spieler. Unser ganzes Dasein dient dem Kampf.«

»Das ist aber schade, wo bleibt da der Spaß? Wir sind ein Volk des Spielens. Die Menschen sind der Meinung: Wer hart arbeitet, braucht auch Entspannung. Wir haben eine ganze Industrie, die sich mit Spiel und Spaß beschäftigt.«

»Was für ein merkwürdiges Volk ihr seid. Wir schlafen, das genügt uns völlig.«

»Uns niemals. Wenn du möchtest, bringe ich dir das Spiel bei. Es ist ziemlich leicht zu erlernen. Wenn man die Feinheiten dann raushat, geht es um Strategie. Wie kann ich meinen Gegner täuschen und besiegen? Natürlich spielt Glück ebenfalls eine große Rolle.«

Arrir schaute ein kleines Weilchen nachdenklich, dann nickte er. »Ich kann es mir ja mal anschauen. Meine Ausbildung hat noch nicht begonnen und ich habe nichts Besseres zu tun.«

Plötzlich brach eine Raubkatze aus dem Unterholz, Dominic zuckte zusammen und dachte erschreckt: Ach ja, die Katze ist mir völlig entfallen.

Der Schreckmoment dauerte nur eine Sekunde, denn er fing die beruhigenden Gedanken des jungen Tieres auf. So etwas wie eine Frage war in seinem Kopf.

»In den Wald. Arrir möchte meine Freunde kennenlernen. Hast du auch Lust mitzukommen?«

Wieder tauchten Bilder in seinem Kopf auf. »Nein, du darfst niemanden fressen, nichts wird gefressen, hörst du?« Seine Stimme klang bestimmend, und die Katze senkte schuldbewusst und zustimmend den Kopf.

»Mit wem redest du da?« Arrir schaute sich erstaunt um. Die Möglichkeit, Dominic könnte mit Krrar sprechen, schien undenkbar für ihn zu sein.

Als wäre es das Normalste auf der Welt, antwortete Dominic ihm: »Mit Wind.« Und an die große Raubkatze gerichtet fragte er: »Darf ich dich Wind nennen?«

»Krrar spricht mit niemandem, außer natürlich mit mir ... und vielleicht noch mit Hork, aber auch nur dann, wenn er gute Laune hat.«

»Oh, mit mir wohl schon. Er würde gerne meine Freunde kennenlernen. Das hat er mir gerade auf eine komische Art mitgeteilt, und er wird sie in Ruhe lassen. Dabei bin ich mir unsicher, ob er sich mit mir einen Scherz erlaubt hat.«

Das eigenartige Dreiergespann zog zusammen los.

Hork beobachtete das Gespräch der beiden so unterschiedlichen Fünfzehnjährigen aus dem Turmfenster und war erstaunt, als sie zusammen loszogen.

Er schüttelte den Kopf und Falk fragte: »Was gibt es denn?«

»Dieser Junge ist einfach unglaublich. Wie schafft er es, so schnell Freundschaften zu schließen? Arrir ist schwierig und eckt überall an, und ich habe ihn noch keine drei Sätze mit irgendjemandem sprechen gesehen, aber Dominic zieht ihn ohne Probleme auf seine Seite.«

Falk nickte. »Ja, der Junge ist ein Phänomen und ein Glücksgriff. Er strahlt eine große Besonnenheit aus, seine Ausstrahlung ist allzeit beruhigend. Jeder fühlt sich wohl in seiner Gegenwart. Ich bin gespannt, wie er in Krisensituationen reagieren wird.«

»Wenn er Tasschel in diesen Kreis seiner illustren Freunde bekommt, werden wir sie in eine Situation bringen, in der wir sie testen können. Was sagst du dazu?«

»Ich bin dabei. Das wird ein Spaß.«

Natürlich hatten sie beide keine allzu gefährliche Situation im Kopf. Sie wollten die Kinder ein wenig herausfordern; mehr nicht. Aber um wie viel gefährlicher der Test werden und was für weitreichende Konsequenzen er nach sich ziehen sollte, darüber waren sie zu diesem Zeitpunkt völlig ahnungslos.

***

Als Dominic am nächsten Tag um eine Ecke bog, sah er zu allererst ihre feuerrote Mähne, dann hörte er es gefährlich brutzeln.

Was ist das denn für ein Geräusch?, fragte er sich.

Neugierig stellte er sich hinter Tasschel und schaute ihr über die Schulter. Sie nahm nichts um sich herum wahr, so sehr war sie in ihrer Beschäftigung vertieft. Sie formte mit ihren Händen Bälle aus Feuer, wie er es mit Schnee tat, warf sie dann mit aller Kraft in die Luft, wo sie mit einem beeindruckenden Knall explodierten.

Er lachte laut auf und applaudierte. »Das war ja so was von fantastisch. Ich wünschte, ich könnte das auch.«

Erschrocken fuhr sie zu ihm herum, einen Arm mit einem Feuerball hoch erhoben, bereit, ihn zu werfen.

Dominic streckte ihr seine Arme abwehrend entgegen. »Hoho, vorsichtig bitte, ich will nicht gebraten werden.«

»Dann solltest du dich früher zu erkennen geben. Sonst könnten die Leute, die du erschreckst, mit Feuer um sich werfen.«

»Du hast recht, entschuldige bitte. Aber ich habe merkwürdige Geräusche gehört und wollte nachsehen, was sie verursacht hat.«

»Ah ja, du bist der komische Junge, habe dich öfter beobachtet, schleichst dich immerzu in den Wald. Neuerdings hängst du mit dem verwöhnten Prinzchen rum.«

»Arrir ist nicht verwöhnt, und ich bin nicht komisch. Ich heiße Dominic. Du bist Tasschel, oder? Meinst du echt, Arrir ist ein Prinz?« Er machte große Augen. »Aber er ist schon in Ordnung, ich habe ihm gerade ein Spiel beigebracht. Er ist recht gut darin.«

Eigentlich dachte der Junge, er wäre besser als sie alle zusammen, denn Arrir hatte sich schnell als ausgezeichneter Pokerspieler herausgestellt. Da sich seine Mimik niemals großartig veränderte, war er ein Ass im Bluffen.

Als hätte sie diesen Gedanken aufgeschnappt, entgegnete sie aufmüpfig: »Ich bin besser!«

»Aber dir ist das Spiel doch unbekannt.«

»Trotzdem ... ich bin besser. Ich bin diesem verwöhnten Prinzchen in allem überlegen.«

»Du hast nur Vorurteile.«

»Vorurteile? Ich und Vorurteile? Nur weil ich als Sklavin aufgewachsen bin, habe ich noch lange keine Vorurteile gegenüber hochwohlgeborenen Lackaffen wie ihm! Pah, ich und Vorurteile ...« Beleidigt wandte sie ihm den Rücken zu.

»Tut mir leid, aber glaub mir, wenn du ihn kennenlernen würdest ...«

Aufgebracht drehte sie sich wieder um und schrie ihn fast an: »Ich habe ihn kennengelernt. Er ist genauso, wie ich es mir vorgestellt habe.« Sie erzählte Dominic von ihrer ersten Begegnung mit Arrir.

***

Wie so oft seit sie auf Lamir angekommen war, übte sie im Freien, Feuerbälle zu formen und zu werfen. So wie Dominic war Arrir ebenfalls um die Ecke gekommen und hatte ihr ein wenig dabei zugesehen, ohne sich bemerkbar zu machen. Als sie sich umdrehte und ihn so unverhofft dort stehen sah, starrte sie ihn böse an.

Arrir schien nie lange nachzudenken, bevor er etwas sagte, denn die Worte kamen einfach so aus ihm heraus: »Ganz nett dieses kleine Zauberkunststückchen. Wenn ich eines Tages der Herrscher von Arrkron bin, wirst du mir als Leibwächterin dienen.«

Mit großer Mühe konnte sie sich beherrschen, damit sie ihm den nächsten Feuerball nicht an den Kopf warf. Stattdessen stapfte sie wie ein trotziges kleines Kind mit den Füßen auf den Boden, drehte sich um und lief davon. Das war dann doch wesentlich besser als die Alternative mit dem Feuerball. Seit diesem Tag zeigte sie ihm die kalte Schulter.

***

Dominic konnte gerade so mit Ach und Krach ein Lachen unterdrücken. »Ach Tasschel, weißt du, so übel ist er gar nicht, wenn man ihn näher kennt. Von seinem Herrschergehabe merkt man kaum etwas, schließlich hatte ich keine Ahnung davon. Vielleicht möchtest du mich begleiten und meine Freunde kennenlernen? Wir sind ein bunter Haufen. Da ist Tiri, die kleine Elfe, Cass, der Schrankkobold – Wusstest du, dass es Kobolde gibt, die in Schränken hausen? Ja? Ich nicht. - Tessa, die wirst du mögen, sie ist sehr schüchtern. Arrir, na, den kennst du ja bereits. Und ich. Tessa und ich, wir sind Menschen. Waaas? Du kennst Schrankkobolde, aber keine Menschen? Na, dann wird es aber höchste Zeit. Unter uns gesagt, wir sind die liebenswertesten Wesen von allen.« Er zwinkerte ihr mit einem Lausbubenlächeln zu.

Tasschels schief gelegter Kopf zeigte, dass sie sehr ernsthaft überlegte. Mit zusammengekniffenen Augen starrte sie ihn an, als wollte sie seine Behauptung überprüfen. Dann nickte sie. »Gut, ich komme mit. Aber nur um das bedepperte Gesicht dieses aufgeblasenen Kerls zu sehen.«

Auch diesmal sahen Hork und Falk die kleine Szene vom Turm aus. Als Tasschel noch überlegte, sagte der alte Mann zu dem nicht sehr viel jüngeren Falk: »Arrir gehört zu seinen Freunden. Ob er ihr diese Tatsache gesagt hat?«

»Bezweifelst du das etwa? Er ist einfach zu ehrlich. Jetzt pass auf, ich bin gespannt, was passiert.« Aufmerksam schaute Falk zu, um dann erstaunt auszurufen: »Nein! Er hat es tatsächlich geschafft. Sie geht mit ihm. Er ist so was von gut. Unsere Wahl war die richtige, er ist der geborene Anführer der Gruppe.«

Hork dachte amüsiert: Er sieht aus, als würde er sich am liebsten selbst auf die Schulter klopfen.

***

Arrir sah Tasschel und stürzte sofort auf Dominic zu. Er starrte seinen neuen Freund ungläubig an. Dann atmete er tief durch, um beherrscht zu fragen: »Kann ich dich mal kurz sprechen?«

Dominic bemerkte seine angespannte Haltung, unschuldig fragte er: »Ja natürlich, was gibt es?«

Sie entfernten sich ein paar Schritte von der restlichen Truppe. Da brach es aus dem dunklen Krieger heraus: »Warum bringst du sie mit hierher?«

»Wieso? Magst du sie nicht?« Er wurde argwöhnisch, war doch etwas an Tasschels Bemerkung dran? »Etwa, weil sie eine Sklavin war?« Mit zusammengekniffenen Augen starrte er Arrir an.

»Sklavin? Davon weiß ich nichts. So wie sie sich aufspielt, ist sie wohl eher ein verwöhntes Töchterchen aus reichem Hause. Sie ist arrogant und behandelt mich wie eine Pestbeule.«

Da musste Dominic lachen, und mit einem etwas gereiztem Unterton fragte Arrir ihn: »Was gibt es da zu lachen? Ich mag sie tatsächlich nicht.«

»Na, das beruht auf Gegenseitigkeit. Und weißt du, warum? Hmm? Weil sie das Gleiche über dich sagt.«

»Was? Ich habe sie höflich und respektvoll behandelt, wie es sich für mich als Prinzen einer Untertanin gegenüber gehört.«

Mehr brauchte Dominic nicht zu hören, er verstand Tasschel völlig. Aber er wusste, Arrir hatte es ungewollt arrogant klingen lassen. Der menschliche Junge konnte es sich aber trotzdem keineswegs verkneifen, ihn ein wenig zu necken: »Jetzt verstehe ich, was Tasschel mit verwöhntem Prinzchen meint.«

Arrir überlegte und kniff dabei die Augen böse zusammen. Dominic erlebte die erste Begegnung der beiden jetzt noch einmal aus Arrirs Sicht mit, als der große Jugendliche sie Revue passieren ließ. Plötzlich fing Arrir laut an zu lachen. Obwohl sein Blickwinkel sich von dem Tasschels gravierend unterschied, wie Dominic fasziniert feststellte, kam dieser doch zu demselben Schluss: Tatsächlich war er sehr herablassend gewesen. Er hatte in den letzten Tagen einiges durch Dominic gelernt und jetzt verstand er. Der sehr viel kleinere Junge setzte in das Lachen ein, so gingen sie zu der Gruppe zurück.

Und Arrir verbeugte sich formvollendet vor der ehemaligen Sklavin. »Liebe Tasschel, es tut mir leid, dass ich vor ein paar Tagen so herablassend zu dir gewesen bin. Aber ich meinte es als Kompliment. Du kannst tatsächlich gerne jederzeit in meine Leibgarde eintreten.«

Dominic verdrehte die Augen und er sah, Tasschel war keineswegs begeistert über diese Worte, denn sie beäugte das verwöhnte Prinzchen misstrauisch. Er war gespannt, wie sie reagieren würde. Als er ihre nächsten Worte hörte, atmete er erleichtert auf.

»Dir ist klar, es kommt immer noch arrogant rüber, was du da von dir gibst?!« Sie fuhr schnell fort, da sie offenbar mit keiner einsichtigen Antwort von dem großgewachsenen Jugendlichen rechnete: »Aber es ist mehr, als ich von so einem hochwohlgeborenen Idioten wie dir erwartet habe.« Und mit ein wenig Ironie setzte sie nach: »Ich nehme deine Entschuldigung liebend gerne an.« Übertrieben buckelte sie vor Arrir.

Der Sarkasmus blieb diesem scheinbar verborgen, denn seine Miene war wie immer gelassen hochmütig, als er dankend nickte.

Tessa nahm Tasschel zur Seite: »Er ist schon ein kleiner Sonnenschein, oder?«

»Kann er sich nicht mal was Gescheites anziehen? Läuft hier halb nackt in der Gegend rum und denkt, wie toll er doch aussieht. Dieser aufgeblasene …«

Tessa half aus: »Muskelprotz?«

»Ja, die Muskeln sind schon recht ansehnlich, aber …«

»Ich weiß, was du meinst. Ich habe es versucht, aber da ist nichts zu machen. Er meint, bei seinem Volk zeigt man, was man hat.« Sie zuckte mit den Schultern.

Die beiden verband ein ähnliches Schicksal, waren sie beinahe zu Opfern des männlichen Geschlechts ihrer Welten geworden. Deswegen konnte ihnen niemand verdenken, dass sie auf Männer im Allgemeinen schlecht zu sprechen waren.

»Soll ich ihm ein wenig einheizen?« Tasschel ließ es zwischen ihren Fingern gefährlich knistern.

»Das ist ein sehr reizvoller Gedanke, aber ich glaube, weder Dominic noch Sessin Hork würden das gerne sehen.«

»Schade.« Sie ließ die Hände sinken.

Arrir kam noch einmal mit heiler Haut davon.

Kapitel 19

Eine Schule namens Lamira

In den letzten Wochen hatte Dominic seine neuen Freunde lieb gewonnen und mit ihnen seine Freiheit voll ausgekostet. Doch jetzt war es soweit, der Ernst des Lebens begann. Er war gespannt, wie seine neuen Freunde die Schule finden würden. Der Jugendliche freute sich auf ihre erstaunten Gesichter, wenn sie mit ihnen sprach. Vorausgesetzt natürlich, er hatte sich die Stimme in letzter Zeit nicht nur eingebildet.

Und schon hörte er sie wieder in seinem Kopf: *Willkommen, Nicky.*

Abrupt blieb er stehen und wandte sich an Arrir und Tasschel: »Habt ihr das gehört?«

Tasschel schaute ihn verwirrt an. »Was denn?«

»Da habe ich mich vielleicht unkorrekt ausgedrückt. Die Stimme ist eher in meinem Kopf.«

»Hörst du jetzt Stimmen, oder was?« Arrir klang belustigt.

Obwohl Dominic anhand seines Gesichtsausdruckes keinesfalls deuten konnte, was dieser gerade fühlte, denn er behielt seine Emotionen meistens unter Kontrolle.

Oft dachte Dominic: Vielleicht denkt er ja, wir würden ihn für ein Weichei halten, wenn er Gefühle zeigt.

Dabei konnte ihn niemand wirklich für ein solches halten. Bei dem dunklen, muskulösen Körper und den gelben Tieraugen wirkte er auf die meisten furchterregend. Und wenn zwischen den beiden eine Freundschaft ausgeschlossen gewesen wäre, hätte Dominic sicherlich auch Angst vor dieser hochgewachsenen Gestalt und dem verschlossenen Gesicht verspürt.

Tasschel setzte hinzu: »Lass das mal dringend untersuchen. Stimmen im Kopf sollte man nie unterschätzen, sie können auf ernsthafte Probleme hinweisen.« Sie grinste leicht.

Der Prinz und die ehemalige Sklavin waren kaum einmal auf derselben Seite. Doch scheinbar wollten sie sich die Gelegenheit nicht entgehen lassen, sich über den menschlichen Jungen lustig zu machen, denn die ergab sich selten einmal. Also zogen sie an einem Strang.

Genau aus diesem Grunde hatte Dominic ihnen in den letzten Wochen nichts von der Stimme erzählt. Er hatte geahnt, dass sie ihn aufziehen würden.

Leicht angefressen erklärte er: »Die Schule spricht mit mir und sie hat mir letztens gesagt, sie hieße Lamira.« Nach seiner ersten Begegnung mit Lamira hatte sie - oder er oder es - oder was auch immer - öfter mit ihm Kontakt aufgenommen, dabei hatte er den Namen der Schule erfahren. Eine sprechende Schule war selbst für lamiranische Verhältnisse etwas zu absurd und sehr gewöhnungsbedürftig.

Den dreien entging nicht die Ironie des Gespräches. Denn seit sie auf Lamir waren, hatten sie ständig irgendwelche fremden Sinneseindrücke, ja oftmals auch Stimmen in ihren Köpfen. Aber eine Schule, die spricht? Nein, das war für Arrir und Tasschel einfach zu unglaubwürdig. So schüttelten die beiden nur mitleidig den Kopf, als ob sie ihn für verrückt erklären wollten.

»Ja, ja, ganz ruhig, mein Freund. Wir glauben dir natürlich.« Bei diesen Worten drehte Arrir sich zu Tasschel um und machte eine eindeutige Geste mit einem kreisenden Zeigefinger an seiner Stirn. Das hübsche Mädchen brach in Gelächter aus und hielt sich den Bauch.

Tiri und Cass, die nach dem gemeinsamen Frühstück mit den Freunden noch getrödelt hatten, stießen wieder zu ihnen und wollten wissen, was los war. Arrir klärte sie auf, und Cass schaute Dominic verständnislos an.

»Komm Cass, halt du mich nicht auch noch für verrückt.« Flehentlich sah Dominic ihn seinerseits an.

»Ich bin fassungslos! Sie spricht mit dir?! Lamira hat das letzte Mal mit einem Schüler gesprochen, das ist jetzt ...« Er hielt kurz inne und horchte. Dominic hatte den Eindruck, er würde Zwiesprache mit jemandem halten. Dann sagte der Kobold laut: »Ja, du hast recht meine Liebe, fünfundsiebzig Jahre her.«

Jetzt war es an den beiden Ungläubigen, Cass verwundert anzustarren.

»Du meinst wirklich, die Schule spricht mit Nicky?« Arrir schüttelte den Kopf. »Das hier ist eine verrückte Welt. Wo bin ich nur hingeraten? Sprechende Schulen. Uuuunglaublich. Und dann eine, die wählerisch mit der Auswahl ihrer Gesprächspartner ist. Redet mit einem schrulligen alten Kobold, aber lässt einen Prinzen links liegen. Pah!«

»Wer ist hier alt?« Cass hob die Hand und führte in Arrirs Richtung einen Boxhieb in der Luft aus. »Und ich bin nicht schrullig!«

Der große Jugendliche strauchelte und musste sich an der Wand festhalten. Er hielt sich die Seite vor Schmerz. Wütend schaute er den kleinen Kobold an und wollte sich auf ihn stürzen.

»Nicht streiten Jungs. Es ist unser erster Tag auf einer neuen Schule. Wollt ihr wirklich sofort negativ auffallen?«

Dominic trat Arrir in den Weg und nahm ihm den Wind aus den Segeln.

Krrar schmiegte sich beruhigend an die Beine des jungen Kriegers. Langsam kam er runter.

»Lamira sagt, wir werden im ersten Stock in Klassenraum 2 erwartet. Dann mal los, lasst uns das Wissen aufnehmen.«

Enthusiastisch führte Dominic die Gruppe an und gemeinsam stiegen sie die Treppe hinauf. Die übrigen Lernenden, die auch noch eilig auf dem Weg zu ihren Klassenräumen waren, schauten dem merkwürdigen Trupp hinterher. Dominic sah aus den Augenwinkeln, wie sie leise miteinander tuschelten. Sprachen sie etwa über ihn und seine Freunde? Erst wollte er sauer reagieren, aber dann beruhigte er sich. Tatsächlich waren sie ein seltsam anzusehender Haufen. Darüber konnte er nur grinsen.

***

Als sie den Klassenraum betraten, saßen ihre Mitlernenden bereits auf Holzbänken an Holztischen. Tessa war bereits da. Sie war aus ihrem früheren Leben daran gewöhnt, früh aufzustehen. Für sie waren die Zeiten ihrer neuen Freunde zu ungewohnt, um sich darauf einstellen zu können. Die Jugendliche frühstückte in Ruhe allein. In der Vergangenheit war sie gezwungen worden, mit fünfundzwanzig weiteren Mädchen die Tage zu verbringen. Auf Horks Anwesen erging es ihr ähnlich, nur dass es weitaus mehr Bewohner gab, als es in dem Waisenhaus der Fall gewesen war. Deswegen brauchte die Waise einen Moment der Stille, bevor die Hektik des Alltages losging.

Fünf freie Plätze in ihrer Reihe warteten schon auf die Zuspätkommer. Ein Lehrender war noch abwesend.

»Fast hätte ich einen Suchtrupp losgeschickt, aber dann hat Lamira mir gesagt, ihr wärt unterwegs. Ihr seid etwas spät dran!« Ihre Stimme klang vorwurfsvoll.

Cass riss vor Erstaunen die Augen auf. »Lamira spricht auch mit dir? Das ist wirklich noch nie vorgekommen. Zwei Schüler gleichzeitig. Ihr müsst sie sehr beeindrucken.«

Neugierig schaute Dominic sich um. Zum ersten Mal sah er, wer seine neuen Mitleidenden waren. Mit den meisten hatte er in den letzten Wochen bereits ein paar Worte gewechselt. Sie machten einen ganz netten Eindruck. Er hoffte, er würde gut mit ihnen klarkommen. Bis auf den Portaner in der ersten Reihe, dieser hieß Ranju. Der reptilienartige Junge schien etwas gegen ihn zu haben und benahm sich sehr abweisend. Für Dominic war die Abneigung unerklärlich, aber Ranju behandelte alle so, die erst in diesem Schuljahr nach Lamir gekommen waren. Der Jugendliche wurde in seinem Gedankengang unterbrochen, als eine menschliche Lehrerin den Raum betrat. Sie stellte sich als Jamie Lee vor.

»Ich bin erstaunt, ihr habt euch eure Sitzgelegenheiten schon zurechtgeschustert.« Überrascht über das antiquierte Aussehen des Mobiliars schaute sich die Lehrerin um. Offensichtlich war dieses für sie unerwartet.

Fragend schauten vier Augenpaare zu Tessa, nur Dominic nickte ihr dankend zu. Er hatte die erste Aufgabe jeder Stunde, in der die Lernenden den Klassenraum selbst gestalten mussten, vergessen. Ihre Freundin hatte sogar an einen Hochstuhl für Tiri gedacht. Überhaupt schien vieles, was den Raum ausmachte, von ihr gekommen zu sein. So stellte Dominic sich einen Klassenraum eines Waisenhauses des viktorianischen Englands vor. Dementsprechend waren die Holzbänke, für die sich Tessa entschieden hatte, ziemlich unbequem. Sein Popo tat jetzt schon weh.

Sie kennt es nun mal nicht anders. Die Lernenden aus der Klasse waren wohl unfähig, schon etwas herzustellen, dachte er mitleidig.

Telepathisch wollten die fünf Tessa danken, aber sie waren voneinander abgeschnitten. Entsetzt bemerkten sie: Sie waren völlig kopfstumm. Zum ersten Mal, seit sie auf Lamir waren, spürten sie keine fremden Geräusche und Gedanken in ihren Köpfen, die immer gegenwärtig zu sein schienen.

»Ah, ihr habt es bemerkt? Ja, so ist es. Ihr könnt euch nicht mehr telepathisch unterhalten. Sobald ein Lehrender ein Unterrichtszimmer betritt, wird dieses völlig abgeschirmt. So könnt ihr euch nie gegenseitig vorsagen, und ihr seid auf euch allein gestellt.« Sie stutzte kurz, dann schaute sie die anwesenden Jugendlichen der Reihe nach an. »Wie ich spüre, könnten zwei von euch die Blockade mit Leichtigkeit durchbrechen.« Sie schaute Tessa und Dominic prüfend an. »Dies wird hoffentlich niemals geschehen; darauf vertraue ich. Verstanden?«

Die beiden menschlichen Jugendliche nickten automatisch, obwohl sie völlig unwissend darüber waren, was die Lehrerin meinen könnte.

Zufrieden lächelte die kleine Asiatin. »Bevor ich fortfahre, möchte ich etwas ändern.«

Kurz konzentrierte sie sich und plötzlich saßen sie auf bequemen Stühlen, die sich ihren Körpern ergonomisch anpassten und höhenverstellbare Schreibtische standen vor ihnen. Schon spielten einige Lernende an den Knöpfen herum. Rauf und runter; runter und rauf gingen die Tische.

»Es schadet euch, wenn ihr den ganzen Tag sitzt. Es wäre gut, zwischendurch im Stehen zu arbeiten. Aber jetzt lasst bitte das Spielen an den Knöpfen. Ich möchte fortfahren.«

Ihre feinen Gesichtszüge wurden streng, sie erklärte weiter: »Ohne dass ihr es bemerkt habt, wurde in euren Köpfen in den letzten Wochen ein Upgrade durchgeführt. Jetzt seid ihr Neulinge auf demselben

Wissensstand, wie alle unsere Fünfzehnjährigen ihn hier haben sollten.« Sie sah die Lernenden an, die auf Lamir geboren worden sind. Bei dem lederhäutigen Portaner blieb ihr Blick hängen. »Oder an ihm fehlen lassen. Nicht wahr, Ranju?«

»Das ist so unfair, Danja Lee. Wir bekommen kein Upgrade, das unsere Wissenslücken schließt. Vielleicht hatten wir in den letzten Jahren ja auch irgendwelche Schwierigkeiten wie die Neuankömmlinge.« Wütend sah er vor allem die sechs Fremdlinge an, die zu guten Freunden geworden waren.

»Rede doch keinen Unsinn. Es ist die einzige Möglichkeit, um ihnen die Voraussetzungen zu schaffen, die sie benötigen, um mit solch ausgezeichneten Lernenden wie du einer bist, mitzuhalten.« Sie zwinkerte ihm zu, und langsam beruhigte er sich.

Ah, daher weht der Wind. Das erklärt die Abneigung, die er gegen die Neuen hegt, ging Dominic ein Licht auf. Er hatte sogar etwas Verständnis dafür. Schließlich hatten sie selber nichts für das neue Wissen tun müssen. Aber sie selbst traf ebenfalls keine Schuld daran. Seine Wut sollte sich gegen Lamirs Establishment richten.

Und zu ihren neuen Schützlingen gewandt sprach sie: »Es wird euch ausschließlich dieses eine Mal auf diese Weise geholfen. Merkt euch das gut. Denn nur so können die Lehrenden bei den Studierenden, die von den Welten zu uns gekommen sind, auf einen gemeinsamen Wissensstand aufbauen und müssen keine Rücksicht nehmen und ihre Zeit darauf verwenden, mit ihnen Lücken aufzuarbeiten.«

»Oh, das erklärt einiges. Ich habe schon gedacht, ich wäre alleine von der bloßen Anwesenheit einer Schule in meinem neuen Leben schlauer geworden.« Arrirs ironische Stimme brachte die Anwesenden zum Lachen.

»Danja Lee?« Es war sicherlich auch dem Upgrade geschuldet, dass Dominic die junge Frau automatisch mit dem Wort für Lehrerin ansprach, das die Lernenden auf Lamir benutzten.

»Ja bitte, Dominic.« Sie kannte bereits seinen Namen, was ihn verblüffte.

Stolz teilte er seiner Lehrerin einen scharfsichtigen Gedanken mit: »Ich finde es eine revolutionäre Methode, um zu lernen, und die Schule wird dadurch überflüssig. Die Zeit kann sehr viel sinnvoller genutzt werden, wenn Upgrades für alles Wissen, das wir benötigen, eingesetzt werden würden.«

Lee musterte ihn nachdenklich. Trotz der Abschirmung, die dies verhindern sollte, erhielt er einen unbeabsichtigten kurzen Einblick in ihre Gedankenwelt: Ich habe mich schon gefragt, wer dieses Jahr als erster auf diesen glorreichen Gedanken kommen würde. Jedes Jahr die gleiche Diskussion.

Er hörte sie noch in Gedanken etwas genervt aufseufzen, bevor er seine Blockade verstärkte. Schuldbewusst lauschte er ihren nächsten Worten.

Fast schon monoton, wie auswendig gelernt, antwortete sie ihm: »Es gibt Dinge, egal auf welcher Welt, die kann man nicht so einfach mit einem Schnipsen der Finger oder Wedeln eines Zauberstabes überspringen. Lebewesen müssen lernen, miteinander umzugehen, gerade dann, wenn es um so viele verschiedene Arten geht. In den nächsten Jahren wird eure Klassengemeinschaft zusammenwachsen, ihr werdet von allen aus der Klasse lernen und dadurch wächst das Vertrauen untereinander. Das ist unerlässlich und dauert nun mal Jahre des sozialen Miteinanders. Dieses gegenseitige Vertrauen wird euch eines Tages das Leben retten; und das voraussichtlich ziemlich häufig.« Jetzt wieder lockerer setzte sie hinzu: »Möchtest du auf diese spannende Zeit etwa verzichten?«

Wieder lachten die Lernenden.

»Ruhe bitte. Ich werde euch den Stundenplan geben und ein Zeitchronometer gleich mit dazu. Damit ein paar von euch in Zukunft pünktlicher kommen.«

Kapitel 20

Auf Lamir ticken die Uhren anders

Ertappt dachte Dominic: Oh, sie hat es bemerkt, wie peinlich. Zum Glück haben alle zusammen gefrühstückt, sonst hätten wir noch länger getrödelt und wären wahrscheinlich Stunden zu spät gekommen. So ganz ohne Uhr ist es echt schwierig.

Er beäugte erstaunt das komische Ding, das sich vor seiner Nase materialisiert hatte. Es musste sich um eine Uhr handeln, unterschied sich auf den ersten Blick aber völlig von einer irdischen.

Er fragte sich: Das soll eine Uhr sein? Wo sind denn die Zeiger?

Das Uhrwerk war rund wie eine herkömmliche Uhr von der Erde. Aber da hörten auch schon die Gemeinsamkeiten auf. Das Innere des Kreises war ohne Abbildung, dann kam eine Abfolge von Ziffern. Ziffern? Woher wusste er, dass es sich bei den komischen Symbolen um Zahlen handelte?

Er kam selbst auf die Antwort: Ah ja, das Upgrade. Die Zahlen waren von 1 bis 13. Wieso 13? Keine Ahnung.

Hier versagte das Upgrade. Die achte Ziffer leuchtete permanent. Der mittlere Ring zeigte Ziffern von 1 bis 62 und sie blinkten. Im Moment blinkte die 32. Wenn das bewegende blinkende Licht des äußeren Ringes mit den Ziffern 1 bis 80 einmal rum war, dann sprang das Licht im mittleren Kreis auf die nächste Ziffer. Gerade sprang es um auf die 33. Es war eine wahnsinnige Lichtshow. Das Prinzip war ähnlich wie auf der Erde.

Die Uhrzeit ist also 8 Uhr 33. Er war stolz auf sein Ergebnis.

Die kleinste Zeiteinheit auf der Uhr war wie die Sekunden der Erde.

Ah, Kaltera heißt hier eine Sekunde, danke liebes Upgrade.

Diese Zeiteinheit wurde mit dem äußeren Ring gemessen. Es schien Dominic etwas länger als eine Sekunde zu dauern, bis das Licht auf die nächste Ziffer sprang. Anscheinend dauerte eine Minute – nein, hier wurde es Sonsera genannt – etwas mehr als 80 Sekunden auf der Erde. Dann gab es die nächst größere Zeiteinheit und diese Minuten oder Sonseras wurden auf dem mittleren Ring angezeigt, einmal rum waren es 62 Sonseras und das ergab dann eine Stunde; eine Rondera, wie sie auf Lamir sagten. Er kam zu dem Ergebnis, dass auf dem Chronometer in drei Zeiteinheiten gemessen wurde: Kaltera gleich Sekunde, Sonsera gleich Minute, Rondera gleich Stunde.

Mann, bin ich gut, alles begriffen. Nur das mit der 13 im inneren Kreis ist mir unverständlich. Dreizehn Stunden? Das wäre aber ein kurzer Tag, das hätte ich doch wohl gemerkt, stellte er verwirrt fest.

»Wie ihr sicher alle wisst, hat unsere Woche acht Tage und der Tag auf Lamir sechsundzwanzig Stunden. Vier Tage in der Woche widmet ihr euch dem Schulunterricht, einen Tag der Ausbildung und einen Tag habt ihr beides jeweils vier Stunden lang.«

Die ganze Klasse stöhnte laut auf. Kurz wunderte sich Dominic, warum sie alle die Bezeichnungen Tag und

Woche kannten, das waren doch irdische Bezeichnungen für die verschiedenen Zyklen. Da dämmerte es ihm: In ihren Köpfen hörten sie die Ausdrücke, die auf ihrer Heimatwelt üblich waren, so hörte er „Tag“ und „Woche“.

Clever, dachte er bewundernd.

Das Stöhnen überhörte die Lehrerin, ungerührt sprach sie weiter: »Zwei Tage in der Woche habt ihr dann natürlich frei.«

Ein unwilliges lautes Murmeln entstand, einzelne Worte verstand man: »Zwei nur? Das ist aber eine harte Woche.«

Jamie Lee hob die Hand. »Ruhe! Alle vier Wochen habt ihr eine Woche schulfrei, wobei die Ausbildung auf drei Tage hochgesetzt wird. Der Rest der Woche ist zum Lernen und zum Ausruhen da.«

Das stimmte die Lernenden wieder ein wenig fröhlicher. Doch Lee hatte noch eine unangenehme Überraschung und es bereitete ihr kein Vergnügen, ihnen diese zu bereiten.

Dominic war gedanklich bei der unfassbaren Lösung seines Rätsels, was die „13“ auf der Uhr bedeutete. In Verbindung mit Danja Lees Aussage ging Dominic ein Licht auf. Auf der Erde bezeichnete die 12 die Hälfte und die 24 das Ende des Tages. Dann entsprach auf diesem fremden Planeten die 13 der 26, denn hier war um 13 Uhr der halbe Tag um, nochmal dreizehn Stunden und es war 26 Uhr.

Hört sich komisch an, aber ich werde mich schon dran gewöhnen. Und dann ging ihm noch ein Licht auf: Yeah, ich kann nachts eine Stunde länger schlafen. Tagsüber ist es zwar auch eine Stunde mehr, aber es gleicht sich ja aus, so meinte Dominic in seinem jugendlichen Leichtsinn.

In seine Gedanken hinein ließ Danja Lee die Bombe platzen: »Ich muss euch sagen, dass die heutige erste Stunde nur ausnahmsweise so spät stattfindet.«

Er horchte auf: Was heißt hier spät? 8 Uhr ist doch normal.

»Die Bewohner von Lamir nutzen die Länge der Planetenumdrehung nicht dazu, länger zu schlafen, sondern sie stehen früh auf, um die Stunden sinnvoll einzusetzen. Ab morgen beginnt der Unterricht um 6 Uhr in der Früh.«

Waaaas? Wie soll ich das denn hinkriegen? Dominic war entsetzt.

Gerade wollte er sich bei seinen Freunden beschweren, da erschienen Laptops vor ihnen. Erstaunt griff Dominic nach seinem. Die ganzen Wochen hatte er nicht ein technisches Hilfsmittel gesehen, das über das elektrische Licht des Anwesens und der Schule hinausging, und jetzt das hier. Er fuhr das Gerät hoch und es erschien ein Stundenplan vor ihm. Er schaute zu seinen Freunden. Sie hatten keinerlei Probleme damit, die Computer zu bedienen, registrierte der Junge überrascht: Das Upgrade beinhaltet also auch das Wissen, damit umzugehen.

Als er seinen Laptop benutzte, wurde ihm bewusst, wie sehr er die Technik der Erde vermisst hatte. Er meldete sich und die junge Lehrerin forderte ihn zum Sprechen auf.

»Woher kommt diese Technik?«

»Uns stehen Tausende Welten offen, da wäre es doch unlogisch, wenn wir deren Techniken ungenutzt ließen. Hast du erwartet, wir würden auf Lamir wie im Mittelalter der Erde leben?«

Er wurde puterrot: »Äh, ehrlich gesagt, irgendwie schon. Alle haben hier so etwas wie Zauberkräfte, und Zauberer und Hexen gehören ins Mittelalter, finde ich. Wozu braucht man Technik, wenn man solche Kräfte zur Verfügung hat?«

»Du möchtest doch sicherlich nachts in einem warmen Zimmer schlafen oder im Internet recherchieren, wenn du Informationen zu irgendeinem Thema benötigst. Und würdest du dich sicherer fühlen, wenn du wüsstest, es stünden dir hoch entwickelte Waffen zu Verfügung, die du zu deinem Schutz einsetzen könntest? Bestimmt, oder sehe ich das falsch? Wir sind friedliebend, aber wir sind nicht naiv. Viele Welten sehen uns als Bedrohung an. Wenn es hart auf hart kommt, müssen wir uns verteidigen. Und glaub mir, wir werden uns verteidigen. Was würdest du ohne das elektrische Licht tun? Die ganze Zeit deine Kräfte aufbrauchen, um Licht zu erzeugen? Oder Wärme? Dann kämst du nie zum Schlafen. Wie sollen die Leute, die unfähig sind, sich zu teleportieren, die Orte wechseln, ohne unsere Hochgeschwindigkeitszüge? „Beamen" ist im Moment unmöglich, aber wir arbeiten dran. Ich könnte die Liste unendlich weiterführen. Natürlich erzeugen wir unseren Strom auf unterschiedliche Weise, wie es auf vielen verschiedenen Welten üblich ist, aber Strom benötigen wir dennoch. Ich versichere dir, er ist zu hundert Prozent ökologisch. Unsere Technik ist verborgen, weil wir Lamir sauber halten möchten. Wir leben im Einklang mit der Natur und versuchen, sie so wenig wie möglich zu beeinflussen. Aber es wäre schlichtweg idiotisch, die Technik, die wir zur Verfügung haben, brachliegen zu lassen.« Sie strahlte ihn mit einem bezaubernden Lächeln an. »Übrigens sehe ich in uns keine Hexen oder Zauberer. „Jedi-Ritter", das ist der richtige Vergleich.« Sie führte mit ihrer Hand in der Luft eine Bewegung von links nach rechts aus und sprach dabei die Worte: »„Das sind nicht die Droiden, die ihr sucht".«

Die beiden lachten laut auf. Die Mitlernenden waren ahnungslos darüber, worum es bei dem Scherz ging, und schüttelten verständnislos die Köpfe. Bis auf Tessa kam niemand von ihnen von der Erde, und diese kam aus einer weit entfernten Zeit. Einer Zeit vor „Star Wars" und dem ganzen Nerdzeugs, auf das Dominic stand.

Als sie sich wieder gefangen hatte, fragte die Lehrerin: »Konnte ich deine Frage ausreichend beantworten?«

Sie hatte ihn schon mit ihrer Aufzählung überzeugt. Jetzt nickte er und sie fuhr nüchtern fort: »Nun schaut euch bitte eure Stundenpläne an. Jeder Monat hat bei uns vierzig Tage und es gibt fünf Wochen in unserem Kalender. Die Wochentage sind der Atartag, der Sultag, der Sentag, der Melitag, der Monetag, der Doktag, der Fanatag und der Heittag. Ich wiederhole es, obwohl ich sicher bin, dass ihr euch bestimmt schon selbst schlaugemacht habt, oder etwa nicht?«

Schuldbewusst sahen sich Arrir, Tasschel und Dominic um. Sie hatten bisher nur in den Tag hineingelebt, und wie der Kalender auf Lamir aussah, hatte sie überhaupt nicht interessiert. Tessa schüttelte den Kopf über so viel Unwissenheit. Sie hatte sich natürlich längst alles zu Gemüte geführt.

Mitleidig dachte Dominic: Tiri wird jetzt wahrscheinlich erst so richtig bewusst, was es heißt, zur Schule zu gehen. Zum ersten Mal in ihrem Leben muss sie sich nach irgendwelchen Zeitplänen richten. Ob sie ihre Entscheidung schon bereut?

Er konnte sich gut vorstellen, solch eine Veränderung musste schwierig sein. Der Ausdruck auf ihrem gequälten Gesicht sagte ihm, sie dachte genauso. Aufmunternd lächelte er ihr zu.

Kapitel 21

Welch seltsame Gepflogenheiten

Danja Lee fuhr mit ihrem Vortrag fort: »Heute, am Atartag, habt ihr zwei Stunden Mathematik, zwei Stunden Chemie, zwei Stunden Wirtschaft und zwei Stunden Sport. Am Sultag besteht der Unterricht aus zwei Stunden Physik, zwei Stunden Sprachen, zwei Stunden Biologie und zwei Stunden Astronomie. An den Sentagen widmet ihr euch der Ausbildung eurer Kräfte. Die Monetage und die Doktage habt ihr schulfrei, aber ihr müsst eure Hausaufgaben machen und lernen. Am Fanatag habt ihr zwei Stunden Studium der Welten, zwei Stunden Mathematik, zwei Stunden Geschichte der Welten, zwei Stunden Politik der Welten. Am Heittag widmet ihr euch vier Stunden der Ausbildung eurer Kräfte und vier Stunden der schulischen Ausbildung, die ihr mit jeweils einer Stunde Chemie, Sprachen, Sport und Religionen der Welten ausfüllt.« Sie hielt kurz inne in ihrem Monolog, um in die Runde zu schauen. »Habt ihr irgendwelche Fragen?«

Ein graues Mäuschen in der ersten Reihe hob sofort die Hand. Die Barthaare zitterten aufgeregt und das Fell sträubte sich.

»Ja, bitte, Peli.«

Die piepsige Stimme überschlug sich ein wenig: »Welche Ausbildungsfächer haben wir?«

Gute Frage, Peli, dachte Dominic. Das interessiert mich auch. Aber er wurde von der Antwort enttäuscht.

»Das werdet ihr dann am Sentag von eurem Ausbilder oder eurer Ausbilderin erfahren. Eure Ausbildung findet in Teams statt, die am ersten Tag zusammengestellt werden.«

Ein Mädchen mit lilafarbenem Haar und Fühlern auf der Stirn hob die Hand. Nachdem es aufgefordert wurde zu sprechen, fragte es: »Was ist mit dem Melitag? Der fehlt in Ihrer Aufzählung.«

Das ist Alerta. Sie kommt von einem abgedrehten Planeten, der nur aus Eis besteht. Hab den Namen vergessen. Dominic versuchte, sich an alles zu erinnern, was er über seine Mitlernenden erfahren hatte.

Er konzentrierte sich wieder auf seine Lehrerin, denn er war neugierig auf die Antwort.

»Tja, meine Lieben, am Melitag habt ihr ausnahmslos ein Fach. Es ist aber ein ganz besonderes ..., das der Heilkunde. Wer von euch die außergewöhnliche Fähigkeit des Heilens besitzt, dem wird beigebracht, wie er mit seinem telepathischen Tastsinn in einen verletzten Körper dringen und dort die kaputten Teile wieder richten kann, indem er zum Beispiel zerstörte Zellen zusammenfügt. Die Untauglichen werden mit vier Stunden Kräuterkunde gequält.«

Die Klasse stöhnte erneut auf. Kräuterkunde hörte sich nicht wirklich aufregend an. Aber wenigstens hatten sie an dem Tag dann nur vier Stunden.

Die junge Lehrerin klatschte in die Hände. »Und nun soll der Unterricht beginnen.«

Tessa war abgelenkt und unaufmerksam. In ihrem Kopf konnte sie auf einmal auf Informationen zugreifen, wie sie dieses Ding vor sich benutzen musste. Es gab etwas, das hieß Internet, und in diesem Internet konnte man Sachen erfahren. Das Wissen von vielen Welten im ganzen Universum war dort gespeichert. Wissen über die Menschheitsgeschichte und über die Menschen, die vor langer Zeit gelebt hatten. Jeden Tag dachte sie an Eve und Karen. Sie überlegte fieberhaft, was sie für die beiden tun konnte. Jeden Abend erzählte sie ihnen von ihrem Tag. So wie die drei Freundinnen sich früher auf dem Boden sitzend in ihrem Zimmer alles erzählt hatten. Konnte sie mit diesem Zauberding herausfinden, wie ihr Leben ohne ihre Freundin Theresa Bell verlaufen war? Sie bekam von ihren ersten Unterrichtsstunden kaum Details mit. Den ganzen Tag wartete sie ungeduldig auf den Abend, an dem sie in ihrem Zimmer endlich ungestört den Computer benutzen konnte, um etwas über ihre beiden Freundinnen herauszufinden.

Als die sechs nach zwei Stunden Mathematik den Klassenraum verlassen wollten, drehte sich Dominic noch einmal in der Tür um und sprach seine Lehrerin an: »Danja Lee, gibt es hier Fernseher und Blu-Ray-Player? Ich habe meine Sammlung mitgebracht und würde die Filme und Serien gerne meinen Freunden zeigen.«

»Es gibt hier eine sehr viel bessere Technik, mit der du die Bilder direkt auf eine große Leinwand projizieren kannst. Wie wäre es, wenn du Fernsehabende organisieren würdest? Dann hätten alle was davon.«

Er nickte begeistert und folgte seinen Freunden aus dem Klassenraum. Er sah Tasschels entsetztes Gesicht und hörte sie sagen: »Was war das denn für eine Sprache? Ich habe rein gar nichts verstanden.«

»Das ist höhere Mathematik. Du wirst es noch lernen.« Dominic machte ihr Mut, und sie ließ ihre Schultern nicht mehr ganz so tief hängen.

Aus dem Sportunterricht kam Tasschel beschwingter heraus. Offensichtlich gefiel ihr das schon eher als die trockene Theorie der Fächer, von denen sie nie zuvor gehört hatte. So ging der erste Schultag zu Ende.

Endlich war der Tag vorbei und Tessa konnte auf ihr Zimmer gehen. Sie fuhr den Computer hoch und fing an zu recherchieren. Tatsächlich wurde sie fündig. Das Waisenhaus wurde unlängst nach ihrem Verschwinden geschlossen. Das erfuhr sie aus einem Zeitungsartikel; ein Grund wurde darin verschwiegen. Alle Kinder konnten vermittelt werden, Eve und Karen waren von einem jungen Paar aufgenommen worden. In einer Zeitung, die auf ein paar Jahre später datiert war, fand sie eine Heiratsanzeige mit der Bekanntgabe ihrer Doppelhochzeit. Die weitere Recherche ergab, sie hatten gute Männer gefunden und viele Kinder bekommen. Vor Erleichterung brach Tessa in Tränen aus.

***

Am zweiten Tag, dem Sultag, hatten sie Sprachen. Warum überhaupt Sprachen lernen? Sie hatten doch ihre Telepathie und konnten sich mit jedem Wesen im Universum verständigen. Genau das, was Dominic beschäftigte, fragte Olenk, ein Junge von Septan, den Lehrer.

Und prompt lieferte das befremdlich aussehende Wesen mit den überlangen Gliedmaßen und dem übergroßen Kopf der Klasse die Antwort: »Weil die Erfahrung uns folgendes gezeigt hat: Telepathen, wenn sie die Grundlagen der Sprachen beherrschen, kommen authentischer rüber und werden sehr viel schneller von der Bevölkerung eines fremden Planeten akzeptiert. Es sei denn, jemand hatte die Fähigkeiten einer der wenigen „Pretender“. Aber die sind wirklich selten, sehr selten. Der oder die oder das geschlechtslose Glückliche ist dann nicht so sehr auf Sprachkenntnisse angewiesen.«

Aufmerksam schaute er bei diesen Worten die Gruppe um Dominic an. Keiner von ihnen wusste, was ein

Pretender war. Das aber sollten sie früh genug erfahren. Es wurde noch bizarrer. Der Unterricht begann ausgerechnet mit Latein. Eine menschliche Sprache, unterrichtet von einem Außerirdischen – aus menschlicher Sicht, versteht sich – war so was von eigenartig, selbst für lamiranische Verhältnisse.

Bronk erzählte ein wenig von sich: Er beschäftigte sich mit den Sprachen aller bekannten Welten. Das fanden die Lernenden sehr interessant. Ganz besonders fasziniert war er von den Menschen. Sie waren einfach erstaunliche Wesen. Sie lebten ohne Hilfe der futuristischen Technik, die Lamir zur Verfügung stand, im Eis und in der Wüste, und sie lebten in den tiefsten Urwäldern, wo es feucht und heiß war. Seit Hunderten von Jahren trotzten sie Erdbeben und Tsunamis und vielen weiteren Katastrophen. Immer wieder bauten sie ihre Behausungen in den gefährdeten Gebieten auf. Sie passten sich allen Begebenheiten an, wie unwegsam sie auch waren. Und beinahe jedes irdische Volk hatte eine eigene Sprache, es gab unzählige davon, ganz zu schweigen von den unübersichtlichen Dialekten. Er hatte bei seinen Studien herausgefunden, dass die Erdenbewohner tatsächlich eine kannten, die als Universalsprache gelten konnte. Die lateinische Grammatik fand sich in abgewandelten Formen in fast allen bekannten komplexen Sprachen wieder. Es war zwar mittlerweile auf der Erde nur noch eine Kunst, sie zu beherrschen, nichtsdestotrotz lebte sie in manch einer irdischen, aber ebenso in manch einer außerirdischen weiter. Der korpulente Bronk liebte diese Sprache, das merkten die Studierenden an seinen Vorträgen. Er war voller Elan und brachte sie ihnen mit einer gehörigen Portion Humor näher.

So vergingen die ersten beiden Schultage. Sie lernten die Fächer und ihre neuen Mitlernenden kennen. Vier Jungen und drei Mädchen waren Dominic vorher unbekannt gewesen. Da waren Tomen und Tama, die Zwillinge von Aten, Kali von Ordor, Rana von Leta, Balat von Talar, Ansa von Rutar und Nelet von Zenet.

Von seinen Freunden kannte nur Dominic diese Art von Unterricht. Arrir hatte in der Vergangenheit einen Privatlehrer in Anspruch genommen. Vor allem hatten Schreiben und Rechnen auf seinem Lehrplan gestanden. Tessa hatte Unterricht im Heim bekommen, und auch dort nahmen Schreiben und Rechnen die meiste Zeit in Anspruch. Aber so etwas wie höhere Mathematik kannte keiner von beiden. Tasschel hatte auf ihrem Heimatplaneten als Sklavin kein Anrecht auf Unterricht gehabt. Aber ihre Besitzerin hatte Wert auf Etikette und vornehmes Benehmen gelegt, um ihre Gäste bestmöglich zu unterhalten. Also war Tasschel mit Benimmregeln aufgewachsen. Cass kam von einem hoch technisierten Planeten, aber es war schon etliche Jahrzehnte her, dass er Futter für sein Hirn bekommen hatte. So hatte er ohne Ziel vor sich hingelebt. Tiri wusste alles über die Fauna und Flora Lamirs, das hatte sie bislang ausgefüllt. Für diese drei war es am schwersten, sich auf einen strukturierten Unterricht einzustellen.

Aber Dominic war zuversichtlich: Sie werden das schon packen.

Kapitel 22

Die Ausbildung beginnt

Als der erste Tag ihrer Ausbildung anbrach, war Dominic aufgeregt, denn er würde Falk wiedersehen. In den letzten Wochen hatte er ihn ab und an mal gesehen, aber es war immer nur Zeit für einen kurzen Plausch gewesen. Der Unterricht fand in einem Komplex der Schule statt, der ihnen bisher verborgen geblieben war. In einer Nachricht hatte gestanden, sie sollten zu dem Nebeneingang kommen. Und zwar sie alle sechs. Ihr Wunsch, demselben Team anzugehören, hatte sich erfüllt. Aber was für ein Nebeneingang war gemeint? Das Sechsergespann ging einmal um Lamira herum, entdeckte jedoch keinen Eingang.

»Sind wir hier überhaupt richtig? Vielleicht meinen sie ein Gebäude, das wir noch nicht kennen?« Zweifel klang in Dominics Stimme mit. In Gedanken wandte er sich an Lamira: *Hörst du mich?*

Er bekam keine Antwort. Laut sagte er: »Das ist ja wieder mal typisch. Sie kann mich jederzeit anquatschen, aber wenn ich einmal etwas von ihr will, macht sie einen auf stur. Cass, möchtest du es mal versuchen?«

»Hm? Ich bin der Meinung, sie wird in dieser Sache unkooperativ sein. Es ist eine Aufgabe, die wir alleine lösen müssen. So sind wohl die Spielregeln. Also, wer hat Vorschläge?« Fordernd schaute der Kobold in die Runde.

Verlegen sah jeder in eine andere Richtung. Da fiel Cass auf, dass Tiri fehlte. Ohne zu überlegen fragte er: »Wo ist unsere kleine Elfe?«

»Wehe, du nennst mich noch mal „klein"! Und ich bin auch nicht „eure Elfe"!«, hörten sie eine erboste Stimme über ihren Köpfen.

Und tatsächlich, weiter oben, ungefähr auf Höhe des zweiten Stocks, schwebte Tiri. Es sah aus, als hätte sie eine Tür gefunden. Obwohl das Portal durch eine spezielle Tarnvorrichtung sehr versteckt gewesen war, hatte die Elfe sie ohne große Schwierigkeiten erspäht. Sie hatte ihnen einmal stolz erzählt, dass das Volk der Elfen dafür bekannt war, die Fauna und Flora eines Planeten beeinflussen zu können.

Um ihnen zu zeigen, was sie sah, ließ sie ihre Freunde kurz an ihrer Sichtweise teilhaben. So erschien ihr der Eingang unterschiedlich zur Wahrnehmung der Teammitglieder. Diese sahen ihn nun in einer Farbe leuchten, die auch die Bäume in Tiris Gesichtsumfeld annahmen. Ohne durch die Augen der Elfe zu schauen, erblickten sie braune Stämme und bunte Blätter. Sie aber sah überall orangene Punkte, die intensiv glühten und die das pulsierende Leben ringsum ausstrahlten. Sie war in der Lage, darin einzutauchen. Erst zu diesem Zeitpunkt wurde ihnen bewusst, was für eine große Gabe Tiri besaß, denn wenn die kleine Elfe wollte, konnte sie die Natur manipulieren. Dabei war es ihr ein Leichtes, Pflanzen wachsen und sie sogar wandern zu lassen.

Dominic sah fasziniert durch ihre Augen. Das energetische Orange war wunderbar anzusehen. Die Tür lebte, weil sie ein Teil von der Schule war; und die Schule war Lamira.

Wow, Lamira, du bist wunderschön.

»Na, ganz toll. Wie sollen wir da hinaufkommen? Schließlich haben wir keine Flügel.«

Der magische Augenblick, den die Freunde erlebten, wurde durch den nüchternen Arrir zerstört. Der ungeduldige Krieger stand augenscheinlich nicht auf diese Art von Rätsel, das ihnen hier gestellt wurde.

Dominic nahm Krrars Gegenwart wahr. Dieser gesellte sich nach längerer Zeit wieder in einer Unterrichtsstunde zu seinem Gefährten. Nach dem ersten Schultag hatte er sich rargemacht. Den Grund hatte Arrir Dominic mitgeteilt. Unverblümt hatte Krrar ihm auf seine Art gesagt, es sei null sein Ding, seine Zeit so zu verschwenden. Lieber streunte er den ganzen Tag in den Wäldern herum, als in einem Klassenraum eingesperrt zu sein.

Dominic hatte die Dankbarkeit der Lernenden und auch Horks Erleichterung gespürt, der heilfroh über Krrars Entscheidung gewesen war. So war es ihm erspart geblieben, Arrir auf das Raubtierverbot in der Schule anzusprechen. Natürlich gab es dieses nur inoffiziell, denn wer kam auf die Idee, eine wilde Katze mit in die Klassenräume zu nehmen? Sie hatte nichts in der Schule zu suchen.

Auch wenn sie noch so schmusi ist wie Arrirs, waren seine Gedanken dazu gewesen, denn im Grunde kraulte er dem Tier gerne mal den Pelz. Und das Schnurren, das er als Antwort bekam, beruhigte ihn irgendwie. Dominic hatte ihm voll zugestimmt.

Die wilde Raubkatze war wieder an der Seite des jungen Kriegers. Der menschliche Jugendliche sah die Bilder, die Krrar Arrir als Erklärung übermittelte: Er wollte sich die Ausbildung ansehen, vielleicht war das ja eher seins.

Plötzlich materialisierte sich etwas Treppenähnliches vor ihnen. Unbewusst hatten alle Gruppenmitglieder an eine Treppe gedacht und schon war sie da. Sie mutete merkwürdig an, denn jeder Einzelne hatte sie sich anders vorgestellt. Das Ergebnis war krumm und schief geraten. Ein Stück hatte einen elegant geschwungenen Handlauf. Gefolgt von einer Wendeltreppe, die merkwürdig in sich verschlungen war. Ein weiteres Teilstück bestand aus einer schmucklosen Holztreppe. Einer der Freunde, wahrscheinlich der nüchterne Arrir, hatte sich ein simples Holzbrett erdacht. Darüber zu kommen, würde sich als schwierig erweisen. Aber die Krönung war das verspielte, mit bunten Blumen zugewachsene Stück, das nur Tiris Fantasie entsprungen sein konnte. Daran grenzte ein gemauertes Steinwerk, wie es im England des 19. Jahrhunderts üblich war. Und so zog sich die Treppe über vier Meter hin, obwohl das überbrückende Stück gerade knapp zwei Meter betrug.

Dominic klatschte in die Hände und rief begeistert: »Wir sind so was von gut. Auch wenn die Treppe echt hässlich ist.«

»Ob ihr gut seid, das werde ausschließlich ich beurteilen. Ihr seid spät dran.« Falks kühle Stimme holte ihn wieder auf den Boden der Tatsachen zurück. Er stand in der Tür und wartete offensichtlich ungeduldig auf sie.

»Und ja, das ist mit Abstand die hässlichste Erscheinung, die mir jemals von Studierenden aufgetischt worden ist.« Mit einem Wink ließ er die kunstvolle Treppe verschwinden. Sie wurde ersetzt durch eine simple Holztreppe. »Das nächste Mal verzichtet bitte auf so ein groteskes Ungetüm.«

Die jungen Leute beeilten sich, hinaufzusteigen. Cass schlenderte gemächlich hinterher.

Die zusammengekniffenen Augen ihres Ausbilders waren kein gutes Zeichen. Da erhellte sich im nächsten Moment sein Gesicht und er strahlte sie an.

Dominic fing einen Gedanken Tessas auf: Wie macht er das? Es ist so, als würde er einen inneren Schalter umlegen und sein Gesicht erstrahlt vor Energie wie auf Knopfdruck.

Etwas Ähnliches hatte der Junge ebenfalls gedacht. Er schaute zu seinem Ausbilder hinüber und fing Fragmente seiner Erinnerungen auf: Nachdem Falk Tessa nach Lamir geholt hatte, hatte er etwas Zeit mit ihr verbracht. Er hatte dem introvertierten Mädchen den Planeten gezeigt, denn es war viel zu schüchtern, um schnell Bekanntschaften schließen zu können. Als Falk die Kleine nun anschaute, war er erleichtert, sie mit neuen Freunden zu sehen.

Aber seine Erleichterung war begrenzt. Und so ermahnte er sie als der Lehrer, der er nun einmal für die junge Schülerin war: »Eure Zeit war ganz okay, aber leider von hervorragend weit entfernt. Tessa, du darfst deine Kräfte niemals zurückhalten und darauf vertrauen, dass deine Teamkollegen auf die Lösung kommen. In einem Einsatz kann es auf jede Sekunde ankommen, also leite sie auf den richtigen Weg. Ihr hättet exakt vier Minuten und fünfundzwanzig Sekunden schneller hier sein können, wenn du sofort, als du die Lösung gewusst hattest, eingegriffen hättest. Diese Zeit könnte einmal über Leben und Tod entscheiden.« Mit ernster Miene und starrendem Blick musterte er das zarte Mädchen, das eingeschüchtert nickte.

Dominic stimmte Falk stumm zu, auch ihm war die Schüchternheit Tessas allzu oft aufgefallen. Bisher hatte er diese aber als unproblematisch angesehen, jetzt wurde er jedoch nachdenklich. Er würde es im Auge behalten und sie ermuntern, ein wenig mehr aus sich herauszugehen.

Der Lehrer legte die gelehrige Art ab. »Nun ... betretet die heiligen Hallen von Lamira.« Falk breitete begeistert die Arme aus und führte sein neues Team hinein.

Dominic hörte im Kopf die Worte der Schule: *Entschuldige, aber ich wurde angehalten, euch meine Unterstützung zu verwehren.*

Alles klar, in Ordnung, ich verstehe das, versicherte er ihr lahm, denn ein bisschen sauer war er schon. Aber nachdem er bemerkte, wie zerknirscht Lamira war, verzieh er ihr aus vollem Herzen. Er konnte nie lange nachtragend sein. Ihre Stimmung hellte sich auf, überschwänglich wünschte sie ihm viel Spaß. Dann setzte sie nach: *Danke für dein Kompliment von vorhin. Ich bin tatsächlich wunderschön.*

Über ihre fehlende Bescheidenheit schüttelte er den Kopf, als er mit seinen Freunden schwungvoll den Raum betrat, der die nächsten anderthalb Jahre ihre Folterkammer werden sollte. Aber was er sah, enttäuschte ihn, denn es gab nichts zu bestaunen. Ein leerer Raum begrüßte die sechs Freunde und das Raubtier. Auch hier galt das Prinzip, wenn etwas gebraucht wurde, würden sie es sich selbst erschaffen müssen.

Zwar kannte Dominic das von den Klassenräumen her, aber trotzdem hatte er insgeheim gedacht, es würde in der Ausbildung nicht so ablaufen.

»Genau Leute. Jede Stunde fängt mit der „Manipulation unserer Umgebung" an.«

Schüchtern stellte Tessa eine Frage: »Werden unsere telepathischen Fähigkeiten hier ebenso unterdrückt wie in den Schulstunden?«

»Oh nein! Eure Verbindung untereinander ist das Wichtigste überhaupt. Es werden irgendwann eure Leben davon abhängen, deshalb müsst ihr sie Tag und Nacht trainieren. Ausgenommen ist der Schulunterricht, denn das wäre ein Verstoß gegen die Regeln.« Er zwinkerte ihr freundlich zu.

Falk hielt den Vortrag, den Dominic bereits vor ein paar Wochen ähnlich von Hork gehört hatte: »Alles im Universum besteht aus winzig kleinen Teilchen, die man mit dem bloßen Auge nicht sehen kann, und wir haben die Fähigkeit, sie so zu manipulieren, wie wir sie brauchen. Deswegen sind die Übungsräume leer. Die Lernenden müssen dabei helfen, sie zu formen, wie wir – und damit meine ich uns Lehrenden - sie haben möchten. Das ist zu Beginn des Ausbildungstages eure erste Übung. Aber Achtung, je komplexer die Dinge sind, die ihr erschaffen möchtet, umso schwieriger wird es. Unsere Fähigkeiten sind begrenzt.« Er machte eine bedeutungsvolle Pause und grinste vor sich hin, als er sie ein wenig auf die Folter spannte, was das Thema der heutigen Unterrichtseinheit anging.

Unruhig zappelten sie herum; nur Tessa blieb ganz ruhig. Dominic wusste, was ihn und seine Freunde oft an ihr keckste. Sie vermittelte zu jeder Zeit den Eindruck, als wüsste sie alles bereits im Voraus. Das brachte den Rest der Gruppe manchmal schier zum Verzweifeln. Im Unterricht entpuppte sie sich als Streberin. Indem sie schüchtern die Hand hob, signalisierte Tessa, die Lösung zu wissen. Sie machte ihre Mitlernenden niemals auf deren Fehler aufmerksam, nie war sie eine Besserwisserin. Aber durch den Umstand ihres großen Wissens gab sie ihnen unbewusst das Gefühl, ihnen überlegen zu sein. Doch sie drängte sich keinesfalls in den Vordergrund. Stattdessen hielt sie sich stark zurück, so schloss die Fünfzehnjährige sie ungewollt aus ihrem Innenleben aus. Die Freunde hatten manchmal das Gefühl, sie wolle vermeiden, ihr Wissen mit ihnen zu teilen. Trotzdem konnten sie ihr einfach niemals böse sein, auch wenn ein kleines missmutiges Gefühl zurückblieb. Dominic war erstaunt über das, was in ihrem Kopf abging. Kurz entstand eine Verbindung zwischen Dominic, Falk und dem Mädchen.

Hätte Tessa die Freunde in ihren Kopf gelassen, dann hätten sie erfahren, wie unsicher sie im Grunde war. Es lag ihr fern, zu verhindern, dass sie von ihr lernten, es sollte sich einfach niemand auf sie verlassen. Waren ihre Vorschläge falsch, beging sie den Fehler alleine und stand auch alleine dafür gerade. Hier und heute war es noch undramatisch, ging es schließlich nur um Lösungen in der Schule. Aber was würde später bei ihren Einsätzen sein? Wenn viele Leben von ihr abhingen? Wenn aufgrund ihrer Vorschläge eine falsche Entscheidung getroffen wurde? Dann würde sie Wesen mit in den Abgrund reißen. Daran wollte sie keinerlei Schuld tragen. Nein, ihre Teammitglieder sollten sich gar nicht erst angewöhnen, sich auf ihre Lösungen zu verlassen.

In diesem Augenblick erkannten Falk und Dominic ihre große Unsicherheit und sie befürchteten, diese würde in Zukunft zu einem Problem werden. Ihr großes Potenzial nützte niemandem etwas, wenn die Zweifel den Einsatz ihrer Kräfte verhinderten. Jeder von ihnen ging ein Bündnis mit jedem einzelnen Mitglied der Gruppe ein. Das Team stand für die Erfolge und das Team stand für die Niederlagen. So konnten alle aus den Fehlern lernen und davon profitieren. Das musste Tessa begreifen. Je eher, desto besser. Die beiden schauten sich an und stumm kamen sie zu der Übereinkunft, Tessas Unsicherheit bis auf Weiteres für sich zu behalten.

Dominic verdrängte diese Problematik erst einmal und ihm kam ein Gedanke, der ihn aufheiterte und den er dringend aussprechen musste. Also unterbrach er die dramatische Pause Falks mit den Worten: »Cool, es ist wie auf einem „Holodeck“. Nur dass die Gegenstände von uns erzeugt werden und nicht von einem Computer wie bei „Star Trek“.« Stolz auf seine Beobachtungsgabe strahlte er den hochgewachsenen Mann an.

Dieser war offensichtlich ziemlich angefressen wegen der Bemerkung des vorlauten Jungen. Doch Dominic spürte, dass er ihm insgeheim zustimmte, aber an diesen

Vergleich selbst nie gedacht hatte. Falk nickte ergeben, die Dramatik war eh unrettbar verloren.

Die verständnislosen Gesichtsausdrücke um ihn herum zeigten, sie hatten wieder einmal keine Ahnung, worüber Dominic redete. Da Falk ebenfalls von der Erde kam, konnte der menschliche Junge mit ihm über solche Dinge sprechen. Er spürte bei seinen Freunden einen gewissen Unmut, der ihm niemals zuvor aufgefallen war. Offensichtlich empfanden sie es als ausgesprochen unhöflich. Aber es war keineswegs böse von ihm gemeint, ihm rutschten diese Dinge einfach heraus, bevor er darüber nachdachte.

Arrir sprach das aus, was offenbar alle dachten: »Wovon redest du da bloß immer? Ich hoffe, du wirst uns demnächst in deine Geheimnisse einweihen.«

»Hast du schon einen Plan, wie du das anstellen möchtest?« Falks Stimme klang sehr interessiert.

»Danja Lee hat von einer hoch entwickelten Technik gesprochen, die uns zur Verfügung steht, so auch die Wichtigste: Hier gibt es etwas Besseres als Fernseher und Blu-Ray-Player. Und natürlich habe ich meine Film- und Seriensammlung von der Erde mitgebracht, die ich darauf abspielen kann. Ich dachte da an Fernsehabende. Jetzt mal ehrlich, wir müssen doch unsere größten Errungenschaften von der Erde mit unseren außerirdischen Freunden teilen, oder?«

»Die da wären? Und übrigens, wir sind hier die Außerirdischen.«

»Na, zum Beispiel Stan Lees „Marvel-Universum" und das „DC-Universum" oder die Zukunftsvisionen eines Gene Roddenberry! Oder wie sehen Sie das, Sessin Falk? Die zwölfte Staffel von „Doctor Who" kommt im nächsten Frühjahr unserer Zeitrechnung raus. Bis dahin müssen diese Ahnungslosen die ersten elf gesehen haben. Und haben Sie davon gehört? Es wird doch tatsächlich eine neue Star-Trek-Serie geben. „Picard“ soll sie heißen. Wie genial ist das denn? Nach „Discovery“ müssen die Macher aber drei Schippen drauflegen, damit sie nicht so daneben geht wie diese. Außerdem müssen sie alle Staffeln von „Sherlock“, dem größten Detektiv der Erde, sehen. Sie müssen vorbereitet sein, wenn es irgendwann eine neue Staffel gibt. Und es wird sie geben, davon bin ich überzeugt. Und ...«

Er war unfähig, seinen Eifer zu bremsen. Und Falk hatte sich von seiner Begeisterung anstecken lassen und jedes Mal bei der Aufzählung zustimmend genickt. »Okay, okay. Du hattest mich schon bei „Die zwölfte Staffel". Auch ich bin sehr gespannt. Ich bin bei deinen Fernsehabenden dabei. Ich hätte ein paar Sammlungen beizusteuern. Schließlich sind die Doctoren der Classic Staffeln ebenso sehenswert wie die der neuen. Und ja, ich rechne ebenfalls fest mit einer neuen Sherlock Staffel. Im Notfall müssen wir halt intervenieren. Nichtsdestotrotz habe ich als Ausbilder einen Job zu machen und sollte jetzt endlich damit beginnen.«

Er startete mit den Worten: »Kommen wir auf das heutige Thema zu sprechen: Heute werdet ihr die Waffen erschaffen, mit denen ihr ein Leben lang stark verbunden sein werdet. Ihr müsst am Ende der Ausbildung den Talisman dort hineinsetzen, den ihr euch bis dahin verdient habt; oder auch nicht. Das werden wir dann sehen. Der Energiekristall wird von der Größe her euren Kräften entsprechen. Ist er zu groß, wird er euch verzehren und innerlich verbrennen. Um ihn zu erringen, müsst ihr Prüfungen bestehen. Wenn ihr fleißig übt und eure Kräfte gut im Griff habt, dann wird er dementsprechend größer sein.«

Kapitel 23

Die Behälter

Falk erzählte ihnen etwas über die Geschichte der Talismane. »Auf vielen Welten gibt es Energiekristalle, so wurden sie auch schon von der Widerstandsbewegung auf Porta, Horks Heimatwelt, genutzt. Er lernte sie dort durch Lutec, den Führer dieser Bewegung, kennen und nutzen. Unser großer Sessin perfektionierte das Arbeiten mit den Kristallen auf Lamir, denn hier findet man die stärksten. Durch Experimente fand er sehr wichtige Informationen heraus. Hatte er auf Porta noch mit drei Steinen seine Kräfte verstärkt, war das auf Lamir unnötig; sogar fatal. Denn drei Kristalle führten zu einer Katastrophe für den Besitzer. Wir Lamiraner benötigen nur einen einzigen, um das Potenzial unserer Kräfte zu bündeln und zu verstärken. Mehr Kristalle würden den Besitzer nach und nach ausbrennen. Aber zu Beginn der Ausbildung heißt es für jedes Lebewesen, so auch für euch, sich den richtigen Behälter zu erwählen.«

Verschiedene Gegenstände tauchten vor ihnen in der Luft auf.

»Seht euch das Anschauungsmaterial genau an und probiert es aus. Ihr könnt euch für einen Behälter aus dieser Reihe entscheiden, aber ihr könnt ebenso ganz neue kreieren. Wie ihr es möchtet und womit ihr euch wohlfühlt.«

»Was haben Sie für eine Waffe, Sessin?«, fragte die neugierige Tiri.

Falk hob einen schwarzen dünnen Stock in die Höhe.

»Oh, was für eine ... äh, eindrucksvolle Waffe?!«

Ihr Ausbilder lachte laut auf. Mit einer theatralischen Geste zog er aus der nicht gerade beeindruckenden Hülle einen feinen Degen. In dem kunstvoll verzierten Griff war sein Talisman eingelassen. Er tarnte die tödliche Waffe als eleganten Spazierstock, so konnte er sie in seiner Heimatstadt London unauffällig bei sich tragen.

Dominic kam eine Idee und hoffnungsvoll fragte er seinen Sessin: »Kann ich mir ein Laserschwert machen?«

»Weißt du denn, wie es funktioniert?«

»Nein. Weiß irgendjemand, wie so etwas funktioniert?«

»Na, ich jedenfalls habe keinen blassen Schimmer. Was habe ich euch zu Beginn dieser Unterrichtseinheit gesagt?«

Dominic dachte kurz nach. »Unsere Möglichkeiten sind begrenzt?«

»Genau. Wenn du kein Wissen darüber besitzt, wie eine mechanische Sache funktioniert, dann wird es dir unmöglich sein, sie herzustellen.«

»Das ist wirklich schade.«

Die verbliebenen Stunden des Tages brachten sie damit zu, die geeignete Waffe auszusuchen. Sie sollten nichts überstürzen, denn sie mussten sich damit absolut identifizieren können. Schließlich würden die Waffen die jungen Leute für den Rest ihres Lebens begleiten. Sie vergaßen darüber das Mittagessen und dann sogar noch das Abendessen. Falk arbeitete mit ihnen an den verschiedensten Möglichkeiten.

Dominic war am Ende des Tages als Erster mit seinem Behälter fertig. Auf Falks Nachfrage hin erklärte er seine Entscheidung: »Ich mag keine scharfen Messer oder Schwerter und Schusswaffen sind mir zuwider. Einen Teleskop-Stock kann ich mit einem Ruck aus dem

Handgelenk ausfahren und ihn verlängern. So wird aus der eher unscheinbaren Waffe eine schlagkräftige Variante. Auf der Erde benutzen viele Menschen diese Art Waffe neuerdings zur Selbstverteidigung. Auch wenn das Mitführen der Schlagwaffe etwas illegal ist, handelt es sich hierbei jedoch allenfalls um eine Ordnungswidrigkeit, keineswegs aber um eine Straftat. Das ist wichtig in unserer Rechtsprechung, da die Verstöße unterschiedlich bestraft werden. Der eine mit einer Geldstrafe, der andere eventuell mit Gefängnis. Die Zeiten werden leider immer gefährlicher auf der Erde und die Menschen nehmen diese Geldstrafe gerne in Kauf, wenn sie ihr Leben dadurch ein klein wenig sicherer machen können. Weitaus ungefährlicher als Schusswaffen, an die man, in Deutschland zumindest, nur schwer herankommt, können die Schlagstöcke dennoch einigen Schaden anrichten. Dazu habe ich diesen Gürtel mit einer Magnetvorrichtung angefertigt. Daran wird der Stock bombenfest halten.«

Der Jugendliche verlängerte die Waffe und führte damit stolz ein paar Schläge aus. Jetzt fühlte er sich wie ein Jedi-Ritter mit einem Laserschwert.

Er fragte Falk: »Leuchtet der Energiekristall?«

»Ja, wenn er in die Waffe eingesetzt wird und dieser sich mit euch verbindet, dann tut er es tatsächlich. Später dann, wenn ihr eure Kräfte gebraucht, leuchtet er mehr oder weniger stark, je nachdem wie intensiv der mentale Krafteinsatz ist.«

Falk zeigte ihnen erneut seine Waffe und der Kristall erstrahlte in einem warmen Orangeton. Er setzte seine Kräfte kurz ein, die Farbe gewann an Intensität.

»Das ist ja klasse, dann habe ich tatsächlich fast ein „Jedi-Schwert".« Seinen Freunden war zwar wieder unklar, wovon er sprach, aber auch sie bewunderten das Leuchten des Kristalls.

»Die Talismane von euch werden verschiedene Farbtöne haben. Sie richten sich nach eurem Karma, nach der Energie, die jedes Lebewesen umgibt und die so unterschiedlich ist wie jeder Fingerabdruck.« Er ließ ein paar Kristalle in der Luft erscheinen. »Nehmt sie ruhig in die Hand, vielleicht können wir die Farben ansatzweise erkennen.«

Sofort flatterte Tiri herbei. Sie nahm einen winzig kleinen Kristall in die Hand. Dieser leuchtete mattgrün auf. Es zeigte ihre Naturverbundenheit. Sie strahlte glücklich über das ganze Gesicht.

Der Kristall, den Tasschel in die Hand nahm, leuchtete in einem knalligen Rot.

Falk riss erstaunt die Augen auf. »Du hast so viel Energie in dir, die den Kristall stark zum Leuchten bringt. Das Feuer, das du beherrschst, ist das am schwierigsten mit dem Geist zu bezwingende Element der vier Grund-Elemente: Wasser, Erde, Luft und Feuer.«

Begeistert lächelte Tasschel ihren Lehrer an.

Dominics Kristall leuchtete bereits jetzt schon in einem satten, beruhigenden Braun. Er war der Empath unter ihnen, der eine Krisensituation diplomatisch lösen konnte und der zu jeder Zeit eine Ruhe ausstrahlte, die aufgebrachte Lebewesen besänftigte.

Cass war mit seinen über zweihundert Jahren der Älteste, abgesehen von Falk, unter ihnen. Die Farbe, die der Kristall annahm, war Braun, aber seine Kräfte waren immens stark, deswegen nahm er in seiner Hand eine dunkelbraune, fast schwarze Tönung an.

Tessa und Arrir verzichteten darauf, einen Kristall anzufassen, sie wollten augenscheinlich noch unwissend bleiben.

Aber Dominic war sich sicher, auch sie würden ihre Energiesteine bereits zum Erstrahlen bringen können. Verstohlen tauschte er einen Blick mit Falk, der zustimmend nickte. Beide dachten sie das Gleiche und abermals am heutigen Tage entstand eine kurze Verbindung zwischen ihnen. Der Junge erfühlte, was sein Ausbilder in diesem Moment fühlte: Heute war er sehr zufrieden mit dem Ergebnis des ersten Tests. Ebenso war er mit der Wahl der Waffen seiner Schützlinge zufrieden. Falks Zufriedenheit machte Dominic stolz auf sich und seine Freunde. Wie Dominic zuvor seine Wahl erklärt hatte, erklärten die Teammitglieder ihre Entscheidungen.

Tessa begann: »Ich habe einen sehr ungewöhnlichen Behälter für meinen Talisman gewählt. Er beruht auf eine der wenigen Erinnerungen, die ich an meinen Vater habe. Er las mir früher Geschichten aus dem fernen Australien vor. In einem Buch zeigte er mir ein Bild eines Bumerangs. Ich war vom ersten Augenblick an fasziniert von dem Land, von den Einwohnern und von dieser Waffe. Seit ich auf Lamir bin, nutze ich die riesige Bibliothek des Anwesens und suche mir Bücher darüber und recherchiere zusätzlich im Internet alles über Australien. Deswegen war für mich von Anfang an klar, welche Waffe ich mir aussuchen würde. Statt die herkömmlich gebogene Form zu wählen, entschied ich mich für den Dreiflügler in Sternenform mit elegant geformten Seiten, ähnlich wie die eines Wurfsterns. Ich habe auch schon eine Idee, wie ich den Bumerang am besten einsetzen kann. Ihr wisst, ich trainiere in letzter Zeit sehr viel Parkour klettern und bin recht gut darin geworden, schließlich konnte ich vorher schon meisterhaft klettern ...«

»Na Bescheidenheit geht zwar anders. Aber sie hat ja recht«, ließ Dominic trocken vernehmen, der sie für ihre Fähigkeit umso mehr anhimmelte.

Tessa schickte ihm einen giftigen Blick aus ihren ozeanblauen Augen. Sie hielt den Bumerang hoch und öffnete die Mitte des sternenförmigen Behälters. Begeistert fuhr sie fort: »Seht ihr die Drahtschnur? Der Draht wickelt sich auf Knopfdruck mechanisch auf eine Rolle im Inneren des Bumerangs und rollt sich ab, wenn ich ihn werfe. Hier in der Mitte habe ich Platz für die Rolle geschaffen. Der Draht hat zwei Funktionen: Er kann mich beim Klettern unterstützen und er kann mir dabei helfen, einen Gegner zu Fall zu bringen, indem ich den Bumerang um seine Beine werfe und sich der Draht darumlegt. Ist das genial, oder was?«

Tessa hatte viel Zeit für die Form und die wunderschön gearbeiteten Verzierungen aufgewendet, die von den messerscharfen Kanten ablenkten. Er lag aerodynamisch in der Luft und war exakt so ausbalanciert, dass der geschützte Griff immer perfekt in ihre Hand zurückkam. Sie trug ihn an einem speziellen Gürtel, der sie beim Klettern nicht behindern würde. Um den Bumerang vorzuführen, warf sie ihn aus dem Handgelenk weit von sich, alle duckten sich angstvoll, aber ohne irgendjemanden zu gefährden, kam er in einem weiten Bogen direkt zu ihr zurück. Mit offenen Mündern verfolgten die Anwesenden den eleganten Flug. Mit ausgestrecktem Arm fing sie ihn locker aus der Luft. Ihre Freunde klatschten, neidlos ihre Leistung anerkennend. Sie strahlte glücklich und zufrieden.

Tasschel stellte ihren Stab vor: »Ich habe nur einen Stab vorzuweisen, der aber die größte Hitze aushalten und weiterleiten kann.«

»Na sicher, es ist „nur" ein Stab, der dein Feuer aushalten und wahrscheinlich auch noch Blitze schleudern kann. Nur ein Stab. Aber schön verziert ist er.« Irgendwie schämte sich Dominic für seinen armseligen Teleskop-Schlagstock.

Falk legte ihm die Hand auf die Schulter und schickte ihm einen Gedanken: *Du brauchst dich keinesfalls zu schämen, denn ich werde aus dir einen Meister des Stockkampfes machen.*

Das munterte ihn nicht wirklich auf, da er absolut kein Sport-Ass war. Wie jetzt, ich soll auch noch kämpfen lernen? Diesen Gedanken schirmte er vor seinem Ausbilder ab. Stattdessen fragte er Tasschel laut: »Haben die Verzierungen eine Bedeutung?«

»Tatsächlich sind es Runen, die noch aus einer alten Zeit meines Planeten stammen. Sie erzählen von einer Freiheit, die einmal in grauer Vorzeit jedem Bewohner von Itsschal zuteilgeworden war. Genau danach strebe ich und diese Worte sollen mein Bestreben zu jeder Zeit bezeugen.«

Der Krieger in Arrir war neugierig: »Wie befestigst du ihn an deinem Körper oder trägst du ihn in der Hand?«

Sie drehte ihm den Rücken zu und platzierte den Stab hinter dem Rücken in einer besonderen Halterung.

Beeindruckt nickte er. Sie fragte ihn: »Was hast du dir ausgedacht? Es ist sicherlich schwierig, etwas zu finden, das du auch in deiner Tiergestalt tragen kannst.«

»Das Problem hast du gut auf den Punkt gebracht. Ich entschied mich deshalb für eine Kette aus schweren Gliedern, die an den Seiten scharf sind. Sie eignet sich hervorragend zum Schleudern. Aber irgendwelche kitschigen Ausschmückungen habe ich keine angebracht. So ein Mädchenzeugs ist ungehörig für einen Krieger.«

Nach diesen Worten war Dominic froh, auf rätselhafte Runen verzichtet zu haben. Hatte er doch kurz damit geliebäugelt, es Hork gleichzutun und auf geheimnisvoll zu machen.

Tiri riss ihn aus seinen Gedanken: »Ich habe einen scharfen Speer angefertigt, den ich in einer Lederscheide hinter meinem Rücken tragen kann. Er schmiegt sich unter meinen Flügeln an den Körper an. Ich schäme mich nicht für die Verzierungen mit Federn und Blättern, das nimmt ihm nämlich etwas von dem kriegerischen Aussehen, auf das ich gerne verzichten kann. Pah, niemand braucht sich dafür zu schämen.« Sie schaute Arrir provozierend an.

Die Elfe gehörte nicht zu den ausgebildeten Kriegerinnen ihres Volkes, eine Waffe zu tragen, machte ihr zu schaffen. Trotzdem hatte sie sich für den traditionellen Speer des Elfen-Volkes entschieden. Als Kind hatten ihre Erzeuger ihr daran ein Training angedeihen lassen, sodass sie etwas Übung damit besaß.

Cass formte sich eine Peitsche, die er aufgerollt an seinem Gürtel an der Seite trug. Der wortkarge Kobold gab keinen Kommentar ab, schließlich war die Peitsche selbsterklärend, wie er fand.

Obwohl es sehr schwer zu formen war, da geradezu unzerstörbar, bestanden die einzelnen Gefäße, selbst der Peitschengriff des Kobolds, aus dem Metall, mit dem auch Horks Stab umschlossen war. Mit Falks Hilfe hatten sie tief in die Molekularstruktur des Gewebes eindringen müssen, um es zu verändern.

Wie der Sessin ihnen erzählte, hatte auch er damals dieses Material für seinen feinen Degen gewählt. Im 18. Jahrhundert hatte der durch seine Gabe ungewöhnlich langlebige Mann ihn noch offen getragen, doch dann kam die zivilisierte Zeit. Ab da musste er ihn tarnen. Zum Ersten verbot es das Gesetz, eine tödliche Waffe zu tragen, zum Zweiten durfte er nicht riskieren, dass irgendjemand Fragen über das fremdartige Material stellte.

Die Teammitglieder gingen auf verschiedene Arten mit ihren neugewonnenen Waffen um. Tiri pikste ständig irgendwelche Leute, die vorbeigingen, mit ihrem kleinen Speer. Vorzugsweise in deren Popos. Die kleine Elfe lachte dann laut auf, wenn wieder jemand erschrocken zur Seite sprang. Dominic schüttelte genervt den Kopf.

»Was denn? Es macht Spaß.«

Tasschel ließ dauernd Feuer durch ihren Stab gleiten, so glühte er die meiste Zeit hellrot vor sich hin. Begeistert rief sie aus: »Es ist erstaunlich, aber ich spüre absolut keine Hitze in meinen Händen.«

Dominic verstand Tessas Reaktion ein wenig, als sie ruhig blieb, denn er fing einen Gedanken von ihr auf: Je eher wir unseren Talisman bekommen, desto schneller wachsen meine Kräfte, und ich kann endlich zu Eve und Karen.

Statt der Waffe hätte sie lieber schon ihren Stein besessen.

Arrir spielte von der ersten Minute an mit seiner Kette. Ein ums andere Mal hörten seine Freunde ein: »Autsch, das Mistding ist echt scharf!«, als er sich wieder einmal an den scharfen Kanten die Finger angeritzt hatte.

Cass schien die Ruhe selbst zu sein. »Ja, ja, ganz nett das Teil.«

Ungeachtet seiner Coolness hätte er die Peitsche am liebsten gar nicht mehr aus der Hand gelegt, wie Dominic aus seinen Gedanken lesen konnte.

Der menschliche Jugendliche selbst fuhr ständig seinen Teleskop-Stock ein und aus. Und wenn er ein paar Schläge wie mit einem Schwert ausführte, machte er abgedrehte zischende und summende Geräusche dabei. Seine Freunde duckten sich oder sprangen ihm aus dem Weg, denn er ging nicht gerade sicher damit um. Sie beschwerten sich lautstark bei ihm.

»Was denn? Es macht wirklich Spaß.«

Vom heutigen Tage an sah man die Mitglieder des Teams nur noch mit ihren Waffen. Sie lernten, damit zu kämpfen und verschmolzen praktisch mit ihnen. Der Griff ihrer Waffe wartete einzig und allein auf den Talisman. So aufregend verging die Zeit.

Kapitel 24

Ein trauriges Schicksal

Dominic war auf der Suche nach Cass. Er hatte sich schon den ganzen Tag über rar gemacht. In letzter Zeit war der Kobold selbst für seine Verhältnisse schlecht drauf gewesen. Der Jugendliche machte sich Sorgen um seinen Freund.

Obwohl Cass sehr viel älter als seine Teammitglieder war, mehr Erfahrung und immense Kräfte besaß, hatte er sich doch wunderbar in ihre Gemeinschaft integriert. Er war ihnen ein väterlicher Freund geworden, der trotz seines hohen Alters seine Jugendlichkeit beibehalten hatte. Wie die Elfen konnten auch die Kobolde uralt werden. Als vor einiger Zeit einmal das Gespräch der Freunde auf die Geburtstage gekommen war, war Cass sehr ruhig geblieben.

Tiri erzählte von einer Elfentradition: »Bei uns beschenken wir Kinder unsere Erzeuger an den „Jahrestagen" unserer Geburt, denn ihnen haben wir schließlich unser Leben zu verdanken. An solchen Tagen wird viel gegessen, getrunken, getanzt und gelacht. Mein Jahrestag war, kurz bevor ich Dominic das erste Mal getroffen habe.«

»Mein „Jubeltag" wurde jedes Jahr groß gefeiert. Für mein Volk war es natürlich ein Feiertag.« Arrirs Stimme war wie stets nüchtern und ohne falsche Bescheidenheit. Seine verschlossene Miene sagte aber: Hütet euch näher darauf einzugehen. Er hielt die Information, wann der Jubeltag seiner Geburt war, zurück.

Dominic spürte einen trüben Gedanken in ihm. Tief im Inneren vermisste der Prinz diese Tage, an denen er von seinem Volk geehrt wurde.

Tasschel teilte ihnen mit: »Mir ist der Tag meiner Geburt unbekannt. Geburtstage von Sklaven sind auf Itschal unwürdig, gefeiert zu werden.«

Sie zogen scharf die Luft ein und Tasschel hörte erboste Worte wie: »Das ist ja wohl abartig.«

Sie ließ ihre Freunde ausreden und fuhr dann, als sie sich beruhigt hatten, fort: »Meine Besitzerin, die mich mit sechs Jahren gekauft hat, hat es als unwichtig befunden, meine Eltern nach dem Tag meiner Geburt zu fragen. Ihr Buchhalter hat ihn auf irgendwelchen Dokumenten festgehalten, die in dem Feuer verbrannt sind. Irgendwann habe ich das Datum dann selbst vergessen. Vielleicht kann ich den Buchhalter eines Tages ausfindig machen, denn meines Wissens war er am Tag des Feuers im Bordell abwesend gewesen.«

»Ich werde dir dabei helfen. Jedes Lebewesen sollte den Tag seiner Geburt kennen. Das ist ein humanoides Grundrecht.«

Dankbar lächelte Tasschel Arrir an. Das aus dem Munde eines Prinzen zu hören, machten die Worte umso wertvoller für sie.

Bei Tessa war es ähnlich, wie sie erzählte: »Auch in meinem Zuhause wurden die Geburtstage ignoriert. Aber zumindest konnte ich jedes Jahr mit Eve und Karen ein ganz klein wenig feiern. Verbotenerweise backte die Köchin des Waisenhauses an unseren Geburtstagen einen kleinen Kuchen. Eine Kerze steckte sie darauf fest, die wir auspusteten und uns dabei etwas wünschen durften.«

Nach diesen beiden tragischen Schicksalen war es Dominic unangenehm, von seinen großartigen Geburtstagen, die seine Eltern für ihn ausgerichtet hatten, zu erzählen. So riss er sie nur knapp an und schlug Tasschel dann vor: »Wie wäre es, wenn du dir einen Tag aussuchen würdest, an dem du feiern möchtest?«

Die Idee fand sie recht gut. So deutete er zumindest ihre nachdenkliche Miene.

»Hmm, ich werde darüber nachdenken.«

Als sie dann Cass direkt fragten, wann denn sein Geburtstag sei, bekamen sie eine sehr bittere Antwort: »Damals auf Zorian feierten die Kobolde einmal im Jahr den „Großen Tag“. So nennen wir den Tag, an dem wir zusammen das Wunder der Geburt eines jeden von uns zelebrieren. So wurden all die vielen Kobolde zur selben Zeit einen Umlauf von Zorian um unsere Sonne älter. Jetzt gibt es keine Feiern mehr auf dem Planeten der Kobolde, denn die Bewohner sind tot. Es gibt nicht mehr viele von uns, aber wir treffen uns noch immer an genau diesem Tag, immer woanders, denn die wenigen Überlebenden leben nun verstreut in der Galaxie.«

Dominic erinnerte sich, Cass hatte ihnen den Tag genannt. Genau heute war der „Große Tag“ der Kobolde.

***

Am heutigen Tage war Cass besonders melancholisch und wollte niemanden sehen. Er zog sich in seinen Schrank zurück, wanderte durch die Galaxie und besuchte die letzten Überlebenden seines Volkes. All diejenigen, die am Tag der Katastrophe nicht auf ihrem Planeten gewesen waren. Sie versammelten sich jedes Jahr an einem Ort und betranken sich. Erst sangen sie lautstark die alten Lieder, dann weinten sie, und zuletzt schrien sie wild umher und schworen, ihr Volk zu rächen, für das, was ihnen zugestoßen war.

Cass tat die Zeit mit seinen Artgenossen gut, und als er seinen Kopf durch die Schranktür steckte, war er wieder ganz der Alte, fast jedenfalls. Nur seine Augen schimmerten einmal mehr ein Stück trauriger, als sie es noch vor einem Jahr getan hatten. Ein merkwürdiger Anblick erwartete ihn. Seine Freunde saßen in Dominics Zimmer auf dem Bett oder auf Stühlen verteilt und starrten erwartungsvoll den Schrank an. Als sie den Kopf des Koboldes sahen, sprangen sie auf und umarmten ihn. Dann führten sie ihn zu Dominics Schreibtisch, auf dem jede Menge Geschenke aufeinandergestapelt lagen. Sie begingen auf ihre Art seinen „Großen Tag", und er war so glücklich wie lange schon nicht mehr.

Später gesellten sich Hork, Julana und Falk, die den Kobold am längsten kannten, zu ihnen. Hork schaute ihn mit einem flehenden Blick an.

Cass schüttelte den Kopf und sandte ihm einen Gedanken: *Ich weiß, du konntest nichts tun, Sessin.*

Vielleicht ... kann ich es eines Tages wiedergutmachen.

Seit damals ließ die Sache Hork keine Ruhe. Er forschte auch nach vielen Jahrzehnten weiter, um hinter das Geheimnis der Schatten zu kommen, die die Heimatwelt der Kobolde befallen hatten. Er wollte Cass keine falschen Hoffnungen machen, aber er und Mac waren da an etwas dran und vielleicht…

Kapitel 25

Was bitte hat Astronomie mit Astrologie zu tun?

Ihre erste Stunde Astronomie ließ das Schicksal Dominics und Tessas innehalten und sich einen alternativen Lebensweg für die beiden Menschenkinder überlegen, als Hork für sie vorsah.

Dominic war neugierig, denn der Unterricht fand nicht in der Schule statt, sondern in dem Turm mit dem Metalldach. So viel er wusste, wohnte dort Hork. Und auch Julana und Falk hatten darin ihre Suiten. Je höher die Teammitglieder die Treppe hinaufstiegen, desto zaghafter wurden sie. Zum einen lag das daran, dass die Treppe wirklich verdammt hoch war und sie außer Atem gerieten, zum anderen ließ ihre Unwissenheit darüber, was auf sie zukam, sie zögern. Aber als sie dann den höchsten Turm des Anwesens erklommen hatten, erwartete sie ein wundervoller Raum. Es war ein phänomenales Planetarium. Dominic liebte Planetarien. Leider war der Projektor, der die unglaublichen Bilder aus dem Weltall an die Kuppel warf, ausgeschaltet.

Ein mit einem dunkelblauen Tunika ähnlichem Hemd und einer dunklen Hose gekleideter Mann stand vor der Klasse. Seine hochgewachsene, dürre Gestalt war imposant über die Studierenden gebeugt, dann richtete er sich abrupt zu seiner vollen Größe auf. Erschreckt zuckten sie zurück. Kerzengerade war die Haltung seines Oberkörpers, aber die Knie waren leicht gebeugt, das Gewicht lagerte er auf dem rechten Bein. Das gab ihm den Anschein, jederzeit zum Sprung bereit zu sein. Er schien nie lange auf einem Platz zu verweilen.

Er strahlte eine Unmenge an Energie aus, die seinen Körper allzeit antrieb. Das machte es für Dominic schwer, ihn altersmäßig einzuschätzen. Die ergrauten Haare trug er etwas zu lang für sein fortgeschrittenes Alter, fand der Jugendliche. Der ältere Mann bekam sie dadurch offensichtlich kaum zu bändigen, denn viele Strähnen des vollen Haares hatten sich verirrt und standen wirr ab. Er stieß sich federnd mit dem rechten Bein ab und umrundete lauernd das kleine Team um Dominic, ohne ein Wort von sich zu geben. Arrogant starrte er auf sie herab, als er wieder vor ihnen ankam. Aber auch dort bewegte er sich hin und her.

Der Mann stellte sich vor, dabei gestikulierte er wild, aber nicht hektisch mit den langen Armen: »Ich bin Lamirs Oberpräkog Sean Mackenzie. Ich bin ein Mensch, Schotte, um genau zu sein, und ich lasse es mir nie nehmen, die erste Stunde eines neuen Astronomie-Kurses abzuhalten.« Ungeduldig bedeutete er ihnen mit seinen großen Händen Platz zu nehmen. Statt der ergonomischen Stühle, die sie bereits aus dem Unterricht kannten, setzten sie sich auf sesselförmige Sitzgelegenheiten, die sie mit einem merkwürdigen Material bis zur Hüfte umschlossen.

Nach dem anfänglichen Schrecken entspannte Dominic sich, denn er fühlte sich geborgen. An den Gesichtern seiner Mitlernenden erkannte er, dass es ihnen ähnlich ging. Selbst Arrir, der im ersten Moment kämpferisch hatte aufspringen wollen, entspannte sich.

Dominic wusste nicht allzu viel über die verschiedenen Instanzen auf dem Planeten, der zu seiner Heimat geworden war, aber von den Hellsehern hatte er gehört und war fasziniert von ihnen. Er wunderte sich darüber, warum ein Präkog, und dazu noch so ein bedeutender, ihre erste Stunde über die Sterne abhielt. Der Junge kannte durchaus den Unterschied zwischen der Astronomie und der Astrologie.

Und Hellsehen hat doch sicherlich eher etwas mit der Astrologie zu tun. Ist doch so?, fragte er sich leicht zweifelnd.

Als hätte der Sessin ihn bei etwas Verbotenem erwischt, starrte Mackenzie Dominic mit einem durchdringenden Blick an, der tief in seine Seele eindrang.

Wow, diesen gruseligen Blick haben einige Lehrer hier echt gut drauf.

Mac grinste, seine Augen nahmen dadurch aber keinen weicheren Ausdruck an. »Ich werde euch heute den Unterschied zwischen zwei Wissenschaften, ja, auch die Astrologie ist durchaus eine Wissenschaft, erklären.«

Jetzt fühlte sich Dominic erst recht ertappt.

»Die Astronomie ist die Himmels- und Sternenkunde, die auf empirischer Basis die Himmelskörper, also die Sonnen, die Planeten und deren Systeme untersucht. Diese Körper setzen unsere Astronomen anhand von Orten, Bahnen und Entfernungen in Relation zu Lamir. Aber es gibt weitaus mehr zu erforschen, so zum Beispiel die Beschaffenheit von Sonnen, Planeten und Nebeln und was es sonst noch da draußen gibt.«

Sprach Mac, wie er von allen genannt wurde, meist emotionslos, offenbarte er jedoch in seinen Kursen eine Begeisterung, die die Studierenden auf der Stelle mitriss.

»Des Weiteren erforschen wir die Entstehung und das Vergehen von Sonnen und vor allem, und das ist das Wichtigste überhaupt, was ihre Strahlung im interstellaren Raum, in Galaxien, in Nebeln und schwarzen Löchern bewirkt.« Er streckte gewichtig einen knochigen Zeigefinger in die Luft. »Die Astrologie hingegen ist die Lehre von der Deutung dieser Begebenheiten, die uns die Astronomie aufzeigt. Aus der Position der Sterne zueinander versuchen die Astrologen eine Bedeutung für das Leben all der unzähligen Lebewesen im Universum abzuleiten, um so Ereignisse in der Zukunft vorauszusagen. Die Wissenschaftler im Mittelalter der Erde waren auf manchen Gebieten schon recht weit, denn beides sahen sie als Teilbereiche ein und derselben Wissenschaft an, so wie wir es auf Lamir ebenfalls tun. Sie hatten erkannt, ohne die Astronomie lässt sich keine Astrologie betreiben, da sie miteinander verbunden sind, und umgekehrt verhält es sich genauso.«

So hatte Dominic das nie betrachtet.

»Ja, Dominic, die Astrologie trifft ihre Voraussagen auf der Basis von Sternbildern. Genau aus diesem Grunde bin ich hier.«

Dominic war unangenehm berührt, als er so direkt angesprochen wurde. Seine Gedanken schienen für den Oberpräkog ein offenes Buch zu sein. Unbewusst verstärkte er seine Barrieren.

Anerkennend schaute Mac den Jungen an. Lediglich mit einem großen Kraftaufwand würde er jetzt noch seine Gedanken lesen können. Für einen Fünfzehnjährigen war das eine extrem starke Leistung. Ohne Horks Wissen hatte Mac den Jungen in den letzten Wochen beobachtet. Er wusste um seine Talente, auch um die von Tessa. Diese beiden Menschenkinder waren stark, sehr stark. In der ersten Woche ihrer Ankunft auf Lamir hatte Mac Hork gebeten, sie bei den Präkogs aufnehmen zu dürfen und normalerweise ging Hork auf seine Wünsche ein, denn die Präkogs waren die wichtigste Instanz auf

Lamir. Doch in dem Fall der beiden Menschen hatte er sich eindeutig dagegen ausgesprochen. Hork benötigte sie als Anführer. „Pretender“ waren zu wertvoll. Er brauchte sie in diesem ganz speziellen Team und nicht abgeschottet in der Stadt der verlorenen Seelen, wie sie von allen genannt wurde, der Stadt der Präkogs.

Trotzdem wollte Mac sie gegen Horks Willen prüfen. So gab er der Klasse eine Aufgabe. Dazu teilte er Arbeitsblätter aus, auf denen eine besondere Konstellation der Sterne zu sehen war. Seit Jahrzehnten versuchten Lamirs Astrologen, diese zu knacken. Manchmal konnten sie ein Puzzlestück hinzufügen, aber es ging nur sehr schleppend voran.

Der große Mann von der Erde teilte die Klasse in Zweierteams ein. Dominic und Tessa nahm er mit zu einem Tisch, der separat von ihren Mitlernenden stand. Sie nahmen in den Sesseln Platz und diesmal war etwas noch ungewöhnlicher. Tentakel umschlangen ihre Köpfe und stellten eine Verbindung her. Sie blieben nur deswegen ruhig, weil Macs beruhigende Präsenz ihnen Sicherheit gab.

Er erklärte ihnen in Gedanken: *Habt keine Angst, die Tentakel sollen euch bei der Konzentration helfen. Ihr seid jetzt mit dem Hauptcomputer verbunden. Ihr dürft euch beraten. Für die Dauer der heutigen Stunde ist die Abschirmung, die eure telepathische Kommunikation untereinander verhindert, deaktiviert.*

Als Cass die Abbildung auf dem Blatt sah, zog er scharf die Luft ein. Er erkannte sofort die Voraussage, um die es hier ging. Tasschel und Arrir wandten sich ihm zu, flüsternd fragten sie, was los sei.

Der Kobold erklärte es ihnen: »Auf vielen Welten ist diese Prophezeiung unter verschiedenen Namen bekannt. Die Kobolde nennen sie „Den letzten Krieg“.« Er zeigte mit einem Wurstfinger auf die Skizze: »Seht ihr?

Dargestellt ist eine Sonne im Mittelpunkt, drei Planeten umkreisen sie. Anhand der Fixsterne und der Anzahl der Monde, die um die einzelnen Planeten eingezeichnet sind, konnten die Planeten identifiziert werden. Es handelt sich um die Erde und um die Welt Porta mit jeweils einem Mond und um einen großen Planeten namens Septan mit drei Trabanten. Porta und Septan sind für eins absolut bekannt: Die Bewohner hassen ihre Mutanten abgrundtief. Jeder weiß von ihnen und fürchtet sie. Während die Portaner sie wegsperren, da sie die Todesstrafe zum Glück seit jeher verachten, töten die Septaner die Begabten gnadenlos schon seit Jahrhunderten. Doch es ist nur eine Frage der Zeit, bis auch Porta zu diesem Mittel greifen wird, denn die Bewohner wissen auch von Lamir und ihnen ist die Gefahr, die von so einer mächtigen Welt ausgeht, bewusst.«

Tiri begehrte auf: »Aber wir sind doch völlig ungefährlich. Wir würden den verschiedenen Spezies nie etwas antun.«

»Wir sollten kämpfen. Unsere Leute befreien. Sie haben lange genug gelitten. Es wird Zeit.«

Die unbedachten Worte Arrirs brachten Cass auf die Palme. »Du bist ein dummer Junge. Ein dummer Krieger, der mit seinen Muskeln denkt.« Er bedachte Arrir mit einem vernichtenden Blick. Die beiden Mädchen schüttelten ablehnend die Köpfe. Den jungen Krieger ließ das unbeeindruckt.

Cass war bewusst, dass Arrirs kriegerische Haltung ebenfalls von weiteren Lamiranern eingenommen wurde. Das bereitete nicht nur ihm Sorgen, das wusste er zu gut.

Mit den nächsten Worten versuchte er seinen auf Krieg gepolten Freund zu überzeugen: »Hork versucht alles, was in seiner Macht steht, um die Verfolgten zu beschützen. Er unterstützt sie, wo es ihm möglich ist, ohne einen offenen Krieg anzuzetteln. Denn das ist keinesfalls unser Weg.«

»Die Verfolgten können doch Lamir zu ihrer Heimat machen.« Für Tiri war es die simpelste Lösung.

»Sie wollen ihre Heimat nicht kampflos aufgeben. Kann ich verstehen. Wir sollten für sie kämpfen. Diplomatie bringt rein gar nichts.« Wieder starrte Cass Arrir missbilligend an.

»Die Bevölkerung von Septan ist im hohen Maße kriegerisch, sie lässt sich auf keine Verhandlungen mit Hork ein. Tatsächlich bringt die Diplomatie Hork hier im Moment nicht weiter. Er denkt darüber nach, Stärke zu demonstrieren. Aber ein Bluff kann ihn ganz schnell an eine Grenze bringen, an der eine Übertretung Krieg mit Millionen Opfern auf beiden Seiten bedeuten kann. Unser Boss sieht nur eine Möglichkeit: Er muss in dieser Situation sichere Zufluchtsorte für die begabten Septaner auf ihrem Planeten schaffen, für die das Verlassen ihrer Heimatwelt keine Option ist.«

Arrir schüttelte den Kopf. »Was soll das bringen? Sie werden trotzdem aufgestöbert und ermordet.«

»Mit Lamirs Hilfe wurde die Anzahl der Morde an den Begabten stark gesenkt.« Er wusste selbst, wie lahm das klang.

»Wir können die Morde ganz verhindern; auf allen Welten. Laut der Prophezeiung kommt es eh zum Krieg«, begehrte der Krieger auf.

Der Kobold hatte von Hork erfahren, dass ähnliche Diskussionen in letzter Zeit häufig auf Lamir geführt wurden. Meist waren es die jungen Lamiraner, die nach sofortigen Maßnahmen gegen die Ungerechtigkeiten auf den Planeten verlangten.

Cass war fast geneigt, Arrir zuzustimmen. Vielleicht war er ja doch nicht so dumm. Denn die Voraussage betraf ausgerechnet zwei Planeten, die uneinsichtig waren.

Das war sicherlich kein Zufall. Und sie zeigte die Erde, die noch ein unbeschriebenes Blatt war. Hork bezog Cass oft in die Gespräche ein, die er mit seinen Vertrauten führte, so bekam er die Ansichten aller Beteiligten mit. Der zweite Schotte in seiner Gefolgschaft, Tobias Falk, glaubte an eine freundlich gesonnene Erde, aber Hork wollte erst abwarten und sich dann festlegen, wenn sie eindeutig Stellung bezogen hat. Bei dem derzeitig unkontrollierbaren Präsidenten des größten Landes der Erde, war alles möglich. Zwar hatte Hork das Gefühl, dass die meisten Regierungen, voran die von Dominics Heimatland, so schlau waren, sich von diesem Mann, der katastrophal für sein eigenes wie für alle Länder der Erde war, zu distanzieren. Aber in ein paar Monaten waren Wahlen und sollte dieser Mann wiedergewählt werden, mussten sie sich ernsthaft Gedanken machen.

Der Kobold brummelte vor sich hin und kam wieder auf die Prophezeiung zu sprechen: »Etwas ist sehr merkwürdig an dieser Skizze. Die Planeten teilen sich in der Realität nicht dasselbe Sonnensystem und doch sind sie zusammen in der Umlaufbahn um ein und dieselbe Sonne eingezeichnet. Die Astrologen stellen sich jede Menge Fragen: Auf welche Weise sind sie miteinander verbunden? Auf welcher der Welten soll ein Krieg ausbrechen, der so vernichtend wüten würde, dass es durchaus der letzte sein könnte? Werden sie vielleicht untereinander Krieg führen? Oder, was noch schlimmer ist: Hat die Voraussage in irgendeiner Form etwas mit Lamir zu tun? Würden die Welten sich zusammenschließen, um gegen Lamir vorzugehen?«

Während die beiden jungen Frauen entsetzt die Augen aufrissen, schien Arrir die Ruhe selbst zu sein. »Dann würde uns die Entscheidung abgenommen und wir könnten endlich eingreifen und dem ein Ende bereiten.«

Tasschel nickte zögerlich zustimmend.

Cass brach an dieser Stelle die Diskussion ab, bei dem Jugendlichen würde er auf taube Ohren stoßen. Er musterte den Heißsporn besorgt. Verdrossen widmete er sich der Skizze. Tiri brütete mit ihm, während Tasschel und Arrir auf das Blatt Papier starrten und mit der komischen Zeichnung nichts anfangen konnten. Aufgebracht tuschelten sie miteinander. Cass fragte sich, in welche Richtung Tasschels Meinung tendierte.

Mac ließ es ihnen durchgehen, obwohl das Streitgespräch zwischen dem Kobold und dem Arrkronaner seine Konzentration ein wenig beeinträchtigt hatte. Er musste sich auf die beiden Jugendlichen vor sich mental vorbereiten, das hatte ein paar Minuten Zeit in Anspruch genommen. An dem Rest der Klasse hatte er keinerlei Interesse, die ließ er schalten und walten, wie es ihnen beliebte. Der Oberpräkog legte ein Blatt vor Dominic und Tessa. Kurz berührte er jeweils mit einer Hand ihre Schultern. Es durchfuhr sie etwas, das wie ein schwacher elektrischer Schlag war. Fast hätte Mac über die folgende Bemerkung Dominics gegrinst, als er die nächsten Minuten aus dessen Sicht erlebte: Wow, der ist aber geladen.

Der ungebetene Beobachter blieb für Dominic unbemerkt, als er auf das Blatt schaute. Er sah eine Anhäufung von Sternen. Ein Sonnensystem, schön. Und was bitte war daran so besonders?

Mac legte Tessas Hand auf Dominics Schulter und plötzlich tat sich etwas. Unbewusst griff er nach dem Stück Papier und einem Stift. Mit einem unglaublichen Tempo zeichnete Dominic einen großen Planeten und gab ihm zwei Monde und es kamen Fixsterne hinzu, die die Position des Planeten markierten. Mac erkannte sofort, um welche Welt es hier nur gehen konnte: Lamir. Doch Dominic und Tessa waren noch nicht am Ende. Im hintersten Eck des Blattes zeichnete der Junge weitere

Details. Ein zweites Sonnensystem mit einer kleineren Sonne. Vier Planeten im Orbit um diese. Der Planet mit den zwei Sonnen stand alleine zwischen den beiden Sonnensystemen, als ob er ahnungslos war, zu wem er gehörte.

Dominic schrak auf und sah zerknirscht zu Mac hinauf. *Es tut mir leid, Sessin, ich kann rein gar nichts wahrnehmen.*

Tatsächlich waren die beiden menschlichen Jugendliche in einen tranceähnlichen Zustand gefallen, in dem sie selbst keinerlei Impulse mitbekommen hatten.

Keine Sorge, ihr habt eure Sache sehr gut gemacht. Mac nahm das Stück Papier in die Hand und studierte es.

Plötzlich stürzte Hork in den Raum. »Mac, was ist hier los?«

»Hork, es ist unglaublich, aber wir können jetzt endlich sagen, um welchen Planeten es in der Vorhersehung geht ...«

Der Portaner hob eine krallenbesetzte Klaue und wechselte auf eine mentale Ebene, zu der ausschließlich er und Mac Zugriff hatten: *Stopp! Nicht vor den Lernenden.*

»Kinder, der Unterricht ist beendet. Ihr dürft gehen.« Er zeigte auf den hinteren Ausgang.

Immer noch benommen packten Dominic und Tessa ihre Sachen zusammen, um mit ihren Freunden das Planetarium zu verlassen. Sie gingen an dem Projektor und an einem riesigen Teleskop vorbei, das unter dem einzigen Metalldach der festungsähnlichen Anlage stand, die die meisten Lernenden von Lamir beherbergte. Die anderen elf Türme, die die Wohnblöcke miteinander verbanden, hatten ausnahmslos Glaskuppeln. Nun sah Dominic, warum diese Kuppel hier aus Metall bestand. Es schützte das Teleskop und ließ sich in den Scharnieren öffnen, damit das schwere Ungetüm ungehindert ausgefahren werden und in den Himmel starren konnte. Es übertraf das Hubble-Teleskop der Erde an Größe um ein Vielfaches. Der menschliche Junge war zu benommen, ansonsten hätte er es sicherlich bewundert.

So ging er mit seinen Freunden einfach nur die lange Treppe hinunter. Unten drehte sich der Junge zu Cass um. »Was ist da gerade passiert?«

Der Kobold schaute von Dominic zu Tessa und wieder zurück. »Ihr seid tatsächlich unwissend darüber, was ihr dort oben geleistet habt, oder?«

»Ich habe keinen blassen Dunst.«

»Das nehme ich mal als ein Ja. Dann werde ich es euch sagen: Es könnte sein, dass ihr unbewusst die Prophezeiung, die schon so lange ganze Völker beschäftigt, gelöst habt. Nach Macs Aufregung zu urteilen, habt ihr zumindest ein großes Puzzlestück hinzugefügt.«

»Und das ist gut?«, beteiligte sich jetzt auch Tessa an dem Gespräch.

»Auf diese Frage muss ich euch eine Antwort schuldig bleiben. Aber wir werden es sicherlich zu gegebener Zeit erfahren. So lange werden wir uns wohl gedulden müssen.«

»Prophezeiung? Echt jetzt? So etwas gibt es in Märchen oder in fantastischen Geschichten, aber wohl kaum im realen Leben.« Dominic war skeptisch.

»Ist das auch deine Meinung über die Präkogs, die durchaus real sind?«

Dominic wurde nachdenklich. Sein Verstand wollte das Problem auf parawissenschaftlicher Basis lösen. »Hm, Präkogs haben Visionen, aber sie prophezeien doch nicht.«

Cass versuchte, es zu erklären: »Wenn etwas über Jahrzehnte oder Jahrhunderte immer wieder bei den Präkogs erscheint, dann wird aus einer Voraussage, die die unmittelbare Zukunft zeigt, eine Prophezeiung, die sich erst in vielen, vielen Jahren bewahrheiten wird. Wenn sie sich überhaupt jemals bewahrheitet.«

»Ich habe einmal bei „Wikipedia“ gelesen, dass eine Prophezeiung durch etwas Göttliches beeinflusst wird. Meinst du, die Präkogs halten sich dafür?«

»Ich habe „keinen blassen Dunst“, wer oder was dieser oder diese oder dieses Wikipedia ist, aber die Definition ist interessant. Hm, ob eine höhere Macht dahintersteckt? Nein, an so etwas glauben wir hier nicht. Präkogs sind keineswegs so abgehoben, sie halten sich nicht für etwas Gottähnliches. Das zumindest hoffe ich doch stark. Wir erklären es eher wissenschaftlich. Ihre Gehirne unterscheiden sich von den meisten und können so gewisse Zeichen des Universums interpretieren.«

»Hey, soll das heißen, Tessas und mein Gehirn sind unnormal?« Und kleinlaut setzte er hinzu: »Ich meine, mehr noch als es die Gehirne der Begabten eh schon sind?«

Arrir mischte sich ein: »Oh ja, definitiv ist deins anders.« Irgendwie hörte sich der Ausspruch ziemlich beleidigend an.

»Arrir meint das natürlich positiv«, half Tasschel aus, als sie Dominics verunsichertes Gesicht sah. Und an den jungen Burschen gewandt, sagte sie eindringlich: »Stimmt doch du unsensibler Krieger?!«

Der Arrkronaner nahm jetzt auch Dominics Entsetzen wahr und versicherte: »Natürlich, ihr seid etwas ganz Besonderes.« Er streckte abrupt beide Daumen nach oben, was dieser Zustimmung etwas Übertriebenes gab.

Tessa legte den Arm um Dominics Schulter. »Wir sind deutlich besser.« Aufmunternd blinzelte sie ihm zu.

Weiterhin zweifelnd musste Dominic sein abnormales Gehirn wohl akzeptieren. Ihm war mulmig dabei, aber er war ebenso gespannt, was ihre Vision Mac und Hork bringen würde.

***

»Hork, es ist Lamir. Unser Planet ist Hauptbestandteil der Voraussage unserer Astrologen. Ich habe dir gesagt, wie wichtig die beiden Menschen sind. Sie hätten schon längst ihre Stirn-Kristalle bekommen müssen. So viel Zeit haben wir verschwendet. Du vergeudest ihre Talente.« Mac war zu aufgeregt, um sich mental mit Hork zu unterhalten.

»Ich brauche sie hier bei uns. Ich habe es dir schon einmal gesagt und sage es dir nun wieder: Das Team ist zu wichtig! Das Schicksal Lamirs könnte eines Tages von diesen jungen Menschen abhängen, Mac.« Bittend sah Hork den Oberpräkog an.

Dieser erwiderte nachdenklich: »Es ist schwierig, die Visionen unserer Präkogs zu deuten. Du könntest recht haben, aber vielleicht habe auch ich recht. Dominic Keller und Theresa Bell haben uns ein gutes Stück vorangebracht. Das heute in Verbindung mit der Vision, die Dominic hatte, bevor er überhaupt etwas von Lamir wusste, lässt uns zumindest eins sicher sagen: Die Vorhersehung unserer Astrologen bezieht sich auf unsere Heimat. „Lamir wird fallen.“ Können wir es überhaupt verhindern?«

Hork zitierte die Vision zu Ende: »„Rette die Zuflucht. Rette Lamir.“ Dominic hätte diese Aufforderung niemals erhalten, wenn es so wäre. War es richtig von mir, die Erinnerung daran vor ein paar Monaten aus seinem Gehirn zu löschen, nachdem ich sie auf dem Zentralcomputer gespeichert habe?«

Mac winkte ab. »Natürlich, warum hättest du ihn damit belasten sollen? Mich beschäftigt eher, wieso unsere Leute das nahe Sonnensystem übersehen haben. Das ist mir ein Rätsel. Wir müssen die neu aufgetauchten Planeten erst identifizieren, um zu erfahren, ob sie uns friedlich oder feindlich gegenüberstehen. Ich habe da eine Vermutung. Du erinnerst dich an die Nachrichten, die wir vor langer Zeit abgefangen haben? Wir dachten, sie ständen mit der

Katastrophe, die die Kobolde ereilt hat, in Verbindung. Ein Gefühl sagt mir, die Vision von Dominic und Tessa hat etwas mit dem unbekannten Planeten der Schatten, von dem die Nachrichten gekommen sind, und mit dem der Kobolde, die von den Schatten heimgesucht worden sind, zu tun. Ist also Zorian gemeint? Es wird ungewiss bleiben, umso wichtiger wäre es, die beiden ordentlich auszubilden, damit sie ihre Vorahnungen besser deuten und uns bei der Identifizierung helfen können.«

»Wir werden es in ihrer Ausbildung berücksichtigen. Wie wäre es, wenn du den Astronomie-Kurs übernimmst? Behalte die beiden danach eine Stunde länger bei dir, um mit ihnen tiefer in die Astrologie einzudringen. Am besten nimmst du Cass mit dazu, er kann eine große Hilfe sein.«

»Einen Kobold?«, ungläubig starrte der grauhaarige Mann den kahlköpfigen, wesentlich kleineren Hork an. »Und dann auch noch Cass?«

»Er hat sich verändert. Die Katastrophe von damals hat ihn Demut gelehrt. Und dass er so viel Zeit mit Dominic und den Teammitgliedern verbringt, tut ihm gut. Gib ihm eine Chance. Wir werden ihn ebenfalls benötigen.«

Der zweifelnde Blick aus den hellgrauen Augen machte Hork Sorgen, aber erleichtert hörte er die nächsten nüchternen Worte. »In Ordnung. Ich werde mich erst einmal damit zufriedengeben. Aber wenn die Zeit nicht ausreicht, müssen wir uns etwas überlegen.«

Damit war die Sache erst einmal zu Gunsten Horks entschieden.

***

Zum Glück war die Astronomiestunde die letzte Stunde des Schultages gewesen, und sie konnten direkt auf ihre Zimmer gehen. Dominic brauchte vor dem Essen ein wenig Zeit, um sich zu erholen. Ein seltsames Gefühl hatte ihn beschlichen. Irgendetwas fehlte dem Jungen, er kam aber nicht darauf, was es war. Es war zum Greifen nahe und lag ihm auf der Zunge, und trotzdem war es ihm unmöglich, es zu benennen. Dominic setzte sich in den Sessel und seine Gedanken drifteten weg.

Mit einem Ruck sprang er nach ein paar Minuten auf. In seinem Kopf schrien die Worte: ***Lamir wird fallen. Rette die Zuflucht!*** Was war das denn?

Aber im nächsten Moment waren die Worte auch schon wieder verschwunden. Mechanisch machte er sich fertig, um zum Essen zu gehen.

Kapitel 26

Die Welt Porta

Lutec stand mit seiner Gefährtin Kara auf dem Dach des Hauses und sah gespannt nach unten. Der Planet Porta strotzte nur so vor Technologie. Riesige Wolkenkratzer und Fabriken zogen sich über das ganze Land. Grau war der Himmel, die Sonne verdeckt von schmutzigen Wolken.

Der echsenhafte Humanoide sah sie kommen. Er zog scharf die verpestete Luft ein und verzog kurz das schuppige Gesicht, als er den scharfen Gestank roch. Mitglieder der Polizeigewalt Portas stiegen aus den Einsatzfahrzeugen und machten sich bereit, das Gebäude zu stürmen. Ihr aggressives Auftreten schrie nach Vergeltung für seine Taten. Lutec grinste grausam und hob den Arm. Hagelkörner so groß wie Tennisbälle sausten auf die Portaner nieder. Schnell verzogen sie sich in ihre gepanzerten Polizeigleiter. Es war lediglich eine Frage der Zeit, bis sie in sein Haus eindringen würden. Das war ihm klar, denn es waren einfach zu viele.

Er drehte sich zu Kara um, nahm ihre Hand und sah ihr in die Augen. »Bist du bereit? Die Talismane sind unsere letzte Chance, an Hork heranzukommen. Ich will Lamir, damit wir es diesen selbstgerechten Idioten dort unten endlich zeigen können.«

Er erwartete keine Antwort. Im nächsten Moment veränderte sich ihr Umfeld und sie standen vor einer Berghütte auf einer natürlichen Plattform über einem steilen Abhang; gefährlich nahe an der tiefen Schlucht.

Kara taumelte, Lutec zog seine Geliebte im letzten Augenblick zurück und bewahrte sie davor, in die Tiefe zu stürzen. Er zog sie in seine Arme. »Ich hab dich.«

»Na, das hoffe ich doch sehr.« Nichts konnte die eiskalte Kara aus der Ruhe bringen, zu viel hatte sie bereits gesehen. Sie machte sich los und drehte sich zu der Hütte um. »Und du bist dir sicher, hier bekommst du die Auskunft, die wir brauchen, um den ersten Kristall zu finden?«

Jetzt war es an ihm zu sagen: »Das hoffe ich doch sehr. Sollte es anders sein, wird mein Informant nicht lange etwas von dem Geld haben, das ich ihm gezahlt habe.«

Lutec trat zur Tür, im Öffnen rief er laut: »Klopf, klopf. Dürfen wir eintreten?«

»Wenn ich Nein sage, würde euch das daran hindern, es zu tun?« Der Mann, der am Tisch saß, zeigte keine Regung über das unaufgeforderte Eintreten des gruseligen Paares.

Beide waren in schwarz gekleidet und sahen nicht gerade vertrauenswürdig aus. Die schwarz gefärbten, kahlen Schädel und die stark geschminkten Augen der Frau schreckten ebenfalls eher ab, als dass sie Vertrauen aufbauten.

»Ah, Belek, alter Kamerad, du bist mir schon eine Ewigkeit aus dem Weg gegangen. Ich würde dich ja fragen, wie es dir an Horks Seite ergangen ist, wenn es mich nur einen Augenblick lang interessieren würde.« Lutecs desinteressierter Gesichtsausdruck unterstrich seine Worte, als er dem Mann hart in die Augen sah.

Der Angesprochene strich sich mit einer ruhigen Bewegung durch den Bart und zeigte dann wortlos auf die beiden Stühle vor sich. Drei Gläser standen bereit, er hielt eine Glaskaraffe mit einer dunklen Flüssigkeit fragend hoch. Lutec nickte zustimmend und der Mann schenkte das hochprozentige Getränk ein.

»Ich freue mich auch, dich zu sehen, mein alter Sessin.« Kurz senkte er ironisch den Kopf, dann hob er sein Glas und prostete ihm zu. Die Männer tranken, ohne sich aus den Augen zu lassen.

Lutec verzog kurz den Mund und nickte anerkennend. »Dir scheint es hier ja gut zu gehen.«

Kara ignorierte das Glas vor sich. Ihr Gefährte beendete die kurze Konversation, um zu seinem Anliegen zu kommen. »Karim schickt uns. Hast du den Kristall?« Er wurde ungeduldig.

»Nein, aber ich weiß, wo er ist.«

Der in die Jahre gekommene Lutec, der aber im Alter keineswegs zahmer geworden war, setzte die Hände neben seinem Glas auf und wollte vor Zorn aufspringen.

Beschwichtigend hob der Bewohner der Hütte beide Hände. »Ich weiß, was Karim dir erzählt hat. Ich hätte den Kristall längst geholt, aber er ist zu gut abgeschirmt. Meine Kräfte sind zu schwach, um die Barriere zu durchdringen, die ihn schützt. Deswegen wirst du ihn dir selber holen müssen.«

Sehr viel ruhiger ließ Lutec sich auf seinen Stuhl zurücksinken. »Okay, sag mir, wo er sich befindet.«

»Er ist in einer Höhle unweit von hier. Ich werde euch gegen eine entsprechende Entlohnung gerne hinführen.« Er grinste sie unverschämt an.

Ohne ihn anzurühren, brach Kara ihm mit einer Handbewegung das Genick.

Lutec drehte langsam den Kopf zu ihr und schaute sie fragend an. »Gibt es hier noch jemanden, der auch der Meinung ist, dass das ein wenig übereilt war?«

Sie zuckte mit den Schultern. »Ich nehme an, du hast dir die Information bereits aus seinem Kopf geholt?«

»Und wenn dem nicht so wäre? Dann wären meine Nachforschungen umsonst gewesen und wir würden den Talisman niemals finden.«

Sie blieb völlig emotionslos. »Also hast du sie! Dann können wir ja aufbrechen.« Geschmeidig erhob sie sich seelenruhig von dem Stuhl und glitt zur Tür hinaus. Er schüttelte den Kopf und folgte ihr.

***

Es gab eine Zeit, da war Kara eine Lehrerin auf Porta. Hork und seine Schwester Marian führten sie in die Widerstandsbewegung Lutecs ein, als ihre Kräfte gerade erwacht waren. Schon bald buhlten die beiden Männer um ihre Liebe. Kara mochte Hork sehr, aber sie war von Anfang an fasziniert von Lutecs dunkler Aura.

Als sie von Marian angesprochen wurde, fühlte sie, ihre Freundin machte sich Sorgen wegen des schlechten Einflusses, den der harte Untergrund-Führer auf sie haben könnte. Sie spürte aber noch etwas. Sie schien fest davon überzeugt zu sein, dass Hork tiefe Gefühle für sie hegte. Auch Kara selbst empfand etwas für den Mann, den sie bisher als einen guten Freund ansah.

»Kara, bist du dir darüber im Klaren, was du mit Hork und Lutec anstellst?«

Ahnungslos fragte sie zurück: »Worauf willst du hinaus?«

»Sie lieben dich. Lass sie nicht länger zappeln. Du musst dich entscheiden. Bald! Ich würde dir gerne etwas über die beiden erzählen. Möchtest du es hören?«

Kara überlegte. Wollte sie es hören? Sie hatte längst eine Entscheidung getroffen, die Marian aber missfallen würde. Zögerlich stimmte sie trotzdem zu.

»Hork und ich kommen aus einfachen Verhältnissen. Unsere Eltern waren Händler. Hork war sechzehn und ich gerade mal zwölf, als mein Bruder deportiert werden sollte. Vater und Mutter wollten das verhindern. Sie verschafften uns Zeit genug, damit wir aus dem Haus, in dem wir aufgewachsen sind, fliehen konnten. Meine Eltern kamen dabei ums Leben. Seitdem waren wir ständig auf der Flucht. Hork tat sein Bestes, um mich großzuziehen. Er ermöglichte uns beiden, auf die Universität zu gehen. Ich habe keine Ahnung, wie er das geschafft hat. Es war eine grandiose Leistung. Ich bin ihm auf ewig dankbar.«

»Das kann ich mir gut vorstellen. Er muss viel dafür geopfert haben.«

»Seine eigene Kindheit. Aber er beteuert immer, er bereue rein gar nichts, wenn ich ihn darauf anspreche. Du kennst ihn ja.«

»Er ist ein guter Mann. Und jede Frau kann sich glücklich schätzen, ihn zum Mann zu bekommen. Aber ...«

Marian unterbrach sie: »Ich möchte dir auch Details aus Lutecs Leben sagen.« Sie hielt einen Moment inne, holte tief Luft und fing an zu erzählen: »Lutec ist in einer einflussreichen Familie von Begabten aufgewachsen, die sich selbst als eine Führungselite ansieht. Nachdem sich die Angehörigen seiner Familie jahrhundertelang versteckt und ihre Traditionen im Geheimen weitergeführt hatten, fühlten sie, dass sie vielleicht in ein paar Jahren schon zurückschlagen und die Macht an sich reißen könnten. Seine Verwandten schleusen ihre Leute in hohen Positionen in die Regierung ein. Zahlreiche Familien mit großen Namen gehören bereits ihrem Geheimbund an.

Vor ein paar Jahren, als Lutec jünger war, gingen ihm die Pläne seiner Familie, die auf die Zukunft ausgerichtet sind, viel zu langsam. Er sah das Leiden der Verfolgten und wollte sofort handeln.«

»Das kann ich verstehen. Wäre mir genauso gegangen und euch sicherlich auch.« Um Zustimmung heischend sah sie ihre Freundin auffordernd an.

»Natürlich, aber ich bin unsicher, ob wir drei seinen brutalen Weg eingeschlagen hätten. Er war jung und ein Idealist, und in dieser beeinflussbaren Phase lernte er Radir und dessen radikale Untergrundbewegung kennen. Er nahm ihn unter seine Fittiche. Als dieser dann starb, übernahm Lutec die Führung. Dann kam Hork und er ergriff die Chance, jemanden als Spitzel in der Regierung zu haben, der ihm wichtige Informationen mitteilte, denn Hork ist ein wichtiger Rechtssprecher.« Stolz setzte sie hinzu: »Er war damals vor zehn Jahren der jüngste Staatsanwalt, den die Hauptstadt Altrona jemals hatte. Aber das spielt keine Rolle. Wichtig ist, dass dir klar wird, du würdest niemals mit einem Mann wie Lutec glücklich werden. Dein Gemüt ist viel zu zart, du würdest zerbrechen.«

»Ich bin hart geworden, auch dank euch. Ihr habt mich hierhergebracht, und ich habe mich entschieden zu bleiben; so wie ich mich für Lutec entschieden habe.« So, es war raus. Sie wusste, damit würde sie Hork das Herz brechen.

Umso mehr war sie überrascht, als Hork an dem Tag, als er sich dazu entschloss, die Widerstandsbewegung zu verlassen, zu allererst zu ihr kam, um sie zum Mitgehen zu überreden. »Komm mit mir. Wir gehören einfach nicht hierher. Marian wartet auf uns. Die Gewalt zerbricht uns.« Er streckte ihr auffordernd die Klaue entgegen.

»Wie könnte ich mit euch gehen und alles, was wir aufgebaut haben, hinter uns zurücklassen?«

Alle weiteren Worte prallten von ihr ab, also blieb Kara bei dem Führer der Truppe. Erst viele Jahre später sah sie Hork wieder.

Mittlerweile hatte sie am eigenen Leib den Hass und die Verfolgung durch die Normalos erfahren. Oft hatte sie sich mit Gewalt gegen die Übergriffe wehren müssen. Es war eine schwere Zeit für die junge Kara gewesen und nur Lutec hatte ihr zur Seite gestanden. Bitterkeit und Zorn hatten sich in ihr wie eine alles aufzehrende Krankheit ausgebreitet. Ohne es zu merken, übernahm sie seine Ansichten; ohne Wenn und Aber.

Als Hork dann auftauchte, ihr von seiner ach so wunderbaren und friedlichen Welt erzählte, war es für sie zu spät. Sie wollte allein Lutec von Lamir erzählen. Er konnte die Zusammenkunft so vieler Begabter dazu nutzen, Welten zu erobern. Angefangen mit ihrer eigenen – Porta. Jetzt war sie ebenso wie ihr Gefährte von der Idee besessen, Planeten zu unterjochen, um so Frieden zu finden. Völlig uninteressant war es dabei für sie, dass es nur ein erzwungener sein würde.

Sie schnappte einen letzten Gedanken Horks auf: Niemals dürfen die beiden Lamir finden!

Kara alarmierte Lutec, aber als er erschien, war Hork bereits fort. Sie erzählte ihrem Geliebten von Lamir und zeigte ihm die Bilder, die Hork sie hatte sehen lassen.

Fasziniert nahm sie mit Lutecs Augen wahr, was diese Informationen mit ihm machten: Die Bilder brannten sich in sein Hirn. Von da an war er von dem Ziel besessen, diese machtvolle Welt zu finden. Noch war er unfähig, seinem ehemals besten Freund zu folgen. Er erlernte gerade erst das Teleportieren und beherrschte die Fähigkeit noch unvollkommen. Mit dem Verschwinden Horks, der seine Spuren gut verwischte, verlor Lutec nicht nur einen sehr guten Freund und Verbündeten, sondern auch den Lehrer, der ihn in dieser Fähigkeit unterrichten sollte. Wütend musste er ihn fürs Erste ziehen lassen.

***

Vor der Hütte standen Lutec und Kara nun Arm in Arm. Der große Mann teleportierte sie gemeinsam weg. Die beiden waren bereits so lange auf der Suche. Auf der

Suche nach einer Welt, mit deren Hilfe sie Gerechtigkeit finden wollten; ihre Art von Gerechtigkeit.

Kapitel 27

Auf Lamir

Falk betrat die Bibliothek. Er fand einen in Trance versetzten Hork vor. Die taubstumme Julana stand wie stets in seiner Nähe. Er stellte sich neben die große Kriegerin und musterte sie. Sie war schon seit Längerem mit niemandem mehr eine Beziehung eingegangen, das wusste der Mensch nur zu gut. Falk starrte ihren langen, zarten Hals an und überraschte sich bei dem Wunsch, ihn küssen zu wollen. Tief atmete er ihren Duft ein; sie duftete nach wilden Blumen. Unbewusst hatte er sich zu ihr hinübergebeugt und dabei genussvoll die Augen geschlossen. Er verlor sich in seinen Erinnerungen.

Als er sie wieder öffnete, bemerkte er den fragenden Blick ihrer tiefen Augen, die dicht vor seinen waren. Ihr biegsamer Körper schmiegte sich federleicht an ihn. Ihr Kopf hob sich seinem entgegen und ihre Lippen strichen ihm betörend über den Mund, als sie ihn mit leisem Spott in Gedanken fragte: *Geht es dir gut, Liebling?*

Julana war das einzige Wesen, mit dem er ausschließlich auf telepathischem Wege kommunizierte. Da ihm die Telepathie unangenehm war, bevorzugte er bei sonst jedem die akustische Sprache. Es gab eine Zeit, da hatte er die Zeichensprache der Taubstummen erlernt, um sie Julana beizubringen, sodass er sich nicht mehr in ihrem Kopf verlieren konnte, wenn er mit ihr sprechen musste. Durch die starke Bindung der beiden zu Hork war es unmöglich, die Kommunikation mit ihr einzustellen. So hatte er in der Gebärdensprache die Lösung gesehen. Das war kurz nach ihrer Trennung gewesen.

Sie hatte ihn mit ihren großen Augen ungläubig angesehen. *Wozu sollte ich so etwas Primitives erlernen?*, hatte sie ihn intensiv gefragt, statt nur die Oberfläche seiner Gedanken zu berühren, wie es unter Telepathen üblich war. Sie hatte gewusst, wie sehr er dies ablehnte. Die Kriegerin erachtete alle Sprachen als niedere Kunst.

Damit jedwede Art von Lebewesen davon verschont bleibt, in deinen Bann zu geraten, wenn sie mit dir telepathisch Kontakt aufnehmen.

Da hatte sie grimmig gegrinst. Es war einer dieser seltenen Augenblicke gewesen, in denen sie ihre Gefühle offenbart hatte. *Ihr Problem. Wer zu feige ist, sollte es vermeiden, mich anzuquatschen.*

Eine einfache Devise, die aber leider nicht aufging, da sehr viele Lebewesen mit Hork reden wollten. Und die mussten erst einmal an Julana vorbei.

Nach so vielen Jahren machte es Falk nichts mehr aus. Er schüttelte den Kopf, um ihn klar zu bekommen, und richtete sich auf. Auch er hatte definitiv schon zu lange keine Beziehung mehr gehabt. Er antwortete ihr in Gedanken: *Ja, mir geht es gut.* Dann lenkte er von sich ab: *Eine wichtige Konferenz?* Der großgewachsene Mann nickte in Richtung Horks.

Nein, er hat eine dringende Information bekommen. Es geht um irgendeinen Talisman, der große Kräfte besitzt. Lutec ist hinter dem Kristall her, deswegen kann er nichts Gutes bedeuten.

Sie wussten um die Feindschaft der beiden Portaner. Lutec suchte bereits seit Jahrhunderten nach Lamir, das war kein Geheimnis. Sie hatten keinerlei Informationen, wie nah oder fern er ihrer Heimat war.

Hork hob abrupt den Kopf, die Verbindung schien unterbrochen worden zu sein. Er winkte den Menschen und die Sulanerin zu sich.

Als er zu ihnen sprach, hörte Falk die Besorgnis in seiner Stimme: »Mein Informant teilte mir soeben mit, dass Lutec weiß, wo sich der Talisman befindet.«

»Um was für einen Talisman geht es? Julana erwähnte, er besäße große Kraft.«

»Einst gehörte er Radir. Dieser Mann rief vor vielen Jahren die Widerstandsbewegung der Begabten gegen die unerbittliche Verfolgung durch die Kräftelosen auf Porta ins Leben. Er führte sie vor Lutec an. Als ich zu ihnen stieß, da hatte Lutec schon die Führung übernommen. Nach dem Tod seines Mentors. Und er hatte voll und ganz dessen fanatische Ansichten angenommen. Die ersten Jahre war auch ich seiner Überzeugung, die Begabten müssten die nächste Stufe auf der Evolutionsleiter sein. Wir hatten das Recht des Stärkeren auf unserer Seite. So dachten wir alle, aber das war falsch. Nach Jahren des Kämpfens habe ich es erkannt und viele meiner Mitkämpfenden ebenso. Sie gingen mit mir. Lutec und seine Gefährtin Kara dachten weiterhin so. Einige unserer Anhänger blieben bei ihnen und führten den Kampf weiter.« Er holte tief Luft, immer noch bekümmerte ihn offensichtlich, was damals geschehen war. »Die drei Kristalle wurden nach Radirs Ableben aus seiner Waffe herausgenommen und voneinander getrennt. Und doch hatte jeder Einzelne noch eine sehr starke Energie in sich. Lutec trug einen davon in einem Beutel um den Hals, bis ich ihn meinem Freund abnahm. Radirs Kristall gab Energie an Lutecs Talismane ab und verstärkte ihre Kraft um ein Vielfaches. Dieser Energiekristall war außerdem dazu fähig, in die Gedanken von Lebewesen einzudringen. Er machte sie willenlos. Sie wurden zu Werkzeugen der

Person, die den Kristall besaß. So viel Macht durfte ich ihm nicht überlassen.«

»Wie hast du es geschafft? Wie konntest du ihm den Talisman abnehmen?«

Gebannt ließen sich Falk und Julana von Hork auf eine Reise in die Vergangenheit mitnehmen. Der alte Mann ließ seine beiden engsten Vertrauten voll und ganz in seinen Kopf. Er nahm sie mit zu dem letzten Gespräch, das er mit Lutec geführt hatte.

Kapitel 28

Vierhundertfünfzig Jahre zuvor auf Porta

Er nahm sie mit in eine Zeit, als Hork noch ein junger Mann war. Er begann gerade damit, eine eigene Gruppe aufzubauen, denn er hatte genug vom Kämpfen. Es gab sehr viele Tote auf beiden Seiten. Nach etlichen, durch Gewalt geprägten Jahren wurde die Belastung zu groß für ihn.

Es kam Hork immer sinnloser vor, für den Frieden zu töten. Mit der Zeit setzte sich ein Gedanke in seinem Kopf fest. Immer öfter überlegte er, ob es einen besseren Weg des Zusammenlebens geben konnte. Er wollte den Portanern die Angst vor seinen Leuten nehmen. Die Begabten konnten ihre Kräfte für Gutes einsetzen und würden dadurch zu einer Bereicherung der Gesellschaft werden. Gewalt war keine Lösung ihres Problems. Davon überzeugte er viele Anhänger der Widerstandsbewegung. Zu wenige gab es von den Begabten und zu viele von ihren Gegnern. Und tatsächlich fingen sie an, bei Naturkatastrophen mit ihren Kräften zu helfen und auch Verbrechen zu bekämpfen. Sie griffen dann ein, wenn Unrecht geschah.

Anfangs taten sie es heimlich, denn zu tief verankert war Lutecs Hass auf alle Normalos, wie er die Kräftelosen abfällig nannte. Zu lange schon hatten sie die Begabten unterdrückt, zu viele von ihnen eingesperrt und getötet. Seine Ansicht tat er oft genug in der Vergangenheit kund, wollte er doch genauso weitermachen wie bisher. Seiner unumstößlichen Meinung nach waren die Begabten die nächste logische Stufe auf der Leiter der Evolution, und somit würden sie die Schwächeren am Ende verdrängen. Als er herausfand, dass Hork sie beschützte, kam es bei ihrem letzten Gespräch zu einem Streit.

»Wird es nicht langsam Zeit, mit diesem ewigen Krieg aufzuhören, bevor es niemanden mehr von uns gibt, alter Freund? Sie fürchten die Begabten, nur deswegen verfolgen sie uns. Wenn wir die Normalos aber beschützen, dann werden sie erkennen, für Furcht besteht kein Grund. Und wir können in Frieden zusammenleben.«

»Hork, du bist ja so naiv. Sie werden uns niemals in Ruhe lassen, zu groß ist ihre Angst vor dem Neuen und Unbekannten. Nein! Wir müssen alle Begabten um uns sammeln und dann zuschlagen. Wenn wir in Frieden leben wollen, dann müssen sie sich uns unterordnen. Wir haben das Recht des Stärkeren auf unserer Seite. So will es die Evolution!« Einmal mehr waren Lutecs Worte hart und unerbittlich.

Ungeachtet der Einsicht, ihn nicht überzeugen zu können, versuchte Hork es dennoch eindringlich weiter: »Nein, diese Theorie trifft keineswegs auf eine hoch entwickelte Zivilisation wie der unsrigen zu. Wir können nebeneinander existieren. Der Starke muss den Schwachen schützen. Du musst endlich aufhören, weiterhin Schaden anzurichten. Nimm Vernunft an, sonst trennen sich unsere Wege - hier und jetzt.«

Sie verzichteten oft auf ihre Stimmen, zu nah waren sie sich. Aber bei hitzigen Diskussionen fehlte ihnen die emotionale Ruhe und Ausgeglichenheit, um stumm miteinander zu kommunizieren. In den letzten Jahren war es oftmals zu Streitgesprächen zwischen ihnen gekommen. Hork war Lutecs letzter Rest an Gewissen. Lediglich der junge Mann schaffte es ab und an, ihn davon abzuhalten, ungerechtfertigte Einsätze gegen die Normalos durchzuführen.

»Die Zeiten der Verfolgung und der Kriege sind für uns vorbei. Wir müssen unbedingt vermeiden, dass sich die Geschichte umkehrt. Wir dürfen nicht zu den Verfolgern werden und die gleichen Fehler begehen wie die Kräftelosen. Wir müssen nach vorne sehen und niemals zurückschauen.«

»Das ist deine Ansicht, aber keinesfalls die meine. Ich kann dich nicht ziehen lassen. Das weißt du.«

Lutecs Klaue näherte sich dem Beutel, den er um den Hals trug. Hork wusste, was er vorhatte. Das musste er verhindern, sonst würde es sein Ende bedeuten.

Unvorbereitet traf Lutec die erbarmungslose und knallharte Aktion Horks. Der kleine Mann, der immer alles mindestens zehnmal überdachte, bevor er zur Tat schritt, reagierte blitzschnell und schleuderte Lutec mit einem Ruck seines Stabes an die Wand. So war der machtvolle Kristall für seine Klaue unerreichbar. Hork hielt ihn gnadenlos und eisern dort fest. Die Talismane in seinem Stab, den er auf seinen alten Freund gerichtet hielt, leuchteten in einem strahlenden Weiß.

Vor Wut schrie Lutec auf und kämpfte gegen den Strahl an, der ihn gefangen hielt. Dabei leuchtete sein schmaler, langer Dolch, den er in einem ledernen Halfter um die Hüfte trug, in einem tiefdunklen Rot auf, das fast schon schwarz wirkte.

Bevor Hork den Vorteil der Überraschung verlor, riss er den Beutel mit Radirs Talisman an sich und verschwand.

Lutec war unfähig, ihm zu folgen, denn die Fähigkeit des Teleportierens hatte er noch nicht lange an sich entdeckt. Hork hatte gerade erst angefangen, ihn darin zu unterweisen.

***

Hork sprach in die Gedanken Falks und Julanas: *Ab diesem Tag schwor ich mir, niemals wieder den Begriff Normalos zu verwenden. Es sollte keine Trennung mehr geben, angefangen bei den Hassparolen.*

Doch ich muss eingestehen, Lutec sollte recht behalten. Zu groß war die Angst der Bevölkerung und der Regierungen von Porta vor Veränderungen. Und als es plötzlich zwei Fraktionen der gefürchteten Abnormalen gab, war es für die Öffentlichkeit unmöglich zu unterscheiden, wer nun die Guten und wer die Bösen waren. Die Bewohner scherten uns alle über einen Kamm. Für mich war es unmöglich geworden, meine Ziele zu verfolgen. Ich wurde an zwei Fronten bekämpft. Nicht nur durch die Kräftelosen, nein, jetzt auch noch durch Lutec und dessen Anhänger.

Als wir uns trennten, kam die Mehrheit mit mir, aber viele dachten wie er und blieben bei ihm. Meinen Traum zu erfüllen, einen Stützpunkt auf Porta mit der Unterstützung der Regierungen aufzubauen, war durch die zerstrittenen Begabten unmöglich geworden. Meine Gruppe konnte weiterhin nur im Untergrund tätig sein. Ich kam zu dem Entschluss, nach einer passenden Welt zu suchen. Die Wesen, die aufgrund ihrer mächtigen Fähigkeiten zu Verfolgten wurden, sollten endlich einen Zufluchtsort bekommen, an dem sie sicher sind. Doch nie gab ich mein Ziel auf, die Schwachen von Porta weiterhin zu beschützen. Es kamen Weitere hinzu, ich fand Verbündete auf etlichen Planeten, die sich mir anschlossen. Aber das wisst ihr ja.

Seit ich Lamir fand und die Gesellschaft der Begabten gründete, ist mir klar, der größenwahnsinnige und machtbesessene Lutec darf diese Welt niemals finden. Wir müssen ihn und seine Leute mit aller Macht fernhalten. Denn betritt er unsere Heimat, wird er sein Gift verspritzen. Unsere Schutzbefohlenen dürfen nie mit seinen

Ansichten konfrontiert werden und in Versuchung geraten, zu ihm überzulaufen. Lutec ist nicht umsonst zum Nachfolger Radirs gewählt worden, er kann sehr überzeugend sein.

Falk und Julana lösten sich aus Horks Gedanken. Bei dieser Gedankenverschmelzung hatten sie die Schuldgefühle spüren können, die Hork gegenüber seinem einstigen Freund empfand.

Kurz und knapp waren Julanas Ansichten dazu; sie war nie eine Frau der vielen Worte: *Du hast das Richtige getan, Sessin.*

»Wo ist der Talisman heute? Hast du ihn bei dir?« Falk dachte wie immer praktisch.

»Ich versteckte ihn damals in einer Höhle hoch oben in den Bergen Portas. Sicherlich wäre er hier in Maranturena besser aufgehoben. Aber wie ich bereits vor Jahren erfahren habe, hat ein einfaches Bergvolk ihn gefunden und die Höhle zu einem Schrein umfunktioniert. Es betet ihn an und verehrt ihn als einen Gott. Ich ließ mich von meinen Gefühlen leiten und überließ den Bewohnern ihre Gottheit. Ich setzte Belek darauf an, sie und den Talisman im Auge zu behalten. Aber nun hat auch Lutec davon erfahren und ist bereits auf dem Weg, ihn sich zurückzuholen. Ich befürchte das Schlimmste für meinen Freund. Die Verbindung wurde zu abrupt getrennt.«

Er hob eine Klaue. »Einen Moment, Gori möchte mir etwas sagen.« Er lauschte einen Moment, sein Gesicht nahm dabei einen traurigen Zug an. Er schloss vor Schmerz die Augen.

Was ist geschehen? Alarmiert legte Julana ihm eine Hand auf die Schulter. Zu Falk gewandt sprach sie, als sie es erfuhr: »Belek ist tot.«

»Das tut mir leid. Ich weiß, dass er ein sehr guter Freund von dir war.« Er legte ihm die Hand auf die andere Schulter und drückte tröstend zu. »Und was hast du jetzt vor?« Falks hagere Gestalt bewegte sich unruhig hin und her. Ihm war bewusst, was Lutec mit dem Kristall tun konnte. Er würde den Standort Lamirs mithilfe des Talismans früher oder später aus jemandem herauspressen, vielleicht sogar Spione auf ihre Welt einschleusen. Das galt es zu verhindern. Er war bereit; und vor Tatendrang stand er kurz vor dem Platzen.

Hork, der wusste, wie sein Freund tickte, verpasste ihm einen Dämpfer: »Du musst hierbleiben, du hast schließlich ein Team auszubilden. Julana und ich werden Ranjana und ihre Gruppe mitnehmen. Wir müssen den Kristall vor ihm finden und werden uns unverzüglich auf den Weg begeben.«

Falk setzte an, um zu protestieren, aber der alte Mann kam ihm zuvor: »Du weißt, wie wichtig dieses Team ist, Tobias. Wir werden es noch früh genug brauchen, dann muss es vorbereitet sein. Wir können Lutec nicht ewig von Lamir fernhalten. Eines Tages werden wir uns ihm stellen müssen.«

»Das weiß ich wohl, aber das macht es für mich umso schwerer, euch alleine losziehen zu lassen.«

Hork legte die rechte Klaue auf Falks Schulter. »Das ist mir bewusst, aber es muss sein. Falls mir etwas zustößt, musst du die Führung übernehmen.«

Falk horchte auf. »Weißt du Näheres über die Zukunft? Haben die Präkogs etwas sehen können?«

Hork schüttelte bedauernd den Kopf. »Vielleicht ist das Ereignis zu unbedeutend für die Zukunft, um von ihnen wahrgenommen zu werden. Sie konnten eventuell nicht die ganze Tragweite sehen, die der Kristall mit sich ziehen würde, wenn er in Lutecs Hände fällt.«

Er hielt den Gedanken, der noch infrage kam und den alle drei in diesem Moment dachten, zurück. Denn die Präkogs hatten noch eine wichtige Aufgabe zu erfüllen. Sie erfuhren zwar über weite Strecken von Katastrophen, die geschehen würden oder bereits im Gange waren, aber sie alleine mussten eine Situation einschätzen. Sie entschieden, bei welchen Katastrophen die Teams nicht mehr helfen konnten.

Hatten die Präkogs eine Katastrophe in Zusammenhang mit dem Talisman gesehen und diese als unvermeidbar eingestuft? In diesem Falle wurden alle vorhandenen Bilder gelöscht und alle weiteren unterbunden, damit ihre kognitiven Eigenschaften nicht weiterhin an ein aussichtsloses Unterfangen gebunden waren. Sie mussten ihre Sinne auf die nächste Sache konzentrieren, bei der sie helfen konnten.

Kurz wurde Falk in Horks Gedanken aufgenommen, denn der alte Mann machte sich in Gedanken eine Notiz, all diese Ereignisse in Zukunft auf dem Zentralcomputer zu speichern. In solchen Fällen sollte es fortan ebenfalls die Möglichkeit geben, Nachforschungen anzustellen, um auf weitere Ereignisse schließen zu können. Wenn es tatsächlich Informationen gegeben hatte, die sie benötigten, waren sie nur noch schwer rückholbar. Mit der Löschung war verhindert worden, dass sie an das Kollektiv der Präkogs weitergegeben werden konnten, das mit dem Zentralcomputer in der Hauptzentrale verbunden war. Umso schwerer war nun das Unterfangen, obwohl es durchaus machbar war, die Daten zurückzuholen. Das größte Problem lag darin, herauszufinden, wer die entsprechenden Visionen empfangen hatte. Bei der Anzahl der Präkogs war dies unmöglich, denn diese hatten keine Erinnerungen an gelöschte Visionen. Hork konnte keineswegs bestimmen, in wessen Gehirn er tiefer graben musste, um an entsprechende Informationen zu kommen. Alle zu durchforschen, dazu fehlte die Zeit. Falk stimmte ihm zu und würde für die Umsetzung seines Planes sorgen. Jetzt nützte es nichts, etwas hinterher zu jammern, das unveränderbar war.

Hork straffte seine Gestalt, und mit fester Stimme sagte er: »Wir müssen es hinnehmen, wie es ist, also lasst uns das Beste tun, das in unserer Macht steht. Lasst uns aufbrechen. Ich habe Gori bereits in Kenntnis gesetzt. Sie schickt mir Ranjana und ihr Team für diese Mission. Sie erwarten uns unten in der großen Halle.«

Kapitel 29

Die Hauptzentrale

Gori vom Planeten Borax war in heller Aufregung. Der Big Boss persönlich hatte ein Team bei ihr angefordert. Das kleinwüchsige Wesen mit den vier armähnlichen Gliedmaßen und den drei Beinen, die jetzt aufgeregt umhertrippelten, schrie mit ihrer hohen Stimme nach Ranjana, der Sulanerin. Die Leiterin der Einsatzzentrale kippte beinahe vor Aufregung um, als eine unverzügliche Antwort ausblieb.

Die männlichen sowie die weiblichen Boraxaner lebten nach strikten Regeln. Wenn es ein Volk der Bürokraten gab, dann waren es sie. Ihr Planet wurde bevölkert von logisch denkenden Wesen, die sich akribisch an die einmal aufgestellten Regeln hielten. Lief etwas außer der Reihe, waren sie auf der Stelle gestresst von der Situation.

Gori, was ist denn los? Warum die ganze Aufregung?

Hork braucht dich und dein Team, er hat dich persönlich angefordert. Und unglücklich setzte sie hinzu: *Es ging doch sonst immer über Julana. Was ist falsch daran, es dieses Mal ebenso zu machen? Warum ändert er die Regeln?*

Sie stand kurz vor einer Ohnmacht. Aber sie musste sich zusammenreißen, denn es stand ihr eine unangenehme Aufgabe bevor, die sie zum Glück nicht oft zu meistern hatte. Umso schmerzlicher war es, wenn es doch einmal getan werden musste.

Alle Mitglieder der Teams, die im Einsatz waren, wurden in der Einsatzzentrale durch spezielle Elektroden an ihren Armbändern registriert. Alles wurde aufgezeichnet: Wo sie waren, was sie taten und vor allem wie es ihnen körperlich ging. Goris Leute überwachten sie zu jeder Zeit ihres Einsatzes. Gleichzeitig wurden Heiler registriert, die Bereitschaft hatten. Sollten die Körperfunktionen Auffälligkeiten zeigen, verloren sie keine Zeit, diese in den Einsatz zu schicken, um sofortige Hilfe zu leisten. Das hatte in der Vergangenheit schon vielen das Leben gerettet.

Die Zentrale befand sich in Maranturena, der Stadt der Präkogs. Hier liefen alle Informationen, auch die der Hellseher, in den leistungsstarken Computern zusammen. Überwacht wurden sie von mehreren Boraxanern. Sie waren die Fähigsten für diesen Job, und es wuselten bestimmt zwei Dutzend von ihnen vor den Computern herum. So rational sie auch in ihrem Denken waren, so unruhig aber waren ihre Körper. Ständig waren sie in einer energiegeladenen Bewegung. Aufgeregt unterhielten sich die Boraxaner mit ihren schrillen Stimmen untereinander oder sprachen in ihre Kopfhörer, die sie mit den Teams dort draußen verbanden. Ein Außenstehender hätte meinen können, hier herrsche das absolute Chaos, aber das täuschte, denn alles, was hier geschah, lief nach nüchternen Geboten ab.

Als Ranjanas Team in den Einsatz ging, wurde gleichzeitig ein Heiler auf Abruf bestellt. Vier neue Elektroden wurden angeschlossen und vier neue Punkte erschienen auf dem großen Bildschirm an der Wand. Jeder bekam einen Namen und die Vitalfunktionen erschienen nach und nach darunter. Wenn auch nur die kleinste

Fluktuation angezeigt wurde, reagierte der zuständige Boraxaner und leitete Maßnahmen ein.

Während das neue Einsatzteam auf einem Monitor erschien, schaltete Gori die Anzeige eines Punktes ab. Die Herzfunktion und die Atmung Beleks waren abrupt beendet worden, jede Hilfe wäre zu spät gekommen. Ein Heiler war überflüssig. Hork hatte ihr mitgeteilt, er würde sich um die traurige Angelegenheit kümmern.

Gori fühlte die Emotionen ihrer Leute so deutlich, als wären es ihre eigenen. Verstohlen warfen die Mitarbeitenden der Zentrale ihrer Chefin Blicke zu; vereinzelt liefen Tränen. Für jeden von ihnen war die Anzeige Beleks seit Beginn ihrer allerersten Schicht im Dienste Lamirs bereits da gewesen. Nun verlosch sie für immer. Und obwohl keiner von ihnen den Mann persönlich kennengelernt hatte, waren sie doch betrübt, einen der Ihren verloren zu haben. Es war zur Tradition geworden, den ersten Blick bei Antreten ihrer Schicht auf Beleks Anzeige zu richten. Unbewusst hatten sie dann aufgeatmet, wenn die Vitalfunktionen normal verliefen.

Jetzt unterbrach Gori das durchgehende und durchdringende Warnsignal, das der Monitor von sich gab, mit einem Knopfdruck, und Belek war von ihren Anzeigen verschwunden. Noch manch einer von ihnen würde eine lange Zeit, sobald er die Zentrale betrat, einen Blick auf den Monitor werfen, um dann plötzlich wieder an die harte Tatsache erinnert zu werden, dass die Vitalfunktionen, die solange ein Teil ihres Lebens waren, nie mehr angezeigt werden würden.

Kapitel 30

In den Bergen Portas

Ein Kreis aus sechs Wesen, die sich an den Händen hielten, materialisierte am Abhang vor der Hütte. Julana stand an der Kante, an der unlängst auch Kara gestanden hatte, und schaute schräg über ihre Schulter weit hinunter.

Weiter hinten wäre für mich fatal gewesen, aber so habe ich jede Menge Platz. Dankeschön. Sie verzog keine Miene, als sie ruhig einen halben Schritt nach vorne machte. *Das nächste Mal bitte doch etwas mehr Abstand. Du weißt, ich habe Höhenangst.*

Hork antwortete erstaunt: *Nein, das ist mir gänzlich unbekannt. Du und Angst? Das wäre ja mal was ganz Neues.*

Sie verzog nur kurz ihren Mund und wandte sich dann Beleks Unterkunft zu. *Ich spüre eine böse Schwingung. Eine Gewalttat wurde vor etwa einer Stunde hier verübt.* Sie schloss die Augen. *Aber im Moment empfange ich keine schlechten Gedanken, wir sind allein.*

Sie betraten zu dritt das Gebäude, das nicht viel mehr als eine Baracke war. Die restlichen Teammitglieder blieben davor, um die Gegend im Auge zu behalten. Hork beugte sich über den toten Bewohner der Hütte. Nun lag sein Beobachter mit gebrochenem Genick vor ihm. Er schloss ihm behutsam die Augen. Belek war ein guter Freund gewesen.

Hork erinnerte sich an eine Zeit, die weit zurücklag. Vor Jahrzehnten spielten sie mit dem Gedanken, den Talisman, den er Lutec vor vierhundert Jahren abgenommen hatte, nach Lamir zu bringen, um ihn sicher in Maranturena aufzubewahren. Doch sie erfuhren von der Anbetung des Talismans durch die Bergbewohner. Sie waren sich einig, ihnen den Energiekristall zu lassen. Und Belek meldete sich freiwillig, ihn im Auge zu behalten.

Hork war sich damals sicher gewesen, dass er ihm bis in alle Ewigkeit vertrauen konnte, denn Belek kannte Lutec nur allzu gut, hatte er schließlich fast zwei Jahrzehnte an seiner Seite gekämpft. Bis zu dem Zeitpunkt, als die immer brutaler werdenden Aktionen seines Sessin ihn nicht mehr ruhig schlafen ließen. Daraufhin ging der in die Jahre gekommene Belek mit Hork. Er bezog in der Hütte einen Beobachtungsposten und versuchte in der Einsamkeit etwas von seinem Seelenfrieden zurückzuerlangen. So begründete er seine Entscheidung und sein Freund verstand sie.

Aber was hatte ihn zu dem Verrat veranlasst? Hork schloss die Augen und konzentrierte sich. Die für ihn wachgerufenen Reminiszenzen der Vergangenheit zeigten sich ihm so deutlich, als wäre er selbst hier gewesen:

In den ersten Jahrzehnten ist Belek zufrieden mit seinem Dasein. Aber zusehends wird er einsamer; er wird schwach und erliegt der Versuchung des Geldes. Der Portaner gibt Lutecs Informanten einen Tipp. Hork hört die Selbstgespräche seines Freundes, den er nicht wiederzuerkennen vermag.

»Mit der Bezahlung werde ich neu anfangen. Irgendwo weit weg auf einem schönen Planeten, auf dem ich einen ruhigen Lebensabend verbringen kann. Ich habe meine Schuld längst gesühnt, alter Freund. Bitte verzeih mir. Ich halte es keinen Monat länger aus. Die Einsamkeit bringt mich um.« Es ist eine monotone Litanei, die er vor sich hinmurmelt; immer wieder. Bis Lutec und Kara seine Unterkunft betreten.

Bei dem Gespräch wird ihm klar, er wird niemals lebend aus diesem Spiel herauskommen. Also nimmt er Verbindung zu Hork auf und lässt ihm eine Warnung zukommen. Der alte Mann sieht als stiller Beobachter, wie sie abrupt durch seinen Tod unterbrochen wird.

Es war ein Schock für den alten Mann gewesen, auf Lamir die plötzliche Schwärze des Todes in den Gedanken seines Freundes miterleben zu müssen. Aber seinen Tod mit ansehen zu müssen, war um ein Vielfaches schwerer. Ein Trost blieb ihm, denn es ging schnell; Belek musste nicht leiden.

Ein Gedanke von Ranjana holte den alten Mann in seine Zeit zurück. Er sackte zusammen. Der Schock des Todes wollte ihn zerbrechen, doch das verhinderte Julana. Sie legte ihm eine Hand auf die schmale Schulter und nahm ihm diese Emotion ab, wie sie es stets tat, wenn seine Gefühle ihn zu überwältigen drohten. Kurz zuckte sie vor dem Tod zurück, aber sie opferte sich für ihn auf und nahm die Bürde auf sich.

Ranjana rief ein weiteres Mal in Gedanken nach ihm. Die Sulanerin war so völlig gegensätzlich zu Julana. Sie hatte alles Triste aus ihrem Leben verbannt. So trug sie ihre Haare lang. Ursprünglich waren sie grau gewesen, was typisch für ihre Spezies war. Vor langer Zeit schon hatte sie sie knallig rot gefärbt. An ihrer Kleidung gab es keine Stelle, die farblos war. Ranjana war lebenslustig und jedes Wesen konnte sich ohne Probleme mental mit ihr unterhalten. Auch sie war taubstumm, es war genetisch bedingt, aber sie ließ ihre starken Emotionen zu. Natürlich musste sie sie jederzeit unter Kontrolle halten, aber die ältere Frau wollte sich auf keinen Fall mehr einschränken lassen und lebte ihr Leben erfüllt mit Liebe und all den anderen so wundervollen Gefühlen.

Sie hatte Horks Aufgabe ausgeführt und einen Bergbewohner aufgetrieben. Dieser stand nun vor der Tür. Der alte Portaner verließ die Hütte. Da es dringend war, stellte er sofort, ohne zu zögern, eine mentale Verbindung zu dem Mann her. Rücksichtslos drang Hork dabei in seine Gedanken ein. Er sah die Geschichte, die in dessen Volk von Generation zu Generation weitergegeben wurde, mittlerweile seit vierhundert Sonnenumläufen:

Atil vom Bergvolk des Konrar, des höchsten Berges auf Porta, war auf dem Rückweg von der Jagd. Er hatte reichlich Beute gemacht, und er war in Hochstimmung. Für die nächsten zwei Zyklen würde seine Familie genug zu essen haben. Seine gute Laune lenkte ihn von der fremden Präsenz ab, die sich in seinen Kopf schlich und seine Schritte lenkte, bis er plötzlich vor einer dunklen Höhle überrascht stehen blieb. Hier war er noch nie gewesen und obgleich er kein Verlangen verspürte, hinunter in die Höhle zu gehen, wurde er magisch hineingezogen. Im Innern gab es einen riesigen Hohlraum. In der Mitte ging ein finsteres Loch noch tiefer in den Berg hinein.

Er sah hinab, außer Schwärze konnte er nichts wahrnehmen. Erschrocken trat er einen Schritt zurück, aber längst war er nicht mehr Herr seiner Sinne. Fassungslos wurde ihm in der hintersten Ecke seines Bewusstseins klar, was er vorhatte. Er machte sich doch tatsächlich daran, mit bloßen Händen und Füßen an der steilen Wand entlang in das gruselige Loch zu klettern. Unbewusst fragte er sich, woher er die Fähigkeit dazu hatte, da war er auch schon am Grund angekommen. Und obwohl er blind in der Dunkelheit war, wurde er zu einer Stelle hingezogen. Zielsicher bückte er sich und hob einen Lederbeutel auf. Er steckte ihn in seine aus Fell gefertigte Tasche und kletterte ohne zu zögern wieder hinauf.

So wurde Radirs Kristall gefunden oder besser gesagt: So fand der Kristall sein neues Volk. Atil wurde der Begründer einer neuen Religion und ernannte sich zum ersten Hohepriester.

Hork schickte seinen Geist in die Höhle, die sich in den letzten vierhundert Jahren stark verändert hatte. Nichts erinnerte mehr an die schmucklosen Wände, die jetzt von Wandteppichen und Gemälden verziert wurden. Er betrachtete den Energiestein näher und spürte eine wachsende Verzweiflung. Ein Rest von Radirs Bewusstsein, das in dem Talisman überdauert hatte, wollte zurück in die Zivilisation. Vor allem wollte es zurück zu Lutec, aber es war von der Einfältigkeit des Bergvolkes überrascht worden. Sie nahmen Radir als ihren Gott an und waren unwillig, ihn herauszugeben.

Die Höhle wurde ihr Schrein und sie bauten ihm eine gigantische Statue mit einem furchterregenden Götzenbildnis. Der Kristall fand in der Stirn eines ochsenähnlichen Kopfes, der auf einem riesigen humanoiden Körper mit zwei Beinen und zwei Armen saß, seinen neuen Platz. Radir konnte zwar Atils Gedanken vor Jahrhunderten dahingehend beeinflussen, dass er ihn aus dem tiefen Loch befreite. Aber so oft es ihm auch gelang, einen willigen Geist zu finden, der ihn aus den Bergen bringen sollte, so oft scheiterte dieser an den Wachposten. Der unfreiwillige Dieb wurde daraufhin in einer Opferzeremonie hingerichtet, zu Ehren desjenigen, der sich für dieses Verbrechen verantwortlich zeichnete. Was für eine Ironie des Schicksals.

Nach dieser Erinnerung drang Hork in die Köpfe der Wächter draußen vor der Höhle ein. Was er fand, erschreckte ihn zutiefst, denn ihm wurde klar, wie sehr das Bergvolk, das sein ganzes Denken auf diesen Gott ausrichtete, in Mitleidenschaft gezogen worden war. Hätte er davon gewusst, dann hätte er es sicherlich vor Jahrhunderten schon von ihm befreit.

Er rief die Gruppenmitglieder zu sich. Sie packten sich an den Händen, und im nächsten Moment waren sie verschwunden. Verwirrt blieb der reptilienartige Bergbewohner, der sich mit einer krallenbesetzten Klaue über die lederartige Stirn fuhr, allein zurück.

Kapitel 31

In der Höhle

Sie warteten, bis es dunkel wurde, denn so konnten sich die beiden schwarz gekleideten Gestalten nahezu unsichtbar in den Schatten bewegen. Der Eingang zur Höhle wurde von vier Männern bewacht. Lutec zeigte auf die beiden Männer rechts außen und Kara nickte zustimmend. Statt die unbarmherzige Bewegung auszuführen, mit der sie Belek das Genick gebrochen hatte, hielt sie ihnen die flache Klaue entgegen, lautlos sackten die Männer bewusstlos zu Boden. Genau das Gleiche passierte mit den beiden auf Lutecs Seite. Es lag ihnen fern, das ganze Bergvolk gegen sich aufzuhetzen. Töten wollten sie nur, wenn es absolut nötig war. Solange sie in der Nähe waren, würden die vier ruhig weiterschlafen. Lautlos schlichen sie in die Höhle.

Was sie dort sahen, überraschte sie keineswegs. Hork stand mit dem Rücken zu ihnen vor dem eindrucksvollen Götzenbild. Sein Team und Julana hielten sich bedeckt. Natürlich hatte Kara die Gedanken aufgefangen, die Belek ihm geschickt hatte, deswegen war sie gnadenlos mit Horks Beobachter umgegangen und hatte ihn getötet. Sie hatte die Hoffnung gehabt, die Gedanken schnell genug abgefangen zu haben. Doch eigentlich hatte sie es gewusst, es war zu spät gewesen. Das Töten war für sie längst zur Normalität geworden. Im tiefsten Inneren wusste sie es, stritt den Gedanken aber ab, dass sie mittlerweile sogar Gefallen daran fand.

»Hier hast du meinen Kristall also versteckt, mein alter Freund.« Lutec konnte die Erregung nicht aus seiner Stimme heraushalten.

»Ich freue mich, auch euch zu sehen, meine Gefährten aus einer längst vergangenen Zeit.« Mit diesen Worten drehte Hork sich um.

»Siehst gut aus. Aus dem kleinen Jungen ist im Laufe der Zeit doch noch ein Mann geworden. Tja, wie du siehst, ist sie auch an uns keinesfalls spurlos vorbeigegangen.«

Portaner hatten eine Lebenserwartung von bis zu zweihundert Jahren, aber die Begabten bekamen durch ihre Energiekristalle noch etliche hinzu. Trotzdem waren sie gealtert, die jungen Leute von einst waren verschwunden. Bitterkeit zeichnete die Gesichter von Lutec und Kara.

»Hat euch die Zeit denn weiser gemacht? Ich möchte euch ein Angebot unterbreiten.«

Der Kristall in Horks Klaue fing an zu pulsieren, als er die Gegenwart Lutecs wahrnahm, der stetig näherkam. Gierig schaute der hochgewachsene Mann auf den Kristall, den er endlich wieder in Besitz nehmen wollte und der zum Greifen nahe war.

Hork sah den Blick. Traurig stellte er fest, sein alter Vertrauter war noch immer uneinsichtig. Seine Augen wanderten weiter zu Kara, die ihn unerbittlich anschaute, hier würde er ebenfalls auf taube Ohren stoßen. Nichts hatte sich an ihrer Einstellung geändert.

»Gib mir den Talisman und wir lassen dich gehen.« Lutec dachte kurz nach und grinste. »Oder besser, sag uns doch einfach gleich, wo sich Lamir befindet.«

»Tss, tss, Lutec, Lutec«, Hork schüttelte mitleidig den Kopf, »du weißt, ich werde das Geheimnis schützen. Ich dachte wirklich, ihr hättet den Krieg langsam satt und würdet endlich Einsicht zeigen. Es gibt einen besseren Weg als den euren. Wie lange schon besitzt ihr keine richtige Heimat mehr, da ihr alles mit eurem Hass zerstört?« Sein Blick wurde hart. »Auf Lamir herrscht Frieden und den werde ich bewahren ..., wenn es sein muss mit Gewalt.« Vergessen war der Vorschlag, den er ihnen unterbreiten wollte.

Lutec zog seinen Dolch und Kara zog den ihren. Er hatte ihr den Dolch geschenkt, als sie sich nähergekommen und zu Gefährten geworden waren. Er selbst hatte die drei Talismane auf sie abgestimmt. Und nun waren seine Kristalle mit ihren verbunden, so konnten sie sich jederzeit vereinen und ihre Kräfte verstärken. Das wusste Hork, denn er hatte es damals noch selbst mitbekommen, und es hatte ihn geschmerzt.

Er erhob seinen Stab; der Talisman leuchtete auf, als er einen Schutzschild um sich aufbaute.

Lutec sah erstaunt auf den wunderschönen Kristall. »Ich spüre eine ungeheure Kraft von deinem Energiestein ausgehen. Woher hast du ihn?«

»Lamir hat die stärksten Energiekristalle, die ich jemals gefunden habe. Ihre Kräfte sind bei Weitem größer, als es bei den eurigen der Fall ist. Sie sind so voller Energie, dass einer alleine unsere Fähigkeiten immens verstärkt. Du siehst, meine Leute sind auf euch gut vorbereitet.«

In diesem Moment tauchte Ranjana mit ihrem Team auf und Julana trat aus dem Schatten heraus, in dem sie sich verborgen gehalten hatte. Schützend stellten sie sich um Hork und fassten sich an den Händen. Sie waren bereit zu teleportieren. Ihr Anführer hatte ihnen vor der Mission eingeschärft, es nicht zu einem Kampf kommen zu lassen. Sie sollten den Kristall holen und dann nichts wie weg - aber irgendetwas lief schief. Sein Team verschwand, doch er blieb zurück. Radirs Talisman wollte genau hier an dieser Stelle bleiben. Er setzte Horks eigenen Schutzschild gegen ihn ein. Es war ihm unmöglich, sich zu entmaterialisieren und zu verschwinden.

Lutec lachte laut auf und warf einen geballten Energieblitz auf den alten Mann. Er traf gleichzeitig mit dem Karas den Schutzschild. Nur mit Mühe konnte Hork den beiden widerstehen. Unter dem Schild spürte er, wie die Energie ihn erreichte und ihm stark zusetzte. Er duckte sich hinter den massiven Altar. Schwer atmend drückte er den Rücken gegen den kalten Marmorblock.

Lutec schrie ihm entgegen: »Gib mir den Stein, er will es. Radir hält mir die Treue, du hast keine Chance. Er konnte dir damals nicht widerstehen, aber über die Jahre hat er genug Kraft gesammelt.«

»Niemals werde ich dir diese mächtige Waffe überlassen.«

Lutec gab Kara ein Zeichen, sie sollte links um den Altar gehen, er würde den rechten Weg wählen, so würden sie ihn von zwei Seiten aus angreifen können.

»Fühlst du, wie dein Schutzschild schwächer wird? Lass den Energiestein fallen und du kannst fliehen.« Lutec gewann immer mehr die Oberhand, sein selbstgefälliges Grinsen zeigte, wie siegessicher er sich war. So nah war er seinem Ziel. Wenn er dabei Hork vernichten konnte, würde Lamir ihm gehören.

Das wusste Lutecs einstiger Vertrauter ebenfalls. Er musste abwägen, was wichtiger war. Der Kristall entzog ihm seine Macht; er musste schnell handeln. Doch plötzlich wandte sich sein Blick nach innen und er grinste, dann nickte er. Hork ließ seinen Schutzschild sinken und warf den Kristall in die Luft.

Falk materialisierte aus dem Nichts, seinen Degen einsatzbereit in der Hand. Er zielte und ein Energieblitz traf den Kristall in der Luft, gleichzeitig mit dem aus Horks Stab. Der Talisman zerbrach in tausend Stücke, dem alten Mann stand wieder seine volle Macht zur Verfügung. Und im nächsten Moment war er mit Falk verschwunden.

***

Das Bergvolk des Konrar war mit einem Schlag frei. Die Portaner erwachten aus einer tiefen Trance. Wie Komapatienten hatten sie die Zeit, in der Radir sie in seinen mentalen Klauen gefangen gehalten hatte, bewusst miterlebt, auch wenn sie unfähig waren, sich aktiv am Leben zu beteiligen. Ihre neuerwachten Gefühle waren zwiespältiger Natur. Sie fühlten sich von einer Last befreit, aber ebenfalls fühlten sie sich einer Aufgabe beraubt, die sie ein Leben lang ausgefüllt hatte. Der Bann Radirs war ein für alle Mal von ihnen genommen worden. Sie mussten erst lernen, eigene Entscheidungen zu treffen. Nach Jahrhunderten der Passivität würde es sich schwierig gestalten. Unbewusst fanden sie sich zusammen und schauten sich verwundert an. Ihr Hohepriester war selbst völlig ratlos. In Zukunft würde es sich zeigen, ob er sein Volk eigenständig führen konnte.

***

Draußen vor der Höhle materialisierte Hork sich neben Falk. »Das war perfektes Timing.«

»Ja, ich konnte deine Gedanken nur sehr schwach auf Lamir empfangen. Aber das Bild von dem Kristall in der Luft war klar und deutlich, denn da war ich schon nahe dran.« Und nachdrücklich setzte er hinzu: »Wir sollten zurückgehen und sie ein für alle Mal ausschalten.« Er drängte Hork, zu handeln.

Da schwankte der alte Mann und der jüngere von ihnen musste ihn stützen. »Sie haben mich erwischt, als ich den Kristall in der Hand hielt. Der gebündelte Energiestoß der beiden traf mich hart, trotz meines Schildes. Ich habe die Macht des Kristalls unterschätzt. Das Bergvolk scheint mächtige telepathische Fähigkeiten zu besitzen, auf die der Talisman all die Jahre Zugriff hatte. Ich konnte kaum etwas gegen ihn ausrichten.«

»Dann werde ich zurückgehen und sie erledigen.«

»Mein lieber Tobias, glaub mir, deine Kräfte sind bei Weitem zu schwach. Sie haben ihre zusammengeführt und sind dadurch sogar stärker, als ich es bin. Wir müssen zurück nach Lamir. Ich muss mich erholen und wir müssen uns vorbereiten.«

»Aber ...«

Horks Gesicht zeigte eine Wut, die Falk so bei ihm niemals zuvor gesehen hatte, er würgte ihn ab: »Keine Diskussion. Lass uns gehen.«

Er packte die Hand des jüngeren Mannes und im nächsten Moment waren sie auf Lamir.

***

Lutec trat mit Kara aus der Höhle hinaus und lachte zum zweiten Mal an diesem Tage laut auf.

Was gibt es da zu lachen? Der Talisman ist zerstört und Hork ist entkommen. Seine Gefährtin sandte ihm erstaunt diesen Gedanken.

Darüber brauchst du dir keine Sorgen zu machen und im Moment können wir uns gar keinen besseren Spion wünschen. Du wirst sehen, jetzt wird es zügig vorangehen. Bald werden wir das haben, was uns längst gehören sollte. Vertrau mir.

Kapitel 32

Die Ausbildung geht weiter

In den nächsten Wochen, während für die Neuen die Ausbildung weiterging, ließ sich Hork selten blicken. Doch manchmal übernahm er den Unterricht und die Aufgaben, die er stellte, waren fies und boshaft.

Oft bemerkte Falk ein diabolisches Grinsen auf dem sonst so gutmütigen Gesicht. Falk war längst misstrauisch geworden, hatte sein alter Freund sich unverkennbar verändert. Der Plan, den er und Julana gefasst hatten, war zwar drastisch, aber notwendig. Doch die Lernenden sollten davon nichts mitbekommen.

***

Und so ging es den sechs ahnungslosen Freunden gut. Sie hatten keinen Grund, sich allzu große Sorgen zu machen. Die Schule und die Ausbildung nahmen den größten Teil ihrer Gedanken ein.

Besonders Arrir, der junge Krieger, beschäftigte sich ständig mit seiner Waffe. Während Dominic, Tessa und Tasschel ruhig an einem Tisch im Aufenthaltsraum saßen, stand er daneben und trainierte wieder einmal mit seiner Kette. Er ließ sie mit präziser Eleganz in die Luft schnellen und fing sie geschickt an der schmalen Stelle auf, an der sich keine messerscharfen Glieder befanden. Richtig eingesetzt war die harmlos wirkende Kette durchaus in der Lage, Gegnern schwere Verletzungen zuzufügen. Und Arrir war bereits jetzt schon ein Meister in ihrer Anwendung.

Doch Tasschel beobachtete ihn misstrauisch. »Kannst du das bitte draußen machen? Es macht mich nervös. Wenn du dich verwirfst, hackt mir dieses Ding vielleicht den Kopf ab.«

Der Jugendliche zeigte ein seltenes Grinsen. »Damit ich das verhindern kann, übe ich ja Tag und Nacht. Es wäre doch zu schade, wenn du deinen hübschen Kopf verlieren würdest.«

Sie schaute den großen Jungen argwöhnisch an. Konnte sie Arrirs Worte ernst nehmen? Fand er sie wirklich hübsch? Vielleicht war es für sie aber auch völlig uninteressant, was er von ihrem Aussehen hielt, und so dachte sie trotzig: Pah, interessiert mich null, was dieser aufgeblasene Muskelprotz über mich denkt.

Er setzte nach: »Und nein, ich kann es keinesfalls draußen tun, denn es regnet und somit ist es unmöglich. Ihr solltet euch viel vertrauter mit euren Waffen machen und häufiger trainieren, anstatt hier nur rumzusitzen. Es rettet euch vielleicht irgendwann mal das Leben.«

Das Mädchen ignorierte seine belehrenden Worte wie so oft und zog ihn lieber auf: »Ach, ist der große Krieger aus Zucker und hat Angst, in dem bisschen Regen zu zerfließen?«

Dominic überhörte das Geplänkel der beiden und starrte trübsinnig zum Fenster hinaus. Dann seufzte er: »Es regnet ganz schön stark, da müssen wir heute wohl darauf verzichten, zu unserer Lichtung zugehen.« Wieder seufzte er.

Tessa stupste ihn an. »Ist doch auch mal ganz schön, da können wir ein bisschen faulenzen. Ich werde mich mit einem Buch auf meinen Sessel fläzen und den ganzen Tag lesen.«

Sie erhob sich und mit einem Gruß ging sie die elegant geschwungene Treppe zu ihrem Zimmer hinauf.

Der menschliche Junge wandte sich mit einem fragenden Blick zu Arrir um. »Was sollen wir heute unternehmen? Irgendeine Idee?«

»Ich werde ein bisschen mit Krrar durch die Wälder streifen. Das haben wir lange nicht mehr gemacht. Er liebt den Regen. Oder Bruder?«

Und tatsächlich sah es so aus, als ob die große Katze grinste und zustimmend nickte, als sie sich voller Vorfreude aufraffte und den Kopf senkte.

Viele der jugendlichen Bewohner des Anwesens hatten an diesem Tag in dem gemütlichen Raum Zuflucht vor dem Regen gesucht. Er diente den Lernenden zur Entspannung. Hier konnten sie all das tun, wozu sie Lust hatten, ohne beaufsichtigt zu werden. Es musste nur in einem gewissen Rahmen bleiben. Für abgefackelte Einrichtungsgegenstände zum Beispiel hatte Hork kein Verständnis, und Tasschel konnte da aus eigener Erfahrung sprechen.

***

Eigentlich hatte sie vor ein paar Wochen ähnlich gedacht wie Arrir: Übung macht den Meister. Und als sie ihre Feuerübungen abhielt, und zwar verbotener Weise in dem Aufenthaltsraum, da entwich ihr ein Funkchen, ein winzig kleines nur. Nur ... ihre Fünkchen besaßen sehr viel mehr Macht als simple Streichhölzer. So traf der Funke erst auf die alten Vorhänge, die sofort wie Zunder brannten. Dann griffen die Flammen auf das Holzmobiliar über, das noch älter zu sein schien. Fassungslos schaute sie dabei zu, wie das Zimmer in Flammen aufging. Als sie endlich ihre eigenen Flammen gelöscht hatte, stand sie betrübt in der Asche von dem, was einmal ein gemütlicher Raum gewesen war. Ein alter, ein sehr alter, aber doch gemütlicher Raum.

Ihr einziger Gedanke war: Mist, das war's. Hat länger gedauert, als ich gedacht habe, bis ich so einen großen Schaden anrichte, dass ich von der Schule fliege. Dann kam ihr eine Idee: Das Feuer hatte Kontrolle über mich. Wie hört sich das an? Vielleicht kann ich mich damit herausreden.

Guter Versuch. Aber das kaufe ich dir nicht ab, junge Dame. Hork stand plötzlich neben der Fünfzehnjährigen und schaute sie vorwurfsvoll an.

Sehen Sie es mal so, es war eh Zeit für neue Möbel, Sessin. Die alten waren viel zu leicht entflammbar und das verstieß doch bestimmt gegen irgendwelche Brandschutzvorgaben. Zögerlich sah sie Hork an.

Er erlaubte Tasschel, auf der Schule zu bleiben, aber er brummte ihr die nächsten zwei Monate zusätzliche Küchenarbeit auf und erteilte ihr die strikte Anweisung, kein Feuer mehr in geschlossen Räumen heraufzubeschwören. Und so übte sie nicht mehr jede freie Minute.

***

Jetzt saßen die Studierenden, dank Tasschel, auf neuen Möbeln und unterbrachen ihre Tätigkeiten, als Arrir losrannte. Im Laufen verwandelte er sich in seine Tiergestalt. Die Kinder schauten ihm bewundernd, aber auch ein wenig ängstlich hinterher. Die Eleganz der schwarzen Raubkatze, zu der er geworden war, zeigte sich in jeder Bewegung. Sie fragten sich, wie er das mit seiner eng anliegenden schwarzen Hose schaffte, die er mit in seine Verwandlung aufnahm. Sie wurde ein Teil seiner neuen Gestalt, so lange, bis er sie wieder in seiner ursprünglichen Form benötigte.

Seine Freunde hatten ihn einmal gefragt, wie das vonstattenging. Er hatte mit den Schultern gezuckt und gesagt: »Es passiert einfach. Ich mache es, ohne drüber nachzudenken.«

Begeistert sprang sein Gefährte ihm nach. Endlich zogen sie wieder einmal gemeinsam in die Wildnis, das hatte das Jungtier vermisst. Krrar war glücklich darüber, nicht die ganze Zeit mit im Unterricht sitzen zu müssen. Die Zeit, die er mit Arrirs Freunden auf der Lichtung verbrachte, gefiel ihm ebenso. Trotzdem vermisste er seinen Bruder, wenn er alleine loszog.

In Dominics Kopf blitzte die enthusiastische Freude auf, die Krrar nun fühlte, und der Junge freute sich für ihn und wünschte ihm viel Spaß. Und schon wandte er sich an die verbliebende Tasschel und klatschte auffordernd in die Hände.

»Oh, sorry. Aber ich habe ein Date mit Ben. Schon seit Wochen fragt er mich, ob ich mit ihm etwas unternehmen möchte. Er ist sehr hartnäckig. Damit er endlich Ruhe gibt, habe ich versprochen, heute mit ihm auf seinen Heimatplaneten zu gehen. Es gibt dort wilde Flüsse. Wir wollen etwas machen, das sich ...« Sie überlegte kurz: »Wildwasserrafting nennt. Keine Ahnung, was das ist. Er ist ein Mensch, so wie du, habe ich recht?«

»Ja, das ist er. Es ist gefährlich, nimm es ernst und sei bitte vorsichtig.«

»Gefährlich? Gefährlich ist toll. Da werde ich ja vielleicht sogar Spaß haben. Tschau, ich muss los.« Die schlanke Tasschel erhob sich geschmeidig, band ihre lange rote Mähne zu einem Pferdeschwanz zusammen und rannte hinaus, dabei bewegte sie sich elegant wie Arrir zuvor.

Dominic fragte Cass erst gar nicht, ob dieser zu irgendetwas Lust hatte, denn der Kobold saß in seinem Schrank und brütete vor sich hin. Er war bei so einem Wetter noch missgelaunter, als er es ohnehin immer war. Es war ihm unmöglich, Tiri zu fragen, denn sie war bei ihren Erzeugern. Bei Regen feierten sie so eine merkwürdige Zeremonie, in der sie die Fruchtbarkeit des Waldes priesen. In ihrer Region regnete es kaum, darüber war die kleine Elfe sehr froh, denn sie hasste diese Feierlichkeiten.

Und heute war Doktag, da fiel der Unterricht leider flach. Über so einen Gedanken hätten seine Freunde die Köpfe geschüttelt und ihn aufgezogen: »Oh, wie schlimm ist das denn? Heute ist kein Unterricht. Du tust uns ja soooo leid.«

Er überlegte, zur Erde zu springen und seine Eltern zu überraschen. Aber er hatte heute Morgen bereits mit ihnen gefrühstückt. Dabei hatten sie ihm erzählt, dass sie ein Projekt, das seit Ewigkeiten lief, auf Drängen ihres Verlages beenden mussten. Für ihren Sohn blieb ihnen neben der Tätigkeit als Verbindungsleute zwischen der Erde und Lamir und ihren Schreibprojekten kaum Zeit. Aber sie wussten ihn bei seinen Freunden in guten Händen. Das erste Mal in seinem Leben hatte er wirkliche Freunde, die mit ihm durch dick und dünn gingen. Und wie stark ihre Verbindung war, würden sie in naher Zukunft noch zu schätzen lernen.

In diesem Moment, als er plötzlich alleine war, überkam ihn großes Heimweh. Heimweh nach seinem gemütlichen Sessel auf der Erde. Er hätte ihn mitnehmen können, so wie er viele Dinge, die ihm wichtig waren, nach Lamir geholt hatte. Aber irgendetwas hielt ihn bei diesem Gegenstand zurück. Vielleicht war es ein Stück Heimat, das die Verbindung aufrechterhalten sollte.

Kapitel 33

Keine wehrlose Welt

Emilie und Paul registrierten die Anwesenheit ihres Sohnes, der plötzlich in seinem Sessel auftauchte, sich tief hinein kuschelte und entspannt die Augen schloss. Seit er das Reisen zwischen den Planeten gelernt hatte, sprang er wild hin und her. Niemals vergaß er dabei den lebenswichtigen Schutzschild.

Nicky, was tust du hier?, fragte seine Mutter mit einem Anflug von Entsetzen.

Verzeihung? Ich wohne hier … äh, zumindest manchmal noch. Komme ich ungelegen?

Nein, nein, du hast uns nur überrascht.

Die beiden taten etwas, das sie niemals zuvor getan hatten: Sie schlossen ihn aus ihren Gedankengängen aus. Sie kommunizierten jetzt auf einem mentalen Kanal, der ausschließlich ihnen vorbehalten war.

Wir müssen irgendjemandem Fragen stellen; sofort. Dominic kann nicht dabei sein. Hast du eine Idee, wie wir ihn ablenken können? Paul sah seine Frau mit einer Dringlichkeit an, die ihr Angst machte.

Du hast recht. Ich habe da schon eine Idee. Und danach werden wir jemanden aufsuchen.

Sie ließen Dominic wieder an ihren Gedanken teilhaben und gaben vor, sich mit ihrem Buch zu beschäftigen. Sie zeigten ihm die Welt, von der sie gedacht hatten, sie wäre zu hundert Prozent ihrer Fantasie entsprungen. Mittlerweile hatten sie spitzgekriegt, dass dem nicht so war. Falk hatte sie beeinflusst. Das konnten sie eventuell verstehen, aber nicht gutheißen. Ihre Zweifel fingen hiermit an.

Die Gesichter seiner lieb gewonnenen Freunde waren ebenso Bestandteil ihrer Gedanken wie die Lichtung, die zu dem Treffpunkt der jungen Leute geworden war und auf der sie viel Zeit verbrachten. Aber in der Nähe des Sees ließ Emilie ihn etwas Neues sehen.

Der Fünfzehnjährige stutzte: *Halt mal, es gibt doch gar keine Hütte auf unserer Lichtung.*

Das sollte es aber, hörte er die Stimme seiner Mutter in seinem Kopf.

Ihr Plan ging auf, Emilie und Paul sahen durch Dominics Augen und dachten seine Gedanken. Sie waren bei den folgenden Aktionen dabei, die sie trotz ihrer Sorgen amüsierte: Ihr Sohn sprang wie von der Tarantel gestochen auf und schlug sich mit der flachen Hand vor die Stirn.

Das ist es! Es ist eine geniale Idee. Ein Clubhaus; das fehlt tatsächlich.

Er setzte sich an seinen Schreibtisch und überlegte intensiv. Dann suchte er etwas.

Hier müsste irgendwo ein ... Ah, hier ist er ja.

Er zog einen Zeichenblock aus dem Stapel alter Hefte hervor und fing an zu zeichnen. Das konnte er sehr gut.

Dieses Talent hat er von mir geerbt, ließ Paul auf ihrem privaten Kanal stolz von sich hören.

Mit einem Bleistift skizzierte Dominic den ersten Entwurf einer Hütte und die Einrichtung gleich mit. Nach dem dritten Entwurf war der kleine Künstler zufrieden. Zum Schluss malte er ihn bunt an, denn er wollte seine Freunde von der Idee überzeugen. Als er fertig war, war er ganz happy über seine Arbeit.

Na, das kann er auch. Sieht gut aus. Emilies Stolz stand dem Pauls in nichts nach.

Tschüss Mama, tschüss Papa. Wir sehen uns und danke für den Tipp mit der Hütte.

Und schon war er weg und das Pärchen war allein. Erleichtert atmeten die beiden auf. Sie hatten eine dringliche Angelegenheit zu erledigen. Sie benötigten Antworten, denn sie hatten von einer Sache erfahren, die sie zutiefst erschreckte. Wollten Emilie und Paul Keller über Dinge schreiben und zeichnen, die sie liebten und an die sie glaubten, waren sie sich nun unsicher. Ihnen waren Zweifel durch das Gehörte gekommen.

Ihr Plan war es gewesen, Lamir in allen Einzelheiten zu beschreiben, so wie sie es kennengelernt hatten. Die weiten Wälder, in die die große Stadt Katana eingewoben war, in der alle Wesen friedlich miteinander lebten. Sie war die größte Stadt auf Lamir. Verteilt über den gesamten Planeten gab es viele solcher Städte und noch etliche kleine Dörfer. Das hatte Hork ihnen vor Kurzem erzählt. Ein paar hatten sie auch schon auf ihren Erkundungstouren kennengelernt. Die Orte waren durch eine ausgeklügelte Infrastruktur miteinander verbunden. Elektrogleiter flogen durch die Luft und Hochgeschwindigkeitszüge fuhren zwischen den Orten hin und her. Sie glitten über den Boden, angetrieben von dem Prinzip der Hovercraft. Wie auf Wolken schienen sie zu schweben, auf ihren aus Luft erzeugten Kissen.

Tief waren die beiden bei ihrer Romanfassung in ihren Weltenentwurf vorgedrungen und hatten die Geheimnisse Lamirs, die ihnen bekannt waren, preisgegeben. Sie beschrieben die schweren Turbinen in den Seen, die Strom für die Allgemeinheit durch Wasserkraft erzeugten. Sie gingen in jedes kleinste Detail, um die Häuser zu beschreiben, in denen skurrile Wesen lebten. Die kunstfertigen Behausungen versorgten sich selbst mit

Sonnenenergie durch die unauffällig auf den Dächern angebrachten Solarzellen. Schön anzusehende Windräder drehten sich mit dem Wind und erzeugten zusätzlichen Strom. Generatoren speicherten ihn, so hatten die Bewohner immer genug Energie, auch an kälteren Tagen, wenn die Sonne nicht im Überfluss schien. Von diesen Tagen gab es allerdings kaum welche, denn Katana lag im äquatorialen tropischen Gebiet von Lamir, dadurch blieben die Temperaturen das ganze Jahr über warm.

Ihr Wunsch war es, alle Menschen an diesem, wie sie bisher gedacht hatten, wunderschönem Utopia teilhaben zu lassen. Natürlich würden die meisten Leser es als bloße Fantastik abtun, aber sie hofften auf Menschen, die so waren, wie sie selbst und Fähigkeiten besaßen, die sie geheim hielten. Das Ehepaar versteckte Botschaften in dem Buch und wünschte sich, dass sie enträtselt werden würden. Diese besonderen Menschen sollten sie finden und zu ihnen kommen. Allen wollten sie die Möglichkeit geben, nach Lamir zu gelangen.

Das hielten die beiden für eine Tatsache: Lamir war eine friedliche Welt. Doch bei ihrer Recherche - sie schrieben nie über einen Bereich, ohne ihn bis ins kleinste Detail durchleuchtet zu haben - hatten sie erfahren, es gab größere Geheimnisse als die, die man ihnen erzählt hatte. Denn Emilie und Paul waren bis heute völlig ahnungslos gewesen hinsichtlich der hoch entwickelten Waffen, die in Bunkern tief unter der Erde bereitstanden, um ihre zweite Heimat im Ernstfall zu verteidigen.

Sie wollten sich mit ihren Fragen an die einzige Person wenden, von der die beiden sicher ausgehen konnten, dass diese ihnen Antworten geben würde. Und schon teleportierten sie sich direkt vor Falks Suite. Auf ihr Klopfen hin öffnete er die Tür.

»Emilie und Paul. Was für eine schöne Überraschung. Kommt doch rein.«

Mit bleichen Gesichtern und sehr verstört betraten sie einen langen Flur, von dem mehrere Türen abgingen. Im Wohnzimmer bat er sie, sich zu setzen und bot ihnen einen Wein von der Erde an, den sie dankend ablehnten. Unruhig tigerten sie in der Wohnung herum. Dann blieben sie steif stehen, fordernd schauten sie Falk an.

Sichtlich verwirrt fragte er: »Kann ich euch helfen? Ihr seht aufgebracht aus.«

»Was geschieht hier, Tobias?« Paul starrte ihn mit großen blauen Augen an.

»Mir ist unklar, was du meinst. Was soll wo passieren?«

»Auf eurer ach so friedlichen Welt, wie ihr uns glauben machen wollt. Wir kommen selbst von einer gefährlichen Welt, das weißt du nur zu gut, es ist schließlich ebenso deine. Mit der Gefahr lebend, dass sich eine intelligente Spezies jederzeit in die Luft sprengen kann. Mit dieser immens großen Waffengewalt, die sie angehäuft hat, müssen wir jede Sekunde unseres Lebens zubringen. Wie könnt ihr Dominics Sicherheit auf Lamir gewährleisten?«

Emilie setzte eindringlich nach: »Ist unser Sohn bei euch sicher, Tobias? Führt ihr einen Krieg?«

Falk wurde klar, sie hatten irgendwie von der schweren Artillerie erfahren. »Bitte, setzt euch erst einmal.« Er sandte ihnen beruhigende Gedanken und etwas ruhiger setzten sie sich auf die moderne Couch.

Am Rande bewunderte das Ehepaar das stylish eingerichtete Wohnzimmer. Tobias hatte antike Möbel, die sicherlich nicht billig waren, mit hochmodernen Einrichtungsgegenständen kombiniert. Herausgekommen war ein gemütliches Zimmer, das von Klasse zeugte.

Emilie und Paul hatten das Gefühl, er wollte Zeit schinden, als er zu der antiquierten Anrichte in der Ecke ging und den angebotenen Wein in drei Gläser füllte. Auf einem silbernen Tablett kam er damit zu ihnen zurück und stellte zwei filigran verzierte Weingläser vor ihnen ab. Aus dem dritten Glas nahm er selbst einen Schluck.

Um sich zu beruhigen, tranken sie den Wein und waren über die Qualität angenehm überrascht. Er ließ es sich gut gehen und knauserte nicht.

Falk ließ sie kurz an einer Erinnerung teilhaben: Da er im Jahre 1849 vorausschauend gewesen war, hatte er sein Geld in Wertpapiere angelegt. Dadurch war er heute, hundertsiebzig Jahre später, ein reicher Mann, der nur so als Hobby an der Universität von London Parapsychologie lehrte. Nun, im Jahre 2019, gehörte er zu den führenden Professoren auf diesem Gebiet. Kein Wunder, hatte er schließlich in seinem langen Leben genug Felderfahrung sammeln können.

Die Kellers stellten beeindruckt ihre Gläser auf passende Untersetzer, die Falk zum Schutz des wertvoll aussehenden Kristalltisches dort hingelegt hatte. Sie ließen sich aber nicht ablenken und schauten ihn auffordernd an.

Er war zu dem Entschluss gekommen, sie über die Lage aufzuklären: »Es gibt leider nicht nur Freunde da draußen im Weltall. Die Regierungen vieler Welten stehen Lamir feindlich gegenüber. Ungeachtet der Tatsache, dass die sehr gut ausgebildeten Lamiraner ihnen regelmäßig helfen, Katastrophen jeglicher Art zu bekämpfen, sehen sie eine große Gefahr in genau diesen Wesen. Sie fragen sich, was passieren würde, wenn wir uns eines Tages unter einem neuen Anführer aufmachen, die Welten zu erobern, die wir jetzt noch beschützen. Lamir wird immer stärker. Die Bevölkerung wächst und wächst. Einmal durch die natürliche Geburtenrate und dann auch durch die Zuwanderungen der Begabten, die zu uns kommen. Begabte, die auf ihren Heimatplaneten schlecht behandelt worden sind. Die Regierungschefs dieser Welten fürchten sich vor ihrer Rache. Schließlich bildet Hork die Begabten zu Kämpfern aus. Und nicht zu irgendwelchen

Kämpfern, sondern zu den Besten des Universums. Mit unseren zahlreichen Fähigkeiten wäre es ein Leichtes, ihre Heimatplaneten zu erobern und den Spieß umzudrehen. Davor wollen sie sich schützen.«

Nachdenklich stellte Paul Fragen: »Kann man es ihnen verdenken? Wie steht die Erde dazu?«

»Die Regierungen der Erde denken ähnlich. Oft uneins, sind sie sich doch in dieser einen Sache völlig einig. Noch zeigen sie sich freundlich gegenüber Lamir und dennoch rüsten sie zur Verteidigung auf. Dabei verlassen sie sich nicht nur auf ihre schweren Waffen. Zusätzlich scharren sie paranormale Menschen mit außergewöhnlich starken Fähigkeiten um sich. Sie nennen sie die „Human Sanctuary", die Wächter der Erde. Alle Mitglieder dieser Spezialeinheit sind Menschen mit ausgebildeten Begabungen.«

»Waaaas? Sie rekrutieren Menschen mit paranormalen Fähigkeiten? Machen sie freiwillig mit oder werden sie gezwungen?« Emilie war fassungslos.

»Soviel ich weiß, tun sie es aus freien Stücken. Als sie das Programm ins Leben gerufen haben, haben die Vertreter der Regierungen, voran der britische Premierminister, versucht, mich als Ausbilder für ihre Sache zu gewinnen. Aber ich hatte Bedenken und deswegen lehnte ich das Angebot ab. Mir zielt das Programm der Human Sanctuary zu sehr gegen Hork und seine Sache. Die Regierungen streiten es bis heute natürlich ab und versichern, es handele sich nur um eine reine Vorsichtsmaßnahme.«

»Ja, klar. Wer's glaubt, wird selig.«

»Ich frage mich seitdem: Wenn es zum Krieg zwischen Lamir und den Welten käme, für wen würde sich die Erde dann entscheiden? Ich hatte zwar den Posten des Ausbildungsleiters abgelehnt, trotzdem stehe ich den Regierungen der Erde mit Rat und Tat zur Seite, schließlich ist es meine Heimat. Ich möchte sie ungern alleine lassen auf ihrem Weg, zu gefährlich sind wir Menschen. Ihr wisst, was ich meine. Ich muss ihnen weiterhin meine Unterstützung zusichern und auch Lamir muss sich mit einem Bündnis absichern, denn alles andere wäre ein fataler Fehler, den wir eines Tages bitter bereuen könnten. Seht ihr das auch so?«

Zustimmend nickten die beiden. »Natürlich. Es ist besser, einen Menschen als Verbündeten an seiner Seite zu wissen, als einen Menschen als Feind zu haben.«

»Es ist lächerlich anzunehmen, Hork oder irgendein Lamiraner hätte das Ziel, tatsächlich die Welten zu erobern. Aber genauso lächerlich ist es anzunehmen, dass Hork sich überrumpeln ließe. Die Begabten Lamirs sind nicht naiv. Wir wissen uns zu verteidigen und sind auf den Tag vorbereitet, an dem die Welten angreifen werden, denn das ist nur eine Frage der Zeit. Hork setzt sein Vertrauen zusätzlich noch in die Präkogs. Er ist sich sicher, diese werden ihn frühzeitig warnen. Seine Hellseher sind ein Volk für sich. Sie leben in einer Stadt, tief verborgen in einem riesigen Wald, abgeschirmt durch eine Energiekuppel.

Und der Oberpräkog Sean Mackenzie trägt die schwerste Last Lamirs, denn er hat die Verantwortung für die „Stadt der verlorenen Seelen" übernommen. Hier werden die Verbrecher sämtlicher Welten festgehalten, die die Präkogs als Verursacher von Krisen entlarvt haben. In der Regel werden sie gefasst, bevor sie das Verbrechen ausführen können. Über Jahre, sogar über Jahrzehnte halten die Präkogs sie dort gefangen. Oft wissen die Wesen gar nicht, welcher Verbrechen sie angeklagt worden sind.«

»Das ist ja grausam. Gibt es keine andere Möglichkeit?«

»Es hängt von den potenziellen Verbrechern ab. Die Instanz der Präkogs wacht über alle Lebewesen im Universum. Die Präkogs sind es, die die gefährlichen

Kreaturen aus dem Verkehr ziehen müssen. Das tun sie, unerbittlich, wenngleich noch kein Verbrechen von den Kriminellen begangen worden ist. Bevor sie unschuldigen Lebewesen etwas antun können, übergeben die Teams sie gnadenlos Lamirs Polizeigewalt. Von den speziell dafür ausgebildeten starken Telepathen werden die Wesen telepathischen Hirnscans unterzogen und danach, je nach Böswilligkeit, direkt ins Gefängnis geworfen. Die Hochsicherheitsgefängnisse befinden sich in der Stadt der Präkogs, in denen sie ihr Leben fristen.«

»Hochsicherheitsgefängnisse?«

»Hork ist ganz bestimmt nicht stolz darauf, sich so eine Technik zunutze zu machen, aber es ist nötig. So leid es ihm auch tut, manche von den Wesen müssen auf diese Art sicher verwahrt werden. Hier durchlaufen sie ein Programm zur Rehabilitation, und mehrmals im Jahr müssen sie sich der Prozedur eines Scans unterziehen, damit das Gericht überprüfen kann, ob Besserung eingetreten ist, oft jahrzehntelang. Vielen kann so geholfen werden, denn oft sind sie Opfer ihrer Erziehung und ihres Umfeldes, ja sogar ihrer Regierungen geworden. Programmierungen durch eine Regierung oder die Prägung durch die Familien können wieder rückgängig gemacht werden. Fortan leben einige von ihnen frei auf Lamir, ohne religiöse Vorurteile und ohne eine beeinflussende Staatsmacht. Stattdessen können sie ihr Leben selbst gestalten, wenn die vormals potenziellen Verbrecher auf keinen Fall die Freiheit eines friedlichen Lebewesens tangieren. Viele gehen zurück auf ihre Heimatwelten und leben dort ihr Leben, ohne weiter aufzufallen.

Aber ebenso gibt es andere. Den schwersten Fällen, den völlig verdorbenen Gemütern, stehen die Präkogs machtlos gegenüber. In den ersten Jahren wollen diese verschiedenartigen Lebewesen wissen, wo sie sind und warum sie dort sind. Schließlich haben sie ihrer Meinung nach doch gar nichts getan. In all den Jahren gibt ihnen niemand eine Antwort auf diese Fragen. Was sollen die Hellseher ihnen für eine Antwort geben? Dass sie überführt worden waren, aufgrund welcher Beweise? Der von Visionen?

Also sitzen sie ihr restliches Leben im größten Gefängnis des Universums, weil ein mögliches Verbrechen eventuell in der Zukunft von ihnen begangen werden würde. Hork hält es für richtig. Und nur wegen dieser fast schon absurden Tatsache sitzen sie im Endeffekt ein. Im Laufe der Jahre zerbrechen sie. Schon längst ist ihre Frage nach dem „Warum" erstorben. Täglich kommen neue Gewalttäter hinzu, denn die Präkogs ruhen niemals und machen die Welten sicherer. Keineswegs nur die Verbrecher leben abgeschottet in Maranturena. Auch die hellseherisch begabten Lamiraner schotten sich dort ab.«

»Maranturena? Kann man das Wort übersetzen? Warum schotten sie sich ab?«

Kapitel 34

Maranturena
Die Stadt der verlorenen Seelen

Falk dachte nach und antwortete dann: »Ich werde euch erzählen, was ich über die Präkogs weiß. Viel ist es nicht, denn sie leben in ihrer eigenen Welt. Die Hellseher nennen ihre Stadt Maranturena: Die Stadt der verlorenen Seelen. Bei der Namensgebung zeigt sich ihr schwarzer Humor, durch den sie ihre Situation etwas erträglicher empfinden. Verlorene, so nennen sich die Bewohner selbst, weil sie viel Leid sehen und durchleben müssen; und das tagtäglich. Wenn schon die Emotionen einer Welt für sie unerträglich sind, wie sollen sie die Emotionen von Tausenden Welten ertragen können, die in jeder Minute ihres Lebens auf sie einstürzen? Nicht einmal durch ihre eigenen stark ausgebildeten mentalen Barrieren können sie sie abblocken. Deswegen schützt sie zusätzlich eine Energiekuppel, die die ganze Stadt umspannt. So bezeichnen sie sich selbst als verlorene Seelen, die als Gefängniswärter für diejenigen herhalten müssen, die ihre Seelen auf die schlimmste Weise verloren haben. Alle leiden sie unter der Abgeschiedenheit, doch zumindest die Präkogs wissen von ihrem Schicksal. Die

Gefangenen jedoch bleiben unwissend darüber, warum sie dort eingesperrt sind.«

»Kein sehr humanes Rechtssystem oder?« Emilies Zweifel wuchsen weiterhin an. Lamir rückte in weite Ferne von dem Paradies, für das sie es anfangs gehalten hatten. Je mehr ihr Wissen wuchs, desto tiefere Abgründe taten sich auf.

»Die Alternative wäre, wir verzichten auf die Dienste der Präkogs und ignorieren, wie viel Gutes sie bereits im Laufe der letzten vierhundert Jahre, seit Hork die Gesellschaft von Lamir begründet hat, für die Welten und Milliarden von Wesen getan haben. Sehen wir es einmal von einer weiteren Seite aus: Es passiert keinesfalls oft, aber immer noch zu oft; einige verdorbene Seelen entgehen ihnen trotz der Recherchen der Teams. So war es auch bei den Ereignissen des Falls der Zwillingstürme auf der Erde gewesen. Die richtigen Ereignisse zu sehen, wird besonders schwierig, wenn es um Selbstmordattentäter geht. In diesen Fällen können sich die Hellseher bis zum Schluss niemals einer Vision sicher sein. Das ist die Schwierigkeit bei solchen Bildern, die Gewalttäter zeigen, die nicht in ihrem Glauben gefestigt sind.

Bei denen, die fest an ihre Sache glauben, die ihre geplanten Aktionen unbeirrbar durchführen, kommt es zu eindeutigen Visionen. So können die Visionäre sie sehen und identifizieren. Es müssen nur noch die Teams losgeschickt werden, um vor Ort zu recherchieren. Die Mitglieder leisten oft wahre Detektivarbeit.«

»Ja, das erwähnte Hork bei unserer Ankunft. Dominic findet das „cool".«

»Alle Jugendlichen sind davon begeistert. Und das ist auch gut so, so haben wir immer Nachwuchs in diesem Bereich.« Falk lächelte sie an. »Dominic würde ein ausgezeichneter Detektiv werden.« Sein gutmütiges Gesicht verfinsterte sich im nächsten Moment und er fuhr mit seinen Ausführungen fort: »Doch unsere Teams stehen manchmal vor unlösbaren Problemen, wenn sie es mit Mördern zu tun bekommen, die unsicher sind, die Zweifel an der „Gottestat" haben. Bis zum Ende ist der Ausgang ihrer Tat offen. Machen sie es oder machen sie es nicht? Es gibt zu viele Auslöser, die sie in verschiedene Richtungen lenken können. Die Präkogs vermögen ihre Gesichter deshalb nur unklar und undeutlich zu erkennen. Dazu kommt, wenn sie potenzielle Täter schnappen und aus dem Verkehr ziehen, rücken sofort weitere nach, die deren Plätze einnehmen.

Im Falle von 9/11 waren die Präkogs am Ende zu folgendem Schluss gekommen: Es war ihnen unmöglich, die Katastrophe zu verhindern. Also brachen sie die Mission ab, um keine weiteren Kapazitäten an einen aussichtslosen Fall zu verschwenden. Jeder aussichtslose Fall macht ihre Seelen ein Stück verlorener. So blieb ihnen nur noch eins zu tun: Sie setzten die menschlichen Regierungen von der bevorstehenden Katastrophe in Kenntnis. Jedoch konnten sie kein genaues Datum benennen. Sie gaben der amerikanischen Regierung eine Warnung durch. Der eigens für diese Warnungen geschaffene Katastrophenschutz der Regierungen wurde in Alarmbereitschaft versetzt. Es war schmerzlich genug, so viele Seelen zu verlieren, aber die Hilfskräfte hatten Erstaunliches geleistet. Von den 17.400 an den Terroranschlägen beteiligten Menschen verloren lediglich dreitausend ihr Leben; das grenzte an ein Wunder.«

Emilie sackte erleichtert zusammen und Tränen liefen ihr die Wangen hinab; so viele Jahre hatte es sie gequält. Sie hatte den Fall der Türme des World Trade Centers noch klar vor Augen. Die grausamen Bilder, die damals in alle Welt ausgestrahlt worden waren, hatten sich in ihr Gehirn gebrannt. Emilie und Paul hatten helfen wollen, hatten aber keinesfalls gewusst, wie sie es hätten anstellen sollen. Sie hatten sich dadurch hilflos und nutzlos gefühlt. Es war nun schön zu hören, dass von anderer Seite geholfen worden war. Ihre Zweifel an Lamir nahmen ab.

Falk lächelte sie verstehend an. »Solche Ereignisse wie damals passieren nicht häufig, denn meistens sind die Selbstmordattentäter in ihrem Glauben gefestigt. So schrecklich es klingt, aber es ist tatsächlich unser Glück, wenn sie ohne jegliche Zweifel darüber sind, dass sie sich durch ihre verabscheuungswürdigen Taten eine bessere Existenz nach dem Tod verdienen. So gibt es kein Zögern bei ihnen. Die Zukunft kann geradlinig auf einen Punkt hin verlaufen, deswegen können viele von ihnen geschnappt werden, bevor sie ihre Taten ausführen können.

Keineswegs nur auf der Erde kommt es so zu viel weniger Gräueltaten, sondern auf vielen Welten. Denn Fanatiker, die meinen, für eine gute Sache, für ihre Sache sterben zu müssen, gibt es überall. Da stehen die Menschen nicht allein im Universum.«

»Du meinst, es könnte auf der Erde noch viel schlimmer sein, als es ohnehin schon ist?« Für Emilie waren die Terroranschläge bereits mehr als genug.

»Glaub mir, die einsitzenden Terroristen in der Stadt bezeugen es.«

»Du redest hier über eine Instanz, die unglaublich ist. Wie kann das alles reibungslos ablaufen?« Paul als Pragmatiker wollte es unbedingt verstehen.

Und Falk erklärte es ihm: »Präkogs handeln strikt nach ihren Vorgaben, ansonsten würde das Chaos herrschen. So werden die Vorhersagen klassifiziert und in Prioritäten eingestuft. Hork, Julana und ich haben vor etwa zwei Jahrhunderten dabei geholfen, folgende Dogmen aufzusetzen, nach denen sie leben:

Das erste Dogma bedeutet dringende Priorität, Einleitung sofortiger Maßnahmen: Nachricht an die

Einsatzzentrale, je nachdem wie groß die Katastrophe ist, müssen mehrere Teams geschickt werden.

Zweites Dogma hat wichtige Priorität, Einleitung sofortiger Maßnahmen: Nachricht an die Einsatzzentrale, ein Team muss geschickt werden, Nachforschungen sind vonnöten.

Drittes Dogma hat noch keine dringende Priorität, die Katastrophe tritt erst später ein. Nachricht an die Einsatzzentrale, eins beziehungsweise mehrere Teams müssen vorbereitet werden.

Viertes Dogma hat wichtige Priorität für die Welten, Nachricht an die Oberhäupter: Einleitung sofortiger Maßnahmen.

Fünftes bis siebtes Dogma: Priorität ist nicht relevant, da die Katastrophe entweder auf keinen Fall verhindert werden kann oder sie bereits im Gange ist und jede Hilfe zu spät kommt oder sie bedeutungslos ist. Die Maßnahme, die daraufhin folgt, ist jedes Mal die Gleiche: Vision wird gelöscht.«

»Die letzten Punkte sind grausam.« Emilie, die alles aus einem emotionalen Blickwinkel betrachtete, war fassungslos. Sie schaute ihren Mann an, um seine Zustimmung einzuholen.

Doch er schüttelte den Kopf. »Ich befürchte, es gibt keine alternative Möglichkeit, um effektiv zu arbeiten.«

»Effektiv zu arbeiten? Was ist mit „human" zu arbeiten?«

Falk versuchte, es ihr zu erklären: »Es ist nie einfach zu entscheiden, welches Dogma für welche Situation greifen muss, aber es muss nach Regeln ablaufen. Für uns ist es leicht, das zu sagen, aber die Präkogs sind es, die am Ende mit den Konsequenzen leben müssen, denn Visionen der letzten drei Stufen werden sofort aus ihren Gehirnen gelöscht. Ansonsten würden diese nur ihre Kapazitäten blockieren, die sie für wichtigere Missionen benötigen, bei denen die Teams noch helfen können. Hätten wir genug von ihnen, könnte es humaner ablaufen, aber das haben wir nicht, das haben wir nie. Es sind seltene Talente, die wir gezielt einsetzen, damit die Zahl der Geretteten um ein Vielfaches höher ist als die Zahl der Verlorenen.«

Tobias sah sie mit melancholischen Augen an, aber das hagere Gesicht war hart. »Die Visionäre haben ein normales Leben aufgegeben und ruhen niemals. Sie verbringen ihr Leben in einer Stadt, die nie schläft. Was verlangst du noch von ihnen, Emilie? Den letzten Rest ihrer Seelen, die sie zum größten Teil längst verloren haben?«

Emilie schaute ihn bedrückt an. Wer war sie, dass sie ein System verurteilte, das über Jahrhunderte so viele Seelen gerettet hatte? Schuldbewusst senkte sie den Blick. Paul legte ihr den Arm um die Schulter und zog sie tröstend an sich.

»Aber vielleicht muntert es dich ein wenig auf, wenn ich dir sage, dass Hork und ich zufällig vor ein paar Wochen darüber gesprochen haben, keine Visionen mehr zu löschen. Alle sollen gespeichert werden, damit sie eventuell doch noch helfen können.«

Er hatte bei Gori schon in Auftrag gegeben, etwas in die Wege zu leiten, das die Präkogs so wenig wie möglich belasten sollte. Dass Hork nichts mehr davon wissen wollte, verheimlichte er ihnen.

Dieser letzte Gedanke munterte Emilie tatsächlich auf. Es war also nicht nur von ihm dahingesagt.

Falk zeigte ihnen in seinem Kopf ein Bild von der Stadt, die futuristisch anmutete. »Die Präkogs haben noch eine wichtige Aufgabe. In der Stadt lagern viele Artefakte, die wir auf unseren Missionen einsammeln und die als besonders gefährlich eingestuft wurden.«

Kurz sahen Emilie und Paul einen Gedanken Falks aufblitzen: Wäre Radirs Talisman in der heutigen Zeit in Horks Besitz gelangt, hätte dieser ihn dort geschützt aufbewahrt. Damals, vor vierhundert Jahren, war das unmöglich gewesen, weswegen Lutec in die Lage gekommen war, so dicht an ihn heranzukommen. Im Laufe der letzten Jahrzehnte hatte Hork noch einen Energiekristall Radirs aufgespürt, den gefährlichsten von allen. Dieser kann einem normalen Wesen Kräfte verleihen. Der Talisman wird sicher in der hermetisch abgeriegelten Stadt aufbewahrt.

Die beiden hatten keine Ahnung, von welchen Kristallen hier die Rede war. Bevor sie weiter vordringen konnten, verschloss Falk seinen Geist wieder. Ihm war deutlich anzusehen, es war ihm sehr unangenehm, dass sie diese Gedanken aufgefangen hatten. Er hätte sie besser verbergen sollen.

Höflich beendete er das Gespräch: »Entschuldigt bitte, ich habe morgen einen wichtigen Tag. Ich sollte noch etwas vorbereiten. Ich hoffe, ich konnte euch die Antworten geben, nach denen ihr gesucht habt.«

Zögerlich nickten sie, aber sie teilten einen Gedanken miteinander, den Falk mitbekam: Das schon, aber ob diese uns beruhigen? Das steht auf einem anderen Blatt Papier. Wir müssen über das Gehörte nachdenken. Das Paar verabschiedete sich von Falk.

Kapitel 35

Das Clubhaus

Sorglos und nichts ahnend war Dominic sicher in seinem Zimmer auf Lamir gelandet. Es hatte aufgehört zu regnen. Er teleportierte sich gleich weiter und sandte seinen Freunden einen Gedanken. Sie trafen nach und nach auf der Lichtung ein. Erst kamen Arrir und Krrar, dann Tiri, die drei waren am nächsten dran gewesen. Tessa materialisierte sich zeitgleich mit Cass, der grimmig dreinschaute. Einzig Tasschel blieb aus. Dominic war zu ungeduldig, um auf sie zu warten. Schließlich hatte sie ein Date. Wer wusste denn, wie lange es dauern würde?

Er wollte gerade loslegen, da stand sie in diesem Moment vor ihnen; nass wie eine Flussratte. Zweifelnd sahen die Freunde sie an.

Sie stieß eine Faust in die Luft und jubelte: »Yeah, das hat Spaß gemacht. Warum hast du uns das vorenthalten, Nicky? Anstatt uns nur deine laufenden Bilder zu zeigen, hättest du mal mit uns zum Wildwasserrafting gehen sollen. Dabei hat man wenigstens Action.«

Tasschel verabscheute es, zur Untätigkeit gezwungen zu werden, sie musste immer etwas zu tun haben. Sie zeigte ihnen in ihrem Kopf Bilder von der reißenden Fahrt den Fluss hinunter und wie sie kopfüber ins Wasser gefallen war, um kurz darauf wieder lachend aufzutauchen.

Entsetzt schüttelte Arrir den Kopf. Das war ihm entschieden zu viel Wasser bei dieser Aktivität. Er bevorzugte es, trocken zu bleiben. Ein bisschen Regen machte ihm nichts aus. Aber Gewässer, ob fließend oder ruhig, waren eine Kategorie, von der er sich lieber fernhielt. Wenn die Freunde im See schwammen, hielt er sich am Ufer auf, weit genug entfernt. Aber trotzdem amüsierte er sich im Stillen über sie, die Freude am Baden hatten.

Plötzlich verdunkelte sich Tasschels Gesicht, kurz blitzte eine unschöne Erinnerung auf, die sie aber sofort unterdrückte. Sie schaute sehr unglücklich drein.

Tessa sah sie fragend an. Sie sandte ihr nur knapp: *Frag nicht. Ich erzähle es dir später.*

Ungeduldig unterbrach Dominic sie: »Ja, ja, schön, freut mich, wenn du Spaß hattest.« Ihr Stimmungswechsel war ihm komplett durchgegangen. »Das kannst du uns aber alles nachher erzählen. Jetzt gibt es Dringenderes.«

Arrir schaute Tasschel nachdenklich an. Irgendetwas war bei ihrem Date schiefgelaufen. Was ihn aber überraschte, er freute sich insgeheim sehr darüber. Nie würde er es zugeben, aber er war auf Ben, der sich erdreistet hatte, Tasschel einzuladen, eifersüchtig. Es war ihm gehörig gegen den Strich gegangen, als der Sechzehnjährige sich an Tasschel rangemacht hatte. Selbst zögerte er noch, in dieser Hinsicht einen Schritt zu wagen und sie einzuladen, aber er war sehr unwillig darüber, dass es andere taten.

Der empathische Dominic stutzte und fragte sich jetzt doch besorgt: Was ist los mit Tasschel? Und was für Gefühle hat Arrir für sie? Habe ich da etwas verpasst?

Im nächsten Moment wurde er aber auch schon von Tasschels Frage abgelenkt. Sie schien ihm wie immer zu sein. Neugierig fragte sie: »Also, Nicky, was ist los? Weswegen hast du uns denn eigentlich herbestellt?«

Dominic hielt nun wieder begeistert seine Skizze hoch, alle traten näher an ihn heran. »Meine Eltern haben mich auf die Idee gebracht. Was meint ihr? Ich finde, ein Clubhaus ist längst überfällig. Dann können wir uns auch bei Regen hier auf unserer Lichtung treffen. Und?« Er wurde jetzt ungeduldiger: »Sagt schon! Was haltet ihr davon?«

Die fünf Wesen standen oder schwebten, wie in Tiris Fall, vor dem Blatt und begafften es überrascht. Die Zeichnung war bis ins kleinste Detail ausgearbeitet. Der Grundriss zeigte einen großen Raum mit verschiedenen Sitzgelegenheiten. Es gab sogar ein kleines Bad mit einer Toilette und einem Waschbecken. Und eine kleine Kochnische war ebenfalls vorhanden.

»Hm, ein Clubhaus«, nachdenklich brummte Cass vor sich hin.

Der enttäuschte Junge war fassungslos. Was war mit ihnen los? Wo blieben die Begeisterungsstürme, die er erwartet hatte?

Er fragte ängstlich: »Gefällt es euch etwa nicht?«

Da klatschte Tiri in die Hände. »Es ist toll. Eine super Idee. Wann fangen wir an?«

Arrir bat Dominic um einen Stift. Erstaunt gab er ihm seinen Bleistift. Der große Junge malte vorsichtig einen Korb mit einer Decke für Krrar in den Raum. »So, jetzt ist es vollständig. Lasst uns anfangen.«

Es stellte sich heraus, dass es komplizierter war als anfangs vermutet, denn sie fanden keine Einigung über die Größe der Hütte. Jeder wollte einen eigenen Bereich, in dem er seinen Aktivitäten nachgehen oder auch mal Ruhe haben konnte.

Tessa äußerte zuerst einen Wunsch: »Ich möchte eine Bibliothek.«

»Eine Fernsehecke ist viel wichtiger«, widersprach Dominic.

Cass war bescheiden und wie immer sehr direkt: »Wenn ich die Nase von euch voll habe, verschwinde ich einfach und gehe in meinen Schrank.« Also musste ein Schrank her. Natürlich durfte es kein 08/15-Schrank sein. Nein, er musste natürlich handgefertigt sein.

»Wir brauchen einen Kühlschrank, der immer voll ist.« Tasschel hatte auf Itsschal viel zu oft hungern müssen, deswegen legte sie darauf am meisten Wert.

Arrir, der junge Krieger, setzte seine Prioritäten woanders: »Das absolut wichtigste ist ja wohl eine Fitnessecke mit verschiedenen Geräten, denn wir müssen uns jederzeit fit halten.« Das sahen seine Freunde zwar ganz und gar nicht so, aber schon erschien die Ecke auf der Skizze.

Tiri hatte ebenfalls einen Wunsch: »Ich wünsche mir ein Glasdach, damit ich immer den Himmel sehen kann.« Geschlossenen Räumen konnte sie nichts abgewinnen. Sie fühlte sich schon in der Schule eingesperrt.

Selbst Krrar verlangte etwas. Er wollte eine Klappe in der Tür, damit er zu jeder Zeit kommen und gehen konnte.

Im Endeffekt würde die Hütte wohl sehr viel größer werden, als Dominic sie geplant hatte. Jeder sorgte selbst für seinen Bereich. Es war eine gute Übung, um mehr Erfahrung in der Manipulation ihrer Umgebung zu bekommen. Zwei Bereiche konnten sie zusammenlegen.

»Tiri und ich machen etwas gemeinsam. Wir werden eine Nische mit einem Glasdach erschaffen, die sich hervorragend für eine kleine Bibliothek eignet. Diese trennen wir aber auf jeden Fall mit einer Bücherwand von Arrirs Fitnessecke ab. Wir wollen ungestört bleiben, wenn er sich selbst quält.«

Die Wand wartete darauf, mit Büchern vollgestellt zu werden. Aus dem Nichts erschufen sie gemütliche Sessel, in die sie sich kuscheln konnten, um zu lesen oder um einfach nur miteinander zu quatschten. Die Jungs wunderten sich darüber, wie viel die drei sich immer zu erzählen hatten, obwohl sie sich doch den ganzen Tag über sahen.

Die Kochnische mit dem großen Kühlschrank richtete Tasschel ein, denn sie hatte sich als ausgezeichnete Köchin herausgestellt, die ihnen gerne Kleinigkeiten für zwischendurch zauberte. Ihre Pasteten waren ein Gedicht und alle rissen sich darum.

In einer Ecke der Hütte stand ein robuster Schrank, in dem sich Cass zurückziehen konnte, wenn er die Nase voll von ihnen hatte, wie er es so schön unverblümt ausgedrückt hatte.

Und zuletzt gab es eine Nische mit Fitnessgeräten, die Arrir selbst aussuchte und mit seiner Geisteskraft herstellte. Die Freunde nannten sie Foltergeräte und erklärten mit Nachdruck, sie niemals zu benutzen. Das Sich-selbst-Quälen überließen sie ganz ihm.

Nach einer Woche waren sie fertig. Sie waren schon sehr gut in der Herstellung von Gegenständen. Allein bei den technischen Sachen haperte es, so musste Dominic einen Fernseher und einen Blu-Ray-Player und Tasschel ihren Kühlschrank auf herkömmliche Weise besorgen. Zum ersten Mal kamen sie an ihre Grenzen und ihnen fiel ein, was ihnen Falk erklärt hatte: Komplexe technische oder organische Dinge waren zu schwierig. Ebenso wenig hätten sie ein Lebewesen erschaffen können. Niemand war allmächtig; und das war auch gut so.

Das nötige Entertainment-Equipment für die Fernsehecke durfte natürlich nicht fehlen. Er klaute seinen Eltern kurzerhand die komplette Anlage und ließ einen Zettel da: Sorry, Mama und Papa, aber es war eure Idee.

Die Stromversorgung war ein größeres Problem. Die Lehrenden wunderten sich zwar über die Fragen der sechs Freunde, aber sie gaben gerne Auskunft. Und so zogen sie mit Solarzellen und einem Generator in den Wald. Ihre Hütte wurde bald schon autark von Solarenergie versorgt, so wie alle Häuser auf Lamir.

Dann war es soweit, sie standen vor der fertigen Hütte und Dominic meinte: »Eins fehlt noch.«

Tessa antwortete erstaunt: »Was soll denn noch fehlen? Wir haben doch an alles gedacht.«

Fragend schaute sie in die Runde. Alle Augen waren auf den menschlichen Jungen gerichtet.

»Wir brauchen einen Namen.«

»Wie jetzt, die Hütte braucht einen Namen?« Arrir konnte es nicht glauben. Warum sollten sie der Hütte einen Namen geben?

»Der Name ist doch nicht für die Hütte.« Dominic schüttelte den Kopf und sah seinen Freund an, als wäre dieser schwer von Begriff. »Unser Team braucht einen Namen.«

Tiri stimmte wieder sofort eifrig zu: »Oh, gute Idee. Welchen?«

Cass hatte die erste Idee: »Wie wäre es mit „Die Glücklosen"?« Entsetzt schauten ihn alle an und wie aus einem Munde kam ein: »Neeeeein.« Vehement schüttelten sie die Köpfe.

»Im Leben nicht!«, gab Dominic voller Überzeugung zurück.

Sie fingen an, Namen in die Runde zu werfen: „Das beste Team", „Die Tollen", „Die Besten", „Die krassen Sechs", „Niemand ist besser", bei jedem Einzelnen schüttelten sie die Köpfe.

»Die Fantastischen!«

Da die Idee von Cass stammte, wollten sie erst wieder die Köpfe schütteln, aber plötzlich hielten sie inne und dachten nach. Dabei sprachen sie einer nach dem anderen den Namen aus: »Die Fantastischen!« Jeder betonte das Wort unterschiedlich, aber alle ließen es auf der Zunge zergehen und lauschten auf den Klang. Der Name gefiel ihnen, und sie stimmten einstimmig dafür. Sie stellten ein Schild mit dem Namenszug darauf her und befestigten es über der Tür. Zum Schluss brachten sie einen gigantischen Türklopfer aus prunkvollem Messing an.

Die schwere Zeit, die vor ihnen lag, würde zeigen, ob sie den Namen „Die Fantastischen“ wirklich verdienten. Aber erst einmal war die Hütte fertig, um bezogen zu werden.

***

Tessa erwachte am nächsten Morgen und fühlte sich wie immer. Und doch war heute ihr Geburtstag. Ihr bedeutete er nichts, denn ohne Eve und Karen war sie unfähig, ihn zu genießen. Am Abend würde sie sich ein Küchlein aus der Küche stibitzen und sich in ihrem Zimmer auf den Boden setzen. Dann würde sie den Zwillingen von der letzten Zeit erzählen. Sie hatte ihr Ritual stark vernachlässigt. Lag es an den neuen Freunden, die sie hier, getrennt in Raum und Zeit von den beiden, gefunden hatte? Tessa plagte ein schlechtes Gewissen, die Erinnerung an die Freundinnen, die solange ein Teil ihres Lebens gewesen waren, verblasste bereits.

Als sie das Clubhaus betrat, traf sie der Schrecken völlig unvorbereitet, als plötzlich die Freunde aus ihren Verstecken sprangen und »Überraschung« riefen. Das war eine schöne Art, die Einweihung des Clubhauses zu feiern, gleichzeitig mit ihrem Geburtstag. Sie machte große Augen, als sie die vielen Geschenke sah, und fiel über sie her.

Als ihr später noch Sessin Falk über den Weg lief, war ihr Glück vollständig. Er räusperte sich verlegen und wünschte ihr alles Gute zum neuen Lebensjahr. Beinahe schüchtern überreichte er ihr ein Geschenk und war auch schon wieder verschwunden. In ihrem Zimmer warf sie sich auf ihr Bett und öffnete das liebevoll eingepackte

Päckchen. Es war die Erstausgabe eines Gedichtbandes von Walt Whitman, mit einer Widmung des längst verstorbenen amerikanischen Dichters. Unter dem Namen des Autors fand sie etwas Geschriebenes von Tobias Falk:

„Ich möchte Dir diese Gedichte von einem meiner Lieblingsdichter schenken. Ich hatte das große Glück, ihn kennenzulernen und seine Weisheit hat mir in manch einer schweren Lebenssituation geholfen."

Und darunter stand ein Gedicht mit weiteren lieben Worten ihres Sessin:

>Pflücke die Knospe, solange es geht
Und die Blüten, wenn sie noch prangen
Denn bald sind die Rosenblätter verweht
Wie schnell kommt der Tod gegangen.<

„Dies sind die Worte aus dem Gedicht >Rat an eine Jungfrau, etwas aus ihrem Leben zu machen< eines unbekannten Dichters. Der lateinische Ausdruck für dieses Gefühl lautet: „Carpe diem". Das wünsche ich dir für dein Leben: Nutze den Tag!

Alles Gute und Liebe zu Deinem 16. Geburtstag, kleine Tessa."

Sie las in dem Buch, bis ihr die Augen zufielen und sie von Tobias Falk träumte.

Kapitel 36

Eine Präkog irrt sich

Lilly Peters von der Erde führte ein ganz normales Leben. Wenn man es „normal“ nennen konnte, ein Leben als Präkog zu führen. Sie hatte eine recht luxuriöse Wohnung, Pflanzen, um die sie sich kümmerte, einen Hund, den sie von der Erde mitgebracht hatte. Sie war eine warmherzige, fünfunddreißigjährige Frau und zählte allerhand Wesen der verschiedensten Planeten zu ihren Freunden. Trotz ihrer harten Aufgabe hatte sie sich ein sonniges Gemüt bewahren können.

Als ihr ein Sulaner auf dem Weg zur Arbeit begegnete, blitzten die dunkelbraunen Augen schelmisch auf.

Sie begrüßte ihn herzlich in Gedanken: *Hallo, Lati.*

Latan schaute sie sehr distanziert an, grüßte aber, wenn auch recht hölzern, zurück. Obwohl sie genau wusste, dass er die Verniedlichung seines Namens aus tiefstem Herzen verabscheute, ließ sie es sich nicht nehmen, ihn damit zu necken. Wenn sie auf ihn traf, versuchte sie jedes Mal, ihn aus der Reserve zu locken. Gelungen war es ihr in den achtzehn Jahren, die sie bereits auf Lamir war, jedoch nie.

Mechanisch verbesserte er sie: *Latan, bitte.*

Ohne auf den Einwand einzugehen, sprach Lilly fröhlich in seine Gedanken: *Du denkst an die Babyparty von*

Lerath? Sie wird sich freuen, uns zu sehen. Dann fügte sie hinzu: *Ja, auch dich, du ungeselliger Kerl.*

Der grauhaarige Sulaner seufzte stumm auf. Er würde diese absurden Traditionen hassen, die Lilly eingeführt hatte, wenn er dieses Gefühl zuließe. Babyparty, auch Pinkelparty genannt, war eine davon. Er fragte sich immer noch, warum er ein Baby „bepinkeln" sollte. Knapp nickte er, dann entfernte sich der emotionslose Mann eilig von der menschlichen Frau.

Auflachend warf sie ihre langen, brünetten, sehr dunkel schimmernden Haare zurück und wollte schon ihren Weg fortsetzen, als eine Vision sie überrumpelte. Dabei leuchtete der kleine Kristall, der in ihrer Stirn eingelassen war, stark violett auf. Auch die zusätzlichen vier Kristalle erstrahlten nun gleißend hell.

Präkogs trugen niemals Waffen. Sie bekamen zu Beginn ihrer Ausbildung einen Ledergürtel, in den die vier Talismane am Ende eines jeden Ausbildungsjahres eingelassen wurden. Neben der Länge der Ausbildung - Präkogs lernten vier Jahre lang – gab es noch einen Unterschied zu der Ausbildung der gewöhnlichen Teammitglieder. Denn die Präkogs verdienten sich in einer Prüfung am Anfang des ersten Jahres den bedeutendsten, den stärksten Kristall von allen. Sie selbst mussten ihn sich in die eigene Stirn einsetzen, was seltsamerweise recht schmerzlos vonstattenging. Dann, ganz sanft, vernetzte sich der Kristall mit den neuronalen Hirnwindungen. Während der nächsten Jahre der Lehrzeit arbeiteten die Studierenden mit dem Stirnkristall und das Band zwischen ihnen festigte sich. Niemand vermochte es am Ende zu durchtrennen.

Diese Vision heute war nicht so wie vor vielen Jahren ihre allererste, als sie die Zerstörung der zwei Türme hatte miterleben müssen. Sie war beinahe vor Angst gestorben, als sie das Flugzeug auf sich zurasen sah. Die vielen

Stimmen, die plötzlich in ihrem Kopf waren und sich dann zu einer erhoben, erschreckten sie zusätzlich. Die Präkogs von Lamir hatten sich ungefragt in ihre Gedanken eingeklinkt und dank ihrer Vision Informationen gesammelt.

Es war ihnen zwar unmöglich, die Katastrophe aufzuhalten, aber sie hatten mit Lilly Peters eine sehr starke Hellseherin auf der Erde gefunden. Nach ihrer Ausbildung dann, die ganze vier Jahre gedauert hatte, war sie zu einer ihrer besten Präkogs geworden.

So wie es Visionäre taten, die mitten am Tage von einer Vision übermannt wurden, suchte sie sich ein ruhiges Plätzchen. In jedem Gebäude, auf jedem öffentlichen Platz, ja, in jeder Wohneinheit in der Stadt, gab es abgetrennte Nischen, die mit bequemen Liegesesseln ausgestattet waren. Sobald Lilly darauf lag, schloss sich das Material, aus dem die Liege bestand, um sie herum und sog sie vollständig auf. Sie entspannte sich augenblicklich mithilfe der außergewöhnlichen Substanz. Tentakeln, die sich an ihren Kopf hefteten, stellten eine Verbindung zu dem Zentralcomputer her. Die junge Frau fühlte sich wie in einem Kokon, sicher und geborgen. Sie schloss die Augen, fuhr ihren Puls hinunter, ihre Atmung wurde flach, so war beides kaum noch wahrzunehmen. Sofort überfluteten sie die Bilder einer Vision:

Sie sah Hork und spürte eine alte gefährliche Präsenz in seiner Nähe. Dann leuchtete ein Blitz auf … und plötzlich war alles gut. Das nächste Bild zeigte Hork auf Lamir, und ihm schien es gut zu gehen. Das böse Bewusstsein war zwar noch latent vorhanden, aber der schwarz gekleidete Mann, von dem die Gefahr ausging, war nicht mehr zu sehen.

Alles war in bester Ordnung, kein Grund zur Sorge also. Es gab Visionen, die hauten sie förmlich aus den Socken. Diese hier aber war sanft und verging so schnell, wie sie gekommen war. Es schien ihr, dass diese Vision ein Ereignis zeigte, das schon ein wenig älter und bereits vergangen war.

Sie fragte sich: Warum bekomme ich plötzlich Visionen von Ereignissen, gegen die niemand mehr etwas ausrichten kann?

Nachdenklich öffnete sie die Augen. Eigentlich stufte Lilly sie als unbedeutend ein und wollte sie gerade von ihrer Festplatte löschen. Aber ihr fiel die neue Anweisung von Gori ein, neuerdings auch unbedeutende Visionen zu speichern.

Sie wollte sie gerade befolgen, da sprach ein Mann in ihre Gedanken hinein: *Lilly, wie geht es dir?*

Sie zuckte erschrocken zusammen. Im ersten Moment war ihr das Gedankenmuster des Mannes völlig fremd. Dann erkannte sie seine Stimmfarbe.

Sehr gut, danke der Nachfrage, Sessin Hork.

Sie wunderte sich sehr, war sie doch nur ein kleiner Fisch in der Stadt, wenn es um Entscheidungen ging. Was wollte dieser großartige Mann ausgerechnet von ihr? Da wurde es ihr schlagartig bewusst: Es war die bösartige Präsenz, die zu ihr sprach.

Was bist du doch für ein kleines, schlaues Ding. Deswegen bist du wohl auch die Einzige, die eine Vision von mir hatte. Du hast sie nicht weiter beachtet, trotzdem bleibt ein Fünkchen Erinnerung von jeder Vision zurück und kann zurückgeholt werden, wenn ein fähiger Telepath tief genug gräbt. Er stockte kurz, um dann nachzusetzen: *Ah, du wolltest sie gerade trotzdem weitergeben. Umso nötiger ist es, dass ich dies hier tue.* Und fast schon entschuldigend sagte er noch: *Es ist nichts Persönliches.*

Das sollte für eine lange Zeit das Letzte sein, was sie wahrnahm. Sie wehrte sich gegen seinen mentalen Angriff, so gut sie es vermochte, aber Hork war nun einmal der stärkste Telepath seiner Zeit und die fremde Macht, die von ihm Besitz ergriffen hatte, stand ihm in nichts nach.

Die ganze Stadt war ein einziges Bewusstseinskollektiv, diese Tatsache rettete ihr das Leben, denn der aggressive Angriff sollte tödlich sein. Statt aber ihre Gehirnzellen durchzubrennen, legte der Angriff sie lediglich lahm, da der tödliche Impuls von allen Präkogs aufgefangen wurde.

Lilly sackte auf der Liege zusammen, verlor das Bewusstsein und fiel in ein Koma. Das Material des Sessels umschloss sie nun voll und ganz. Es hielt sie am Leben und schützte sie vor einem erneuten Angriff Radirs. Sein Geist machte sich schleunigst aus dem Staub.

Aufgeschreckt durch den feigen Angriff ging Mac auf die Suche nach Lilly. Er fand sie und stand ratlos vor ihrem Kokon. Was er spürte, beruhigte ihn ein klein wenig. Sie befand sich zwar im Koma, war aber außer Gefahr. Als er versuchte, mentalen Kontakt zu ihr aufzunehmen, war es dem Oberpräkog unmöglich, ihren Verstand zu finden. Lilly hatte sich weit in sich zurückgezogen, um sich vor dem Angreifer zu schützen. Mac musste ihr Zeit geben, sich zu erholen. Die Einsicht schmerzte, aber im Moment konnte er ihr nicht helfen.

Der Angreifer war von den Präkogs unerkannt geblieben. Sean Mackenzie hatte nur noch einen Gedanken, er musste Hork dringend von der unbekannten Gefahr in Kenntnis setzen. Ein Wesen, das durch ihre Barriere stoßen konnte, war mächtig, sehr mächtig. Und aus irgendeinem Grund wollte es Lilly Peters töten.

Was hast du so Brisantes gesehen, dass dich jemand sogar dafür ermorden würde, Lilly?, dachte er unheilvoll.

Kapitel 37

Der Test

»Hork!«

Der Angesprochene stöhnte genervt auf, als er die emotionslose Stimme des Leiters der Stadt der verlorenen Seelen hörte.

Mac war über den nächsten Gedanken seines Freundes erstaunt, den dieser, ohne ihn zu blockieren, frei herausposaunte.

Der fehlt mir gerade noch.

Ebenfalls spürte Mac den Widerwillen, den Hork empfand, als er sich umdrehte und dem bereits in die Jahre gekommenen Mann entgegensah.

Sean Mackenzies große, sehr dünne Gestalt steckte, wie meist, in einem weiten, dunkelblauen Hemd und einer schwarzen Hose, die seine dürre Figur noch unterstrich. Er bewegte sich nicht wie ein Mann von sechzig Jahren, stattdessen waren seine Bewegungen energisch und dynamisch wie die eines Dreißigjährigen.

Zu viele Schotten haben hier das Sagen, war ein Gedanke, der Hork beim Anblick des Oberpräkogs kam und den er wieder nicht verbarg.

Tatsächlich war Mac damals aus Schottland zu ihnen gekommen. Wie lange war es nun her? Über vier Jahrzehnte. Er war noch ein junger Mann gewesen, als Hork seine Gedanken das erste Mal aufgefangen und ihn zu sich nach Lamir geholt hatte.

Ohne seinen Unmut allzu sehr zu verbergen, sprach Hork ihn an: »Mackenzie, was kann ich für dich tun?«

Eigentlich war der alte Mann es, der immer zu Besuch in die Stadt der verlorenen Seelen kam, um mit seinem alten Freund Schach zu spielen. Er hatte schon recht früh eine Vorliebe für dieses menschliche Spiel entwickelt und war ein Meister darin geworden, und der Schotte stand ihm in nichts nach. Da Hork aber schon eine längere Zeit mit seiner Abwesenheit glänzte, musste Mac zu ihm kommen.

Knapp antwortete er: »Lilly Peters.«

»Was ist mit ihr?«

»Es gab einen Angriff auf ihre Psyche, wir konnten sie gerade noch retten. Sind aber unwissend darüber, vor wem oder was. Sie liegt im Bewusstseinskoma, wir können nicht auf ihre Gedanken zurückgreifen. Das habe ich dir doch alles bereits vor Wochen mitgeteilt. Du wolltest dich umgehend darum kümmern. Was hast du in Erfahrung bringen können?«

Macs Stimme klang vorwurfsvoll. Nachdenklich musterte er seinen Mentor. Es sah diesem gar nicht ähnlich, eine so wichtige Angelegenheit zu ignorieren. Alle Lamiraner beschäftigte das Problem, wie irgendjemand in Maranturena eindringen und eine Präkog angreifen konnte. Scheinbar alle; bis auf ihren Oberboss.

»Ah ja. Ich bin sehr beschäftigt, mit wichtigen Dingen, und habe leider noch keine Zeit dafür gehabt.« Er wirkte kein bisschen zerknirscht. Nicht sehr überzeugend setzte er hinzu: »Ich werde es umgehend nachholen. Erwarte mich Anfang nächster Woche.« Mit diesen Worten ließ er ihn einfach stehen.

Anfang nächster Woche? Das nennt er „umgehend“? Bis dahin sind es noch mindestens sechs Tage, dachte Mac erbost.

Sean Mackenzie war wie Hork ein großartiger Telepath. Unbewusst streckte er die mentalen Fühler nach Horks Bewusstsein aus und versuchte, durch seine Barriere zu dringen.

Irgendetwas stinkt hier bis zum Himmel, rechtfertigte er sein Vorgehen. Aber Horks Blockade saß nun bombenfest, es gab kein Durchkommen. So schaute Mac ihm nur frustriert hinterher.

***

In derselben Nacht bestellte Hork die „Fantastischen", wie die Gruppe um Dominic sich seit dem Bezug ihres Clubhauses nannte, in den Wald. Sie sollten sich unverzüglich an der Hütte auf der Lichtung einfinden. So waren seine Worte, die allen noch in den Köpfen dröhnten. Die Nachricht, die sie aus ihren Träumen erschreckt hochfahren ließ, war sehr laut gewesen.

Es war stockdunkel. Sie hörten noch die letzten Worte eines Gespräches zwischen Falk und ihm. »Hork, was soll das Ganze hier?« Ihr Ausbilder klang etwas erregt.

Das Verhalten seines Mentors wurde merkwürdiger und merkwürdiger. Julana und er mussten schon bald handeln. Die Dringlichkeit wurde ihm immer bewusster.

»Was ist? Hast du Angst um deine Schäfchen? Zu lange hast du sie verhätschelt. Es wird Zeit, sie erwachsen werden zu lassen. Wir waren uns doch darüber einig, sie auf die Probe zu stellen. Also, lass es uns tun.«

»Aber das hier ist etwas heftig, well? Muss das Einhorn wirklich sein? Du weißt, wie gefähr…«

Als Hork ihre Anwesenheit wahrnahm, unterbrach er das Gespräch und drehte sich zu ihnen um. »Na endlich, da seid ihr ja.« Seine Stimme war nun neutral.

»Dies hier wird für heute Nacht eure Spielarena sein. Ich wünsche euch viel Spaß.«

Nach diesen Worten verschwand er und er nahm Falk gleich mit sich. Dieser bekam nicht die Möglichkeit, ein Wort an seine Studierenden zu richten.

Verständnislos sahen sich die Freunde an. Da brach plötzlich ein Einhorn aus den Büschen hervor. Es schleppte sich zu dem See und trank daraus, dann brach es zusammen.

Tessa und Tasschel wollten sofort zu ihm rennen, aber Tiri flog ihnen in den Weg. »Lasst das besser. Diese Wesen sind unberechenbar, sie sind schlau und hinterhältig, ja sogar boshaft.«

Ungläubig starrte Tessa sie an. »Boshaft? Schau dir das Tier doch an, es ist wunderschön. Einhörner werden bei uns auf der Erde als reine und gute Wesen angesehen.«

»Wir nennen sie „Pari". Auf Itsschal gelten sie als magische Wesen, die auf der guten Seite stehen.« Tasschel sah Tiri verwundert an.

Doch die Elfe gab nicht nach. »Bei uns heißen sie „Faulin" und es bedeutet „Schein". Denn das sind sie, sie bestehen nur aus Lug und Trug. Was seht ihr, wenn ihr das Wesen anschaut?«

Tessa und Dominic sahen einen wunderschönen Schimmel mit einem langen Horn auf der Stirn. Tasschel sah ein katzenartiges Wesen mit einem süßen Gesichtchen. Arrir sah eine bezaubernde Lichtgestalt ohne wirkliche Konturen. Selbst bei den Kobolden waren sie gute Wesen, die ein hübsch anzusehendes Äußeres besaßen. Auf den vier Welten galten sie als Fabelwesen, die in Legenden existierten.

Nur Tiri sah das Wesen so, wie es wirklich war. Es hatte eine groteske Fratze mit langen Fledermausohren und die Augen waren durch und durch schwarz. Mit seinem gedrungenen Körper hockte es auf zwei krummen Beinen, während die stechenden Augen sie wachsam beobachteten. Und doch war es die Gestalt aus den Legenden vieler Welten. Auf der Erde war es als Einhorn bekannt, auf Itsschal waren es die Pari und auf Arrkron die Orta. Auch auf der Heimatwelt des Kobolds waren sie Wesen aus einer Legende mit Namen Taron.

Tiri schickte ihnen ein Bild mit der wirklichen Gestalt der Kreatur. Von da an sahen sie das Wesen so, wie es tatsächlich war. Nichtsdestotrotz schien es verletzt zu sein. Was sollten sie tun? Sie konnten es doch nicht hier hocken lassen. In Gedanken berieten sich die „Fantastischen".

Dominic vertrat die Ansicht: *Wir müssen ihm helfen.*

Tiri widersprach: *Nein, müssen wir nicht!*

Arrir stimmte ihr nüchtern zu: *Tiri kennt diese Wesen. Wenn sie sagt, sie sind gefährlich, dann vertraue ich darauf.*

Tessa ging die ganze Sache logisch an: *Tiri, kannst du uns erklären, warum die Wesen schlecht sind?*

Die zappelige Elfe zuckte mit den Schultern. *Ich nehme an, weil sie schon böse geboren werden.*

Du nimmst es an, weißt es aber nur ungenau?

Ist so! Aber was spielt das für eine Rolle? Schaut euch an, wie hässlich es ist. Und außerdem hat es versucht, seine wahre Gestalt vor euch zu verbergen.

Na, wenn ich deine Reaktion auf das Äußere dieses Wesens sehe, dann weiß ich, warum es das getan hat. Der weise Cass traf den Nagel auf den Kopf. *Das Wesen hat sich einfach angepasst und in unseren Köpfen Bilder erschaffen, mit denen wir vertraut sind. Du hast eindeutig Vorurteile*, kam er zu der Einsicht.

Tiri wurde nachdenklich. Als sie den Kobold damals das erste Mal getroffen hatte, war sie auch ihm gegenüber misstrauisch gewesen. Bei ihrem Volk galten die Kobolde als hässlich und durchtrieben. Den Elfen wurde schon als Kindern eingetrichtert, sofort die Flucht zu ergreifen, wenn sie auf seine Spezies trafen. Jetzt schaute die kleine

Elfe mit leisen Zweifeln erst den Kobold und dann die verletzte Kreatur an. Vor den Neuankömmlingen hatte ihr Volk sie ebenfalls gewarnt. Und was war alles passiert seit ihrem ersten Zusammentreffen mit einem von ihnen? Sie war seither so glücklich, wie sie es in ihrem ganzen Leben niemals vorher gewesen war. Sie konnte zur Schule gehen. Und sie hatte die besten Freunde gefunden, die es gab, denn sie hatte sich nicht durch ihre Vorurteile leiten lassen.

Sie hob beide Hände. *Okay, dann bin ich dafür, ihm zu helfen.*

Dominic schaute in die Runde und alle nickten zustimmend.

Dann wollen wir einmal schauen, was wir unternehmen können.

Hork und Falk beobachteten die Mitglieder des Teams, als sie langsam und vorsichtig auf das Faulin zutraten. Sie wussten nicht, weshalb sie mitten in der Nacht auf der Lichtung waren. Das wussten nur die beiden Männer, die ihnen genau zusahen, der eine besorgt, der andere emotionslos. Sie sollten auf die Probe gestellt werden, und das würde Hork auch tun. Der Test war bereits im vollen Gange; unbemerkt von den Freunden. Der veränderte Hork würde dafür sorgen, dass dieser gefährlich werden würde.

Der Mann, den alle kannten und schätzten, hätte niemals etwas gegen den Willen eines Lebewesens getan. Doch für die Prüfung hatte er das Faulin aus dem tiefsten Wald entführt und auf die Lichtung gebracht. Er missbrauchte es gnadenlos für seine Zwecke. Allein aus dem Grunde, weil er es für eine gute Übung hielt, wenn die sechs gegen ein vermeintlich feindlich gestimmtes Wesen kämpften. Gefühllos schaute er mit kalten Reptilienaugen zu.

Als Dominic sich über das Wesen beugte, sprang es auf und berührte ihn mit seinen lederartigen Klauen. Erschrocken fuhr der Junge zurück, aber es war zu spät. Es umklammerte seinen Oberarm und im nächsten Moment befand sich der menschliche Junge auf dem Rücken eines Einhorns und jagte durch den Wald. Er fühlte sich, als ob er fliegen würde, so schnell rannte das Faulin in der Gestalt eines Pferdes. Es war nicht nur die bloße Erscheinung, die sich in den Köpfen seiner Betrachter veränderte, es konnte ebenso seine physische Gestalt ändern. Trotz dem er gerade entführt wurde, hatte er keine Angst. Er spürte keinerlei Bosheit in dem Geist der Kreatur unter sich. Es brachte ihn zu einer kleinen Lichtung, auf der sich weitere Exemplare seiner Spezies aufhielten. Sie sahen aus wie das Wesen in seiner natürlichen Gestalt. Kraftlos lagen sie auf der Seite, sie schienen alle krank zu sein.

Wir sterben, hörte der Junge in seinem Kopf. *Wir sind die Letzten unserer Art.*

Mitleidig sah Dominic die sterbenden Kreaturen an. *Wie können wir euch helfen?*

Die Elben könnten uns helfen, aber sie hassen uns.

Die Faulin erhoben sich und traten auf Dominic zu. Er fühlte sich in Sicherheit, denn ihre Gedanken waren friedlich. Etwa hundert weitere Lebewesen waren es, die ihn umgaben. Sie benutzten einen Namen für sich, einen Namen für ein Kollektiv: *Wir sind Tossin.*

So nannten sie sich und so wollte Dominic sie nennen. Jedes Einzelne von ihnen nahm gleichzeitig mental Verbindung zu ihm auf. Das war zu viel, er brach zusammen. Mit geschlossenen Augen lag er auf dem Waldboden und drang in eine Welt vor, die schon lange vergangen war.

Kapitel 38

Das vergessene Zeitalter

In welcher Zeit bin ich?

In einer Zeit des Chaos.

Bin ich noch auf Lamir?

Ja, das ist die Welt, die ihr Lamir nennt, aber es ist vor der Zeit der Eindringlinge.

Die Tossin verwendeten keine so harmlose Bezeichnung wie die Elfen, die sie lediglich Neuankömmlinge nannten. In ihren Gedanken sah Dominic, dass sie die Kolonisierung ablehnten. Aber sie waren längst schon zu wenige geworden, ein Aufbegehren war unmöglich, deswegen zogen sie sich zurück.

Viele synchrone Stimmen erklangen im Kopf des Jugendlichen: *Früher haben Tossin Reisen zu den Planeten unternommen, denn auch wir besaßen die Fähigkeit des Teleportierens. Wir waren mächtige Wesen und haben Legenden erschaffen. Und entgegen des Vorurteils der Elfen waren Tossin nicht böse, sondern wir taten Gutes. Wir brauchen das Wohlwollen von Lebewesen, um zu überleben. So streiften Tossin durch die Galaxie. Wir wurden durch die Energie ihrer negativen Gedanken angezogen, und wir ernährten uns von dem Negativen. Gleichzeitig gaben wir ihnen Glücksgefühle zurück und schenkten ihnen erholsame Träume. Alle waren glücklich.*

Dominic begleitete die Tossin auf ihren Reisen durch das Weltall und bestaunte die Schönheit der Welten. Doch die Bilder, die sie ihn sehen ließen, veränderten sich.

Aber es kamen böse Zeiten. Die Elben und Elfen, die immer schon unsere wahre Gestalt kannten, ließen sich nicht beeinflussen. In den kriegerischen Tagen des Planeten verbündeten sie sich und verfolgten Tossin, weil sie uns niemals akzeptierten und verstanden. Wir töteten die Lebewesen, deren Energie wir nahmen, nicht. Nur ein paar Tausend von uns überlebten den Krieg.

Der Jugendliche sah Bilder der Zerstörung, des Leides und des Todes. Tränen des Mitgefühls liefen ihm über die Wangen.

Von den drei Spezies, die auf Lamir einheimisch sind, wurden Tossin beinahe ausgerottet. Die Überlebenden zogen sich tief in die Wälder zurück. Heute gibt es nur noch uns, die letzten hundert Tossin auf Tossa. Das ist der richtige Name für unseren Planeten.

Die skurrilen Kreaturen entzogen Dominic die Lebensenergie, durch die sie stärker, der Junge jedoch zusehends schwächer wurde. Als er es bemerkte, war es zu spät, um sich zu erheben und sich zur Wehr zu setzen.

Mit letzter Kraft wandte er sich an das Kollektiv: *Tossin töten mich. Wollt ihr das wirklich? Meine Freunde und ich sind die Einzigen, die euch helfen wollen.*

Seine Atmung wurde flacher. Endlich wurde den fremdartigen Wesen bewusst, was sie ihm antaten. Sofort ließen sie die Kraft, die sie ihm genommen hatten, in ihn zurückfließen.

Das haben Tossin nicht gewollt.

Gerade als er seine Kräfte fast vollständig zurückerhalten hatte, betraten die Freunde das Waldstück. Und was sie sahen, versetzte sie in Alarmbereitschaft. Die hässlichen Kreaturen beugten sich über ihren Freund, der ziemlich schlecht aussah. Tiri schrie auf und alle stürzten sich auf die Tossin.

Nur mit großer Mühe konnte Dominic aufstehen und sich ihnen in den Weg stellen. Er rief ihnen zu: »Es war ein Missverständnis. Mir ist nichts passiert. Wie habt ihr mich gefunden?«

Cass übernahm die Antwort: »Irgendetwas hat uns hierhin gezogen, als wir nach dir gesucht haben.«

Sie blieben stehen, bis Dominic zu ihnen getreten war, dann führte er sie ein Stück abseits, um ungestört mit ihnen reden zu können. Er schirmte ihre Gedanken ab und erklärte ihnen den Sachverhalt.

Danach wandte er sich an Tiri: *Was könnten sie damit meinen: Nur die Elben können ihnen helfen?*

Es gibt da einen Platz, den die Tossin früher als ihren heiligen Ort ansahen, so heißt es in den Erzählungen. Die Elben halten ihn besetzt. Seit mittlerweile vielen Hunderten von Jahren wird er von ihnen angebetet. Wenn sie wieder dorthin dürften, könnten sie Energie daraus ziehen und die Tossin würden vielleicht überleben.

Warum haben die armen Kreaturen so lange gewartet? Sie hätten längst mit den Elben sprechen sollen, anstatt zu warten, bis es nur noch so wenige von ihnen gab.

Es ist kompliziert. Bei den Elben und Elfen sind die Fau... äh, Tossin im Grunde düstere Legenden, vor denen man Angst haben muss. Wenn sie eines Tages zurückkommen, heißt es dort, würden sie sich rächen und uns vernichtend schlagen. Wir haben in dem Krieg damals Tausende Elben und Elfen verloren.

Dominic war bis ins tiefste Mark entsetzt. Dachte er bisher, hier auf Lamir gäbe es keine Ignoranz und Fremdenfeindlichkeit wie auf seinem Planeten. War er nicht davon überzeugt gewesen, dies sei das Paradies? Und nun wurde er mit einer Spezies konfrontiert, die am Rande der Ausrottung stand. Gab es unter intelligenten Wesen denn niemals den absoluten Frieden? War es unmöglich? Er schüttelte wütend den Kopf. Nein, hier und jetzt sollte mit dem Unsinn Schluss sein. Er würde zu den Elben gehen und im Namen der Tossin sprechen. Dominic teilte seinen Freunden den Entschluss mit.

Wer ist dabei? Auffordernd schaute er in die Runde.

Da brachen auf einmal ein Dutzend Elben aus dem Unterholz. Stolz traten sie ihnen entgegen. Im Gegensatz zu den Tossin waren sie prachtvolle Geschöpfe, hochgewachsen, muskulös, anmutig und ... arrogant.

Bei ihrem Anblick verließ Dominic ein wenig der Mut. Doch wegen Einschüchterung sein Anliegen aufzugeben, war keine Option.

Wenn sie so sind wie Legolas, dachte Dominic hoffnungsvoll, dann sind sie sicherlich einsichtig und werden ihnen helfen.

Der Anführer der Gruppe war Michael, der blonde Tänzer. Fragend schaute er den Jungen an und zog eine Augenbraue hoch: »Legolas? Ihr Menschen!« Er schüttelte den Kopf. »Ich habe Ronald damals gesagt, die Vorstellung von uns, die er in seinen Büchern rüberbringt, ist absolut lächerlich. Aber er schaltete auf stur. Ihm waren wir vom Verhalten und Aussehen her zu menschlich. Also machte er uns arrogant und gefühllos.« Der Elb verlor seine arrogante Haltung und brach in Gelächter aus. Seine Kameraden taten es ihm gleich.

Als sie sich endlich beruhigt hatten, sprach Dominic: »Von wem sprechen Sie? J. R. R. Tolkien? Sie haben Tolkien gekannt?«

»Natürlich. Ich liebe „Der Herr der Ringe". Die Geschichte entspricht nicht ganz der Wahrheit, aber sie erfüllt ihren Zweck und unterhält euch Menschen.«

Seine Begleiter zogen Bilder aus Dominics Gedanken. Sie schauten sie sich an und erneut krümmten sie sich vor Lachen. Die menschliche Kultur war ihnen weitestgehend unbekannt, und doch amüsierten sie sich köstlich.

Michael ging auf einen Gedanken Dominics ein. »Ah, ich sehe deine Absicht, Filme von der Erde zu zeigen. Sei so gut und lade uns dazu ein; meine Leute sind sehr gespannt.«

Ungläubig starrte Dominic den Elb an und stammelte ein: »Äh, natürlich, gerne.«

Der Elb wurde im nächsten Moment sehr ernst. Er trat auf die Tossin zu. Dort blieb er eine Weile mit gesenktem Kopf und geschlossenen Augen stehen.

Er sprach zwar mental zu ihnen, ließ aber alle Anwesenden mithören: *Wir entschuldigen uns für unser Verhalten in den letzten Jahrhunderten. Wir haben euch beinahe vergessen. Die Erinnerungen wurden mit der Zeit zu warnenden Legenden, in denen Tossin die Bösen sind. Erst durch die empörten Gedanken des menschlichen Jungen wurden wir wieder auf euch aufmerksam. Sie waren so laut, wir hörten seinen Schrei der Entrüstung bis in die entlegensten Winkel unserer Städte. Unser Hoher Rat handelte sofort und schickte uns, euch zu holen. Als ihr bemerktet, wie sehr euer instinktiver Wunsch nach Leben Dominic in Lebensgefahr gebracht hat, zeigtet ihr Einsicht und verschontet ihn. Niemals seid ihr die Kreaturen, die unsere Vorfahren so sehr verabscheut und gefürchtet haben. Wir werden Tossin das Heiligtum zurückgeben und bitten um Vergebung. Unser Rat erwartet euch.*

Als die Tossin an Dominic vorbeikamen, machten sie bei ihm Halt. Sie versanken ein letztes Mal in seinen Gedanken: *Tossin bereuen zutiefst, was dir beinahe widerfahren ist. Wir hoffen, du nimmst unsere Entschuldigung an. Wir haben dir unser Überleben zu verdanken.*

Kapitel 39

Die Elfen sind wütend

Eigentlich wusste Dominic nicht so recht, was er getan hatte. Er wollte gerade etwas erwidern, als plötzlich Angehörige der dritten Spezies Lamirs erschienen. Die Elfen waren sehr wütend. Die Entscheidung der Elben war inakzeptabel für sie, wie die Anwesenden aus dem aufgebrachten Gezwitscher hören konnten. Wild flogen sie umher. Ab und an blieb ein Elf oder eine Elfe vor den Gesichtern der Freunde oder der Elben in der Luft stehen, um ihnen böse in die Augen zu starren. Ein Elf schwirrte vor Michaels Gesicht herum. Die Geräusche, die er von sich gab, waren aufgeregt und zornig. Der Elb hob die Hand und gebot ihm Einhalt.

Seine Worte waren deutlich: »Sie mussten genug erdulden, und wir hatten genau so viel schuld, wie sie es hatten. Vielleicht sogar noch mehr. Wir können sie nicht sterben lassen!«

»Wir aber sagen, lasst sie sterben.«

Diese harten Worte von solch einem schönen Wesen zu hören, entsetzte Dominic; seine Gedanken schrien grell auf.

Der Elf drehte sich zu ihm um und starrte ihn an. Seine Flügel schlugen so schnell, dass der Junge unfähig war, sie wahrzunehmen, bis sie direkt vor seinem Gesicht flatterten.

Aufgeregt zwitscherte er auf ihn ein. »Wer bist du?«

Tiri kam dazu. »Er ist mein Freund und er hat in der kurzen Zeit mehr über die Tossin, wie sie sich nennen, herausgefunden, als ihr in so vielen Leben vorher. Die Vorurteile zerfressen euch und werden euch niemals weiter als bis zu euren Waldgrenzen gehen lassen. Es gibt unendlich viel Schönes auf der Welt, unendlich viel zu lernen, und das wird euch auf immer verwehrt bleiben. Ihr denkt nur mit den Augen und lasst euch dadurch schnell täuschen.«

Unbewusst warf die junge Elfe ihren Leuten genau das vor, was sie vor ein paar Stunden noch selber empfunden hatte. Sie hatte sich recht schnell von den Umständen überzeugen lassen.

Dominic dachte hoffnungsvoll: Werden ihre Leute ebenso einsichtig sein?

Alle Wesen auf der Lichtung sahen die Bilder, die Tiri ihnen zeigte. Gezwungenermaßen teilte sie ihnen aber auch die Wahrheit darüber mit, was sie die letzten Monate getan hatte. All die Dinge, die sie gelernt hatte, die ihren Horizont um ein Vielfaches erweitert hatten. Nur aufgrund dessen, dass sie etwas Verbotenes getan und einen Neuankömmling angesprochen hatte. Und jetzt setzte sie sich für den größten Feind der Elfen ein.

Entsetzt sah der kleine Anführer diese Bilder. Mit einem Aufschrei verschwand die Gruppe der Elfen und sie nahmen Tiri mit.

»Nun, lasst uns ziehen, damit ihr eure Heimat schnellstens zurückbekommt.« Michaels Worte richteten sich an die kranken Tossin.

Langsam setzten sie sich erneut in Bewegung. Als sie außer Sicht waren, materialisierten sich Hork und Falk neben der Gruppe um Dominic.

»Es ist unfassbar, was unser kleiner Junge wieder einmal zustande gebracht hat.« Wie so oft in letzter Zeit triefte Horks Stimme vor Hohn.

Offensichtlich fühlte Falk sich verpflichtet, die Schärfe in der Stimme des alten Mannes abzumildern. »Gut gemacht, Kinder. Ihr dürft jetzt zu Bett gehen.«

„Die Fantastischen“ fassten sich an den Händen und ihr Anführer teleportierte sich mit ihnen fort.

»„Die Fantastischen“! Pah, was für ein alberner Name!«

Als sie weg waren, wandte sich Falk an seinen Freund. »Was ist los mit dir? Vor wenigen Monaten noch hast du dich über Dominics diplomatische Art amüsiert, mit der er so viele Wesen auf seine Seite zieht und somit auch auf deine.«

Ohne ihn einer Antwort zu würdigen, verschwand Hork einfach. Die Bewohner des Anwesens sahen ihn das letzte Mal für eine längere Zeit. Er schloss sich in seiner Wohnung ein und blieb erst einmal dort.

***

Tiri erging es ziemlich schlecht. Ängstlich sah sie ihren Erzeugern entgegen, die wutentbrannt auf sie zuflogen und sie unsanft an den Armen packten. Sie zuckte zusammen.

»Nun wissen wir endlich, wo du die letzten Mondläufe abgeblieben bist. Du hast dich mit den Neuankömmlingen eingelassen und hast deine Pflichten vernachlässigt. Die Älteste will dich sehen. Sofort!«

Sie schleppten Tiri zu dem Versammlungsort der Elfen, hoch oben in den Baumwipfeln. Dieser befand sich auf einer Plattform, die zwischen vier Bäumen zu schweben schien. Die Älteste saß bereits auf einem thronartigen Stuhl, der von einer meisterlichen Gravur geschmückt wurde. Sie schaute ihr wütend entgegen.

»Verrat!«, schrie sie laut und die Menge, die sich versammelt hatte, verstummte und alle schauten Tiri ärgerlich an. Vor Schreck senkte sie ihren Blick.

Die Verhandlung, in der Tiri immer mehr in sich zusammensackte, war kurz und das Urteil der Ältesten eindeutig und hart.

»Ich als Älteste und somit Sprecherin des Ältestenrates verkünde unser Urteil über Tiri, Abkömmling von Raru und Leri. Wir werden ihr die Flügel nehmen und sie wird zukünftig am Boden wandeln.«

Entsetzt schaute die kleine Elfe zu der Ältesten auf. Das war die größte Angst eines jeden Angehörigen des Elfenvolkes. Denn wie sollten Elfen ohne ihre Flügel leben?

Sie hatte gewusst, es würde gefährlich werden, ihrem Wunsch nach Wissen nachzugeben. Aber niemals hätte sie gedacht, dass ihre Leute bereit waren, so weit zu gehen. Sie sackte in sich zusammen und schlug die Hände vor das Gesicht. Es schrie in ihr: Nein, nein, nein. Das dürfen sie nicht tun. Ich habe das Recht auf Selbstbestimmung.

Trotzig hob sie den Kopf. Sie hielt an ihrem Begehr fest und richtete sich auf. Stolz stand sie vor den Ältesten, vor ihrem Volk und vor ihren Erzeugern.

Sie sprach leise, aber mit fester Stimme: »Was habe ich denn schon verbrochen? Ich habe mein Recht eingefordert, selbst zu bestimmen, und bin zur Schule gegangen. Auf manchen Welten gibt es Gesetze, in denen das Schulrecht verankert ist, auf anderen gibt es sogar die Schulpflicht. Und was gibt es bei uns Elfen? Nichts dergleichen. Ihr habt ja keine Ahnung, was euch entgeht, wie viel ihr lernen könntet von den Wesen dort unten im Tal. Ihr hört sie ja nicht mal an. Ich habe in den wenigen Mondumläufen mehr gelernt als ihr Ältesten euer ganzes Leben lang. Ich bin in der Lage, einen Thron herzustellen wie denjenigen, auf dem unsere Älteste gerade sitzt. Ihr habt dieses Wissen längst schon verloren. Ich aber kann mit meiner Kraft nun viele Dinge erschaffen. Wenn ihr auch bereit wäret zu lernen, wäre unser Volk zu so viel mehr in der Lage.«

Die Älteste hob ihren Arm und unterbrach Tiri mit donnernder Stimme: »Es reicht! Ich habe genug gehört. Wir verurteilen dich zu einem Leben ohne deine Flügel. Du wirst eine Ausgestoßene sein und vom heutigen Tage an nie wieder bei uns willkommen sein.«

Aufrecht stand Tiri vor dem hohen Thron.

Niemals! Unnachgiebig starrten ihre grünen Augen in die vom Alter farblos gewordenen Augäpfel der Ältesten, die aber an Härte nichts verloren hatten.

Die junge Elfe würde ihre Flügel mit all der Kraft, die ihr zur Verfügung stand, verteidigen. Sie zog ihren Speer und baute um sich herum einen starken Schutzschild auf.

Die Älteste lachte amüsiert auf und zeigte auf die Waffe. »Damit willst du uns einschüchtern?«

»Nein, aber damit.« Sie hob die Hand mit dem Speer und im nächsten Moment bogen sich die dicken Äste der Bäume bedrohlich den Elfen entgegen. Tiri rief sie zu sich. Dunkle Wolken zogen sich zusammen und sie spürte Lamira an ihrer Seite, die in dem aufziehenden Wind um sie herum war. Kurz schloss Tiri erleichtert die Augen. *Danke dir.*

Die alte Elfe schrie: »Du willst dich uns also widersetzen? Uns, die seit jeher Recht gesprochen haben?«

»Ja!«, schrie Tiri zurück. Zornig schaute sie sich um, so viel Wut über die Ignoranz ihres Volkes hatte sich in letzter Zeit angesammelt und nun brach sie aus ihr heraus.

Plötzlich tauchten ihre Freunde auf. Erstaunt schaute sie die Fünf an. »Was tut ihr hier?«

»Was denkst du denn? Wir wollen dir natürlich helfen.« Das war für Cass die natürlichste Sache auf der Welt. Eins ihrer Mitglieder war in Gefahr, also würden sie alles tun, um es zu retten.

Dominic fasste die Situation kurz und knapp zusammen: »Wie es aussieht, benötigst du keine Hilfe, du scheinst alles im Griff zu haben. Lamira kämpft an deiner Seite, dann können wir ja wieder abhauen.«

»Ach, echt jetzt? Alles im Griff? Diese Information ist wohl an mir vorbeigegangen.« Und dankbar setzte sie hinzu: »Gut, dass ihr kommt. Ich könnte wirklich eure Hilfe brauchen.«

Dank Dominics neu entdeckter Gabe hatten sie Tiri so schnell finden können. Ihm fehlte ein Begriff dafür, aber irgendetwas verband ihn mit seinen Freunden. Er konnte sie an jedem Ort aufspüren oder sie ihn. Bevor die Situation eskalieren konnte, teleportierte er sich direkt vor den hohen Sitz der Ältesten. Wütend schaute sie ihn an.

»Ich verlange, neu zu verhandeln.« Das waren die Worte, denen sich kein Elf entziehen konnte. Das Wissen hatte er direkt aus ihrem Kopf: Verlangte irgendein Wesen auf dieser Plattform vor dem Thron der Ältesten eine Verhandlung, musste dem Wunsch entsprochen werden.

Diese Plattform, die noch von vergangenen Zeiten zeugte, war einst der Treffpunkt der drei Wesensarten, die Lamir bevölkerten. Die Elfen, die Elben und die Tossin waren es, die sie mit vereinten Kräften erschaffen hatten. Sie war riesig, so hatten die Vertreter aller Völker darauf Platz gefunden. Nun wirkte sie zu groß für die winzig kleinen Wesen des Elfenvolkes, obwohl - so schien es jedenfalls - das gesamte Volk der Elfen erschienen war.

Mehr aus Neugierde, als dass sie wirklich besänftigt waren, wurden die Anwesenden schlagartig still. Niemals zuvor hatte je ein Wesen ein ausgesprochenes Urteil angezweifelt. Sie waren gespannt auf das, was die Älteste erwidern würde.

»Du bist kein Elf«, war die Feststellung der alten Anführerin. »Was hast du als Argumentation vorzubringen?«

»Tja, ich bin tatsächlich kein Elf.« Er grinste schelmisch, wurde aber sofort wieder ernst, denn sein Witz war voll danebengegangen. Schnell setzte er nach: »Aber ich weiß genug über das Elfenvolk. Ich bin mir sicher, ihr werdet gerecht urteilen, nachdem ihr uns in einer Verhandlung angehört habt.«

»Was schlägst du vor?«

»Es sind Vertreter von vier weiteren Spezies hier anwesend. Tessa wird sich einem mentalen Scan unterziehen, um für die Spezies Mensch zu sprechen. Außerdem stellen sich meine Freunde als Vertreter für ihre Welten zur Verfügung: der Herrschernachfahre Arrgras Errzu Prrekarr für Arrkron, die ehemalige Sklavin Tasschel für Itsschal, und Cass für die Kobolde. Ich werde als Verteidiger Tiris fungieren. Wenn es Ihnen recht ist.« Er verbeugte sich leicht vor dem hohen Sitz.

»Wir sollen also aufgrund von euren Charaktereigenschaften einen Eindruck von den guten Absichten eurer Welten erhalten? Ihr seid ja nur Kinder!«

»Wer könnte besser für die Absichten eines Volkes einstehen als dessen Kinder? Außerdem ist Cass hier erwachsen und wie die Vergangenheit gezeigt hat, sehr weise.«

»Aber ...« Sie hob einen kleinen Finger und zeigte abweisend auf ihn. »... er ist ein Kobold!« Entsetzter hätte ihre Stimme wirklich kaum klingen können.

Widerwillig wandte sich die Älteste den sechs Ältesten auf den Stühlen zu und beriet sich mit ihnen. Nach einer Weile drehte sie sich zu Dominic und seinem Verteidigerteam und sprach feierlich mit ihrer hohen Stimme: »Wir haben entschieden: Es wird neu verhandelt.« Es war offensichtlich, dass sie nicht wirklich eine der Ihren zu einem verdammungswürdigen Leben verurteilen wollten.

Der Junge atmete erleichtert auf. »Das freut mich zu hören. Eine Bitte haben wir: Es ist schon spät in der Nacht und sie war sehr ereignisreich für uns. Wir bitten, die Verhandlung auf morgen zu vertagen.«

»Wir gewähren euch diese Bitte und treffen morgen nach Sonnenuntergang hier wieder ein. Tiri bleibt bei uns und wird unter Arrest gestellt. Darüber wird keine Diskussion geführt.«

Dominic nickte und wandte sich dann der kleinen Elfe zu. »Meinst du, du hältst eine Nacht im Gefängnis aus?«

Tiri sah nicht begeistert aus, trotzdem antwortete sie tapfer: »Es wird schon gehen.«

Der Elf, der sie holen kam, war ihr Erzeuger. Mit hartem Griff umfasste er ihren Arm, um sie mit sich zu ziehen. Die Freunde sahen mitleidig zu, wie er sie in ein Baumgefängnis sperrte.

Sie drehte ihren Kopf zu Dominic und lautlos formte sie mit den Lippen ein »Danke«.

Dank mir morgen, wenn alles vorbei ist, klang es zuversichtlich in ihrem Kopf.

***

Am nächsten Morgen saßen „die Fantastischen" müde, aber energiegeladen am Frühstückstisch. Vor Sorge um ihre kleine Freundin hatten sie kaum geschlafen. Zum Glück war heute ihr freier Tag. Sie würden die freie Zeit über einer Strategie brüten. In solchen Angelegenheiten baten sie gewöhnlich Sessin Hork um Hilfe. Das jedoch fiel flach, da seine Stimmung im Moment hochexplosiv war. Also würden sie Falk um Rat bitten.

Unauffällig war der große Mann zu ihnen getreten. Ohne von ihnen bemerkt zu werden, da sie gebannt auf ihre Laptops starrten, war er vom Einen zum Nächsten gegangen und hatte ihnen schon eine ganze Weile über die Schultern gesehen.

Sie zuckten leicht zusammen, als er sich zu Wort meldete: »Ich weiß Bescheid. Tiri ist eine von uns. Natürlich werden wir ihr helfen. Ich habe schon ein wenig recherchiert.«

Falk knallte die dicken Schwarten auf den Tisch, die er angeschleppt hatte. Entsetzt schaute die Gruppe auf die Bücher. Was war das denn?

»Das, liebes Team der Fantastischen, sind **Bücher**.«

»Oh, wir wissen, was Bücher sind. Dort sind Buchstaben aneinandergereiht, well?« Ironisch verzog Dominic den Mund, als er sich über Falks liebstes Wort lustig machte. »Das klingt nach mühseliger Arbeit. Wonach sollen wir denn suchen?« Er strich sich mit den Händen durchs Haar und zerzauste es dadurch noch mehr, als es ohnehin schon war. Er schaute ratlos zu Falk auf. »Das Internet wäre doch sicherlich hilfreicher, oder?«

»Nicht in diesem Fall, denn in diesen Wälzern sind Aufzeichnungen, die du in keinem Netz finden wirst. Es hat einmal eine Zeit gegeben, in der die Elfen sehr gesellig waren. Sie bereisten Welten, auch unsere. Denk doch nur an die irdischen Legenden, die es über die Elfen gibt. Nach dem Krieg gegen die Tossin zogen sie sich zurück und isolierten sich. Selbst ihre Verbündeten, die Elben, fanden keinen Zugang mehr zu ihnen. Während jene sich uns anschlossen und viele die Schule besuchten, scheiterten alle Versuche Horks, die Elfen auf unsere Seite zu ziehen. Wir müssen nachforschen und den genauen Grund herausfinden. Ich würde folgendes vorschlagen: Dominic, du besuchst Tiri als ihr Fürsprecher. Versuche, einen aufgeschlossenen Elfen zu finden, möglichst einen jungen, und finde heraus, was die junge Generation von der Isolation hält. Durch Tiri können wir bereits erahnen, dass sie nicht so verschlossen sind wie ihre Ältesten. Wir machen uns in der Zeit über die Bücher her.«

Bis auf Dominic stöhnten alle auf. Der erleichterte Jugendliche war im nächsten Moment auch schon verschwunden.

Kapitel 40

Bei den Elfen

Dominic stand vor zwei Elfen, die ihm den Weg zu Tiri versperrten. Erst als er auf sein Recht beharrte, mit ihr vor der Verhandlung zu sprechen, um eine Strategie durchzugehen, wurde er zu ihr gelassen.

Er erzählte Tiri von dem Plan und endete mit der Frage: »Kennst du irgendjemanden in deinem Alter, der ähnlich denkt wie du?«

Die kleine Elfe brauchte nicht lange nachzudenken. »Hm, vielleicht gibt es ja wirklich die Eine oder den Anderen. Da ist Taram, er spielt sich gerne als Anführer einer kleinen Gruppe auf, die sich selbst „Die jungen Rebellen" nennt. Es schien aber nur ein Spiel für die Mitglieder der Gruppe zu sein, das sie nie ganz ernst nahmen. Denn als ich sie fragte, ob sie mit mir zur Schule der Neuankömmlinge gehen würden, haben sie mich ausgelacht und gemeint, meine Fantasie würde wohl mit mir durchgehen. Aber ich kann mich auch irren. Wer weiß, wenn sie die Chance bekommen, etwas Neues kennenzulernen, ergreifen sie sie möglicherweise. Du kannst es versuchen, vielleicht hören sie ja auf dich.«

Dominic verließ das Baumgefängnis und machte sich auf die Suche nach Taram. Er fand die Gruppe auf einem riesigen, majestätischen Baum. Um Erlaubnis bittend seine Äste betreten zu dürfen, legte er die Hand auf den Stamm. Der Baum gewährte sie ihm. Die Elfen schauten ihn mit großen Augen an. Ein Neuankömmling, der die Sitten ihrer Heimatwelt kannte, erstaunte sie.

»Das hat mich Tiri gelehrt. Wir lernen voneinander.«

Dominic kletterte ein paar stämmige Äste hinauf. Als es ihm hoch genug erschien, blieb er auf einem dicken Ast sitzen. Tessa hatte ihm das Klettern beigebracht. So gut wie sie würde er nie werden, aber es genügte, um nicht hinunterzufallen und sich zu blamieren. Vier männliche und drei weibliche Elfen saßen auf dem Baum und beobachteten ihn neugierig, aber ohne feindselig zu wirken.

Wenigstens sind sie nicht misstrauisch, dachte er; das ließ ihn hoffen.

Frohen Mutes sprach er die Gruppe an: »Wer ist Taram?«

»Woher kennst du meinen Namen?«

»Tiri meint, du und deine Gruppe seid aufgeschlossen gegenüber allem Neuen und ihr wärt mutig genug, euch einer Herausforderung zu stellen. Hat sie recht damit?«

Das war von Dominic geschickt gemacht. Wenn sie ihr Gesicht wahren wollten, mussten sie ihm eine positive Antwort geben.

Taram sagte belustigt: »Hat sie das? Tja, dann müssen wir dir wohl aufgeschlossen gegenübertreten, sonst stehen wir als Feiglinge da. Also, was möchtest du, Kreatur?«

»Erst einmal, ich bin ein Mensch und heiße Dominic. Seid ihr neugierig auf den Ort, zu dem Tiri die letzten Monate hin verschwunden ist? Ich könnte ihn euch zeigen.« Er streckte ihnen auffordernd die Hand entgegen.

Die Elfen schauten sich in Gedanken versunken an, bis Taram mit den Schultern zuckte, was so viel hieß wie: Warum nicht? Er ergriff die Hand des Menschen und die eines Freundes in seiner Nähe, der wiederum nach der

Hand seines Nachbarn griff. Sie bildeten eine lange Schlange quer über den Baum, dann verschwanden sie.

Sie fanden Lamira im Ruhemodus vor. Das Gebäude war schwarz und zeigte kein Leben.

Diesmal verzichtete Dominic auf die mentale Sprache und benutzte seine Stimme, um sie zu rufen: »Lamira? Ich habe Gäste, die ich dir vorstellen möchte.«

Plötzlich erstrahlte das Gebäude hell und Lamira antwortete ihm in seinen Gedanken: *Wenn ich Tiri so helfen kann, sind deine Gäste willkommen.*

Das Tor schwang weit und einladend vor ihnen auf. Ehrfürchtig fielen die jungen Elfen auf die Knie, erkannten sie ein Stück ihrer Heimatwelt in dem Gebäude, das sich dem menschlichen Jungen vertrauensvoll öffnete. Er musste eine große Magie besitzen, damit er die sie umgebende Welt befehligen konnte.

»Nein, es ist nicht ganz so dramatisch. Lamira ist eine Freundin, sie hat sich mir aus freien Stücken offenbart.« Dominic hatte ihre Gedanken aufgefangen. Doch seine Worte brachten die Elfen lediglich dazu, jetzt ihn anzubeten.

»Bitte steht auf. Ich bin kein Magier, ich habe nur eine besondere Gabe der Empathie und Telepathie. Es ist keine Zauberei, alles kann man mit der Wissenschaft erklären, die sich in geistiger Stärke zeigt. Ich habe keine Ahnung, woran es liegt, aber sie scheinen bei mir besonders ausgeprägt zu sein. Vielleicht haben solche Leute wie ich ein größeres Gehirn. Das könnte tatsächlich der Grund sein.« Er zuckte ratlos mit den dürren Schultern und zeigte dann auf den Eingang der Schule. »Was ist? Lamira lädt euch ein. Wollt ihr unsere Schule sehen?«

Die Elfen standen auf, zögerlich betraten sie die große Halle. Lamira präsentierte sich von ihrer besten Seite, alles war warm und freundlich eingerichtet.

Na, wenn wir zur Schule gehen, sieht es aber nicht so schön hier aus, stellte Dominic trocken fest.

Bei euch muss ich ja auch keine Überzeugungsarbeit leisten.

Staunend schauten sich die Elfen um. Das war eine Schule, in die sie gerne gehen wollten. Stolz hatte Tiri ihnen erzählt, wie viel die Studierenden hier lernten. Alles, was die verschiedenen Welten zu bieten hatten, von denen sie ebenfalls träumten. Längst waren die Geschichten aus den Zeiten, als die Elfen die Welten besucht hatten, aus den Erinnerungen der Alten verschwunden. Niemand erzählte sie mehr. Aber sie spürten deutlich, da draußen war so viel mehr als nur der Wald, in dem sie aufgewachsen waren.

Die jungen Leute dachten an den Moment zurück, als Tiri von ihren Plänen erzählt hatte. »Nach meiner Ausbildung steht es mir frei, dort hinzugehen, wohin ich gehen möchte. Ich werde Abenteuer erleben und mir alle Welten ansehen, wie es unsere Vorfahren getan haben.«

Vor ein paar Monaten noch hielten sie es für Fantastereien, aber jetzt, als sie die Schule mit eigenen Augen sahen, brach langsam ein Feuer in ihnen aus. Der Funke der Neugierde entzündete sich in ihren Köpfen. Sie hatten viele Fragen, Dominic beantwortete sie ihnen gerne, soweit er es konnte. Er erzählte ihnen nicht nur von den theoretischen Fächern, er ging ebenfalls auf die Ausbildung ein. Ihre Augen leuchteten auf, es hörte sich nach einem großen Abenteuer an und sie wollten es erleben. Eine einfache Rückkehr in den Wald war unmöglich geworden. Jetzt wussten sie: Es gab in ihrer Nähe die Möglichkeit, aus ihrem tristen Leben auszubrechen und diesem einen Sinn zu geben. Aus den übermütigen Kindsköpfen wurden junge Erwachsene mit einem Ziel vor Augen.

Dominic versprach ihnen: »Das steht euch alles zur Verfügung, wenn ihr denn wirklich wollt. Aber ihr wisst,

Tiri hat ihren Schulbesuch verheimlicht und das war falsch. Ihr müsst euch die Erlaubnis der Ältesten und die eurer Erzeuger einholen. Ist es euch das wert, heute bei der Verhandlung vor den Rat zu treten und darum zu bitten?«

Ihre Euphorie bekam einen kleinen Dämpfer. Betrübt sahen sie sich an. Da fing Taram an zu strahlen.

»Wir werden niemals mehr in Ruhe weiterleben können, jetzt, da wir wissen, was für Möglichkeiten es für uns gibt. Wenn wir heute die Chance nutzlos verstreichen lassen, dann werden wir es ein Leben lang bereuen. Es gibt bei uns das oberste Gesetz der Selbstbestimmung, wir dürfen frei wählen. Natürlich darf der Gemeinschaft mit unserer Wahl kein Schaden entstehen. Wem aber würde es schaden, wenn wir zur Schule gingen? Niemandem!«

»Stellt es euch nicht zu einfach vor. Auf jeder Welt gibt es Geschichten, die erzählen, dass das Neue stets erst von den Älteren abgelehnt wird. Innovative Ideen werden verteufelt und die Vertreter dieser Ideen oftmals verpönt und verfolgt.«

Er übermittelte ihnen Bilder der menschlichen, oft grausamen Geschichte.

»Aber neue Ideen stehen für den Fortschritt. Ein Volk kann sich ohne niemals weiterentwickeln.«

Er zeigte ihnen Bilder der Gegenwart der Erde. Keineswegs war alles gut, aber die Menschen hatten viel erreicht. Und wenn sie sich nicht gegenseitig zerstörten, dann hatten sie einen guten Weg vor sich. Denn die Zeiten, die vor ihnen lagen, waren es wert, für sie zu leben.

»Wir werden für unser Recht eintreten und Tiri helfen. Wir haben uns über sie lustig gemacht, dabei war sie die einzige Rebellin unter uns. Bis jetzt waren wir nur Witzfiguren, aber das soll sich ändern.«

***

Dominic stieß wieder zu den „Fantastischen“. Er fand sie noch bei der Recherche. Sie nahmen die Sache sehr ernst und Falk kniete sich ebenfalls voll rein.

Er nahm den Jungen zur Seite. »Mittlerweile weißt du, du hast die Gabe eines Pretenders. Ich möchte dir anbieten, mein Wissen aufzunehmen, denn ich habe eine Zeit lang als Anwalt praktiziert. Well, es ist schon eine Weile her ... zugegeben eine große Weile ... okay, um genau zu sein, war es Anfang des 19. Jahrhunderts, aber mein Wissen dürfte für die Verhandlung ausreichend sein.«

Dankbar nahm Dominic die Hilfe an. Mit seinen gerade einmal fünfzehn Jahren fehlte ihm natürlich das weltmännische Auftreten eines Anwalts, doch er konnte auf etwas Nützliches zurückgreifen. In seiner Ausbildung hatte er bereits erfahren, dass ein Pretender die Gabe besaß, sich mental in jede Person zu verwandeln. Er klinkte sich nun in die Gedanken Falks ein, zapfte dessen Wissen an und wurde so zu einem Anwalt. Wie gut er die Fähigkeiten übernommen hatte, würde sich später am Tage zeigen.

Kapitel 41

Die Verhandlung

Als Dominic in der Verhandlung sprach, begann er mit den Worten: »Seit Jahrhunderten schon bleiben die Elfen auf einer Entwicklungsstufe stehen. Das war einmal anders.« Er zeigte ihnen Bilder aus den Büchern von Falk, die eine Gesellschaft der Elfen zeigte, wie sie vor langer Zeit gewesen war. Bilder, die von Lebenslust und einem Miteinander der verschiedensten Völker zeugten. Sein Team hatte gute Arbeit geleistet, das Material war sehr überzeugend. Er schaute seine Freunde, die vor ihm saßen, dankbar an.

Mittlerweile war die Verhandlung sehr ruhig geworden. Am Anfang jedoch waren die Zuhörer aufgebracht gewesen und hatten lautstark eine Bestrafung der jungen Elfe gefordert. Bis Tessa eingegriffen hatte. Mit ihrer Gabe der Teleempathie konnte sie extreme erlebte Emotionen wahrnehmen und darauf reagieren. Sie beeinflusste die große Zuhörermenge, indem sie positive Emotionen aussandte und die negativen neutralisierte. Nun hörten die anwesenden Elfen aufmerksam zu.

Dominic konfrontierte die Ältesten direkt: »Warum verurteilt ihr Tiri? Sie hat von ihrem Recht der Selbstbestimmung Gebrauch gemacht. Ihr Ziel ist es, einmal so zu werden, wie ihr es einst gewesen seid. Sie ist neugierig auf die Welt dort draußen.«

Die Älteste unterbrach ihn: »Und was hat uns diese Neugierde gebracht? Wir haben eine der unseren Spezies dem Untergang geweiht. Die Tossin wurden von uns verurteilt und fast ausgerottet. Du schaust überrascht? Natürlich sind wir längst zu der Einsicht gekommen, dass unsere Vorfahren Unrecht an diesem Volk begangen haben. Und es noch einmal von einem Jungen einer fremden Welt vor Augen geführt zu bekommen, macht es für uns umso schwieriger.«

»Sie sagen es! Es waren Ihre Vorfahren vor so vielen Jahren. Sollte nicht jede Spezies in der Lage sein, die Vergangenheit hinter sich zu lassen und nach vorne zu schauen? Natürlich müssen Lebewesen aus der Geschichte lernen. Sie sollte Lehrmaterial einer Vergangenheit sein, die wiederholt werden sollte, wenn sie gut gewesen war, verbessert werden sollte, wenn sie fehlerhaft gewesen war und eine Wiederholung sollte vermieden werden, wenn sie schadhaft gewesen war. Und ja, mein Team und ich haben geholfen, die Situation zu klären. Aber es war auch jemand von Ihrem Volk dabei, wir waren es alle zusammen. Wir zusammen! Was ist so schlimm daran, Hilfe von einer in Freundschaft verbundenen Spezies anzunehmen?«

Mit seinen fünfzehn Jahren war Dominic bereits ein hervorragender Diplomat. Hinzu kam die Fähigkeit eines Anwalts, die er durch Falk aufgenommen hatte. Tiri hätte sich keinen besseren Verteidiger wünschen können.

»Wie könntest du mitreden? Du bist nur ein Junge!«

»Oh, wir Erdenmenschen bekommen unser ganzes Schulleben lang Geschichtsunterricht. Unsere Art der Aufzeichnung ist unerbittlich und knallhart. Erst wurde unsere Geschichte in Büchern festgehalten und heute wird alles digital archiviert. Nichts kann in Vergessenheit geraten. Vor über siebzig Jahren schrieben wir eines der dunkelsten Kapitel in der Geschichte der Menschheit. Der Zweite Weltkrieg berührt mich ganz besonders, denn es war meine Nation, die ihn ausgelöst und die sich an einem geknechteten Volk schuldig gemacht hat. Millionen Juden wurden verfolgt, eingesperrt, für Experimente missbraucht und bestialisch getötet. Über sechs Millionen Opfer forderte dieser Wahnsinn!«

Dominic ließ die Anwesenden in seinen Kopf. Was sie über die menschliche Geschichte erfuhren, entsetzte sie zutiefst.

»Ihr fragt euch, wie Menschen so grausam sein können, grausam an ihrer eigenen Spezies? Natürlich, sie unterscheiden sich bezüglich der Hautfarbe, bezüglich ihrer Religionen, bezüglich ihrer Mentalität und bezüglich tausend verschiedener Dinge. Sie müssen nur lange genug suchen, irgendeinen Grund finden sie stets, um bereitwillig Krieg gegeneinander zu führen. Aber rechtfertigt das wirklich die Kriege, die immer noch auf der Erde wüten? In einer Epoche der Aufklärung, in der es Zeit wird, nach der Umsetzung von höheren Zielen zu streben?«

Die Informationen über die Gräueltaten der Menschen waren in seinem Gehirn gespeichert. Jetzt, wo er selber die Bilder mit den Augen von Außenstehenden sah, war er erstaunt, wie viel davon in den hintersten Winkeln seiner Hirnwindungen vorhanden war.

»Es waren meine Vorfahren, die dieses Volk dezimiert haben. Die Deutschen waren von alliierten Ländern bekämpft und besiegt worden. Hier zeigten die Menschen Einigkeit; zeigten, dass es auch besser ging. Es waren aber auch meine Vorfahren, die nach dem Krieg bei null wieder begonnen haben. Hätten sie sich isoliert, statt von vorne zu beginnen, hätten sie niemals so Großartiges leisten können. Sie bauten ihr Land wieder auf, forschten für eine bessere Zukunft und erschufen eine Demokratie, in der jeder frei wählen kann.«

»Was ist, wenn es wieder passiert?«

»Es war nicht das erste und auch nicht das letzte Mal, dass so etwas geschehen ist. Nicht nur die Deutschen machten sich vieler Verbrechen schuldig. Im Laufe der menschlichen Geschichte gab es kaum eine Nation auf der Erde, die sich nicht an einer ethnischen Minderheit verging. Da waren die Amerikaner, die immer noch mit der Schuld leben, was sie den Afrikanern, und vor allem aber den Ureinwohnern ihres Landes angetan haben, indem sie diese fast ausrotteten. Auf einem anderen Kontinent spielte sich eine ähnliche Tragödie ab, in der sich die Australier an den Aborigines schuldig machten. Ein weiterer Kontinent und eine neue Tragödie, in der sich Lenin auf eine schändliche Art historisch unsterblich gemacht hat: Er steckte zwar keine Angehörigen ethnischer Minderheiten in Konzentrationslager und tötete sie, aber er verging sich an seinen eigenen Landsleuten, die das einzige Verbrechen begangen hatten, gegen sein Regime zu widersprechen. Er verfeinerte seinen Klassenterror und brachte Millionen von Sowjetbürgern um. Nicht zu vergessen Stalin, der da weitermachte, wo Lenin durch seinen Tod unterbrochen worden war.

Wir nennen es Holocaust. Dies ist der Ausdruck für die finstersten Taten der Menschheit.«

Für Dominic wäre es einfach gewesen, seiner Heimatwelt den Rücken zuzukehren, um fortan sein Leben auf Lamir zu verbringen. Aber so war er nie gestrickt gewesen. Der Junge hielt sich jederzeit auf dem Laufenden, wenn es um die Politik der Erde ging. So war er seit dem Jahr 2017 über die Ereignisse in einem Land der Erde besonders entsetzt und fand es unglaublich, dass die Menschheit so einen Vorfall noch einmal zuließ.

Ein gewähltes Oberhaupt, das sich mithilfe des Militärs zum Diktator ausrief? Hallo? Die Parallelen zu Nazideutschland waren so was von eindeutig, als die Deutschen einer verabscheuungswürdigen Kreatur, die sich als Mann tarnte, die Macht übergaben, indem das deutsche Volk selbst es wählte.

Und doch war genau das in der heutigen Zeit noch einmal geschehen. Er hatte die Menschen, ob Deutsche oder Türken, für aufgeklärter gehalten. Wozu hatten die Lernenden Geschichtsunterricht? Wozu gab es das Internet, das alles offenlegte? Und obwohl er demaskiert wurde, wählten sie den Mann erneut. Und dieses Oberhaupt stand auf der Welt nicht alleine dar.

Dominic war es unmöglich, seine Angst vor einer Zukunft zu verbergen, die von einer Menge Verrückter bedroht wurde. Verrückter, die im Moment das Sagen an der Spitze der verschiedensten Regierungen hatten. Bedroht von Verrückten, die von Völkern gewählt worden waren, die ihre Vergangenheit vergessen zu haben schienen, so verzweifelt suchten sie nach einer Verbesserung ihrer Situation; vergessend, dass es sehr viel schlimmere Zeiten gegeben hatte. Wer waren also die Verrückten? Die, die gewählt wurden oder die, die wählten?

»Und doch gibt es, gerade für uns Begabten, ein Zeitalter, das finsterer war - die Inquisition.«

Seit Dominic auf Lamir war, dachte er viel über dieses Geschichtsthema nach, denn jetzt betraf es ihn persönlich. Er hatte sogar mit Falk darüber gesprochen. Dabei hatte er erfahren, sein Ausbilder hatte diese Zeit noch miterlebt und wäre fast selbst Opfer einer Inquisition geworden. Sollte er dieses schmerzliche Thema lieber verschweigen? Er sah Falk in die Augen. Sie drückten den Schmerz aus, den der vom langen Leben gezeichnete Mann empfand, als er an diese Zeit erinnert wurde.

Tapfer nickte er seinem Schüler dennoch zu, er würde die Bilder ertragen können.

Dominic fuhr fort: »Die Inquisition war, um es einfach auszudrücken, die Verfolgung von andersartigen und andersdenkenden Individuen. Es war ein barbarisches Verfahren, das unter dem Deckmantel der Gerechtigkeit legitimiert und über mehrere Jahrhunderte hinweg ausgeübt wurde. Wie vieles Unverständliche in der Entwicklung der Menschheit, war es von einer Religion ausgegangen. Vor allem in Fragen des Glaubens, wie etwa Blasphemie oder Magie, spielte sie eine große Rolle. Tausende Frauen und Männer verloren bei den Hexenverbrennungen ihr Leben. Unseresgleichen, die deshalb verfolgt und getötet wurden, weil sie durch ihr Anderssein auffielen. Bei all diesen verabscheuungswürdigen Taten ist aber letztendlich wichtig, was eine Spezies daraus lernt.«

Vor Entsetzen waren alle verstummt. Tessa schaute Dominic bleich vor Schrecken an. Ihre ozeanblauen Augen schwammen in Wasser. Ihre Emotionen schlugen sich auf die Anwesenden nieder. Sie brachen auf der Stelle in Tränen aus.

Falk beugte sich zu ihr hinunter. Er musste sie beruhigen, sonst würde die Versammlung im Chaos enden.

Das kluge Mädchen, das durch seine Kindheit im Waisenhaus der Möglichkeit beraubt worden war, sich zu bilden, stammelte fassungslos: »Das haben die Menschen getan? Und das werden sie alles noch tun? Auf der Erde meiner Zukunft?« Es schüttelte den Kopf. »Nein, das ist unerträglich. Was kann ich tun? Wie kann ich es verhindern?«

Die Älteste wandte abrupt ihren Kopf zu Tessa um, spürte sie doch Zweifel bei dem Mädchen.

»Du! Komm her zu mir!« Sie zeigte mit einem langen, knochigen Finger auf Tessa, die erschreckt zusammenfuhr. Zögerlich erhob sie sich von ihrem Platz und trat vor.

»Du wolltest dich als Vertreterin der Menschheit zur Verfügung stellen. Meine mentale Überprüfung zeigt, du bist nicht so wie dieses Bürschlein hier. Seine Bilder fehlen in deinem Kopf. Warum ist das so, obgleich du auch ein Menschenkind bist?«

Dominic setzte zum Sprechen an, aber die Älteste hob die Hand und bot ihm Einhalt. »Du hältst den Mund.«

Ihr Blick schien Tessa zu durchbohren, unangenehm berührt bewegte sie sich unruhig hin und her. Dann straffte sie ihre kleine Gestalt und fing leise an zu sprechen. Die Akustik auf der Plattform war außergewöhnlich gut, und doch mussten sich die Wesen sehr anstrengen, um sie zu verstehen.

»Ja, ich bin keinesfalls so wie Dominic, weil ich aus seiner Vergangenheit stamme. Und ja, ich habe Zweifel, ob die Menschheit es verdient, zu überleben, ob sie es wert ist, für sie zu kämpfen. Ich frage mich: Ist der Weg, den die Elfen eingeschlagen haben, wirklich der schlechtere? Vielleicht ist es intelligenten Spezies unmöglich, nebeneinander in Frieden zu existieren. Wäre eine Isolation da wirklich verkehrt?« Hilfesuchend schaute sie sich nach ihrem Freund um.

Nicht allein Tessa schaute den menschlichen Jungen zweifelnd an. Die Augen aller Anwesenden waren fragend auf ihn gerichtet. Tessa lenkte weiterhin ihre Emotionen und unbewusst hatte sie ihre eigenen Zweifel in ihre Köpfe gepflanzt.

Dominic schaute in die Runde und sprach nun zu allen: »Seht, wer da vor euch sitzt!« Er ging zu Cass hinüber und legte diesem eine Hand auf die Schulter. Der Fünfzehnjährige ging ganz in seiner Rolle als Anwalt auf. »Hier sitzt ein Kobold und ihr wisst alle, wie ungesellig Kobolde sind!« Leise flüsterte er seinem Freund zu: »Nichts für ungut, Cass.« Und laut sprach er weiter: »Er sitzt neben einem Prinzen von Arrkron und dieser sitzt wiederum neben einer ehemaligen Sklavin von Itsschal. Und zwei Menschen stehen vor euch, die mit diesen verschiedenen Spezies zusammenarbeiten. Ebenso leben wir zusammen. Als Tiri zu uns gekommen ist, haben wir sie in unserer Mitte aufgenommen und aufs herzlichste Willkommen geheißen. Bitte vergesst niemals: Horks Gesellschaft auf eurem Planeten steht für die Vielfältigkeit dieser Spezies, die hier beisammensitzen. Er hat sie zusammengeführt. Wir sind das beste Beispiel, es kann funktionieren.« Er machte eine bedeutungsvolle Pause, und die Blicke der Zuhörer richteten sich nachdenklich auf die sechs Freunde.

Dominic machte seine Sache mehr als gut, dann fuhr er fort: »Das Leben findet immer einen Weg. Der Mensch bestätigt diese wundervolle Aussage zu jeder Zeit und an jedem Ort. Ungeachtet der Tatsache, dass er so viel Macht besitzt, die er sich durch seinen eigenen Verstand errungen hat, sich aber selbst damit zu vernichten droht, ist er immer noch da. Ja, es ist richtig, die Menschen führten in der Vergangenheit Kriege, und so leid es mir tut, tun sie es auch heute noch. Tausende von Jahren haben sie keineswegs klüger gemacht. Nicht nur töten sie sich gegenseitig, nein, sie töten auch die Natur.«

Wieder blitzten Bilder in den Köpfen der Versammelten auf. Diesmal zeigten diese ihnen verseuchte Meere und elendig verendete Tiere. Sie zeigten die vergiftete Luft, die in dichten Dunstwolken über den Großstädten der Erde schwebte, die so vielen Menschen das Leben kostete.

»Die Triebfeder hierzu ist die Gier der Menschen nach Fortschritt und Komfort. Dinge, auf die der Mensch niemals verzichten möchte. Und die Industrie, die immer weiter danach strebt, ihren Profit höher und höher zu treiben, befriedigt diese Gier. Und wenn dabei die Natur auf der Strecke bleibt, was soll's? Die Umwelt würde sich schon irgendwann erholen. Und die Politiker, die die Gesetze machen, die einzige Instanz also, die die mächtigen Industriebosse im Zaum halten kann, unternehmen kaum das, was sie eigentlich dagegen tun könnten, aus Angst, deren Unterstützung zu verlieren. Hauptsache die Spendengelder rollen und die Lobbyisten stehen hinter den Politikern, die an die Macht streben.«

»Wie geht es dir dabei?«

Dominics Stimme wurde betrübt: »Ich schäme mich so sehr für diese Irren, die das Sagen in so vielen Ländern der Erde haben. Aber ich bin stolz auf mein Land, das bereits seit Jahren die ersten Schritte in die richtige Richtung macht. Viele Dinge sind mir trotzdem einfach unverständlich. Warum gibt es zum Beispiel immer noch diese Dreckschleudern in Form von Benzinautos und nicht schon längst Elektroautos zu einem erschwinglichen Preis? Natürlich ist mir klar, es gibt auch dabei Schattenseiten. Elektroautos sind in der Herstellung schlecht für die Umwelt, aber hier kann die Forschung sicherlich etwas machen. Wenn sich die Industrie darauf konzentrieren würde und alle zur Abwechslung einmal an einem Strang ziehen würden.

Die Erde hat Jahrmillionen benötigt, um zu einem Paradies zu werden, und die Menschen vernichten sie in einem Bruchteil davon. Nur etwas mehr als zweihundert Jahre sind vergangen, seit die „Industrielle Revolution" den Planeten Erde dem Untergang geweiht und für sie die Uhr nach dieser kurzen Zeitspanne auf fünf vor zwölf gestellt hat.«

Er ließ in seinen Gedanken eine Diashow von Bildern ablaufen. Die erste Dampfmaschine, die erste Lokomotive, die ersten mit Dampf betriebenen Schiffe bis hin zu den riesigen Kreuzfahrtschiffen, die die Meere verpesteten. Das erschreckendste Beispiel für die Gier nach Komfort auf Kosten der Natur. Und das beste Beispiel für das Versagen der Politik, die hier kein Verbot verlauten ließ. Was musste noch alles geschehen, damit der Industrie Einhalt geboten wurde? Mussten sich die Maßnahmen der Jugendlichen, die für Fridays for Future auf die Straße gingen, erst verschärfen, damit sich etwas änderte?

Er ließ ihnen Zeit, diese Bilder zu verdauen, bevor er weitersprach: »Aber wir Menschen haben auch Potenzial zu so viel mehr.« Er zeigte ihnen die Ideale, für die der Mensch auch stehen konnte.

»Natürlich haben es unsere Eltern schwer in dieser Zeit. Die Zeiten, die vor uns liegen, sehen sehr schlecht aus. Wie sollen sie uns das erklären? Wie sollen sie uns die Lage erklären, ohne uns eine lähmende Angst vor unserer Zukunft mit auf den Weg zu geben? Aber der Mensch ist zu so viel Gutem in der Lage. Das gibt ihnen und somit auch uns Kindern eine Hoffnung. Die Menschen fangen endlich an zu kämpfen.«

Nun gab er ihnen versöhnlichere Einblicke in die Entwicklung der Menschen: »„The Giving Pledge" englisch für „Das Versprechen, etwas herzugeben“, ist eine Kampagne, die im Juni 2010 von den Milliardären Bill Gates und Warren Buffett gestartet worden ist. Viele der Superreichen gaben das Versprechen ab, mindestens die Hälfte ihres Vermögens für wohltätige Zwecke, entweder zu ihren Lebzeiten oder nach ihrem Tod, zu spenden. Damit geben sie einen Teil des Geldes wieder an die arme Weltbevölkerung ab. Ich bewundere die Organisation „Ärzte ohne Grenzen", die ihre Arbeitskraft und ihre Fähigkeit zur Verfügung stellen, um Leben zu retten. Und dann haben wir noch „Greenpeace", die schon so lange einen fast aussichtslosen Kampf für das Überleben der Umwelt auf der Erde bestreitet. Für eine ihrer neuesten Kampagnen

„Save the arctic" treten überall auf der Erde viele berühmte Menschen ein, Künstler, Schauspieler und Politiker, denn die Gletscher schmelzen mit einem unglaublichen Tempo. Bei all dem Mist, der abgeht, ist die Menschheit doch wachgerüttelt worden; und vielleicht noch früh genug. Es ist möglich. Intelligente Spezies können miteinander leben und für eine Sache kämpfen.«

Davon wollte er die anwesenden Zuhörer unbedingt überzeugen. Lebewesen mussten nicht in Isolation leben und somit einen Stillstand in ihrer Entwicklung herbeiführen.

»Wie ist die Entwicklung im Moment auf der Erde? Ich sehe Bedenken in deinen Gedanken. Warum?« Die Älteste der Elfen deckte alles auf.

Und der menschliche Junge zeigte ihr seine Sorgen, denn natürlich hatte er große Angst angesichts der neuesten politischen Entwicklungen: Die Länder, die bis vor Kurzem eher zu einer geeinten Welt zusammengestrebt waren, lösten sich wieder voneinander und wollten sich hinter ihren Grenzen verschanzen. Was der Ausstieg Großbritanniens aus der Europäischen Union und erst der jetzige US-Präsident, der den Kampf gegen den Klimawandel und die sozialen Verbesserungen seines Vorgängers zunichtemachte, für die Welt bringen würden, jagte ihm eine Heidenangst ein.

»Wer ist Greta? Sie scheint ein Kind zu sein, wie du es bist.«

»Greta ist wundervoll. Sie hat eine Bewegung in Gang gesetzt, die sich an Jugendliche wendet. Sie ruft dazu auf, dass wir uns zusammentun, um den Planeten zu retten. Wir gehen gemeinsam auf die Straße und verlangen von der Politik, endlich die Ziele zu erreichen, die sie sich gesteckt hat und dass sie weitere ins Leben ruft. Die Kinder vieler Länder der Erde haben den Politikern den Kampf erklärt, den wichtigsten aller Kämpfe, den für die

Umwelt. Es ist unser Planet, für den die Zeit rapide abläuft. Ich bin stolz, ein Mitglied von „Fridays for Future" zu sein.«

Aber trotz seiner Ängste gab es noch so viel mehr in seinem Kopf zu sehen, über den Sinn für Kunst und Poesie, den die Menschen ihr Eigen nennen. Seine Stimme wurde sehr leise, als er mit Bedacht folgendes Gedicht vortrug:

»Kommt meine Freunde!

Noch ist es Zeit, eine neue Welt zu suchen, denn ich will weiter segeln über den Sonnenaufgang hinaus.

Und obwohl wir die Kraft verloren haben, die in alten Tagen Himmel und Erde bewegte, sind wir dennoch, was wir sind.

Noch immer sind wir Helden, deren Herzen im Gleichklang schlagen.

Zwar schwächt das Schicksal uns von Zeit zu Zeit, doch stark ist unser Wille

zu streben, zu suchen, zu finden

und niemals zu verzagen!

Dies sind die Worte von Alfred Tennyson aus seinem Werk „Odysseus". Obwohl er diese Worte in unserem viktorianischen Zeitalter vor fast einhundertfünfzig Jahren geschrieben hat, sind sie doch jung geblieben und sie treffen auf uns alle zu. Wollt ihr Tiri dies verwehren: Zu streben, zu suchen und zu finden, was auch immer ihr Herz begehrt?«

Die kleine Elfe trat jetzt vor den hohen Stuhl der Ältesten, die sehr nachdenklich geworden war.

Dominic sprach weiter: »Schaut sie euch an. Sie hat sich verändert, sie ist reifer geworden. Zu Anfang habe ich geglaubt, ich werde mit ihr im Unterricht viel Spaß haben. Ich gebe zu, ich war eigennützig. Ich wollte eine Freundin an meiner Seite, die mich mit ihren Albernheiten vom tristen Alltag der Schule ablenkt. Wie sie es so oft getan hat, als wir auf der Lichtung zusammen Streiche ausheckten. Aber ich habe mich in ihr getäuscht. Von dem Moment an, als sie sich für die Schule entschieden hat, gab es keine alberne, zu allem Schabernack bereite Tiri mehr. Sie arbeitet konzentriert und lässt sich durch nichts ablenken, mich zieht sie einfach mit. Mit keinerlei Streichen stören wir den Unterricht, wie ich es erwartet habe. Stattdessen arbeiten wir und lernen und erweitern unseren Horizont.« Dominic verstummte halb beschämt, weil eine kleine lebhafte Elfe das Lernen ernster genommen hat als er selbst.

Jetzt traten zur Verwunderung aller Versammelten auch Taram und seine Gruppe vor. Sie stellten sich hinter Tiri auf.

Die Älteste donnerte: »Was soll das bedeuten?«

Taram sprach für die Gruppe: »Wir möchten für uns bestimmen, aber wir möchten kein Geheimnis daraus machen, so wie Tiri es aus Furcht getan hat. Das war falsch, das sehen wir ein. Wir wollen ebenfalls lernen und die Schule besuchen. Wir möchten über den Horizont schauen und sehen, was dahinterliegt.«

Immer mehr junge Elfen traten vor, ermutigt durch die Gruppe um Taram, und verlangten nach dem Recht der Selbstbestimmung. Das sorgte für Aufruhr unter den älteren Elfen. Die Älteste hob die Hand und es wurde still.

Sie erhob ihre Stimme: »Wir müssen darüber beratschlagen, was wir tun sollen. Wir vertagen diese Sitzung auf unbestimmte Zeit.«

Ratlos schauten sich Dominic und seine Freunde an. Dann richtete er einen fragenden Blick auf die Älteste.

»Tiri darf fürs Erste mit euch gehen.«

Voller Freude umarmten sie sich, war es doch ein kleiner Sieg, der sie hoffen ließ.

Kapitel 42

Der schönste Geburtstag von allen

Hork glänzte immer noch durch Abwesenheit. Dominic indes war glücklich, auf dem Anwesen zu wohnen. Jeden Tag frühstückte er mit seinen Freunden und danach gingen sie gemeinsam zur Schule. Da Cass praktisch dort wohnte, nutzte dieser das reichhaltige Essen mehr als genug aus. Zum Glück war das Kampftraining sehr schweißtreibend, sonst wäre er sicherlich fett geworden.

Tiri aß weiterhin bei ihren Leuten im Wald, sie wollte ihnen zeigen, dass sie ihnen nichts nachtrug. Die kleine Elfe war wie befreit, denn die schwere Last des Geheimnisses war endlich von ihr genommen.

Als Dominic sich nach etwa einem halben Jahr so langsam eingewöhnt hatte, war er von einem kleinen Kulturschock überrumpelt worden. Von der kulturellen Sitte Lamirs, allen Lernenden eine Woche frei zu geben, in denen sie ihren religiösen Gebräuchen nachkommen konnten, hatte er natürlich keine Ahnung gehabt. Wie denn auch? Schließlich griff er selten nach dem Buch „Das sollten die Schüler, die Schülerinnen und die geschlechtslosen Schüler unbedingt über Lamir wissen“.

Er bekam ja gerade einmal mit Mühe die Namen der Monate zusammen: Rakta, Dimdak, Soltak, Arntak, Fertak, Wekta, Burtka, Inetak, Nokta, Jultak, Zoltak, Endak, Olak und der Pentrak. Ja, tatsächlich, der Umlauf um die Sonne war hier in vierzehn Monate eingeteilt, Monate, die noch dazu länger waren als die der irdischen Zeiteinteilung. Im Monat Endak bekamen die Studierenden für ihre religiösen Gepflogenheiten also eine Woche Ferien. Zufällig fiel die Ferienwoche in diesem Jahr in den Dezember der Erde. Es fühlte sich zwar seltsam an, Mitte Dezember Weihnachten mit seinen Eltern zu feiern, aber es hätte merkwürdiger kommen können. So wie es im nächsten Jahr sein würde, denn durch das verlängerte Jahr würde sich das Weihnachtsfest natürlich dementsprechend um etwas mehr als zwei Monate verschieben. Bei Lamirs multikultureller Bevölkerung konnte der Junge diese eingeführte Regelung durchaus verstehen, auch wenn sie für ihn sehr gewöhnungsbedürftig war.

Heute aber war der 15. April 2020, nach irdischer Zeitrechnung, und Dominic grinste selig vor sich hin. Nachdem er zum dritten Mal hintereinander von Tasschel auf die Matte befördert worden war, lächelte er weiter glücklich vor sich hin. An dem Kampftraining hatte er eigentlich wenig Spaß, denn bei ihren überragenden telekinetischen Fähigkeiten, die sich nach dreimonatiger intensiver Ausbildung mit voller Kraft bei ihm entfalten hatten, hielt er es für völlig unnötig, das ganze Zeugs zu lernen.

Falk schaute mit hochgezogener Augenbraue vornübergebeugt von oben auf ihn herab. »Was tust du da, Dominic? Du kämpfst ja wie ein kleines Mädchen. Wo bist du nur mit deinen Gedanken?«

Nicht beim Training, das war allen klar. Dominic war viel zu aufgeregt, denn am heutigen Tag war sein sechzehnter Geburtstag. Er hatte seine Freunde zu einem Kinotag eingeladen und wollte ihnen etwas ganz

Besonderes zeigen. Bisher hatten sie schon mehrere Abende mit „Doctor Who“, „Sherlock“ und ähnlichen Serien verbracht. An diesem Nachmittag, und wahrscheinlich noch bis tief in die Nacht hinein, wollte er mit ihnen die drei Teile von „Der Herr der Ringe" anschauen. Er war gespannt, was sie von der fantasievollen Vorstellung halten würden, die die Menschen von Orks, Elben und Zauberern hatten.

Mittlerweile hatte er viele Kulturen kennenlernen können, aber keine war darunter, die die Unterhaltung so ernst nahm wie die Menschen. Niemand steckte so viel Zeit, Geld und Energie in die Entwicklung von laufenden Bildern. Schauspieler gab es bei vielen, Theaterstücke kannten alle, auch die Musik schaffte sich in den Kulturen Ausdruck. Porta benutzte als Alternative Holodecks.

Holodecks, hatte Dominic hingebungsvoll gedacht, als er davon gehört hatte. Wie mega ist das denn? Er wollte unbedingt einmal eins besuchen.

***

Vor ein paar Wochen bat Falk den Jungen, die Filme im Theater zu zeigen. Demzufolge lud Dominic praktisch die ganze Stadt ein. Gefühlt alle sagten zu und sie boten an, Essen und Trinken mitzubringen. Und Dominic wollte jede Menge Popcorn und Chips besorgen.

»Das gehört einfach zu einer Fernsehnacht dazu«, sagte er zu seinen Freunden. Diese zuckten nur mit den Schultern. Wenn er das meinte, dann würde es wohl so sein. Da verließen sie sich ganz auf ihn, schließlich waren Chips und Popcorn ihnen unbekannt.

Bei seinem wöchentlichen Abstecher auf die Erde ging er in einen Supermarkt. Selbst nach Monaten auf Lamir blieb Dominic unscheinbar und die Menschen, die hier einkauften, bemerkten keinen Unterschied zu sich selbst. Auf Lamir trug er dieselben Klamotten, die er auf der Erde getragen hatte. Eine Trennung von seinen Jeans und seinen geliebten Nerd T-Shirts war unnötig. Selbst in der Schule gab es keine erzwungene Schuluniform. Auf seiner neuen Heimatwelt kleidete sich jeder so, wie er es mochte. Äußerlich blieb er zwar unauffällig, wie sehr er sich in den letzten paar Monaten aber innerlich verändert hatte, ahnte niemand. Als er jedoch mit zwei Einkaufswagen voller Chips- und Popcorntüten zur Kasse kam, schauten ihn alle mit erstaunten Augen an.

»Da ist aber eine große Party geplant, was?« Bei diesen Worten zog die Kassiererin die Ware über den Scanner.

»Sie haben ja keine Ahnung«, war seine geheimnisvolle Antwort.

***

»Warum überhaupt Kampftraining, Danjan Falk? Wir können uns doch jederzeit viel effektiver mit unseren Kräften zur Wehr setzen. Und wenn wir Waffen brauchen, dann zaubern wir einfach welche herbei«, fragte Dominic unbekümmert seinen Lehrer.

Falk schaute ihn mit diesem Blick an, der seinem Gegenüber das Gefühl gab, mit seiner Meinung so völlig daneben zu liegen.

Dominic wurde unsicher. »Ich meine ja nur ...«

Sein Ausbilder unterbrach ihn: »Ach, du meinst also nur?!« Wie es seine Art war, wollte er den Schüler dazu bringen, seine Meinung stichhaltig zu begründen. Die Unsicherheit, die er damit hervorrief, war durchaus beabsichtigt. »Well ... greif mich an.« Er machte eine unmissverständliche Bewegung mit der Hand und die langen Finger winkten das Geburtstagskind auffordernd zu sich heran.

Dominic verdrehte aufstöhnend die Augen. Das Einzige, was die unbedachte Frage gebracht hatte, war mal wieder eine von Falks meist schmerzhaften Demonstrationen. Das Unvermeidliche nicht hinauszögernd, dachte er, er wäre besonders schlau, als er versuchte, Falk zu überrumpeln. Er legte eine Energieblase um den großen Mann, die ihn verlangsamen sollte. Doch ohne Probleme durchbrach Falk diese. Dominic fiel ein viertes Mal an diesem Tag unsanft auf die Matte, als Falk ihn mit einem Schulterwurf außer Gefecht setzte. Dabei waren seine Bewegungen so schnell gewesen, dass der Junge sie kaum wahrgenommen hatte. Resigniert seufzte er auf, als der Schmerz durch seinen Körper fuhr. Heute war kein guter Tag für ihn beim Training, noch weniger als sonst.

»Ihr werdet auch gegen Wesen mit übernatürlichen Kräften kämpfen müssen, für die es eventuell ein Leichtes sein wird, eure Fähigkeiten zu umgehen. Wenn sie nahe genug an euch herankommen, müsst ihr auf herkömmliche Mittel zurückgreifen können. Und es ist meine Aufgabe, euch darauf vorzubereiten. Deswegen das Kampftraining.«

Falk reichte ihm die Hand und zog ihn mit einem Ruck auf die Beine. »So, Schluss für heute. Wir sehen uns gleich. Ich freue mich schon darauf.«

Etwas später am Tage saßen viele Wesen auf den mit weichen Polstern ausgelegten Steinen in dem Theater und sahen gebannt auf die riesige Leinwand in der Mitte der Bühne. Es war eine erstaunliche Technologie. Von allen Seiten schauten sie auf einen Würfel, der in der Luft schwebte. Jeder sah in einer gestochen klaren Qualität die Filme. Dominics Gäste aßen dabei Chips und Popcorn und die anderen mitgebrachten Leckereien. Die Elben rund um Michael, die in der ersten Reihe saßen, amüsierten sich köstlich und lachten oftmals laut auf. Vor allem, wenn Legolas in Erscheinung trat. Dominic dachte bei sich, dass Orlando Bloom in seiner Filmaufmachung eine erstaunliche Ähnlichkeit mit den Elben von Lamir hatte, zumindest mit den langhaarigen Blonden. Das sahen diese scheinbar anders, denn wieder lachten sie sich bei seinem Anblick weg.

Als das letzte Bild über die Leinwand lief und es dann finster wurde, blieben erst einmal alle Anwesenden still auf ihren Plätzen sitzen. Der frischgebackene Sechzehnjährige befürchtete schon, es hätte niemandem gefallen. Dann brach urplötzlich der Applaus los, sie sprangen auf und jubelten. Sie liebten die Trilogie um Frodo und seine Gefährten. Mit völlig aufgekratzten Gästen ging Dominics Party jetzt richtig los. Musik erscholl aus den Lautsprechern und es wurde auf der Bühne getanzt. Sie unterhielten sich bis zum nächsten Morgen. Es war eine gigantische Party, und wie benommen ging der Sechzehnjährige ins Bett. Er fühlte sich rundum wohl in seiner Haut und er wollte nirgendwo sonst sein. Es war der schönste Geburtstag gewesen, den Dominic jemals gefeiert hatte. Kurz überlegte er noch, was Falk wohl von ihm wollte.

Geheimnisvoll hatte er Dominic ins Ohr geflüstert: »Ich sehe dich morgen um 6 Uhr am Abend an der Eingangstür.«

Er war sehr neugierig darauf, was sein Lehrer mit ihm zu besprechen hatte. Mit einem Lächeln auf dem Gesicht schlief er glücklich ein.

***

Aufgeregt stand er am nächsten Tag vor Falk. Dieser sagte kein Wort, sondern berührte ihn nur an der Schulter. Im nächsten Moment fand er sich auf einem hoch technisierten Planeten wieder.

»Willkommen auf Porta. Sessin Horks Heimatwelt.« Sie stiegen in ein Fahrzeug, das auf sie wartete. Falk setzte sich ans Steuer.

Zweifelnd fragte der Junge: »Sie können das Ding wirklich fahren?«

Mit einem Ruck hob der Gleiter ab. »Wohl eher fliiiiiegen, mein Junge.«

Entsetzt klammerte sich Dominic an einem Seitengriff fest. Nach ein paar Minuten entspannte er sich und genoss den Flug. Er schaute sich Porta von oben an und war von dem Luftverkehr begeistert. In diesem Moment beschloss er, mit dem Führerschein auf der Erde so lange zu warten, bis es dort ebenfalls Gleiter gab. Schließlich konnte das ja nicht mehr allzu lange dauern. Warum zweimal etwas lernen, wenn das erste Mal unnötig sein wird.

Sie standen vor einer futuristisch aussehenden Halle. Falk übermittelte ihm die Übersetzung des Wortes, das in riesigen Lettern über dem Eingang stand: „Holoparadies“. Er riss die Augen auf und starrte den Mann neben sich ungläubig an.

Fassungslos fragte er: »Ist es das, was ich meine?«

»Well, das hoffe ich doch. Ansonsten verlange ich mein Geld zurück.«

Sie betraten die Halle und Falk führte ihn zur Kasse. Eine junge Portanerin saß vor einem Monitor, lächelnd schaute sie auf und zeigte dabei kleine spitze Zähne. Falk nannte ihr einen Namen, der nicht seiner war, und überreichte ihr eine kleine silberne Scheibe. Diese schob sie in ein Laufwerk und drückte einen Knopf. Ein junger Portaner holte die beiden ab und führte sie zu einer Kabine.

Dominic richtete in Gedanken Fragen an Falk: *Merkwürdig. Warum scheint unser Aussehen normal für sie zu sein? Sind sie an den Anblick von Außerirdischen hier auf Porta gewöhnt?*

Oh nein, sie haben keine Ahnung von der Existenz außerirdischen Lebens. Ich projiziere uns als Portaner in ihre Köpfe, so sehen sie keine Menschen, sondern Angehörige ihres Volkes vor sich.

Das ist ja megacool. Kann ich das auch?

Das würde mich sehr überraschen. Aber es steht auf eurem Ausbildungsplan; und zwar noch für dieses Jahr.

Dominic strahlte, er war immer bereit, etwas Neues zu erlernen.

So, nun schließ bitte die Augen. Es ist Zeit für dein Geburtstagsgeschenk.

Aufgeregt tat der Junge, was Falk ihm sagte. Irgendetwas geschah mit seiner Kleidung, als Falk seine Hand auf ihn legte. Als er die Augen öffnen durfte, glaubte er zu träumen. Er hatte eine Starfleet-Uniform an. Aber nicht irgendeine, es war eine exakte Kopie der Uniform von Captain Jean-Luc Picard.

Vor Aufregung wechselte er zum gesprochenen Wort: »Das ist ja ...«, ihm fehlten die Worte und Falk half ihm aus: »Megacool?«

»Mega-, mega-, megacool!«

»Dann warte mal ab, was noch kommt.«

Jetzt erst nahm Dominic seine Umgebung wahr. Er ließ vor Staunen den Mund weit offenstehen. Er war auf der „Enterprise“, genau genommen befand er sich auf der Brücke der Enterprise NCC-1701-D. Vor ihm auf dem Schirm sah er einen roten Planeten. Er drehte sich zu Falk um, der mittlerweile die rote Uniform eines Sicherheitsoffiziers trug.

Der Jugendliche schmunzelte: »Ist die Farbe der Uniform klug gewählt?«

Falk schaute an seiner schlanken Figur hinunter und fing an zu lachen. »Nein nicht wirklich. Aber ich vertraue auf Ihre Fähigkeiten, Captain.« Und Falk salutierte vor seinem Schüler.

So angeredet zu werden, fand Dominic erstrebenswert. Er nahm sich in diesem Moment ganz fest vor: Ich werde der erste Raumschiff-Captain der Erde werden.

Nach und nach erschienen Commander William Riker, der erste Offizier der Enterprise, Counselor Deanna Troi, der Klingone Worf, der Androide Data, und zu guter Letzt tauchte Wesley Crusher auf. Dominic wusste natürlich, ihre Anwesenheit war lediglich eine Illusion, die vom Computer generiert worden war ... trotzdem stand er vor ihnen und starrte sie ehrfurchtsvoll an. Seine Begeisterung trieb ihn dazu, zu jeder einzelnen Figur aus seiner Lieblings-Science-Fiction-Serie zu treten und sie mit Handschlag zu begrüßen. Bei Commander Riker fing er an. Teilnahmslos gab der große Mann dem Jungen die Hand. Emotionslos starrte er auf ihn herab. Er war wirklich groß. Diese himmelblauen Augen so kalt zu sehen, erschreckte ihn. Auch die sonst teilnahmsvoll blickenden, dunklen Augen von Troi gaben ihm ein mulmiges Gefühl. Sie waren jetzt noch leblos wie Puppen. Die Figuren der Enterprise würden erst zum Leben erwachen, wenn sie mit ihrer Umwelt interagieren mussten. Und plötzlich übernahm jeder seine Aufgaben auf dem Schiff; das Spiel begann. An diesem Abend rettete Dominic Keller als Captain des Föderationsraumschiffes Enterprise einen ganzen Planeten, er fühlte sich heldenhaft.

Aber nicht genug, bat ihn Falk noch einmal, die Augen zu schließen. Und als er sie öffnete, war er wie ein Hobbit gekleidet, der „Eine Ring" hing um seinen Hals. Falk trug die Kleider eines Elben, so wie Tolkien sie sich vorgestellt hatte. Während Dominic ein Schwert um die Hüfte trug - es war doch tatsächlich „Stich" - trug Falk einen Langbogen über der Schulter. Ein tiefer Wald mit skurrilen Behausungen lag vor ihm, es war das fantastische Bruchtal.

Sie hatten einen Heidenspaß dabei, stundenlang durch die Holokabine zu rennen, stießen dabei aber niemals an irgendeine Wand. Als Dominic letztendlich den Ring in die Feuer Mordors warf, war er todmüde, aber unendlich glücklich.

Er strahlte Falk an: »Dankeschön. Das war das schönste Geschenk, das ich jemals bekommen habe.«

Zurück in seinem Zimmer sank er wieder überglücklich in sein Bett. Diesen Geburtstag würde er definitiv niemals vergessen.

Kapitel 43

Jeder hat andere Talente

Nach dieser schönen Zeit holte der Ernst des Lebens ihn wieder ein. Dominic und seine Freunde standen in ihren bequemen Sportsachen, die sie bei den Lektionen ihrer Kampfausbildung bevorzugten, vor Falk.

Der menschliche Junge trug einen dunkelblauen Trainingsanzug. Für Tessa, die so etwas nicht kannte, hatte er von der Erde einen ähnlichen Anzug für Mädchen besorgt. Am Anfang fühlte sie sich sehr unwohl in der Trainingshose und zupfte ständig daran herum, um sie zu dehnen. Mädchen zogen in ihrer alten Welt niemals Hosen an. Aber schnell sah sie die Notwendigkeit ein und war ihrem Freund dankbar. Mit einem Kleid wäre es unmöglich gewesen, die Übungen zu meistern.

Arrir hatte eine ähnlich eng anliegende Hose an wie die schwarze, mit der er nach Lamir gekommen war, die er weiterhin mit Vorliebe zu tragen pflegte. Niemand konnte ihn überreden, wenigstens beim Training ein Shirt anzuziehen. Oft glänzte sein schwarzer Oberkörper vor Schweiz und die Mädchen versuchten krampfhaft, woanders hinzuschauen. Doch oftmals verirrte sich ein Blick zu den drahtigen Muskeln des jungen Kriegers, der alle Übungen so elegant wie eine Raubkatze ausführte.

Tasschel stand ihm an Eleganz in nichts nach. Ihre feuerrote Pluderhose und das weite orangene Shirt schienen in Flammen zu stehen, wenn sie die Übungen mit einer Schnelligkeit ausführte, die sie alle in Ehrfurcht erstarren ließ.

Tiri hatte eine kurze grüne Hose und ein eng anliegendes grünes Top an. Aber das lustigste Outfit trug Cass. Als die Freunde ihn das erste Mal in seinem Dress gesehen hatten, hatten sie sich schlapp gelacht. Irgendwie war er an Leggins gekommen. Bei seinem gedrungenen Körper mit den kurzen Beinen standen sie ihm ziemlich unvorteilhaft. Ein lilafarbenes weites Shirt hing ihm am Oberkörper herab bis über die Hüften. Aber das wirklich, wirklich Komische an ihm waren die grellen, neongrünen Schweißbänder um Handgelenke und Stirn. Ihn so anzusehen, tat in den Augen weh.

In dieser Stunde standen die sechs Freunde staunend und mit offenen Mündern vor ihrem Sessin. Falk zeigte ihnen, was es hieß, ein vollendeter Meister des Kampfes zu sein. Mit präzisen Bewegungen führte er die Übungen aus. Diese Vollkommenheit erinnerte Dominic an den Elb Michael, der eine ähnliche Körperbeherrschung bei der Aufführung gezeigt hatte, die der Junge vor Monaten gesehen hatte.

Wie soll ich das jemals hinbekommen?

Mit großen Augen verfolgte er den menschlichen Mann vor sich. Falk hatte seinen Degen von dem Spazierstock befreit und führte mit der Waffe komplizierte Stoßbewegungen aus. Die Füße bewegten sich rasend schnell, die einzelnen Schritte waren kaum nachvollziehbar und doch brannten sie sich tief in sein Hirn. Der Pretender in ihm konnte gar nichts dagegen machen, als alles zu speichern, was er sah.

Tessa, Tasschel und Arrir ging es genau wie ihm. Sie verinnerlichten die Bewegungen. Die ehemalige Sklavin und der Herrschernachkomme hatten aber im Gegensatz zu Dominic auch den athletischen Körper, diese in einer Eleganz zu imitieren, um die sie der menschliche Junge manches Mal beneidete.

Falks Studierende verloren sich in dem Anblick der tödlichen Präzision, die er bei jedem Stoß demonstrierte. Als er sich um die eigene Achse drehte und den letzten Hieb ausführte, machte er dabei einen weiten Ausfallschritt und sein hinteres Knie landete dabei auf dem Boden. In dieser Position verharrte er.

Dann wandte er den Kopf zu seinen Schützlingen und alle Konzentration fiel von ihm ab. Verschmitzt grinste er sie an. »Jetzt ihr. Die Schonzeit ist endgültig vorbei.«

Schonzeit? Echt jetzt? Was für eine Schonzeit? Er tat ja so, als wären die vorangegangenen Trainingsstunden der letzten Monate ein Kinderspiel gewesen. Neeeein, waren sie keineswegs, begehrte Dominic in Gedanken auf. Aber es stimmte, so etwas Kompliziertes fehlte bisher auf ihrem Plan. Und wieder dachte er: Wie sollen wir das auch nur ansatzweise hinbekommen?

Er dachte wieder an die vorherigen Unterrichtseinheiten in Kampftechniken. Oftmals hatten sie schmerzhafte Blessuren davongetragen und noch immer wachte er morgens mit Muskelkater auf, über den Arrir laut lachte.

Die Aufforderung Falks ignorierend, schaute Dominic beschämt auf seine Waffe und spielte schüchtern damit herum.

Arrir - natürlich, wer auch sonst? - trat behände einen Schritt vor. Der junge Krieger besaß die beste Beobachtungsgabe von ihnen. Falk gab ihm ein Zeichen zu beginnen. Der Junge nahm sich einen Übungsstock und annähernd perfekt führte er jede von Falks Bewegungen aus. Wenn Arrir solche Übungen vormachte, dann versank er in seiner eigenen Welt. Der grimmige Gesichtsausdruck ließ die Freunde sich wünschen, ihm niemals als Gegner gegenüberstehen zu müssen.

Als er fertig war, klatschten alle begeistert in die Hände, selbst Falk. »Na, das war doch schon ganz nett.«

Tasschel trat zu Arrir und gab ihm einen anerkennenden Klaps auf die breite Schulter. Die beiden begaben sich in den hinteren Teil des Übungsraumes und legten ihr eigenes Tempo vor. Es würde sich gravierend von Dominics und Tessas unterscheiden. Die beiden Menschen gingen in den abgelegenen Teil des Raumes und begannen, die Übungen aus ihrem Gedächtnis nachzumachen.

Falk nahm sich Cass' und Tiris an. Die beiden besaßen keinerlei Fähigkeiten eines Pretenders und bekamen von ihrem Sessin wesentlich einfachere Trainingseinheiten. Der Ausbilder war sich sicher: Er konnte die vier alleine machen lassen; sie würden die neuen Lektionen in wenigen Stunden verinnerlicht haben.

Die Elfe und der Kobold sahen wehmütig, aber keineswegs neidisch zu ihren Freunden hinüber. Die beiden Kleinwüchsigen würden sehr viel mehr Schweiß und Mühe in diesem Raum lassen als sie.

***

Anders sah es am nächsten Tag bei dem Fach der Kräuterkunde aus. Hier konnten Tiri und Cass die Freunde abhängen. Die Fähigkeiten eines Pretenders waren ihnen hierbei keine Hilfe.

Während sich Tessa, Tasschel, Dominic und Arrir mit der langweiligen Theorie rumschlagen mussten, durften die beiden zu der Gruppe der Heiler treten. Die Elfe und der Kobold kamen aus naturverbundenen Völkern, deren Kinder mit der Heilkunde aufwuchsen. Cass war bei seinem Volk ein angesehener Heiler gewesen, deswegen hatte Hork ihn schon vor Monaten gefragt, ob er den Kurs der Fortgeschrittenen leiten wollte.

Er wollte, und mit Freuden nahm er Tiri in diese Gruppe auf, denn ihr Wissen übertraf das der Anfänger um ein Vielfaches. Oftmals durfte sie ihm assistieren. Das machte sie sehr stolz und sie war mit großem Eifer bei der Sache.

Jetzt war es an den Zurückgebliebenen, ihnen wehmütig hinterherzuschauen, als die beiden den Raum verließen, um zur Krankenstation zu gehen und ihren Unterricht abzuhalten. Viel lieber würden ihre Freunde auch in die Körper der verschiedenen Lebewesen schauen, die Lamir bevölkerten. Doch sie besaßen null Talent dazu, das hatte sich leider zu ihrer großen Enttäuschung gezeigt. Seufzend wandten sie sich ihren Pflanzen zu, die sie skizzieren mussten.

»Oh, wie aufregend ist das denn?«, sagte Tasschel gelangweilt.

Tiri und Cass betraten die Krankenstation, auf der schon das erste Übungsobjekt mit einem gebrochenen Handgelenk wartete. Niemand ihrer Studierenden wunderte sich über das seltsame Grinsen des Patienten. Sie alle kannten bereits die erste Maßnahme, die Heilende ergriffen, wenn jemand mit starken Schmerzen zu ihnen kam.

Heute hatte die Elbin Okovon Dienst. Sie hatte sich sofort in die Hirnwindungen des Patienten geschaltet, um die Schmerzrezeptoren lahmzulegen. Dann hatte sie nach der Klasse geschickt, die gerade Unterricht in Heilkunde hatte. Es war Cass' Klasse.

Der Kobold trat sofort zu dem Patienten. Seine vierzehn Lernenden der Fortgeschrittenen bildeten einen Halbkreis um die Liege, auf der ein junger Mensch lag. Cass verband sich mit ihnen und nahm sie mit auf eine Reise in den Körper des Jungen.

Hier haben wir es mit einem männlichen Menschenkind zu tun. Bevor ihr irgendetwas falsch richtet, müsst ihr euch erst einmal die Anatomie des Patienten anschauen.

Er hob den gesunden rechten Arm hoch. Alle konzentrierten sich und schon sahen sie in das Innere des Körpers, sahen den Knochenaufbau, sahen die Blutbahnen, Adern und Venen. Ihr Blick ging an allem vorbei, was den Knochen umspannte. Als sie einen Überblick bekommen hatten, wie alles auszusehen hatte, glitt ihr geistiger Blick hinüber in das gebrochene Handgelenk.

Die Manipulation ihrer Umwelt fand hier im Mikrokosmos statt. Sie fügten das Skelett des Armes zusammen, richteten die Sehnen drumherum wieder her und stabilisierten den Knochen mit neuer Knochenmasse. Fasziniert sahen sie dabei zu, wie er vor ihren Augen zu heilen begann.

Als sie wieder ihren Geist von dem Körper trennten, war ihre Arbeit getan. Der Junge würde für die nächsten drei Wochen eine Schlinge tragen müssen, um den Arm zu entlasten und die Hand zu schonen. Ein Gips war unnötig.

Das war die Arbeit, die Cass liebte, dazu fühlte er sich berufen. Wenn das Team um Dominic bereit war, auf Einsätze zu gehen, würde es bei ihm in den besten Händen sein.

Kapitel 44

Warum nicht einfach nur popelige Geheimgänge?

Als er an diesem Morgen, drei lamiranische Monate nach seinem Geburtstag, in die Halle kam, war Dominic sehr gespannt. Heute würden sie die Prüfungstermine für den nächsten Monat bekommen. Als er jetzt so nachdachte, wurde ihm bewusst, wie schnell fast anderthalb Jahre vergangen waren und was sie schon alles gelernt hatten. Auch wenn er es am Anfang des Schuljahres nicht für möglich gehalten hatte, machte ihm der Unterricht tatsächlich Spaß.

Er war heute ausnahmsweise einmal der Erste der „Fantastischen“ am Tisch. Normalerweise suchte Dominic morgens, nachdem er aus dem Bett getorkelt war, ewig nach seinen Sachen. Er hatte Cass in Verdacht, diese immer in dem riesigen Schrank zu verstecken, um ihn zu ärgern, deswegen hatte er den Kobold vor Kurzem zur Rede gestellt.

***

Cass setzte eine Unschuldsmiene auf und tat so, als wäre er völlig ahnungslos, wovon der menschliche Junge da sprach. »Dass du einfach ein unordentlicher sechzehnjähriger Junge bist, kommt dir wohl gar nicht in den Sinn, was?«, entgegnete Cass.

Diese These wollte Dominic widerlegen. So nahm er etwas später am Tag seinen ganzen Mut zusammen und betrat den Schrank. Es war tiefdunkel, selbst seine Taschenlampe hatte keine Chance gegen die Dunkelheit. Kurzerhand ließ er sie fallen, erzeugte ein kleines Licht und schickte es voraus. Es wurde einfach von der Finsternis geschluckt. Da blieb ihm nur eins, er verließ sich auf seinen Tastsinn. Nach einer gefühlten Ewigkeit hatte er immer noch nicht das Ende - von was auch immer - erreicht.

Plötzlich hörte er neben sich die dunkle, entsetzte Stimme von Cass: »Was tust du hier? Bist du verrückt, du könntest dich verlaufen.«

»Ha, ha, verlaufen - ja sicher, in meinem eigenen Schrank, oder was? Ich gehe doch nur geradeaus. Stimmt schon, ich gehe schon sehr lange geradeaus.» Er wurde nachdenklich. »Wie groß ist dieses Anwesen eigentlich? Ich hätte doch schon längst ans Ende kommen müssen.«

Irgendein schimmerndes Licht umgab den Kobold, so konnte Dominic sehen, wie er den Kopf schüttelte. »Ich sagte dir bereits: Niemand kann einen von diesen Schränken besitzen. Alle Schränke auf sämtlichen Welten sind miteinander verbunden. Nicht diese 08/15 Schränke aus den Kaufhäusern, nur die handwerklich geschnitzten. Sie haben vielleicht ein ungleiches Äußeres auf den verschiedenen Welten, aber sie erfüllen denselben Zweck.«

Dominic unterbrach ihn: »Genau, sie sollen Kleidungsstücke aufbewahren.«

Cass ignorierte ihn einfach und sprach ungerührt weiter: »Sie bilden ein Netzwerk im Raum-Zeit-Kontinuum, in dem es zu Krümmungen kommt, die die Wege verkürzen. Das Weltall wird sozusagen gefaltet. Und übrigens, du bist schon lange nicht mehr auf dem Anwesen.«

»Klar, natürlich – ein Raum-Zeit-Kontinuum!« Er winkte lässig ab. »Was auch sonst. Habe alles kapiert.« Der menschliche Junge hatte zwar nicht wirklich alles verstanden. Doch den Begriff „Raum-Zeit-Kontinuum" kannte er aus vielen Episoden von Star Trek und aus zahlreichen Science-Fiction-Serien. Halt! Aber das hieße ja ...

»Wir können damit durch die Zeit reisen«, rief er begeistert aus.

Cass schaute ihn mit einem Kopfschütteln an. Ungläubig über so viel Unwissen. »Natürlich ist das Quatsch, du dummer Junge. Es verkürzt die Zeiten, die wir sonst benötigen würden, um zu den Planeten zu gelangen.«

Verschämt und leicht gekränkt schaute der gescholtene Dominic zu Boden.

Vom Kobold unbemerkt erklärte dieser weiter: »Wenn man weiß, wo sie stehen, dann kann man praktisch überall hin. Du bist gerade auf dem Weg in ein altes Gemäuer auf meiner Heimatwelt, und glaub mir, da möchtest du keinesfalls hin.«

»Warum? Ist es dort so fürchterlich?«

»Was meinst du, warum ich ständig auf Lamir rumhänge? Weil ich eure Gesellschaft soooo genieße?«

»Jaaaa, eigentlich dachte ich das tatsächlich.«

Cass legte seinen Kopf schief, widerwillig stimmte er dem Jungen zu: »Okay, ja, das auch. Aber vor allem, weil ich meiner Welt fernbleiben will.«

»Du hast Lamir als deine neue Heimat ausgewählt und darüber bin ich sehr froh. Und jetzt müssen wir dorthin zurück, sonst kommen wir zu spät zum Unterricht.«

Im Geheimen dachte er: Warum gibt es in diesem Haus nicht einfach popelige Geheimgänge? Was ist so schlimm an ganz normalen, gruseligen Geheimgängen? Nein, natürlich muss es auf Lamir ein Netzwerk von ... ach, was auch immer sein, was zu den Welten führt. Der Junge schüttelte den Kopf. Warum einfach, wenn es auch kompliziert geht?

Einfach war hier auf Lamir wahrlich niemals irgendetwas.

***

Am heutigen Tag hatte er seine Sachen schnell gefunden, denn den gruseligen Schrank hatte er für sich abgehakt. War es doch ein Loch ohne Boden und wer wusste schon, welche Kobolde bei ihm noch ein- und ausgingen und seine Sachen klauten. Cass würde ihm die Wege des Schrankes irgendwann einmal ausführlich zeigen und auch die Welten, auf denen sie herauskamen, zumindest ein paar, da es schließlich Abertausende gab. Irgendetwas hatte er von einer Karte gesagt, in der alle Wege verzeichnet waren. Sie wurde irgendwo auf dem Anwesen gelagert, wahrscheinlich in der riesigen Bibliothek.

Dominic überlegte gerade, ob er schon einmal alleine zur Essensausgabe gehen sollte, als seine Freunde endlich auftauchten.

»Ich verhungere, wo bleibt ihr denn solange?«

»Ach ne, ist unser Langschläfer ausnahmsweise der Erste am Tisch, schon probt er den Aufstand. Bleib locker, wir sind noch recht früh dran.« Tessa hatte sich schnell den modernen Slang von Dominic angeeignet. Und mit der Zeit hatte sie sich den Aufsteh- und Frühstückszeiten ihrer Freunde angepasst, sodass sie jeden Morgen mit ihnen frühstückte; und sie genoss es.

»Seid ihr aufgeregt? Nächsten Monat sind schon unsere Prüfungen.« Der sonst so ruhige Jugendliche war ganz zappelig.

»Wie jetzt? Nächsten Monat bereits? Warum bist du eigentlich so nervös? Deine Arbeiten erreichen ständig die höchste Punktzahl. Was soll ich sagen? Ich komme gerade so mit Ach und Krach durch.« Trotz seiner Worte blieb Cass ruhig, irgendwie würde er schon bestehen.

Tasschel sah das etwas anders. »Ich bin völlig unfähig, den Sinn dieser blöden Mathematik zu begreifen. Mein Hirn streikt, sobald ich an das Wort denke.«

Herablassend wie eh und je kommentierte Arrir: »Schule ist halt nichts für Sklaven.«

Entsetzt schauten ihn seine Freunde an, bis er anfing zu grinsen. Dominic hatte sich schon gefragt, ob der Prinz in dem täglichen sozialen Umgang mit Lebewesen denn absolut gar nichts begriffen hatte. Von den vier hagelte es Boxhiebe auf seine breite Schulter, er zuckte nur mit den Achseln.

»Du arrogantes Arschloch. Mir ist unbegreiflich, warum du so gut in diesem Fach bist.« Tasschel war echt böse auf ihn.

»Ich komme aus einem Herrschergeschlecht. Wir können einfach alles.« Und wieder grinste er, als vier Fäuste auf ihn zuflogen.

Krrar kniff ihn mit spitzen Zähnen in die Seite und die ehemalige Sklavin tätschelte ihm dankbar den Kopf.

Heute war Ausbildungstag, also zum Glück war keine Mathematik angesagt. Tasschel konnte ihren Frust an Arrir auslassen, indem sie ihm bei den verschiedenen Übungen eins überbriet. Das gefiel ihr am besten und versetzte sie stets in Hochstimmung. Als sie zu Lamiras Nebeneingang kamen, ging es mittlerweile ruckzuck, die Treppe, die nun in einer geraden Linie die Distanz überbrückte, erscheinen zu lassen und die Tür zu öffnen.

Tiri stieß zu ihnen: »Seid ihr auch schon so aufgeregt wie ich?«

Als Antwort stöhnten alle. Erstaunt blickte sie in die Runde. »Entschuldigt, dass ich gefragt habe.«

»Nimm es locker. Wir sind alle etwas angespannt und natürlich sind wir aufgeregt.«

Dominic war wie immer der vollendete Diplomat. Tiri war besänftigt und setzte sich auf seine Schulter, während er die Treppe hochstieg.

»Leute, es wird Zeit, wir müssen mal langsam über den Abschlussball reden. Ob es hier auch so einen selbstauferlegten Zwang gibt, dass jeder sich einen Partner suchen muss? Ich habe das schon auf der Erde immer gehasst.«

Da sie noch ein paar Minuten Zeit hatten, bevor der Unterricht begann, blieben sie stehen.

»Lasst uns woanders darüber sprechen. Wir treffen uns in der Hütte.«

Nach und nach erschienen sie und fläzten sich auf die gemütlichen Sessel unter dem Glasdach. Anfangs war die Ecke bei den Jungs auf Unverständnis gestoßen, aber das hatte sich schnell gelegt, jetzt hielten sie sich sehr gerne darin auf.

»Die Party wird ohne mich stattfinden.« Tasschel klang resigniert.

»Warum sagst du so etwas?« Tessa hatte kein Verlangen danach, ohne ihre beste Freundin zu gehen.

»Weil ich durchfallen werde. Ich werde die theoretischen Prüfungen niemals schaffen.«

»So ein Unsinn, natürlich wirst du durchkommen.« Tiri machte ihr Mut. Auch sie wollte nicht ohne das rothaarige Mädchen gehen.

»Du wirst die Prüfungen auf jeden Fall bestehen. Schließlich bekommst du von mir Nachhilfe?«

»Ja, und das hat ja so viel gebracht, Nicky.«

Dominic sah sie mitleidig an. Er fand keine Lösung für das Problem. Es war ihm unbegreiflich, dass alles, was er versuchte, keine Früchte trug. »Aufgeben ist keine Option. Wir haben ja noch etwas Zeit.«

Trotz seiner Worte blieb ihre Stimmung düster. »Ich werde nicht hingehen, basta.«

»Gut, dann werden wir an dem Abend bei dir bleiben. Es ist eh zu viel Affentheater um nichts«

Wie selbstverständlich sprach Arrir für sie alle. Außerdem hatte er gut reden. Er wollte von Anfang an nicht auf diesen Ball. Nun hatte er eine Ausrede.

Dominic stimmte ihm zu: »Wir werden hier in unserem Clubhaus ganz für uns feiern. Das wird toll.« Dominic war ebenfalls kein Fan von solchen Veranstaltungen.

Schweren Herzens stimmten Tessa und Tiri zu. Ohne ihre Freunde wollten auch sie nicht gehen.

Cass hielt sich raus, er würde sich nach der Allgemeinheit richten. Um sie abzulenken, sagte er: »Es ist Zeit, wir müssen los.«

Damit war das Thema Abschlussball fürs Erste durch. Im nächsten Moment standen sie wieder vor der Tür des Übungsraumes, die sich nun öffnete.

Kapitel 45

In Horks Kopf

Hork erwartete sie. Und das zweite Mal an diesem Tag stöhnten sie auf. In den letzten Monaten, seit er sich wieder ab und zu blicken ließ, war es kein Vergnügen, bei ihm Unterricht zu haben.

Falk bemerkte ihre hoffnungsvollen Blicke, mit denen sie den Raum absuchten. Er spürte ihre Erleichterung, als sie ihn in der Ecke stehen sahen. Er konnte sie verstehen, denn wenn er dabei war, benahm sich Hork besser und die Übungen waren leidlich erträglich.

Mit einem besorgten Ausdruck beobachtete er seinen Mentor. Die braunen Augen waren zusammengekniffen, das Gesicht angespannt. Er war jederzeit bereit einzugreifen, wenn der Boss zu weit gehen sollte.

»Kommt näher. Ich bin zwar sehr enttäuscht von euren Leistungen, die ihr bisher erbracht habt - ihr seid mit Abstand die schlechteste Gruppe von allen -, aber nichtsdestotrotz habt ihr im nächsten Monat Prüfungen.«

Falk wollte ihn protestierend unterbrechen, aber Hork hob ruckartig eine Klaue. Daraufhin blieb er stehen. »Auch du hast mich sehr enttäuscht, Falk.«

Alarmiert schaute er ihn an. Falk? Seit wann benutzte er diesen Namen für ihn? Die Teammitglieder schienen Verdacht zu schöpfen. Verwundert sahen sie sich an.

Tobias streckte seinen empathischen Sinn nach ihnen aus, um ihre Gefühle abzuchecken.

Leise hörte er ihre Fragen: Was lief hier falsch? Das vor ihnen war nie und nimmer ihr Anführer und Direktor. Sie spürten in Horks Innern eine Wut, die unerklärbar für sie war. Tobias verschloss seinen Geist, denn sie sollten auf keinen Fall spitzkriegen, was ihr Ausbilder und Julana herausgefunden hatten.

Vor Monaten schon hatte Falk in einer Nacht mit Horks engster Vertrauten gesprochen. Er hatte Julanas Stimme in seinem Geist vernommen. Gesendet auf einem Kanal, der nur ihnen beiden vorbehalten war. Niemand konnte ihre Gedanken abfangen und mitanhören. Er war zutiefst erschrocken gewesen, denn sie hatten diese Art der Kommunikation seit ihrer Trennung nicht mehr benutzt.

Julana, was ist los?, hatte er gefragt.

Und sie hatte ihm eine Antwort gegeben, die ihn noch mehr beunruhigte: *Hork benimmt sich seltsam, ich mache mir Sorgen. Er schließt mich aus seinen Gedanken und Gefühlen komplett aus.*

***

Als es in seinem Kopf losging, fühlte Hork etwas, das da nicht hineingehörte. Eine fremde Präsenz versuchte seinen Verstand zu übernehmen, schlimmer noch, ihn völlig auszuschalten. Da es schleichend war, blieb es von ihm eine verdammt lange Zeit unbemerkt, nun war es zu spät.

Das hast du gut erkannt, mein Lieber, es ist tatsächlich zu spät für dich. Ich übernehme ab sofort deinen Geist und ich sage dir: Setz dich mit Lutec in Verbindung! Jetzt sofort! Er wäre niemals zu so einem verweichlichten Bürschchen, wie du eines bist, geworden. Er bekämpft die Schwächlinge, die du beschützt. Die letzte Zeit war unerträglich für mich. So viel Glück und Zufriedenheit, während deine eigenen Leute, die Widerstand leisten, auf Porta leiden.

Hork begehrte auf: *Sie leiden, weil sie sich dafür entschieden haben. Du siehst doch selbst, was ich erreicht habe, es geht auch ohne all das Leid. Niemals werde ich Lutec den Standort Lamirs verraten. Niemals.*

Trotz seines Protestes hatte Hork eines längst eingesehen: Er war chancenlos. Er musste den letzten Rest seines Bewusstseins retten, also zog er sich in seinem eigenen Kopf in die hinterste Ecke zurück. Er erschuf sich einen Raum und verschloss die Tür fest hinter sich.

Radir hatte freie Bahn in Horks Kopf. Als Erstes kappte er die Verbindung zu Julana mit den Worten: *Ich verlange meine Freiheit von dir zurück, lange genug hast du meine aufregendsten, meine wildesten Gefühle unterdrückt. Ich möchte sie wieder fühlen können, fühlen, wie das Leben in mir pulsiert. Und das ist unmöglich, wenn du da bist. Such dir woanders jemanden, den du bevormunden kannst. Besser noch, du gehst dahin zurück, woher du gekommen bist!*

Radirs Geist schmiss sie aus seinem Verstand, gleichzeitig bugsierte Horks willenloser Körper sie aus seiner Suite. Geräuschvoll warf er die Tür vor ihrer Nase zu.

Ihr Vertrauter bemerkte Julanas tastenden Geist. Sie wollte herausfinden, warum er sich verändert hatte. Um ihr etwas mitzuteilen, hätte er die Tür seines verbarrikadierten Raumes öffnen müssen, dann wäre es ihm unmöglich gewesen, Radir draußen zu halten. Noch waren ihm Lamirs Koordinaten unbekannt, aber es war nur eine Frage der Zeit.

***

In derselben Nacht noch sprach Julana Falk an und erzählte ihm, was passiert war. Sie schmiedeten einen Plan. Damit Radir keinen Verdacht schöpfte, ließen sie ihn erst einmal dort, wo er war. Dass Hork besessen war, durfte niemand erfahren. Sollte es zu einem frühzeitigen Angriff auf Radir kommen, konnten Horks Intellekt und seine Fähigkeiten dauerhaften Schaden nehmen.

Doch im Stillen machten sie sich in seinem Kopf auf die Suche nach Hork, jeder für sich. Wenn Radir schlief, bewegten sie sich vorsichtig in seinen Träumen. Er lebte immer noch in der Vergangenheit. Sie sahen seine abscheulichen Taten, die er als Anführer der Widerstandsbewegung verbrochen hatte, und sie verabscheuten ihn aus vollstem Herzen. In seinen Gedanken nahmen Julana und Falk die Gestalten der Opfer an, die er regelmäßig in seinen Träumen jagte. Und obwohl es noch nicht geschehen war, war ihnen unbewusst klar, sollte er ihrer habhaft werden, würde er ihnen unaussprechliche Dinge antun. Und sie würden sie physisch fühlen können. Sie setzten alles daran, sich nie von ihm erwischen zu lassen.

Dann endlich fand Julana ihren Vertrauten. Sie trat vor seine Tür und sendete ihm beruhigende Gedanken zu. *Wir holen dich da raus. Halt nur noch eine kurze Zeit durch.* Sie erfuhr niemals, ob Hork sie überhaupt gehört hatte, denn sie wurde plötzlich abgelenkt. Ein riesiger Schatten tauchte hinter ihr auf.

Na, meine Kleine, was suchst du denn hier vor dieser Tür?

Entsetzt drehte sich die Sulanerin um. In seinen Gedanken war sie tatsächlich klein und zierlich, und was das Schlimmste war, ihr fehlten plötzlich die Kräfte. Denn das, was Radir dachte, wurde in Horks Kopf auf einer mentalen Ebene Wirklichkeit. Also stand sie vor ihm, ohne ihre Fähigkeiten. Sie wusste, was er mit den kräftelosen Wesen tat und es geschah etwas, was nie vorkam: Die sonst so taffe Julana fürchtete sich. Ohne ihre Begabungen würde sie nichts, gar nichts gegen ihn ausrichten können. Die Kämpferin besaß keinerlei Wissen darüber, was mit ihr geschehen würde, wenn er sie hier drinnen tötete. Wachte sie dann einfach nur sicher in ihrem Bett auf, oder starb sie auch im realen Leben?

Gigantisch ragte er über ihr auf, so sah er sich selbst. Auf dieser geistigen Ebene hatte er nichts von Hork an sich, er zeigte sein wahres Gesicht. Er war der Teufel höchstpersönlich. Auch in ihrer Kultur gab es einen Glauben an den Teufel. So hatte sie ihn sich in ihrer Kindheit immer vorgestellt. Eine Fratze des Bösen ohne bekannte Züge irgendeines Wesens, er bestand nur aus reinem Hass, Wut und Zorn. Tapfer, obwohl sie sich nicht wirklich so fühlte, nahm sie eine kriegerische Haltung ein. Kampflos aufzugeben war keine Option für sie, schließlich war sie eine Sessina, ausgebildet von Hork höchstpersönlich.

Auf einmal war er weg, einfach verschwunden. Jetzt hörte sie das laute Klopfen an Horks Zimmertür. Das war es, was Radirs Geist, der Julana als Schatten erschienen war, von ihr fortgelockt und ihr womöglich das Leben gerettet hatte. Erleichtert zog sie sich aus seinem Kopf zurück und erwachte schweißgebadet in ihrem Schlafzimmer. Da ihre Gemächer direkt neben denen Horks lagen, hörte sie Falks laute Stimme, der nach Hork rief. Hastig warf sie sich einen langen grauen Mantel über, hielt einen Moment inne, um tief Luft zu holen, und trat gefasst auf den Flur.

Was ist denn los, Falk? Was gibt es so Wichtiges? Warum musst du den Sessin mitten in der Nacht aufwecken? Sie wollte den Schein als Aufpasserin Horks wahren und schaute ihren einstigen Geliebten streng an.

Alles in Ordnung mit dir? Ich konnte deine Panik spüren und wusste nicht, was ich sonst tun sollte, sendete er wieder auf ihrer Sequenz.

Ich danke dir, es war sehr knapp. Du hast mir wahrscheinlich das Leben gerettet.

Zwar öffnete Horks Körper die Tür, doch sie sprachen mit Radir. »Was ist los?« Der Fremde in Horks Kopf hob eine krallenbesetzte Klaue und signalisierte so, dass er nichts hören wollte.

Entsetzt sahen Falk und Julana auf die schwarzlackierten Krallen.

Wütend schaute ihr vermeintlicher Meister die beiden an. Ohne sie erklären zu lassen, fuhr er fort: »Es ist mir egal, ob es einen Notfall gibt oder welches von den Bälgern wieder Ärger gemacht hat. Falk, kläre du es alleine. Gute Nacht.« Und mit einem lauten Knall flog die Tür ins Schloss.

Falk klatschte in die Hände und begeistert rief er aus: »Das war einfacher, als ich vermutet hätte. Ich hatte nämlich absolut noch keine Ausrede gefunden. Jetzt brauche ich wohl keine mehr.« Erleichtert atmete er auf.

Lachend umarmte er Julana und führte sie zu ihrer Wohnung. Sie klammerte sich an ihn und lud ihn in ihr Bett ein.

Julana, du weißt, es ginge niemals gut.

Er hauchte ihr sanft einen Kuss auf ihren zarten Hals, hielt kurz inne und atmete ihren Duft mit geschlossenen Augen tief ein, dann ging er mit einem bedauernden Grinsen auf den Lippen.

Ein sanfter Gedanke begleitete ihn: *Du weißt ja gar nicht, was du verpasst.*

Oh doch, das weiß ich nur zu genau; und deswegen muss ich gehen.

Kapitel 46

Der Menbold

Im Hier und Jetzt in seiner Unterrichtsstunde ging Horks Körper auf Falks Team los. Das beste Team, das er jemals ausgebildet hatte. Und Falk konnte nichts dagegen tun; im Augenblick jedenfalls. Da mussten die jungen Leute schon selber durch. Bald schon wollten Julana und er losschlagen, deshalb durfte er Radir nicht bloßstellen. Dieser sollte absolut keinen Verdacht schöpfen, also trat Falk wieder zurück.

»Eure praktischen Prüfungen werden am 18. und 19. des neuen Monats stattfinden und die theoretischen den Tag darauf. Ich bin sicher, ihr werdet die schlechtesten Ergebnisse von allen erzielen. Aber wer weiß, vielleicht besteht irgendwer von euch sogar.«

Mit diesen höhnischen Worten verschwand Hork; erleichtert stießen die sechs ihren angehaltenen Atem aus. Hilfesuchend schauten sie zu Falk.

Frohen Mutes kam er auf sie zu. »Das ist nur eine taktische Masche, um euch zu verunsichern und unter Druck zu setzen. Das macht er mit jeder Gruppe und in jedem Jahr aufs Neue. Als ich damals an eurer Stelle war, hätte ich mir fast in die Hose gemacht. Ich bin absolut kein Fan von dieser Methode, aber er hat immer einen Heidenspaß dabei. Also lasst ihm die Freude und Köpfe hoch. Ihr werdet als Beste abschneiden, da bin ich mir ziemlich sicher. Schließlich seid ihr mein Team.«

Er konnte ihre Zweifel spüren. Sie fühlten, irgendetwas ging in Hork vor. Aber es war ihm im Augenblick unmöglich, sie zu beruhigen, ohne ihnen alles zu erklären. Der Unterricht aber hatte Vorrang und er musste weitergehen. Deswegen nahm er ihn wieder auf.

»Heute geht es um eine eurer ganz speziellen Begabungen. Ihr wisst, vier von euch haben die seltene Fähigkeit eines Pretenders. Einen Teil dieser Begabung habt ihr im Laufe der Ausbildung schon angewandt.«

Tessa hob ruhig die Hand, Falk gab ihr mit einem Kopfnicken das Okay zu sprechen. »Immer dann, wenn Sie uns etwas zeigen, das wir erlernen sollen. Und zwar zeigen Sie es uns nur einmal. Das macht die Sache einfacher für Sie. War es das, was Sie meinten?«

Klingt ihre Stimme etwas vorwurfsvoll?, fragte sich Falk.

»Das ist richtig. Durch eure Beobachtungsgabe könnt ihr sehr schnell fremde Wesen imitieren und deren Fähigkeiten erlernen. So muss ich euch lediglich die verschiedenen Kampftechniken vormachen und ihr beherrscht die Grundtechniken daraufhin bereits nach dem ersten Zusehen.«

»Oder auch nicht«, brummelte Cass vor sich hin.

Falk überhörte die Bemerkung des kleinen Koboldes geflissentlich und fuhr fort: »Danach heißt es für euch, die Techniken intensiv zu trainieren und schon seid ihr wahre Meister in mehreren Arten des Kampfes.«

»Oder auch nicht«, jetzt kam die etwas bittere Bemerkung von Tiri.

Auch diese überhörte Falk und sprach Tessa direkt an: »Und ja, auch das ist richtig, es vereinfacht für mich die Sache ungemein. Und ich habe dadurch mehr Zeit, mich mit Tiri und Cass zu beschäftigen.« Er strahlte die beiden an.

Es kam ein nicht sehr überzeugendes »Yeah« von dem Kobold.

Ungerührt kam ihr Ausbilder auf den Punkt: »Im heutigen Unterricht wird es aber sehr viel schwieriger, heute gehen wir auf die mentale Ebene, die schwerer zu erlernen ist.«

»Na, danke auch.«

Falk sah Tiri mitleidig an, dann wanderte sein Blick weiter zu Cass. »Es ist keinesfalls gesagt, dass ihr unfähig seid, es zu erlernen. Ihr seid stark, wir probieren es einfach aus. Aber erst einmal erkläre ich euch, worum es genau geht. Es gibt Begabte, die sich in jedes Lebewesen hineinversetzen können. Damit können sie vorgeben, alles zu sein, was sie wollen. Durch ihre telepathischen Fähigkeiten können sie später im Einsatz auf das Wissen der Bewohner, denen sie helfen wollen, zurückgreifen. Sie müssen lernen, sich in ihr Umfeld zu integrieren. Dabei projizieren sie ein für das Auge der Bewohner gewohntes Aussehen in deren Köpfe. Und durch diese Manipulation werden die Wesen auf den jeweiligen Welten sie als Ihresgleichen sehen. Die Sprachprobleme umgehen sie, indem sie direkt in die Gedanken der Anwohner hineinsprechen. So kommen sie authentisch rüber und werden sich ohne Probleme in allen Sprachen verständigen können, wenn sie denn fleißig üben.«

»Hört sich leicht an. Packen wir es an.« Tiri wollte keineswegs gleich von vorneherein aufgeben.

Falk ließ sie sich zu zweit zusammentun. Sie sollten die Gedanken ihres Partners verändern. Dieser sollte genau das sehen, was sein Gegenüber ihn sehen lassen wollte. Natürlich veränderten sie sich äußerlich nicht, aber das war die Schwierigkeit dabei. Je nachdem, wie viele Lebewesen um sie herumstanden, mussten sie alle gleichzeitig beeinflussen können. Alle mussten sie als ein Wesen sehen, das ihrem Volk angehörte. So würden sie auf ihren Missionen das Vertrauen der Wesen erlangen und konnten Nachforschungen anstellen, wo es nötig war.

Cass lachte sich kaputt und wälzte sich auf dem Boden, als er Dominic in seinem Kopf als Fast-Kobold sah. Der menschliche Junge war unfähig, sich ganz zu verwandeln, also erschien er Cass halb als Mensch und halb als Kobold. Das ergab ein so lustiges Bild, dass Cass vor Lachen wieherte.

»Ein Menbold. Glückwunsch, du hast eine neue Spezies erschaffen, die ja soooooo hässlich ist.« Erstickt kamen ihm die Worte über die schmalen Lippen.

»Pah, vielleicht kannst du es ja besser.« Pikiert schaute er den Kobold an, der sich jetzt wieder vor Lachen über den Boden rollte.

Langsam beruhigte sich Cass. Auf dem Boden hockend, holte er tief Luft und setzte zum Sprechen an. Da sah er ihn wieder als Hybriden und fing noch lauter an zu lachen. Beleidigt drehte Dominic ihm den Rücken zu.

»Warte, ich hab es gleich.« Cass hob entschuldigend seinen Arm, schüttelte sich und rappelte sich auf.

Als Dominic sich wieder zu ihm umdrehte, fing der Kobold erneut an zu lachen und zeigte mit einem Finger auf seinen Freund.

»Nein, du siehst einfach zu komisch aus. Bitte nimm das Bild aus meinem Kopf.«

»Hör sofort auf, sonst drehe ich bei dir das Licht aus und du siehst gar nichts mehr.« Dominic wurde jetzt wirklich sauer. Er schirmte seine Gedanken ab, das Bild verschwand aus Cass' Hirn.

Wie sich dann herausstellte, war dieser nicht in der Lage, auch nur ansatzweise ein Bild in Dominics Hirn zu projizieren.

Falk tröstete ihn: »Wenn es dir unmöglich ist, dann machst du dich halt unsichtbar. So bist du ja bisher auch durchs Leben gekommen, well? Soweit ich weiß, gab es auf Lamir noch nie ein Team, in dem alle Mitglieder dieselben Fähigkeiten besaßen. Wer kann sich schon unsichtbar machen? Genau, kaum jemand! Ihr vier solltet ursprünglich das Team bilden.« Er schaute Dominic, Arrir, Tasschel und Tessa der Reihe nach an. »Ihr seid die Pretender; und zwar alle vier. Das ist eine absolute Ausnahme. Eigentlich hätten wir euch als Anführer auf die einzelnen Teams verteilen müssen, denn diese Gabe ist zu selten. Aber Hork und ich waren uns in einer Sache einig: Wir werden euch zu einer starken Gruppe ausbilden, die wir zu den brisantesten Einsätzen schicken. Allerdings, wenn das bei einem Einsatz von Nöten sein sollte, werden wir euch trennen und euch Gruppen leiten lassen. Dass Tiri und Cass zu uns gestoßen sind, war eine glückliche Fügung, obwohl sie nicht eure Fähigkeiten besitzen. Dafür haben sie andere wertvolle Begabungen.«

Auch Tiri konnte kein Bild projizieren. Dominic gesellte sich zu ihrer Zweiergruppe und machte sich den Spaß, sie als Ratte erscheinen zu lassen, die auf seiner Schulter saß.

Sie hielt ihm vor: »Du konntest kein ansehnlicheres Tier von deiner Heimatwelt finden als dieses eklige Vieh?« Sie schüttelte sich vor Abscheu.

»Was hast du bloß? Es sind doch süße Tiere und außerdem noch dazu sehr intelligente. Bei uns gelten sie als Haustiere.«

»Ach, jetzt bin ich also dein Haustierchen, ja? Nein, danke, vergiss es.«

Falk kam hinzu und sie fragte ihn: »Sie kommen doch vom selben Planeten wie dieser Blödmann hier. Werden diese haarigen, kleinen Biester bei Ihnen wirklich als Haustiere gehalten, Sessin?«

»Nur bei den Menschen, die ein Faible für besonders eklige Tiere haben. In meinen Haushalt kommt so etwas bestimmt nicht.«

Vorwurfsvoll schaute sie ihren menschlichen Freund an. »Von wegen: normale Haustiere! Du hast mich angelogen.«

»Vielleicht ein klein wenig geflunkert, aber wir würden auf der Erde zumindest unauffällig bleiben, wenn ich mit dir auf meiner Schulter rumlaufe. Alle würden sagen, oh, wie süß und die Ratte streicheln wollen.«

»Auch das noch, sie würden mich betatschen.« Sie schüttelte sich und wiederholte mit Nachdruck: »Vergiss es, mein Lieber.«

So ging der Tag zu Ende. Dominic, Tessa, Tasschel und Arrir bekamen halbwegs gute Bilder in die Köpfe ihrer Partner projiziert, aber bei Cass und Tiri war nichts zu retten. Der Kobold konnte sich in einem Einsatz unsichtbar machen, und die kleine Elfe würde sich in Dominics Nähe aufhalten und mit in sein Bild einbezogen werden. Wenn auch auf keinen Fall als Ratte.

Kapitel 47

Hork ist nicht er selbst

An einem Doktag erwachte sie. Glücklich dachte Tasschel: Heute haben wir frei. Und dann kam ihr noch ein Gedanke: Nun, ich finde, ich bin dran. Heute soll mein Geburtstag sein.

Mit Schwung stand sie auf, und sie tat den ganzen Tag nur Dinge, die sie mochte und aß nur Dinge, die sie liebte. Ihre Freunde bereiteten ihr den schönsten ersten improvisierten Geburtstag ihres Lebens. Doch der Tag sollte nicht so schön bleiben, wie er begonnen hatte.

Arrir und Tasschel durchquerten die große Halle und waren auf dem Weg in den Speisesaal, um zu Abend zu essen, als eine Stimme sie aufhielt: »Oh, wie süß ist das denn? Hält der kleine Prinz sich eine eigene Sklavin?«

Tasschel zuckte zusammen, denn das war ein Wort, das sie verständlicherweise gar nicht gerne hörte. Sie drehte sich nach der Stimme um. War ja klar, sie gehörte natürlich Ben. Dem Jungen, mit dem sie ein einziges Mal ausgegangen war. Der mehr von ihr erwartet hatte, als sie zu geben bereit war. Er hatte sich eine feste Beziehung mit ihr erhofft. Aber als sie seinen Versuch, ihr körperlich näher zu kommen, vehement abgeblockt hatte, war er enttäuscht gewesen. Wenn er sie sah, verspottete Ben sie.

Bisher hatte sie darübergestanden, aber nun wurde es Tasschel zu viel. Sie wollte sich schon auf ihn stürzen, da hielt Arrir sie zurück. »Lass es lieber, kein Grund auszurasten. Sein Ziel ist es, uns zu provozieren.«

»Und das hat er auch geschafft. Lass mich los, ich will dem kleinen Bastard eine runterhauen.«

»Und von der Schule fliegen?«

»Ich hasse die Schule sowieso, also nichts, was ich bereuen würde.«

»Und auf das Vergnügen meiner Gesellschaft verzichten?«

Sie dachte kurz nach und stemmte sich übertrieben gegen ihn. »Jetzt lass mich erst recht los, ich werde ihn verprügeln.«

Sie lachten laut los. Schon längst hatte sich eine tiefe Freundschaft zwischen ihnen entwickelt, und seit etwas längerer Zeit gingen die Gefühle über bloße Freundschaft hinaus. Sie hatten es sich nur noch nicht eingestanden.

Ben bemerkte, dass er genau das Gegenteil von dem erreicht hatte, was er eigentlich hatte erreichen wollen. Als die beiden sich einfach von ihm abwandten, ohne ihn eines Blickes zu würdigen, rastete er aus. Er benutzte seine Gabe, Wesen in seiner Umgebung emotional zu beeinflussen. So wie Tessa war auch Ben ein Telempath. Längst nicht so stark wie sie, aber doch stark genug, um den Hass, den er im Augenblick empfand, auf die Mädchen und Jungen zu übertragen, die in der Nähe standen. Ohne Vorwarnung gingen sie auf Arrir und Tasschel los.

Für die beiden kam es aus heiterem Himmel, plötzlich mussten sie sich gegen eine Horde wilder Jugendlicher verteidigen.

Dominic schreckte durch den Aufruhr auf. Neugierig ging er in die große Eingangshalle. Natürlich, das hätte er sich denken können. Wieder einmal waren Tasschel und Arrir der Mittelpunkt des Streites. Er hatte in den letzten Monaten bereits in Dutzenden von Auseinandersetzungen den Schlichter spielen müssen. Im Gegensatz zu Tasschel und Arrir wurde er von den Lehrenden wie auch von den Lernenden gleichermaßen gemocht und sie hörten auf ihn. Das hier aber sah nach keinem kleinen Streit aus. Arrir war gerade dabei, sich in eine Raubkatze zu verwandeln. Jetzt gab es zwei Raubtiere in der großen Halle, und beide sahen sehr gefährlich und aufs Äußerste gereizt aus.

Tasschel wurde von drei Mitschülern umstellt und verteilte Elektroschocks, die sie mit Schutzschilden abblockten. Dominic gab dem Ganzen nur noch wenig Zeit, dann würde sie die großen Geschütze auffahren. Ihren Feuerbällen wären sie keineswegs gewachsen.

Tessa kam gerade die Treppe hinunter und ohne zu zögern stellte sie sich zu ihren Freunden. Mit einer ausholenden Bewegung ihrer Arme in die Runde warf sie die Angreifer zu Boden. Damit war der Kampf auch schon entschieden. Dominic konnte sich ein Eingreifen sparen.

Doch noch jemand betrat den Schauplatz des Geschehens. Hork tauchte mit einem Mal auf und schrie wütend: »Was zum Teufel ist hier los?«

Alle Studierenden erstarrten augenblicklich. So hatten sie ihren Anführer nie zuvor erlebt. Blanker Zorn sprach aus seiner Körperhaltung. Sie hatten gar keine Chance, irgendetwas zu erwidern, da ging er auf Tasschel und Arrir, der sich wieder zurückverwandelt hatte, los. »Natürlich, ihr seid an diesem Aufruhr beteiligt. Wie sollte so ein Unfug ohne euch vonstattengehen? Wahrscheinlich habt ihr ihn verursacht. Wie oft schon musste ich euch ermahnen? Und jetzt zieht ihr auch noch die kleine, ach so liebe Tessa mit rein.«

Höhnisch schaute er sie an. Schüchtern senkte sie den Kopf vor dem Abscheu, den sie in seinem Blick sah. Warum behandelte er sie auf einmal so fies? Es war ihr unerklärlich, irgendetwas war hier ganz und gar falsch. Ihre Schüchternheit überwindend, hob sie forschend den Kopf, um ihm in die kalten Reptilienaugen zu schauen, die ihr niemals gefährlicher erschienen waren. Ein eisiger Schauer lief ihr das Rückgrat hinunter.

Dominic trat zu seinem Team und wollte zu ihrer Verteidigung sprechen.

Sofort richtete sich Horks Hohn gegen ihn. »Ah, da ist ja ebenfalls unser selbstgerechter Diplomat. Willst du wieder einmal versuchen, sie herauszureden? Diesmal wird dir das nicht gelingen.« Er zeigte mit einem langen, krallenbesetzten Finger auf Arrir und Tasschel. »Ihr beide seid vom Unterricht suspendiert, so lange, bis ich entschieden habe, ob und wann ihr der Schule verwiesen werdet. Ich habe die Nase gestrichen voll von euch.«

Sein stechender Blick fiel auf Cass, der gerade beschwingt die Treppe hinunterkam und scheinbar rein gar nichts von dem Aufruhr mitbekommen hatte. »Und du und die Elfe seid hier unerwünscht, ihr könnt eure Sachen packen und auf der Stelle verschwinden.«

Gezanke zwischen den kulturell unterschiedlichen Kindern war absolut keine Seltenheit. Gerade Arrir und Tasschel, die besonders eigen waren, eckten ständig irgendwo an. Es war nur eine Frage der Zeit gewesen, bis ein Streit einmal dermaßen eskalierte.

Aber alle bekamen von Hork ihr Fett weg: »Wie sollen Begabte, wie ihr es seid - zumindest habe ich immer gedacht, dass ihr welche seid - mit den Normalos so vieler Welten zusammenleben können, wenn ihr unter Euresgleichen keinen Frieden halten könnt?« Er machte eine dramatische Pause und fuhr dann fort, dabei schaute er auf die gesenkten Köpfe der Anwesenden herab: »Genau, ihr zeigt ständig, dass es unmöglich ist, also ...«

Bevor Radir in Horks Gestalt eine aufrührerische Rede halten konnte, unterbrach Falk ihn, der unauffällig zu ihm getreten war. »Sessin Hork hat ganz recht. Ich bin ebenfalls sehr enttäuscht von euch. Was sollen diese ewigen Kindereien?« Wild schaute er in die Runde, bis sein starrer Blick, der im Moment sehr unangenehm war, an Ben hängen blieb. »Wie kommt es, dass so viele Jugendliche ohne jede Vorwarnung auf Arrir und Tasschel losgehen? Und jetzt scheinen sie völlig ahnungslos darüber zu sein, was sie eigentlich getan und warum sie es getan haben. Möchtest du uns darüber aufklären?«

Ben schaute bockig zu Boden, nicht willens, etwas zur Verteidigung der beiden Unschuldigen sagen zu wollen. Wütend winkte Falk ihn fort. »Geh jetzt! Mit dir rede ich später. Und über eure Suspendierung werden wir morgen ausführlich sprechen.« Er zwinkerte ihnen aufmunternd zu.

Für ihn war es undenkbar, vier seiner besten Studenten zu verlieren. Was ihm mehr Sorgen bereitete, war eine erschreckende Sache, denn heute war zum ersten Mal das Wort „Normalos“ gefallen. Hork hatte sich immer bemüht, diese abfällige Bezeichnung von ihrer Zufluchtsstätte fernzuhalten. Niemals sollte irgendein Kind auf Lamir damit aufwachsen. Dieser Begriff, der so sehr den Unterschied zwischen den beiden Evolutionsstufen beschrieb, hatte ausnahmslos Hass und Gewalt auf den Welten heraufbeschworen.

Horks Bemühungen waren mit dem heutigen Tage nahezu zunichtegemacht worden. Der Begriff fing an, sich bereits in den jungen Köpfen festzusetzen. Falk hatte es ihnen angesehen. Er hoffte, dass die vorherigen Jahre nicht vergessen waren und sie wieder zu der Toleranz gegenüber allem andersartigen zurückfinden würden. Jetzt mussten er und Julana sich endgültig um Radir kümmern, bevor er noch mehr seiner giftigen Ansichten verbreiten konnte.

Kapitel 48

Im Verlies

Julana?

Julana?

Julana lag in ihrem Bett. Nachdem sie sich lange hin und her gewälzt hatte, war sie endlich eingeschlafen. Als sie die Stimme in ihrem Kopf hörte, schreckte sie auf und saß kerzengerade in ihrem Bett.

Julana! Kannst du mich hören? Bist du wach?

Jetzt schon! Ich höre dich klar und deutlich, Falk.

Wir müssen handeln! Heute Nacht! Radir fängt an, unsere besten Leute rauszuschmeißen. Nach Dominics Team will er jetzt auch noch Kalins Team rauswerfen.

Sollten wir nicht lieber die Prüfungen abwarten?

Wenn wir noch länger warten, wird es keine Lernenden mehr geben, die geprüft werden könnten.

In Ordnung. Ich werde ihn ablenken. Du schaffst ihn dann runter ins Verlies. Ich habe das Bett letzte Nacht aufgestellt, es ist eine exakte Kopie von seinem. Die Umbettung wird unbemerkt bleiben, wenn du es sanft genug machst.

Na, sanft kann ich gut.

Sie verzog zweifelnd das Gesicht, aber sie mussten es anpacken. Julana legte sich wieder hin und schickte ihren Geist auf die Reise, Ziel war Radirs Geist.

Einmal mehr war sie erschrocken von der Düsternis, die neuerdings in Horks Verstand herrschte. Von den mit saftigem, blauem Gras bewachsenen Hügeln, die in seinem Geist ständig als mentales Bild vorhanden gewesen waren, war nur noch verdorrtes und verbranntes Land übrig geblieben. Radir lebte fortwährend in einer Welt, die aus Terror und Schrecken bestand. Er hatte sich seine eigene kleine Hölle erschaffen. Die riesige schwarze Gestalt war damit beschäftigt, Wesen zu quälen, als er plötzlich seinen Kopf zu ihr umdrehte.

Radir sah erneut das kleine, zierliche Mädchen, das in letzter Zeit so häufig zu Besuch kam. Warum träumte er so oft von diesem? In seiner Vergangenheit hatte es so ein kleines Mädchen gegeben. Völlig verängstigt hatte es aus den Trümmern eines Hauses zu ihm hinaufgeschaut. Was war es damals für eine Aktion gewesen? Ah ja, er erinnerte sich. Es war die Tochter eines Rechtssprechers, der sich politisch engagierte; und der ihn besonders ärgerte. Die Hetzkampagnen gegen die Ungeheuer, wie der Politiker ihn und seine Gruppe nannte, waren hasserfüllt und unbarmherzig. Er erklärte die Begabten zu Freiwild und hetzte die Bevölkerung gegen sie auf.

Es war eine der ersten Missionen der Widerstandsbewegung. Als Warnung wollten sie sein Haus zerstören. Niemand würde zu Hause sein. Das hatte ihnen ihr Spitzel mitgeteilt. Aber an dem Tag, als der Rechtssprecher zu einem Termin mit seiner Frau und seiner kleinen Tochter fahren wollte, war die kleine Ammi krank geworden. Die Eltern beschlossen, sie mit der Haushälterin zu Hause zu lassen, zu wichtig war der Termin, um ihn abzusagen.

Radirs Anhänger legten das Haus in Schutt und Asche, aber wie durch ein Wunder überlebte Ammi. Sie schaute ihn mit ihren großen, hellgrauen Augen aus den

Trümmern heraus an. Es kamen keine Tränen, zu groß waren der Schock und ihre Angst. Sie war ein hübsches Mädchen und er war noch nicht dieses unerbittliche Wesen, zu dem er im Laufe der Zeit werden sollte. Er reichte Ammi die Hand, doch sie fürchtete sich zu sehr vor ihm. Ihr Vater hatte ihr fürchterliche Geschichten über diese anormalen Wesen und über deren Gräueltaten erzählt. Doch ihnen wurden Taten angelastet, die nicht sie begangen hatten. Das hatte der Vater wohl versäumt zu erwähnen.

Sie zog sich unter einen Balken zurück, der wackelig über ihr hing, so war es ihm unmöglich, an sie heranzukommen. Der Balken verrutschte und stürzte auf sie herab. Er nahm all seine Kraft zusammen und lenkte ihn mit einer Armbewegung zur Seite weg, sodass er krachend neben ihr aufschlug. Der Widerstandskämpfer schaffte um sie herum einen Bereich, der solange sicher sein sollte, bis Hilfe eintraf.

Als er und seine Leute abhauten, löste sich über ihr ein weiterer Balken aus der Ruine und stürzte auf sie herab. Er zertrümmerte Ammis Beine, sodass sie ihr Leben lang gelähmt blieb. In der Presse wurde dieser gemeine Anschlag auf einen ehrenwerten Rechtssprecher und dessen Familie hochgeputscht und das Schicksal seiner Tochter bis zum Letzten dazu benutzt, den Hass zu schüren.

Das kleine Mädchen wuchs zu einer verbitterten Frau heran, die erbarmungslos gegen die Widerstandsbewegung vorging. Wie ihr Vater wurde sie erst Rechtssprecherin und dann Politikerin. Sie wurde in den Hohen Rat Portas gewählt und zur Hüterin der Gesetze ernannt. Nun bekam sie die Möglichkeit, sich zu rächen; und das tat sie mit all ihrer Macht. Ammi war für die Gesetze verantwortlich, die den Begabten ihre Freiheiten nahmen. Angefangen damit, dass sich die Paranormalen registrieren lassen mussten. Später dann ließ sie sie abholen und wegsperren.

Radirs Hass wuchs, oft hatte er sich den Vorwurf gemacht, sie am Leben gelassen zu haben. Diesen Fehler wollte er nicht noch einmal begehen.

Jetzt, da sie vor ihm stand, würde er sie vernichten. Ihm blieb in seinem vernebelten Wahnsinn ein Gedanke absolut fern: Dieses Mädchen, das hier und jetzt vor ihm stand, konnte nicht der Realität entsprechen.

Julana verschwand und hetzte durch seinen Verstand, auf der Suche nach einem sicheren Versteck.

Radir lachte. *Wo willst du dich verstecken, kleine Ammi? Du bist hier auf meinem Territorium, es gibt kein Versteck, das mir verborgen ist.*

Sie hastete zu Horks Tür. Diese öffnete sich und Hork ließ seine Vertraute hinein.

Radir schrie vor Wut auf, er spürte genau, wie Julana mit ihrer Gedankenkraft den Raum verstärkte.

Und er hörte den leisen Gedanken, der seine Sinne in die Gegenwart zurückbrachte: Jetzt kommt es auf Falk an, uns hier herauszuholen.

***

Leise materialisierte Falk sich neben Horks Bett und fand einen schlafenden Radir vor. Er hatte alles geplant. Zuerst mussten sie den bösen Geist aus der Nähe der Bewohner des Anwesens bringen. Es sollte zu keinen Kollateralschäden kommen, wenn er und die Gruppe, die er eingeweiht hatte, ihn angriff. Sanft berührte er Horks Klaue und teleportierte mit ihm in das Verlies tief unter einem der Türme. Präzise traf er mit Horks Körper das Bett. Radir schlief tatsächlich in Ruhe weiter. Erleichtert atmete der hochgewachsene Mann auf und ließ die Klaue los. Falk wunderte sich über den tiefen Schlaf Radirs. Julana schien ihn gut zu beschäftigen.

Da verdüsterte sich sein Gesicht und er dachte: Ich hoffe für dich, dass es ihr gut geht. Wenn du ihr etwas angetan hast, werde ich dich töten.

Bei diesem Gedanken wurde sein Gesicht hart und seine Augen eisig. Das war durchaus keine leere Drohung. Längst hatte Falk in den Kämpfermodus geschaltet. So ging er auf all seine Missionen. Störende Gefühle schob er beiseite und konzentrierte sich voll und ganz auf seine Aufgaben.

Ketten aus dem stärksten Material, das Lamira hatte finden können, schlängelten sich um Horks reptilienartige Arme und Beine. Julana hatte sie in der Nacht zuvor angebracht. Doch wenn Radir erwachte, würden die Ketten allein ihn nicht halten können. Da kam auch schon Ranjana mit ihrem Team im Schlepptau an. Die Teammitglieder würden die Ketten mit ihren geballten Kräften verstärken.

Falk, muss das wirklich sein? Ranjana hatte ihre Zweifel.

Ist es deiner Aufmerksamkeit entgangen, wie sehr er sich verändert hat?

Nein, aber rechtfertigt das wirklich diese Maßnahme hier? Jeder kann einmal eine schlechte Zeit haben, oder?

Aber kaum so eine schlechte. Ein bösartiger Mann namens Radir, der vor langer Zeit auf Porta gelebt hat, hat Besitz von Horks Geist ergriffen.

Wie konnte das passieren?

Es geschah auf der letzten Mission, als Julana, du und dein Team bereits fort waren. Hork war in der Höhle allein zurückgeblieben. Der jahrhundertalte Talisman, den ihr holen solltet, beherbergte noch nach all der Zeit eine starke Reminiszenz von Radirs Ich in sich. Irgendwie wurde dieses Bewusstsein vom Energiestein auf Hork übertragen. Julana und ich waren vor ein paar Monaten in seinem Verstand und haben es gesehen; und es ist verdammt stark. Du und dein Team, ihr müsst uns jetzt einfach vertrauen. Hork ist es im Moment unmöglich, sich alleine von ihm zu befreien.

Ich bin mir noch nicht einmal sicher, ob Julana und ich ihn vertreiben können.

Dann nimm mich mit.

Nein, ihr müsst die Ketten halten, wenn er aufwacht. Julana versucht ihn zu beschäftigen und in seinem Traum zu halten, aber wir haben keine Ahnung, wie lange sie dazu in der Lage ist. Erwacht er, müsst ihr bereit sein. Verstanden?

Die erfahrene Kriegerin nickte resigniert.

Kapitel 49

Der Magnetismus

Für Dominic und seine Freunde neigte sich die Ausbildung dem Ende zu, die Prüfungen waren in zwei Tagen. Der junge Mann war wehmütig, aber auch gespannt darauf, was die Zukunft für sie bereithielt. Selbstverständlich ging er davon aus, dass sie zusammenblieben. Aber das Schicksal hatte besondere Pläne für sie.

Mitten in der Nacht schreckte Dominic auf. Er hatte ein bedrohliches Gefühl in der Magengegend, etwas Schlimmes war im Gange. Obwohl er kein Präkog war, nahm er das Gefühl doch ernst. Bis auf die eine starke Voraussage im Astronomieunterricht hatte sich so ein Vorfall in keiner der darauffolgenden Astronomie- und Astrologiestunden, die er bei Mac erdulden musste, wiederholt.

Doch nun hatte er das dringende Bedürfnis, etwas zu unternehmen. Er stand aus dem Bett auf und trat zu dem großen Schrank, den er schon vor Monaten an Cass abgetreten hatte. Er klopfte an und öffnete die Schranktür.

Er brüllte hinein: »Cass! Bist du hier irgendwo?«

Dieser steckte schlaftrunken den Kopf hinaus und hielt sich die Ohren zu. »Musst du denn so laut schreien? Ich schlafe hier. Genau vor deiner Nase!«

»Oh entschuldige, ich habe gedacht, du wärst in die Weiten des Schrankes abgetaucht.«

Es war für den Jugendlichen noch immer gewöhnungsbedürftig. Sein Schrank, ein Verbindungstunnel zu den verschiedensten Welten? Er hatte keinen Durchblick und es war für ihn unerklärbar, wie das funktionierte. Ein Netzwerk aus Wurmlöchern? Nein, er würde es niemals begreifen. Dem nachzugehen hatte er aber später noch Zeit. Jetzt hieß es, etwas zu unternehmen. Was und weshalb wusste er zwar nicht, aber nichts hielt ihn in dieser Nacht in seinem Bett.

»Cass, ich brauche deine Hilfe.«

»Weswegen auch sonst solltest du mich mitten in der Nacht wecken? Worum geht es?« Nun war der mürrische Kobold wach, also konnte er seinem Freund auch helfen.

»Ich habe keinen Plan. Ich weiß nur, wir brauchen unsere Freunde dazu.«

»Aha, also wecken wir sie, weil ... Weswegen noch gleich? Weil du eine Ahnung hast? Ja dann, auf geht's, bin dabei.«

Leise öffnete Dominic die Zimmertür und schaute vorsichtig hinaus. Er wollte die Studierenden, die hier untergebracht waren, nicht aufwecken. In dem internatsähnlichen Anwesen waren fast alle Zimmer belegt. Die Jugendlichen, die auf Lamir in der Stadt Katana geboren worden waren, lebten bei ihren Eltern außerhalb des Anwesens und gingen bereits seit der ersten Klasse hier zur Schule. In dem Wohnblock des Anwesens schliefen diejenigen, die von außerhalb kamen; von außerhalb des Sonnensystems.

Viele kamen allein nach Lamir. Wie Arrir und Tasschel, die keinen Kontakt zu ihren Eltern hatten. Ein paar waren Waisen, so wie Tessa. Dann gab es noch die Studierenden, die wie Dominic mit ihren Eltern gekommen waren.

***

Doch Emilie und Paul lebten wieder auf der Erde. Das Gespräch über ihren Entschluss, welches sie mit ihrem Sohn geführt hatten, war ihnen nicht leichtgefallen.

»Nicky, es gibt keine Möglichkeit, es dir schonend beizubringen, also sagen wir es dir freiheraus: Wir gehen wieder zurück.« Emilie schaute ihn bedrückt an, es fiel ihr sichtlich schwer, ihn allein auf Lamir zu lassen. Sie erklärte ihm ihre Beweggründe: »Nach der anfänglichen Euphorie, die Lamir in uns hervorgerufen hat, ist uns schnell klar geworden, dass es für uns unmöglich werden wird, hier zu leben und zu wissen, vielen Menschen würde dieses Glück niemals beschert werden.«

Als sie Dominics traurigen Blick sah, war sie unfähig weiterzureden.

Ihr Mann übernahm für sie: »Die Menschen sind aufgeschlossener gegenüber dem Paranormalen, viele glauben an außersinnliche Phänomene und sogar an außerirdisches Leben. Verfolgungen und Hexenverbrennungen sind ja zum Glück seit Urzeiten abgeschafft. Gut, vielleicht verbergen wir unsere Fähigkeiten ein wenig - vielleicht auch ein wenig mehr -, aber wir fühlen uns nicht jederzeit unter Beobachtung. Wenn überhaupt, geht die einzige Gefahr von den Regierungen aus, die, wenn man Hollywood und so manch einem Schriftsteller glauben kann, Experimente an den paranormal Begabten durchführen und ihre Kräfte für böse Pläne missbrauchen.« Paul versuchte, die Situation mit einem Scherz aufzulockern. »Aber wir sind keineswegs paranoid veranlagt, um dem Glauben zu schenken, oder? Zumindest stand das FBI, oder welche der vielen amerikanischen Behörden für paranormal begabte Leute zuständig ist, noch nie bei uns vor der Tür.«

Paul bemerkte, dass Dominic darauf verzichtete, die vielen Umzüge zu erwähnen, die sie durchgezogen hatten, um dem zu entgehen. Er hörte den ironischen Gedanken seines Sohnes: So viel zu „keineswegs paranoid veranlagt“. Doch Paul und Emilie hatten die Gewissheit, er verstand durchaus, was sie meinten.

»Hork hat uns mitgeteilt, dass die Regierungen der Erde Kenntnis von Lamir haben. Wir haben uns überlegt, als Verbindungsleute zwischen unserer Regierung und Lamir aufzutreten, sozusagen als Botschafter. Vor allem möchten wir eine Anlaufstelle für alle Paranormalen auf der Erde sein, damit wir ihnen von dem Zufluchtsort für Begabte erzählen können. Diejenigen, die nach Lamir möchten, sollen auch dort hingelangen.«

Die nächsten Bedenken, die Paul hatte, hielt er vor seinem Sohn verborgen. Zuerst hatte Hork ihnen zugehört. Aber in den letzten Wochen war er zusehends unhöflicher geworden und ihm schien egal zu sein, was sie in Zukunft machen wollten. Seine Kommentare hierzu waren spöttisch und verletzend. Nachdem ihnen Falk jedoch erklärt hatte, was mit ihm los war, kamen sie zu der Entscheidung, ihren Botschafterposten erst einmal inoffiziell auszuüben. Als Erstes hatten sie Verbindung zu ihrer Gruppe von Paranormalen aufgenommen. Sie wollten ihnen gleichfalls die Möglichkeit anbieten, auf Lamir eine neue Heimat zu finden.

Dominic erzählten sie nichts von ihrem Gespräch mit Falk über Hork. Sie wollten ihn nicht beunruhigen.

Er hätte sicherlich weiter bei ihnen wohnen und sich jeden Morgen rüber beamen können und abends wieder zurück. Aber er sollte ein einigermaßen „normales“ Leben führen, mit festen Zeiten und Regeln. Außerdem, wer konnte irgendwelche Nebenwirkungen des Teleportierens ausschließen? Zweimal am Tag durch ein interdimensionales Wurmloch zu reisen, musste doch auf Dauer sicherlich ziemlich ungesund sein. Sie hatten darüber diskutiert, aber dem Jugendlichen war von vorneherein klar, er wollte auf Lamir leben. Sie gaben seinem Wunsch nach. Seine Eltern besuchten ihn so oft wie möglich und er hüpfte einmal in der Woche zu ihnen.

Statt über etwas zu diskutieren, das für ihn längst feststand, hätten sie ihm besser von ihrem Gespräch mit Falk erzählt, dann wäre er sehr viel vorbereiteter in die Situation gegangen, die nun auf ihn wartete.

***

Cass und Dominic bewegten sich leise über den langen Flur. Die drei Stockwerke waren den unterschiedlichen Jahrgängen zugeordnet. Das Team um Dominic hatte Zimmer im dritten Stock, dieser war den jungen Erwachsenen, die im letzten Ausbildungsjahr waren, überlassen. Im zweiten Stock schliefen die Lernenden der mittleren Klassen. Im ersten waren dann die Schülerinnen, Schüler und die geschlechtslosen Schüler der unteren Klassen untergebracht.

Die beiden schlichen zur nächsten Tür. Tessas Zimmer war das nächste, seine Eltern hatten sie praktisch adoptiert, nachdem sie ihre Geschichte gehört hatten. Es war Liebe auf den ersten Blick zwischen ihr und seinen Eltern gewesen.

Obwohl er Cass gegenüber behauptet hatte, alle aus dem Team dabeihaben zu wollen, schnürte sich ihm auf einmal die Brust vor Angst zu; die Angst, Tessa zu verlieren. Unbewusst ging er einfach weiter. Er war an ihrem Zimmer fast schon vorbei, da wollte Cass ihn ansprechen. Als er gerade seine Hand hob und den Mund aufmachte, um etwas zu sagen, öffnete sich ihre Tür und Tessa schlüpfte aus ihrem Zimmer heraus.

»Wolltet ihr mich etwa zurücklassen?« Wütend stellte Tessa Dominic zur Rede.

»Es kann gefährlich werden, ich möchte dich außer Gefahr wissen. Geh wieder in dein Zimmer, wahrscheinlich ist es sowieso nichts.«

Cass schaute ihn mit großen Augen an. »Ach, und mich kannst du in Gefahr bringen, ja? Sie ist die Stärkste von uns allen. Wie kannst du auf sie verzichten wollen? Bei was auch immer da auf uns zukommen mag.«

Tessa redete flüsternd, aber spürbar zornig auf Dominic ein. »Etwa, weil ich ein Mädchen bin? Ich dachte, du wärst in einem aufgeklärten Jahrhundert aufgewachsen. Ich verrate dir mal etwas: Wir Mädchen wollen nämlich nicht beschützt werden, wir können uns selbst helfen.«

Dominic war selbst im Unklaren darüber, warum er diese Sache, was immer es auch war, ohne Tessa durchziehen wollte. Den Gedanken aber, ihr könnte etwas zustoßen, konnte er einfach nicht ertragen. Er hatte nun einmal dieses komische Gefühl in der Brust.

»Ja, Dominic?! Soll ich ebenfalls wie ein hilfloses Mädchen in meinem Zimmer bleiben?« Tasschel war unbemerkt an seine Seite getreten und schaute ihn aufmerksam an.

»Ach macht doch, was ihr wollt! Wahrscheinlich ist es eh nichts. Warum seid ihr eigentlich schon auf? Wir wollten euch doch gerade erst wecken.«

»Du bist so laut aufgewacht, deine Gedanken haben förmlich entsetzt aufgeschrien, da konnten wir nicht mehr schlafen. Nur unser kleiner Prinz hat einen festen Schlaf, den müssen wir wohl erst noch wachrütteln.«

Tasschel war schon auf dem Weg zu seinem Zimmer, als sie diese Worte flüsterte. Gerade als sie die Hand hob und anklopfen wollte, öffnete sich die Tür und Arrir steckte den Kopf hinaus.

Mit verschlafenen Augen fragte er: »Was'n los hier draußen? Ihr macht ja 'nen mordsmäßigen Krach.« Seine Stimme war noch schlaftrunken.

Sie waren absolut leise gewesen, aber sein durch die Katzensinne geschärftes Gehör hatte ihr Gespräch gehört. Außerdem war Krrar sehr unruhig gewesen und hatte an der Tür gekratzt. So waren sie jetzt bis auf Tiri vollzählig. In diesem Moment materialisierte sie sich vor ihnen und flatterte wild mit ihren Flügeln in der Luft.

»Was geht ab, Leute?« Auch sie verbrachte definitiv zu viel Zeit mit dem menschlichen Jungen. Sie mochte die moderne Sprache der Jugendlichen der Erde.

»Tiri, leise. Wir sind auf einer geheimen Mission. Ich habe keine Ahnung, was los ist. Ich weiß nur eins, mein Magnetismus zieht mich in den Keller.«

»Oh, sind da nicht die gruseligen Verliese?« Ihre Stimme war vor Furcht noch höher, als sie es sonst sowieso schon war.

Tessa aber fragte: »Dein was?«

»Tja, der Begriff ist mir gerade eingefallen, anders kann ich das Gefühl, das mich nach unten zieht, nicht beschreiben. Es ist das gleiche Gefühl, das ich habe, wenn ich einen von euch finden möchte. Ich muss nur an euch denken und schon werde ich gezogen. Tessa, kannst du irgendetwas spüren?«

Ihre Vorahnungen hatten sich in der Vergangenheit stets als richtig erwiesen. Jetzt horchte sie in sich hinein, dann schüttelte sie den Kopf. »Nein, ich spüre rein gar nichts. Tut mir leid.«

Dominic wandte sich telepathisch an seine Freunde: *Vielleicht sollten wir uns von nun an auf diesem Wege unterhalten, damit wir unbemerkt bleiben.*

Alle nickten zustimmend. Sie schlichen Dominic vorsichtig und leise hinterher. Als er plötzlich stehen blieb, wären sie beinahe auf ihn drauf gelaufen. In ihre angespannten Gedanken sprach er mit einem Tonfall, der nichts Gutes verhieß: *Wer an dieser Stelle umkehren möchte, kann dies gerne tun. Ich bin niemandem deswegen böse. Keiner ist verpflichtet, mich in den Keller zu begleiten.*

Alle antworteten so etwas wie: *Wir wollten schon immer mal in diese gruseligen Verliese, vor allem mitten in der Nacht. Sind nur neugierig, hat nichts mit dir zu tun.*

Kapitel 50

Der erste inoffizielle Einsatz der „Fantastischen"

Das Bild, das sich ihnen bot, als sie den Kellerraum betraten, zu dem Dominic gezogen worden war, ließ ihnen das Blut in den Adern gefrieren. Falk stand bewegungslos wie eine Statue, wobei seine sonst so gütigen Gesichtszüge kalt und hart, wie aus Marmor gemeißelt, wirkten, vor einem in Ketten gelegten Hork. Ihr Ausbilder befand sich in einer tiefen Trance. Ranjana und ihr Team versuchten, den erwachten Hork in Schach zu halten.

Die Freunde wunderten sich, warum ihr Boss hier unten auf einem Bett lag statt in seinem Zimmer. Hork schrie das Team an und lachte die Mitglieder aus.

»Was wollt ihr armseligen Würmer? Jetzt holt ihr schon eure Kinder zur Hilfe. Gegen mich? Wisst ihr nicht, wer ich bin?«

Radir war stark, er erlangte langsam die Oberhand. Als er einen vernichtenden Schlag gegen Falk und Ranjanas Team ausführen wollte, stellte sich Dominic wie selbstverständlich vor sie und verband seine Gedanken mit denen Falks. Gleichzeitig griff er auf die mentalen Fähigkeiten und Kräfte seiner Freunde zurück und brachte sie dadurch fast an den Rand eines Zusammenbruchs. Der

Schutzschild, den er um alle spannte, war dadurch undurchdringlich. Er drang in Horks Kopf ein und erspürte das fremde Bewusstsein sofort. Ein seltsames Bild empfing ihn. Falk stand in einer Wüste und die heiße Sonne brannte auf ihn herab.

Was ist das?

Dominic, was machst du hier? Viel zu gefährlich. Verschwinde! Kurzangebunden wollte er den jungen Mann loswerden.

Das kann ich nicht! Da draußen sind meine Freunde und sie haben Probleme, einen Hork unter Kontrolle zu halten, der weit entfernt von seinem Ich ist. Also, was ist das hier?

Well, die Kurzform: Dies ist die persönliche Hölle von Radir. Er war vor langer Zeit der grausame und skrupellose Anführer der Widerstandsbewegung auf Porta, die Lutec seit seinem Tode bis jetzt anführt. Irgendwie hat ein Teil seines Geistes in einem seiner Talismane überlebt. Vor ein paar Monaten war Hork auf einer Mission, auf der er versuchte, diesen Energiekristall zu holen, den Lutec unbedingt in seinen Besitz bringen wollte. Hork bekam einen heftigen Energieblitz von Lutec und dessen Gefährtin Kara ab, während er den Kristall in der Hand hielt. Dadurch konnte Radir sich irgendwie in Horks Verstand festsetzen und versucht nun, ihn mit aller Macht zu übernehmen. Erst war er sehr vorsichtig, sodass die langsame Übernahme von Julana und von mir unbemerkt blieb. Aber er machte einen Fehler, er schloss Julana aus seinen Gedanken aus. Sie waren seit über dreihundert Jahren miteinander verbunden. Als die Verbindung abriss, konnte Julana einen kurzen Blick auf Radir werfen.

Aber wo ist Sessin Hork? Ist er noch irgendwo hier drin?

Ich weiß es leider nicht, aber ich hoffe es.

Julana umarmte Hork in dem von ihm erschaffenen Raum, der, seit Hork hier festsaß, immer enger geworden war, je mehr Kraft er verlor. In den letzten Monaten hatte Hork sich dort verschanzt, aber an jedem einzelnen Tag hatte er den Schatten gefühlt, der vor der Tür oft stundenlang patrouilliert und unermüdlich auf- und abgegangen war. Zwischendurch hatte Radirs Geist der Tür einen Stoß verpasst; und mit der Zeit war die Barriere schwächer geworden.

Der Oberpräkog Sean Mackenzie fand sie aneinander gekauert vor und sah die Erinnerung an die letzte Zeit, die Hork zur Verzweiflung gebracht hatte. Mac tastete sich mit seinem starken Verstand zu ihnen durch. Falk hatte ihn gebeten, sie zu unterstützen, wenn es so weit war.

Es war schon zwei Monate her, da hatten die beiden Schotten eine geheime Unterhaltung geführt.

Mac war dafür, sofort etwas zu unternehmen. »Warum warten? Ich hole diesen feigen Drecksack aus Horks Kopf heraus und zerreiße ihn in der Luft.«

»Wenn Hork diese Aktion unbeschadet überstehen wird, dann helfe ich dir mit Freuden dabei. Kannst du es mir hundertprozentig garantieren?«

Mac wurde kleinlaut und seine graublauen Augen nahmen einen nachdenklichen Ausdruck an. Nach einer kleinen Weile gab er zu: »Nein, kann ich nicht. Aber abzuwarten ist auch keine Lösung.«

»Julana und ich haben einen Plan. Wir hoffen, du bist da, wenn wir zuschlagen. Wir brauchen dich, um Horks Verstand zu schützen, wenn wir seinen Körper zurückerobern wollen.«

Und hier war er nun als ein starkes warmes Licht, das Hork fest umschlossen hielt. *Julana, ihr könnt jetzt zu Falk gehen. Ich werde Horks Verstand abschirmen, Radir wird nicht zu ihm durchdringen können.*

Die Sulanerin spürte die ultimative Macht des gesamten Kollektivs der Präkogs, die Mac in sich vereinigte. Niemals zuvor hatte sie etwas Mächtigeres gefühlt, es war berauschend. Nein, Radir würde es unmöglich sein, durch diese Barriere zu stoßen, so glaubte sie fest.

Plötzlich stand Radir wie aus dem Nichts vor Dominic und Falk. Sie erschraken. Er sah in dem schmächtigen Jungen ein leichtes Opfer, um endlich an die Information zu kommen, die er benötigte, um Lutec zu sich zu holen.

Falk hatte gehofft, noch etwas Zeit zu haben, um auf die Suche nach Hork und Julana gehen zu können. Ranjanas Ablenkungsmanöver hatte offensichtlich keine große Wirkung gezeigt.

Gehässig schrie er: *Hork? Du suchst Hork? Er ist so gut wie tot, er ist nur noch ein sabbernder alter Mann, der gegen mich nichts mehr ausrichten kann.* Sein boshaftes Lachen verhöhnte die beiden Menschen. *Das ist wirklich nett von euch, meine Lieben. Ihr kommt zu mir. Jetzt bekomme ich endlich die Information, die ich brauche, um Lutec und seine Leute nach Lamir zu holen.*

Er streckte seinen Arm in Dominics Richtung aus und zog ihn mit einem Wink zu sich heran. Seine krallenbesetzten Finger waren wie Todesklauen, als sie das junge Gesicht umschlossen. Das, was er einst Julana angetan hatte, tat er nun dem Jungen an: Er nahm ihm seine mentalen Kräfte. Auch der starke Falk sah sich plötzlich seiner Fähigkeiten beraubt. Lehrer und Schüler waren die Eindringlinge in einem fremden Kopf und mussten sich den Spielregeln des Eigentümers unterordnen. Es war Radirs Heimspiel.

Er wollte gerade seine Gedanken in Dominics Hirn versenken, als Julana auftauchte. Sie stützte Hork, der alt und kraftlos aussah. Er schien machtlos zu sein, viel zu schwach, um den bösen Geist zu bekämpfen. Da nahm der Jugendliche das stetig wachsende Licht wahr, das den alten Mann umschloss. Er wusste nicht, warum, aber es gab ihm einen ungeheuren Energiekick. Dominic fühlte die kalten Krallen Radirs an seiner Schläfe, die ihn unerbittlich festhielten, während er den tastenden Geist

Radirs spürte, der versuchte, in seinen Kopf einzudringen. Die ihm endlos erschienenen Lektionen beim Kampftraining kamen ihm nun zu gute. Seine Hände schlossen sich zu Fäusten und er fokussierte seine physische Kraft auf einen gewaltigen Stoß, der Radir von ihm wegschleuderte.

»Raus aus meinem Kopf, du alter Zausel!«, schrie er ihn an. Gleichzeitig erkämpfte er sich seine mentale Kraft zurück und zog alle Energie, die er erreichen konnte, in sich hinein. Er bündelte die Kraftreserven seiner Freunde und die von Ranjanas Team, schnell trat er mit Falk zu Julana und die beiden verbanden sich mit ihr. Ein heller Kreis umschloss die kleine Gruppe, Hork befand sich in ihrer Mitte. Sie schirmten ihn ab, so gut sie konnten. Radir versuchte, zu ihm zu gelangen. Er stand kurz davor, den Kreis, der seine volle Stärke noch nicht erreicht hatte, zu durchbrechen.

Im Verlies verloren Arrir und Tasschel, deren telepathische Kräfte schwächer als die der Mitstreitenden waren, langsam das Bewusstsein. Cass und Tiri stützten sie und gaben ihnen etwas von ihrer Kraft ab. Tessa umarmte sie, gleichzeitig erweiterte sie ihren Geist. Sie nahm die Kräfte der Lernenden und Lehrenden des Anwesens in sich auf. Dann leitete sie die ungeheure Energie an Dominic und somit an den Kreis in Horks Kopf weiter.

Ein sanftes Bewusstsein unterstützte sie zusätzlich. Lamira sprach zu ihr: *Ich bin hier, Kleine. Es wird Zeit, dass wir den Unhold endgültig aus Horks Kopf verbannen.*

Obgleich die Lage wirklich ernst war, musste die junge Frau doch kurz über den antiquierten Ausdruck, den Lamira benutzt hatte, lächeln. „Unhold“, wer sagte denn noch so etwas? Da wurde ihr bewusst, sie selbst hätte ihn wahrscheinlich ebenfalls benutzt, wenn sie weiterhin in ihrem Jahrhundert auf der Erde gelebt hätte. Jetzt staunte sie darüber, wie sich ihr Leben in anderthalb Jahren so grundlegend verändert hatte.

Sie hatte hart trainiert, um auf alles vorbereitet zu sein. *Lamira, sollten wir unsere Kräfte nicht eher gegen Horks Körper richten und ihn so ausschalten?*

Wir würden dadurch ebenfalls Hork verlieren.

Du hast recht. Verzeih meine Dummheit.

Es ist keine Dummheit, alle Möglichkeiten zu bedenken, so hart sie auch sind. Wenn Radirs Bewusstsein ihn komplett übernimmt, wäre das die letzte Option, auf die wir zurückgreifen müssen, um uns zu retten.

Entsetzt riss Tessa die Augen auf. *Dazu lassen wir es auf keinen Fall kommen.* Sie verdoppelte ihre Anstrengungen.

Radir schlug wie ein Wahnsinniger mit seiner geistigen Kraft, die durch die Ausbeutung des Bergvolkes über viele Jahrhunderte immens gewachsen war, auf die Barriere ein und geriet dadurch immer weiter in den verstärkten Lichtkreis. Es gab für ihn kein Durchkommen. Anstatt sich zurückzuziehen und den letzten Rest seines Bewusstseins zu retten, zerrte er bei dem Versuch hindurch zu brechen, seine Kräfte auf.

Hork jedoch bezog neue Kräfte von seinen Freunden und erholte sich zusehends. Erstarkt stand er auf und reihte sich in den Kreis ein. Er führte einen vernichtenden Schlag gegen Radir aus.

Mit ähnlichen Worten wie die, die Dominic zuvor benutzt hatte: *Verschwinde aus meinem Kopf, Bastard!*, warf er den fremden Verstand aus seinem Kopf und schleuderte ihn in die bloße Energie des Lichtkreises, der die Verbündeten mit einem reinigenden Wirbelsturm in einem wahnwitzigen Tempo umkreiste. Während sich die diabolische Fratze langsam auflöste, wurde das wütende Geschrei Radirs immer leiser, bis es dann endlich gänzlich verstummte.

Erschöpft verließen Dominic, Falk und Julana den Verstand des alten Mannes. Mittlerweile hatte auch Tessa das Bewusstsein verloren, zu groß war die Kraftanstrengung gewesen. Hork sprengte die Fesseln um seinen Körper, die nicht mehr von Ranjana und ihrem Team gestärkt wurden. Er kümmerte sich um die Retter, die nun seiner Hilfe bedurften.

Kapitel 51

Die diplomatische Prüfung

Nachdem alle in ihren Betten einen erholsamen Schlaf gefunden hatten, saßen sie am nächsten Morgen beim Frühstück. Zwar geschwächt, aber wohlauf. Am folgenden Vormittag sollte der erste Teil ihrer Prüfungen beginnen. Sie hatten nur einen einzigen Tag, um sich von dem Kampf zu erholen.

Da Lamira nicht die einzige Schule auf dem Planeten war, gab es keine Möglichkeit, die Prüfungen zu verschieben. Jedes Jahr legte die Prüfungskommission von Lamir diejenigen Schulen fest, in denen die verschiedenen Prüfungen abgenommen wurden. Dieses Jahr war Katana dran, die letzten Klassen zu prüfen. Alle Schulen schickten ihre Abschlussgänger in die Hauptstadt. In drei weiteren Schulen wurden die unteren Klassen geprüft. Viele der Prüflinge waren Einheimische, die auf Lamir geboren waren. Und manche waren in früheren Jahren, als es bei Dominic, Arrir, Tasschel und Tessa der Fall gewesen war, nach Lamir geholt worden. Sie gingen teilweise ihr Leben lang hier zur Schule und hatten demnach schon ein paar Prüfungen hinter sich gebracht.

Hätte Hork dem Team um Dominic Aufschub gewährt, wäre es zu Fragen gekommen, die er keineswegs bereit war zu beantworten. Niemand sollte erfahren, wie knapp er einem Anschlag entgangen war, und vor allem sollten sie nicht erfahren, wie nah Lutec bereits an Lamir dran war. Bei Krankheit oder einem familiären Problem konnten einzelne Studierende zu einem späteren Zeitpunkt geprüft werden, aber ein ganzes Team? Nein, darauf würde sich die Kommission ohne Erklärung niemals einlassen. Auch auf Lamir gab es eine Bürokratie, die keiner umgehen konnte. Außerdem hatten Hork und Falk vollstes Vertrauen zu diesem ganz speziellen Team und waren sich sicher, alle Mitglieder würden die Herausforderung meistern.

Tessa war die Erste, die sich von ihrem Stuhl erhob. Alle schauten sie gebannt an und bewunderten sie für diese Kraftanstrengung.

Sie drehte sich um und verabschiedete sich: »Tschau, ich geh wieder in mein Bett. Das heißt, wenn ich es bis dahin schaffe und nicht vorher umkippe.«

Stöhnend taten es die Freunde ihr gleich und schleppten sich zurück in ihre Betten.

***

Der nächste Tag kam schneller, als ihnen lieb war. In der ersten Prüfung mussten sie ihr diplomatisches Geschick unter Beweis stellen. Jetzt konnten Arrir und Tasschel beweisen, ob der Umgang mit Dominic sie auf diesen Augenblick vorbereitet hatte. Die „Fantastischen“ betraten ihren gewohnten Ausbildungsraum. Jedes Mal hatte Dominic das Gefühl, er würde ein Holodeck aus Star Trek betreten. Diesmal aber würde er nach der Vorstellung der Prüfer hergerichtet sein. Sie traten ein in eine im wahrsten Sinne des Wortes unbekannte Welt. Sie kamen in einen Wald mit einer völlig fremdartigen Flora.

Kaum hatten sie sich orientiert, da kam ein kleines, humanoides Mädchen auf sie zu gerannt. Seine Haut schimmerte in einer blassgelben Farbe und seine großen lilafarbenen Augen schauten sie verzweifelt an. Und schon hörten sie die hetzende Meute, die hinter dem Kind her war. Niemand hatte einen Befehl gegeben, trotzdem stellten sich die sechs vor das Mädchen und schirmten es ab. Sie hatten sofort die reinen Gedanken der Kleinen erfasst. Sie hatte keine Ahnung, was mit ihr geschah. Ihr Geist war frei von Hinterlist.

Dominic sprach beruhigend auf sie ein: »Hab keine Angst, wir werden dir helfen. Wie ist dein Name?« Es war merkwürdig, aber er hatte nicht das Gefühl, dass es sich hier nur um eine Simulation handelte.

Mit ihrer klaren Stimme antwortete die Kleine schüchtern: »Mira.«

»Mira, was ist passiert, was wollen die von dir?«

Sie schaute ihn ängstlich an und brachte vor Furcht kein Wort heraus. Er sah schreckliche Bilder in ihrem Kopf. Von einer Flucht aus dem brennenden Haus ihrer Eltern. Nur mit den Kleidern am Leib, die sie jetzt trug. Das genügte ihm, schon wollte er sich mit aller Macht auf die Angreifer stürzen. Von solchen abscheulichen Taten zu hören, unterschied sich zur Gänze davon, sie mitzuerleben; und kurz verlor er die Kontrolle über seine Gefühle.

Doch Tessa hielt ihn zurück. »Wir dürfen nichts überstürzen. Wir sind sicherlich nicht hier, um Hals über Kopf einen Krieg zu entfesseln.«

Natürlich, es ging keinesfalls darum zu zeigen, ob sie kämpfen konnten. Er musste sich zusammenreißen. Die Meute kam heran und hielt vor ihnen. Der Anführer, ein großer, kräftiger Mann mit einer Hautfarbe in einem dunklen Gelb, trat vor und übernahm das Sprechen: »Wer seid ihr? Was wollt ihr Kinder hier?«

Dominic, der seine Wut jetzt unter Kontrolle hatte, übernahm die Führung des Teams und sprach für die Mitglieder: »So wie ich das sehe, sind wir gerade rechtzeitig gekommen, um eine Lynchpartie zu verhindern. Und ihr könnt uns glauben, das werden wir. Wenn es sein muss mit Gewalt!« Oh ja, das war gut. Seine Kräfte waren in dieser Situation tabu, aber er musste trotzdem Stärke zeigen.

Unbeeindruckt von dem Jungen sprach der Anführer wieder: »Diese Sache geht euch nichts an. Ihr habt keinerlei Wissen über diese Kreatur.«

Mit Arrirs Beherrschung war es vorbei. »Wir wissen genug, um uns auf ihre Seite zu stellen. Wir werden sie beschützen«, knurrte er die fremden Wesen an.

Die dunkle Gestalt Arrirs war schon furchteinflößend genug, aber wenn auch noch die gelben Augen Feuer sprühten, wie es jetzt der Fall war, nahm man am besten seine Beine in die Hand und flüchtete. Doch darauf waren die Leute nicht aus, stattdessen wurden sie wütender.

Wieder sprach der Anführer: »Ich sage euch noch einmal: Ihr habt hiermit nichts zu tun! Wir geben euch eine letzte Chance, dahin zu gehen, wo immer ihr auch hergekommen seid.«

»Das werden wir auf keinen Fall tun. Sie ist eine von uns und wir garantieren euch, sie ist ungefährlich. Überlegt doch, sie ist ein kleines Kind. Was sollte sie euch schon tun?« Dominic hatte in seine Rolle als Diplomat gefunden.

Tasschel hob die Hand, ein Feuerball erschien. »Verschwindet! Sonst verspreche ich euch, ihr werdet euer Bleiben bereuen.«

Die Meute wich einen Schritt zurück und schrie auf.

»Das ist es, was wir fürchten. Dass so etwas Unnatürliches aus ihr wird, wenn sie erwachsen ist. Und dann wird sie zu einer Gefahr für uns.« Aus der dunklen Stimme hörten die sechs eine tiefe Resignation: »Wir wollen unsere Kinder nicht töten, wir sind schließlich keine Monster. Aber wir fürchten das, wozu sie werden könnten.«

Ängstlich schaute er auf das rothaarige Mädchen mit den giftgrünen Augen.

Die Worte ließen Dominic auf Tasschel zutreten, und er erstickte ihre Flammen, wie er es so oft in ihren Übungsstunden tat. Er schüttelte den Kopf, sie nahm den Arm runter.

Dominic wandte sich dem Mann zu. »Es gibt noch eine weitere Möglichkeit als die, zu Kindesmördern zu werden.«

Dominic übermittelte ihnen Bilder von Lamir und welche Taten sie dort vollbrachten. Der Mann erstarrte und wollte aufbegehren, war die Gefahr einer so starken Welt gegenüber ihrer eigenen doch sehr groß. Aber er sah auch die Möglichkeiten, die eine solche Vereinigung mit sich bringen würde; und er zögerte. Natürlich wollte er keineswegs zum Mörder an diesem unschuldigen Kind werden, das unfähig war, die Situation zu begreifen. Hier konnte sie nicht bleiben, dort gehörte sie hin. Was aber wäre, wenn sie eines Tages zurückkommen sollte? Würde sie es als Helferin in der Not tun oder würde sie auf Rache aus sein? Er war der Sprecher eines kleinen Dorfes, konnte er diese Entscheidung fällen? Er beriet sich mit den Dorfbewohnern.

»Wir müssen sie ausschalten. Du weißt, was letztes Mal geschehen ist, als wir Benjan am Leben ließen. Er geriet außer Kontrolle und missbrauchte seine Macht.« Fanatisch schaute der kleine Mann den Anführer an. Er war damals nur knapp einem Angriff des wütenden Jungen entgangen.

»Damals fehlte uns diese Alternative, die sich uns heute bietet. Willst du wirklich jedes Mal zum Henker an unseren Kindern werden? Wir können das Problem gewaltlos lösen, sie können eine neue Heimat finden. Vielleicht ist es das nächste Mal dein Sohn. Würdest du ihn dann auch töten? Oder wünschtest du dir für ihn eine bessere Welt?

Wir haben die Bilder gesehen, sie ist wundervoll. Mira kann in Frieden leben und aufwachsen, mit ihren Kräften etwas Sinnvolles tun. Und Tallan und Mora werden überglücklich sein, wenn sie von der Unversehrtheit ihrer Tochter hören. Und die beiden können Mira besuchen, wann immer sie es möchten. Ich habe mich entschieden, sie wird mit den Fremden gehen. Und wir müssen Tallan und Mora nun helfen, ihr Haus wiederaufzubauen.«

Die Bilder verschwammen vor den „Fantastischen“ und sie standen in dem Raum, der nun leer war. Verwirrt schauten sie sich an, es hatte alles so echt gewirkt.

Plötzlich trat das kleine Mädchen schüchtern hinter ihnen hervor. »Was wird jetzt aus mir?«

Alle schauten es entsetzt an. Dominic trat auf Mira zu und legte eine Hand auf ihren Kopf. »Du bist echt?«

»Natürlich, was hast du gedacht?«

Langsam dämmerte es ihnen. Sie waren auf ihrer ersten echten Mission gewesen und hatten ein Kind gerettet. Sie atmeten tief durch. Arrir und Tasschel stießen einen Jubelschrei aus, Dominic und Tessa grinsten über das ganze Gesicht. Tiri trällerte aufgeregt vor sich hin und Cass stieß seine Faust mit einem tiefen »Jaaaa!« in die Luft.

Ein noch schwacher Hork betrat den Raum. Julana im Schlepptau, die drauf und dran war, ihn zu stützen. Aber seine Mimik drückte unmissverständlich aus: Versuch es gar nicht erst.

»Eure Projektionen waren nahezu perfekt in den Köpfen der Fremdlinge und ihr konntet euch ohne Probleme verständigen. Eure Mischung aus - ich nenne es mal „Einschüchterung“ - durch Arrir und Tasschel und der diplomatischen Handlungsweise von Tessa und Dominic war ausgeglichen. Ihr habt eure Prüfung sehr gut gemeistert.« Und zu dem kleinen Mädchen gewandt sprach er: »Hallo Kleine, du kommst mit mir, wir haben dich schon erwartet.«

Mit einem letzten Blick auf Dominic, der besagte, sie würde lieber bei ihm bleiben, ging sie zögerlich hinter dem alten Mann her.

Der Junge schickte ihr noch schnell einen tröstenden Gedanken hinterher: *Ich werde dich nachher besuchen, versprochen.* Das zauberte ein kleines Lächeln auf ihr Gesicht, ihr Gang wurde beschwingter.

Falk betrat den Raum, als Hork ihn mit Mira verließ. »Ich werde euch jetzt trennen, denn die nächsten Aufgaben müsst ihr ganz alleine durchlaufen.« Er atmete erleichtert auf. »Die diplomatische Prüfung habt ihr gut gemeistert, und vor der nächsten Prüfung der Manipulation eures Umfeldes braucht ihr keine Angst zu haben.« Trotz seiner Worte wirkte ihr Lehrer bedrückt. Doch dann richtete er sich zu seiner vollen Größe auf. »Pah, das bekommt ihr locker hin. Schließlich seid ihr gut vorbereitet worden.« Er klopfte sich auf die Schulter. »Bei dem Lehrer ist das ja kein Wunder, well?!« Jetzt zeigte er wieder sein unbefangenes Grinsen.

Pflichtbewusst nickten sie zustimmend. Was blieb ihnen auch sonst übrig?

Falk lachte laut auf. »Okay, ich erwarte keine Zustimmung, wenn ihr nicht wollt.«

Kapitel 52

Die Härteste aller Prüfungen

Falk führte die Freunde in verschiedene Räume. An den Türen drehten sie sich noch einmal zueinander und wünschten sich viel Glück.

Cass ging locker an die Sache heran, er fühlte sich jeder Situation gewachsen. Aber auch dieser, in der die Lernenden mit ihren tiefsten Ängsten konfrontiert werden sollten? Wie hätte er das nun Folgende erahnen können?

Als er den Raum betrat, betrat er seinen Heimatplaneten, über den er nie sprach. Entsetzt drehte er sich zu der Tür um, aber sie war verschwunden.

»Leute? Leute! Das könnt ihr wirklich nicht mit mir machen. Ich will hier weg. Denkt euch etwas Besseres aus!« Seine Stimme war ängstlich. Wer wusste es denn schon? Vielleicht hatten sie ihn unbemerkt transportiert. Das hatten sie schließlich vorhin bereits getan. Und vielleicht war alles echt, wie ihre Begegnung mit dem kleinen Mädchen. Er wollte weg von seiner Heimatwelt.

Und wieder wandte er sich an die Luft, wo einst die Tür gewesen war. »Bitte?! Hört mich jemand? Irgendjemand?«

Als er keine Antwort bekam, drehte er sich um und blickte mit seinen großen melancholischen Augen in die Weiten eines Nichts. Eine stille Leere umgab ihn. Alles wurde von ihr verschluckt und er befürchtete, wenn er einen Schritt nach vorne ging, würde er ebenfalls von ihr verschlungen werden. Er erinnerte sich an Zeiten, als dieser Planet der schönste des gesamten Universums gewesen war.

Erst sah er die Schatten aus den Augenwinkeln, dann als sie näherkamen, konnte er sie deutlicher wahrnehmen. Er fürchtete sich, rannte, so schnell er nur konnte. Cass war lange nicht hier gewesen, dennoch führten ihn seine Schritte zu einem vertrauten Ort.

Die Schatten kamen näher, holten ihn ein, und als er endlich zu dem Haus kam, stellten sie ihn. Ihm wurde klar, er würde sie niemals abhängen können, also drehte er sich zu ihnen um. Verschwommen erkannte er vereinzelte Gesichter, das seiner Mutter und das seines Vaters.

Er schloss die Augen und schüttelte seinen Kopf. »Bitte nicht.«

Aber wie unter Zwang öffnete er sie wieder, um in das geliebte Gesicht seiner Frau zu sehen. Anklagend zeigte sie mit dem Finger auf ihn. Vor so langer Zeit war er dem hier entkommen, sie aber war gefangen. Sie und auch sein Sohn. Der Kobold war abwesend gewesen - er hatte vergessen, aus welchem Grund -, als seine Familie ihn so dringend gebraucht hatte. Er sollte ebenso gefangen sein, als Schattenwesen in dieser Leere, die kein Glück verhieß. Er wollte sich ihnen ergeben, und doch hielt ihn ein Impuls zurück. Ein letzter Wille zu kämpfen. Seine Ausbildung zu beenden, um ihnen vielleicht eines Tages helfen zu können ...

Natürlich wurde Cass genauestens beobachtet. Falk tat es in der Seele weh, den Kobold so leiden zu sehen. Aber seinen Teammitgliedern auf den fünf weiteren Bildschirmen erging es ähnlich. Falk bildete nicht mehr viele Teams auf Lamir aus. Mit ein Grund dafür war sein Hass auf diese Prüfung. Manche zerbrachen an ihren tiefsten Ängsten und erholten sich nur schwer davon. Er selbst hatte lange daran zu knabbern gehabt und er war erwachsen gewesen. Er hatte Hork verflucht und ihn beschimpft. Seine Angst bestand damals wie heute darin, niemals aus eigener Kraft den Ort seiner Heilung zu finden.

***

Falk wurde davon angetrieben, den Erschaffern des Ortes seinen Wunsch mitzuteilen, nicht ewig leben zu wollen. Die Tatsache seines langsamen Alterns in Fünf-Jahres-Schritten gab ihm die Hoffnung, eines Tages doch sterben zu können, aber ganz gewiss konnte er sich keineswegs sein. Nichts war normal in seinem Leben. So versetzten die eigenen Ängste ihn in seiner Prüfung an diesen Platz des Heilens und hetzten ihm fremde Wesen auf den Hals.

Tief drinnen sagte ihm sein Verstand: Das ist absolut unrealistisch!

Es war ihm schließlich unmöglich, den Ort innerhalb einer Wiederkehr zu besuchen. Er musste doch erst sterben, um hierhin zu gelangen. Hatten seine Lehrenden ihn umgebracht?

Nein, soweit sind sie auf keinen Fall gegangen, war er sich sicher.

Aber hartnäckig flüsterte ihm eine leise Stimme zu: Was, wenn doch? Wenn Hork es geschafft hat, mich hierher zu transportieren? Lebend natürlich.

Anstatt sich hinzusetzen und die Arbeit zu verweigern, sah er sich plötzlich gegen die fremden Wesen kämpfen. Sie waren aggressiv und unkooperativ; wollten ihm keine Antworten auf seine Fragen geben. Dazu waren sie zwanzig zu eins in der Überzahl. Falk ging so was von unter. Aber er lieferte sich einen erbitterten Kampf mit den Fremden und er schaltete eine Menge von ihnen aus.

Sein Verstand sagte ihm immer und immer wieder: Es ist nicht real.

Aber sein Herz wollte kämpfen und ... töten. Er geriet in einen Rausch. Einem Nervenzusammenbruch gleich ballerte er auf alles, was sich bewegte. Ein Treffer aus einer ihrer fremdartigen Waffen beendete seinen Amoklauf. Falk wachte plötzlich schweißgebadet auf. Er hatte den Raum gar nicht verlassen, er war nur eingeschlafen. Nichts davon war echt gewesen, er hatte es ja gewusst. Doch die erste Prüfung hatte sich als real herausgestellt, dadurch waren ihm Zweifel gekommen und er hatte kämpfen müssen. Kurz danach erfuhr er von Hork, dass es seine eigenen Fantasien waren, heraufbeschworen aus seinen tiefsten Ängsten, die ihm so zugesetzt hatten.

***

Nach Jahrhunderten noch verabscheute er seinen Blutrausch. Niemals mehr hatte er so die Kontrolle über sich verloren. Falk rief sich die Gefühle von dem Augenblick in seine Erinnerungen zurück, als Hork ihm erklärt hatte, dass genau dies die Intention des Tests war: Absolute Kontrolle über die eigenen Gefühle zu behalten. Komme, was wolle. Und er hatte Hork in diesem Moment fast schon abgrundtief gehasst für diese, seiner Ansicht nach, völlig bescheuerte Erklärung.

Er beobachtete die sechs wie leblos daliegenden Gestalten. Der langlebige Mensch behielt ihre Vitalfunktionen genau im Auge, die auf einem geteilten Bildschirm angezeigt wurden. Gleichzeitig verfolgte er ihre Fantasien, die auf demselben Bildschirm direkt aus ihren Gedanken heraus projiziert wurden. Das ermöglichten die Elektroden, die an ihren Stirnen befestigt und mit dem Zentralcomputer verbunden waren. Weitere Elektroden auf ihrer Brust und nochmals auf der Stirn überwachten ihre Hirn- und Herzfunktionen.

Hork betrat die Überwachungszentrale mit den Worten: »Na, wie machen sich unsere vielversprechendsten Talente?« Er bemerkte Falks unglückliches Gesicht und sah ihm in die traurigen Augen.

Dann klopfte er ihm väterlich auf die Schultern. »Hast du es noch immer nicht überwunden?«

»Wie könnte ich? Schließlich hast du mir die Angst mit dieser barbarischen Prüfung nie nehmen können.«

»Es tut mir leid. Aber wenn die schmerzlichsten Ängste unserer Schützlinge von uns unerkannt bleiben, dann können wir sie niemals hundertprozentig auf alle Gefahren vorbereiten.«

Hork wandte sich den Bildschirmen zu, konnte er dem vorwurfsvollen Blick von Falk nicht länger standhalten. Der jüngere Mann schüttelte den Kopf und verbannte sein Trauma von einst aus seinen Gedanken. Er musste sich konzentrieren, damit er auf jede Unregelmäßigkeit auf den Bildschirmen sofort reagieren konnte.

Tiri war trotz ihrer beachtlichen neunzig Sonnenumläufe die Kindlichste von den Teammitgliedern. Was hatte sie schon für Ängste? So lag sie jetzt seelenruhig auf ihrer Lieblingswiese am See, wo sie sich mit ihren Freunden zu treffen pflegte. Hier war sie glücklich, hier fühlte sie sich wohl. Ihrer größten Angst hatte sie sich bereits im realen Leben gestellt, denn sie hatte ihren Leuten gestanden, wo sie ihre Zeit verbrachte. Bei den von ihnen gehassten Neuankömmlingen, die sie so sehr zu schätzen gelernt hatte. Auch wenn eine wichtige Entscheidung noch ausstand, hatte sie doch das sichere Gefühl, die Älteste würde zu ihren Gunsten entscheiden. Doch die kleine Elfe hatte keine Ahnung von der tiefsten ihrer Ängste, die fest in ihr verankert war.

»Tod! Tod! Tod!«

Leise hörte sie die Stimmen, die sie aus ihrem Schlummer rissen. Sie drehte ihren Kopf hin und her auf der Suche nach den Verursachern dieses grauenvollen Wortes. Plötzlich war sie in ihren unbewusst schlimmsten Albtraum versetzt. Diesmal schrie die Versammlung der Elfen, vor der sie sich wiederfand, nur ein Wort: »Tod!«

Immer wieder, immer lauter. Tiris Erzeuger standen wortlos etwas abseits. Die kleine Elfe suchte bei ihnen Schutz. Raru und Leri hätten sich für ihr Kind einsetzen können, aber sie verweigerten ihr jede Hilfe. Stattdessen ließen sie sich von der Menge mitreißen, sodass auch sie ihr entgegenschrien: »Tod! Tod! Tod!«

»So wird das Urteil in die Todesstrafe umgewandelt. Packt sie!«

Tiri war fassungslos und ungläubig. Ihre eigenen Leute wollten ihren Tod. Sie machte sich kampfbereit, ihr Energieschild leuchtete hellgrün auf ...

Arrir rannte atemlos vor seinem Volk davon, an seiner Seite lief Krrar. Der junge Krieger steckte wieder in dem Jungen, der ahnungslos darüber war, was mit ihm geschah. Gerade war er noch der Prinz, der einmal Herrscher werden sollte, im nächsten Moment war er ein Ausgestoßener. Die ganzen letzten anderthalb Jahre waren aus seinen Erinnerungen wie weggewischt. Sie stellten ihn und seinen Bruder an einen Abhang. Dieser ragte soweit hinunter, dass der Boden unsichtbar zu sein schien. Es gab kein Entkommen. In die Enge getrieben, schaute er sich wie ein wildes Tier um.

Bruder, wir werden kämpfen müssen. Bist du bereit?, wandte er sich an die junge Raubkatze.

Bereit, wenn du es bist, zeigte Krarr ihm seine Zustimmung in grimmigen Bildern.

Die beiden fauchten die Meute wütend an. Die Krieger aber ließen sich nicht beirren und rückten vor. Sie trennten die große Raubkatze von Arrir und stießen mit ihren spitzen Lanzen auf ihn und das Tier ein. Er wollte sich auf sie stürzen und sie zerreißen, aber er wurde durch ihre Lanzen in Schach gehalten. Immer wieder stießen sie nach ihm. Er hörte Krrars wildes Fauchen und Arrir war drauf und dran, sich zu verwandeln. Er konnte die Angst, seinen treuen Freund zu verlieren, kaum ertragen. Doch plötzlich wurde er ruhig und fand zu seiner Coolness zurück, um die ihn seine Freunde oft beneideten. Er analysierte seine Situation und beschloss, für eine ausgleichende Gerechtigkeit zu sorgen. Erst einmal streckte er die Hand aus, im nächsten Moment erschien seine Kette darin. Gleichzeitig verschwamm die Gegend um ihn, Krrar und die Angreifer herum, im nächsten Moment waren sie im Palast seines Vaters. Wie sehr hatte er das prunkvolle Gebäude vermisst, wie sehr vermisste er das Leben im Luxus. Er wollte es zurück und er würde alles dafür tun. Mit Leichtigkeit schwang er die schwere Kette über seinem Kopf. Arrir sah seinen Vater auf dem Thron sitzen und seine Mutter auf einem kleineren daneben. Sie schenkten ihrem Sohn und seinen Angreifern keinerlei Beachtung, stattdessen unterhielten sie sich in aller Ruhe. So wie es aussah, über banale Dinge des Alltags. So hatte er sie stets in Erinnerung behalten.

Er dachte wehleidig: Haben sie mich denn kein bisschen vermisst?

Arrir und Krarr fanden sich einer Übermacht gegenüber, die sie nicht würden besiegen können. Langsam machte sich ein starres Grinsen auf seinem Gesicht breit ...

Auch Tasschel war wieder in ihr Leben vor der Ausbildung versetzt worden. Zu der Zeit, als sie auf den Straßen Itsschals mit der ständigen Angst lebte, von der hiesigen Polizeigewalt gefasst zu werden. Schon waren sie hinter ihr her. Gehetzt rannte sie eine Straße entlang, die sie bis vor das verbrannte Bordell führte. Hier wurde sie gestellt. Die Männer der Polizeigewalt hatten jemanden dabei. Nach der Aufmachung zu urteilen, konnte es nur ein Henker sein. Ein Urteil war bereits gesprochen worden, die Strafe sollte auf der Stelle ausgeführt werden.

Sie richteten ihre hochmodernen Phaserkanonen auf sie. Tasschel wusste, was diese anrichten konnten. Oft genug hatte sie als Obdachlose mitangesehen, wie die Gegner des Staates pulverisiert worden waren. Die junge rothaarige Frau blieb erhobenen Hauptes stolz stehen. Jetzt, wo es kein Weglaufen mehr gab, würde sie sich ihren Feinden mutig entgegenstellen.

Der Rechtssprecher erhob seine Stimme: »Sklavin Tasschel, wir haben dich der Brandstiftung überführt. Gegen dich wurde ein Todesurteil gefällt. Du wirst unverzüglich hingerichtet.«

Tasschel kannte die Rechtsprechung auf ihrem Heimatplaneten. Sie war sehr einfach und besagte: Die Sklaven waren immer schuldig. Nun, in ihrem Fall stimmte das tatsächlich. Nichtsdestotrotz wollte sie sich nicht kampflos töten lassen. Dass sie in Notwehr und unbewusst gehandelt hatte, würde das Gericht niemals anerkennen. Sie hatte freie Wesen getötet, nur das zählte für den ach so ehrenwerten Richter.

Ihre grünen Augen blitzten angriffslustig auf, als sie ihre Arme hob und Feuerbälle aus der Luft erschuf. Selbstbewusst rief sie nur vier Worte: »Ich bin keine Sklavin!« ...

»Na, meine Süße. Hier nimm ein paar deiner Lieblingsbonbons.«

Tessa war erneut auf der Erde und in dem kleinen Abstellraum des Kinderheimes eingesperrt. Der Mann, der auf sie zutrat, war um ein Vielfaches größer, als es Joseph gewesen war. Sie fühlte sich einmal mehr als das kleine schwächliche Mädchen. Sie ließ sich in eine Ecke drängen und duckte sich hinter eine Kiste. Plötzlich erschienen Eve und Karen, die bei ihr hockten und vor sich hin schluchzten.

Mit tränennassen Augen sahen sie Tessa an und forderten sie auf: »Tu etwas. Du hast uns schon mal alleine gelassen. Jetzt kannst du uns retten!«

Da war wieder das Schuldgefühl, ihre Freundinnen zurückgelassen zu haben. Tessa musste sie mit all den Kräften beschützen, die ihr zur Verfügung standen. Die junge Frau mit den ozeanblauen Augen nickte und straffte ihre kleine Gestalt; sie würde sie nie mehr im Stich lassen. Sie berief sich auf das Erlernte des vergangenen Jahres und entdeckte ihre Kräfte neu.

»Nein«, schrie sie ihm entgegen. »Nein, ich bin stark und du bekommst sie niemals!«

Mit einer kurzen Handbewegung in seine Richtung ließ sie ihn zerplatzen. Fünf neue Männer erschienen an seiner Stelle. Sie brauchte Platz, also erschuf sie sich eine Arena mit fünf Käfigen, in jeden sperrte sie einen Mann ein. Angekettet an schweren Eisenketten bettelten sie um ihr Leben. Denn so waren Pädophile: Wenn es um ihre eigene Haut ging, waren sie erbärmliche Würmer. Egal wie groß sie von der Statur her waren, waren sie innerlich doch nur wimmernde Feiglinge. Boshafte, kleine Feiglinge, die selber keinen Schmerz ertragen konnten.

Tessa genoss ihre Angst und erschuf die abscheulichsten Foltergeräte aus der Luft. Sie hatte so viele Ideen, wie sie diese verhassten Männer quälen konnte. Sie wollte sich gehen lassen, sie wollte auch einmal austeilen und nicht immer nur einstecken. Und hier würde es Menschen treffen, die es verdient hatten. Sie verlor völlig die Kontrolle über ihre übelste Seite, die tief aus ihrem Innern heraufstieg. Doch ihr brutales Grinsen verschwand im nächsten Augenblick auf dem so wunderschönen Gesicht, es wurde nachdenklich ...

Angespannt betrat Dominic den Raum, er fühlte sich keineswegs wie er selbst. Irgendetwas lief hier ganz schrecklich falsch. Er war wieder in der Hölle, in Radirs Version der Hölle. Aber diesmal war es in seinem Kopf. Dieselbe Einöde wie in Horks, als dieser von Radirs Verstand besetzt gewesen war, empfing ihn. Nun aber umgaben ihn zusätzlich Flammen, meterhohe Flammen. Und Radir stand dahinter und lachte ihn höhnisch aus. Was war hier los?

Radir hat sich bei mir eingenistet. Warum hat das denn niemand bemerkt? Vor Entsetzen war er wie gelähmt. Was soll ich nur tun?

Durch die Flammen trat der einst mächtige Anführer der Widerstandsbewegung Portas auf den jungen Mann zu.

Ich werde dich doch noch kriegen, dein Verstand gehört mir. Mir ganz allein!

Nein! Niemals!

Dominic sank zusammen, den Kopf in seinen Händen verborgen. Er zitterte am ganzen Körper. Unermüdlich schritt Radir auf ihn zu und streckte seine Arme dem am Boden kauernden Körper entgegen.

Ich sollte zeigen, was ich gelernt habe. Kampflos bekommt er meinen Verstand nie im Leben.

Er richtete sich auf und schaute seinem Gegenüber in die Augen. Das Umfeld veränderte sich schlagartig, es entstand ein grünes Tal mit wogendem Gras und einem Teppich aus den herrlichsten Blumen von der Erde, die ihren lieblichen Duft verströmten. Hoch erhobenen Hauptes trat Dominic auf Radir zu ...

Falk schämte sich, er hatte sie ins offene Messer laufen lassen. Ihnen wurde durch die erste, reale Übung Zweifel ins Hirn gepflanzt. Dadurch waren sie unfähig zu beurteilen, ob die Übung echt war. Sie hatten den Raum, in dem ihre erste Prüfung stattgefunden hatte, gar nicht verlassen.

Gleich nachdem er mit Mira den Raum verlassen hatte, war Hork auch schon wieder zurückgekehrt. Und beide hatten sie dann die nichts ahnenden Lernenden in einen Tiefschlaf versetzt. Und anschließend hatten die Sessins sie mit den Elektroden versehen und an den Computer angeschlossen. Er sah auf die schlafenden Kinder, die sie in seinen Augen noch waren, herab und litt mit ihnen.

Auf einmal setzte Dominic sich auf und sah sich verwundert um. Erstaunt konnte Falk nicht glauben, was er da sah, das war noch nie vorgekommen. Es sollte ihnen eigentlich unmöglich sein, sich selbst aus der Trance zu befreien. Sie mussten den Test bis zum Ende durchlaufen, und es gab keine Lösung für sie. Niemand bestand ihn, das war der Sinn der Sache.

Kurz nach dem menschlichen Jungen öffnete auch Tessa die Augen und setzte sich langsam auf. Fragend schaute sie Dominic an. Beide fingen an zu verstehen, erleichtert lachten sie laut auf. Bis sie sich an den Schrecken, den sie empfunden hatten, erinnerten. Abrupt verstummten sie.

Dominic fragte in ihre Gedanken hinein: *Was für ein ekeliges Spielchen sie mit uns getrieben haben. Es war unreal. Das hast du also auch bemerkt. Irgendwann habe ich einfach aufgehört zu kämpfen und machte dem Ganzen ein Ende. Ich wünschte mich in die Schule zurück, dann erwachte ich hier auf dem Boden liegend.*

Bei mir war es ähnlich.

Sie verschloss ihre Erinnerung an das eben Erlebte vor ihm. Tessa wollte verhindern, dass er sah, wie grausam sie sein konnte. Er hätte es verstanden, da war sie sich sicher. Aber dennoch schämte sie sich für ihre Emotionen, über die sie beinahe die Kontrolle verloren hatte.

Hork erschien an der Tür und die Elektroden fielen von ihnen ab. Tessa und Dominic erhoben sich. Der alte Mann winkte sie zu sich. Sie wollten sich gerade beschweren, da legte er den Finger auf seine Lippen und bedeutete ihnen so zu schweigen. Und schon prasselten die Beschwerden telepathisch auf ihn ein. Zittrig hob er eine Klaue, er war noch zu schwach auf den Beinen, um ihre Emotionen abzublocken; und so schwankte er zur Tür hinaus. Sofort nahmen die beiden Rücksicht und stellten ihr Gemotze ab.

Hork führte sie zu Falk. Mit großen Augen sahen sie, was sich in den Köpfen ihrer Freunde abspielte. Niemals hatte dies ein Lernender gesehen. Niemals war ein Schüler oder eine Schülerin oder ein geschlechtsloser Schüler vor Ende dieser Prüfung erwacht. Nun standen hier gleich zwei, die dies vollbracht hatten.

Die beiden Menschen waren stark, das wusste Hork nur allzu gut.

Der Einzige, der es ebenfalls fast geschafft hätte, war auch ein Mensch - Tobias Falk. Der Blutrausch, der damals die Kontrolle über sein Denken übernommen hatte, hatte dies verhindert. Und trotzdem, wenn ihn der letzte Treffer in seiner Vision nicht außer Gefecht gesetzt hätte, dann hätte er dem Ganzen vorzeitig ein Ende bereitet. Noch ein außergewöhnlicher Mensch mit ganz erstaunlichen Begabungen. Das stimmte den Meister nachdenklich. Bestand vielleicht eine Verbindung zwischen ihnen? Eins wusste er mit absoluter Gewissheit: Die drei standen auf seiner Seite und er konnte sich jederzeit auf sie verlassen. Wie sehr würde er noch erfahren.

Dominic und Tessa sahen, wie ihre Freunde mit allen Mitteln gegen eine Übermacht ankämpften. Sie wollten ihnen zur Hilfe eilen. Ihre Teamkameraden verkauften sich teuer, zogen alle Register ihres Könnens. Sie waren gut ausgebildet worden. Falk verabscheute diese Prüfung und doch war er stolz auf sein Team. Nun war es aber an der Zeit, die Mitglieder zurückzuholen.

Fast gleichzeitig öffneten sie ihre Augen. Die beiden jungen Menschen liefen zu ihren Freunden, um sie mental zu beruhigen. Die eben Erwachten schauten sie verständnislos an. Gerade noch hatten sie sich in einer ausweglosen Situation befunden, und nun lagen sie hier auf dem Boden, als wäre das alles nie passiert.

»So ist es, es war weit entfernt von der Realität. Wir haben diesen Raum nie verlassen.« Tessas angespannte Stimme klang rau. Sie sprach lieber zu ihnen, als mit ihnen mental Kontakt aufzunehmen. Auch vor ihnen wollte sie ihre dunkelste Seite verbergen. Die Scham war einfach zu groß.

Horks beruhigende Stimme erklang in ihrem Kopf: *Du hast keinen Grund, dich zu schämen, Theresa Bell, niemals. Jedes Lebewesen hat in seinem Innern mit zwei Seiten zu kämpfen, mit der Schwarzen wie auch mit der Weißen. Und Tag für Tag findet ein Kampf darüber statt, wie groß die Toleranzgrenze für den Weg dazwischen ist. Jede intelligente Kreatur im Universum steht vor der Entscheidung, auf welche Seite es geht und wie dunkel die Grauzone zwischen schwarz und weiß werden soll. Doch kein Wesen darf eine Seite von sich verleugnen, denn um außergewöhnliche Krieger werden zu können, benötigen sie beide Seiten. Aber sie dürfen niemals die Kontrolle über eine von ihnen verlieren. Du hast heute erfahren, zu was du fähig bist, wenn deine Lieben in Gefahr sind. Und noch eins hast du erfahren: Du hast in deiner größten Not die Kontrolle über deine schwarze Seite behalten. Es ist wichtig, diese Seite an dir kennenzulernen. Eines Tages könntest du sie brauchen. Dann musst du dich ihr stellen und sie kontrollieren können, um Leben zu bewahren und ... vielleicht auch um Lamir zu retten.*

In diesem Moment konnte sie Horks Worten noch keinen Glauben schenken, aber wenn sie älter war, würde sie es verstehen.

Ihr Sessin trat zu den „Fantastischen". »Auch diese Prüfung habt ihr ganz wunderbar gemeistert.« Er klatschte in die Hände und fuhr fort: »Heute findet ihr es vielleicht noch unbegreiflich und unakzeptabel, und es gibt Personen, die konnten es niemals akzeptieren, aber irgendwann werdet ihr den Sinn dieser Prüfung verstehen und das Ergebnis begrüßen.« Er zwinkerte Falk zu.

Dieser aber hatte, was ungewöhnlich für ihn war, sein sonniges Gemüt noch nicht wiedererlangt. Düster erwiderte er den Blick aus den ausdrucksstarken Augen, die zu jeder Zeit seine Seele offenbarten.

Die beiden Ausbilder entließen die Jugendlichen für heute. Sie, vor allem Hork, legten ihnen nahe, mit niemandem außerhalb ihres Teams über die erlebten Ereignisse zu sprechen. Dabei verließ sich Hork nicht nur auf ihr Wort. Eine zusätzliche mentale Sperre würde verhindern, dass sie ihnen nachfolgende Lernende vor einer Prüfung warnten, die Hork so wichtig war.

Nach dieser anstrengenden, emotionsvollen Aufgabe waren sie ausgepowert und benötigten dringend eine Pause. Morgen würde es darum gehen, ihren ersten Talisman zu bekommen.

Kapitel 53

Entscheidungen

Das Frühstück an diesem Morgen war das Trübste, das sie jemals hatten. Tiri leistete ihnen Gesellschaft. Die sonst so lebhafte Elfe blies aber dieses Mal ebenfalls Trübsal.

Als mehrere Minuten niemand ein Wort sagte, erhob sie ihre Stimme: »Ich möchte euch etwas sagen. Ich werde in nächster Zeit zu meinen Erzeugern gehen und darum ersuchen, vor der nächsten großen Versammlung sprechen zu dürfen. Ich möchte ihnen erzählen, was ich hier genau mache und was sie alles verpassen. Dann werde ich auf einer Entscheidung beharren. Ich habe die Nase voll von der Warterei. Die Prüfung gestern hat mir eins deutlich gezeigt: Meine Angst vor dem Urteilsspruch ist größer, als ich dachte. Ich scheine das Schlimmste zu befürchten. Aber ich werde nicht kampflos aufgeben, denn die Angehörigen meines Volkes sollen die Chance bekommen, zu lernen.«

Aufatmend setzte sie sich mit übergeschlagenen Beinen auf den Tisch. Nach minutenlangem Staunen klatschten ihre Freunde begeistert in die Hände.

Arrir war der Nächste, der eine Entscheidung zu verkünden hatte. »Nach den Prüfungen werde ich nach Arrkron zurückkehren und meinem Volk sagen: Seht her, ich kann die Verwandlung in ein Tier kontrollieren, ohne wahnsinnig zu werden. Ich werde die Arrkronaner überzeugen, die Begabten nicht mehr auszustoßen, sondern ihnen zu ermöglichen, nach Lamir zu gehen und eine Ausbildung zu machen. Denn ich bin der beste Beweis. Wir können den Fluch brechen und die Verwandlung beherrschen. Außerdem werde ich meinen Herrschertitel beanspruchen; und wenn ich herrsche, werde ich eine Garde aus Begabten aufstellen.«

»Das sind ja sehr bescheidene Pläne, die du hast. Vielleicht bewerbe ich mich als „Hauptmann" in dieser Garde.« Arrir nahm Tasschels Hand und drückte sie sanft. Er hatte längst vorgehabt, sie zu fragen, ob sie mit ihm gehen wollte.

Aber sie hatte sich ebenfalls Großes für die Zukunft vorgenommen. »Zuerst aber werde ich meinen Heimatplaneten von der Sklaverei befreien. Ich hoffe, ich werde Hilfe von den Begabten von Itsschal bekommen.« Und leise fügte sie hinzu: »Und es kann mir nur helfen, den Herrscher von Arrkron als Verbündeten auf meiner Seite zu wissen.«

Der junge Krieger zwinkerte ihr als Zustimmung grinsend zu.

Dominic meldete sich zu Wort: »Na, ihr habt ja Großartiges vor. Ich werde euch unterstützen, wo ich kann. Mein Plan ist es, nach unserer Ausbildung alles über Parapsychologie zu erlernen. Niemals soll irgendjemand in meinen Kopf eindringen können. Und dann werde ich Professor. Ich werde diese Wissenschaft auf sämtlichen Welten lehren, damit endlich alle Lebewesen aufgeklärt sind. Und noch eine Kleinigkeit, ich habe vor, Botschafter von Lamir zu werden. So können wir eine Allianz unserer Planeten ins Leben rufen.« Dominics Ziele waren auch nicht gerade bescheiden.

Tessa hatte noch keine Ahnung, was sie nach ihrer Ausbildung tun wollte. Im Moment hatte allein ein Ziel für sie Priorität: Sie konzentrierte sich ganz darauf, das Reisen durch die Zeit zu erlernen, um zu ihren Freundinnen zurückkehren zu können. Ihr größter Wunsch war es, an deren Leben teilzuhaben. Dafür musste sie stark werden und das würde sie. Solange sie noch unsicher über den Ausgang ihres Plans war, mochte sie ihre Gedanken nicht mit ihren Freunden teilen. Wenn man so etwas wie Zeitreisen überhaupt erlernen konnte, dann wohl ehestens bei einem weiterführenden Kampftraining. Also überlegte sie, anstatt eine akademische Weiterbildung an der Universität von Katana zu absolvieren, eine Ausbildung in einem Eliteteam zu durchlaufen. Schließlich wurden diese Teams zu Missionen geschickt, damit sie ihre Kräfte schulen konnten. Dadurch bekam Tessa die Gelegenheit, ihre Fähigkeiten zu verfeinern. Alle Studierenden hatten die Wahl zwischen diesen beiden Möglichkeiten und einer dritten, nämlich der, zurück auf ihre Heimatwelten zu gehen, um dort nach Erfüllung zu streben. Aber bis sie zu einer Entscheidung kommen musste, hatte Tessa ein paar Jahre Zeit. Eine vierte Möglichkeit hatte sie bei ihren Überlegungen übersehen. Mac hätte sie gerne als Präkog in der Stadt der verlorenen Seelen.

Cass war die ganze Zeit sehr still gewesen. Der Kobold war sonst nie um eine zynische Bemerkung verlegen. Jetzt erhob er sich kleinlaut und teilte ihnen mit: »Ich werde niemals zurückgehen, meine Heimat ist verloren, die Kobolde sind verdorben. Etwas hat ihre Seelen vergiftet. Ich habe gestern einen Einblick bekommen, was es ist. Tief in meinem Unterbewusstsein war dieses Wissen vergraben, und niemand wird sie jemals retten können.«

In diesem Punkt irrte sich der Kobold, aber es war für ihn noch nicht an der Zeit, für seine Heimatwelt zu kämpfen. Aber der Zeitpunkt würde schneller kommen, als selbst Hork es sich vorstellen konnte.

Betrübt schauten sie ihren Freund an, dann standen sie auf und stellten sich um ihn herum, Tiri stand dabei auf dem Tisch. Tröstende Gedanken stürmten auf ihn ein. Die Rede war von Hoffnung und davon, dass Aufgeben keine Option war. Sie würden ihm zur Seite stehen und mit ihm kämpfen. Das gab ihm neue Kraft.

Es wurde Zeit für ihre letzte und wichtigste Prüfung: Das Einsetzen der Talismane in ihre Waffen, wenn sie denn die Energiesteine erringen konnten.

Kapitel 54

Steini

Jedem Einzelnen von ihnen wurde nun tatsächlich ein Raum zugeteilt. Er war völlig abgeschirmt, nichts gab es dort drinnen, auch keinen Prüfer. Als sie sich vor den Türen voneinander verabschiedeten, war es diesmal real und erneut wünschten sie sich Glück. Sie waren auf sich gestellt, hatten als Hilfsmittel allein ihre reine Gedankenkraft. Es war eine hoch konzentrierte Aufgabe, einen Kristall in die Waffe einzusetzen. Je höher das Potenzial eines Studierenden war, desto größer war die Kraft, einen Talisman beherrschen zu können; ohne innerlich auszubrennen.

Nach einer kurzen Konzentrationsphase war tatsächlich ein Energiestein in Dominics Nähe aufgetaucht. Als er ihn gerade voll konzentriert aufnahm und damit rumhantierte, erklang eine Stimme in seinem Kopf. *Gut machst du das.*

Vor Schreck hätte er fast den Stein verloren, der keineswegs einfach zu Boden gefallen wäre, nein, so einfach würden sie es ihm auf keinen Fall machen. Er wäre auf Nimmerwiedersehen verschwunden, und anderthalb Jahre seines Lebens wären für die Katz gewesen.

Wieder erklang Lamiras Stimme in seinem Kopf: *Katz? Was ist das?*

Automatisch erschien das Bild einer Katze in seinen Gedanken.

Oh, ist die süß, so schön flauschig.

Er stöhnte auf. *Bist du irre? Möchtest du, dass ich vor Schreck tot umfalle? Einfach in meinen Kopf zu platzen, wenn ich mich konzentriere.* Und genervt setzte er hinzu: *Lamira, was willst du?*

Gerade so hinderte er den Kristall daran, sich vom Acker zu machen.

Entschuldige, das wollte ich nicht. Sie klang wirklich zerknirscht. Er merkte, es tat ihr in der Seele leid.

Kein Ding. Ist ja noch mal gut gegangen.

Was für ein Ding?

Hä? Was meinst du?

Du hast gesagt „Kein Ding", und ich habe gefragt: Was für ein Ding?

Ach das, das ist nur so eine Redewendung bei uns auf der Erde. Es bedeutet **...** Tja, was eigentlich? Er überlegte. *Ah, ich meine damit: Du brauchst dir keinen Kopf zu machen. Alles ist gut und nichts ist passiert.*

Kopf machen? Wie du weißt, habe ich keinen Körper, da ich aus reiner Energie bestehe. Ich gebe nur einem Teil meiner Energie das Aussehen einer Schule, die hat aber auch keinen Kopf. Ich bin überall auf der Welt, die ihr Lamir nennt. Ich bin die Bäume, das Wasser, die ...

Bevor sie ihm einen längeren Vortrag halten konnte, unterbrach er sie: *Ich will einfach damit sagen: Alles ist in bester Ordnung. Und jetzt, Lamira, lass – mich - allein!*

Diese Unterhaltung erinnerte ihn an eine, die ähnlich verlaufen war wie diese hier. Nur dass Arrir eine Person war und keine Schule.

Wie ich schon sagte, ich bin keine Schule. Nicht immer jedenfalls und keinesfalls alles von mir ...

Einer Verzweiflung nahe, schrie er sie an: *Lamira! Hau endlich ab und nerve jemand anderen, sonst bekomme ich den Stein niemals in meine Waffe.*

Er wusste, er würde sich später bei ihr entschuldigen müssen, aber nun musste er sich ganz auf seine Aufgabe konzentrieren. Nämlich diesen Kristall, der sich für einen toten Gesteinsbrocken ziemlich wehrte, endlich in seine Waffe zu bekommen.

Immer wieder entschlüpfte er, aber er blieb in seiner Reichweite und erleichtert dachte Dominic: Das ist doch schon mal ein gutes Zeichen.

Mit einer letzten Kraftanstrengung schrie er seinen Talisman an: »Jetzt mach schon und komm endlich her, du elendes Miststück.«

Na – jetzt erst recht nicht. Pah, so lasse ich auf keinen Fall mit mir reden! Ich bin weder ein Stein noch ein Miststück.

Wie konnte das möglich sein? Wirklich alles auf diesem Planeten sprach mit ihm. Nachdem er gedacht hatte, er hätte sich bei den Bäumen geirrt, fingen sie doch eines Tages an zu quatschen, und er hatte das Gefühl, sie hörten niemals mehr auf damit. Aber leblose Materie! Das war dann doch noch etwas skurriler, tausendmal skurriler.

»Tut mir leid, ich wusste nichts von deinen Gefühlen.« Und im Geheimen dachte er: Das hätten sie uns auch sagen können.

Das hätten sie wohl besser.

Du konntest meine Gedanken hören? Wie bist du durch meine Barriere gekommen? Er wechselte nun zur Telepathie, es kam ihm doch etwas absurd vor, laut mit einem Gegenstand zu reden.

Nachdem du mich so beleidigt hast, gebe ich es nur ungern zu, aber wir sind bereits miteinander verbunden. Ich habe mich noch aus Spaß ein wenig gewehrt. Wollte dir zeigen, dass ich kein leicht zu habender Stein bin. Es ging mir etwas zu schnell mit uns beiden.

Noch einmal: Es tut mir wirklich leid. Hast du einen Namen?

Einen Namen? Ich bin gerade erst entstanden. Ich glaube, du musst mir einen geben.

Oh nein, das werde ich ganz bestimmt nicht tun. Ich bin viel zu jung, um so eine Bürde zu tragen. Gib dir gefälligst selbst einen Namen.

Aber ich habe doch noch keine Gelegenheit gehabt, irgendetwas kennenzulernen. Welchen sollte ich denn da wählen?

Dominic überlegte eine Weile. Plötzlich hatte er eine Idee. *Wie wäre es, wenn wir mit deiner Namensgebung solange warten, bis du einen findest, der dir gefällt? Was sagst du?*

Er hätte schwören können, der Kristall schaute nachdenklich drein. Und nach einer kurzen Weile - fehlte nur noch das Nicken, aber wie sollte das bitteschön gehen ohne Kopf? - kam die Antwort: *In Ordnung. Die Idee gefällt mir.*

Mittlerweile hatte der junge Mann seinen Talisman in den Griff des Teleskop-Schlagstockes gesenkt und fing damit an, ihn zurecht zu schleifen. Erst benutzte er seine Kräfte sehr zögerlich, er hatte Angst, ihn zu verletzten.

Nicht so zaghaft.

Ich fürchte, ich könnte dir wehtun.

Ich bin ein Energiekristall, ich spüre nichts.

Aha, so war das also. Der Stein stellte sich zwar zimperlich an, was seine Gefühle betraf, aber physisch konnte er nichts spüren. Wie sollte Dominic das denn wissen? Nachdem er keine Rücksicht mehr nehmen musste, ging ihm der Verschmelzungsprozess locker von der Hand. Der Talisman bekam eine perfekte runde Form und er war wunderschön. Nachdem er Dominics Farbe angenommen hatte, schimmerte er permanent in einem leichten Braun. Er war wie eine kleine eigene Welt. Wenn der Jugendliche zu lange hineinsah, hatte er das Gefühl, sich in ihm zu verlieren. Dominic war stolz auf seine Arbeit.

Aber Steini, ohne es zu bemerken, sprach er ihn bereits mit einem Kosenamen an, *bitte versprich mir, wenn ich sterbe, sollst du nicht mehr an mich gebunden sein und du lässt nichts von mir in dir. Gar nichts, nicht die kleinste Präsenz! Ich möchte, dass du dann absolut frei von mir bist.* Und mit Nachdruck wollte er sichergehen: *Versprichst du mir das?*

Die jüngsten Ereignisse gingen ihm wieder durch den Kopf, und Steini verstand es. Er gab Dominic das Versprechen. Auch wenn er das Gefühl hatte, nie mehr ganz frei sein zu können; und es niemals mehr sein wollte.

Ich bin aber kein Stein. Merk dir das! Widerwillig akzeptierte er den Namen Steini, vorerst zumindest.

Kapitel 55

Tessa träumt

Tessa setzte sich erst einmal in dem leeren Raum auf den Fußboden und lehnte sich entspannt an die Wand. Sie ließ die Zeit, die sie auf Lamir verbracht hatte, Revue passieren, dachte liebevoll an ihre neuen Freunde. Sie war sehr zufrieden mit der Zusammensetzung ihres Teams und - mit der Auswahl ihres Ausbilders. Falk war so - schnuckelig. Was war das denn für ein Ausdruck? Schnuckelig, ein Sahneschnittchen, ein Hammer, ein Sechser im Lotto, und noch ein paar weitere gingen ihr durch den Kopf. Es waren alles Ausdrücke, die sie vorher nie gehört hatte. Der Umgang mit Dominic brachte so viele neue Erkenntnisse und Dinge aus der Zukunft ihrer Erde. Da war sie schon manchmal ganz neidisch, dass er dies alles in seiner Gegenwart erleben durfte. Sie wollte seine Erde kennenlernen; unbedingt. Aber war das überhaupt möglich? Während alle um sie herum aus der Gegenwart nach Lamir gekommen waren, war sie die Einzige, die nicht aus dieser Zeitlinie stammte. Sie rief sich in Erinnerung, was Hork ihr vor einiger Zeit erklärt hatte.

»Deine Fähigkeit ist einzigartig, denn nur du kannst bedingt in der Zeit reisen. Bedingt deshalb, weil es mit meiner und Tobias' Hilfe geschah. Ich habe wirklich keine Ahnung, ob deine Kräfte irgendwann einmal für einen

Alleingang ausreichend sein werden. Ich habe noch niemals von einer Person gehört, die diese Fähigkeit besitzt. Und wahrscheinlich ist es auch gut so, diese Kraft wäre zu groß und zu gefährlich und in den falschen Händen katastrophal. Als wir dich damals nach Lamir holten, kostete es uns sehr viel Kraft, und wir sind absolut keine schwachen Telepathen. Außerdem konnten wir auf die Energie eines ganzen Planeten zurückgreifen. Tobias hat es besser weggesteckt, ich musste mich danach tagelang ausruhen. Für ihn war es wahrscheinlich einfacher, da sein Körper sich etwas mit dem Reisen in der Zeit auskennt. Oder - ich bin einfach zu alt für so eine Spielerei.«

Erst einmal war sie etwas verwirrt gewesen. »Was ist Falks Fähigkeit?« Sie war sehr erpicht darauf, mehr über ihren Lehrer zu erfahren.

»Wenn er stirbt, wandert er in der Zeit nach vorne und zwar um genau die Zeitspanne, die seit seinem letzten Tod vergangen ist. Im Moment lebt er auf der Erde in der Zeit, in der auch Dominic lebt, die auch unsere Gegenwart ist. Wenn er also, nur theoretisch gesehen, sterben würde – ich bete zu allen Göttern, die ich kenne, dass das nicht passiert -, dann würde er beinahe zweihundert Jahre in der Zeit nach vorne reisen, sie einfach überspringen. Unsere Gegenwart würde ihn eigentlich verlieren. Ich sage deshalb „eigentlich", weil er trotz alledem zu mir in meine Zeitlinie zurückkommt, wenn er Lamir nach einem seiner Tode besucht; so war es bisher immer. Er kommt niemals in meiner Zukunft an, meine Jahre verlaufen ganz normal weiter, denn ich bin so etwas wie sein Anker in der Zeit. Ich war es damals, der ihn hierhergezogen hat, so wie ich und Tobias es bei dir gewesen sind. Würde er in diesem Moment sterben, dann reist er zwar auf der Erde in die Zukunft. Aber kommt Tobias zu uns zurück, dann genau zu der Zeit, zu der er das letzte Mal hier gewesen war, also genau jetzt. Die Erde in der heutigen Zeit verliert ihn, aber Lamir ... wir behalten ihn. Wir werden ihn vor der Zukunft wiedersehen. Verstanden? Ich weiß, es ist ganz schön kompliziert. Tobias sagt, es funktioniert nur mit Lamir. Das kann er mit sonst keiner Welt. Ich ziehe ihn an, egal aus welcher Zeit. Und vielleicht sind Tobias und ich deine Ankerpunkte in unserer Geschichte. Ich vermute, nein, ich bin sogar sicher, du könntest die Erde mit Tobias besuchen und würdest sicher in seiner und Dominics Gegenwart landen.«

Tessa hatte angefangen zu strahlen. »Das wäre großartig, ich würde gerne die heutige Erde kennenlernen. Wann können wir es ausprobieren?«

Abwehrend hatte er die Arme gehoben. »Immer langsam. Erst einmal müssen wir die Prüfungen hinter uns bringen. Oder etwa nicht?« Er zwinkerte ihr mit seinen farblosen Augenlidern zu.

Als sie jetzt hier so saß, über dieses Gespräch nachdenkend, und sich Falk als ihren Anker in der Zeit vorstellte, lächelte sie glücklich. Sie war sechzehn Jahre alt und das erste Mal verliebt. Sie war reif genug, um über ihre Gefühle kritisch nachzudenken. Tessa war sich unklar darüber, was es war. Sie wusste nur, dachte sie an ihn oder traf sie ihn, schlug ihr Herz um einiges schneller und ihr Puls beschleunigte sich um ein Vielfaches. Zu ihrem Leidwesen veränderte sich ihre Gesichtsfarbe und sie fing an zu stottern, wenn sie denn überhaupt ein Wort in seiner Gegenwart herausbrachte. Schaute er sie mit seinen schönen, ausdrucksstarken Augen an, vergaß sie die Welt um sich herum, vor allem aber die Frage, die er gestellt hatte. Dann zog er missbilligend eine Augenbraue hoch, und auch das fand sie einfach nur hinreißend.

In diesem wichtigen Moment verlor sie sich ebenfalls in ihrer Schwärmerei. Und so war es von ihr unbemerkt geblieben, dass sich vor ihr ein Kristall materialisiert hatte und genau vor ihrem Gesicht schwebte. Er schien sie anzustarren; und zwar vorwurfsvoll. Das war ja wohl unmöglich. Sie vermenschlichte einen Gegenstand.

Willst du dich jetzt endlich mal deiner Aufgabe widmen? Ich langweile mich und habe nicht den ganzen Tag Zeit.

Verblüfft starrte Tessa ihn an, jetzt redete er auch noch mit ihr. Und was bitteschön hatte ein Stein so Dringendes zu tun? Ein Stein?

Über was denke ich hier gerade nach?

Ja, ja. Ich kann tatsächlich mit dir kommunizieren, und ja, deine Gedanken lesen ebenso. Ohne ein Zutun deinerseits sind wir merkwürdigerweise schon miteinander verbunden. Also, was ist nun? Irgendwie musst du mich wohl in deine Waffe bekommen. Leg endlich los, sonst endet mein Dasein, bevor es richtig begonnen hat.

Die Stimme klang weiblich und hörte sich sehr jung und quengelig an.

Ich bin verrückt, total übergeschnappt. Mit diesem Gedanken rappelte sich Tessa auf und nahm den Kristall aus der Luft in ihre Hand. Sofort leuchtete er in einem strahlenden Hellblau.

Sie fragte sich: Ist das meine Farbe?

Die Energie schien immens zu sein. Der Talisman verdoppelte seine Größe. Mit einem Freudenschrei über seine gewonnene Kraft ließ er sich mit der Waffe verschmelzen. Tessa hatte eine perfekte Sternenform hinbekommen, die genau in die Mitte des Bumerangs passte.

Du bist echt klasse. Ich muss sagen, es war eine gute Idee, zu dir zu kommen.

Erstaunt blickte sie ihn an. Niemand hatte ihr gesagt, dass er die Wahl traf. Aber es musste so sein, denn sie hatte schließlich keine Auswahl getroffen und nichts dazu beigetragen. Zu sehr war sie mit ihren Gedanken woanders gewesen.

Fast gleichzeitig verließen Tessa und Dominic die Räume. Sein Kristall leuchtete ebenfalls kraftvoll, allerdings in einem satten Braun. Hork und Falk traten auf die beiden jungen Menschen zu.

Der alte Mann schüttelte den Kopf. »Erstaunlich, schon beim ersten Zusammentreffen konntet ihr beiden mit ihnen reden. Ganz erstaunlich. Die meisten können es erst sehr viel später oder werden niemals in der Lage dazu sein. Auch Tobias konnte es damals auf Anhieb. Herzlichen Glückwunsch zu eurem Talisman.« Noch eine Gemeinsamkeit der drei Menschen, die Hork aufhorchen ließ.

Dominic stellte ihrem Ausbilder eine Frage: »Danjan Falk, warum habe ich das Gefühl, er hätte ein Gesicht? Ich sehe es deutlich vor mir, aber es ist doch nur ein Kristall.«

»Niemals ist ein Talisman „nur" ein Kristall, denkt immer daran. Ihr hört eine Stimme und stellt euch in Gedanken eine Person dazu vor, das ist ganz normal, denn der Energiestein hat eine eigene Persönlichkeit. Und dadurch werdet ihr niemals eure Talismane ausnutzen und sie überbeanspruchen. Da ihr genau wisst, ihr greift auf die Kraft eines lebenden Wesens zurück. Sie werden alles, einfach alles, für euch tun, auch wenn es weit über ihre Kräfte hinausgehen sollte. Vergesst es nie, sie werden euch keinen Einhalt gebieten. Das müsst ihr selber tun, um sie zu schützen. Die Energiekristalle Lamirs haben eine Besonderheit, die es nirgends sonst im ganzen Universum gibt. Sie besitzen eine Energie, die gleichfalls in unserer Schule vorhanden ist und die ganz Lamir miteinander verbindet. Leider ist unser Wissen über diese Kraft sehr begrenzt, da Lamira uns nichts darüber verraten möchte.«

Das, mein lieber Freund, geht weit über euren Horizont hinaus und ihr würdet es nicht verstehen können.

Obwohl Lamira in Dominics und Tessas Gedanken hineinsprach, erhielt Hork einen Einblick in das

Gespräch und in das Gefühlsleben des jungen Mannes, das ihn sehr nachdenklich stimmte.

Ich bin jetzt ein Teil von euch und werde es immer sein, und ihr seid nun ein Teil von Lamir.

Du denkst an dein Versprechen? Der Junge schaute flehentlich drein.

Ja, ich werde dich gehen lassen, wenn deine Zeit gekommen ist. Steini wird frei sein.

Entsetzt schaute Tessa ihren Freund an. »Was meint sie damit?«

»Ich möchte nicht so enden wie Radir und Besitz von irgendjemandes Körper und Geist übernehmen. Kein bisschen meines Verstandes soll in meinem Talisman zurückbleiben und ihn auf ewig beherrschen. Ich habe ihn heute an mich gebunden und ich werde ihm eines Tages die Freiheit zurückgeben. Das ist der Deal.«

Sofort nahm Tessa ihrem Energiekristall, den sie Bella nannte, und Lamira das Versprechen ab, es bei ihr ebenso zu handhaben, wenn einmal ihre Zeit kommen würde.

Kapitel 56

Arrirs und Tasschels Kristalle

Dominic und Tessa hatten das Gefühl, eine Ewigkeit auf den Prinzen und die ehemalige Sklavin warten zu müssen. Tiri und Cass waren längst mit ihren Steinen da und hatten auch schon ihre Geschichten zum Besten gegeben. Keiner von beiden war im Mindesten überrascht gewesen, als ihre Talismane mit ihnen sprachen. War ja klar! Tiri war eine Einheimische und stark mit Lamir und somit mit Lamira verbunden. Cass kannte sich auf vielen Welten aus und er hatte ja bereits mit Lamira gesprochen. Die Elfe nannte ihren Kristall Nurigi, denn sie fand die Bezeichnung der Elfen, die sie für Lamir benutzten, passend. Der Kobold gab dem Talisman den Namen seines Sohnes, Loran – Glücksstern. Seine Freunde wischten sich eine leise Träne aus den Augenwinkeln.

Nachdem alle Geschichten ausgetauscht waren, fingen sie an, sich zu langweilen. Gerade Tiri konnte nicht lange auf einem Fleck verharren und war viel zu aufgeregt wegen ihrer bestandenen Prüfung.

Endlich öffnete sich eine Tür und Tasschel trat heraus. Erleichtert sahen alle das helle, rote Leuchten ihres Steins. Sie trat auf ihre Freunde zu und beschwerte sich: »Dieser Gesteinsbrocken ist so was von dreist, und warum hat uns niemand gesagt, dass die Dinger mit uns sprechen? Ich hätte ihn fast gegrillt, so entsetzt war ich.«

Beleidigt brummelte er vor sich hin: *Unverschämtheit! Mich einfach abzuschießen. Ich hätte verschwinden sollen, als ich es noch konnte. Und ich bin kein Ding!*

Tasschel umklammerte ihren Stab, als wollte sie ihren neuen Gefährten nicht mehr hergeben. Im Grunde fand sie es toll, einen sprechenden Energiekristall zu haben. Wenn er jetzt auch noch wie sie selbst ein Pyromane war, wäre er perfekt.

Feuer? Ich liebe Feuer. Das hat mich ja erst zu dir hingezogen. Wie gesagt, perfekt.

Tasschel erzählte von ihrer Prüfung. Sie war ziemlich schwierig für sie gewesen. Der Stein war ein echter Dickkopf, deswegen gab sie ihm den Namen „Raasti“, so nannte man auf ihrem Heimatplaneten ein störrisches vierbeiniges Nutzvieh.

Tessa sah in ihrem Kopf ein ziemlich hässliches Tier mit einem Buckel und sagte entsetzt: »Das ist aber sehr unschön von dir. Unsere Talismane sind uns doch heilig, wir dürfen sie nicht beleidigen. Er muss mit seinem Namen eine Ewigkeit leben. Dann warte doch mit der Namensgebung noch ein bisschen, wie es Dominic auch mit Steini tut.«

»Steini? Steini? Echt jetzt? Oh, wie originell ist das denn?!« Sie überlegte und beriet sich mit ihm. Anscheinend waren sie zu einem Ergebnis gekommen, denn sie sagte: »Okay, wir werden warten.« Aber in Gedanken würde sie ihn immer liebevoll neckend Raasti nennen.

Sie wurden in ihrem Gespräch unterbrochen, als endlich die Tür von Arrirs Raum aufging.

»Na endlich. Hat auch lange genug gedauert«, ließ Tiri leise verlauten.

Alle fünf sprangen ihm entgegen und wollten wissen, wie sein Kristall denn so war. »Verstehe ich nicht. Wie soll denn meiner so sein? Ein Kristall halt! Oder haben sich eure in Mäuse verwandelt und können rennen und piepsen?«

»Nein, aber sprechen.«

»Was?« Er schaute seinen erstaunt an. »Nein, er sagt kein Wort zu mir. Ihr wollt mich wohl veräppeln!«

Tessa schaute ihn etwas mitleidig an. »Nein, aber Hork hat uns gerade erklärt: Viele Talismane sprechen erst zu späteren Zeitpunkten mit den Besitzern. Also, mach dir nichts draus.«

»Jetzt sagt nur, alle eure Talismane sprechen mit euch!« Er sah Tasschel prüfend an.

Die zuckte entschuldigend mit den Schultern. »Aber, wenn es dich tröstet, er ist ziemlich bockig und nervt ganz schön.«

Vielen Dank auch!, hörte sie die beleidigte, sarkastische Stimme von Raasti in ihrem Kopf.

Das war zu viel für Arrir. Warum sprach allein sein Stein nicht? Und dann hat auch noch seine Prüfung am längsten gedauert. Diese Tatsachen musste er erst einmal verkraften. Ihn hatte schon immer gewurmt, dass die Schule sich für zu fein hielt, um mit ihm zu sprechen. Aber blöde Gesteine? Das war ja um Längen schlimmer. Erst hielt sich seiner ewig verborgen und dann ignorierte er ihn? Er fühlte sich in seiner Ehre zutiefst verletzt. Vor Wut ließ er ihn knallig gelb aufleuchten. Als seine Freunde ihn auch noch nach einem Namen für den ollen Stein fragten, weigerte er sich, ihm einen zu geben.

»Wenn er einen will, soll er darum bitten, so lange bleibt er eben namenlos, basta!«

Hork trat auf die Gruppe zu. Er bemerkte sofort Arrirs schlechte Laune. »Ah verstehe. Komm mal mit.« Und Hork legte einen Arm um die Schultern des jungen Kriegers. Er musste sich ganz schön recken, um dies tun zu können, denn der Junge war schon um einige Köpfe größer. Der alte Mann nahm ihn beiseite.

»Das passiert aus einem simplen Grund. Du bist sehr nüchtern eingestellt und für dein Alter einfach viel zu erwachsen. Dir fehlt die nötige Fantasie. Jetzt mal ehrlich, ein toter Gegenstand, der reden kann? Das ist tatsächlich schwer vorstellbar. Du hast keinen Blick für die Wunder um dich herum, deswegen findet Lamira auch keinen Zugang zu dir. Und da die Kristalle ein Teil von ihr sind, redet deiner nicht mit dir. Vielleicht wird er immer stumm bleiben. Er wird vielleicht niemals die Verbindung herstellen können, die er braucht, um in deine Gedanken eindringen zu können. Ich denke, es liegt daran, dass Krrar diesen Teil von dir bereits erobert und in Beschlag genommen hat. Also nimm es dir bitte keineswegs allzu sehr zu Herzen. Du bist der nüchterne Faktor in dieser Gruppe, unterschätze nie diese Aufgabe. Du wirst dich niemals zu emotionsvollen Entscheidungen hinreißen lassen. Früher oder später wirst du herausfinden, was ich damit meine. Und jetzt ab mit dir und zeig ein bisschen Freude über die bestandene Prüfung.«

Kapitel 57

Wer braucht schon Mathematik?

Am Abend vor der Matheprüfung saß Dominic wieder einmal mit Tasschel zusammen und paukte noch mit ihr.

»Jetzt mal ehrlich, wer braucht schon Mathe?« Auffordernd schaute sie ihn an.

Dominic, der das Fach liebte, hob hilflos die Schultern.

»Ja, ich weiß. Nur Mathefreaks wie du einer bist.«

»Es fällt mir leichter als dir, aber da kann ich ja nichts für. Also sei jetzt bitte nicht sauer auf mich.«

Sie wiederholten den Stoff der letzten Jahre, von dem die Prüfungskommission annahm, dass alle Studierenden diesen beherrschten, ob sie nun von Lamir kamen oder von fremden Planeten. Und eigentlich sollten sie das ja auch nach ihrem Upgrade, das sie bekommen hatten. Und doch gab es Themen, die Tasschel schwerfielen: Terme umformen und Klammern auflösen, lineare Gleichungen und die dämlichen binomischen Formeln, von denen sie am Anfang gedacht hatte, diese hätten etwas mit Biologie zu tun, da sie immer „bionomische Formeln" verstanden hatte.

Zum Glück hatte der menschliche Junge eine schier endlose Geduld. Das war auch der Grund, warum die Mathelehrerin Jamie Lee auf ihn zugekommen war und sich mit ihm verbündet hatte, um Tasschel zu helfen.

Denn irgendetwas lief hier mächtig falsch. Das war ihr vor einiger Zeit aufgefallen.

***

Danja Lee verstand die Welt nicht mehr. Tasschel bekam trotz ihres Upgrades kein Wissen in ihren Schädel hinein. Es schien einfach nichts hängen bleiben zu wollen. Selbst die einfachsten Gleichungen blieben bei ihr ungelöst. Es waren nur noch wenige Wochen bis zu den Prüfungen. Die Lehrerin war am Ende ihrer Weisheit.

Als sie sich mit ihrer Beobachtung an Hork wandte, war alles, was sie zu hören bekam: »Was geht mich das an? Die kleine Sklavin soll sich gefälligst anstrengen und nicht so faul sein. Was meint sie eigentlich, wer sie ist? Wir sollen ihr also noch einmal helfen und alles von Neuem eintrichtern? Das kann sie vergessen.« Mit diesen Worten ließ er die besorgte Lehrerin einfach stehen. Dann war Hork wieder er selbst, aber er musste sich schonen und erholen, deswegen wollte Jamie Lee auf keinen Fall wieder an ihn herantreten. Sie musste sich eine neue Idee einfallen lassen.

Erneut saß sie vor Tasschel, die an der Tafel stand und trotzig dreinblickte. Danja Lee fühlte die Frustration der jungen Schülerin, die stetig anwuchs.

Wütend knallte sie das Stück Kreide, das sie umklammert gehalten hatte, auf die Ablage, sodass es auseinanderbrach und ein Stück auf dem Boden landete. Das kümmerte das rothaarige Mädchen aber nicht. Puterrot setzte Tasschel sich auf ihren Stuhl und starrte böse vor sich hin. Was sollte sie mit diesem nichtsnutzigen Wissen anfangen? Es würde nutzlos beim Kämpfen sein und nur das wollte sie tun.

Danja Lees verzweifelter Blick blieb unbemerkt von ihr. Was sie aber durchaus bemerkte, waren die belustigten Blicke und das verhaltene Gelächter der Lernenden. Gefährlich knisterte es zwischen ihren Fingerspitzen.

Die Lehrerin spürte die Energie durchaus, aber sie nahm erleichtert wahr, dass der Junge neben Tasschel schon etwas unternahm. Also überließ sie es ihm. Dennoch hörte sie mit halbem Ohr zu, was er zu ihr sagte.

Beruhigend legte Dominic der starken Begabten eine Hand auf die Schulter. »Ich werde mit dir den Stoff noch einmal durchgehen.«

»Versprochen?«

»Versprochen. Wir werden das schon hinkriegen. Du bist doch nicht dumm ...« Er hatte ihre geheimsten Ängste gespürt.

Resigniert unterbrach sie ihren menschlichen Freund: »Und wenn doch? Wenn ich einfach nur zu ...«

Jetzt war es an ihm, sie heftig zu unterbrechen: »Du bist nicht dumm! Red dir das niemals ein. Wir werden es schaffen. Aufgeben ist keine Option.«

Jamie Lee nahm Dominics Emotionen wahr und las kurz seine Gedanken. Für ihn war die Sache damit geklärt. Er würde alles versuchen, um ihr zu helfen. Er glaubte fest an sie. Woher er die Gewissheit nahm, konnte er keinesfalls sagen. Er spürte es einfach.

Nach dem Unterricht rief Danja Lee ihren Schüler zu sich und gemeinsam stellten sie einen Nachhilfeplan auf.

***

Nach einer Stunde streckte Tasschel ihre Hand abwehrend in die Luft. »Grrrr ... Gnade, ich bin am Ende. Ich weiß auch langsam nicht mehr, in welcher Sprache du sprichst, ich kann kein Mathematisch.«

»Es ist doch ziemlich einfach: Du setzt einen Platzhalter für die unbekannten Zahlen oder Größen ein. Meistens werden als Platzhalter, die auch Variablen genannt werden, Buchstaben verwendet.«

»Äh ... neeee ... Nichts kapiert.«

Als Dominic ihren verzweifelten Gesichtsausdruck sah, wurde er nachdenklich. Irgendetwas erspürte er bei ihr, er konnte es aber nicht deuten. Seine Freundin war so kurz davor, alles zu begreifen, doch sie schaltete auf stur, nichts drang mehr zu ihr durch. Er wollte es genau wissen, also lehnte er sich zurück und schloss die Augen. Im nächsten Moment fiel sie zurück und war eingeschlafen. Trotz ihrer Größe war sie federleicht und er trug sie ohne Probleme in ihr Zimmer. Dort legte er sie auf das Bett und setzte sich neben sie.

Plötzlich erschien Hork. »Ich weiß, was du vorhast, und ich muss dir sagen, es ist absolut verboten.«

»Ich möchte ihr einen kleinen Denkanstoß geben. Im Grunde hat sie alles verstanden. Ich habe ein so überwältigendes Gefühl der Sicherheit, das mir recht gibt. Sie hat wie niemand sonst den Durchblick und versteht, wie alles zusammenhängt. Aber sie sträubt sich, das Wunder der Mathematik anzunehmen. Ich bin sicher, sie würde die beste Mathematikerin werden, die Lamir jemals gesehen hat. Nur ihre Herkunft gibt ihr das Gefühl, minderwertig zu sein; sie hat das Gefühl, hier fehl am Platz zu sein. Sie glaubt immer noch fest, sie hätte sich ihr jetziges Glück erschlichen. Und das lähmt sie.« Dann setzte er kleinlaut, fast schüchtern nach: »Zumindest denke ich das.«

Hork wurde nachdenklich und beugte sich über das wunderschöne Mädchen mit den roten Haaren. Er versank in seinem Kopf und sah, was Dominic bereits erkannt hatte, ihm und Falk aber entgangen war. Tasschel hatte tatsächlich das Genie eines Albert Einstein, der seiner Zeit weit voraus gewesen war und das ganze Universum in einem Einklang gesehen hatte, wie kaum ein Wesen es jemals erfassen konnte. Aber irgendetwas blockierte ihren Verstand. Er nahm eine Konditionierung in ihrem Gehirn wahr, die auf eine perfide Art genial gemacht war. Niemand hatte sie entdeckt. Wer hatte ihr diese Minderwertigkeitskomplexe eingeimpft?

Der alte Mann wurde wütend, wütend auf eine Welt wie Itsschal, die ihre Sklaven dumm hielt. Sie nicht zur Schule zu schicken, damit sie nichts lernen konnten, war eine Sache, aber ihnen ihre natürliche Intelligenz zu nehmen, das machte ihn verdammt noch mal sehr zornig. Vorsichtig machte er die Gehirnwäsche rückgängig und setzte ihre natürliche Begabung frei.

Wie konnte ich das übersehen?, fragte sich Hork. Er war sehr enttäuscht über sich selbst.

Doch die Konditionierung war so gut im hintersten Winkel ihrer Gehirnwindungen versteckt, dass sie selbst bei dem Upgrade untergegangen war. Immer noch zornig löste er sich aus ihrem Kopf.

Dominics erschrecktes Gesicht zeigte Hork seine Zweifel an sich selbst. Die nächsten Worte des jungen Mannes bestätigten seine Annahme: »Hatte ich unrecht? Sind Sie wütend auf mich, Sessin?«

Hork trat auf den unsicheren Menschen zu und umarmte ihn innig. So ging er eigentlich niemals mit seinen ihm anvertrauten Studierenden um, aber in diesem Fall musste er diesem Impuls nachgeben. »Du bist erstaunlich, mein Junge. Wie konntest du das erkennen? Man hatte tatsächlich ihr Gehirn blockiert.«

»Wer tut denn so was?«

»Eine Regierung, die Angst vor intelligenten Sklaven hat, die zu viel Wissen anhäufen und eines Tages rebellieren könnten. Ich habe die Blockade entfernt, morgen werden wir ein Wunder erleben ... und Tasschel auch. Sie wird die Welt mit neuen Augen sehen. Ich denke, ihr Gehirn sollte das Wissen, das heute Nacht auf sie einstürzen wird, verkraften können.« Er setzte sich auf einen Stuhl neben ihr Bett. »Geh jetzt schlafen und ruhe dich aus, du hast morgen wichtige Prüfungen zu bestehen. Ich werde heute Nacht auf sie aufpassen und ihr helfen, alles zu verarbeiten. Ich muss dir danken. Schon wieder.«

Kapitel 58

Ich liebe Mathematik

Äußerlich sah sie ganz normal aus, als sie zum Frühstück hinunterkam. Tasschel setzte sich mit Schwung an ihren Stammplatz. »Wusstet ihr eigentlich, dass ich Mathe, Physik, Chemie und Biologie und ... ach, einfach alle wissenschaftlichen Fächer liebe? Sie haben so etwas Klares und Einfaches an sich.«

Bis auf Dominic glotzten sie alle mit offenen Mündern an. »Haaaallllooo! Wer bist du, und was hast du mit Tasschel gemacht? Einfach? Seit wann ist Mathe einfach?« Tessa nahm immer mehr den Slang der Erde an. Sie hatte einiges an Literatur der Neuzeit, die sie sich aus der Bibliothek, von Dominic und sogar von Falk ausgeliehen hatte, verschlungen und jetzt sprach sie wie eine moderne Jugendliche von der Erde des Jahres 2020.

»Ich hatte Nachhilfe bei Nicky. Egal, was oder wie du es gemacht hast, ich bin dir dankbar. Auf einmal habe ich den superklaren Durchblick.«

Plötzlich schwankte sie leicht und hielt sich den Kopf. Dominic sprang auf und hielt sie gerade noch fest, so verhinderte er, dass sie vom Stuhl kippte.

In Gedanken schrie er nach Hork: *Tasschel braucht Hilfe, sie klappt gleich zusammen.*

Horks Stimme antwortete sofort in seinem Kopf: *Gib ihr einen Moment. Ich hätte sie auf keinen Fall aufstehen lassen, wenn irgendetwas falsch mit ihr wäre.*

Das beruhigte Dominic nicht wirklich. Besorgt schaute er auf Tasschel hinab, schon stand Arrir neben ihm.

»Was ist los mit ihr?«

»Gar nichts ist los mit mir. Nicky, lass mich los. Ich falle schon nicht in Ohnmacht wie die feinen Damen, die Arrir normalerweise als Gesellschaft bevorzugt.«

Arrir wurde zornig. »Was redest du da für einen Blödsinn? Ich ziehe niemandes Gesellschaft vor. Ich bin nur besorgt um dich.«

Und dann wurde er still, weil ihm bewusst geworden war, was er gesagt hatte. Abrupt setzte er sich wieder hin.

Kleinlaut sagte Tasschel: »Tut mir leid, es war dumm von mir, so etwas zu sagen. Aber mir geht es wirklich gut.«

Dominic fand, er müsse die Freunde und vor allem Tasschel über das aufklären, was letzte Nacht passiert war. Als er fertig war, bekamen sie wieder die Münder vor Staunen nicht zu. Sie sahen Tasschel nun mit ganz anderen Augen an.

»Das erklärt Horks Anwesenheit in meinem Zimmer. Als ich aufgewacht bin, verließ er es gerade. Ich hatte mir schon Sorgen gemacht und befürchtet, Radir wäre zurück.«

»Ist das wahr? Das haben sie Tasschel angetan?« Wieder sprang Arrir auf, diesmal in Zorn. »Diese elenden Bastarde. Wenn ich erst einmal meinen Titel wiederhabe, werde ich ihre Welt zermalmen.«

»Wenn jemand etwas gegen diese Ungerechtigkeit unternimmt, dann bin ich das. Hast du verstanden? Es geht hier um meine Leute, denen dort so etwas angetan wird. Wenn ich sie befreie, werde ich als Erstes diese abscheuliche Blockade in ihren Gehirnen entfernen, damit sie ihre natürliche Intelligenz wiedererlangen.«

»Dann werde ich dir zu gegebener Zeit helfen, ob du willst oder nicht.« Stur setzte er sich wieder hin, mit unterdrückter Wut fing er an zu essen.

Tiri wandte sich besorgt an Tasschel: »Meinst du, du kannst an den Prüfungen teilnehmen?«

»Das lasse ich mir auf keinen Fall nehmen. Die ganze Zeit habe ich mich durch die Stunden gequält und habe mich für zu dumm gehalten, aber jetzt werde ich es allen zeigen.«

Nach diesen Worten fiel ihr Kopf einfach vorne über und knallte unsanft auf die Tischplatte. Im Endeffekt war sie doch wie die feinen Damen in Ohnmacht gefallen.

Diesmal trug Arrir sie auf ihr Zimmer und legte sie sanft auf das Bett. Zärtlich strich er ihr eine feuerrote Haarlocke aus dem Gesicht. Als plötzlich Hork neben ihm auftauchte, zog er schnell seine Hand weg und verbarg sie hinter seinem Rücken.

»Es war wohl doch zu viel für ihr Gehirn. Sie wird die Prüfungen nächste Woche machen, bis dahin kann sie sich ausruhen. Geh du nur wieder runter, ich werde bei ihr bleiben.«

Widerwillig ging Arrir hinunter. Aber seine Gedanken waren bei Tasschel, für die er längst mehr als nur freundschaftliche Gefühle hegte. Mit seinen abgelenkten Gedanken schnitt er schlechter ab, als er es bei seinem logischen Verstand eigentlich gewohnt war. Am Ende des Tages bekamen sie bereits ihre Prüfungsergebnisse mitgeteilt. Er hatte bestanden, mehr brauchte er nicht. Seinen Freunden aber war es schon wichtiger, wie sie bestanden hatten. Sie waren sehr zufrieden mit sich und ihren fabelhaften Ergebnissen. Mit besseren Leistungen von ihm hätten sie auch in den theoretischen Fächern die Besten ihres Jahrgangs sein können. Ohne noch einen

Gedanken an die Ergebnisse zu verschwenden, sprang er die riesige Treppe der gigantischen Halle hinauf zu Tasschels Zimmer. Schüchtern klopfte er an ihre Tür. Fast sofort schwang diese auf und er trat vorsichtig ein. Sie lag noch auf ihrem Bett.

»Ah, dann kann ich mich ja jetzt vom Acker machen, wie ihr jungen Leute zu sagen pflegt. Arrir wird auf dich aufpassen und ... da kommen auch schon deine Teammitglieder. Also ruh dich aus und streng dich nicht allzu sehr an.« Hork hob warnend einen Finger. Und schon stürzten ihre Freunde ins Zimmer und umarmten sie.

***

Sie verstand auf einmal so viel mehr. Seit die Blockade in ihrem Gehirn verschwunden war, hatte Tasschel das Gefühl, ihr Kopf wollte explodieren. Wenn das Gefühl drohte, sie zu überrollen, schloss sie die Augen und überließ sich den Eindrücken. Die junge Frau sah die nur für sie sichtbaren Formeln direkt vor sich, sie waren zum Greifen nahe. Tasschel konnte sie mit ihren Fingern in der Luft neu sortieren und neu definieren. Und alles wurde in ihrem Gehirn wie auf einer Festplatte gespeichert und zu einem großen Ganzen zusammengefügt. So bestand sie nach einer Woche Schonfrist mit Bravour ihre Prüfungen und erzielte das beste Ergebnis, das es seit Bestehen der Schule je gegeben hatte. Und ihr Team wurde doch noch das überragend Jahrgangsbeste.

Kapitel 59

Der Abschlussball

Allen war das Gespräch, das sie über den Abschlussball geführt hatten, noch gut in Erinnerung, als Tasschel das Gespräch noch einmal darauf brachte. Die junge Frau stand vor ihnen und sprühte vor Elan. Kein Wunder, hatte sie mit der höchsten Punktzahl, die je ein Studierender erreicht hatte, abgeschlossen.

»Lasst uns zum Ball gehen. Ich möchte feiern.«

Tessa und Tiri schüttelten die Köpfe. »Morgen ist er schon. Das ist dir klar, oder? Wo, bitteschön, sollen wir jetzt noch Kleider und Anzüge herbekommen?« Obwohl Tessa nie besonders viel Wert auf ihre Kleidung legte, wollte sie trotzdem etwas Schönes anziehen, wenn sie ihren großen Tag feierte. Alle Schülerinnen hatten sich schon vor Monaten um ihre Kleider gekümmert. Tasschel hatte also gut reden.

Arrir winkte ab. »Ich ziehe meine schwarze Hose, die ich von Arrkron mitgebracht habe, an. Das genügt.«

»Neeeeiiin, tut es nicht.« Tessa war fassungslos. Männer. *Danja Lee, Hilfe!*

Im nächsten Moment tauchte ihre Lehrerin auf, als hätte sie auf ihren Einsatz gelauert. »Wo brennt es?«

»Ich habe nichts gemacht.« Tasschel hob beide Hände in die Höhe.

»Es ist nur eine Redewendung. Ich meinte: Was habt ihr für Sorgen?«

Tessa schilderte ihr das Problem.

»Kleiderkammer«, war alles, was sie sagte, bevor sie verschwand.

Um seine Solidarität den Freunden gegenüber zu demonstrieren, ging Arrir mit ihnen in die Kammer, um sich einen Anzug auszusuchen.

Als die sechs sie betraten, staunten sie mit offenen Mündern. Fein säuberlich hingen Kleider und Anzüge in Schutzfolien, die mit ihren Namen versehen waren, mitten im Raum. Da hatte sich jemand gedacht, dass sie sich umentscheiden würden. Die Mädels strahlten glücklich. Sie hatten sich schon dabei gesehen, wie sie ihre Klamotten selber anfertigen mussten. Da keiner von ihnen wirklich modebewusst war, wäre es wahrscheinlich eine Katastrophe geworden. Sie dankten ihren Wohltätern von Herzen.

***

Vor etwa einer Woche war Hork auf Jamie Lee zugetreten und hatte angefangen, mit ihr Konversation zu betreiben: »Jamie, wie geht es dir?«

Sie schaute ihn misstrauisch an. Was sollte diese Frage? Zögerlich antwortete sie: »Gut?! Sollte es nicht so sein?«

»Nein, nein. Das freut mich zu hören.« Sie spürte, er hatte mehr auf dem Herzen und wartete geduldig.

»Ich möchte mich entschuldigen.«

»Dafür besteht kein Grund, Sessin. Ich bin über die Umstände im Bilde. Tasschels Probleme zu ignorieren, war nicht deine Entscheidung.«

Damit war für sie die Angelegenheit vom Tisch, aber da schien noch etwas zu sein, das er eigentlich wollte. Langsam wurde ihr sein Verhalten unangenehm. Also fragte sie ihn geradeheraus: »Was ist los, Hork?«

»Da wäre tatsächlich eine Sache, die mir wichtig ist.«

Sie zog ungeduldig eine Augenbraue in die Höhe.

»Äh ... die Kinder benötigen Kleider für den Abschlussball und ich kann ihnen dabei nicht helfen.« Und schon war er weg. Es kam ihr wie eine Flucht vor. Sie schüttelte den Kopf. Männer.

Sie dachte über seine Worte nach: Hmm, er hat recht. Tasschel möchte jetzt wahrscheinlich doch auf den Ball gehen, aber keiner von ihnen wird an Kleider und Anzüge gedacht haben.

Sie rief nach Julana und Falk: *Die Kinder brauchen Abendkleider.*

Julana sendete verständnislos zurück: *Häh? Welche Kinder? Was für Kleider?*

Bist du schwer von Begriff? Tasschel wird jetzt doch feiern wollen, das ist uns wohl klar, well?

In Gedanken sah Jamie, wie Falk den Kopf mitleidig über das fehlende Begreifen der Kriegerin schüttelte.

Und was soll ich da tun?

Du hast recht. Mit deinem fehlenden Sinn für Mode bist du die falsche Wahl. Jamie, ich komme sofort zu dir und helfe dir dabei. Ich bin auf jeden Fall die bessere Wahl.

Falk sah, wie Julana erleichtert die Luft einzog und sich wieder, als wäre nichts gewesen, ihrer Beschäftigung widmete, bei der Jamie Lee sie unterbrochen hatte.

Die junge Lehrerin war für einen winzigen Augenblick noch mit Falk verbunden. Mit seinen Augen sah sie, wie er der eleganten Kriegerin einen Moment lang bewundernd bei der Abfolge ihrer komplizierten Trainingseinheit zusah. Offensichtlich verlor er sich keineswegs zum ersten Mal in diesem Anblick. Dann schüttelte er den Kopf und packte seine Sachen zusammen. Scheinbar hatten die beiden gemeinsam ein Training absolvieren wollen, kurz hatte Jamie ein schlechtes Gewissen, sie dabei gestört zu haben.

Das brauchst du nicht. Es ist für eine gute Sache. Ich kann später trainieren. Vielleicht leistest du mir dann dabei Gesellschaft?

Im nächsten Moment stand er vor ihr und schaute ihr in die Augen. Sie wurde rot und brachte gerade mal ein »Ja, sehr gerne« heraus.

Nach ein paar Stunden Arbeit schauten Jamie und Falk auf ihr Tageswerk. Sie hatten etwas ganz Passables zaubern können, auch wenn es eher schlicht gehaltene Kleider und Anzüge waren.

***

Als sich um die „Fantastischen" herum alle Schüler, Schülerinnen und die geschlechtslosen Schüler zu Pärchen zusammenfanden, lachten die sechs Freunde sich kaputt.

»In welchem Jahrhundert leben die? Pah, Pärchen. Wir gehen zusammen, das ist mal klar. Oder wie seht ihr das?« Dominic schaute jeden Einzelnen an.

»Lädst du uns alle ein?«, fragte Tessa überrascht.

»Ja. Genauso ist es.«

Sie schaute ihn nachdenklich an. Zu ihrer Zeit gingen die jungen Leute zu zweit zu einem Tanz. Aber die Idee, nicht an den steifen Regeln festzuhalten, gefiel ihr, sie waren schließlich modern. »Ja, du hast recht. Wir gehen als Gruppe.«

Damit war es entschieden und am Ende des Abends waren sie froh, hingegangen zu sein. Gegen Mitternacht trübte sich die Stimmung langsam bei ihnen, denn bald würde der Abschied von zwei von ihnen kommen. Die übrig gebliebenen vier waren zwar auch weiterhin unschlüssig, wie sie sich weiterbilden würden, aber sie hatten ja noch zwei Monate Zeit, sich festzulegen. Aber Tasschel und Arrir würden sie verlassen, das stand fest.

»Wir sind nur einen Schritt von euch entfernt«, tröstete das rothaarige Mädchen, das in dem feuerroten Kleid und mit der sonnengelben Borde an dem schwingenden Rock einfach hinreißend aussah, Tessa und Tiri. »Wir sind schließlich die „Fantastischen drei T's". Ohne uns können die Jungs gar nichts auf den Missionen machen, ohne uns sind sie wie Babys, die nichts auf die Reihe kriegen. Wir werden noch viele Einsätze zusammen überstehen. Versprochen.«

»Das ist so was von wahr«, stimmte die kleine Elfe ihr zu. Aber heimlich wischte sie sich eine Träne aus dem Augenwinkel.

Tessa schluckte hart und lächelte tapfer. Um ihre Tränen zu verbergen, strich sie ihr ozeanblaues Kleid glatt, das ganz wunderbar zu ihren Augen passte. Dann schaute sie mit tränenverschleiertem Blick auf und schluchzte: »Ich werde dich so vermissen. Dich auch, du Zinnsoldat.« Sie umarmte Tasschel und Arrir gleichzeitig und ließ ihren Tränen freien Lauf. Da konnte Tiri ebenfalls nicht mehr an sich halten. Mit ihren kurzen Armen versuchte sie, die drei zu umarmen.

Dominic und Cass sahen betreten auf ihre Schuhe, dann schauten sie auf, zuckten mit den Achseln und stürzten sich in das Gruppenkuscheln.

Kapitel 60

Die Überraschung

Und endlich war das Schuljahr geschafft. Zwei wundervolle Monate Ferien lagen vor ihnen. Was sollten sie mit ihrer Zeit anfangen?

»Chillen!«, war Dominics Antwort.

»Chillen?« Arrir konnte mit dem Wort nichts anfangen.

»Ja! Relaxen, rumgammeln, faulenzen, rumhängen, entspannen, einfach nichts tun! Herrlich wird das.«

»Ich bin ein Krieger. Ich kann nicht einfach nur „chillen".«

»Meine Eltern kommen heute von der Erde zurück und bringen mir meine Bestellung mit. Es sind ein paar tolle Computerspiele dabei. Die können wir alle über die Ferien spielen.«

»Denkst du ausschließlich an deinen Spaß?«

Dominic wurde kleinlaut: »In den Ferien schon. Was ist verkehrt daran? Wir haben schließlich hart gearbeitet.«

Tasschel legte ihre Hand auf Arrirs Arm. »Da hat er recht, uns steht ein wenig Erholung zu. Was meinst du?«

Der große Junge nickte zögerlich. Nichtstun ging ihm gegen den Strich. Er musste immer in Bewegung sein.

Tessa hatte eine Idee: »Wie wäre es, wenn wir jeder ein Ziel aufschreiben würden, zu dem wir gerne hinreisen möchten? Uns stehen so viele Welten offen. Wir werden sie zwar in diesen Ferien auf keinen Fall alle auf einmal schaffen, aber ich hoffe, wir werden unsere Urlaube auch in Zukunft zusammen verbringen. Ich werde mit meinem Vorschlag den Anfang machen.«

»Oh, meine Süße, wir wissen alle, wohin du gerne möchtest. Und ich bin dabei.« Cass und die anderen kannten Tessas Wunsch, die Erde im Jahr 2020 zu besuchen, nur zu gut. Schließlich lag sie ihnen damit ständig in den Ohren. Und jetzt, wo sie von Hork erfahren hatte, dass es tatsächlich im Bereich des Möglichen lag, konnte sie nichts mehr bremsen. Sie hatte zwar einen kleinen Dämpfer bekommen, als sie in Tiris Verhandlung erfahren hatte, was alles auf ihrer Heimatwelt schiefgelaufen war, aber ihr sonniges Gemüt hatte sich bald schon wieder gezeigt. Zu groß war ihre Neugierde auf all die Neuerungen.

»Okay, lasst es uns tun, damit sie endlich aufhört zu nerven. Aber nur damit du es weißt, ich werde keinesfalls deine Ratte darstellen.« Böse schaute Tiri Dominic an.

Freudig klatschte Tessa in die Hände. »Das ist sicherlich unnötig, uns fällt schon etwas Besseres ein.«

Im nächsten Moment war sie verschwunden, um sich sofort auf die Suche nach Falk zu machen. Denn sie brauchte ihn, um sich nicht in der Zeit zu verlieren.

Falk wiederum war auf der Suche nach Dominic. In der Hand hielt er ein paar Eintrittskarten. Sein Freund, der Hauptdarsteller eines Stückes von Shakespeare, hatte ihm fünf Karten für das Swan Theatre in London besorgt. Da Dominic seine Vorliebe für diesen Schauspieler teilte, wollte Falk ihn und sein Team zu dem Theaterstück nach London mitnehmen. Sie hatten es sich verdient. Als Tessa gerade die Lichtung verlassen hatte, materialisierte sich Falk vor dem Clubhaus der „Fantastischen“. Mit hochgezogener Augenbraue las er das Schild mit dem

Namen darauf. Er schüttelte den Kopf und klopfte an die Tür. Vielleicht sollte er doch einmal mit ihnen darüber reden. Als die Tür geöffnet wurde, hatte er den Namen vergessen und trat überglücklich in die Hütte.

»Dominic, schau, was ich hier habe.« Er wedelte mit den Karten. »Fünf Karten fürs Londoner Swan. Für dich, Tessa, Tasschel, Arrir und für mich versteht sich.«

»Was ist mit Cass und Tiri?«

»Wir können Tasschel und Arrir verkleiden, damit sie unauffällig bleiben. Aber eine kleine Elfe und einen kleinen Kobold - nichts für ungut, Cass - können wir leider nicht verbergen. Also muss Cass sich unsichtbar machen, und Tiri wird sich in einem Rucksack verstecken müssen. Es wäre einfach zu anstrengend, ein ausverkauftes Theater zu manipulieren und die Besucher nicht etwa eine Elfe sehen zu lassen. Es ist zwar ein kleiner Betrug, sie umsonst einzuschleusen, aber ich habe vor, eine Spende an das Swan zu tätigen, die überaus großzügig ausfallen wird, das macht den Betrug mehr als wett.«

Tiri hatte nur eins verstanden. »Ich soll mich verstecken? Ehrlich jetzt?!« Sie wollte schon wieder aufbegehren, da sah sie Dominics flehenden Blick und gab klein bei. Auch sie wollte unbedingt mit ins Theater. Wenn eine Tarnung unmöglich war, würde sie halt in einen Rucksack schlüpfen, und wenn alles dunkel war, wieder herauskommen. Tausendmal besser als eine Ratte zu sein. Sie zuckte mit den Schultern. »Kein Problem, mach ich.«

»Wo ist Tessa? Ich dachte, sie wäre hier bei euch. Wir werden versuchen, sie mitzunehmen. Ich hoffe, Hork hat recht mit seiner Theorie.«

Dominic antwortete: »Sie ist auf der Suche nach Ihnen und wollte Sie wegen eines Ausflugs zur Erde fragen. Sie wird ganz aus dem Häuschen sein, wenn sie von Ihrem Plan hört, Sessin.«

Falk wollte sich gerade abwenden, als ihm etwas einfiel. »Ich habe da eine Idee. Ich muss für die nächsten vier Wochen zur Erde, um einen Kurs in Parapsychologie zu leiten. Mein Haus ist groß genug, ich würde euch gerne einladen, mit mir zu kommen. Habt ihr Lust?«

»Ob wir Lust haben? Natürlich haben wir Lust!« Tessa tauchte vor ihnen auf, sie hatte die letzten Worte mitbekommen. Vor Aufregung strauchelte sie und fiel Falk direkt in die Arme. Er konnte sie gerade noch festhalten und verhinderte damit, dass sie hinfiel.

»Nicht so stürmisch, junge Dame.«

Er hielt sie einen Moment länger fest als nötig, und sie schaute ihn mit ihren dunkelblauen Augen groß an. Wieder einmal erinnerte sie ihn trotz ihrer Jugend an seine verstorbene Frau. Auch sie war so lebenslustig und neugierig auf die große weite Welt gewesen. Wenn er an Wiedergeburt glauben würde, hätte er geschworen, hier stand seine Amelia vor ihm. Genauso hatte er sie sich als Mädchen vorgestellt. Als er bemerkte, wie innig er Tessa umklammert hielt, wobei er schmerzlich seine geliebte Frau und seine kleine Tochter vermisste, löste er sich hastig von ihr und trat einen großen Schritt zurück.

»Dann würde ich sagen, packt eure Sachen für morgen.« Übermütig klatschte er in die Hände. »Wir gehen ins Theater.«

»Sessin Falk, darf ich auch eine Vorlesung von Ihnen besuchen?«

»Wenn du das gerne möchtest, natürlich. Ich hoffe, das Thema interessiert dich. Es heißt „Oberflächeninterpolation: die große Täuschung unseres Gehirns". Vielleicht mache ich es einmal zu einem Thema in der weiterführenden Ausbildung.«

»Worum geht es dabei?« Dominic hatte ernsthaftes Interesse an allem, was mit dem Paranormalen zu tun hatte.

»Eigentlich gehört dieser Bereich nicht in die Parapsychologie. Es geht dabei um einen schwarzen Punkt auf unserer Papille, so wird der Teil der Netzhaut unseres Auges genannt. Jedes Wesen hat ihn, sogar die Reptilienaugen der Portaner, aber niemand nimmt ihn wahr. Unser Gehirn füllt diesen Punkt mit den Informationen auf, die beim Anblick eines Bildes schon vorhanden sind, und komplettiert es einfach, aus schwarz wird Farbe. Telepathisch begabte Leute können sich diese Schwäche des Körpers zunutze machen und Wesen beeinflussen. Tatsächlich macht ihr genau das, wenn ihr euer Aussehen an die Umgebung anpasst. Ihr übernehmt die natürliche Funktion des Gehirns und füllt diesen schwarzen Punkt mit den Informationen, die euer Aussehen betreffen, auf. Die Gehirne, die ihr beeinflusst, übernehmen dann das Übrige. Diesmal nehmen sie die Information von dem kleinen Stück und übertragen es auf das gesamte Auge, und voilà, schon sehen sie euch, wie ihr es wollt.«

»Puh, wieder Schule? Und das in unseren Ferien? Was ist mit deinem Chillen?« Arrir blieb unbeeindruckt von dem faszinierenden Thema.

Fassungslos schaute Dominic ihn an. »Möchtest du nicht auch mehr darüber erfahren?«

»Neeein! Nicht wirklich. Aber ich möchte die Erde erforschen. Lasst uns packen.«

Falk wandte sich an den jungen Krieger. Er musste unbedingt eine Sache ansprechen, die ihm unangenehm war: »Wir müssen Krrar hierlassen. Er könnte zwar in meinem Haus bleiben, denn ich habe einen großen Garten, aber ich denke, er ist hier, wo er sich frei bewegen kann, besser aufgehoben. Was sagst du dazu?«

Arrir wandte sich an Krrar, einen Moment versank er in Gedanken. Dann richtete er sich auf. »Geht klar. Er meint, wir brauchen beide einmal eine Auszeit voneinander.«

Dann konnte die Reise ja beginnen.

Kapitel 61

Der Traum-Assassine

In seiner Wohnung dachte Falk über das Gefühl nach, das er empfunden hatte, als er Theresa Bell unvermutet im Arm gehalten hatte. Irgendetwas an ihr zog ihn magisch an. Er sah in ihr eine jüngere Ausgabe seiner Amelia. Unbewusst dachte er an seine kleine Tochter. So stark und gleichzeitig so sanftmütig wie Tessa charakterlich war, stellte er sich Clara gerne vor: intelligent, hübsch, wissbegierig, lebenslustig. Alles das, was er ebenfalls in seiner Frau gesehen hatte, als er ihr vor so langer Zeit auf dem Marktplatz von London das erste Mal begegnet war. Er war sich sicher, auch sie hätte das Mädchen aus der Vergangenheit gemocht und in ihr großes Herz geschlossen. Wenn er jetzt darüber nachdachte, dann kam Tessa genau aus der Zeitepoche seiner Frau, denn das junge Mädchen war 1799 geboren worden, zwei Jahre nachdem Amelia gestorben war. Es war ihnen beiden nicht vergönnt gewesen, weitere Kinder zu haben, nachdem ihnen Clara durch einen gemeinsamen Feind genommen worden war.

***

Sie kannten ihn nur als den Traum-Assassine. So wurde er von vielen in den dunkelsten Straßen Londons genannt, in denen er sich von zwielichtigen Gestalten für

Auftragsmorde anwerben ließ. Amelia und John Fraser, wie Tobias Falk damals noch geheißen hatte, war es unmöglich, viel über ihn in Erfahrung zu bringen. Sicher waren sie sich allein bei der Vorgehensweise, wie er seine Opfer tötete. Dabei drang er in ihre Träume ein und ließ sie in ihrem Traum sterben, damit sie im wirklichen Leben niemals mehr erwachten. Der hinterhältige Assassine entzog ihnen ihre Lebensenergie, während sie schliefen. Er konnte es auf zweierlei Arten vollbringen: Entweder zog er es die ganze Nacht hinaus und ließ sie ein ganzes Leben durchleben. Oder er machte es kurz und schmerzvoll. Er bestimmte, ob sie ein glückliches und erfülltes Leben oder den Albtraum auf Erden erlebten. Bei Letzterem konfrontierte er sie mit ihren schlimmsten Ängsten, sodass sie aus Furcht einem Herzanfall erlagen. Diese Methode war die kürzere, und er griff nur darauf zurück, wenn er sehr in Eile war oder es sich um einen besonderen Abschaum der menschlichen Spezies handelte. Er schien so etwas wie Ehre zu besitzen, denn im Laufe seiner Karriere als Assassine nahm er ausnahmslos solche Aufträge an, bei denen es um Bandenrivalitäten ging. Ein Mitglied war schlimmer als das nächste, und aus seiner Sicht verdiente jeder von ihnen den Tod, ob Auftraggeber oder Opfer.

Doch bei einem Auftrag traf er auf John Fraser und seine hübsche Frau Amelia, die sich Ende des 18. Jahrhunderts als Hobbydetektive versuchten. Sie spezialisierten sich auf paranormale Fälle. Dabei stellte sich etwas Erstaunliches heraus. Amelia, zwar selbst unbegabt, was das Paranormale anging, besaß eine besondere Kombinationsgabe. Gepaart mit ihrer Fähigkeit, Lügner zu entlarven, indem sie diese anhand ihrer Atmung, Körperhaltung und ihres Pulses genau beobachtete, machte sie das zu einer herausragenden Detektivin.

Die beiden Detektive leisteten ganze Arbeit. Sie verfolgten eine Spur bis zu einer luxuriösen Villa. Im Kampf tötete John aus Notwehr die Gefährtin des Assassinen. Der Mörder selbst konnte entkommen, doch sein Herz schrie nach Rache für seine tote Frau. Eine Woche später lockte er die beiden auf eine falsche Fährte und lenkte sie dadurch ab. Während die jungen Leute nach Hinweisen auf den Mörder suchten, drang dieser in ihr Haus ein, tötete das Kindermädchen und entführte die noch keine zwei Jahre alte Tochter des Ehepaares Fraser. Es sah Clara nie wieder. Überall suchten die verzweifelten Eltern vergeblich nach ihr, sie blieb spurlos verschwunden. Nichts über das Schicksal ihrer Tochter zu wissen und dass Johns Begabungen hier wirkungslos blieben, stellte die Ehe der beiden auf eine harte Probe. Doch sie gingen gestärkt daraus hervor und retteten Leben, indem sie unzählige paranormale Fälle aufklärten. Erst nach Jahren konnten sie den wahrscheinlichen Tod ihrer Tochter akzeptierten.

***

Viel später dann sollte John Fraser als Tobias Falk eine Verbindung zu den Tossin herstellen, denn er zog die Parallele zu ihrem alten Fall. Niemals hatten sie diesen zum Abschluss bringen können. Er war der einzige Mordfall geblieben, bei dem sie den Täter nicht hatten fassen können. Und bei dem sie ihre geliebte Tochter Clara verloren hatten.

Bis zu dem Tag, als Dominic mit den Tossin Kontakt aufnahm, hatte er nichts von deren Fähigkeit der Traumwandlungen gewusst. Er würde seine Nachforschungen neu beleben. Bei der nächsten Gelegenheit wollte er mit ihnen Kontakt aufnehmen, um zu erfahren, ob es noch weitere Überlebende ihrer Spezies auf den Welten geben konnte. Hatten sie vielleicht Kenntnisse von diesem speziellen Tossin, der damals auf der Erde sein Unwesen trieb? Schließlich waren sie ein Kollektiv, vielleicht brach die Verbindung zu ihren Mitgliedern nie ganz ab.

Falk wurde getrieben von der Unwissenheit, die ihm schwer zusetzte. Er musste einfach erfahren, was aus seiner Tochter geworden war. Falls der Traum-Assassine ihr etwas angetan hatte, wusste er nicht, was er in seinem Zorn tun würde. Er hasste die Tossin für das, was mit seiner Tochter geschehen war, und stellte sich eher auf die Seite der Elfen. Nach dem tragischen Verlust ihrer Tochter, den die beiden nie ganz überwunden hatten, hatten er und seine Amelia keine weiteren Kinder mehr bekommen. Auch dafür machte er die hässlichen Wesen verantwortlich. Falk wusste, dieser Vorwurf war irrational und ungerecht, aber er kam gegen seine Gefühle nicht an. Er hätte gerne noch einen Sohn gehabt. Ihm und Clara wäre er ein wundervoller Vater gewesen. Das war wohl der Grund, aus dem Falk Dominic besonders ins Herz geschlossen hatte. Während er Amelia in Tessa wiederentdeckte, erkannte er sich selber als den Jungen, der er einmal gewesen war, in Dominic. Der große Mann war froh, das Angebot von Hork, diese besonderen Kinder auszubilden und ihnen ein Mentor zu sein, angenommen zu haben. So wie es Hork einst für ihn gewesen war. Falk fühlte eine unerklärlich tiefe Bindung zu den beiden Jugendlichen von der Erde und hatte nur den einen Wunsch, sie vor allen Gefahren, die noch auf sie zukommen konnten, zu beschützen.

Diesen düsteren Gedanken schob er beiseite, denn jetzt wollte er sich erst einmal auf die ihm anvertrauten Lernenden konzentrieren und ihnen schöne Ferien bereiten.

Kapitel 62

Ein Haus? Wohl eher ein Schloss!

Als die Freunde am nächsten Tag vor Falks Haus traten, staunten sie nicht schlecht. Es war riesig und alt, mega alt.

Falk schloss die Tür auf und breitete die Arme aus. »Willkommen in meinem bescheidenen Haus.«

»Na, das ist die Untertreibung des Jahrhunderts. Es ist eher ein Schloss.« Tessa war wohlbehalten mit auf die Erde gekommen. Nun stand sie hier mit glänzenden Augen und bewunderte das prächtige Haus.

Ein Butler betrat die Vorhalle und begrüßte Falk.

Dominic flüsterte seinen Freunden leise zu: »Echt jetzt, er hat einen Butler?«

Falk drehte sich zu den jungen Leuten um. »Das ist Will. Er und seine Frau schmeißen hier den Laden. Seine Familie steht schon seit Ewigkeiten in meinen Diensten. Und ja, sie kennen mein Geheimnis, sonst müsste ich mir immer nach ein paar Jahren neue Bedienstete suchen. Will und Lisa sind eher Vertraute als Angestellte.«

Er gewährte ihnen einen kurzen Blick in die Vergangenheit. Wenn man ein Leben wie das von Falk führte, brauchte man ein paar Leute um sich, die das Geheimnis seines fast ewigen Lebens kannten. Das Haus gehörte Falk schon seit Jahrhunderten. Auch sein jetziger Anwalt kam aus einer Familie, die Falk die ganzen Jahre über beschäftigt hatte. Als er 1797 das letzte Mal starb und für Jahrzehnte verschwand, konnte er sein Haus behalten. Das ermöglichte der Vorfahr seines jetzigen Anwaltes. Beinahe zweiundfünfzig Jahre musste sich jemand bis zu seiner Wiederkehr darum kümmern. So konnte Tobias Falk 1849 als Erbe von John Fraser das Haus neu beziehen. Seine Angestellten würden auch in Zukunft gewährleisten, sollte es in nächster Zeit zu seinem Ableben kommen, dass sein Haus und sein Vermögen auch in hundertsiebzig Jahren noch da waren. Vorausgesetzt, die Erde würde im Jahre 2190 noch existieren.

»Will, sind die Gemächer hergerichtet?«

Der hochtrabende Ton von Falk war für seine Gäste ungewohnt, und sie fingen leise an zu kichern.

Er drehte sich zu ihnen um und schaute sie pikiert an. »Ich schätze, ihr wollt zuerst auf eure Zimmer? Ich habe mir gedacht, die Mädels möchten doch bestimmt zusammen auf eins? Cass, ich habe für Dominic einen Raum mit einem sehr großen Kleiderschrank aus echter Eiche vorgesehen. Arrir, du kannst ein Zimmer direkt daneben beziehen. Ich hoffe, es sagt euch allen zu. Bitte entschuldigt mich, ich habe noch etwas zu erledigen.«

»Na, ich hoffe stark, dass es uns zusagt«, vernahmen sie den leisen Kommentar von Tessa, die sie verschmitzt anlächelte. Falk drehte den Kopf zu ihr um und zog arrogant seine linke Augenbraue in die Höhe. Sie verstummte abrupt, verschluckte sich aber an ihrem unterdrückten Gekicher. Der Schluckauf begleitete sie den Weg die elegant geschwungene Treppe hinauf.

Als die drei Mädchen auf ihrem Zimmer waren, sahen sie sich mit großen Augen um. Es war ein herrlicher Raum mit einem gigantischen Himmelbett. Sie sprangen auf das Bett und hüpften darauf herum. Dann ließen sie sich erschöpft fallen und brachen in lautes Gelächter aus. So viel Luxus hatten sie noch nie erlebt. Tiri flog hinauf auf den himmelblauen Baldachin und ließ sich darauf nieder. Ob die Farbe rein zufällig Tessas Augen glich? Dann schaute sie zu ihnen hinab. »Ich werde hier oben schlafen, es ist einfach himmlisch.«

Tiri nahm ein Ende des Baldachins und flog um das Bett herum. Wenn man die Vorhänge zuzog, wurde das Bett zu einem Alkoven. Sie machten es sich gerade mit ein paar leckeren Keksen, die auf ihren Nachtschränkchen standen, gemütlich, als es an der Tür klopfte und sie sich ein Stückchen öffnete.

Arrir schob vorsichtig seinen Kopf hindurch und sagte: »Ich hoffe, ihr seid angezogen? Können wir reinkommen?«

Sie hörten ein Kichern hinter dem Baldachin, dann steckte Tessa ihren Kopf durch einen Spalt und strahlte sie an. »Habt ihr auch so ein schönes Bett?«

»Ja und ich finde so ein Bett echt albern für einen Mann wie mich. Für Dominic ist so etwas vielleicht genau das Richtige, aber ich bin schließlich ein Krieger.«

Dominic schlug ihm nicht gerade männlich auf die Schulter. »Ah ja und was bin ich bitte?«

Arrir blieb trocken: »Kein Mann, das steht mal fest, bei so einem Mädchenschlag.«

Cass drängelte sich zwischen den beiden ins Zimmer. »Was macht ihr?«

»Mädchenzeugs«, war die knappe Antwort der drei.

»Fein, dürfen wir euch dabei Gesellschaft leisten?«

Wieder brachen die Mädels in Gelächter aus, Cass schaute seine beiden Kumpel ratlos an. »Was war so witzig an meiner Frage?«

Synchron zogen Arrir und Dominic die Schultern hoch. »Keine Ahnung«, kam es von den beiden.

Die drei jungen Frauen beruhigten sich wieder, dann sprangen sie aus dem Bett. »Lasst uns Pläne schmieden, was wir hier machen werden. Ich will alles sehen.« Tessa war Feuer und Flamme.

»Bis das Theater heute Abend anfängt, haben wir noch ein paar Stunden Zeit. Aber ihr solltet euch etwas Unauffälligeres anziehen. Ich habe euch ein paar Klamotten besorgt. Bis ihr euch selber etwas nach eurem Geschmack kaufen könnt, werden sie schon reichen«, merkte Dominic an. Er schaute Arrir von oben bis unten an. »Es tut mir leid, so sehr die Mädels es auch lieben, deinen durchtrainierten Körper anzuschauen, du musst dir etwas anziehen.«

Protestierend muckten die weiblichen Mitglieder des Teams auf. »Wir sagen ihm das die ganze Zeit über, aber er hört ja nie auf uns.«

»Wartet, ich komme gleich wieder.« Dominic rannte zu seinem Zimmer und holte eine große Tasche. Sie hatten sich schon gefragt, warum er so viele Sachen zum Anziehen brauchte. Er beugte sich darüber und zog etwas heraus. Misstrauisch beäugte Arrir die Klamotten, die Dominic ihm hinhielt. Da es auch in London im August recht warm war, bekam er eine Jeans-Shorts und ein T-Shirt. Mit den Boxershorts konnte er so gar nichts anfangen.

»Das ist eine Unterhose, es ist ratsam, sie unter der Hose zu tragen, sonst scheuerst du dir etwas auf ... An einer Stelle, wo es sehr unangenehm ist.«

Tessa haute sich vor die Stirn und sagte immer wieder: »Rosa Pony, rosa Pony, rosa Pony.«

Und Tasschel ließ den Kommentar hören: »Das Bild hättest du uns jetzt echt ersparen können, vielen Dank dafür.«

Tessa hatte die Gewohnheit, triste Kleider zu tragen, noch nicht abgelegt. Seit sie Lamir betreten hatte, verschwendete sie keinen einzigen Gedanken daran, was sie stattdessen tragen konnte. Solch eine Oberflächlichkeit war ihr unwichtig. Zum Glück kümmerte sich die Gemeinschaft um alle Neuankömmlinge, ansonsten würde sie wahrscheinlich immer noch mit dem Sack am Leib herumlaufen, den die Betreiber des Waisenhauses als Kleid bezeichnet hatten.

Bei jeder neuen Ankunft ging Bluma mit den familienlosen Kindern Dinge aussuchen, die sie für den alltäglichen Gebrauch benötigten. Bei den Kindern, die noch eine Familie hatten, wie im Falle Dominics, war das unnötig, denn sie brachten alles mit. Es gab keine Kleiderordnung oder eine Schuluniform für die Lernenden, jeder trug seiner Kultur entsprechend die Kleider, die er mochte. Das Bild, das sich dadurch unter ihnen ergab, war ein kunterbuntes Bild des Chaos. Doch annähernd genauso viele liefen in einheimischen Klamotten herum, die auf Lamir angefertigt worden waren. Diese Kinder waren praktisch mit nichts auf den Planeten gekommen. Da sich aber kein Kind hervorheben sollte, waren die Kleider zwar farbenprächtig, aber ziemlich einfach gehalten.

Die neuen Sachen, die Tessa, Tasschel und Arrir sich ausgesucht hatten, waren sehr unterschiedlich. Während sich die Itsschalanerin für farbenfrohe Gewänder entschieden hatte, hatte der Herrschernachfahre zu ein paar langen, schwarzen Hosen - mehr nicht - gegriffen. Doch Tessa hatte beschlossen, weiterhin unscheinbare Kleidung zu tragen, als ob sie unter keinen Umständen auffallen wollte. Eine jahrelange Konditionierung konnte keineswegs mit einem Tapetenwechsel weggewischt werden, so als hätte es sie niemals gegeben.

Tessa hatte bei ihrer Ankunft die unförmige graue Kluft aus dem Waisenhaus in die unterste Schublade ihres Kleiderschrankes verband. Erst vor einer Woche hatte die junge Frau sie hervorgeholt und mit Tasschels Hilfe in einer feierlichen Zeremonie verbrannt. Seitdem fühlte sie sich so frei wie noch nie. Arrir und Tasschel hielten an ihren Kulturen fest, indem sie zu besonderen Gelegenheiten ihre Sachen von ihren Heimatwelten anzogen, denn sie waren kostbar und edel geschnitten.

Dominic hielt Tessa ein bezauberndes blaues Kleid entgegen. Die Farbe hatte der Junge nach ihren Augen gewählt, und er hatte den Farbton ganz fabelhaft getroffen. Mit diesem Kleidungsstück würde das hübsche Mädchen garantiert auffallen. Überrascht stammelte es ein »Dankeschön« und verschwand damit ins Bad.

Als die Tür hinter ihr zufiel, hörten die Freunde einen Aufschrei. Sie stürmten sofort zu ihr hin. Sprachlos blieben sie in der Tür stehen. Ein prunkvolles Bad lag vor ihnen. Eine riesige Badewanne aus Marmor stand mitten im Badezimmer. Die Wasserhähne funkelten aus Gold. Auch die Wände waren aus Marmor und der Spiegel über dem Waschbecken war riesig.

Dominic staunte: »Wie viel Geld hat Falk nur? Wie kann er in einem solchen Prunk leben? Er muss ja steinreich sein.«

Die Mädchen nahmen sich an die Hände und tanzten im Kreis, wobei Tiri in der Luft wild mit ihren Flügeln schlug. Dabei schrien sie vor Freude laut herum. Die Jungs hielten sich die Ohren zu, grinsten aber trotzdem bis über die Selbigen.

Als die Mädels sich wieder beruhigt hatten, gingen die männlichen Mitglieder des Teams zurück ins Zimmer. Tessa und Tasschel zogen sich um. Für Tasschel hatte Dominic eine lange weite Sommerhose und eine schicke bunte Bluse besorgt. Als die beiden umgezogen aus dem Bad kamen, stieß Arrir einen anerkennenden Pfiff aus. Sie waren wie verwandelt und sahen aus wie zwei moderne junge Frauen. Für Dominic sah Tessa in dem blauen Kleid einfach umwerfend aus.

Mittlerweile hatte Arrir sich ebenfalls umgezogen. Das enge T-Shirt stand ihm sogar besser als der nackte Oberkörper. Und die kurzen Jeans betonten die athletischen Beine umso mehr. Tasschel bekam noch einen modischen Sonnenhut, den sie sich in das Gesicht ziehen konnte, und Arrir bekam ein Cappy. Die Haare, die ihm entlang seines Rückgrates wuchsen, waren unter dem T-Shirt und einer weiten Jacke verborgen. Ihr andersartiges Aussehen konnte so niemandem mehr auffallen, der nicht ganz genau hinsah. Cass wurde unsichtbar und Tiri machte Bekanntschaft mit dem Rucksack. Sie murrte zwar etwas, aber sie sah die Notwendigkeit ein. Als die „Fantastischen" das Zimmer verließen, hielt Tessa Dominic kurz am Arm fest. Sie stellte sich auf die Zehenspitzen und küsste ihn auf die Wange.

Er lief rot an. »Wofür war das denn?«

»Für dieses wunderschöne Kleid«, sagte sie und war auch schon die Treppe hinunter.

Dominic griff sich an die Wange und glühte förmlich. Er brauchte einen Moment, um sich zu erholen, dann ging er langsam seinen Freunden hinterher. Unten trafen sie auf Falk, der sie erstaunt begutachtete.

»Wow, ihr seid ja wie verwandelt. Ich hätte euch fast nicht erkannt.« Seine Augen ruhten etwas länger auf Tessa, die rot anlief.

»Dominic hat die Sachen für uns besorgt. Ich liebe mein neues Kleid.« Beschwingt drehte sie sich einmal im Kreis.

»Es steht dir ganz ausgezeichnet.« Verlegen räusperte Falk sich und wandte sich dem menschlichen Jungen zu. »Hier ist meine Kreditkarte, besorgt euch eine feine Abendgarderobe. Will wird euch in die Stadt fahren, er steht bereits vor der Tür.«

»Wir können doch die Kleider und Anzüge vom Abschlussball nehmen. Die sind doch okay.«

Falk sah Arrir mit einem Kopfschütteln an. »Glaub mir, für heute Abend braucht ihr sehr viel schickere Klamotten. Da reichen die stümperhaften Kreationen von Danja Lee und mir bei Weitem nicht.«

Den Jugendlichen ging jetzt ein Licht auf, wer ihre Gönner an dem Abend gewesen waren. Artig bedankten sie sich für die Mühe.

»Bitteschön, keine Ursache.«

Kapitel 63

London

Und wieder waren sie überwältigt, als die sechs vor die Tür traten. Eine schicke Limousine erwartete sie. Will hielt ihnen die Tür auf und sie nahmen gegenüber voneinander Platz. Erst als alle saßen, bemerkten sie, dass Tessa gar nicht bei ihnen war. Dominic stieg wieder aus und trat zu ihr. Sie stand noch vor dem Auto und musterte es zweifelnd.

»Was ist los? Ach, entschuldige, ich habe vergessen, du kennst ja keine Autos. Es ist nur ein Transportmittel.«

»Was ist aus den schönen Kutschen geworden?«

»Tja, die Pferde werden jetzt ersetzt durch Maschinen.«

»Ja, ich kenne die Dampfmaschine. Aber sie ist doch viel zu groß, um in so ein kleines Gefährt zu passen.«

»Auch die Dampfmaschine ist in der heutigen Zeit überholt.«

Er bat Will, einmal die Motorhaube für sie zu öffnen, damit Tessa einen Blick hineinwerfen konnte. Alle waren wieder ausgestiegen, sie interessierten sich ebenfalls für die Technik. Dominic zeigte auf den Motor. »Diese Maschine treibt das Auto an. Sie ist längst sehr viel leiser als die Dampfmaschine.«

Arrir und Tasschel kamen von fortschrittlichen Planeten, auch sie hatten ähnliche Transportmittel. Tiri war ein

Waldkind und schaute jetzt ängstlich aus dem Rucksack heraus auf das schwarze Ungetüm, das ihr einen Schrecken einjagte.

Cass' trockener Kommentar war nur: »Oh wie hinterwäldlerisch. Habt ihr keine Gleiter auf der Erde?«

»Neeeein, haben wir nicht, aber ich hoffe, es wird sich in naher Zukunft ändern.«

»Pah, wie primitiv.« Er winkte abfällig ab.

Während Tessa in das Auto stieg, umklammerte sie krampfhaft Dominics Arm. Als sie neben ihm saß und die Limousine sich in Bewegung setzte, krallte sie ihre Fingernägel in seine Hand. Er ließ sich den Schmerz nicht anmerken und tätschelte liebevoll ihre Hand.

Die Fenster waren dunkel getönt, so konnte Tiri aus dem Rucksack hervorkommen und Cass wurde wieder sichtbar.

»Wo fahren wir hin?«, wollte Tiri wissen.

»Also, ich bin bestimmt nicht der große London-Kenner, da ich nur ein Mal auf Klassenfahrt hier war, aber Falk hat etwas vom Picadilly Circus gesagt.«

»Oh, ein Zirkus, wie schön.« Begeistert klatschte Tiri in die Hände.

»Mit einem Zirkus hat das nichts zu tun. Es kommt vom lateinischen Wort Circus und bedeutet Kreis oder Ring. Die Straße ist als Ring angelegt, das haben wir auch oft in Deutschland. Dort heißen sie zum Beispiel „Frankfurter Ring“. Fährt man sie entlang, ohne sie zu verlassen, dann fährt man immer im Kreis. Der Picadilly Circus ist eine Einkaufsstraße, eine riesige Einkaufsstraße. Wir müssen dicht beieinanderbleiben, damit niemand verloren geht.«

So wie Tessa seinen Arm umklammerte, wäre es bei ihr eher unwahrscheinlich.

Arrir winkte cool ab. »Na, du übertreibst bestimmt.«

Die Limousine hielt und sie stiegen aus. Entsetzt rissen sie die Augen auf. Lärm empfing sie, so viele Lebewesen auf einem Haufen hatten sie noch nie gesehen. Selbst dann nicht, wenn die halbe Stadt, in der sie auf Lamir lebten, zu einem Theaterabend zusammenkam.

»Ich habe es euch ja gesagt, wir müssen zusammenbleiben, sonst verlieren wir uns.«

Mit einem Mal fühlte sich Tessa wieder so winzig wie damals, als sie durch den hohen Korridor zur Direktorin musste. Alles schien auf sie zuzukommen und sie zu bedrohen. Sie erlitt einen völligen Kulturschock. Da sie aus London stammte, kannte sie die Stadt oder hatte es zumindest geglaubt. Aber was sie jetzt sah, verschlug ihr den Atem. Die grell blinkenden Reklametafeln hoch über ihrem Kopf erschreckten sie. Will lenkte den Wagen wieder in den Straßenverkehr, die Autos hupten wild durcheinander. Der Krach war ohrenbetäubend. Nun hatte sie das erste Mal, seit sie ihre Erde verlassen hatte, das dringende Bedürfnis, sich in eine Ecke zurückzuziehen und sich weit weg zu träumen. Dominic hielt sie fest umarmt. Nur das hielt sie davon ab, sich zurück nach Lamir zu teleportieren. Sie versteckte ihren Kopf an seiner Schulter und schloss die Augen.

»Das geht vorbei, Tessa. Atme ruhig weiter, wir sind bei dir, dir kann nichts passieren.« Er schickte ihr beruhigende Gedanken, langsam wurde sie ruhiger.

»Geht es wieder?«

»Wie können die Menschen das ertragen?«

Er zuckte mit den Achseln. »Sie sind nichts anderes mehr gewöhnt. Ich lebe auch in einer Großstadt, in Berlin in Deutschland. Sie ist kleiner als London, aber wirklich ruhig geht es auch da nicht zu. Natürlich gibt es immer noch ländliche Gegenden, hier in London ebenso.« Er nickte in Richtung der Geschäfte, die sich aneinanderreihten. »Aber das da verstehen die Menschen unter Spaß.

Hier findet die Action statt. Auf Dauer wäre es für mich unerträglich, aber für einen Tag halte ich das aus. Was meinst du, wollen wir es versuchen?«

Sie straffte ihre kleine Gestalt und löste sich von ihm; zögerlich nickte sie. Die „Fantastischen“ machten sich auf den Weg und erkundeten die Straße. Dominic hatte eine Idee. Um Tessa und Tiri die Angst zu nehmen, ging er mit seinen Freunden zum London Eye. London von oben zu sehen war ein Erlebnis und tatsächlich genossen es alle. Es war ein kleiner Flug, so hoch hinaus ging es. Die Menschenmenge dort unten wurde zu einem wuselnden Ameisenhaufen. Alle Hektik blieb unter ihnen, sie genossen die Stille. Als sie wieder auf dem Boden waren, gingen sie mit neuem Elan an ihre Mission, sich schick einzukleiden.

***

Falk und seine männlichen Gäste standen schon unten an der Treppe, als Tessa und Tasschel die Treppen hinabschwebten. Dominic und Arrir in ihren schicken Abendanzügen hielten den Atem an. Tasschel hatte sich ein feuerrotes Kleid ausgesucht. Es lag eng an ihrem Oberkörper an und ging in einen weiten schwingenden Rock über, auf dem rundherum ein Flammenmuster aufgenäht war. Der heutigen Mode entsprechend gehörte eine Kapuze aus Seide dazu, die sie sich über ihren Kopf zog. Das gab ihr ein geheimnisvolles Aussehen. Ihre lange Mähne hatte sie zu einem dicken Zopf geflochten, der seitwärts heraushing.

Tessa hatte sich auch bei ihrem Abendkleid für die Farbe Blau entschieden, es ließ ihre Augen noch mehr erstrahlen. Auf dem weiten schwingenden Rock war ein feines Muster aus Wellen aufgenäht. Bei jedem Schritt wogen sie hin und her und der Betrachter hatte das Gefühl, in einem Meer aus Blau zu ertrinken. Wie er es ebenso tat, wenn er in Tessas Augen blickte.

Falk trat erst auf Tasschel zu und überreichte ihr eine Kette mit einem feuerroten Kristall. Dieser war in der Mitte der Kette eingelassen und schien mit den Gliedern zu verschmelzen. Sie waren aus Silber und mit einem filigranen Muster verziert. Arrir half ihr dabei, die Kette umzulegen. Dann wandte Falk sich zu Tessa um und überreichte ihr die gleiche Kette. Nur hatte ihr Kristall die Farbe eines tiefblauen Meeres. Als er Tessa die Kette umlegte, leuchtete sie hell auf. Beide Mädchen bedankten sich freudestrahlend. Dominic und Arrir traten auf sie zu und befestigten zwei wunderschöne Orchideen an ihren Kleidern. Dann hielten sie den beiden jungen Damen galant ihren Arm hin. Tessa und Tasschel hakten sich unter und fühlten sich wie Prinzessinnen in einem Märchen.

Vor der Theateraufführung führte Falk sie in ein piekfeines Restaurant zum Essen aus. Er hatte einen separaten kleinen Raum für sie reserviert, damit auch die Elfe und der Kobold sich frei bewegen konnten. Nur wenn die Kellner den Raum betraten, beeinflusste Falk sie, dann sahen sie eine ganz normale menschliche Familie.

Kapitel 64

Ein unvergesslicher Abend im Theater

»Mister Falk, wir haben Sie lange nicht mehr gesehen. Ich hoffe, es geht Ihnen gut und wir werden Sie wieder öfter zu Gesicht bekommen.« Der hochgewachsene Bouncer des Swans öffnete ihnen die Tür.

»Ich hoffe ebenfalls, in Zukunft mehr Zeit für das Theater aufbringen zu können, Jim.«

Kaum waren sie durch die Tür gegangen, da hing auch schon eine aufgetakelte junge Frau an Falks Arm.

Mit affektierter Stimme redete sie auf ihn ein: »Tobias, wo warst du denn nur so lange? Wir haben dich ja eine halbe Ewigkeit nicht zu Gesicht bekommen.« Sie zog einen Schmollmund und schaute ihn mit einem verführerischen Augenaufschlag an.

Tessa verspürte Eifersucht und hätte ihr gerne einen Stoß versetzt.

Das wirst du schön sein lassen, junge Dame. Falks Stimme klang drohend in ihrem Kopf.

Spielverderber, kam es von ihr leise zurück.

Es war ein herrliches Foyer, alle Lichter erstrahlten im hellen Glanz. Bald schon erklang der dreiminütige Gong, der die Zuschauer aufforderte, ihre Sitze in dem

Theatersaal einzunehmen. Sie gingen eine lange geschwungene Treppe hinauf. Auf einem Balkon nahmen sie Platz. Die Lichter gingen aus. Alle wurden still.

Tiri kam aus Dominics Rucksack heraus und setzte sich auf Cass' Schulter, der sich mittlerweile sichtbar gemacht hatte. Er ließ sich auf einen gepolsterten Stuhl hinter seine Freunde sinken, die ihn vor den Zuschauern abschirmten. Er schaute sich gespannt das Stück zwischen ihren Schultern hindurch an. Ab und zu legte er verzaubert den Kopf auf Arrirs Schulter, der es kaum bemerkte, so fasziniert war er von der Aufführung. Tiri hing verträumt über Cass' Kopf und war wie in einer anderen Welt.

Es war eine grandiose Aufführung, das Swan war bekannt für großartige Shakespeare-Inszenierungen. Falk hatte die Aufführung „Der Sturm" für sie ausgesucht, ging es doch um den mächtigen Zauberer Prospero und Ariel, seinen Luftgeist.

Dominic war ein großer Fan des Hauptdarstellers, kannte ihn aber nur aus dem Fernsehen. Ihn jetzt live auf der Bühne zu sehen war ein unbeschreibliches Erlebnis. Die ganze Atmosphäre war einfach überwältigend schön. Wie er an den Gesichtern seiner Freunde sehen konnte, empfanden sie genauso. Andächtig verfolgten sie das Stück. Als es zu Ende war, sprangen sie auf und jubelten mit den Zuschauern.

Mit Tränen in den Augen drehte Dominic sich zu Falk um und flüsterte ihm ein Dankeschön zu.

Sein Lehrer deutete eine Verbeugung an und sagte: »Gern geschehen.«

Nach der Vorstellung wollte Falk im Foyer noch etwas mit ihnen trinken. Das war auch gut so, denn an Schlaf konnte keiner denken, so aufgekratzt wie sie waren. Zu so einem feierlichen Anlass, schließlich waren sie das erste Mal auf der Erde oder in einem Theater oder beides, spendierte er ihnen ein Glas Sekt. Er hatte das Gefühl, der Zauber des Theaters hatte sie gepackt.

Eine alte Theaterweisheit besagte: Bei der ersten Aufführung, die ein Zuschauer sah, entschied es sich, ob er dem Theater verfallen wird oder nicht. Wenn der Zauber zu dem Zeitpunkt nicht übergesprungen war, würde es niemals geschehen.

Doch bei allen, selbst bei Arrir, konnte Falk den Funken der Begeisterung deutlich spüren.

Obwohl sie nicht viel von dem Geschmack des Sekts hielten, tranken sie zögerlich ihre Gläser aus. Tiri bekam einen Schluck in einem Schnapsglas und trank es heimlich in ihrem Rucksack. Sie mochte das prickelnde, etwas säuerliche Getränk als einzige. Erst hörten ihre Freunde ein »Brrr!«, dann schüttelte sie sich, um gleich darauf zu kichern. Da sie in einer Ecke standen, bekam der unsichtbare Cass ebenfalls ein Glas. Versteckt hinter den Freunden, damit niemand sah, wie sich ein Glas Sekt in der Luft wie durch Zauberhand auf und ab bewegte.

»Kommt, ich möchte euch jemanden vorstellen.« Falks Stimme klang geheimnisvoll. Er führte sie Backstage zu den Garderoben der Schauspieler. Unsicher schauten sie sich um, durften sie überhaupt hier sein?

Zaghaft sprach Dominic ihn an: »Äh, sind Sie sicher, dass wir hier sein dürfen?«

»Das ist kein Problem, ihr könnt mir vertrauen.« Freudestrahlend blickte er sie an. Also dachten sie sich, er wird schon wissen, was er tut. Er klopfte an die Tür einer Einzelgarderobe.

»Wer ist da?« Eine unsichere Stimme klang gedämpft durch die Tür.

Dominic war erstaunt, er kannte diese Stimme. »Ist das etwa ...?«

Falk unterbrach ihn mit einer Handbewegung. Er stutzte, irgendetwas war hier verkehrt. Er schaute Tessa an, die die größte Empathin von ihnen war. »Tessa, kannst du irgendetwas spüren?«

Sie konzentrierte sich und schüttelte den Kopf.

Vorsichtig antwortete er zur Tür gewandt: »Davi? Hier ist dein alter Freund Tobias. Hast du unsere Verabredung vergessen?«

»Oh, Doctor. Natürlich nicht.«

Dominic schaute ihn mit großen Augen an. »Doctor?«

Falk wandte sich auf telepathischem Wege an seine jungen Lernenden: *Jemand ist bei ihm. Er verlangt den „Doctor". Das ist unser Codewort, wenn etwas nicht in Ordnung ist. Es wäre wahrscheinlich besser, wenn ihr erst einmal hier draußen bleibt. Und seid jederzeit achtsam.* Er nahm Tessas Gesicht in die Hände und schloss die Augen. Dann hörten sie in ihren Köpfen: *Ich bin mit Tessa verbunden und werde sie auf dem Laufenden halten. Niemand sonst wird unsere Gedanken mitbekommen. Ihr müsst euch verstecken und bedeckt halten.*

Die sechs rannten sofort um die nächste Ecke, während die Tür langsam geöffnet wurde. Ein großer, schlanker Mann steckte seinen Kopf hindurch, ernst schauten seine braunen Augen Falk an. Er hätte sein Bruder sein können, so ähnlich waren sie sich. Er schüttelte warnend den Kopf. Falk umklammerte seinen Spazierstock, bereit, den Degen zu ziehen.

»Komm doch rein, Doctor.« Die Bezeichnung war eigentlich ein alter Scherz zwischen ihnen, aber diesmal sprach er sie sehr ernst aus. Falk betrat das Ankleidezimmer und schaute sich wachsam um.

»Ah, Mr. Falk, es ist schön, dass wir uns endlich persönlich kennenlernen. Unsere letzte Begegnung war ja nicht ganz so erfreulich und etwas kurz.« Absolut entspannt, mit übereinandergeschlagenen Beinen, saß Lutec auf einem bequemen Sessel in der Ecke des Zimmers. Wie immer in schwarz gekleidet. Diesmal hatte er einen eleganten Anzug an, der ganz der aktuellen irdischen

Mode entsprach. Sein menschliches Äußeres hatte er für die beiden Freunde nun abgelegt.

Als Davi sich von Falk abwandte und jetzt Lutec ansah, zeigte er für einen kurzen Moment nur einen erschrockenen Gesichtsausdruck. Aber beinahe sofort hatte er seine Mimik wieder unter Kontrolle.

Der lederhäutige Fremde sprach in einem lockeren Plauderton weiter: »Wie geht es Hork denn so? Ich habe gehört, er hatte eine Begegnung der eher unangenehmen Art.«

Falk war keineswegs in der Stimmung, lockere Konversation zu betreiben, also kam er gleich zur Sache. »Was wollen Sie hier?«

»Ich möchte diesem fantastischen Schauspieler meine Aufwartung machen, und da schneien Sie ganz zufällig hier herein. Welch glückliche Fügung, denn ich möchte mit Ihnen sprechen.«

»Es gibt wohl nichts, was wir beide miteinander zu bereden hätten.«

Als die „Fantastischen“ um die Ecke gebogen waren, blieben sie stehen, um Atem zu holen und zu überlegen, was sie als Nächstes tun sollten. Da fing plötzlich Dominics Rucksack an zu zappeln.

Tiris hohe Stimme war sehr aufgebracht: »Lasst mich raus! Ich will wissen, was hier los ist.«

Dominic öffnete den Rucksack, Tiri flatterte sofort heraus. »Bist du irre? Geh sofort wieder rein! Wenn dich jemand sieht.« Dominic schaute sich ängstlich um.

Da wurde auch noch Cass sichtbar. »Cass, mach dich sofort wieder unsichtbar! Jederzeit kann uns jemand sehen. Was ist nur los mit euch beiden«

»Reg dich ab. Es ist niemand in der Nähe. Wo sind die denn wohl alle?« Tiri schaute sich suchend um. »Es war doch gerade noch eine Aufführung hier. Dafür ist es aber sehr still.«

Tatsächlich hörten die sechs keine Geräusche und ebenso wenig muntere Stimmen, die eine grandiose Aufführung feierten, rein gar nichts war zu hören. Ratlos schauten sie sich an. Wie auf Kommando gingen sie weiter durch die Flure, niemand begegnete ihnen. Es war echt gruselig. Was war hier passiert? Sie kamen zu einem Treppenaufgang und folgten ihm hinunter. Sie öffneten eine Tür und gingen vorsichtig hindurch. Dominic ging voraus. Sie richteten sich nach seinem Magnetismus, der ihn wieder lenkte.

Dominic sah zu Cass und schickte ihm eine Nachricht: *Besser, du machst dich wieder unsichtbar. Ich habe kein gutes Gefühl.*

Der Kobold verschwand. Seit der Nacht im Kerker vertraute er dem menschlichen Jungen bedingungslos. Wenn es darum ging, auf seine Vorahnungen zu hören, stand er voll und ganz hinter ihm. Die Freunde waren in Alarmbereitschaft, sie mussten keine großen Telepathen sein, um zu bemerken, dass dort vor ihnen etwas Gefährliches lauerte.

Lässig setzte Falk sich auf einen Stuhl vor den Schminkspiegel, dabei schaute er flüchtig auf den großgewachsenen Schauspieler und zwinkerte ihm kurz zu. »Mr. Lutec, ich werde Ihnen sagen, wie diese Sache hier ablaufen wird.« Ohne eine Miene zu verziehen, schaute er dem dunklen Mann in die Augen.

»Ich bin ganz Ohr, Mr. Falk. Aber bitte, nennen Sie mich doch einfach nur Lutec.«

»Sie werden, ohne Ärger zu machen, dieses Theater auf der Stelle verlassen und Sie werden meinen Freund niemals wieder belästigen, Mister!«

»Tj, tj, tj, aber, aber, Tobias. Ich möchte mich doch einfach nur mit diesem großartigen Künstler unterhalten und ihm zu seiner wirklich gelungenen Performance gratulieren. Ist das verboten?«

»Dann danke ich Ihnen für das aufrichtige Kompliment. Ich freue mich, dass Ihnen meine Arbeit gefallen hat. Und jetzt entschuldigen Sie mich, ich habe meinen Freund eine Ewigkeit nicht mehr gesehen. Wir möchten uns gerne unterhalten. Das verstehen Sie doch sicherlich, **Mr.** Lutec.« Davi traute sich etwas, das musste man ihm lassen. Doch sein Gesicht zeigte die Angst, die er empfand. Es war eine Sache, einen Helden darzustellen, aber eine völlig andere, in der Wirklichkeit als Held zu handeln. Unsicher fuhr er sich mit langen Fingern durch die braunen Haare und strich sie nervös zurück.

Lutecs Gesicht wurde vor Ärger noch blasser, wenn das überhaupt möglich war. Aber seine Stimme war beherrscht: »Das ist sehr unhöflich. Wo bleibt da die berühmte englische Gastfreundschaft?«

»Wir sind Schotten!«, kam es gleichzeitig aus ihren Mündern.

»Ich sage Ihnen etwas, Davi - ich darf Sie doch so nennen? - wenn Ihr Freund mir das verrät, was ich wissen möchte, dann verschwinde ich auf der Stelle und lasse Sie in Frieden miteinander über alte Zeiten plaudern.«

»Und wenn ich das ablehne?« Falks Stimme klang eher warnend als eingeschüchtert.

Lutec zog sein Messer und richtete es auf Davi, dabei leuchtete es blutrot, fast schon schwarz, auf. Mit einem Schritt war Falk zwischen ihnen. Längst hatte er seinen Degen aus der unscheinbaren Hülle befreit. Der Schutzschild, den er um sich und seinen Freund aufbaute, leuchtete orange auf.

Als sie auf die Bühne traten, fanden sie die Menschen, die hier arbeiteten. Sie saßen bewegungslos auf den Stühlen in den ersten Reihen des Zuschauerraumes. Wie leblose Puppen waren sie drapiert worden. Nun waren die zu Zuschauern geworden, die sonst für das Amüsement des Publikums sorgten. Blicklos starrten sie vor sich hin. Voller Schrecken dachte Dominic, sie seien tot.

»Nein, die abscheulichen Normalos sind sehr lebendig ... noch jedenfalls. Wie gefällt euch meine kleine Show? Sind sie nicht herzallerliebst? Wie kleine Kinder warten sie aufgeregt auf die nächste Vorstellung, in der sie gleich die Hauptrolle übernehmen werden.«

Lutecs Gefährtin schwebte an einem Seil hängend von der Decke herab, direkt vor ihre Füße. Ihr Auftritt war dramatisch und hatte genau den Effekt, den sie damit bezwecken wollte; ihre Gegenüber schienen beeindruckt.

»Und ich dachte schon, es würde langweilig werden, als Lutec mich zum Babysitter degradiert hat. Als Aufpasser für diese wehrlosen Kreaturen, die man so leicht beeinflussen kann.«

Plötzlich sprangen die Menschen auf und gingen sich gegenseitig an die Kehle. Dabei brüllten sie wie wildgewordene Tiere. Tessa griff sofort ein und schickte sie in das Reich der Träume. Sie sendete ihnen schöne Gedanken, die sie friedlich einschlafen ließen. Sie hob damit Karas brutale Emotionen auf, die diese in ihre Köpfe gepflanzt hatte, und beschützte die Menschen so vor sich selbst.

Der Kopf der reptilienartigen Portanerin fuhr ruckartig zu ihr herum. »Du bist stark, kleines Mädchen.« Drohend trat sie der Gruppe entgegen.

Kapitel 65

Ein kurzer Kampf

»Tobias.« Fast mitleidig schüttelte Lutec den Kopf. »Meinst du wirklich, du hättest eine Chance gegen mich?«

»Nicht allein vielleicht, aber wir beide zusammen sicherlich.« Hork hatte sich aus dem Nichts neben Falk materialisiert.

»Ah, mein guter alter Freund Hork. Hast du dich gut erholt von den Strapazen der letzten Zeit?«

»Gut genug, um dich zur Hölle zu schicken, alter Freund.« Horks Stimme triefte bei den letzten beiden Worten vor Zynismus.

Lutec lachte grimmig. Als sich der Energiestoß aus Horks Waffe löste und gleichzeitig mit Falks auf seinen Schutzschild traf, leuchtete dieser in der hellen orangefarbenen Energieentladung auf. Lutec ging auf die Knie und riss erstaunt die Augen auf. War er tatsächlich so sicher gewesen, hier als Sieger hervorzugehen? Langsam sackte er zur Seite und verlor das Bewusstsein.

»Hork, ich hätte es auch alleine geschafft. Du hättest keinesfalls extra herkommen müssen.« Vorwurfsvoll schaute Falk seinen Mentor an.

»Oh, Lutec wollte nicht kämpfen.«

»Was wollte er dann?«

»Dieses kleine Spielchen war eine Warnung an uns, dass er nach dem Rückschlag mit Radir niemals aufgeben wird. Und er hat uns gezeigt, wo wir angreifbar sind.«

»Bei unseren Familien und unseren Freunden. Genau um die geht es ihm.« Falk wurde jetzt alles klar. »Wahrscheinlich hat ihn dein Auftauchen überrascht. Dass du bereits deine vollen Kräfte zurückgewonnen hast, damit hat er nicht gerechnet. Sollte er uns dermaßen unterschätzt haben?« Zweifelnd schaute er seinen Mentor an.

»Vielleicht war es so. Wer weiß schon, was in seinem Hirn vorgeht? Ich werde ihn mit nach Maranturena nehmen. Dort wird er sicher aufbewahrt werden; für den Rest seines Lebens. Er wird uns keinen Ärger mehr machen.«

»Das wollen wir hoffen.«

Wie von Geisterhand wurde Lutec in die Luft gehoben. Hork legte seinen Stab auf dessen Brust, umgab ihn mit einem Energieschild. Bevor er wieder verschwand, nickte der alte Mann Falks Freund freundlich zu.

»Das war also der großartige Hork?! Schön, ihn kennengelernt zu haben.« Ironisch zog der Schauspieler seine linke Augenbraue hoch, dann lachte er auf und haute Falk auf die Schulter. »Danke für die Rettung aus einer Gefahr, in die du mich erst gebracht hast.«

»Immer wieder gern. Es war fast wie in alten Tagen, well?«

»Oh ja. Verdammt, ich vermisse sie. Und ich vermisse dich, Bruder.« Es gab eine Zeit, da hatte sein Freund ihn auf seinen Reisen begleitet, dann wurde Davi erwachsen, heiratete, bekam Kinder ... und wurde sesshaft. Als der Schauspieler seinem engsten Freund jetzt nachdenklich in die Augen sah, war er versucht, ihn um ein Abenteuer zu bitten; der alten Zeiten halber. Das spürte Falk genau, so drehte er sich schnell von ihm weg, um die Versuchung vorbeiziehen zu lassen. Er nahm telepathisch

Verbindung zu Tessa auf. Grimmig nahm er wahr, wie der kurze Augenblick der Wehmut bei seinem Freund verging.

Kara hob auf einmal den Kopf und lauschte. Dann plötzlich - verschwand sie.

»Was war das denn?«, wollte die Stimme von Cass aus dem Nichts wissen. Er hatte sich schon für einen Angriff hinter der Frau positioniert. Im nächsten Moment wurde er sichtbar.

Tessa meldete sich zu Wort: »Falk sagt, wir können wieder zurückkommen. Dominic, nimm das Bild aus meinem Kopf, wir können direkt in die Garderobe teleportieren.«

Im nächsten Moment standen sie genau vor dem Schauspieler, den Dominic so sehr bewunderte. Vor Schreck ließ er den Rucksack fallen, Tiri schrie vor Schmerz auf. Verschämt bückte er sich und wollte der kleinen Elfe hinaushelfen.

Wütend schlug sie seine Hand zur Seite und giftete ihn an: »Was fällt dir ein, so mit mir umzugehen?«

»Es tut mir leid, Tiri. Es war ein Unfall, er ist mir aus der Hand gerutscht.« Vor Schrecken hielt er inne. Eine fremde Person war anwesend und somit war ihr Geheimnis entblößt, wurde ihm voller Entsetzen bewusst. Hilfesuchend sah er zu Falk.

Beide Männer strahlten ihn an. Falk beruhigte ihn: »Keine Panik, er weiß über alles Bescheid.«

»Ja, aber trotzdem habe ich noch nie eine Elfe und einen Kobold gesehen.« Davi schaute sich die beiden näher an, bis seine Aufmerksamkeit auf Tasschel und Arrir gelenkt wurde, die in diesem Moment ihre Kopfbedeckungen abnahmen.

»Und was seid ihr für Wesen?«

Förmlich verbeugte sich Arrir und übernahm die Vorstellung: »Das ist die ehrenwerte Tasschel vom Planeten Itsschal und ich bin der Her…« Er stockte und überlegte es sich dann. »Ich bin Arrir vom Planeten Arrkron.« Er staunte selbst über seine Zurückhaltung und Bescheidenheit, war er doch immer besonders stolz auf seine Abstammung.

Der schlanke Mann zog die Schultern hoch und schaute ratlos. »Na, jetzt weiß ich auch nicht mehr, aber es ist schön, euch kennenzulernen.«

»Sie entstammen keinen Mythen aus unseren Legenden, aber sie haben große Kräfte. Hork und ich holten sie von ihren Planeten, um sie auf Lamir auszubilden. Auf ihren eigenen Welten ging es ihnen ziemlich schlecht. Hork hat ihnen auf Lamir eine neue Heimat gegeben.« Dass er dabei geholfen hatte, machte ihn besonders stolz. Das entging ihnen allen nicht.

»Das hier ist Tessa. Es ist unfassbar, aber sie kommt aus dem Jahr 1811.«

Tessa trat schüchtern vor. Der fremde Mann nahm ihre Hand und drückte seine Lippen leicht auf ihren Handrücken. Dabei schaute er sie mit Augen an, die denen Falks so ähnlich waren. Sie fragte sich, wie das sein konnte.

Er ist ein Nachfahre meines Halbbruders Andrew.

»Ich bin entzückt, dich kennenzulernen, junge Dame.« Auch seine Stimme klang ähnlich wie die ihres Ausbilders.

Dann wandte Davi sich an Falk: »Seit wann kannst du in die Vergangenheit reisen? Bist du letztendlich doch noch zum „Doctor" geworden?«

»Unsinn. Es war eine große, eine sehr große Kraftanstrengung von Hork und mir, sie aus ihrer Zeit zu holen. Und ohne ihre eigenen Kräfte wäre es unmöglich gewesen. Also nein, es ist mir keinesfalls möglich, in der Zeit zu reisen. Es war eine einmalige Sache und wir sind absolut nicht scharf darauf, sie zu wiederholen.«

Nun zog er Dominic heran. Der Junge hatte die ganze Zeit ruhig in einer Ecke gestanden und den Schauspieler mit staunenden Augen beobachtet.

»Das hier ist ebenfalls ein ganz besonderer junger Mann. Dominic, sag Hallo.«

»Hallo«, war alles, was er herausbrachte.

Sein Idol gab ihm die Hand und schüttelte sie kräftig. »Was hast du denn für Kräfte? Falk so beeindruckt zu sehen, ist eine Seltenheit.«

Als er seine Hand hielt, zeigte Dominic ihm unbewusst ein paar Bilder der jüngsten Ereignisse direkt in seinen Kopf hinein. Er konnte es nicht verhindern, sie blitzten einfach auf. Als der große Mann die Bilder des Kampfes mit Radir sah, taumelte er erschrocken zurück.

Dominic erschrak. »Tut mir leid, das war unbeabsichtigt. Das muss die Aufregung sein, meine Barriere ist sonst sicher und nichts kommt hindurch.«

Falk trat auf seinen Freund zu. »Ist alles in Ordnung mit dir? Dominic ist ein sehr starker Telepath. So etwas zu tun, ist ihm strengstens untersagt.«

Falk stützte Davi, dieser schnappte nach Luft und setzte sich auf einen Stuhl. »Mein Gott, das treibt ihr also, wenn ihr die Welt rettet?« Der gut aussehende Schauspieler wurde ernst: »Meinst du, wir sind sicher vor diesem Mann, den Hork mitgenommen hat? Er hat eine Verbindung zu Radir, well?«

Falk antwortete ehrlich: »Ich habe keine Ahnung. Aber jetzt wird er erst einmal sicher weggesperrt. Falls er ausbrechen sollte, was ich aber für sehr unwahrscheinlich halte, werde ich dich warnen. Ich gehe mit dir eine mentale Verbindung ein, damit ich dich jederzeit in Gedanken erreichen kann.«

»Einen Moment bitte.« Er hob eine Hand mit langen Fingern und streckte sie Falk entgegen. »Bedeutet das, du könntest, wann immer du möchtest, meine Gedanken lesen?«

»Nein, nur, wenn du mich direkt in meinen Gedanken ansprichst oder ich dich mental anspreche. Hab keine Angst, deine Geheimnisse sind vor mir sicher.«

Falks entfernter Verwandter dachte nach und sagte zögerlich: »Okay, tu es.« Er vertraute seinem alten Freund vollkommen, konnte sich aber den Kommentar: »Aber grill mein Hirn bitte nicht, ich brauche es noch«, nicht verkneifen.

Bevor sie die schlafenden Mitarbeiter des Theaters weckten, löschten sie deren Erinnerungen an Kara und gaben ihnen passende Gedanken an einen grandiosen Abend mit einer tollen Aufführung. Danach waren die „Fantastischen“ todmüde. Sie verabschiedeten sich von Davi und fielen erschöpft ins Bett.

***

Am nächsten Tag schliefen sie lange aus. Danach schmiedeten sie Pläne, was sie alles in der Zeit auf der Erde tun wollten. Nur eins war absolut für alle sicher: Sie wollten keine Gedanken an Schule und die Ausbildung verschwenden. Vor allem wollten sie nicht an die entkommene, gruselige Kara denken.

Ihr Gefährte Lutec war sicher in Maranturena aufbewahrt; er gehörte jetzt zu den verlorenen Seelen. Sie waren vor ihm geschützt, oder etwa nicht? Welch Ironie, am Ende hatte er Lamir doch noch betreten. Der unerbittliche Lutec auf demselben Planeten wie sie, und Kara und die Anhänger der Widerstandsbewegung noch irgendwo da draußen, fanden sie nicht wirklich prickelnd. Aber ohne ihren starken Anführer würden sie Lamir niemals finden können. Da gab es doch keinen Grund zur Sorge, schließlich war Hork wieder ganz der Alte. Sie selbst waren stark und vorbereitet, und mit jedem Jahr würden sie stärker werden. Denn sie waren schließlich die „Fantastischen“.

Kapitel 66

CASS

Als die Freunde gerade aus Australien kamen, sie waren nun zwei Wochen auf der Erde, bekam Cass eine Nachricht von Hork, in der er den Kobold bat, sofort nach Lamir zurückzukehren. Kurz und knapp verabschiedete Cass sich von seinen Freunden und ging auf geradem Wege durch den Schrank, der in Falks Gästezimmer stand, direkt in Horks Schlafzimmer hinein.

Das Erste, was er sah, war Hork, der abwartend auf einem Stuhl vor dem alten Schrank saß. Cass nutzte nicht allzu oft diesen Weg, um zu ihm zu gelangen, denn schon vor langer Zeit hatte Hork es ihm untersagt. Cass hatte versucht, sich bei ihm einzunisten. Einen Kobold im Schrank zu haben, empfand Hork als ziemlich unangenehm, also hatte er den Kobold mit den Worten: »Such dir gefälligst einen Unterschlupf woanders!«, fortgeschickt. Das kleine Wesen war dann in einem Schrank untergekommen, der heute in Dominics Zimmer stand.

»Was ist los, Sessin?« Cass hielt sich niemals lange mit Reden auf und kam sofort zur Sache.

»Auch dir einen schönen Tag.«

Grimmig schaute der Kobold ihn an. Er war so gar nicht zum Scherzen aufgelegt.

Hork seufzte und erklärte ihm, was Mac und seine Wissenschaftler herausgefunden hatten: »Es gibt da etwas, das ich dir dringend sagen muss.«

Die Mimik des Kobolds besagte: Komm in die Gänge.

»Okay, okay. Vielleicht sind deine Frau und dein Sohn doch nicht Opfer eines feigen Anschlags geworden.«

»Du willst mir damit sagen, sie seien noch zu retten?«

»Das habe ich keineswegs gesagt ...«

»Aber ...«

Hork hob eine Hand. »Ruhig, Cass. Die Schatten scheinen gute Wesen zu sein. Sie haben deinem Volk das Überleben gesichert, so wie es aussieht. Mac konnte endlich eine Botschaft entschlüsseln, die uns etwa ein Jahrzehnt vor der Katastrophe erreicht hatte. Bisher waren die Sprache und die Komplexität des Denkens, die dahinterstanden, uns unbegreiflich.«

»Wie lautet die Botschaft?« Hatte der Kobold schon vorher nicht viel Geduld, war ihm jetzt auch der Rest davon ausgegangen.

»Sinngemäß besagt sie: „Wir warnen die Bevölkerung dieses Planeten. Unsere Sonne wird zur Supernova und die Strahlung wird in etwa zehn Sonnenumläufen auf die Atmosphäre des Planeten treffen und diese irreparabel beschädigen. Dadurch wird sie die UV-Strahlung der Sonne in den nächsten Jahren nur noch unzureichend filtern können. Die Strahlung wird absolut tödlich sein. Wenn diese Nachricht innerhalb der nächsten zehn Sonnenumläufe von euch unbeantwortet bleibt, werdet ihr sterben. Wir wollen euch helfen. Wir können die Bevölkerung so verwandeln, dass die Haut eines jeden Lebewesens die Strahlung absorbieren kann und sie nicht geschädigt wird.“ Das ist die Nachricht, auf die leider niemand geantwortet hat.«

»Sie – wer immer sie auch sind – haben meine Leute umgewandelt, einfach so zu Schatten gemacht, die alles verschlucken. Ja, sie absorbieren zwar die Sonnenstrahlen, aber sie scheinen dadurch nicht mehr richtig existent zu sein. Ist das ein Leben?«

»So muss es passiert sein. Als keine Antwort von ihnen gekommen ist, haben sie die Kobolde auf eigene Faust zu diesen Schatten gemacht. So radikal ihre Vorgehensweise auch war, sie haben dein Volk gerettet.«

Cass dachte ein paar Minuten nach. Hork gab ihm die Zeit dazu. Er würde zu demselben Ergebnis kommen wie die Wissenschaftler von Lamir.

»Sie sind also noch am Leben.« Dann sprang er von seinem Stuhl auf und wiederholte begeistert: »Sie sind also noch am Leben.« Er jubelte und tanzte. Plötzlich beruhigte er sich. Hork ahnte, was jetzt kam.

»Ich werde sofort zu ihnen gehen.«

Hork widersprach: »Nein, das kannst du nicht.«

Cass schaute seinen Meister perplex an. »Wie? Das kann ich nicht. Natürlich kann ich.«

»Im Laufe des Jahrzehnts sind noch mehr solcher Botschaften gekommen.«

Cass setzte sich wieder hin und Hork fuhr mit seinen Ausführungen fort: »„Solltet ihr unsere Hilfe annehmen, gibt es kein Zurück. Die Verwandlung funktioniert nur in eine Richtung. Wir raten, all diejenigen zu evakuieren, die eine Änderung ihrer Körperstruktur ablehnen, denn einmal verwandelt, könnt ihr den Planeten nie mehr verlassen; abweichende Atmosphären von dieser wären tödlich. Eine Boje mit einer Warnung für Besucher umkreist in einer Umlaufbahn den Planeten. Wir installieren eine Schutzfunktion in der Atmosphäre. Sollten Besucher trotz der Warnung den Planeten betreten, werden sie umgewandelt, um sie zu schützen.“

Das Wort „Tod“ kommt in etlichen Variationen in ihren Botschaften vor. Cass, verstehst du, was es bedeutet, deinen Heimatplaneten zu betreten? Wir haben vor so langer Zeit gedacht, dass die Veränderung der Atmosphäre die Katastrophe ausgelöst und alle Lebewesen getötet hat. Wir waren unfähig zu erkennen, was die Schatten in den Visionen waren. Jetzt wissen wir, es sind die Kobolde und die Tiere, die ein normales Leben führen: in ihren Häusern wohnen, ihrer Arbeit nachgehen, Kinder kriegen, Feste feiern und alles das tun, was Kobolde halt so tun. Aber Besucher von anderen Welten können sie niemals wieder empfangen. Entweder die Strahlung würde sie töten oder sie würden in Schattenwesen verwandelt werden.

Unsere Wissenschaftler konnten die Schutzfunktion kurzzeitig unterbrechen, um in Schutzanzügen Messungen durchzuführen. Doch die Strahlung einer Supernova ist extrem aggressiv, selbst in Verbindung mit ihren eigenen Energieschilden konnten sie es nicht lange auf der Oberfläche aushalten. Trotzdem war es ihnen möglich, Daten zu sammeln. Die Schattenwesen schienen unsere Leute zu ignorieren, aber jetzt vermuten wir, es war einfach unmöglich für sie, irgendetwas außerhalb ihrer Schatten wahrzunehmen. Wir konnten herausfinden, dass sie auf einer alternativen Quantenebene existieren. Wir schätzen, auf dieser Ebene ist alles wie früher. Wir können aber nur Vermutungen anstellen. Du wärst also dazu verdammt, auf ewig auf Zorian zu verweilen.«

»Zorian ist ein sehr schöner Planet. Und meine Familie ist dort.«

»Wenn es dein Wunsch ist, dorthin zurückzukehren, halten wir dich natürlich nicht auf. Uns war es unmöglich, irgendjemanden auf den Planeten zu kontaktieren. Wir sind sogar absolut unsicher, ob der Bevölkerung überhaupt klar ist, was mit ihnen geschehen ist. Du könntest es ihnen mitteilen und vielleicht schaffen wir es, mit dir Kontakt zu halten.

Die Schatten haben nicht auf unsere Nachrichten geantwortet. Sie scheinen eine hoch entwickelte Technologie zur Verfügung zu haben. Wir nehmen an, sie haben ihren Planeten verlassen und sich anderswo angesiedelt. Die Alternative wäre, sie sind mit ihrem Planeten untergegangen.«

»Es wäre schön, den Kontakt zu Lamir aufrecht zu erhalten. Die letzten hundert Jahre ist es mir zur zweiten Heimat geworden.«

Cass verstummte nachdenklich. Er war müde, er sehnte sich nach seiner Familie. Kobolde waren sehr langlebig, Cass war noch recht jung, er konnte locker zweihundert Jahre länger leben. Niemals hatte er eine neue Familie gegründet. Er war es aber leid, alleine zu sein. Auch seine neuen Freunde konnten ihm die Familie, die er verloren hatte, nicht ersetzen. Er wollte heim.

Und so sagte er nun: »Ich breche sofort auf. Meine Familie wartet auf mich. Ich werde kein Abschied nehmen. Sie sollen den Rest ihrer Ferien genießen. Sag Dominic, ich werde ihn vermissen ... und auch die anderen. Aber wenn es die kleinste Chance gibt, dass meine Frau und mein Sohn noch am Leben sind, dann muss ich zu ihnen. Wenn das heißt, ein Schattenwesen zu werden, dann soll es so sein.«

»Geh bitte bei Mac vorbei. Er erwartet dich und rüstet dich mit der Technik aus, die du benötigst, damit du den Kontakt mit uns aufrechterhalten kannst. Falls sie funktioniert und nicht zu sehr durch Interferenzen gestört wird. Leb wohl, mein Freund. Ich hoffe, wir werden uns eines Tages wiedertreffen.«

»Das hoffe ich auch. Leb wohl alter Freund.«

Und schon war der Kobold im Schrank verschwunden. Traurig schaute Hork auf die geschlossene Tür. Würde er ihn jemals wiedersehen?

Kapitel 67

LUTEC

»Hork, ich langweile mich zu Tode. Ist das deine Art, mich zu foltern? Ich muss sagen, sie funktioniert ausgezeichnet.« Lustlos hing Lutec in seinem Sessel.

»Was möchtest du denn tun?«

»Wenn du so fragst, würde ich gerne Lamir sehen.«

»Vergiss es, mein Freund. Keine Chance. Du musst dich wohl für den Rest deines Lebens mit dieser exquisiten Suite begnügen.«

Horks ausgebreitete Arme schlossen mit einer ausladenden Geste die kleine Zelle mit einem Wohn- und Essbereich, einem Schlafzimmer und einem Badezimmer ein. Es war nicht gerade luxuriös, aber für eine Gefängniszelle auch keineswegs sonderlich spartanisch eingerichtet.

»Du weißt, du wirst mich niemals ewig hier gefangen halten können.«

»Und du kannst dir gewiss sein, ich werde es versuchen.«

»Wann ist meine Gerichtsverhandlung?«

»Du wirst keine bekommen.«

»Weil ich nichts getan habe und ihr mich zu Unrecht hier gefangen haltet?«

»Du hast Leben auf dem Gewissen. Ich würde sagen, dass das keinesfalls „nichts“ ist.«

»Wenn wir die Ewigkeit miteinander verbringen, dann lass uns eine Partie Schach spielen. Ich werde immer besser. Nicht mehr lange und ich werde dich schlagen.«

Obwohl er das menschliche Spiel erst seit ein paar Wochen kannte, war er bereits ein Meister darin und Hork hatte seine liebe Mühe, ihn zu besiegen. Es waren durchaus reizvolle Partien geworden.

»Heute habe ich leider keine Zeit für dich. Ich bin mit Mac verabredet. Ich wollte dir nur kurz „Hallo" sagen und mich erkundigen, wie es dir geht.«

»Bestens, dieses Etablissement lässt keine Wünsche offen. Du solltest dir in diesem Hotel auch ein Zimmer nehmen.«

»Dieses Hotel ist für unsere ganz speziellen Gäste reserviert.« Mit einem Grinsen und den Worten: »Stell etwas Sinnvolles mit deiner Zeit an, ziehe zum Beispiel Kräuter im Garten«, wandte er sich einem Wächter zu: »Unser Gast darf heute in die Gärten. Gib acht, dass nur die Leute mit ihm dort sind, die ich genehmigt habe.«

Der Wächter nickte kurz. »Natürlich, Sessin.«

Lutec rief ihm hinterher: »Danke, mein großer Herr und Meister.« Und zu dem Mann vor seiner Zelle sagte er: »Dann mal los. Du hast gehört, was er gesagt hat.«

Der Portaner stellte sich in die kleine verglaste Kammer in der hinteren Ecke seiner Zelle und wartete. Sein Wächter deaktivierte das Kraftfeld der Zelle, gleichzeitig erschien ein leichtes Leuchten, in das die Kammer gehüllt war. Der Wächter konnte nun die Gefängniszelle betreten. Er drückte ein paar Knöpfe und die Kammer schwebte ihm voraus.

Lutec lehnte sich mit der Stirn an die Tür und schaute erwartungsvoll voraus. Seine neuen Verbündeten würden schon auf ihn warten.

ISBN 978-3-7541-0746-1
9 783754 107461 00002
www.epubli.de